Né à Mazamet en 1969,
enseigne en lycée.

Véritable cinéphile, il est également féru d'écriture depuis son enfance. Il signe son premier roman avec *Le Diable sur les épaules* (Les Nouveaux Auteurs, 2012), un thriller historique se déroulant dans le Tarn, finaliste du prix du jury du Polar historique de la revue *Ça m'intéresse-Histoire*.

Un souffle, une ombre paraît en 2016 chez Fleuve Éditions. Les droits en langue étrangère ont été cédés dans plusieurs pays. Puis en 2018, *Torrents* est édité dans la même collection.

Les saisons d'après

CHRISTIAN CARAYON

Les saisons d'après

J'AI
LU

Quelque chose se cache.
Va et repousse tes limites. Va les trouver.
Quelque chose est perdu derrière tout ça.
Il t'attend. Va !

Rudyard KIPLING, *L'Explorateur*, 1898.

Vendredi 20 septembre

Je connais le dernier moment heureux de mon existence. J'ai dix-neuf ans. On est fin juillet et il fait un temps magnifique. L'après-midi décline dans des couleurs de dessin animé japonais. Mon père se laisse flotter sur notre piscine, allongé sur un matelas gonflable. Il porte un chapeau de paille et chantonne en boucle un refrain qui fait l'éloge de la vie de bohème. Ma mère est assise à l'ombre des grands arbres. Elle est plongée dans la lecture d'un roman aussi épais qu'un dictionnaire. Du bout des doigts, elle triture son marque-page. À la fin de chaque chapitre, elle lève la tête et sourit aux anges. Luttie, ma petite sœur, est à plat ventre dans l'herbe. Elle épluche avec tout le sérieux du monde les articles d'une revue consacrée aux chanteurs à la mode. De ses longues jambes repliées, elle dessine des arabesques invisibles. C'est une sirène. Elle nage tout le temps. Et, quand elle nage, rien ne la freine, rien ne la brusque ni ne l'éclabousse. Elle file comme une risée de vent, ne laissant que deux ourlets qui disparaissent avant même qu'on entende le souffle de son passage.

Je suis assise sur la margelle, les pieds dans l'eau. Shirley, notre vieille chienne, me tient compagnie, sa grosse patte posée sur ma cuisse. Tout est calme. Tout est parfait. Je me sens entièrement à ma place. Dans quelques instants, Cécile, ma meilleure amie, va nous rejoindre. Elle garera sa petite voiture dans l'allée du garage pour que je puisse charger mes affaires. Elle dormira chez nous. Le lendemain, de bonne heure, nous partons toutes les deux faire du camping au bord de l'océan. Nos premières vacances en solo. Notre première grande aventure, dont je me délecte à l'avance depuis des semaines. Pourtant, à la veille de ce départ, l'envie s'est envolée. Partir est un déchirement. Cela revient à briser l'harmonie et à piétiner ce moment de grâce. Si je pars, je casse tout et je crains de ne plus jamais le retrouver un jour. Malgré tout, je pars.

J'ai quarante-cinq ans. Je ne suis plus la sœur de ma sœur depuis des années. Sans doute plus vraiment la fille de mes parents depuis quelques heures. Depuis quatorze mois, je ne suis même plus la femme de personne. Et je ne serai jamais la mère d'aucun enfant.

La maison que j'ai conservée après la mort de mon mari ne m'a jamais plu et, pour couronner le tout, elle ne m'attire que des ennuis, entre les trucs qui tombent en panne, les travaux à faire et le voisin de derrière qui veut me faire un procès à cause des branches du cerisier qui dépassent.

J'ai démissionné de mon poste de prof de lettres peu de temps après la rentrée, sans préavis. Je n'ai plus aucune ressource.

J'ai écrit deux romans, *Décembre* et *Sang-Chaud*, qui ont rencontré un beau succès d'estime, selon la formule consacrée. En clair, ils ne se sont pas vendus. Cela fait des années que je suis à sec d'idées, incapable de me lancer dans un nouveau projet d'écriture malgré de multiples tentatives. De toute manière, mon éditeur m'a signifié qu'il ne comptait pas sur un troisième manuscrit. Tandis qu'aucun de ses confrères ou d'éventuels lecteurs ne se sont manifestés pour s'inquiéter de mon absence.

Tout ce que je possède de vraiment cher tient dans le coffre de ma voiture, qui est garée à quelques dizaines de mètres, en bordure du petit port de plaisance.

On est le vendredi 20 septembre. Il fait gris et je ne suis plus grand-chose. Assise dans le seul café encore ouvert au bord d'une mer que je n'ai jamais connue, j'écris dans ce cahier destiné à recevoir le récit de mon exil en Bretagne.

Un peu plus de huit mois de résidence d'écrivain. Presque neuf mois... Le récit d'une destruction ou d'une renaissance, je l'ignore. Je suis terrifiée d'avoir tout plaqué. Je n'ai jamais fait un truc aussi dingue de toute ma vie. Je me découvre enfin audacieuse, ou folle à lier. Que ce soit l'un ou l'autre, c'est au moins ça de pris.

Mon rendez-vous n'est prévu qu'à 17 heures. Pourtant, je débarque à l'aube. Je suis trop impatiente de savoir si, ici, j'ai une chance de m'en sortir. Alors j'ai pris la route de nuit, dans un étrange mélange de peur et d'excitation. La peur que tout ceci soit vain, que ce soit la pire idée du siècle ; l'excitation de l'aventure, malgré tout. De toute manière, je suis toujours en avance, où que j'aille. De crainte de passer à côté de quelque chose sans doute. À moins que ce ne soit par méfiance de l'imprévu.

À Trébeurden, il n'y a plus grand monde. Je descends jusqu'au port sans croiser qui que ce soit. Les seules âmes qui finissent par apparaître le long de la grande plage, quand le jour se lève tout à fait, sont des personnes âgées qui, de manière dispersée ou en grappes, profitent de la marée haute pour pratiquer la marche dans l'eau. Le soleil est absent mais il fait doux. Pour autant, il faudrait me payer très cher pour que j'accepte de plonger un orteil dans cette mer déjà ternie par l'automne annoncé.

Pour tuer le temps, j'explore les bordures de ce qui sera mon nouveau monde. Je marche le long de la grève. À ma gauche, les maisons s'agrippent comme elles le peuvent à la pente qui dévale vers la mer. Puis, quand elles n'ont plus la force de s'accrocher, elles cèdent la place à une lande de plus en plus ensauvagée. La digue vient buter au pied d'un sentier qui s'aventure entre les ronces et les genêts. J'escalade cette face rugueuse, percluse d'épines noires. Au sommet, je me retrouve à surplomber une autre baie, plus large et plus évasée. Plus loin, j'aperçois une plage immense, éloignée de toute construction. Ce sera ma destination. Il me faut une petite heure pour l'atteindre. À ma grande surprise, il y a quelqu'un dans l'eau et, cette fois-ci, pas uniquement jusqu'à mi-cuisses. Un nageur revêtu d'une combinaison noire qui multiplie les allers-retours d'un bout à l'autre de l'anse. Il nage comme nageait Luttie. Ses battements sont une chorégraphie parfaitement maîtrisée. Ils sont souples, déliés et paisibles. En même temps, ils dégagent une force quasi surnaturelle. Je demeure ainsi à l'observer un long moment, fascinée. Jusqu'à ce qu'il sorte de l'eau.

Il retire d'abord ses palmes et ses lunettes, puis se dirige vers un petit rocher émergeant du sable sur lequel ses affaires sont posées. Il prend tout son temps pour retirer sa combinaison. Je lui donne la cinquantaine, et une cinquantaine peu athlétique. Torse nu, il exhibe des chairs molles, un ventre un peu trop bombé et des épaules tombantes. Il s'enroule dans une immense serviette-éponge à la couleur passée depuis belle lurette. Il s'avance à nouveau vers la mer. Il reste debout, à contempler l'horizon, encore essoufflé par son effort. J'y vois une respiration merveilleusement accordée. J'y vois une grande sérénité. Je l'envie. Il est le Nageur-de-l'Aurore, le premier acteur de ce théâtre.

Quand je reviens sur mes pas, je me dis qu'il faut que je m'achète une combinaison, des palmes et des lunettes. Je suis décidée à aller nager tous les jours, quel que soit le temps. On me reproche assez de ne pas prendre soin de moi. J'avoue que les suées collectives me rebutent, que les odeurs de chlore des piscines municipales me rappellent trop les horribles heures d'EPS au collège et que courir m'ennuie profondément. La mer, en revanche, c'est faisable. Nager, ce serait bien. Nager et écrire.

Lighthouse est un lieu dédié aux livres et aux films. Le site en lui-même ressemble à un petit manoir aux épais murs de granit, perché sur les hauteurs de Trébeurden. À 17 heures pile, je me gare sur le parking. Lizzie Blakeney vient à ma rencontre. Je la trouve encore plus belle et encore plus élégante que lors de nos deux conversations préparatoires sur Skype. Son maquillage est aussi discret que les fins bijoux qu'elle arbore. Elle m'adresse un sourire maternel. Elle me tend une main délicate aux doigts longilignes. De son accent délicieux, elle s'inquiète de mon long voyage et de la fatigue qu'il a dû occasionner. Je ne dis rien de mon arrivée précoce, ni des heures interminables qui ont suivi. Ce sont elles qui m'ont épuisée et qui m'ont modelé le visage d'une déterrée.

Lizzie est la coordonnatrice de Lighthouse. Elle gère l'ensemble des activités qui y sont rattachées, dont la résidence d'écrivain. C'est elle qui m'a recrutée. Elle me propose de visiter les lieux et de rencontrer le reste de l'équipe. À plusieurs reprises, elle insiste sur ce terme d'équipe. J'intègre un collectif et je dois jouer le jeu, même si une grande partie de mon jeu sera celui d'une soliste.

Nous franchissons d'abord un porche ouvragé pour découvrir un vestibule au sol de marbre et aux boiseries vernies. Un escalier s'élance vers un étage interdit au public. À droite, une double porte vitrée dévoile une longue et large salle. De hautes fenêtres s'y succèdent, des deux côtés, selon un intervalle à la symétrie parfaite. Si l'entrée est sombre, cette pièce est baignée de la lumière du large, où le soleil, enfin apparu, s'apprête à plonger. Les tables de travail sont d'un chêne épais et surmontées de petites lampes individuelles en laiton. Les espaces de lecture adoptent des fauteuils aux tissus clairs et colorés. Les étagères garnies d'ouvrages savent se faire discrètes, ne créant aucune séparation. Au fond, il y a une immense cheminée ouverte, devancée d'autres fauteuils et de deux canapés. L'ambiance fait très club anglais.

Stéphanie est la bibliothécaire. Je l'ai imaginée grande et sèche, avec des allures de gouvernante ; je la découvre ronde et joviale, avec ses bonnes joues empourprées et ses yeux qui se plissent. Elle me souhaite la bienvenue sans chercher à retenir un rire joyeux. Elle parle trop vite et bute sur les mots. Elle m'indique un présentoir en face de son comptoir. Mes deux romans y sont mis en évidence, mon nom écrit en gros sur un panneau. On annonce mon statut d'écrivaine en résidence et les ateliers d'écriture que je suis censée animer tous les jeudis soir. La seule autre personne qui se trouve dans cette salle est un homme qui prend son mal en patience. Il est assis de travers à une des tables et tape du pied. Il est soulagé de pouvoir enfin se lever. Il me dépasse de deux bonnes têtes, ses épaules ont la forme de deux parpaings et les favoris qui mangent ses joues rappellent qu'il est ce qui se rapproche le plus de l'ours. Il se prénomme Rodolphe. Il grogne un « Bonjour », tandis que sa poignée de main est d'une délicatesse aussi impressionnante que l'épaisseur de ses phalanges. C'est notre projectionniste, et il s'éclipse sitôt qu'il s'est plié à son devoir d'accueil.

Pour rejoindre le cinéma, il faut ressortir de la maison et la contourner par la droite. Ignorant l'inclinaison de ce qui a été un grand parc, une extension en bois s'avance avec audace, le bardage peint en gris perle. On ne la découvre qu'au dernier moment. Son entrée copie les vieux cinémas américains : arrondie, le guichet planté au milieu. La salle en elle-même est toute en tentures et fauteuils rouges. Cent vingt places, un écran gigantesque, ce qui se fait de mieux pour l'image et le son. Une séance chaque soir, à 20 heures ; d'autres à 15 heures le mercredi et le week-end ; aucune nourriture et aucune boisson ne sont tolérées. La programmation ne fait pas l'impasse sur les sorties nationales ni sur les gros films. Néanmoins, elle cherche surtout à se démarquer de ce qui est projeté à Lannion ou à Perros, ce qui lui permet de drainer des spectateurs dans un vaste rayon.

Justement, Lizzie me tend un exemplaire du programme imprimé. Une page est réservée à la séance du lundi soir qui m'est dédiée pour les neuf mois à venir. En relisant mes choix de la première période, je les assume mal. Pareil pour les commentaires que j'ai écrits. Lizzie me rassure. Ma liste est parfaite, en grande partie pour ses imperfections. Certains vont tiquer. Mais cela leur donnera de quoi débattre devant une part d'un des gâteaux de Mina.

Il y a un salon de thé au-dessus, qui se prolonge d'une magnifique terrasse tournée vers la mer. J'y rencontre celle qui est le dernier membre de l'équipe. Je ne sais pas si elle a dix-huit ans ou dix de plus. Elle est aussi mince et brune que Stéphanie-Jacasse est potelée et blonde, aussi petite et frêle que Rodolphe est géant et rocheux. Avec ses cheveux coupés court et perclus d'épis, elle fait penser à un oisillon tombé du nid. Elle se serre dans un gilet noir trop grand pour elle, qu'elle ne cesse de rajuster pour masquer sa poitrine, dont je remarque néanmoins la générosité. Lizzie promet que ses pâtisseries sont à se damner, notamment sa tarte aux cerises. Elles sont exposées dans une vitrine et accompagnent les habitués du cinéma qui ont l'habitude de monter discuter du film après la séance. Mina a eu la gentillesse d'en préparer une rien que pour moi. Elle doit être encore tiède et m'attend patiemment sur la table de la cuisine de mon nouveau chez-moi.

Il s'agit d'une maisonnette qui se cache dans une courte ruelle perpendiculaire à la pente, à trois cents mètres du manoir. De l'extérieur, avec sa façade refaite, ses huisseries neuves et son étage en bois rouge, elle est engageante. Les choses se gâtent sitôt l'entrée franchie. Un rapide couloir aboutit dans ce qui a été une courette. Elle a été couverte d'une verrière et a gardé son pavé d'origine ainsi que son caniveau central, qui lui fait la raie au milieu. Elle empeste l'humidité. Une salle de bains et des W.-C. attenants ont été posés dans un coin aveugle. De l'autre côté, une porte ouvre sur la cuisine dont l'unique fenêtre donne sur cette cour suintante. Dans le prolongement, une pièce à vivre contemple la grisaille de la ruelle. L'ameublement de ces deux pièces ressemble à un voyage dans le temps, au cœur des Trente Glorieuses : table et chaises en formica, buffet assorti, lit alcôve aux boiseries vernies, sofa orange au design faussement anguleux. S'il y avait une télévision, je suis certaine qu'elle diffuserait encore la mire de l'ORTF. La tarte de Mina est la seule touche rassurante. Son doux parfum est le seul à pouvoir lutter contre les relents d'humidité. Je dois faire une tête pas possible parce que Lizzie se montre désolée.

— Je vous avais prévenue pour la maison, Charlotte. Ce n'est pas…

Elle hausse les épaules au lieu de terminer sa phrase. Je la trouve encore plus gracieuse que tout à l'heure.

— L'avantage, c'est que le quartier est très calme pour travailler. Sans compter que vous êtes proche de tout, sans avoir besoin de prendre votre voiture. Et puis, il y a l'étage...

Effectivement, en haut de l'escalier, l'univers change. Ici, la lumière naturelle surgit de partout. Trois grandes fenêtres survolent les toits de Trébeurden et permettent même d'apercevoir la mer. Les meubles sont blonds ou blancs : un grand lit, deux tables de chevet, une commode et un beau bureau. Une baie coulissante ouvre sur une terrasse de poche qui me fait immédiatement penser à un recoin secret. Je retrouve mon sourire et Lizzie a l'air soulagée.

— Si vous vous sentez trop à l'étroit ou trop seule, n'oubliez pas que vous êtes chez vous à Lighthouse. Pour écrire, lire ou simplement bavarder avec le reste de l'équipe. Le cinéma vous est également ouvert à discrétion.

Elle me confie son numéro personnel et s'assure à plusieurs reprises que je n'hésiterai pas à lui faire part de mes moindres difficultés, y compris financières, en attendant le premier versement prévu pour le 1er octobre. Elle pose les clés sur le bureau et coince dessous une enveloppe.

— Pour les frais de votre voyage, comme convenu...

Je me sens petite. Quelques minutes plus tard, après m'avoir à nouveau souhaité la bienvenue et dit son impatience de travailler avec moi, Lizzie Blakeney m'abandonne dans la cour, comme ma mère le jour de la rentrée des classes.

*
* *

Dimanche 22 septembre

Je dois admettre que les deux jours qui ont suivi ont été difficiles. Ranger mes affaires, flâner le long des rues, descendre au bord de l'eau, y croiser les évadés du week-end venus profiter des ultimes moments de l'arrière-saison et rouler jusqu'à Lannion pour y acheter mon équipement de nage n'ont pas suffi à combler mon samedi. Et encore moins ce dimanche. Quand je veux étrenner ma combinaison, le Nageur-de-l'Aurore est encore là et, honteuse d'oser m'immiscer dans un domaine qui n'est pas le mien, je rebrousse chemin. Il faut dire que je nage mal. Tout ce que je tente dès que je suis dans l'eau n'est que chaos.

Alors, je marche beaucoup. Ça, je sais faire. L'île Milliau, qui s'agrafe à nous à chaque marée basse, n'a plus de secret pour moi. J'y déniche un ou deux coins bien cachés où je pourrais m'asseoir pour y trouver l'inspiration.

Les soirées et les nuits sont les plus pénibles à surmonter. Incapable de fermer l'œil, assaillie par une myriade de doutes, j'en suis réduite à fouiller dans les casiers de l'horrible lit alcôve, qui recèlent toute une collection douteuse de livres de poche usés. Leur présence dans cette maison dédiée à l'écriture tient de la provocation. Les volumes se divisent en deux parties inégales : ceux dont les couvertures dévoilent des femmes en bikini ou simplement vêtues de manteaux en fourrure sont les plus nombreux ; les autres ont droit à des dessins grivois comme ceux des cartes postales salaces qu'on trouve encore en vente l'été. Je m'amuse à dénicher les scènes de sexe dans ces bouquins. J'ai de quoi m'occuper, car il y en a à peu près une toutes les dix pages. À chaque fois, les femmes ont des orgasmes si intenses qu'elles en tournent de l'œil. Elles ne résistent à aucune tentation masculine et ne sont jamais rassasiées. Je suis particulièrement sensible à la scène où, alors que le tournage d'un film s'est installé dans un petit village, l'actrice principale est si peu farouche qu'elle ne voit aucun inconvénient à ce que le maire vienne lui rendre visite dans sa caravane alors qu'elle est en petite tenue ; pas davantage quand il sort son machin à accepter sans sourciller de lui tailler une pipe. Hélas pour le vieil homme, le dentier de la belle se détache – parce qu'en plus de n'avoir pas de cervelle, elle n'a plus de dents – et le type se retrouve à couiner et à courir cul nu à travers champ, les fausses canines de la starlette refermées sur son membre.

Voilà à quoi ressemble la notion d'échec : lire ces quelques pages jusqu'au bout, à 2 heures du matin.

Comment suis-je arrivée ici, à me rendre déjà malade ? Je dois mon exil à mon défunt époux.

Durant ses mois d'agonie, Laurent, mon mari, s'est accroché à la lecture d'une saga d'*heroic fantasy* intitulée *A'Land*. Lui qui lisait si rarement s'est passionné pour cette histoire à rallonge. Il y a trouvé de la force. Peut-être même de la joie. En tout cas, il a défié tous les pronostics médicaux en doublant les trois mois d'espérance de vie qu'on lui avait annoncés. Sur la fin, il déplorait de ne pas avoir le loisir de relire les quatre tomes. Quelques heures avant sa mort, il s'est répété des passages appris par cœur. Au moment où ses sens se sont éteints, il en a appelé d'une voix étouffée au Col du Tonnerre.

À son grand regret, je ne me suis pas intéressée à ces livres qui, malgré leur succès époustouflant, ne m'ont jamais tentée. Laurent a toujours été un grand ami, à défaut d'être mon grand amour. Il m'a laissé son ultime passion en héritage. D'abord, je me suis entêtée à la négliger, croyant trouver dans mon veuvage les ailes qui me faisaient défaut depuis si longtemps. Quand je me suis rendu compte que je n'étais libérée de rien, je me suis effondrée. Ça s'est passé un soir, alors que je me lavais les dents. Dans le miroir de la salle de bains, j'ai pris conscience de rester à droite, laissant le côté habituel de Laurent vide. Sa brosse à dents était encore à sa place. Il était mort depuis moins de trois semaines et j'ouvrais les yeux.

On croit que je pleure mon époux disparu. Ce n'est pas tout à fait exact. Une grande partie du deuil que je porte est celui de mes illusions perdues.

Je me suis plongée à mon tour dans *A'Land*. Plusieurs tentatives ont été nécessaires pour que je parvienne enfin à dépasser le premier chapitre dont la lenteur n'aide en rien. On y présente une époque indéterminée aux airs de Moyen Âge, une communauté isolée dans le creux d'une montagne, seulement ouverte par le Col du Tonnerre, au sud ; au-delà de celui-ci, des terres que personne ne connaît mais que l'on sait hostiles, si bien que le passage est protégé par un fortin qui barre l'accès dans un sens comme dans l'autre ; un héros de quatorze ans nommé Niam A'Land qui a des doutes plein la tête ; son frère aîné, Neil, plus fort et plus courageux que lui, promis à l'honneur d'intégrer la garnison du col ; un ennemi, Marcavi...

J'ai renoncé. J'ai recommencé avant de renoncer à nouveau et ainsi de suite jusqu'à ce que, plus d'un an après ma première tentative, je parvienne enfin à pénétrer dans ce monde et que j'avale les quatre épais volumes de cette saga, y trouvant à mon tour bien plus qu'une simple histoire. La dernière page m'a laissée orpheline. En même temps, j'ai compris que je ne serais plus jamais seule. La sensation était étrange. Encore dans l'émotion, je n'ai découvert l'écriture de Laurent qu'un peu plus tard. Sur la page de garde, il avait noté les références de Lighthouse. Il l'avait fait pour moi.

Un site Internet très épuré en présentait le principe sans la moindre référence à *A'Land* ni à son auteur, William-Xavier Mizen, alias WXM. Ce n'est précisé nulle part, mais c'est lui qui finance tout cela. Huit mois de résidence, de fin septembre à début juin, ouverts à tout écrivain ayant déjà publié au moins deux romans à compte d'éditeur et ayant une connexion forte avec le cinéma. En échange, on attendait de l'heureux bénéficiaire qu'il anime un atelier d'écriture hebdomadaire et qu'il programme un film de son choix, tous les lundis, afin de partager ses influences et de mieux comprendre sa démarche d'auteur. En douze ans d'existence, seuls deux auteurs ont bénéficié de la résidence. Les autres années, aucun postulant n'a été retenu. Rien ne pouvait se faire en ligne. Il fallait envoyer sa candidature par la poste avec une lettre de présentation, une profession de foi justifiant la démarche ainsi qu'un exemplaire de chaque livre paru.

Le dimanche où j'ai appris l'existence de ce site, il ne restait qu'une semaine avant la clôture des inscriptions. Ça m'a trotté dans la tête toute la journée et un nouveau lundi maussade au lycée m'a convaincue de peser le pour et le contre d'une éventuelle ambition.

<u>POUR :</u>

La mer m'a toujours attirée. Avant qu'il ne tombe malade, quand j'ai songé à quitter Laurent et à m'éclipser, je me suis vue rouler jusqu'à ce que la terre s'arrête et décider face au large de la suite à donner aux événements. La mer, à mes yeux, est la liberté incarnée. Chaque autre monde commence par là.

Changer de paysage. Changer de rythme. Changer de vie. Je ne peux qu'y gagner. Ne serait-ce que pour regretter ce que j'avais avant. Partir me permettrait de m'éloigner de cette fichue maison vide ; de Caroline, ma voisine et amie ; de tous mes soucis.

Je suis vide ; le moteur en panne. Avec un peu de réussite, cette expérience me fournira le carburant nécessaire. J'ai toujours été incapable de prendre les décisions qui s'imposent, incapable de trouver le courage de bouleverser l'ordre des choses pour les retourner en ma faveur. Là, je devine une force qui me pousse dans le dos. La laisser faire est tentant.

Il faut se rendre à l'évidence : si je suis recrutée, cela constituera la première aventure de mon existence. Tout ce qui a précédé a été sage, ordonné, sans véritable enjeu.

J'adore le cinéma. Quand j'étais étudiante, j'étais capable de voir trois ou quatre films par semaine. Je séchais les cours pour les séances dépeuplées de l'après-midi. Et, quand ce que j'avais vu me plaisait, j'y revenais le soir même, juste pour entendre les réactions des autres spectateurs.

Je veux comprendre WXM. Je veux savoir d'où lui sont venues ses inspirations, comment il a su mettre de la moelle et du sang dans ce qui n'aurait dû être qu'une œuvre romanesque sans autre ambition que de raconter une grande histoire.

Je veux écrire. Je veux accoucher de ce troisième roman qui me dévore de l'intérieur. J'ai besoin de temps. J'ai besoin d'être poussée dans mes retranchements pour le rejoindre et le mettre en lumière.

<u>CONTRE :</u>
La résidence est mal payée : 1 500 euros par mois. En plus, elle m'oblige à démissionner car il est trop tard pour demander une mise en disponibilité. La prise de risque est radicale. Je perds mon travail et ma seule source de revenu. Je fais quoi, après, si ça ne marche pas ?

Jusqu'à présent, j'ai toujours eu peur de partir, de faire preuve d'audace. Pourquoi ça changerait ? Qu'est-ce qui me dit qu'au dernier moment, je ne vais pas renoncer et m'offrir une lâcheté supplémentaire dont je ne me remettrais jamais ? Comment vais-je convaincre mes parents de ne pas se mettre en travers de mon chemin ? Est-ce qu'il va falloir que je me fâche avec eux comme je l'ai fait avec Luttie ?

Je n'ai pas la moindre idée de ce que je veux écrire. Je ne sais même pas par quoi commencer. Neuf mois ne seront pas suffisants, je le crains.

Un jour de plus, et j'ai oublié d'être raisonnable. J'ai écrit comme j'ai pu ma lettre de présentation. En guise de profession de foi, faute de mieux, j'ai recopié cette liste. J'ai fait un paquet de mes deux bouquins et j'ai expédié le tout à l'adresse indiquée.

Deux semaines plus tard, à mon retour du travail, j'ai découvert une enveloppe sans aucune mention de l'expéditeur. À l'intérieur, une lettre à l'en-tête de Lighthouse et signée Lizzie Blakeney annonçait que ma candidature était jugée digne d'intérêt, à l'image de mes romans. Elle me demandait de remplir un questionnaire qui ne comportait que trois questions :

Quel film a changé le cours de votre vie ?

Quel film vous hante ?

Quel film auriez-vous aimé écrire ?

Pas un mot sur la littérature. Rien sur mes motivations, ni sur mes aptitudes à animer des ateliers d'écriture. Rien sur ma connaissance de l'œuvre de WXM.

Quel film a changé le cours de ma vie ?

Sans aucune hésitation, *L'Expérience interdite*, en 1990. C'était l'époque où je n'allais plus du tout à la fac, passant mon temps enfermée dans mon studio ou dans les différents cinémas de la ville. Un après-midi, malgré des critiques désastreuses, je suis allée voir ce film. Les personnages étaient tous de brillants étudiants en médecine, des jeunes gens audacieux qui se construisaient un avenir doré en savourant la vie que leur offrait le campus. Mon cursus était sombre et décevant. À force de sécher les cours, je ne connaissais personne à qui me lier, personne qui puisse me remotiver et me pousser à revenir à la fac. Pourtant, ce film m'a donné envie de retenter ma chance. Dès le lendemain matin, je suis repartie en T.D. Pile le jour où la prof a tenu à mettre à jour les inscriptions pour les oraux obligatoires. Tout étudiant non-recensé à la fin de ces deux heures se voyait crédité d'un zéro éliminatoire. Quand mon nom est arrivé, j'ai levé le doigt et pris le premier sujet encore disponible. Un miracle ! Je n'ai plus jamais été absente. Je suis redevenue étudiante et j'ai pu valider ma deuxième année sans que mes parents se doutent que je les avais embobinés depuis des mois. Tout cela par la grâce d'un mauvais film.

Quel film me hante ?

Des scènes me hantent. Je suis capable d'en citer des dizaines. Mais des films entiers... J'opte finalement pour *Zodiac*. Mitigée lors de sa sortie, je l'ai senti s'imposer sur la durée, infusant lentement, trouvant son chemin jusqu'à se graver en moi. Je l'ai revu à plusieurs reprises. J'y déniche toujours quelque chose qui n'y était pas la fois d'avant, tout en persévérant à le trouver imparfait. Je fouille dans ses tréfonds à la recherche de ce qui lui manque. Et mes réponses ne sont jamais les mêmes.

Quel film aurais-je aimé écrire ?

Ma première tentation est de répondre *Y a-t-il un pilote dans l'avion ?* Avant de me raisonner et d'aboutir à *Take Shelter*, qui représente pour moi l'équilibre absolu. Une écriture dense, riche, une amplitude énorme jusque dans son final ouvert qui laisse le champ libre à plusieurs interprétations possibles. Sans compter que, dans cette histoire d'effondrement, la femme est le seul pilier qui ne flanche pas et sauve tout ce qu'il y a à sauver sans céder au découragement. Mon exact contraire.

Trois films. Trois films qui ont pour points communs la peur du vide, les horizons bouchés et le poids écrasant du passé.

Fin mai, j'ai reçu une nouvelle enveloppe, plus épaisse. Lizzie Blakeney me priait d'étudier l'ensemble des paragraphes des conditions d'engagement, en vue de préparer mes questions pour notre entretien sur Skype, le grand oral censé sceller mon sort. Je devais aussi prévoir ma programmation cinéma, autour de huit thèmes imposés. Si ma candidature était validée, *Take Shelter* ouvrirait le bal et *Zodiac* le clôturerait. Nous ferions poliment l'impasse sur *L'Expérience interdite*. Il était précisé que je n'étais pas censée animer un ciné-club, mais dévoiler ce versant de mon cheminement d'écrivaine. Pas de films d'Hitchcock, de Truffaut, de Welles, Godard, Chaplin, Sergio Leone, Stanley Kubrick ou Steven Spielberg. Tout ce qui avait été programmé à Lighthouse lors des trois années précédentes était également à bannir. Ma liste ne devait pas chercher à en mettre plein la vue. Pour chacune des œuvres choisies, quelques lignes expliqueraient son rôle à mes yeux.

J'étais plongée dans la correction des épreuves du bac quand Lizzie m'a donné rendez-vous par un message laissé sur mon répondeur où, pour la première fois, j'ai entendu son accent irrésistible.

Le jour venu, sur l'écran de mon ordinateur, je découvre une jolie brune, la quarantaine, qui retire ses lunettes et dont le sourire dessine une asymétrie charmante.

— Bonsoir, Charlotte. Je suis enchantée que nous puissions enfin nous parler et nous voir. Comment allez-vous ?

J'ai la trouille. Un tsunami fonce sur moi et je suis trop lente pour m'enfuir.

— Avant toute chose, avez-vous des questions à me poser concernant les conditions de Lighthouse ?

Est-ce que, si on renonce au dernier moment, on passe pour une pourriture ?

— Le logement n'est pas très grand, ni très luxueux, mais il est propre et bien situé. Du bureau, il dispose même d'une vue sur la mer. Pour le salaire, il est versé le 1er du mois. En compensation de septembre, on prend en charge les frais. C'est bon pour vous ?

J'ânonne une énième réponse polie. J'arbore une tête de cloche, sourire figé et yeux dans le vague.

— Nous imprimerons le programme des films du premier mois avant votre arrivée. Nous reprendrons les textes que vous nous avez fournis. Pour les autres périodes, vous aurez la possibilité de les retoucher, si vous le désirez. Quant aux ateliers d'écriture, il s'agit d'un rendez-vous entre personnes qui cherchent avant tout à passer un bon moment. Soyez vous-même, sans chercher à copier ce qui se fait ailleurs.

Je vois tout en noir, chère Lizzie. Je me sens minable et inutile. Êtes-vous certaine que vous attendez ça de moi ?

— Votre lettre de présentation m'a beaucoup touchée et j'ai beaucoup aimé vos deux romans.

J'ose enfin ma première question.

— Êtes-vous seule à décider du recrutement ?

Lizzie sourit davantage. Ses yeux noirs pétillent. Elle est d'une beauté peu banale et d'une grande classe. Elle comprend que je lui demande si WXM a un droit de regard. Néanmoins, elle ne me répond pas directement.

— Nous sommes une petite équipe, Charlotte. Vous êtes notre unique choix. Si ce n'est pas vous, ce ne sera personne.

Je ne le sais pas encore, mais je vais le faire. Je vais me jeter dans le vide. Je vais envoyer mon contrat lu et approuvé. Je vais acheter ce cahier pour y raconter mon histoire, au moins pour me forcer à écrire tous les jours, ce que je n'ai plus fait depuis des années. Je vais faire ma rentrée des classes comme si de rien n'était. Puis, au bout de quelques jours, je vais poser ma démission sans céder aux suppliques de mes collègues ou de mon proviseur qui tenteront de me faire changer d'avis. Je n'informerai mes parents qu'une fois qu'il sera trop tard pour faire marche arrière. Je ne leur dirai rien de ma destination. Je quitterai mon lotissement en pleine nuit, sans avoir averti mes voisins. Pas même Caroline. Je vais opter pour la politique de la terre brûlée. Aucun retour en arrière ne sera possible.

Avant de me coucher, vaincue par le maire et sa queue mordue au sang par le dentier de l'actrice, je me bâtis un programme anti-renoncement que je compte commencer dès demain matin : lever de bonne heure ; écriture ; puis cap sur la mer pour y nager, l'heure dépendant des marées ; retour au chaud, avec un passage quotidien à Lighthouse, histoire de conserver un semblant de vie sociale ; dîner ; un film ou deux épisodes d'une série ; extinction des feux. Seules entorses à ce calendrier : les lundis et jeudis soir où je me plie à mes engagements au cinéma et à l'atelier d'écriture. Je me réserve également le droit de quelques projets annexes. Par exemple, j'en profiterais bien pour apprendre à faire du bateau.

Dans quelques heures, mes anciens collègues vont se diriger vers le lycée en traînant des pieds. Mes voisins se demanderont où je suis passée, remarquant la maison toujours fermée et ma voiture absente de l'allée. Mes parents se lamenteront toujours plus de ma décision.

Moi, j'entrerai officiellement dans ma résidence d'écrivain.

Je suis loin. Je suis libre d'écrire, de sortir, de nager, de faire ce que je veux, quand je le souhaite. Je suis prête à en découdre. Je suis de retour.

La saison d'après

Lighthouse – Le Cinéma
Les séances du lundi soir

Charlotte Kuryani, écrivaine en résidence, vous propose dans le cadre du thème *La saison d'après* :

Lundi 23 septembre – 20 h 00
Take Shelter – Jeff Nichols (2011)
La hantise de l'effondrement est une maladie dont il est difficile de se défaire. Le monde est de plus en plus menaçant, l'orage gronde au loin : est-il réel ou inventé ? L'homme envisage le pire. Son épouse se dresse en ultime rempart, ne se laissant pas abattre, disposée à tous les sacrifices pour sauver les siens, sauf à se cacher de la lumière.

Lundi 30 septembre – 20 h 00
Beauté volée *(Io ballo da sola)* – Bernardo Bertolucci (1995)
Il y a les soirs d'été en Toscane, autour d'une table, sous les arbres, à laisser le temps faire son affaire. Il y a du vin rosé, des petits poèmes écrits sur des morceaux de papier immédiatement brûlés et des pétards que l'on fait circuler. Certains vont mourir, d'autres renaissent. Le temps passe…

Lundi 7 octobre – 20 h 00
Le plus escroc des deux *(Dirty Rotten Scoundrels)* – Frank Oz (1988) Ce film méconnu a toujours eu le don de me mettre de bonne humeur.
Parce qu'il y a la fin de la saison sur une Riviera très hollywoodienne. Parce qu'il y a Michaël Caine. Parce qu'il y a la réplique : « Les pinces génitales, tu les veux ? »

Lundi 14 octobre – 20 h 00
Raison et Sentiments *(Sense and Sensibility)* – Ang Lee (1995)

L'une des deux héroïnes renonce à la passion pour un homme qui se consume pour elle. L'autre, d'apparence plus sage et plus raisonnable, ne fait aucune concession. Personne n'est ce que l'on croit vraiment dans ce film. Autour de ces personnages, une vie nouvelle, loin de Londres. L'espace, l'air de la campagne, la chaleur et, sur tout, l'illumination.

Vendredi 27 septembre

Les journées défilent, rythmées de rendez-vous enfin heureux.

Depuis lundi, je dors comme un bébé et me réveille à l'aube, en pleine forme. J'ai apprivoisé la courette, la cuisine semi-aveugle et la salle de bains malodorante. Néanmoins, l'étage est mon vrai territoire. J'y passe mes matinées à noircir les pages de l'Autre Cahier, celui avec un grand 3 tracé au feutre rouge sur la couverture.

Les idées affluent, même si elles ne survivent pas longtemps à un examen plus approfondi. Mercredi soir, par exemple, je monte à la pointe de Bihit pour admirer le coucher de soleil. Deux camping-cars sont garés sur le parking. Dans le premier, en piteux état, toutes les vitres sont occultées et il semble n'y avoir personne. Dans le second, flambant neuf, un couple de retraités regarde la télévision, tournant le dos au spectacle époustouflant qu'offrent le ciel, la mer et la myriade d'îlots disséminés au-delà de l'île Milliau. Je crois tenir le début de quelque chose si, au matin on découvre les deux vieux assassinés et le premier camping-car disparu.

Je m'enthousiasme et puis le soufflé retombe.

J'en suis à la fin de ma première semaine et rien n'éclaire le début du long trajet vers le roman à venir. En fait, je n'ai qu'une mince intention, l'envie d'écrire sur ceux qui passent à côté de la lumière ou l'évitent volontairement. J'appelle ça les victoires invisibles. C'est léger à faire peur.

Première semaine et semaine des premières.

Lundi soir, l'inauguration de mon programme au cinéma se fait devant une salle clairsemée. Le public se montre attentif et bienveillant. Les pâtisseries de Mina sont vraiment à tomber et délient les langues. Je suis déçue, le film n'entraîne que des réactions polies et tièdes. Je présente mes excuses à Lizzie pour ne pas avoir su bien m'y prendre. Elle me répond que je m'en suis très bien sortie, que les choses vont s'installer sur la durée et que des soirées à la météo moins clémente donneront davantage de chair à l'assistance.

Hier soir, premier atelier d'écriture. Lizzie nous installe dans un petit salon attenant à la bibliothèque dont je n'avais pas suspecté l'existence. Une grande table ovale, huit belles chaises et une petite cheminée allumée. Je ne suis pas très à mon aise, c'est le moins que je puisse dire. N'avoir que quatre participants n'aide pas. Surtout que, parmi les quatre, il y a un vieil homme à la mine sévère et au regard noir qui ne se déride pas de la soirée. Il lit ses textes qui sont aussi secs et coupants que lui. Avec son costume trois-pièces et son épaisse carrure, je lui trouve une vague ressemblance avec Ronald Reagan. Je ne peux me défaire du sentiment de me trouver face à un jury dont il est le seul membre, celui sur lequel personne ne veut tomber. À la fin des deux heures, il se lève, droit comme un piquet, il enfile son manteau et prend congé d'un glacial et exaspéré « Bonsoir, mesdames ».

Les « mesdames » en question sont deux sœurs que j'ai surnommées Heckel et Jeckel. Deux mamies aux cheveux si blancs qu'ils en paraissent irréels. Heckel est rondouillarde et parle trop. Jeckel est toute fine et s'exprime d'une voix à peine audible, ce qui fait râler son aînée qui ne cesse de la brusquer pour qu'elle articule. De toute manière, elles se houspillent pour un oui et pour un non, la petite n'hésitant pas à répondre à la grande. Leurs textes livrent une image inversée. Ceux d'Heckel sont discrets, souvent un peu trop timides ; ceux de Jeckel sont si audacieux et toni-truants qu'ils résonnent. La séance a suffi pour que j'apprenne qu'elles vivent sous le même toit, qu'elles ont réinvesti la maison de leurs parents, que Jeckel est veuve depuis de nombreuses années et qu'Heckel a été institutrice. Je les apprécie beaucoup. Elles restent un peu plus longtemps à la fin. Elles s'inquiètent de mon quotidien, de ma façon de m'alimenter, de ma solitude. Elles m'invitent à passer chez elles dès que je le souhaite et m'assurent que cet atelier leur a beau-coup plu.

La quatrième inscrite est plus jeune que moi. Elle se prénomme Élise et a peu écrit, se perdant souvent dans la contemplation des flammes et peinant à lire les quelques phrases qu'elle a finalement couchées sur le papier. Elle a le regard triste et dévisage ses voisins de biais, par en dessous, les surveillant comme des ennemis prêts à s'abattre sur elle. Je m'interroge encore sur sa présence tant elle semble punie. D'elle, je ne sais pas grand-chose de plus.

Le plus convaincant de ces premiers jours a été ma découverte de la nage dans la mer d'automne. J'y ai consacré tous mes après-midi dans la vaste anse sculptée de l'autre côté de la lande. Je m'y rends en voiture. Je me change au milieu des rochers qui par-sèment la plage. Je mets un temps fou à enfiler ma combinaison avant de me lancer. Le ciel a beau être très changeant, la couleur de l'eau ne se défait pas de toutes les nuances possibles. La sensation est prodigieuse. Il y a l'effort, qui fait le ménage dans ma tête et remet en place tous les rouages de ma vilaine mécanique. Il y a l'environnement, qui imite d'abord le refus avant de se laisser faire. Tous les repères se transforment. La normalité s'égare dans la marée montante. Quand je sors, je suis habitée d'une sensation de bien-être et de force que je pensais perdue à jamais. Comme le Nageur-de-l'Aurore, je me tiens debout face à la mer, enroulée dans ma serviette de bain. Je la remercie pour ces moments d'exception. Je comprends mieux Luttie et son obsession pour la nage quand elle était plus petite.

Mon expédition s'accompagne de tout un rituel qui, à lui seul, est déjà un voyage. J'adore rentrer, rincer ma combinaison dans la douche et la suspendre au-dessus du caniveau de la courette. La chaleur revient en moi, lentement. La fatigue laisse place à une paix que je déplace à Lighthouse où elle se marie si bien avec l'ambiance feutrée. Je discute un peu avec Jacasse et Mina. La première m'indiffère, la seconde me fascine. Je me love dans un des fauteuils, près de la cheminée. Je me crois à nouveau assise au bord de notre piscine. Je ressuscite ces heures de félicité.

Je ne repars chez moi qu'à la fermeture. Pour l'heure, en dépit de l'insistance de Mina et des grognements désapprobateurs de l'Ours-Rodolphe, je déserte le cinéma. Je prépare mon repas. Je mets un peu de musique pour donner une autre tonalité à la table en formica. Malgré la fraîcheur de plus en plus présente, je fais un dernier tour sur ma terrasse de poche. J'y contemple les traînées d'une journée qui valait la peine d'être vécue.

*
* *

Mardi 1ᵉʳ octobre

À Lighthouse, William-Xavier Mizen n'est qu'un spectre. Ses romans ne font même pas partie des fonds de la bibliothèque. Stéphanie-Jacasse me confirme qu'il est à l'origine du projet et qu'il y consacre une fortune. Elle me raconte que, de temps à autre, quelques fans, parmi les rares à connaître le lien entre leur auteur fétiche et ce lieu, pointent le bout de leur nez. Ils posent des questions, se prennent en photo devant le manoir et disparaissent aussi vite qu'ils sont apparus.

Elle-même ne l'a jamais vu, du moins en tant que tel, parce qu'il pourrait bien se cacher sous une fausse identité et personne n'en saurait rien. Elle baisse la voix, comme si des oreilles mal intentionnées pouvaient nous entendre alors que nous sommes seules dans la grande salle. Puis elle se redresse sur sa chaise, écarquille les yeux et pince les lèvres, ce qui donne l'impression qu'elle se retient d'éclater de rire et ruine ses effets.

J'ai entendu parler de lui, comme à peu près tout le monde, quand *A'Land*, dès sa sortie, est devenu un phénomène de société. Malgré son succès époustouflant, le personnage est très secret. Aucune photo, aucune interview, des rumeurs en pagaille auxquelles il ne répond jamais. On dit tout et n'importe quoi. Qu'il vit dans un manoir caché au fin fond de la campagne galloise, à moins que ce ne soit dans une modeste ferme irlandaise, entouré d'animaux. Qu'il a fondé une secte de survivalistes dans un trou des Pyrénées ou sur une île de la Baltique. Qu'il est interné dans un hôpital psychiatrique de Northampton, rendu fou par le succès et les millions. Qu'il est incapable d'écrire le moindre mot depuis qu'il a mis le point final au quatrième et ultime tome d'*A'Land*. Qu'il est mort avant même que son premier tome ne soit publié, en 2005. Qu'il purge une peine de perpétuité dans une prison de haute sécurité canadienne pour plusieurs assassinats. Qu'il est un ancien enfant tueur anglais bénéficiant d'une seconde vie. Qu'il agonise du sida dans une clinique toulousaine. Qu'il n'a jamais existé…

Si ça se trouve, il était assis dans la salle hier soir, pour la projection de *Beauté volée*, qui m'a valu d'être grondée par Heckel et Jeckel à cause du gros plan sur la culotte masquant à peine l'intimité de la jeune héroïne qu'un amoureux enhardi caresse du bout des doigts. Les horribles meubles du rez-de-chaussée, c'est lui. Les bouquins dégueulasses du lit alcôve, c'est lui. Il a conçu cet assemblage pour me tester. Je suis son cobaye.

Laurent avait intégré la communauté de ceux qui tentent de percer le mystère WXM. Sur Internet, les sites pullulent. On y affirme que ses livres recèlent des messages cachés, à l'image des initiales de son nom qui peuvent se lire à l'envers. Les théories sont toutes plus farfelues les unes que les autres. Certains y voient, dans le désordre, des références à la Shoah, une exaltation de l'anarchie, la révélation d'une présence extraterrestre, l'annonce d'une fin du monde dont la date est déjà connue, une chasse au trésor ou une manipulation créée de toutes pièces par des agents du Mossad… Ce qu'on retient en premier lieu, c'est que, dans ses romans, des fillettes sont enlevées par un monstre surgi de la montagne et que, dans un hameau isolé, d'autres meurent toutes l'année de leurs dix ans dans des conditions inexpliquées.

Mon mari s'est amusé de ces pseudo-explications. Il pensait que la fascination qu'exerçait *A'Land* venait d'autre chose, une chose qu'il était impossible d'expliquer. Quelques jours avant sa mort, il a eu le temps d'apprendre qu'après des années de refus, les droits d'*A'Land* avaient été vendus à Netflix en échange d'une somme indécente et le droit pour WXM de créer sa propre mini-série, à partir d'un scénario inédit et en jouissant d'une totale liberté pour le mettre en image.

Qui es-tu, William-Xavier Mizen ? Pourquoi te caches-tu ?

J'échafaude à mon tour des théories. Lizzie, Stéphanie, l'Ours-Rodolphe, Mina, Reagan, Heckel, Jeckel, Élise-la-Discrète, même le Nageur-de-l'Aurore. Sur chacun, je plaque l'identité de l'auteur mystère. Rien ne colle vraiment. Mais voilà comment naît l'idée de mon nouveau roman. Un artiste adulé qui vit en reclus ; une œuvre contenant les clés pour découvrir la vérité sur son compte, une vérité embarrassante qu'il n'assume pas ; une femme qui me ressemble un peu trop et qui fouine jusqu'à s'attirer des ennuis.

Si l'idée survit d'ici la fin de la semaine, je me lance.

*
* *

Samedi 5 octobre

Mon idée a survécu.

Elle a survécu au deuxième atelier d'écriture auquel Reagan n'a pas daigné participer, paraît-il à cause d'un empêchement de dernière minute. Nous nous sommes retrouvées entre filles, à quatre. Élise-la-Discrète ne s'est pas égayée pour autant. Toujours la même attitude contrite. Toujours une écriture vite expédiée et cette manière de s'envoler sitôt la séance achevée.

Elle a survécu à mes heures de nage. Jamais je n'ai pris autant de plaisir à pratiquer une activité physique, même si les aléas des marées m'obligent à adapter la gymnastique de mes journées. C'est d'ailleurs au-delà du physique. Il y a un aspect spirituel à se laisser chahuter par les vagues au moment où elles n'intéressent plus personne. Je reviens de chaque sortie enivrée, suspendue un long moment entre le ciel et la mer.

Elle a survécu aux doutes qui m'assaillent le soir alors que, emmitouflée jusqu'aux oreilles, je me pose sur ma terrasse et je survole les quelques toits qui me séparent de la mer.

Elle a survécu aux quelques questions que j'ai osé poser à Lizzie. Elle m'a répondu calmement, sans se départir de sa belle assurance et de son encore plus beau sourire. WXM ne vit pas à Trébeurden. Elle est incapable de dire où il se trouve. S'il a imaginé Lighthouse, il n'a jamais interféré dans les décisions concernant ses activités. Ce n'est pas la même chose pour la mini-série qu'il a conçue. Là, le moindre détail compte à ses yeux. L'écriture est en cours. J'ai même droit au titre de travail qu'elle me demande de ne pas dévoiler : *Distancés*.

*
* *

Mercredi 9 octobre

Ce matin, mes intentions d'écriture prennent une autre tournure. Le temps est pourri, un vent désagréable et de la pluie en rafales serrées. Assise à mon bureau, je coince. Il me faut inventer un autre WXM qui ne soit pas lui, qu'on ne reconnaîtra pas. Et je dois lui construire une œuvre puis des messages cachés dans celle-ci. Tant que je n'ai pas ces éléments, il m'est impossible de progresser dans le récit, c'est une évidence. Ce travail de préparation va être colossal. J'en suis découragée. Mauvaise matinée, au final.

Le vent se calme et il cesse de pleuvoir en début d'après-midi. J'ai besoin de prendre l'air, d'évacuer toute ma frustration. Aller nager m'apparaît comme la seule activité susceptible de m'apporter du réconfort. Il n'y a pas âme qui vive aux abords de ma plage. Compte tenu du froid, je me change dans ma voiture. La mer est un peu chamboulée mais rien de vraiment spectaculaire. Une fois que j'ai passé la barre, les vagues ne ressemblent plus qu'aux creux et aux bosses d'un grand édredon acceptant que je me roule dans ses plumes. Le gris habituel de l'eau a laissé place à un brun chaotique. Je nage sans appréhension, empruntant le même itinéraire que d'habitude, suffisamment écartée du rivage pour m'imaginer unique rescapée d'un naufrage. La forme et le moral reviennent dès les premières brasses. Je ne veux pas entendre l'alerte qu'est la pointe derrière ma cuisse, d'autant plus que le petit pic disparaît au bout d'une poignée de secondes. Hélas, au moment où je force davantage après le virage, une douleur violente m'arrête. Elle surgit, insupportable. Mon muscle se déchire dans le sens de la longueur. Le moindre mouvement devient un calvaire, me lacérant du creux du genou gauche jusqu'au milieu du dos. Y compris si je laisse ma jambe raide, me contentant de la force de mes bras. J'ai besoin de reprendre mon souffle, de m'agripper à quelque chose le temps pour mon corps de s'adapter. Sur ma droite, il y a une bouée jaune, une de celles que l'on arrime au large pour éloigner les bateaux des zones de baignade. Je parviens à la rejoindre en ayant si mal que des sueurs glacées me mordent la colonne vertébrale et que je vomis deux jets jaunâtres qui flottent un moment autour de moi. Je m'accroche au plastique jaune couvert de fientes.

Le froid traverse ma combinaison tandis que la douleur, à peine calmée, n'attend qu'un geste de ma part pour m'écraser à nouveau. Je mesure la distance qui me sépare de la plage : une éternité. Le ciel noircit. La pluie ne tarde pas à refaire son apparition. Les vagues deviennent soudain moins accueillantes, plus courroucées. Dès que je tente de m'élancer à nouveau, je ne peux couvrir plus de deux mètres avant d'être obligée de faire demi-tour. Une lame est fichée dans mon muscle. Elle s'enfonce lentement. Elle scie les tissus. Elle vrille les nerfs. Elle attaque l'os de sa pointe, forant méthodiquement en s'enroulant sur elle-même.

Ce qui est fou, c'est que je n'ai pas peur. Mal oui, mais peur non. Il y a forcément un moyen pour que je regagne la plage. Il s'agit juste d'une péripétie. D'autant plus que je crois avoir trouvé comment me sortir de là. Au bord de l'eau, j'aperçois une silhouette recouverte d'une cape de pluie. Elle me regarde. Je lui fais signe pour la prévenir que quelque chose ne va pas, au cas où elle ne l'a pas encore pigé. Je joins la parole au geste. Ma voix est puissante. J'en suis même étonnée. D'abord, la silhouette ne bouge pas d'un pouce, les mains cachées et la capuche relevée. Je pense qu'elle ne veut pas me quitter des yeux, le temps que les sauveteurs qu'elle a appelés arrivent. Puis, après quelques minutes, elle me tourne le dos et remonte d'un pas tranquille vers le sentier côtier. Je la suis jusqu'à ce que les bordures de la lande la masquent. Je n'en crois pas mes yeux : elle m'a abandonnée à mon triste sort sans réagir. Elle réapparaît un peu plus loin sur la gauche, au hasard d'un promontoire. Elle s'arrête. Elle m'observe à nouveau un long moment. Je crie. Je gesticule autant que je suis apte à le faire. Elle ne bronche pas. S'il ne pleuvait pas, elle s'assiérait pour profiter du spectacle. Mes cris se transforment en hurlements de colère et en insultes.

Alors, elle reprend sa promenade et disparaît pour de bon en direction de Trébeurden.

Ce n'est qu'à ce moment-là que la panique commence à me gagner. Personne ne viendra plus à cette heure-là, pas avec ce temps. Soit j'ignore la douleur et je me force à nager vers la rive, soit je reste accrochée à cette bouée jusqu'à ce que le froid ou la fatigue m'oblige à lâcher et à me noyer. Des images cauchemardesques naissent alors. Moi, en train de couler, l'eau s'infiltrant partout, m'empêchant de respirer. Jamais je n'ai autant tenu à la vie qu'à cet instant.

Il doit rester encore une heure de marée montante. Elle est ma meilleure alliée. Je m'allonge sur le dos, tête vers la plage. Je me laisse flotter en espérant que le courant me rapprochera du bord. Sans à-coups, je rame avec mes bras, laissant mes jambes aussi mortes que cela est possible. L'ondulation de l'eau n'a de cesse de raviver la douleur. Chaque vague est un supplice, me poussant à crier et à pleurer dès qu'elle s'empare de mon corps inerte pour le balancer dans tous les sens. Ensuite, quand c'est au-delà du supportable, je deviens enragée. Puisqu'il s'agit d'un combat, d'une lutte à mort, puisque la mer ne veut pas m'épargner, je l'affronte. Je tire davantage sur mes bras, je n'hésite plus à remuer ma jambe intacte. Les larmes achèvent de brouiller ma vue. Je suspecte la nuit d'être tombée en avance. Ou bien j'ai perdu la notion du temps et je suis prisonnière des flots depuis plus longtemps que je ne le pense.

Flottant sur le dos, gémissant comme une mourante, je sens que mes pensées ne s'envolent pas, chevillées à l'instant présent. La seule chose sur laquelle je m'autorise à cogiter est ma survie, le dépassement de mes limites physiques pour obtenir gain de cause.

Les rouleaux tentent de m'achever tout en avouant que je touche au but. Ils me coulent, me plaquent contre le fond, essaient de me maintenir sous l'eau et arrachent davantage mes chairs. Je me découvre une force insoupçonnée quand je leur résiste et que je les utilise pour prendre un ultime élan.

Je glisse hors des vagues, sur les fesses pour éviter que mes palmes n'accrochent le sol. Je m'effondre dès que je sens que la mer ne peut plus me happer. La pluie sur mon visage lave le sel et mes larmes. Je ris avec elle. Je rugis ma victoire comme un boxeur amoché. Puis le froid me contraint à regagner ma voiture, à cloche-pied. Je conduis au ralenti jusque chez moi, la jambe gauche tendue, la droite jouant de toutes les pédales.

Je retire ma combinaison, affalée dans la cour. Je reste près d'une demi-heure sous la douche. J'avale un énorme bol de chocolat chaud avant d'affronter les escaliers, une poche de glace collée à ma cuisse blessée. Je me fourre dans le lit et, après un long moment à regarder le grain battre les vitres, j'attrape mon cahier.

Tandis que j'écris, la silhouette à la cape devient floue. Je ne sais plus si elle était réellement là ou si je l'ai inventée. Dans tous les cas, en apparaissant au moment où je me pose de plus en plus de questions, elle est WXM. Et elle donne un sens à mon futur roman.

*
*   *

Vendredi 11 octobre

Mina se révèle petit à petit. Malgré son allure frêle et son caractère réservé, j'ai appris qu'elle a pratiqué la danse classique et le karaté à haute dose. Si son corps ne l'avait pas trahie, elle serait allée « très haut » à en croire Jacasse. De cette époque pas si lointaine, elle conserve des connaissances en blessures diverses et variées. Elle ausculte ma cuisse. Son diagnostic tombe : déchirure musculaire. Je dois me passer de nage durant de nombreuses semaines. Au pire moment pour moi alors que je me torture devant mes pages blanches.

Je n'ai donné aucun détail sur ma mésaventure, ni à Mina, ni aux autres. Pour autant, je ne me méfie pas d'eux. Je ne parviens pas à les imaginer au bord de la plage à savourer ma noyade annoncée. Même pas Reagan qui a fait son grand retour hier soir, toujours aussi peu aimable. Pour être honnête, quand je me force à donner un visage à ma silhouette malveillante, j'y vois celui de Caroline, de son idiot de mari ou, pire encore, celui de Luttie. Des trois personnes qui auraient de quoi m'en vouloir à mort, c'est elle qui l'emporte haut la main quand je me laisse aller à la paranoïa.

Alors, afin de combattre ces atroces pensées, je mets tout sur le dos du Nageur-de-l'Aurore. Malgré mes difficultés pour conduire, je me rends à la plage aux premières lueurs du jour. Il est déjà dans l'eau, à multiplier les allers-retours. Je l'observe depuis le parking. Puis, avant qu'il ait terminé, je décide de descendre et de me planter dans le sable. Il sort à quelques mètres de moi, se contentant de me saluer d'un hochement de tête. Ma présence n'a pas l'air de le surprendre. Je connais l'importance des rituels, alors je lui laisse le sien sans l'interrompre. Je ne l'accoste qu'au bout de longues minutes.

Moi : J'ai réfléchi une partie de la nuit aux raisons qui vous ont conduit à ne pas me venir en aide, l'autre jour.

Il me dévisage avec des yeux de merlan frit.

Moi, sans montrer que je perds déjà pied : J'hésite entre une sorte de test, pour savoir si je suis digne de nager dans votre mer, ou un jeu sadique, pour savoir si je suis capable de « trouver mes limites, les dépasser et en revenir ».

Il me sourit. Comme on le ferait devant une folle pour ne pas qu'elle se sente trop anormale.

Moi : C'est une réplique d'*A'Land*.

Lui, hochant la tête et reprenant son rhabillage comme si de rien n'était : Qu'est-ce que vous vous êtes fait ?

Moi : Déchirure. À l'arrière de la cuisse.

Lui : Vous avez trop forcé. Avec le froid et le manque d'hydratation, ça ne pardonne pas. J'y ai laissé mes mollets à plusieurs reprises avant de comprendre la leçon.

Moi, glaciale : Vous ne répondez pas à mon hésitation.

Lui, très calme, méthodique dans ses gestes : Vous ne risquiez pas grand-chose, sinon de vivre une expérience sur laquelle vous pourrez écrire. C'est important d'écrire sur ce qu'on connaît.

Moi, pas si cinglée finalement : Parce que la forêt hantée et l'attaque des loups dans vos livres, vous les avez vécues peut-être ?

Lui, souriant à nouveau : Le viol collectif dans *Décembre* ou les meurtres dans *Sang-Chaud*, rassurez-moi, ce n'est pas vous ?

Moi, bonne joueuse : Non...

Lui : Vous m'en voyez soulagé. Il n'empêche que ce sont deux très bons romans. Parce qu'ils viennent du ventre. Ça se sent.

Moi : Il ne me reste donc plus qu'à écrire sur un homme qui laisse une femme se noyer sous ses yeux.

Lui, enfin rhabillé : Voilà un très bon début, si vous voulez mon avis. C'est quoi le thème de votre nouveau projet ?

Moi, insolente au possible : Vous.

Lui, souriant de plus belle : Sacré chantier !

Moi : Qui en est au point mort, malheureusement.

Lui : Ça va venir, Charlotte. Soyez patiente.

Moi, pressée de changer de sujet : Les gens de Lighthouse savent que vous êtes ici ?

Lui, sans hésiter : Non. À l'exception de *miss* Blakeney. Moi, déçue qu'elle m'ait menti : Lizzie est au courant ? Lui : Il vaudrait mieux. Nous sommes mariés.

Moi, la cruche, le bec cloué.

Lui : Je vous invite à déjeuner ce midi, Charlotte. Feu de cheminée, premières huîtres plates de la saison et daurade au four. Ça vous va ?

Moi, retrouvant un semblant de contenance : Comment dois-je vous appeler ? William ? William-Xavier ?

Lui, fourrageant ses poches à la recherche de ses clés de voiture, une vieille camionnette transformée en pick-up : On se gèle ici. Je vous propose qu'on lève le camp.

Moi, le laissant s'éloigner de quelques pas : J'aurais pu mourir, l'autre jour. Vous vous en rendez compte ?

Lui, s'arrêtant de marcher : J'ai pris le risque.

Moi, bravache, pour ne pas lui laisser le dernier mot : Vous savez que je pourrais tout balancer. Annoncer sur les forums que vous habitez à Trébeurden ; que vous êtes en couple avec Lizzie Blakeney ; que tous les matins vous nagez le long de la plage de Goas Lagorn ?

Lui, encore un peu plus loin : Je prends le risque.

En vérité, je ne quitte pas ma maisonnette et je ne conduis pas jusqu'à la plage. En revanche, je transforme mon premier chapitre.

Et je suis bien invitée à déjeuner. Je téléphone à Lizzie. Je lui explique que j'ai une idée de roman mais que j'ai besoin de son aval. Elle me propose de venir chez elle pour que nous en parlions.

Elle habite dans le quartier chic de Lan Kerellec. Sa maison est l'une des plus discrètes. Elle domine la mer et tous les îlots dispersés au large où je rêve d'aller jouer le Robinson d'un jour. Elle est lumineuse, à l'image de sa propriétaire, qui m'accueille en amie.

Notre conversation s'arrime à mes livres. Lizzie a une préférence pour *Décembre*, à cause de l'endroit où ça se passe et de son côté nostalgique, avec les nombreux passages sur l'enfance des protagonistes. Cependant, elle est d'accord pour trouver *Sang-Chaud* plus abouti, plus intense également. Elle s'intéresse à mes sources d'inspiration. Je mets du temps à fournir une réponse intelligible parce que je n'ai jamais su parler de ce que j'ai écrit.

J'ignore d'où m'est venu *Décembre*. Un adolescent, seul survivant d'un accident de la route, est confié à sa grand-mère qui tient une épicerie dans un petit village de montagne. Il y rencontre Sveg et vit avec elle ses premiers émois, avant qu'elle ne disparaisse du jour au lendemain. Des années plus tard, après le décès de sa grand-mère, il revient s'installer dans le village et retrouve Sveg, également de retour. Il croit pouvoir reprendre le cours de sa vie là où il s'était interrompu, mais les choses sont plus compliquées. Surtout quand il apprend que son amie a quitté la région après avoir été victime d'un viol. Viol qu'il entend bien venger.

Sang-Chaud, en revanche, s'inspire largement d'une famille qui a vécu près de chez nous quand j'étais enfant. Le mari incapable de maîtriser ses nerfs avec qui que ce soit, la femme qui le trompe ouvertement, leur fille, d'une beauté saisissante, qui reproduit le schéma en se mettant en couple avec un taré. En revanche, j'ai inventé le voisin amoureux d'elle, qui est témoin de toute cette violence qu'il ne peut empêcher, jusqu'à devenir violent lui-même quand il s'agit d'offrir une chance à sa dulcinée.

— Le voisin en question, c'est vous, n'est-ce pas ?
me demande Lizzie le plus sérieusement du monde.

Je rougis. Et je ne peux que l'admettre, gênée qu'elle
m'ait percée à jour.

— Et cette famille, qu'est-elle devenue en réalité ?

Je n'en sais rien. Ils ont quitté notre quartier quand
je suis entrée au lycée et, pour beaucoup de monde,
leur départ a été un soulagement.

En maîtresse de maison, Lizzie ne perd rien de son
élégance ni de son aisance. Je lui dis que sa demeure
est très belle. Qu'on s'y sent bien.

— Je ne sais pas si je l'ai choisie ou si c'est elle qui
m'a choisie. Un peu des deux, sans doute. Celle que
vous habitez à Limoges vous plaît-elle ?

Je n'hésite pas le moins du monde pour répondre
que non, et que le décès de mon mari n'y est pour
rien, parce que je ne l'ai jamais aimée. Je me rattrape
en précisant que je parle de la maison.

Nous évoquons le sens de nos prénoms respectifs.
Elle ignore pourquoi ses parents l'ont appelée Lizzie.
Les miens m'ont raconté que Charlotte vient de la
jeune et intrépide héroïne du film *L'Ombre d'un doute*.
J'ai du mal à les croire. Parce que dès que je veux me
montrer intrépide, ils tentent de me freiner.

— Ils doivent être catastrophés de votre décision
de tout envoyer balader.

Ils le sont. Maman me téléphone quasiment tous
les jours. Une fois sur deux, je ne décroche pas. Dès
qu'on se parle, j'ai l'impression d'être atteinte d'une
maladie incurable. Quant à Papa, ses silences sont
pires encore.

Il me faut en passer par tous ces sujets avant d'oser
lui expliquer ce que je veux mettre dans mon roman.
Elle m'écoute. Elle n'a pas l'air d'être surprise de mes
intentions. Comme si elle les avait devinées depuis
longtemps.

Je me risque alors à lui raconter mon accident de baignade et la silhouette encapuchonnée de la plage.

— Je n'imagine pas une seule seconde que quelqu'un ait pu vous abandonner dans une telle situation. On ne vous aura pas vue. Ou on aura mal interprété ce qui se passait.

Son ton se durcit, ses yeux se couvrent. Je rapetisse sur ma chaise.

— Vous vous soignez correctement au moins ?

— J'applique à la lettre les prescriptions de Mina.

— Ah, Mina... Voilà un personnage de roman. Elle est captivante, cette jeune femme. À sa façon d'avancer dans la vie sur la pointe des pieds, il y a tant de choses que l'on devine... J'ai toujours un faible pour les discrets. Ce sont de vrais héros.

Elle me regarde fixement. Son sourire s'est envolé à son tour derrière les mêmes nuages. J'ai la désagréable sensation qu'elle fouille en moi. Je sursaute quand elle parle à nouveau.

— M. Mizen n'est pour rien dans votre mésaventure, Charlotte. Je ne vous ai pas menti en vous disant que cela fait longtemps qu'il ne vient plus ici. Et croyez-moi, rien ne le poussera à faire du mal à qui que ce soit, y compris si ses secrets les plus compromettants étaient divulgués.

Je suis ridicule. Je voudrais m'enfermer dans une pièce aveugle et me mettre des baffes à en avoir mal aux mains. Je défends ce qu'il reste à défendre.

— Il s'agirait d'une vraie fiction. Je n'ai pas l'intention de dévoiler quoi que ce soit de compromettant.

— Pourtant, c'est ce que je vous demande de faire. J'accepte de soutenir votre idée à condition que vous y alliez franchement. N'inventez pas d'avatar à William-Xavier. Mettez les pieds dans le plat. Le moment est venu. C'est à vous de le faire sortir de l'ombre.

Je n'ai pas la lucidité de comprendre. Je me contente de hocher la tête comme une imbécile.

— Nous n'avons pas besoin d'une journaliste ou d'une avocate, mais d'une écrivaine capable d'interpréter les choses et de combler les vides à sa convenance.

— Besoin ?

Lizzie retrouve son sourire. La lumière revient.

— Disons que cela fait quelques années que lui et moi, nous vous attendions. Son vrai nom est Romain Bancilhon. Il est né à Marican et, à la mort de son père, il a choisi de revenir dans cette ville, pour son plus grand malheur. C'est comme dans *Décembre* : les retours sur les lieux de l'enfance sont rarement de bonnes idées. Je crains que le secret ne tienne plus très longtemps. L'étau se resserre un peu plus chaque jour. Nous pouvons faire coup double : vous écrivez votre roman et vous nous aidez à couper l'herbe sous le pied de ceux qui veulent nous faire du tort. Le tout avant la sortie de *Distancés*.

— Un malheur de quel type ?

— Une petite fille de son quartier a disparu. Il a été suspecté. Il se pourrait bien qu'il le soit encore. – Elle devine ce que je pense. Exactement comme ce qu'il décrit dans ses romans... S'il y a des énigmes cachées dans *A'Land*, il n'y a pas besoin d'aller les chercher bien loin.

— Tout un tas de gens seraient prêts à se damner pour obtenir ces informations. Pourquoi me faire confiance ?

Elle s'accorde un court instant de silence.

— Je prends le risque...

1

Mon temps

— Il faut vous préparer au pire, monsieur Bancilhon.

La voix de l'infirmière se veut aimable. Mais, au téléphone, elle ne parvient qu'à sonner froide et mécanique, trop bien huilée pour être sincère.

Le père de Romain a été transporté aux urgences. La femme qui vient faire son ménage l'a trouvé inanimé. Il est plongé dans un coma dépassé. La gravité de son attaque cérébrale ne laisse guère d'espoir. Il ne se réveillera pas.

Romain ne l'a pas revu depuis au moins six mois. Il ne revient plus à Marican. Et comme son père n'a jamais eu envie de venir chez lui, l'affaire est entendue depuis longtemps. Ils se sont croisés à mi-chemin de leurs vies respectives, en coup de vent, le temps d'un café ou, plus rarement, d'un déjeuner. Ils étaient alors aussi embarrassés l'un que l'autre, pressés de repartir chacun de son côté.

Il l'a appelé quinze jours plus tôt, le jour de l'anniversaire de Julien. Il savait que c'était important pour lui. De sa voix lasse, son père l'a remercié. Romain a fait semblant de le croire réellement touché par son appel. Lui a fait semblant de croire que ce dernier n'était pas qu'un simple devoir à accomplir.

Dans une lettre, certifiée par son médecin traitant, il refusait tout acharnement thérapeutique ou toute tentative désespérée de réanimation. Son fils en ignorait l'existence. Comme il ignorait tout des alertes qui l'avaient poussé à la rédiger. Il ne l'a pas avoué à l'infirmière. Il s'est contenté de donner son aval pour que ses volontés soient respectées.

— Dans ce cas, nous allons le laisser partir.

Romain abhorre cette expression pour parler de la mort. Elle l'irrite au plus haut point tant elle est empreinte d'hypocrisie. On ne part pas. On s'arrête. On en a fini. C'est tout sauf un départ. Partir ressemble à tout autre chose. Dans sa famille, ils sont tous partis. Cela fait de lui un spécialiste du sujet.

Julien, son frère aîné, a disparu en février 1980, l'année de ses vingt ans. Il a soigneusement rangé son studio d'étudiant, laissé ses clés et ses papiers en évidence sur la table, a emporté quelques vêtements dans son sac à dos, une somme importante en liquide et n'a plus jamais donné signe de vie.

Leur père en a été dévoré par la culpabilité. Julien et lui ne s'entendaient pas bien. Les derniers temps, leur relation s'était infectée. Ils ne pouvaient se trouver en présence l'un de l'autre sans que ça dégénère. Du coup, il s'est lancé à corps perdu à sa recherche, remuant ciel et terre pour le retrouver. Et, dans son cas, il ne s'agissait pas juste d'une expression. Seulement le retrouver et non le ramener à la maison, il l'a rappelé sans cesse. Il y a consacré les vingt-deux dernières années de son existence, au mépris de tout le reste.

Leurs parents ont divorcé en 1984, quelques semaines après que Romain a obtenu son bac. Ils n'avaient plus rien d'un couple depuis longtemps. Après la disparition de leur fils, leur mère a d'abord fait ce qu'elle savait faire le mieux : s'effondrer. Puis, comme à son habitude, elle s'est relevée d'un coup.

Elle n'a jamais cherché Julien. À ses yeux, il était perdu. Définitivement perdu. Après avoir tant et tant de fois menacé de tout abandonner, elle est passée à l'acte. Elle a quitté son mari pour un autre homme. Ensemble, ils ont déménagé en Bretagne, à l'autre bout du pays. Selon ses dires, elle y a trouvé un équilibre, une spiritualité, une paix qui, jusque-là, lui avaient fait défaut. Romain n'a jamais su si elle disait vrai. Il ne pouvait pas s'empêcher de se méfier d'elle, notamment à cause de son habitude de ne jamais reconnaître ses torts et de refuser de s'excuser. Ce qui est certain en revanche, c'est que la vie d'avant est devenue totalement étrangère à sa mère.

Lui a quitté Marican pour sa première rentrée universitaire. Il a pensé ne jamais pouvoir surmonter une telle épreuve. Il a compris ce que signifiait être déraciné. Il en a pleuré jusqu'à épuisement, les jours et les nuits qui ont précédé son départ puis dans le train qui l'a emmené à Paris et enfin dans sa minuscule chambre de la cité universitaire de Versailles. Or, dès le lendemain, c'était fini, il ne pleurait plus. L'attachement viscéral qui le reliait à leur maison, à leur quartier, à leur montagne, cet attachement que la disparition de Julien n'était pas parvenue à flétrir n'existait plus. Il était mort dans la nuit. Il s'est alors senti libre. Les barrières se sont refermées dans son dos, lui interdisant tout retour en arrière, mais cela lui convenait ainsi.

Romain promet à l'infirmière de faire le plus vite possible. Il quitte Orléans et couvre les huit cents kilomètres dans l'après-midi, pour se présenter au service de réanimation de l'hôpital de Marican à la nuit tombée. On le conduit au chevet de son père. Celui-ci est allongé à l'intérieur d'un box vitré, si étroit qu'on ne peut même pas poser une chaise entre le lit et la cloison. Il prend d'abord le bruit rauque qui emplit l'espace pour celui d'un radiateur détraqué ou d'une de ces machines abominables qui hantent de tels endroits. Avant de prendre conscience qu'il provient de la gorge du mourant.

Ce n'est qu'ici, avec cet atroce ronflement dans les oreilles, qu'il ressent quelque chose. Depuis le coup de fil de l'infirmière, il n'y a rien eu, même pas pour s'en foutre. Maintenant, il y a l'effroi. Et, rapidement après l'effroi, il y a le chagrin.

Son père ressemble encore à son père, le visage peut-être un peu plus creusé. Il ne s'approche pas. Il ne lui dit rien. Il ne prend pas sa longue main sèche dans la sienne. Il ne dépose aucun baiser sur son front. Il se contente d'être ici, à le regarder mourir après qu'on l'a débranché.

Il cesse de vivre à 2 h 15. Le médecin de garde annonce l'heure à haute voix. On demande si la dépouille doit être ramenée chez elle ou si elle reste à la morgue. Romain n'hésite pas une seconde : son père doit rentrer à la maison. Le délai pour la levée du corps étant de trois heures, il part devant après avoir signé les papiers. Il traverse la ville au milieu de la nuit. Parvenu à l'entrée du Clos-Margot, il ralentit, de crainte que le lotissement ne lui refuse le passage. Il y pénètre comme on pénètre dans une place forte, profitant d'une brèche dans la muraille et d'un relâchement de la surveillance au bénéfice de l'heure tardive.

Il se gare en face de ce qui avait été chez eux, au numéro 4 de la rue Pierre-Pousset. Au moment du divorce, son père s'est battu pour ne pas vendre cette maison. Après avoir obtenu gain de cause, il lui a confié un jeu de clés, lui affirmant qu'il serait toujours chez lui. Il se trompait. Chez lui, Romain n'y était plus. Les clés n'ont jamais quitté le fond des boîtes à gants de ses voitures successives. Il va les utiliser pour la première fois.

Ces lieux l'ont fait. Adolescent, ils étaient comme un point de ralliement éternel, l'endroit où retrouver

Julien quand il serait décidé à réapparaître. Mais aussi celui à regagner, à la fin de sa route. Depuis, cette idée s'est effacée et rien ne l'a fait renaître. Ses rares retours ont toujours été douloureux. Le quartier était différent. Il ne l'aimait plus. La rivière était encore plus grise, plus sale et plus coléreuse que dans ses souvenirs. La Tourbière n'était plus qu'une friche malodorante, minée de merdes de chiens et infestée de moustiques. La montagne noircissait. La maison était plus petite, recroquevillée, blafarde, ployant sous les années qu'elle ne portait pas bien.

Son père n'y a pas fait de travaux, si ce n'est le strict nécessaire. L'intérieur est devenu austère. Les meubles Louis XV dont sa mère raffolait ont été remplacés par d'autres, plus fonctionnels, plus froids, plus anguleux et surtout moins nombreux. Les cadres, les bibelots et les rideaux ont été retirés. Leurs ombres restent imprimées sur les murs. De son ancienne chambre ne subsistent qu'une pièce repeinte en blanc, une cantine métallique posée dans un coin, renfermant quelques affaires qu'il a abandonnées, et son ancien lit, matelas replié sur lui-même et calé par une chaise renversée. Celle de Julien, également repeinte, est en revanche vide. Leur père ne l'a pas transformée en mausolée. Il se doutait que, le jour où il retrouverait son aîné, les choses ne recommenceraient pas là où elles s'étaient interrompues, et qu'entretenir ce qui n'était plus ne servait à rien, sinon à souffrir.

Il n'a pas conservé cette maison trop grande pour lui par esprit de revanche ou par sentimentalisme. Lors d'une de leurs rares conversations, il a avoué à Romain avoir su très tôt que c'était ici qu'il voulait mourir. Son fils était pourtant persuadé qu'il n'avait jamais cherché qu'à la fuir. D'abord happé par son travail, puis par son enquête. Il ignorait qu'il puisse y être attaché à ce point. Néanmoins, il a compris ce qu'il voulait dire. Et il l'a envié d'avoir trouvé l'endroit d'où ne jamais partir. Tout en lui reprochant de ne pas le lui avoir confié plus tôt.

Romain n'a jamais eu à s'occuper d'un mort. Il ne sait pas ce qu'il est censé faire, s'il doit préparer sa chambre, ses vêtements... Il se contente d'ouvrir les volets et d'allumer partout, y compris dans les coins délaissés. Son père a toujours détesté la pénombre. Il pestait sans cesse contre les volets en voûte et les ampoules qui n'éclairaient pas assez.

Dans la salle de bains, il découvre ses affaires de toilette regroupées à droite de la tablette, laissant la partie gauche vacante. Dans l'armoire et les tiroirs de la commode, il en est de même : une moitié abandonnée, bien en évidence.

Il n'ose toucher à rien, ne serait-ce que pour se faire un café. Il ne se sent plus à l'aise entre ces murs. Il sort ouvrir en grand le portail. Un vent désagréable s'est levé. Il fait quelques pas dans le jardin. L'arrière de la maison se refuse à lui, restant plongé dans l'obscurité. De tous les endroits de son passé, c'est le seul qui garde en lui quelques traces de familiarité. Il patiente jusqu'au lever du jour pour constater qu'il en est toujours ainsi. Le rectangle long et large qui lui a servi de terrain de foot porte encore les stigmates de ses courses répétées, quand il passait des heures à disputer des matchs homériques dont il incarnait tous les joueurs. Aucune fleur, aucune plante n'y a empiété. Quant aux arbres qui le bordent, ils gardent encore de ses tirs maladroits les moignons de leurs branches arrachées.

Il attend que son père revienne chez lui, guettant le véhicule des pompes funèbres depuis la porte vitrée de l'entrée. Un camion gris se gare dans l'allée du garage. Trois hommes en sortent, viennent le saluer en arborant des mines de circonstance. Ils se renseignent sur les lieux puis ils couchent le mort sur son lit, habillé d'un costume noir qui semble n'avoir jamais été porté. Le plus âgé des trois lui fait choisir un cercueil dans un catalogue et, assis à la table de la salle à manger, ils s'astreignent aux formalités. Pour les funérailles, une simple bénédiction, en l'église Saint-Joseph, suivie d'une inhumation dans le caveau de ses grands-parents. Concernant l'avis de décès, après avoir hésité, il renonce à y faire figurer le prénom de son frère. « *Romain, son fils, a la douleur de vous faire part du décès de M. Victor Bancilhon, survenu dans sa soixante-dix-huitième année.* »

Il ne connaît pas d'autre famille à son père, aucun ami, aucun proche. Quand il prévient sa mère, elle se contente de lui répondre un « Ah… » même pas enrobé d'un quelconque silence. Elle promet de prier avant de lui raccrocher au nez.

Après le départ des croque-morts, il va voir son père. Il n'est déjà plus lui-même. Sa mâchoire est déformée, comme si elle avait été déboîtée. Sa peau est grise, gonflée par endroits. Ses ongles sont translucides, se confondant avec les chairs molles de ses doigts interminables. Il lui paraît plus grand, plus carré. Plus imposant mort que vivant.

Il n'a admiré son père que par imagination. À l'école primaire, quand ils partaient en sortie, en rang et deux par deux, ils se racontaient entre garçons les exploits de leurs pères respectifs. À les entendre, ils avaient tous fait la guerre contre les Allemands. Et ils s'y étaient comportés de manière mémorable.

Le sien avait vécu caché dans la montagne. Son campement était impossible à dénicher. Minutieux tel qu'il était, il maniait les explosifs comme personne. Une opération de sabotage dans un aérodrome avait failli lui être fatale, un avion s'étant posé de nuit sur la piste d'atterrissage où il était en train de ramper. Hélas, il avait perdu la plupart de ses compagnons de lutte dans l'effondrement d'un tunnel piégé. Afin de se venger, il avait lancé une locomotive remplie de caisses de TNT contre un train de soldats ennemis. Une autre fois, au retour d'une mission en solitaire, il avait retrouvé son campement ravagé et ses derniers complices sauvagement assassinés. Durant les mois qui avaient suivi, il avait éliminé tous ceux qui, de près ou de loin, avaient quelque chose à voir avec ce massacre. Certains étaient des Français.

Romain était intarissable. Pour que ses mensonges aient un minimum d'assise, il incluait à ses récits des moments de faiblesse et de doutes. Il ajoutait que son père ne tirait aucune fierté de cette époque, qu'il avait refusé d'être décoré et qu'il en parlait peu. Ce qui n'était pas très crédible au vu des détails qu'il était capable de fournir. Or, à l'exception de Mimouche, il pensait la plupart de ses camarades de classe trop peu futés pour s'en apercevoir. Eux dont les anecdotes sonnaient faux et manquaient de cohérence. Comme celui qui, cherchant à sortir des lieux communs, avait envoyé son père se battre en Afrique contre des hommes enturbannés. Lors d'un combat au sabre, son pied avait été tranché net. Ce qui ne l'avait pas empêché de terrasser son adversaire, en sautillant sur une jambe. Depuis, il portait une prothèse qu'il dévissait tous les soirs.

En réalité, quand il ne frimait pas, il n'admirait pas son père. Davantage que sa distance et sa froideur, il lui reprochait surtout d'être faible. Le jour où il l'avait aperçu à moitié nu dans la salle de bains, en train de se laver, il lui était apparu fragile, avec son corps flasque et sa peau trop blanche. Il était ridicule, à se savonner les fesses avec son gant de toilette quand, avec eux, il se voulait robuste, infaillible et sévère.

Une autre fois, il l'avait surpris à pleurer, assis sur le rebord du lit, une main plaquée contre la bouche, les épaules secouées par des sanglots qu'il ne pouvait contrôler. Il lui en avait voulu de ne pas savoir mieux se cacher. Il lui en a voulu de ne pas savoir supporter sa vie sans broncher, de ne pas se rebeller contre leur mère, de ne pas chercher à éviter les conflits avec Julien, de laisser dire dans toute la ville qu'à son travail il était incompétent, menaçant de couler l'entreprise que leur grand-père lui avait cédée. Il lui en voulait de ne jamais s'inquiéter de ses fils, si ce n'est pour les engueuler.

Romain a perdu son père à l'exiger trop différent de ce qu'il était. Il a été témoin de l'énergie et de l'abnégation surhumaine qu'il a déployées pour retrouver son frère. Personne n'aurait pu faire autant que lui. Pourtant, il n'est jamais remonté dans son estime. Jusqu'à sa mort, il est demeuré cet homme rigide, glacial, absent, trop lâche et coupable d'avoir laissé sa famille se déliter.

Désormais, il est impatient que tout cela se termine, que l'enterrement soit passé et qu'il puisse repartir d'où il vient. Quand, en milieu de matinée, on sonne, il se félicite de la diligence dont fait preuve le curé pour venir régler les derniers détails. Il est déçu d'entendre une voix de femme dans l'interphone grésillant.

— Bonjour, monsieur Bancilhon. Excusez-moi de vous déranger. Je suis Hélène. Hélène Baury. C'est moi qui m'occupais du ménage de votre père. À l'hôpital, on m'a dit que...

Il sort à sa rencontre, navré de s'être montré un peu trop rugueux.

— Je vous présente mes plus sincères condoléances. Je m'associe à votre peine. Votre papa était quelqu'un de bien. Je l'appréciais beaucoup.

Son timbre est éraillé, un peu trop sonore. Néanmoins, il tombe bien, franc et juste. Sa spontanéité est à deux doigts de l'emporter vers des épanchements qu'il souhaite éviter à tout prix.

Il l'invite à entrer. D'un geste du bras, il lui indique la chambre.

— Si vous voulez le voir...

Elle acquiesce.

— C'est très bien de votre part de l'avoir fait ramener ici.

Il la laisse y aller seule. Quand elle le rejoint, ses yeux sont rougis. Elle s'avance timidement, comme si elle avait du mal à se mouvoir dans cette maison qu'elle connaît pourtant par cœur. Il lui propose un café. Il faut bien alors qu'il touche aux placards de la cuisine.

— Vous êtes tout seul pour affronter une telle épreuve ?

— Je le crains.

— Oh, je vois... Si mon époux ou moi-même pouvons vous être d'une quelconque utilité, n'hésitez surtout pas.

Elle fouille dans son sac à main pour en extirper un trousseau de clés qu'elle pose avec douceur sur la table.

— Votre père me les avait confiées...

— Veniez-vous souvent ?

— Trois matinées par semaine.

— Il ne vous menait pas la vie trop dure ?

— Pas le moins du monde, monsieur. Il me laissait faire mon travail comme je l'entendais, toujours d'humeur égale et bienveillante.

— Un visage que je ne lui ai pas souvent connu...

Elle se rembrunit, se figeant sur sa chaise, gênée par sa remarque.

— Veuillez m'excuser, madame Baury. Mon père et moi n'avions pas de relations très cordiales. Je suis content qu'il ait pu compter sur vous.

Elle hoche la tête sans se défaire de sa grimace offusquée. Il aime bien cette femme. Il y a quelque chose en elle qui le rassure.

— Comment est-ce que ça s'est passé ?

Elle ne lui fait pas répéter sa question, montrant qu'elle en a saisi le sens.

— Je suis arrivée un peu avant 9 heures, hier matin. Les volets étaient fermés, ce qui n'était pas dans les habitudes de votre papa. Il se levait toujours aux aurores et ses premiers gestes étaient de tout ouvrir, même s'il faisait encore nuit. J'ai compris que quelque chose n'allait pas... Il était tombé dans les toilettes. J'ai cru qu'il était mort avant d'entendre sa respiration. J'ai téléphoné au SAMU. Je les ai suivis jusqu'à l'hôpital. Je suis revenue chercher son costume quand on m'a dit que ce n'était plus qu'une question d'heures. C'est moi qui leur ai donné votre numéro et qui leur ai parlé de la lettre qu'il avait laissée. Je lui avais donné ma parole.

— Était-il si malade ?

— Le médecin l'avait prévenu des risques qu'il encourait à refuser de se soigner. Rien que cette année, il a été victime de trois malaises sévères. Il ne se reposait jamais. Y compris quand il en donnait l'impression. Ici, il passait son temps au sous-sol. Sinon, c'était sur la route ou dans les avions.

— Le sous-sol ?

— Le seul endroit, avec le garage, où je n'avais pas le droit d'aller. Il me disait toujours : « Hélène, ce sont les derniers lieux où je me sens encore utile à quelque chose. Alors, par pitié, laissez-les-moi, y compris avec leur saleté. »

Sa maniaquerie au sujet du garage était ancienne. Des étagères métalliques étaient alignées contre les murs et tout ce qui y était rangé l'était dans un ordre quasi militaire. Le moindre outil, la moindre boîte avait sa place attitrée. Le sol était recouvert d'un enduit caoutchouteux bleu qu'il refaisait régulièrement. Quant à ses voitures, de grosses berlines allemandes grises, il les briquait et les bichonnait sans cesse.

En revanche, du temps de Romain, le sous-sol n'était qu'une cave sombre, empestant l'humidité et traversée par les hoquets lugubres de la chaudière à gaz. Il se doute que désormais, il y a tout ce qui concerne Julien, vingt-deux ans de recherche, parfaitement classés et reclassés.

— Il en verrouillait toujours la porte. Ce n'était pas par méfiance, parce qu'il n'a jamais caché où il rangeait la clé, dans le pot en étain posé sur le frigo. Mais c'était son domaine réservé.

Romain est pressé de changer de sujet. Il le fait maladroitement, se montrant encore trop rustre.

— Voyait-il quelqu'un ?

Hélène le dévisage, sévère. Il tente de se rattraper.

— Est-ce qu'il y a une personne, ou plusieurs, que je dois mettre au courant ?

— Non, monsieur Bancilhon. Je l'ai toujours connu seul.

Il soupire, sans se contrôler, les deux mains jointes sous le menton.

— Madame Baury, si vous le voulez bien, je préférerais que vous gardiez ces clés et que vous continuiez à vous occuper de la maison. La tenir propre, l'aérer, la chauffer... Le temps que je prenne mes dispositions. Les conditions seront les mêmes, concernant votre salaire.

— Ce ne serait pas très honnête de ma part d'accepter. Il y aura beaucoup moins à faire.

— Elle reste une grande maison, posée au milieu d'une grande parcelle. Mon père ne donnait sa confiance qu'à peu de gens. Mais, quand il s'y pliait, c'était toujours à coup sûr. Ce serait pour moi un soulagement de pouvoir compter sur vous lors des mois à venir.

Elle accepte, lui évitant d'avoir à insister. D'un geste tout aussi doux, elle reprend le trousseau et le fait disparaître dans son sac.

— Dans ce cas, j'aimerais mieux que vous m'appeliez par mon prénom.

— Très bien, Hélène. Moi, c'est Romain. C'est le premier décès que j'ai à gérer. Je ne suis pas certain de faire les choses comme il le faudrait. Je ne suis pas contre quelques conseils.

— Vous vous en sortez très bien. Je ne crois pas qu'il existe une méthode appropriée pour ces circonstances. Mon époux dit toujours qu'il faut avant tout s'occuper des vivants, de ceux qui restent. Cependant, si vous me le permettez, votre papa avait exprimé un autre vœu... Il souhaitait emporter un poème que votre frère a écrit. Il l'a recopié en plusieurs exemplaires et je sais qu'il en avait toujours un sur lui, où qu'il aille. Il conservait la version originale dans le tiroir de sa table de chevet. Il me l'a montrée et m'a fait promettre de la mettre dans son cercueil.

Julien dévorait les livres. Longtemps, il a aimé inventer des histoires qu'il racontait à son jeune frère. Or, il écrivait peu. Un stylo entre les mains, il était comme paralysé. Quand Romain était petit, impressionné par son inspiration débordante, il lui a prédit qu'un jour il écrirait des romans, des tonnes de romans. Julien lui a répondu que ce serait impossible et la tristesse que trahissaient ses yeux l'a beaucoup marqué.

En troisième, pour un devoir de français, il a rédigé ce poème qui s'intitulait *Mon temps*. Il a obtenu une excellente note et les félicitations de son professeur. Pourtant, il n'a pas accueilli cette réussite avec un grand enthousiasme. Il a même affirmé avoir bâclé son travail en quelques minutes et considérer ses vers d'une faiblesse qui lui faisait honte.

Romain n'a pas le souvenir qu'à l'époque, leur père ait fait grand cas de ce poème. Il l'a parcouru le soir, à table, avant de rendre la feuille à Julien et de le complimenter pour sa note. Rien de plus.

Dans la table de chevet, il retrouve cette double-page quadrillée, à l'encre délavée. Elle est protégée par du papier de soie. Au moment de la mise en bière, le samedi matin, il demande qu'elle soit glissée sous les mains jointes de son père. Il ne se sent pas capable de le faire lui-même.

Il ne descend pas au sous-sol. Il n'a pas besoin de résister à une quelconque tentation. Ce qu'il devine en bas représente tout ce qui le rebute. Il se contente d'errer dans le parc malgré la pluie et le froid précoce, de regarder n'importe quoi à la télé et de dormir, toujours sur le canapé.

À part le curé et Hélène, seules deux voisines viennent à la cérémonie. Il a toujours connu Mme Tessier à côté de chez eux, au numéro 5. Quand il jouait dans le jardin, elle lui parlait à travers la haie, toujours gentille et prévenante. S'il la savait dehors, il ne s'interrompait pas pour autant. Alors que quand ses parents pouvaient le voir ou l'entendre, il cessait immédiatement ce qu'il était en train de faire. Elle discutait avec lui comme avec un adulte et cela le flattait. Il aimait sa voix, la chaleur et la force qui en émanaient. Elle était veuve depuis de nombreuses années. Il ne gardait aucun souvenir de son mari, ni même de sa fille qui lui avait tourné le dos. Il admirait son courage. Elle faisait face aux mauvais coups avec dignité, ne laissait jamais rien paraître de son chagrin. Tout le contraire de sa mère.

Mme Tessier est amie avec Mlle Greffier qui vit plus loin, au numéro 15. Aux yeux de tout le monde, cette dernière est une sainte. On citait même son exemple au catéchisme. Parce qu'elle a sacrifié son existence à s'occuper de son frère aîné, au lieu de le placer dans une institution spécialisée. Romain n'a jamais été à l'aise en sa présence. Elle le regardait avec dureté, évitait de lui adresser la parole et, quand elle le faisait,

adoptait toujours un ton sec. Son frère, Daniel, le ter-
rifiait. Il était doté d'un corps de géant. Il ne parlait
pas, émettant des sons glaçants qui lui servaient de
paroles et que sa sœur était la seule à comprendre.
Il fixait les gens avec insistance, sans jamais cligner
des paupières, les suivant du regard jusqu'à ce qu'ils
aient disparu de son champ de vision. Et ses yeux
étaient des lames effilées qui s'enfonçaient dans ses
chairs jusqu'à l'os. Il pense que c'est à cause de cette
appréhension que sa sœur se méfie de lui. Mais aussi
parce qu'elle a dû apprendre qu'adolescent, avec une
lâcheté immonde, il s'en est pris à Daniel. Ou plutôt
à ce qu'il symbolisait, le visage anormal et effrayant
de ses peurs.

Lorsqu'elle lui présente ses condoléances, lui offrant
une main molle quand Mme Tessier l'a embrassé, il
y a toujours de la colère à son égard. Du moins le
perçoit-il ainsi.

Elles sont toutes les deux présentes à l'enterrement.
Il n'y a pas dix personnes en tout en l'église Saint-
Joseph et ils ne sont plus que quatre au cimetière. De
ces deux heures si pénibles, il ne se souvient que du
cercueil dans lequel repose son père, posé devant le
caveau familial, constellé de la neige qui s'est mise à
tomber. Et aussi d'avoir passé son temps à chercher
Julien du regard, persuadé qu'il serait là, caché dans
l'ombre, derrière un pilier ou à l'orée de la forêt.

Il ne l'a vu nulle part. Pourtant, cela fait longtemps qu'il n'a pas ressenti sa présence à ce point.
La dernière fois, c'était quinze ans plus tôt, lors d'un
week-end chez leur mère, à Lannion. Avec Delphine,
ils n'étaient pas encore séparés. Et ses deux belles-
filles brûlaient d'envie de voir la mer. Alors il s'était
laissé convaincre. Ils avaient été très bien accueillis.
Patrick, l'homme qui avait remplacé son père, s'était
plié en quatre pour que tout se passe pour le mieux.
Sa mère semblait paisible. Elle lui avait épargné ses

piques et ses mises en scène. Il lui avait épargné les siennes. Le samedi soir, à la fin du dîner, ils avaient annoncé leur mariage à venir. Les petites s'étaient levées d'un bond en applaudissant. Delphine les avait embrassés pour les féliciter. Lui était resté scotché à sa chaise. Et il avait vu son frère. Il lui était apparu, assis devant une assiette qu'il n'avait pas terminée. Ils s'étaient dévisagés, partageant la même douleur. Ensuite, d'un mouvement du menton, Julien l'avait invité à se lever à son tour et à faire semblant d'être heureux. Il s'était exécuté, pour ne pas le décevoir.

Depuis longtemps, il lui parle. Il le prend à témoin, il partage ses heures avec lui, parfois à haute voix. Il le voit tel un ange gardien, penché au-dessus de son épaule, un recours, un conseiller, un soutien.

Quand il s'est résolu à écrire les histoires qu'il a passé tant de temps à broder autour de celles que Julien avait initiées, il l'a fait pour lui. Ce sont comme des lettres qu'il lui réserve, pour le jour de son retour. Une façon d'entretenir ce qu'il a construit. Il ne souffre pas de garder son frère avec lui. Les soirs où il est satisfait de son travail, il le lui dit : « Tu vois, aujourd'hui, j'ai bien avancé. Tu vas être content. »

Il a tenté de l'imaginer, dans sa nouvelle vie. Mais son visage est flou, ses traits s'altèrent. Dès qu'il s'éloigne de son épaule, il s'estompe.

Parfois, il l'a négligé, durant quelques semaines ou quelques mois. Pour mieux le retrouver ensuite.

Il s'entend lui annoncer que leur père est mort.

Il lui demande ce qu'il a pensé de la cérémonie.

Il l'informe de sa décision de vendre la maison du Clos-Margot.

Julien ne se montre pas pour autant.

Sans les démarches urgentes à effectuer, Romain aurait quitté Marican dès la sortie du cimetière. Las, il lui faut endurer quelques jours supplémentaires, noyé sous les papiers, les courriers à envoyer et les rendez-vous à prendre, à commencer par la banque. Il ouvre le portefeuille de son père. Il y retrouve la copie du poème, écrite de sa main. Le papier, plié en quatre, est si usé qu'il se déchire au niveau des rabats.

Il lit ce qu'il croyait connaître par cœur. Il y entend enfin la réponse de Julien.

« *J'aurai mon temps.*
Le temps d'être fort.
Où, découvrant des ressources inexplorées, je trouverai la volonté de repousser les limites comme l'alpiniste fait fondre la montagne.

J'aurai mon heure.
L'heure de me sentir enfin grand.
Où, tête haute et front droit, je dévisagerai ma vie comme on contemple un paysage à couper le souffle.

J'aurai mon jour.
Le jour d'oublier la peur.
Où, soulagé de pouvoir défier les buissons noirs et les arbres gris, je saurai mon chemin comme on retrouve un sentier dans une forêt épaisse.

J'aurai ma nuit.
La nuit véritable qui chasse les autres nuits.
Où, secondé par cette obscurité amicale, je ferai refluer les ombres comme le précipice fait renoncer le prédateur.

J'aurai mon aurore.
L'aurore du monde élargi.

Où, par-delà les mers et les sommets,
 je connaîtrai l'envol comme on dégrafe
 une porte percée dans un mur épais.

J'aurai mon temps.
Le temps du retour.
Où, survivant à toutes les chutes,
 je serai debout, savourant
 les retrouvailles comme on se
 délecte du sucre des fruits d'été. »

Lundi 14 octobre

J'étudie les articles trouvés sur Internet au sujet de l'affaire de Marican.

Hiver 2003. Anna, la fillette enlevée, est dans sa dixième année. On la retrouve dans la montagne qui surplombe la ville, miraculeusement rescapée du froid glacial et des coups reçus, dont un à la tête. Souffrant de séquelles irréversibles, elle répète qu'un monstre l'a emmenée vers les sommets. À cause de la neige et surtout du verglas qui rendent les routes difficilement praticables, on suspecte un des habitants du quartier du Clos-Margot. Deux noms fuitent dans les médias. Celui du père de la petite, Vincent Marcarié. Et celui de Romain. Faute de preuves ou de témoignages, l'affaire n'est pas résolue. Mais on laisse entendre que ce dernier est le suspect numéro un. C'est à nouveau évoqué quand, quelque temps après le retour au calme, un tir au fusil de chasse, en pleine nuit, le laisse entre la vie et la mort. Sa trace se perd ici. Mort ou vif, ensuite, Romain Bancilhon n'existe plus nulle part. Deux ans passent et un éditeur anglais publie le premier tome d'*A'Land*...

Quand ils couvrent l'affaire, les journaux se font l'écho de la disparition de Julien, le frère aîné de Romain, vingt ans plus tôt, ainsi que du récent décès de son père. Ils ne sont pas loin de parler d'une famille maudite vivant dans un quartier maudit.

Les quatre volumes d'*A'Land* qui ornent mon bureau depuis le jour de mon arrivée ne parlent que de ça. D'ailleurs, je n'y lis plus la même histoire. L'éclairage a changé. Il est plus fort et dessine un relief d'ombres gigantesques dans lesquelles je me risque, assurée par un fil doré, une ligne de vie, que je ne lâche pas.

Le héros n'a pour parents que des fantômes dont on parle peu et toujours au passé. Sa famille se résume à Neil, son frère aîné. Il l'admire. Il l'envie. Or, ce dernier gagne l'immense honneur d'être choisi pour assurer la sécurité de tous depuis le Col du Tonnerre. Niam se retrouve seul. Être séparé de son frère est une douleur de tous les jours. Il décide donc d'aller contre la décision de la communauté qui l'a prédestiné à une fonction intellectuelle, selon les capacités qu'on lui a évaluées. Il veut prouver qu'il a le potentiel de devenir comme Neil, afin qu'ils puissent à nouveau être réunis. Pour cela, il doit entreprendre une quête liminaire, traverser une zone de turbulences, de mauvaises heures, et se mettre à l'épreuve. L'ascension vers le col ne peut se faire qu'après s'être délesté de tout ce qui pèse trop lourd.

La projection de *Raison et Sentiments*, tout à l'heure, est un aveu ; je l'ai compris en y assistant.

Oui, j'ai fait un mariage raisonnable avec un homme qui m'aimait mais pour lequel je n'ai jamais brûlé.

Oui, mon existence n'a été qu'un long renoncement.

Oui, ma sœur m'a devancée en tout, y compris quand elle a osé tout quitter et disparaître.

La disparition de Luttie a été l'une des pires épreuves de ma vie et je lui en veux encore de nous l'avoir infligée.

Un mardi, au lycée, on m'a apporté un message à l'intercours : je devais rappeler mes parents en urgence. Je n'avais pas le temps, mes élèves attendant déjà devant la porte. L'heure qui a suivi a été un enfer. J'imaginais la mort de mon père ou celle de Luttie, parce que seule ma mère était capable d'appeler au travail, sans attendre que je consulte ma messagerie à la récréation. Mes jambes ne me portaient plus, mon estomac menaçait d'expulser les restes de mon petit-déjeuner et je ne savais plus ce que je racontais.

Après la sonnerie, j'ai fermé à clé et je me suis assise à mon bureau. Mon portable annonçait trois appels en absence. Ma mère avait laissé trois messages inaudibles tant elle pleurait. À aucun moment, elle ne me disait ce qui s'était passé. Elle se contentait de me supplier d'appeler le plus vite possible parce que « c'est affreux ». Elle voulait déclencher chez les autres la même panique qui s'emparait d'elle au moindre soubresaut.

Je suis bien évidemment tombée sur elle. Elle a décroché alors qu'elle était incapable de parler. Elle a ânonné mon prénom avant d'éclater en sanglots. Mon père était encore de ce monde. Il s'est saisi du combiné.

— Charlotte, ma chérie...

Sa voix ne m'a jamais paru aussi douce, aussi agréable. Puis, brusquement, sans me laisser le temps de savourer :

— Ta sœur a disparu.

J'ai entendu qu'elle était morte. J'ai cherché à me donner une contenance parce que tout s'effondrait. J'ai demandé comment c'était arrivé. Papa a été surpris de ma question. On ne savait pas encore. La veille au soir, quand Ludovic était rentré, Luttie n'était pas là. Et il avait appris qu'elle ne s'était pas présentée à son travail. Rien dans les hôpitaux ou à la gendarmerie. Aucun message, aucune explication. Rien du tout ! Jusqu'à ce matin, où on avait retrouvé sa voiture. Une patrouille s'était inquiétée de ce véhicule garé sur le parking désert d'un hôtel fermé pour l'hiver, à trente kilomètres de chez elle. Les portières n'étaient pas verrouillées et son téléphone portable se trouvait dans la boîte à gants.

J'ai repris vie. Tout ce qui n'est pas fatal peut être guéri.

J'ai quitté le lycée pour le reste de la semaine, le temps de descendre. Il y avait un grand étang près de l'hôtel. L'eau et Luttie, c'est une longue histoire. Alors, on l'a tous crue là-dessous. Les pompiers le draguaient. Nous assistions à la scène. Maman a tourné de l'œil avant qu'ils aient commencé. Ludovic ne faisait que pleurnicher. Avec Luttie, ils étaient mariés depuis moins de deux ans et il se sentait coupable de l'avoir perdue. Papa est resté digne dans la tempête. Je voyais les plongeurs disparaître puis remonter. Je voyais les perches et les filets. À chaque mouvement, ma respiration se coupait. J'étouffais. Il a fallu une journée et une partie de la soirée pour être certains qu'il n'y avait aucun cadavre dans l'eau.

On a découvert que ma sœur avait retiré une grosse somme en liquide le matin de sa disparition. Son sac à main et ses papiers n'étant pas dans la voiture, des vêtements manquant dans sa penderie, les gendarmes ont hésité entre une mise en scène et une disparition volontaire.

Nous nous morfondions. Je n'en dormais plus. De retour au lycée, j'ai craqué. Je me suis effondrée en plein milieu d'une séance consacrée à *Madame Bovary*. Mes élèves m'ont crue morte. Je n'ai repris connaissance qu'au bout de quelques minutes. On m'a expédiée aux urgences où on m'a gardée plusieurs heures avant de me renvoyer à la maison avec un arrêt de travail. Ne rien faire d'autre qu'attendre fut pire que tout. Pour la première fois de ma carrière, il me tardait de reprendre mes cours.

Puis, Luttie est réapparue. Vivante. Elle avait séjourné dans un quatre étoiles à Méribel et avait pris du bon temps. Elle avait claqué tout son argent. Alors, elle a joint Ludovic pour lui demander de venir la chercher à la gare. Dans la foulée, elle a appelé nos parents. Ils étaient tellement soulagés qu'ils ne lui ont fait aucun reproche. Elle a expliqué avoir eu besoin de couper les ponts quelques jours tout en donnant une leçon à son époux. L'hôtel où elle avait abandonné sa voiture était celui où il emmenait l'autre femme, celle qu'il sautait en cachette. Elle a expliqué qu'après un tel coup de tête, il était difficile de revenir car elle savait qu'elle avait cassé quelque chose qui ne serait jamais réparé.

Il lui a fallu une quantité de jours indécente avant de me téléphoner. Et elle n'a pas pris la peine de s'excuser.

Nous n'avons pas le droit de parler de cette folie en sa présence, sinon elle s'emporte. Le sujet est interdit. Elle l'a gommé et exige de nous que nous en fassions autant. Je refuse d'obéir. Je ne cesse de remettre l'épisode sur le tapis, insistant sur les souffrances qu'il a impliquées. Luttie me répond sèchement : nous aurons au moins partagé une chose.

Je lui en veux et elle m'en veut. Nous nous éloignons davantage encore. Lors d'un Noël chez nos parents, celui qui a précédé la révélation de la maladie de Laurent, elle m'a balancé que ma vie était trop rangée pour être honnête, que personne ne pouvait se contenter de patauger dans de l'eau tiède. Elle comptait sur ma colère, sur mon emportement. Or, je n'ai pas riposté. J'ai passé mon chemin. Ma rancune se nourrit en silence. Je la lui réserve pour plus tard.

Elle m'a téléphoné quand on n'a plus pu cacher le diagnostic fatal de mon mari. Elle m'a assurée de son soutien mais, finalement, n'est parvenue qu'à parler d'elle. Je les ai envoyés se faire foutre, son couillon de Ludo, ses enfants et elle. Avant que je raccroche, elle a eu le temps de caser que ce qui m'arrivait n'était peut-être pas si injuste que cela.

J'ai refusé qu'elle vienne aux funérailles. Je le lui ai fait savoir. Je n'ai plus répondu à ses coups de fil et j'ai déchiré la lettre qu'elle avait confiée à mes parents sans la lire.

Les romans de WXM sont nés de la déchirure entre son frère et lui. Ils n'existent que pour suturer deux rives d'une plaie béante. Il est possible qu'ils soient parvenus à la cicatriser.

Perdre Luttie ne m'a inspiré que de l'amertume. Rien n'en est né. Rien n'a guéri. Pire, la gangrène s'est installée. Il a fallu amputer. Je m'en suis chargée.

2

La disparition

La disparition de Julien a été signalée un mercredi, en fin d'après-midi.

Romain se représente la scène comme le départ d'une course-poursuite dont son frère aurait déclenché le signal. Lui devant, cherchant à fuir, s'étant ménagé pour cela une avance confortable ; eux derrière, lancés à sa poursuite, essayant de faire fondre le temps et la distance qui les séparaient.

Julien suivait sa deuxième année à l'Institut d'études politiques de Toulouse, avec pour objectif de devenir journaliste. Ses notes étaient excellentes. Celles des derniers partiels encore plus que les précédentes. Il ne revenait plus qu'un week-end sur deux à Marican. Il débarquait alors d'un train tardif, le vendredi. Il se couchait tôt. Le lendemain, il prétextait avoir beaucoup de travail pour rester enfermé dans sa chambre. Quand ce n'était pas le cas, il partait en ville, retrouver d'anciens camarades de lycée. Le soir, ils avaient tous leurs habitudes dans une discothèque située à la sortie de la ville, une ancienne ferme qui s'appelait le Shadows'. Il n'en revenait qu'à l'aube, dormant ensuite jusqu'à l'heure du déjeuner. Il parlait peu. Il ne prenait même plus la peine de répondre aux reproches que lui adressait leur père, se contentant de les subir sans broncher. Le dimanche après-midi, il récupérait son linge propre et prenait le train de 15 h 30. Si la météo le permettait, il se rendait à la gare à pied. On n'entendait plus parler de lui durant quinze jours, à l'exception d'un coup de fil furtif passé le vendredi suivant, à l'heure du dîner, pour savoir si tout allait bien à la maison.

Il ne manquait pas vraiment à Romain. L'abandon datait d'avant, quelques années plus tôt, quand il avait perdu sa place à ses côtés. Ou que son frère aîné avait perdu la sienne. Ils s'étaient éloignés, devenant presque des étrangers l'un pour l'autre. Avec le temps, il était parvenu à s'y faire.

Lors de sa première année d'étudiant, au printemps, Julien l'a invité chez lui. Romain a pris le train tout seul un mardi, après le collège. Sa mère l'a conduit à la gare et a attendu sur le quai jusqu'au départ. Il s'est installé sur une banquette en skaï bordeaux, dans le sens de la marche. Il n'y avait pas grand monde. L'odeur du tabac froid se mêlait à celle du détergent. Il voyait dans son voyage une sorte d'affranchissement, un passage vers une nouvelle frontière inexplorée. Il pestait que cela se fasse dans une telle puanteur, craignant qu'elle ne le rende malade. Coller son front à la vitre froide l'a soulagé. Concentré sur les marges de Marican qui, pareilles à une haie d'honneur, saluaient son départ provisoire, il se souvient d'avoir cherché une certaine contenance, imaginant une mission secrète ou un exil forcé. Parce que, pour son premier voyage en train et sa première venue à Toulouse, il n'en menait pas large.

Au fil des arrêts, les sièges se sont garnis. Un garçon un peu plus âgé s'est assis en face de lui. Il a lancé la conversation avec un naturel que Romain lui a aussitôt envié. Il était lycéen, interne. Il revenait chez lui au bénéfice du pont de l'Ascension. Il était posé, raisonnable, assuré sans être prétentieux. Pour une fois, Romain n'a pas menti quand il a été question de lui. Il a tout déballé, oubliant mission et exil contraint. L'autre ne s'est pas moqué. Il ne l'a pas poussé à se sentir craintif et minable. Il a hoché la tête, convaincu par la franchise de ses réponses.

Dans leur dos, un groupe d'autres lycéens s'est installé. Ils étaient agités, parlaient fort, multipliant les grossièretés. Ils fumaient. L'un d'eux a tendu le bras au-dessus du dossier de la banquette et a fait volontairement tomber ses cendres vers eux. Romain s'est raidi. Il a fait semblant de n'avoir rien vu, détournant aussitôt le regard. Or, cela n'a pas échappé à son voisin. Car les cendres ont fini sur son blouson, plié à côté de lui. Il s'est redressé, d'un mouvement de colère. Il s'est retourné. Les autres riaient de plus belle, le provoquant. Il est resté à les dévisager jusqu'à les réduire au silence un par un. Puis, quand cela a été le cas, il a épousseté sa veste du dos de sa main, parfaitement maître de la situation. Maître de ses choix. Impressionnant.

Julien l'attendait sur le quai. Romain était heureux de le voir, heureux qu'ils puissent passer un peu de temps tous les deux. Ils ont pris un bus à soufflet qui les a déposés à quelques pas de la résidence où leurs parents louaient un petit studio qui donnait sur une large cour intérieure. Les affiches punaisées aux murs, l'empilement de livres et de bandes dessinées ne contestaient en rien sa luminosité, presque aveuglante. Mais Romain n'a pas osé s'y déplacer, planté comme un as de pique. Soudain, il a eu envie d'être ailleurs, d'être chez lui. Ici, il se trouvait dans un univers parallèle où il n'était rien.

Ils sont sortis pour la soirée. Son frère l'a emmené dans une galerie marchande toute proche où il y avait un immense espace consacré aux jeux d'arcade. Ils ont enchaîné quelques parties, tous les deux dans la même équipe pour ne pas avoir à s'affronter. Ensuite, il a mangé le premier cheeseburger de sa vie avant de se rendre au cinéma. Il se souvient du film : *Coup de tête*. Un footballeur qui est rejeté de tous avant de devenir un héros et de se venger de ceux qui lui ont fait du mal. C'était la première fois qu'ils allaient au cinéma ensemble. Jusqu'alors, Julien lui racontait les films qui lui avaient plu. Jamais il ne les lui avait montrés. Ce qui a mis Romain mal à l'aise. Il sentait le regard de son frère qui épiait ses réactions. Il a craint de le décevoir. Alors, il n'a pas bougé et n'a rien dit après la séance. Ils sont rentrés tard. Il a dormi dans un lit de fortune que son frère lui a confectionné, par terre, à l'aide de la housse de son canapé-lit.

Le lendemain après-midi, une voisine les a rejoints. Fanny, étudiante elle aussi ; originaire de Marican, elle aussi. Romain n'avait jamais entendu parler d'elle auparavant. Elle l'a dévisagé comme une bête curieuse. Qu'il soit présent ne paraissait pas la ravir. Elle collait Julien. Il ne comprenait pas ce que celui-ci pouvait lui trouver car elle n'était ni belle, ni sympathique. Le hasard les avait placés dans le même immeuble et sur le même campus. Après s'être ignorés durant leurs années de lycée, ils étaient devenus proches.

Le soir, Fanny a pris le même train qu'eux, volubile et ennuyeuse. Elle a été le parasite qui a réduit à rien ce bref séjour. Pourtant, avant qu'elle ne les rejoigne, il ne se souvient pas s'être senti à nouveau proche de Julien, d'avoir perçu le fil se renouer. Il a été plus pratique et plus rassurant d'en faire porter l'unique responsabilité à cette fille.

C'est elle qui a téléphoné chez eux, moins d'un an plus tard, ce fameux mercredi après-midi de février 1980. Romain a décroché. Elle a demandé à parler à son père ou à sa mère, d'une voix grave. Et, plus efficace que les cavaliers de l'Apocalypse, elle a fait pleuvoir le feu du ciel sur leurs têtes.

Julien avait disparu. Elle ne l'avait plus revu depuis la fin de la semaine précédente. Contrairement à lui, elle avait passé le week-end à Marican. Le lundi, quand elle avait sonné à sa porte, étonnée de n'avoir aucune nouvelle, une petite feuille de papier était coincée sous l'œilleton. Il y était écrit : « Je suis parti. »

Elle a cru à un coup de sang, à une mauvaise blague, à quelque chose qu'il ne fallait pas prendre au sérieux. Le lendemain, à la fac, elle a traversé le campus pour se renseigner à l'IEP. Julien n'y mettait plus les pieds depuis un mois. Pourtant, tous les jours, ils avaient continué de faire le chemin ensemble, matin et soir. Ils avaient déjeuné au restau U comme si de rien n'était. À aucun moment, il ne lui avait avoué qu'il séchait les cours.

Fanny l'a alors pensé terré dans son studio, à bouquiner, refusant de répondre à qui que ce soit. Elle a insisté et, après s'être défoulée sur la sonnette, elle s'est rendu compte que ce n'était pas fermé à clé. L'appartement était vide. Tout était rangé. Les affiches décrochées, les étagères libérées, les livres et les bandes dessinées abandonnés dans plusieurs cartons empilés dans un coin. Le ménage avait été fait de fond en comble. Sur la moquette, on distinguait encore les empreintes de la shampouineuse que Julien avait louée quelques jours plus tôt. Sur la table, bien en évidence, il y avait ses clés, son carnet de chèque et un dossier cartonné contenant plusieurs documents administratifs, parfaitement classés, concernant la fac, la banque et, surtout, la résiliation du bail et celle de l'abonnement EDF prévues pour la fin du mois. Elle s'était alors résolue à appeler.

Ces jours d'Apocalypse sont constitués de flous et de trous noirs au fond desquels sa mémoire se cache. Il en retient cependant quelques épisodes plus précis.

Il y a eu le dîner qui a suivi l'alerte donnée par Fanny. Ses parents se sont disputés. Son père a dit que Julien était devenu ingérable, qu'il ne leur épargnait aucun tracas, et sa mère a riposté qu'il en était peut-être la cause. Romain a assisté à la scène sans prendre la parole. Jusqu'à ce que son père se retourne vers lui et lui demande s'il était au courant de quelque chose, d'une voix dure. Il ne savait rien. Comment aurait-il pu savoir ? Son frère ne lui disait plus rien depuis des années. Il ne lui avait d'ailleurs jamais rien raconté en dehors des histoires qu'il imaginait et des jeux qu'il inventait. Il ne l'a pas connu.

Il a pleuré dans son lit. Il garde l'impression que ça a duré des siècles. Le lendemain, ses parents se sont rendus à Toulouse. Il aurait voulu les accompagner, mais ils l'ont laissé au collège, à se morfondre toute la journée. Quand il est rentré, ils n'étaient toujours pas revenus. Il n'a entendu la voiture s'engager dans l'allée qu'à la nuit tombée. Sa mère affichait le visage défait de ses mauvais jours. Son père est resté dehors, à faire les cent pas dans le jardin.

Sur place, ils n'avaient pu que constater les choses telles que Fanny les avait décrites. Ils avaient reparlé avec elle. Elle était la première surprise du comportement de Julien. Jamais, elle le jurait, il n'avait évoqué son intention de tout plaquer. La semaine précédente, il avait même planifié une soirée qu'il comptait organiser avec des anciens du lycée. Il parlait avec enthousiasme de l'école de journalisme de Bordeaux. Et du dossier qu'il avait déposé pour bosser l'été suivant dans un refuge de montagne des Pyrénées. Le préavis pour l'appartement avait pourtant été déposé deux mois plus tôt. Il y avait imité la signature de leur père. Cela faisait plusieurs mois qu'il mettait de l'argent de côté. Chaque semaine, il effectuait un retrait à la banque, un retrait raisonnable qui ne pouvait pas attirer l'attention, laissant au final son compte au plancher. Selon les calculs, il avait ainsi amassé pas moins de six mille francs, en comptant l'enveloppe reçue à Noël.

La police a répondu qu'il était majeur. Qu'il y avait une volonté manifeste de sa part de disparaître. Mais que si quelqu'un apportait des arguments prouvant que le dossier était inquiétant, on enquêterait.

Ses parents ont contacté Isabelle, l'amie la plus proche de Julien. Tous les deux, ils se connaissaient depuis toujours et, dès qu'ils étaient réunis, on ne pouvait plus les séparer. Romain aimait beaucoup Isabelle. Même après avoir appris qu'elle avait un fiancé qui n'était pas son frère. Elle étudiait à Paris. Elle revenait rarement. Elle devait terriblement manquer à Julien. Il a espéré que son frère soit parti la rejoindre et qu'à deux, envoyant valser toutes les convenances, les études, les fiancés qui n'avaient pas lieu d'exister, ils avaient décidé de faire leur vie ensemble. Hélas ! Elle n'avait plus la moindre nouvelle de lui depuis le Nouvel An. Elle refusait de croire qu'il ait pu disparaître de cette manière. Il avait trop d'affection envers ses proches pour les torturer de la sorte. Et puis, il brûlait de tant de projets, de projets concrets qui ne ressemblaient en rien à une fuite...

Son père a pensé qu'elle mentait. Il a fouillé la chambre de Julien. Il l'a entièrement retournée, au sens propre. Il n'a rien trouvé qui puisse lui révéler ses intentions ou la patiente construction de son évasion. Le samedi soir, il s'est rendu au Shadows'. Il a posé des questions, n'obtenant aucune réponse pertinente. Il est resté tard, assis dans sa voiture, à espérer que son fils se montre. Il a répété la même opération des dizaines et des dizaines de fois par la suite.

Romain ne sait plus si tout ceci s'est déroulé dans la foulée ou bien s'il mélange les jours et les semaines. C'est comme pour sa mère. Elle a été hospitalisée. Dans sa mémoire, c'est le lundi qui a suivi la disparition de Julien. En réalité, c'était deux mois plus tard.

Après les cours, il l'a découverte dans la cuisine, assise, livide, les jambes bizarrement pliées, comme si elles étaient désarticulées. Elle a dit se sentir mal et lui a demandé de l'aider à rejoindre sa chambre. Il a tenté de la soutenir de toutes ses forces tandis qu'ils traversaient le couloir. Elle n'a rien fait pour le soulager de son poids, n'essayant même pas de se tenir droite. Au pied de son lit, alors qu'ils avaient fait le plus dur, elle s'est soudain défaite de son étreinte, retrouvant de la vigueur, et s'est laissée choir au sol. Mais elle l'a fait d'une façon calculée, en douceur, dans une chute molle, théâtrale, fausse. Il l'a suspectée d'avoir mis tout cela en scène. Parce que ce n'était pas la première fois qu'elle se comportait ainsi.

Quelques années plus tôt, il l'avait surprise en train de faire sa valise. Il lui avait demandé pourquoi elle rangeait ses vêtements et elle lui avait répondu qu'elle s'apprêtait à les quitter, lui assurant que le midi, elle ne serait plus là. Il avait passé une matinée horrible, des heures dans le noir et le froid. Il avait regretté de ne pas avoir trouvé le courage d'être resté chez eux afin de lui barrer le passage. Il avait regretté de s'être montré trop raisonnable. Revenir à la maison après l'école avait été une véritable douleur. Il avait fait exprès de traîner en chemin comme si cela pouvait retarder l'inévitable. Or, sa mère était dans la cuisine. Elle chantonnait en finissant de préparer le déjeuner, la radio allumée. Il avait vérifié dans sa chambre. La valise en question, celle du matin, était toujours posée sur le lit, remplie de vêtements, mais de vieux habits, des affaires qu'elle ne mettait plus depuis longtemps. Lors du repas, sans que personne ne lui ait demandé quoi que ce soit, elle avait expliqué avoir fait le tri dans son armoire et préparé de quoi donner aux bonnes œuvres. Romain avait cherché du regard son père et son frère. Aucun des deux n'avait réagi. Tandis que sa mère lui souriait, l'enjoignant d'un ton agréable de terminer son assiette.

Après son « malaise », elle est restée trois jours à l'hôpital. Le deuxième, quand il lui a rendu visite, elle pleurait toutes les larmes de son corps. Les résultats des analyses dont elle venait de prendre connaissance étaient catastrophiques. Une maladie foudroyante la rongeait, ne lui laissant que peu de temps à vivre. Selon elle, il était assez grand pour gérer la situation.

— Promets-moi de ne rien dire à ton père. Et de ne pas le laisser tout seul. Il n'aura plus que toi désormais.

Romain a tenu parole et n'a pas vendu la mèche. Or, le lendemain, le diagnostic avait changé. Les examens, les vrais cette fois, ne concluaient qu'à une fatigue générale.

— Dieu merci ! s'est exclamée sa mère.

Les semaines qui suivirent, la tristesse pouvait l'assommer d'un coup et la laisser hagarde durant des heures. Mais, le reste du temps, elle reprenait le dessus. Beaucoup plus aisément que son père.

Quand Romain a eu le cran de lui rappeler de sa maladie foudroyante, censée lui être fatale, elle a joué les amnésiques. Selon elle, il avait mal compris. Elle n'avait évoqué que des causes possibles. Toutes les causes, y compris les pires. Jamais il n'y avait eu quoi que ce soit d'alarmant. Elle a passé la main dans ses cheveux et lui a souri.

— C'est bien que tu te préoccupes de moi, mon chéri. Ça me touche.

Il était pourtant certain de ne pas avoir mal compris.

Il a laissé ses parents affronter l'épreuve chacun à sa manière. Il ne s'est pas lancé à la recherche de son frère. Lui qui s'était si souvent rêvé en héros, il ne s'imaginait pas le sauver, capable de le retrouver quand tout le monde échouait à le faire. Sa disparition le bouleversait. Plus que cela même, elle le ravageait. Néanmoins, il acceptait le fait que Julien soit parti et qu'il ne revienne peut-être jamais.

Il a détesté ce qui s'est passé chez eux durant ces semaines d'attente, avant qu'ils ne passent tous au monde d'après. Il a encore plus détesté les deux ou trois années qui ont suivi, celles qu'il appelle les « années grises », ce tunnel glauque qu'il lui a fallu traverser et qui représente les pires moments de son existence. Il en a surtout voulu à Julien pour cela.

Pourtant, une partie de lui a toujours admiré son geste, même au plus profond du tunnel. Malgré ce qu'avait répondu Isabelle, il le rêvait encore avec elle. Y compris après que son père a eu la certitude qu'elle n'avait pas menti. L'idée de savoir son frère redevenu audacieux, redevenu tel qu'il le souhaitait, courageux et libre, prenait le dessus et lui apportait finalement un brin de lumière.

Cette disparition a renoué le fil qui les unissait jadis. Malheureusement, plusieurs années ont été nécessaires pour que Romain le comprenne. Dès que ça a été le cas, il s'est mis à lui parler et à faire en sorte qu'il soit fier de lui. Surtout qu'il soit fier de lui.

Les regrets

Lighthouse – Le Cinéma
Les séances du lundi soir

Charlotte Kuryani, écrivaine en résidence, vous propose dans le cadre du thème *Les regrets* :

Lundi 21 octobre – 20 h 00
Le Temps de l'innocence (*The Age of Innocence*) – Martin Scorsese (1993)

La violence dans les salons de la bonne société new-yorkaise du XIXe siècle se pare de rouge et d'orange. Le feu couve. Courage et lâcheté ne sont que les deux versants de cette montagne de braises qui, à force d'être étouffées, sont condamnées à devenir cendres.

Lundi 28 octobre – 20 h 00
Miriana – Jovan Acin (1986)

Quatre amis se souviennent du temps où ils aimaient Miriana. Cette jeune femme n'a pas lézardé leur amitié, au contraire, elle en est devenue le ciment. Ce film s'appuie sur deux échelles de temps : celui qui est figé en Yougoslavie et qui annonce déjà la fin du pays ; celui qui passe trop vite et n'épargne pas le présent.

Lundi 4 novembre – 20 h 00
L'Impasse (*Carlito's Way*) – Brian De Palma (1993)

La virtuosité de la mise en scène reste encore gravée dans ma mémoire. Et l'histoire, dont on connaît d'emblée la fin, nous pousse vers le précipice sans que rien ne puisse la freiner. Un double vertige pour une unique question : après tant de saisons gâchées, un automne peut-il suffire à renaître ?

Lundi 11 novembre – 20 h 00
Pas de séance

Samedi 26 octobre

J'écris tous les jours. Je me sens bien, y compris les fois où la totalité de ce que je ponds n'est bonne qu'à jeter à la poubelle. Si mes parents me voyaient, ils cesseraient de se tourmenter.

Quand je daigne décrocher, ma mère emprunte sa voix théâtrale, celle des événements larmoyants mal joués. Mon père est plus sobre, comme toujours, mais beaucoup plus cassant. Selon eux, je n'ai pas le droit de tout sacrifier. Ils redoutent que je cherche à me punir, à tout casser par dépit. Ils pensent que je me saborde. Ils répètent en chœur que je ne suis pour rien dans ce qui est arrivé, que c'est la faute à pas-de-chance, que je dois me reprendre et aller de l'avant. Il me semble pourtant que c'est ce que je suis en train de faire. Or, ils ne l'entendent pas.

Après l'augmentation progressive du nombre de spectateurs lors de mes films du lundi soir, je suis à créditer d'un deuxième petit succès : une cinquième personne s'est inscrite à l'atelier d'écriture jeudi soir. Avec le recul, je m'en serais bien passée.

Elle se prénomme Marianne et rappelle toutes les dix secondes qu'avant de prendre sa retraite, elle a été « quelqu'un d'important » dans le milieu de l'édition. Je l'ai surnommée Madeleine parce que, avec son chignon haut perché et ses bonnes joues, elle ressemble à ce gâteau. Mais aussi parce que, quand elle lit ses textes, elle peine à contenir son émotion. Cela lui vaut des œillades assassines de la part de Reagan, tandis qu'Élise-la-Discrète n'ose même plus prendre la parole. Madeleine est même parvenue à éteindre quelque peu l'enthousiasme d'Heckel et Jeckel. Pourtant, il n'y a pas de quoi. Son écriture est sans relief. Elle la veut ironique et rebelle, mais ne parvient qu'à brasser du vent dans le fond comme dans la forme. À chaque exercice, elle croit bon de justifier ses intentions, de les resituer dans leur contexte, ce qui lui offre de quoi s'étaler davantage. Ainsi, nous apprenons qu'avec son époux, ils ont quitté Paris pour Trégastel et une belle maison en bord de mer. Ils jouissent d'une retraite confortable, d'une tranquillité enfin retrouvée, d'enfants et de petits-enfants aimants qui, comme eux, réussissent tout ce qu'ils entreprennent.

Elle est insupportable de suffisance. Elle écoute les autres textes avec condescendance. Elle félicite, elle hoche la tête, elle se force à sourire. Ça pue le mépris. Sa présence me permet au moins d'envisager Reagan sous un autre jour. Il remonte dans mon estime.

— Si ça se trouve, elle ne reviendra pas, tente de se rassurer Heckel. Après ce soir, elle n'a plus grand-chose à raconter. Du moins, je l'espère.

Madeleine me rappelle Faval, l'insupportable pimbêche qui a pris le pauvre Neil A'Land dans ses filets et lui refuse le droit de s'échapper, y compris pour la femme de sa vie.

La colère monte en moi, ravageuse. Et comme à chaque fois, je me transforme en un monstre d'injustice. J'aboutis ainsi à mon propre couple. Je suis la prisonnière, Laurent est mon geôlier. Il ne mérite pourtant pas que je le juge de cette manière, car il n'y a jamais eu une once de méchanceté chez lui. Rien ne m'a retenue auprès de lui en dehors de ma propre lâcheté. Je suis restée, malgré le sentiment d'étouffement qui n'a fait que croître au fil des années. Se pourrait-il qu'il ait caché son jeu ? Se pourrait-il qu'un jour, je sois moins garce ?

*
* *

Dimanche 27 octobre

Mes parents insistent. Je me retiens de les envoyer se faire voir ailleurs parce que je n'ai pas envie d'en gérer les conséquences. Ma mère trouve toujours le moyen de me faire culpabiliser. J'ignore comment elle s'y prend parce que ce n'est jamais frontal. Elle joue les compréhensives, les toutes douces, mais elle lézarde les murs de mon fragile édifice à l'aide de sentences brutales et de doutes réveillés. Mon père, en savant complice, étaye la stratégie sans avoir l'air d'y toucher. Ses reproches sont directs. Ils percutent avec la finesse d'un bélier. À eux deux, ils savent où sont mes failles.

« Mon couple a toujours été bancal et on ne voyait que ça. Je devais m'y attendre. Depuis le début, il était clair que je pouvais prétendre à mieux que Laurent. Ce n'est pas faute de me l'avoir répété. »

« Il est anormal pour une femme normalement constituée de ne pas se sentir la fibre maternelle.

Je me suis montrée égoïste à ne pas vouloir essayer. Une grossesse m'aurait convaincue. »

« J'ai ouvert les hostilités avec Luttie, je me suis emportée une fois de plus, une fois de trop. Il me revient de renouer le lien, de faire amende honorable et de reconnaître que j'ai exagéré. La refuser aux funérailles de Laurent était méchant. Ils ne m'ont pas élevée comme ça. Elle en a été meurtrie et eux aussi, mais cela, j'ai l'air de m'en moquer. »

« Personne ne conteste l'âpreté de l'épreuve que j'ai eu à traverser. La vie est trop courte pour la gâcher en jérémiades. Pleurer sur son sort n'a jamais aidé personne à s'en sortir. Le temps qui nous est accordé est court, je devrais le savoir mieux que quiconque. Il faut faire l'effort de l'utiliser à bon escient. Il y a tout un tas de gens qui font l'effort d'être heureux sans pour autant être épargnés par le destin. »

« J'ai quitté mon emploi pour une tocade d'écrivaine. Soit. Mes deux romans sont de bonne facture même si ma mère les juge beaucoup trop violents. Un peu de lumière ne serait pas un luxe. Mon père se désole que j'y transforme des assassins en héros. Luttie ne les a jamais lus. Je ne dois pas en prendre ombrage. Elle n'a pas le temps. Elle n'est pas prof et elle a deux enfants. Je n'ai plus vingt ans et plus aucun filet où atterrir en cas d'échec. Soyons francs : suis-je certaine d'être faite pour cela ? Si tel est le cas, pourquoi une telle révélation a-t-elle autant tardé à apparaître ? »

Ils ne comprennent aucun de mes choix. Je remporterais un prix Nobel qu'ils trouveraient encore à redire. Je les soupçonne surtout de ne pas accepter de n'avoir plus aucune influence sur moi.

Je ne leur ai pas encore dit que je ne viendrai pas à la maison pour Noël. Je vais mentir, leur faire croire que je suis contrainte de rester en Bretagne pour ma

« mission ». J'éviterai de prononcer le mot « travail »
pour ne pas en ajouter dans la provocation.

*
* *

Mardi 29 octobre

Miriana a plu. Les discussions qui ont suivi la projection sont venues à bout de toutes les pâtisseries
confectionnées par Mina.

Je suis plus réservée. Le film a mal vieilli. J'aurais
dû en rester à mes bons souvenirs. Néanmoins, la
scène où les quatre amis unissent leurs forces pour
traverser l'Adriatique en aviron et permettre à l'élue
de leurs cœurs de s'enfuir pour l'Italie, et ainsi disparaître de leurs vies, me fait toujours de l'effet.

Je n'ai jamais connu de telles amitiés. Les miennes
n'ont pas été durables. Si je dois être exfiltrée du pays,
si c'est une question de vie ou de mort, personne ne
ramera pour moi. Il ne me restera que la nage.

Je sais depuis toujours que les films montrant des
bandes d'amis me filent le bourdon. Ça ne manque
pas d'arriver cette fois encore. D'autant plus que
depuis plusieurs jours je ne parviens pas à écrire quoi
que ce soit de convaincant. Ma jambe me fait encore
souffrir, aussi la mer ne m'est d'aucun secours. Cet
après-midi, je décide d'aller promener ma grisaille
de l'autre côté de la baie de Lannion, dans un petit
village perché au bord d'une falaise. Je marche un
peu avant de m'asseoir un long moment dans l'église.
Je ne crois pas en Dieu mais je crois en ses maisons,
surtout quand elles sont vides. Celle-ci accueille une
statue de la Vierge couchée, une rareté paraît-il. Et
le silence n'en est que plus riche.

Le temps se gâte et vire à l'automne pour de bon. Crachin, brouillard, nuit précoce. Ce n'est pas pour me déplaire. Les gens sont pressés de rentrer chez eux. Chaque demeure devient un refuge se dressant contre les éléments hostiles. Il y a une vulnérabilité générale qui crée une atmosphère moins rugueuse. Elle vaut la peine de sortir de chez soi, uniquement pour savourer le contentement d'y revenir.

Sur la route du retour, je m'arrête dans une galerie. Un tableau en vitrine attire mon attention. Il représente un soir de novembre, une rue sous la pluie et le froid, des phares qui se reflètent sur la chaussée. J'entre et je reste un moment à contempler la peinture.

— On imagine tout ce qui va se passer après. Quand cette voiture arrivera chez elle...

Le peintre qui se presse dans mon dos ne répond pas. Il observe avec moi, montrant un peu trop son impatience. À huit cents euros le tableau, prix d'ami, je renonce à l'acheter.

*
* *

Jeudi 31 octobre

Je cherche WXM, la silhouette sur la plage qui contemple ma détresse.

Je ne crois pas Lizzie. Elle me cache quelque chose, je le sens dès qu'on aborde le sujet.

Jacasse est une source de renseignements inépuisable. En plus, elle y met les formes.

Lizzie a un fils. Il a fait Oxford et vit aujourd'hui à New York où il travaille dans un cabinet d'avocats. Ou quelque chose dans le genre. Pas la moindre trace du papa. Mais il y a eu un deuil dans sa vie. Elle l'a évoqué discrètement une ou deux fois.

Mina a grandi à Roscoff, élevée par ses grands-parents maternels. Les deux sont morts aujourd'hui et il ne lui reste qu'une mère absente. Elle suit un double cursus à distance. Elle hésite encore sur la voie à suivre. Un temps, elle a songé à prendre la mer pour compagne. Mais elle y a renoncé. Elle assure qu'elle ne veut pas d'une passion exclusive. Elle a essayé de vivre en appartement. Elle n'a pas tenu longtemps. Alors, elle a rapatrié au port les deux bateaux de son grand-père. C'est là qu'elle habite.

Les bateaux, c'est aussi le truc de l'Ours-Rodolphe. Il pêche depuis longtemps, seulement pour son plaisir. C'est également pour son plaisir qu'il fait de la photo. Il refuse de les montrer. On sait juste qu'il n'y capture que les éléments, la nature, les saisons. Jamais de gens. Dans son premier métier, il faisait du montage, d'abord sur pellicule puis en vidéo. Du jour au lendemain, il a tout arrêté.

Reagan vit seul. Sa femme est morte. Ses deux filles l'ont rayé de leurs vies. On ne le voit jamais sans son costume. Il paraît même qu'il tronçonne ses arbres en cravate. Quand il vient emprunter des livres, il est poli mais peu aimable. Il n'est facile avec personne, y compris dans ses rares bons jours. La factrice a la boule au ventre quand il faut sonner à sa porte.

Élise-la-Discrète n'est jamais venue à Lighthouse avant cette année. Elle bénéficie d'un contrat d'insertion au collège de Pleumeur où elle s'occupe du ménage et du service à la cantine. Avant, elle vivait à Saint-Brieuc avec un mari qui lui tapait dessus, de plus en plus fort, de plus en plus souvent. Des voisins l'ont sortie de là : elle a été mise à l'abri par une association et le type a fait quelques mois de prison. À sa sortie, il s'est introduit de nuit dans leur ancien jardin et s'est pendu à une branche d'arbre.

On imagine la réaction des nouveaux propriétaires quand ils ont ouvert les volets le lendemain matin.

Jeckel a eu un gros pépin de santé dans sa jeunesse. Une saleté assez sévère pour l'empêcher d'avoir des enfants. On ne sait pas de quoi est mort son mari, mais elle n'était pas encore à la retraite quand elle l'a perdu.

Heckel n'a jamais quitté la région. Elle a même dirigé l'école où elle a été élève. Il ne valait mieux pas s'y frotter à l'époque. Il y a tout un tas de garçons et de filles des environs à qui elle a taillé les oreilles en pointe. Les enfants redoutaient de l'avoir pour institutrice.

Je constate que mon petit monde comporte une proportion de veufs et de veuves qui défie toutes les probabilités.

En revanche, l'homme qui nage tous les matins de l'autre côté de la lande et Madeleine sont passés au travers des investigations de Jacasse. Elle n'a rien à dire sur eux.

Je crois que les endroits nous font autant que nous les faisons. Je m'approche des territoires de mes personnages. Je cherche des détails que Jacasse ne peut connaître. Deux maisons me marquent.

À marée basse, à condition de marcher au milieu des rochers, on peut voir l'envers de celle de Lizzie : les baies vitrées ouvertes sur le terrain long et étroit, qui descend en douceur vers la mer, deux pins parasols marquant la frontière avec celle-ci. À l'intérieur, l'immobilité n'est pas glaciale. Elle m'emporte en moins de cinq minutes quand je devine le crépitement du feu, le plaid sur le canapé, la pluie qui bat les vitres, la musique, le verre de vin, les bouquins, la soirée d'été sur la terrasse, la sieste à l'ombre, les réveils nocturnes et quelques instants à regarder dehors avant de se recoucher. Le décor dit que Lizzie vit seule et qu'elle vit bien. S'il ment, ce n'est que sur ce point-là.

La maison de Reagan est la moins accessible. Elle est accrochée à la corniche qui monte à la pointe de Bihit, tout près de la lande. L'impasse qui y mène dessert trois autres parcelles. La sienne étant la plus reculée, on ne peut rien voir de ce côté-là. Pour l'apercevoir, je suis obligée de traverser un des derniers champs en bordure de la route. Et encore, je ne distingue que le toit. Elle dispose d'une vue sur la mer, assurément spectaculaire. De la pente partout, beaucoup de pente, qu'elle défie de toute sa hauteur. En fait, en empruntant un sentier qui descend vers la plage et dont le dévers doit décourager n'importe quel baigneur, je parviens à trouver un meilleur poste d'observation. Je couvre la façade côté mer. Pas de volets. Un sous-sol qui tient l'ensemble debout. Deux bow-windows au premier étage pour un salon et une salle à manger attenante. Encore au-dessus, ce que je devine être les chambres, dont une dispose d'un magnifique balcon. J'aperçois les rayonnages d'une bibliothèque ; une longue-vue sur trépied ; deux gros fauteuils en cuir.

Je cherche WXM et je ne le trouve nulle part.

*
*   *

Samedi 2 novembre

Hélas ! Heckel s'est trompée : jeudi soir, Madeleine est revenue à l'atelier. Et elle a été aussi insupportable d'arrogance que la première fois. Les autres ont fait triste mine dès qu'ils ont compris qu'ils devraient composer avec le parasite. J'étais sur des charbons ardents. Lizzie m'avait demandé si je voulais bien lui faire lire ce que j'avais déjà écrit. J'ai accepté. Pendant que j'animais les exercices, elle était plongée dans mes deux premiers chapitres. J'avais un mauvais pressentiment. Je m'attendais à ce que ça n'aille pas du tout. Alors Madeleine qui vient se greffer sur tout ça, c'était de trop.

Elle nous a lu le texte que lui avait inspiré la photo d'une porte cochère. Dénué de chair et de moelle mais, je dois l'avouer, écoutable. Néanmoins, je lui ai réservé un missile. Dès qu'elle a terminé, j'ai commenté tout haut.

— Si vous me permettez un conseil, et il est valable pour nous tous, c'est qu'il ne faut pas jouer à écrire, il faut le faire pour de bon.

Madeleine a sursauté, interloquée.

— Pourquoi dites-vous cela, Charlotte ?

— Écrivons en étant nous-même. Ne cherchons pas à singer d'autres plumes que la nôtre.

Si ses yeux étaient des fusils, ma petite personne serait déjà réduite en charpie.

— Vous me vexez.

Reagan est intervenu. Ça faisait près d'une heure qu'il bouillait sur sa chaise. Là, il n'a pas pu s'empêcher d'esquisser un sourire.

— Ce que veut dire Mme Kuryani, c'est qu'il vous faut continuer de pratiquer, ma chère. Pour vous défaire de certains tics. J'imagine que, dans votre ancienne profession, à force de lire les œuvres des autres, vous avez nourri une forme de complexe.

Madeleine a soupiré. Elle s'est retenue de se lever et de claquer la porte. Elle nous a dévisagés les uns après les autres comme si nous faisions partie d'une conspiration. Élise-la-Discrète n'a pas baissé les yeux.

Ensuite, on n'a plus entendu la vieille perruche jusqu'à la fin de l'atelier. Elle a refusé de lire ses textes. Puis elle nous a quittés avec un « Au revoir » glacial. Reagan s'est aussitôt fait plus chaleureux qu'il ne l'avait jamais été. Au moment de partir, il m'a serré la main plus longuement qu'à l'accoutumée.

Dès que je me retrouve seule, Lizzie me rejoint dans le petit salon. Elle me rend mes pages.

— J'aime beaucoup, Charlotte. Votre approche est pertinente. Vous avez tout saisi sans trahir votre style. J'ai hâte d'en lire davantage.

Je rougis comme une idiote. Elle a la délicatesse de regarder ailleurs, le temps que ça passe. Elle n'insiste pas sur les compliments.

— Pourriez-vous venir ici, demain soir, après la fermeture ? Je tiens à vous montrer quelque chose… Quelque chose qui pourra sans doute vous encourager à affirmer certaines de vos intentions.

Alors, vendredi, pour éviter de tourner en rond d'impatience, je fais mon retour dans l'eau. Pas de vent, pas de pluie, un plafond bas et une mer presque noire. Il fait froid. Malgré mon équipement, je suis saisie. Je commence doucement, le temps de me réchauffer un peu et d'éteindre mon appréhension. La bouée jaune me nargue en se balançant. Ma cuisse me laisse en paix. Je découvre de nouvelles sensations, surtout quand je me laisse flotter sur le dos. Le ciel et l'eau se rejoignent, la crête des vagues frôlant les nuages. Je surveille les alentours. Aucune silhouette n'apparaît. Tout est désert.

Rien n'est normal à nager en cette saison et par un temps pareil. Je m'en délecte. Même si, au bout d'une demi-heure, je devine un début de pincement au niveau de mon muscle pas encore cicatrisé. Je n'insiste pas. J'interromps ma brasse et me dirige avec toute la prudence dont je suis capable vers la plage. Une demi-heure, c'est déjà bien pour une reprise. Elle suffit à me rendre prête à dévorer le monde entier.

En fin de journée, le brouillard nous tombe dessus d'un coup. Il surgit du large et nous enveloppe en quelques dizaines de minutes. Il est si dense qu'il semble ne jamais vouloir disparaître.

Quand je me présente devant la porte close de Lighthouse, les rues font penser aux bas-fonds de Londres au temps de Jack l'Éventreur. Les lampadaires sont asphyxiés de brume, le moindre son résonne contre les barrières opaques du dôme qui nous recouvre. Lizzie a tout éteint mais a entretenu le feu dans la grande salle de lecture. Il fait bon. Nous nous asseyons dans les fauteuils au plus près des flammes.

— J'adore venir ici la nuit. L'été, j'y assiste parfois au lever du jour. Un instant magique...

— Vous ne dormez pas bien ?

— Ça dépend. Disons que je ne m'entête plus à chercher le sommeil, c'est à lui de me trouver. D'après Romain, une bâtisse ne révèle son vrai visage que la nuit venue. Si on l'avait laissé faire quand il était architecte, il n'aurait organisé les visites de ce qu'il construisait qu'après 23 heures.

— Dans ma maison de Limoges, la nuit n'arrange rien, bien au contraire.

— Pourquoi ne l'aimez-vous pas, cette maison ?

Je suis incapable de répondre. C'est un tout, un ressenti. Il n'y a pas très longtemps, en salle des profs, une jeune collègue a parlé de celle qu'elle venait d'acheter avec son mari. Elle en avait des étoiles dans les yeux et multipliait les qualificatifs aux formes arrondies, la décrivant comme une « belle maison » dotée d'un « joooli jardin ». Sa façon d'exagérer le mot « joli », le transformant en un chuintement enfantin, était adorable. C'est ce que j'ai pensé sur le coup et maintenant, ça me revient. Ma maison est acérée. Je m'y coupe, je m'y déchire, elle me blesse. Quand j'en parle, les seules sonorités que je veux bien entendre sont les sèches, les brutales, les glaciales. Je n'y trouve rien de joooli.

Lizzie a la délicatesse de ne pas insister. Elle se lève, s'approche d'une des tables de travail et allume les petites lampes qui la surplombent. Elle m'invite à la rejoindre. Plusieurs grandes affiches sont étalées. Des affiches qu'on utilisait en classe, dans le temps. Elles dessinent les détails du monde des années 1950. Elles ont toutes en commun de représenter des maisons. En ville ; au bord d'une rivière ; au fond d'une cour ; dans un village... Les enfants partent pour l'école ou en reviennent. Les mères s'occupent de leur intérieur ou du linge. Les pères s'absentent tôt le matin et reviennent tard le soir. Les saisons défilent. Ces maisons tiennent bon. Le quotidien y est ordonné, serein. Elles donnent envie de s'y réfugier.

Un joooli moment se crée avec le crépitement du feu dans notre dos, cette lumière chaude, le brouillard qui s'écrase contre les vitres.

— Une partie de la collection particulière de Romain... Une de ses influences également. Je suis censée les accrocher aux murs mais je n'ai jamais trouvé la bonne place pour elles. Alors je les garde à l'étage, dans le bureau.

Je me tais. Je suis entrée dans ces affiches. J'y reste longtemps.

Lizzie vient m'y chercher.

— Ce n'est pas pour cela que je vous ai demandé de venir. Je voulais vous confier ceci – elle sort de sa poche une clé USB. Il y a là-dedans de quoi mieux connaître et peut-être mieux comprendre le héros de votre roman, Charlotte.

Je l'interroge sur son contenu.

— Les huit épisodes de *Distancés*. Incomplets certes, il y a encore un gros travail à faire dessus, mais suffisamment détaillés pour vous permettre d'étayer votre récit.

— Vous me permettez de les lire ?

— Je vous permets même de les emporter chez vous. Faites en sorte que personne d'autre ne les découvre.

— WXM est d'accord ?

— Comment pourrait-il en être autrement ?

Je retraverse le brouillard, craignant que quelqu'un surgisse et me dérobe le précieux fichier. Je vais bien le cacher. Je ne laisserai personne en approcher. J'ai donné ma parole.

Je suis pressée de m'enfermer à double tour et de me plonger dans les nouveaux écrits de Mizen. Mais, alors que j'ai déjà mes clés à la main, je découvre un paquet posé contre ma porte d'entrée. Il est long et large, emballé de papier kraft et fermé par une ficelle. Je le pousse à l'intérieur.

Je déchire l'emballage. Pas de carte, pas de lettre, juste un cadre. C'est le tableau de l'autre jour, celui avec la rue de novembre au crépuscule.

3

Les maisons

Dans le livre de lecture de CM2, un vieux bouquin qui a été édité il y a au moins vingt ans, se trouvent des illustrations que Romain adorait. L'une d'elles montre un homme, mari et père, qui, au soir d'une journée de travail, rentre chez lui, chapeau mou sur la tête et pardessus dont il serre le col de sa main libre. Il marche d'un bon pas, tandis que la nuit s'apprête à tomber. Il fait froid. Il pleut. Une de ces fameuses pluies de novembre. Les phares ronds des voitures se reflètent sur la chaussée détrempée. Plus loin, il y a sa maison. Une lumière brille sous le porche, pour le guider. Derrière les fenêtres, on sent la vie. Une famille qui l'attend, au chaud.

Si cette image l'a autant marqué, c'est qu'elle est associée à un texte dont il a tout oublié, à l'exception du moment de sa lecture. C'était une fin d'après-midi. Dehors, il faisait gris. La même pluie que dans le livre battait les carreaux. Pour la première année dans l'histoire de l'école Saint-Joseph, les classes étaient mixtes. Une des élèves avait été désignée pour lire à haute voix le premier paragraphe. Or, elle s'y prenait tellement bien que l'instituteur l'a laissée continuer jusqu'au bout. Et Romain, grâce à cette lecture, à la merveilleuse mélodie, a été emporté. Le dessin l'a empoigné.

Il a franchi le seuil en même temps que l'homme, découvrant derrière la porte tout ce qui n'était pas montré. À partir de ce moment-là, les maisons l'ont obsédé. Un endroit où se sentir bien, où revenir, une histoire qui s'écrit un peu plus tous les jours. Savoir qu'on est chez soi quelque part.

Jusqu'à ce qu'il la quitte, il a aimé la maison que ses parents ont fait construire au Clos-Margot. Malgré la mauvaise tournure des événements et la déliquescence de leur famille, elle a toujours tenu bon. Il a compris que son père ait souhaité la conserver. Il a compris qu'il affirme vouloir y mourir. Ils étaient liés. Il y avait trop de lui en elle, et trop d'elle en lui, pour qu'ils puissent se séparer.

Il n'a rien trouvé de plus ennuyeux que la maison de ses grands-parents, qui se situait à l'autre bout de la ville. Il y a passé des après-midi à la monotonie abominable. Les volets y étaient fermés trop tôt. Toute une partie était constamment dans le noir, y compris en plein jour, ce qui expliquait sans doute l'aversion de son père pour le manque de lumière. Il y régnait continuellement une odeur âcre d'épluchures pourries, jusque dans les toilettes. Les tapisseries étaient tristes, les meubles dépareillés. La télé jouait le générique d'*Aujourd'hui Madame* ou la musique du *Pinocchio* qu'il trouvait cauchemardesque. Les rituels y étaient immuables et les horaires fixes. Tout semblait figé dans un temps qui s'était lui-même arrêté. Malgré cela, il a toujours ressenti de la bienveillance pour cette maison mal fichue, trop grande et trop sombre. Ses grands-parents y vivaient bien. C'était une évidence. Elle était leur complice, protégeant jalousement leurs habitudes, se sacrifiant pour qu'ils se sentent paisibles.

Longtemps, la demeure dont Romain a rêvé a été un mélange de ces deux-là. Trois, en comptant celle du manuel de lecture. Malheureusement, il a échoué à la bâtir ou à la dénicher.

Il en possède bien une, qu'il a achetée, une longère avec un certain cachet, plantée à l'écart d'un petit village, à vingt minutes de son travail. Il la possède, mais elle n'est pas sienne et il n'est rien pour elle. Il s'agit d'une union arrangée, presque forcée, un mariage de raison. La première fois qu'il l'a vue, elle ne lui a pas réellement plu. Puis il l'a imaginée rénovée, retrouvant un visage et un corps que cachaient ses oripeaux. Delphine, sa compagne, a su le convaincre. Ils se sont lancés dans les travaux, certains de leurs forces. Les premiers temps, ça a pris une bonne allure. Ensuite, les forces en question leur ont manqué. Et, finalement, il s'est retrouvé seul dans une maison creuse et inachevée. Elle est restée un toit et quelques murs. Des pièces rénovées, d'autres, plus nombreuses, en attente de l'être. Des courants d'air qui laissent l'hiver la traverser de part en part. Des fenêtres et des contrevents qui n'empêchent nullement les chaleurs estivales de l'accabler. Un terrain trop pentu et trop large, qui tourne le dos au voisinage sans pour autant offrir de vue lointaine, celle-ci venant buter sur quelques bosses ou des barrières d'arbres à l'alignement trop artificiel. Il y habite par nécessité. Il y revient par obligation. Il y reste malgré leur mésentente.

Son inspiration s'y est éteinte. À la mort de son père, cela faisait plus de deux ans qu'il était incapable d'écrire quoi que ce soit, y compris les jours où il se sentait bien disposé. Il lui suffisait de s'asseoir derrière son bureau pour que tout s'étouffe et il peinait à rédiger une poignée de phrases qui ne supportaient pas la relecture et finissaient aux oubliettes. Il en a même perdu la présence invisible de Julien.

Le plus drôle dans tout cela, c'est qu'il passait sa vie à dessiner les maisons des autres, à les créer et faire en sorte qu'elles deviennent leur compagne.

Il a étudié l'architecture. Surtout pas à Toulouse, où il ne voulait plus remettre les pieds, mais à Versailles. Ensuite, il a été engagé dans un cabinet d'Orléans pour s'occuper des projets des particuliers. Il a conçu des rénovations, des extensions ; il a fait revivre des ruines ; il a aéré des intérieurs ; il a mélangé l'ancien et le moderne ; il a ciselé des modèles clés en main pour des constructeurs avant que le développement des structures en boïs ne libère le sur-mesure. Il recevait des couples, des familles. Il les accompagnait sur le morceau de terrain et dans les bâtisses qu'ils avaient acquis. Il les écoutait lui parler de leur maison telle qu'ils la voulaient. Quand il n'entendait rien, il se contentait de sortir un modèle déjà prêt. Charge à eux de métamorphoser ensuite cette banalité. Mais, quand il entendait, quand il parvenait à les suivre à la fin d'une journée grise et pluvieuse, franchissant le seuil avec eux, il la leur inventait de toutes pièces.

Toutes celles sur lesquelles il a travaillé lui ont plu. Elles ont toutes une histoire qu'il est capable de raconter par le détail. Pourtant, il ne s'est vu dans aucune.

Il a cru pouvoir modeler la longère, mais elle s'est refusée à lui. Après quelques mois, il a compris que ça ne le ferait pas. Delphine n'y trouvait pas ses marques. On ne parvenait pas à y mettre de l'ordre, y compris dehors où tout ressemblait à un chantier permanent. Les filles ne l'aimaient pas. Elles avaient peur. Elles avaient froid. Elles regrettaient le pavillon où elles avaient vécu toutes les trois seules, avec leur mère. Elles languissaient des enfants du lotissement avec lesquels elles jouaient. Les premiers soirs d'automne, à son retour du travail, la lumière suspendue au-dessus de la porte était fade, mal orientée, n'éclairant rien d'autre que le mur. Et, derrière les volets clos, malgré son semblant de famille, aucune vie ne transpirait. On ne percevait rien d'autre que du provisoire.

Peut-être qu'avec le temps, ils seraient parvenus à leurs fins. Malheureusement, la maison qui était censée les lier avec Delphine a achevé de les déboutonner.

Il l'a conservée après leur séparation. Il n'a plus pris la peine d'y faire le moindre ouvrage, si ce n'est pour garder en état ce qui avait déjà été réalisé. Il s'est contenté d'attendre quelque chose qui n'est jamais venu.

Il rêvait encore de sa maison idéale. Mais elle avait changé. Désormais, elle était plus petite. Elle ne cherchait plus à s'éloigner des voisins. Elle n'hésitait plus à aligner les angles droits. La cuisine y était ouverte. La salle de bains inondée par le soleil levant. Le matin, il y écoutait la radio en se douchant. Il buvait son café sous le porche pendant que le quartier s'éveillait. Ensuite, il se mettait au travail. Il y avait une pièce chaleureuse, tournée vers le jardin, dont il avait fait son bureau. Sa matinée était consacrée à l'écriture ou bien aux plans qu'il continuait de dessiner. Parce que dans ce rêve-là, il n'était plus architecte qu'en free-lance, selon ses envies et les besoins de son compte en banque, trop occupé à construire son quotidien pour s'occuper de celui des autres. Il était surtout écrivain. Il avait enfin retrouvé les personnages et les lieux de son gigantesque roman, exhumant tous les cahiers dans lesquels il avait consigné leurs aventures depuis le lycée, depuis que Julien était revenu dans sa vie, sous une autre forme. Dans cette existence fantasmée, il a osé envoyer les manuscrits qu'il ne réservait jusqu'alors qu'au vrai retour de son frère.

Il déjeunait tard, sur le pouce. Il s'octroyait une petite sieste dans le salon de poche. Puis il allait courir, nager, marcher. Ou bien il bricolait dehors. Le but étant que, dès que le jour déclinait, il ait à revenir de quelque part, même si c'était du fond du potager. Il était chez lui. Il goûtait aux différentes saisons.

Il savourait la douceur et la lumière. Il se préparait un bon dîner. Il regardait un film. Avant de se coucher, il faisait un dernier tour dehors. C'était son moment préféré.

Il ne pouvait dire où se trouvaient cette maison et cette vie imaginaires. Il était incapable d'en définir l'endroit. Pas à Marican. Sûrement pas dans la région d'Orléans. Pas plus que dans la Bretagne de sa mère. Il s'agissait d'un lieu indéterminé, comme sur les illustrations du manuel de lecture. C'est pour cela qu'il s'est mis à acheter dans les brocantes les vieilles affiches utilisées autrefois en classe, du moins celles qui évoquaient les familles et les maisons.

Après la mort de son père et son retour de Marican, jamais le sentiment de n'être chez lui nulle part n'a été aussi fort. Il devait se contenter d'une campagne boueuse et aplatie. Il se réveillait avec tristesse. Sa salle de bains était sombre, sa cuisine résonnait mal. Il y avait des murs partout et des fissures dans la plupart des murs. Les loirs pissaient dans les combles. Il prenait la voiture pour se rendre à son travail, toujours selon le même itinéraire. Au bureau, il s'adaptait au cours des choses en faisant bonne figure, efficace bien qu'exsangue de toute passion. La journée se passait. Il rentrait. Il n'avait pas grand-chose à retrouver. Il essayait de faire un peu de sport ou de prendre l'air, mais il s'ennuyait vite. L'ordinaire devient insupportable s'il se déroule en prison. C'était une affliction, une vraie souffrance lancinante qui ne lui laissait aucun répit. Peut-être que l'approche des fêtes y était pour beaucoup. Peut-être qu'il était parvenu à un point de rupture. S'il avait pu écrire, il était certain que son moral se serait arrangé. Malheureusement, malgré le bagage dont il pensait s'être chargé lors de son bref séjour sur les terres de son enfance, malgré la sensation de la présence retrouvée de Julien, malgré le poème de celui-ci affiché au-dessus du bureau, il n'était bon à rien.

Il lui a semblé retrouver le chaos connu lors de ses années grises. Les sensations étaient identiques. Durant ses heures de sommeil, il était poursuivi par les mêmes visions. Des brindilles étaient fichées sous sa peau, pareilles à des échardes. Il les retirait délicatement, à l'aide d'une pince à épiler. Elles étaient longues, molles, ressemblant à des herbes mortes ou à de la paille flétrie. Elles apparaissaient sous la peau de ses doigts, dans les paumes de ses mains, sur ses avant-bras, gonflant l'épiderme. Il en trouvait jusque dans ses selles.

Au réveil, il se passait au peigne fin sous la douche. Il s'auscultait dans le miroir grossissant, traquant la moindre anomalie sur son visage ou sur son corps.

Ses jours et ses nuits n'étaient plus constitués que de mauvaises heures.

Julien l'a sauvé de sa première mauvaise passe en se penchant sur son épaule et en devenant son complice invisible. Son père l'a sorti de la seconde en lui indiquant comment quitter cette terre désolée. Il ne doit ses sauvetages qu'à des absents.

Les papiers du notaire de Marican lui parviennent mi-novembre. Évidemment, la maison du Clos-Margot lui revient et il est pressé de la vendre. En revanche, il ne s'est pas attendu à la somme d'argent qui constitue son héritage, une véritable fortune, une somme à cinq zéros.

Son père ne s'était jamais vraiment occupé de lui, en dehors du strict nécessaire. Il ne s'était jamais intéressé à ce qu'il faisait. Il avait financé ses études sans chercher à savoir où celles-ci pouvaient le mener, lui promettant néanmoins de lui couper les vivres s'il déviait de la trajectoire qu'il s'était fixée. Il n'avait jamais demandé à voir ce qu'il était capable de concevoir. Il a su mais n'a jamais rien vu.

Ce n'est pas la maison ou l'argent qui a prouvé le contraire à Romain. Ce ne sont pas eux qui lui ont redonné vie. Ce sont les mots, écrits de la main de son père, de son éternel stylo plume, sur un papier épais qui était joint au testament. Il a perçu sa voix grave surgissant d'outre-tombe. Elle a résonné longuement, le poussant en arrière jusqu'à l'effondrer sur les tomettes disjointes de sa cuisine.

« *Cet argent, c'est du temps que je te lègue. Fais-moi le plaisir de l'utiliser à bon escient. Papa.* »

Il a passé deux heures à sangloter. Il a accepté le serment. Quand il s'est relevé, il a eu l'impression de le faire pour de bon, dans tous les sens du terme.

Et il est revenu chez lui.

Mercredi 6 novembre

Le peintre refuse de me dire qui a acheté son tableau. J'insiste. Je lui explique que la toile est chez moi, qu'on me l'a offerte. Je le prouve en lui mettant une photo sous le nez. Mais il tient bon et justifie son silence en arguant que si la personne qui m'a fait ce cadeau avait voulu se dévoiler, une carte ou une lettre aurait accompagné le paquet. Il a l'air content de lui et me regarde partir sous la pluie avec un sourire narquois. Enfin, j'imagine, parce que je ne me retourne pas pour en avoir la certitude.

Je me plonge dans *Distancés*. Le fichier est dense, mélangeant des pages rédigées, des notes éparses, des schémas et des croquis. Il s'agit d'un travail incomplet malgré les détails et les précisions qui abondent sur la mise en scène, les décors, la musique, l'image. Seuls les deux premiers épisodes ont un début, un milieu et une fin. Les autres ne reposent que sur des fragments.

Cette lecture me pousse dans des marges inconfortables qui me chamboulent, y compris physiquement. Pourtant, l'histoire n'a rien qui me touche de près. Il y est question d'un trail extrême, d'une course de l'impossible sur les versants boisés d'une montagne perdue. Dès le début, on apprend que depuis sa création, seuls huit coureurs sont parvenus à couvrir les cinq tours de circuit dans les soixante heures imparties. Le dénivelé est impressionnant. Il fait froid, humide, partout il y a des ronces et des entrelacs de branches tombées. Les feuilles mortes tapissent le sol et le rendent glissant. On descend au fond de gorges abruptes. On traverse à gué des cours d'eau glacés. On se perd dans le brouillard et la nuit. On n'a droit à aucune assistance. Chaque tour fait entre trente et quarante kilomètres de distance, empruntant un itinéraire différent qui démarre et aboutit au même endroit, un ancien presbytère transformé en camp de base. Le chronomètre ne s'arrête jamais. On est à la frontière des capacités humaines. On est au-delà des limites.

On suit deux amis, deux concurrents qui se sont entraidés et sont les derniers à être encore en course à la fin du quatrième tour. On sait qu'ils se sont promis d'aller au bout ensemble. Mais le règlement est strict : pour l'ultime circuit, ils doivent se séparer et partir chacun dans un sens. L'épuisement et les blessures les font ressembler à deux fantômes. Tous ceux qui ont abandonné évoquent un enfer, une prison mentale de laquelle on tente de s'échapper avant qu'elle ne vous écrase. Les huit épisodes suivent ce dernier tour. On laisse tomber Coureur 1 pour suivre Coureur 2. Il semble être le moins déterminé des deux. On comprend que c'est l'autre qui l'a convaincu de s'inscrire, qu'il lui a forcé la main. Et qu'il n'est peut-être pas l'ami que l'on croit. Mais on s'élance avec lui, ignorant la douleur. On se casse la figure avec lui. On a froid quand il a froid. On se déchire les chairs sur les mêmes épines noires. On a peur quand il a peur. On a le corps qui tombe en miettes avec le sien. On s'immerge dans ses hallucinations provoquées par le manque de sommeil. Cela ressemble davantage à une expérience qu'à une fiction. C'est décousu, sombre, poisseux, éprouvant. Le passé surgit par flash-backs. Il est un poison qui se répand lentement, mettant à nu des sentiments et des comportements scélérats.

Ce que j'ai lu ressemble à l'exploration méticuleuse d'une dépression qui me renvoie à mes propres démons. Le final est énorme et donne un réel sens à tout le canevas. Néanmoins, les intentions de l'épisode 5 sont celles qui m'ont le plus marquée. Les deux faux amis se croisent, à mi-parcours du circuit. On a la confirmation que c'est un duel qui n'a rien d'amical. Leur relation est toxique au plus haut point. Coureur 1 veut humilier Coureur 2 qui, enfant, le dominait en tout. Il tient sa revanche. La rencontre a lieu au sommet d'une arête embrumée. Chacun veut la mort de l'autre. Mais, finalement, ils s'éloignent dans le brouillard. Plus loin, Coureur 2 se laisse choir dans les rochers. Il est tenté par l'abandon. Dans la brume, des ombres se meuvent. Ce sont des spectres exhumés du passé. Une musique est prévue, *Vide Cor Meum*. Je l'écoute sur Internet : sublime. Les silhouettes encerclent Coureur 2 mais n'interviennent pas. Un peu comme la mienne sur la plage.

Un poème, intitulé *Mon temps*, apparaît à plusieurs reprises. Écrit sur une page punaisée à un mur ou bien déclamé en voix off. Il y a un garage au sol caoutchouteux. Le sous-sol d'un pavillon transformé en bureau. Un enterrement sous la neige. Le passé inventé des pères envisagés sous forme de séquence animée... Des détails de la sorte, j'en trouve des dizaines. Sans compter ceux qui m'échappent, mais qui rejaillissent la fois d'après. À leur lumière, je réécris mes premiers chapitres. Ce n'est pas douloureux ou décourageant, bien au contraire. Lizzie a raison.

Mes intentions n'en sont que plus affirmées et je m'approprie davantage l'histoire.

Je suis peut-être le jouet de WXM. Mais il est aussi le mien.

*
* *

Vendredi 8 novembre

Adieu Madeleine ! Au bout de deux ateliers, elle a compris qu'elle n'était pas la bienvenue. Du coup, j'intègre des consignes que j'ai réservées pour ce soir béni. Il y est question de culpabilité. D'abord à travers un exercice où on doit compléter une phrase qui commence par : « Je regrette que… ». Ensuite, à travers un texte plus long à propos d'un moment que nous changerions si nous avions la possibilité de voyager dans le passé.

Reagan conserve sa hauteur présidentielle. Il regrette d'avoir contribué à détériorer le monde dont il a hérité, de ne pas s'être montré assez utile à ses contemporains. Il se projette en arrière et, à l'aube de ses vingt ans, part pour l'autre bout du monde, en mission humanitaire, accompagnant un camarade qui, à l'époque, n'était pas parvenu à le convaincre.

Heckel est plus sincère. Elle regrette de n'avoir pas eu d'enfant. Elle recule jusqu'à l'époque où elle a éconduit cet homme qui lui faisait la cour. Désormais, elle le rappelle. Elle l'empêche de renoncer à elle. Ses textes sont toujours aussi secs, mais elle parvient tout de même à émouvoir.

Sa sœur regrette la mort de son époux. Avec ses délicieuses rondeurs habituelles, elle lui dresse l'inventaire de tout ce qu'il a raté depuis son décès. La mélancolie se mêle à la légèreté. Elle conclut que, en fin de compte, il a peut-être eu raison de s'épargner tout cela.

La Discrète fait encore dans le très bref. Elle regrette de croire qu'elle n'a d'autre choix que de se soumettre à ce que lui réserve la vie. Elle remonte le temps. Son mari est effondré sur le canapé, après l'avoir battue à en casser le manche à balai puis avoir vidé une bouteille de pastis. Elle tient un long couteau de cuisine. Elle se penche sur lui. Elle lui tranche la gorge. Il ouvre les yeux, mais ne peut empêcher le geyser qui le vide. Il comprend qu'il meurt. Elle reste penchée. Elle lui montre la lame ensanglantée. Elle lui murmure : « Tu vois, maintenant, c'est bien fini. »

Lourd silence quand elle cesse de lire. Elle ne lève pas les yeux de sa feuille. Elle en agrippe les bords comme si elle s'accrochait au-dessus du vide. Reagan ne peut accepter de demeurer bouche bée. Il lance une banalité pour féliciter Élise. Heckel et Jeckel se dévisagent l'une l'autre.

C'est à moi de boucler le cercle. Je regrette le temps qui est passé et qu'on ne peut rattraper. Je reviens au bord de la piscine de mes parents, en juillet. Je ne pars pas avec Cécile dans les Landes. Je reste et je décide que toute mon existence devra ressembler à ce moment. Banal. Facile. Aussi lâche et vide que ce dont Reagan a accepté de se soulager.

Depuis, cette soirée me tient prisonnière. Je ne cesse d'y repenser. Je m'accapare les idées des trois femmes et je les fais miennes.

Dernière année de mes études ; conférence d'un ponte de littérature comparée un soir de la semaine ; un garçon avec qui je prépare le concours m'accompagne ; les autres membres de notre groupe de travail ont trouvé une excuse pour y échapper. Ce garçon, gentil, discret, un brin timide, se dévoile. Les semaines qui ont précédé nous ont rapprochés. Avec lui, je me sens bien. À la sortie de la conférence, nous nous amusons à singer les élites culturelles. Nous restons un petit moment sur le trottoir tandis que l'assemblée se disperse. Un geste de ma part, un encouragement, et il m'embrasserait. J'en ai envie. Pourtant, je ne dis rien. Je ne fais rien. Je lui fais la bise et lui souhaite un bon retour chez lui. Je rentre à pied vers mon studio sans me retourner. Les épreuves écrites sont imminentes. Il part à la campagne pour réviser. Notre complicité s'évapore. Il n'y aura plus d'autre moment tel que celui-ci. Une histoire d'amour tuée dans l'œuf par mes soins. Alors, sous ma plume, je reviens sur ce trottoir. Je m'approche du garçon. C'est moi qui l'embrasse. Ma vie se transforme.

Puis je fais revenir Laurent. Il n'est pas mort, ou bien il ne l'est plus. Il sonne à la porte et bougonne, essoufflé, qu'il a eu un mal fou à me retrouver. Il me reproche de ne pas avoir laissé d'adresse. Il se laisse tomber sur une des chaises de la cuisine démodée et me demande un verre d'eau. Il trouve que ce qu'il voit ressemble beaucoup à une ancienne cave. Il s'excuse presque de remarquer l'odeur de cette humidité chaude dont il cherche l'origine. Il me supplie de lui pardonner d'avoir disparu au cours de ces longs mois, de m'avoir laissée seule. Il se justifie en expliquant qu'il a eu les pires difficultés à se dépêtrer des ennuis dans lesquels il était embourbé. Ce fut un combat de tous les instants. Mais il l'a gagné. Il me questionne sur ce qu'il a raté durant son absence. « Tes funérailles se sont déroulées sous une chaleur accablante. Ta famille et la mienne ne se sont pas mélangées. À la fin, chacune a créé sa propre grappe à l'ombre des marronniers. Je ne t'ai pleuré qu'à cause du reflet dans le miroir de la salle de bains. Au lycée, je n'ai rien dit de ta maladie. À la rentrée, j'ai tu ton décès. À part le proviseur et la secrétaire, personne n'a su. Ce n'est qu'au bout de quelques semaines que la rumeur s'est répandue. Ils ont été nombreux à mal me juger, soit à cause de ce secret mal gardé, soit parce qu'ils ne me trouvaient pas assez accablée. Certains soirs, quand j'habitais encore chez nous, je me suis concocté un bon dîner. Mais, la plupart du temps, j'ai redécouvert les plateaux télé et les grignotages rapides au-dessus de l'évier. Je ne suis pas sortie plus qu'avant. Je n'apprécie guère la compagnie. La liberté que je croyais obtenir a été amère. La période du premier Noël a été la plus difficile. Parce que tout le monde a exagéré les attentions à mon égard. Parce que j'ai commis l'erreur de passer quelques jours chez mes parents et qu'il m'a fallu cohabiter avec Luttie pour le repas du 25. Pas un mot ; pas un geste entre nous deux. Du coup, Ludovic, son abruti de mari, s'est montré encore plus con que d'habitude. Après les fêtes, il s'est fendu d'une longue lettre dans laquelle il m'a expliqué que je suis une ingrate, une jalouse, une indécrottable égoïste, une fausse rebelle mais une vraie faible. Je me suis désespérée de ne pas être capable d'écrire à nouveau. Et puis, j'ai couché avec Thomas. Oui, le Thomas que nous connaissons, notre voisin, l'époux de ma complice Caroline. Je ne sais pas ce qui m'a pris. Ça s'est passé un après-midi, dehors, contre le tas de bois. C'était nul. Et puis sur- tout, tu étais encore de ce monde. J'ai baisé à quelques mètres de la chambre où tu agonisais. Et puis, il y a eu cet endroit. J'ai trouvé ton message à la fin du quatrième tome d'*A'Land*. J'ai suivi la piste que tu as ouverte pour moi. Voilà. J'écris enfin. Pas assez vite, pas assez longtemps, mais j'écris. Je raconte l'his- toire d'un écrivain qui poursuit son rêve et qui, une fois qu'il l'a atteint, ne sait plus à quoi rêver. C'est le message qu'il délivre dans la série qu'il est en train de concevoir. Je crois que j'ai des amies. Lizzie et Mina sont celles dont je me sens le plus proche. Car chacune est une part de celle que j'aurais voulu être.

Je vis mieux sans toi. Et je suis certaine que tu aurais mieux vécu sans moi. Franchement, je ne comprends pas ce qui t'a poussé à revenir. »

*
* *

Jeudi 14 novembre

Je confesse une vilaine habitude : j'espionne. Depuis que j'ai fait le tour des maisons à la recherche de WXM, j'y reviens. Au début, c'était pour confondre leurs habitants. Je n'ai rien pu saisir. Sinon que Madeleine vit dans une forteresse donnant sur la baie Sainte-Anne à Trégastel ; qu'Élise-la-Discrète vit au rez-de-chaussée d'un petit immeuble aux environs du stade, qu'elle allume la télé dès qu'elle rentre chez elle, ferme son volet roulant avant la tombée du jour et ne semble ressortir que pour venir à l'atelier du jeudi soir ; que Mina a pour demeure le ventre d'un ancien bateau de pêche et qu'elle doit retourner à la capitainerie du port dès qu'elle a besoin de se doucher ou d'aller aux toilettes ; que l'Ours-Rodolphe a retapé une minuscule maison sur l'Île-Grande et qu'il flaire vite les intrus parce qu'il est sorti sur le pas de sa porte le matin où je me suis aventurée chez lui et qu'il a grogné : « Qui est là ? » d'un ton qui m'a tout simplement donné envie de fuir à jamais ; qu'Heckel et Jeckel sont aux petits soins pour leur jardin, pour leurs murs, pour tout ce qui est chez elles, livrant une guerre sans merci au moindre détail qui cloche ; que, pour rien au monde, je ne vivrais à nouveau dans un lotissement et dans une maison comme ceux de Jacasse.

Mais j'en reviens sans cesse aux maisons de Lizzie et de Reagan. Comme je sors marcher le matin de très bonne heure puis tard le soir, je les place volontiers sur mes itinéraires. Pas tous les jours, mais souvent. Je tiens mon excuse. Je fais une halte de quelques minutes. Il arrive que ça s'éternise davantage.

À Lan Kerellec, j'aime la lumière. Naturelle ou électrique, elle est toujours présente. Je ne me suis pas trompée sur le feu de cheminée, le plaid et les livres sur le canapé. Un peu plus sur le vin et les sorties régulières sur la terrasse. Lizzie chez elle, c'est une vraie chorégraphie faite de lenteurs et d'accélérations, des gestes amples, posés, assurés. Des conversations au téléphone rythmées par un circuit savant autour de l'îlot central de la cuisine. Des avachissements subtils dans les fauteuils, jambes de travers et corps ratatiné. Des repas calmes et des litres de thé. Des dossiers qui sont épluchés sur la table de la salle à manger, lunettes sur le nez et stylo entre les lèvres. Des pantalons trop amples, des sweats à capuche et des grosses chaussettes tout le temps. Des pans de tristesse aussi qui s'abaissent et puis disparaissent dans les cintres, comme des décors de théâtre, selon les actes.

J'ai honte de moi. Mais je suis fascinée.

Ce n'est pourtant pas ma drogue la plus dure. Celle-là, je la garde pour Reagan. Que je monte à la pointe de Bihit ou que je contourne la lande par le bas, je tourne autour de sa maison cachée. J'ai amélioré mon point de vue depuis le sentier de la plage en me faufilant dans les fougères sur quelques mètres. Il y a un espace dans la végétation qui m'offre une meurtrière très pratique. Que le vieil homme soit toujours en costume n'est pas une légende : je ne l'ai jamais vu vêtu autrement. Il est debout à 6 heures. Il commence par ouvrir toutes les fenêtres en grand, peu importe qu'il pleuve ou qu'il vente. Il est alors déjà rasé de près et habillé. Il les referme au bout d'une demi-heure, montre en main, à la minute près. Puis il fait un tour complet de son jardin, lentement, auscultant tout.

Je l'entends parler entre ses lèvres. Moment critique pour moi qui suis obligée de m'écarter de ma cachette. Il remonte, disparaît de l'autre côté, la façade que je ne peux pas voir. Il réapparaît et s'installe dans son fauteuil pour boire son café. Ensuite, il va faire ses courses. Toujours à pied. Néanmoins, c'est le soir que je préfère. À 19 heures précises, il met méticuleusement le couvert à la table de la salle à manger. Il apporte ce qu'il a préparé, des petits plats, des petites cocottes, des petits ramequins. On dirait une dînette. Il s'accorde un ou deux verres d'un vin qu'il a passé en carafe. Il mange en contemplant la mer et en écoutant de la musique. Une demi-heure. Puis il range, nettoie, disparaît vers l'arrière. Il coupe la musique. Des lumières s'éteignent, des lampes et des lampadaires leur survivent. La tonalité bascule vers l'orange. Il prend place dans son fauteuil, celui de gauche. Il lit. De gros livres. Il ressemble à une statue de cire tant il est immobile. Vingt-deux heures trente, nouveau tour du jardin, dans l'autre sens, lampe de poche à la main qu'il n'actionne pas souvent parce qu'il semble aimer marcher dans l'obscurité. Il marmonne. Il parle à un être invisible qu'il tutoie. Il me faut trois planques nocturnes pour comprendre qu'il s'agit de son épouse décédée. Ensuite, il rentre. Le premier étage est plongé dans le noir, le second s'allume. Trois fenêtres, puis deux, puis une, celle de la chambre au balcon. Vingt-trois heures, tout est éteint et la maison disparaît dans la masse sombre de la falaise. Si Lizzie crée une chorégraphie, Reagan joue tout un ballet. Je ne peux pas l'expliquer, mais en être spectatrice a le don de m'apaiser. Ça vaut une séance de méditation.

Passer plusieurs soirs de suite assise dans les fougères détrempées me vaut une grosse crève. Depuis le début de la semaine, ce n'est pas la grande forme. Je dois faire avec une fièvre tenace qui me transforme en loque humaine. Je suis heureuse de ne pas avoir eu à aller au cinéma lundi soir.

Lizzie me rend visite tous les jours. Elle m'achète des médicaments et propose de faire mes courses. Elle me remonte le moral et multiplie les attentions. Quand elle voit le tableau que j'ai abandonné dans un coin de ma chambre, elle me questionne à son sujet. Je ne lui mens pas et elle s'amuse de la situation, qui ne l'inquiète nullement.

— Un admirateur secret. Ou une admiratrice... En tout cas, le geste est touchant.

Je le trouve plus suspect qu'autre chose. Selon elle, il n'y a rien de méchant. Et cela ne veut pas dire que quelqu'un me suit partout où je vais. L'atelier du peintre se situe au bord d'une route passante. On m'aura vue là-bas par hasard.

Je doute encore d'elle et de ses réelles intentions. Parce qu'il lui arrive de changer brusquement d'attitude durant les moments que nous partageons. Je ne la vois pas comme une menace ni rien de ce genre, mais plutôt comme des fêlures dans l'armure qu'elle revêt pour moi. Des petits morceaux de son mystère qui pointent. La fièvre me donne l'audace de la défier. Je lui dis que je pense que c'est elle qui m'a offert ce tableau et qu'elle est celle qui se cache derrière les trois initiales de WXM.

Elle sourit de plus belle. Plus belle est une expression qui a été créée pour elle quand elle sourit.

— Non, Charlotte. Hélas ! Deux fois hélas. Je n'ai pas une once d'imagination et encore moins de talent un stylo à la main. Quant à ce cadeau, j'aurais adoré vous le faire. Sans me cacher.

Là, subitement, elle perd son sourire, ses yeux se perdent ailleurs, un voile passe sur son visage. Elle se lève et se dépêche de s'en aller.

Mina prend le relais pour me forcer à manger et à boire avec une patience d'ange, un ange aux cheveux en épis. À coups d'infusions et de soupes, elle me remet sur pied pour l'atelier de ce soir que je ne veux surtout pas annuler. Elle aussi contemple la peinture de novembre et lui trouve un côté mélancolique qui lui fait froncer les sourcils. Je lui parle de mes doutes au sujet de WXM. Elle hausse les épaules. Le sens de tout ceci lui échappe. Et puis cet homme est si secret qu'il ne prendrait pas le risque de semer de tels indices autour de lui.

Mina, quand elle est quelque part, il se passe toujours quelque chose qui fait du bien. Dans le ciel de traîne de mon rhume, je me la figure comme ma fille cachée.

Je corrige ce que j'ai écrit après la diffusion de *Miriana*. Si je devais être exfiltrée par la mer, Lizzie et Mina seraient mes deux rameuses.

Finalement, j'accroche la peinture dans ma chambre. Je peux la contempler depuis le bureau et elle m'inspire toujours autant. Je suis contente de l'avoir. Au diable l'inquiétude !

4

L'héritage

Minuit vient de passer. Romain est debout dans le hall de la maison de son père. Il n'a sorti de sa voiture que deux gros sacs de voyage qu'il laisse tomber à ses pieds. Il n'a rien allumé. Il se contente de la lueur de la lune qui traverse les vitres de la porte d'entrée. Son ombre s'étire sur le carrelage jusqu'à se perdre dans l'obscurité du couloir qu'elle défie. Onze jours ont suffi pour qu'il plaque tout. Le douzième commence à peine. Il n'était censé arriver qu'après le Nouvel An. Mais il a décidé qu'il avait assez attendu.

Hélène a mis les bouchées doubles pour que tout soit prêt à l'accueillir. Il lui a demandé de débarrasser les vêtements, les affaires de toilette, tout le linge et même la cafetière électrique. Par lâcheté, car il n'aurait pas été capable de le faire lui-même. Il a fait livrer un sommier et un matelas neufs, ainsi que deux parures de lit. Il a tenu à récupérer son ancienne chambre, quitte à repousser son vieux lit trop étroit dans celle de Julien. Sur la route, il a téléphoné pour dire qu'il avait anticipé son départ. Hélène est repassée pour monter le chauffage. Il fait bon alors que, dehors, il gèle à pierre fendre. Le ronflement du moteur est toujours dans ses oreilles. Ses mains fourmillent encore des vibrations du volant.

Il est fatigué. Le reste des affaires attendra. Il se couche sans demander son reste, renonçant à se déshabiller. Le nouveau lit est fait. La couette est bien gonflée et les draps sentent bon. Il s'endort rapidement en pensant que son retour démarre sous les meilleurs auspices. Plus rien ne pousse sous sa peau durant son sommeil.

S'il lui arrive de douter de sa décision lors des semaines qui suivent, il repense à cette nuit-là, à la sensation de quiétude qu'il a ressentie sitôt descendu de voiture. Elle suffit à aiguillonner sa détermination.

Plusieurs jours lui sont nécessaires pour réapprivoiser cette maison et obtenir son pardon pour l'avoir révoquée, il y a longtemps. Hélène est la fée qui lui permet d'effectuer ce tour de magie. Il faut continuer à faire un peu de vide. Cette fois, il met la main à la pâte. D'autres appareils ménagers vétustes remplacés par les siens, plus modernes ; de la vaisselle et quelques meubles légués au Secours catholique ; un nouvel agencement des choses ; quelques achats à caser. Sans toucher au garage, ni à la Mercedes de son père dans laquelle il ose cependant s'asseoir, conscient du sacrilège.

Tant que tout cela n'est pas prêt, il ne se met pas au travail. Il ne descend pas au sous-sol pour tenir son engagement et poursuivre la quête ainsi qui lui a été demandé dans la courte lettre posthume. Du temps offert. Du temps pour retrouver Julien. Ce temps qui a manqué à son père malgré les vingt et quelques années englouties. Une quête insensée, décourageante, écrasante, mais qui vaut mieux que d'en avoir aucune.

Durant ces quelques jours de transition, il ne s'aventure pas au-delà du portail. Hélène mise à part, son seul contact avec l'extérieur se fait à travers la haie, avec Mme Tessier. Il sort plusieurs fois par jour faire le tour du jardin, histoire de prendre la mesure de cette nouvelle vie. Ce qu'il y voit le séduit à nouveau, malgré le froid tenace, les nuages bas et la pluie glaciale. Sa voisine l'interpelle au cours d'une de ces promenades, quelques jours avant Noël. Sa voix est toujours aussi agréable.

— J'ai vu la maison se ranimer... Te voilà donc de retour, mon garçon.

— Pour quelques mois...

— Je me permets de m'en féliciter. As-tu besoin de quelque chose ?

— Non, madame Tessier. Tout va bien.

— Tu sais que je ne fête jamais Noël. Cependant, cette année, je veux bien faire une exception et t'inviter à dîner.

Il s'emmêle dans des excuses mal fichues pour refuser.

— Je crains d'avoir besoin d'un peu de temps pour me comporter en voisin normal.

— Tu es tout excusé, mon garçon. Tu as raison. Je te laisse t'acclimater à ton rythme. Je te souhaite la bienvenue, Romain. C'est sincère. Tu as toujours été mon voisin préféré. J'ai tant aimé t'entendre jouer ! C'est bien... C'est bien que ce soit toi.

Par habitude autant que par convenance, il attend un lundi pour se lancer. Il se lève de bonne heure. Il allume la radio pendant qu'il se douche et se rase. Il brave l'hiver pour boire son café sous le porche. Il y entend les portes des garages s'ouvrir, les voitures démarrer et rouler au pas le long des lignes croisées de la rue Pierre-Pousset. Puis, avant qu'Hélène n'arrive, il retourne le pot en étain au-dessus du frigo, non sans ressentir un pincement au ventre. Il en fait tomber une grosse clé et il déverrouille l'accès à la cave.

L'escalier qui s'enfonce dans ce qui a été l'angle mort de la maison est toujours aussi raide et sombre.

La même ampoule pend piteusement du plafond, peinant à en éclairer toutes les marches. En revanche, l'odeur mêlant les relents de gaz et l'humidité chaude ne le cueillent plus d'emblée, comme autrefois, quand se rendre dans ce sous-sol s'apparentait à une corvée. Au contraire, ça sent le propre, le frais, l'ordre.

En bas, un interrupteur qui n'existait pas de son temps lui révèle une vaste pièce où la lumière est partout. Les murs et les plafonds sont peints en blanc. Le sol est recouvert du même caoutchouc bleu qu'au garage, épais et lisse. Les deux impostes vitrées qui s'ouvrent au ras du jardin laissent davantage pénétrer le jour. Tout l'éclairage a été refait, en trois néons doubles silencieux. Le passage vers l'autre partie de la cave, celle où se trouve la chaudière et où ont été repoussés le désordre et l'obscurité d'autrefois, est occulté par un lourd rideau beige dont les plis, trop longs, traînent par terre. Il fait chaud. Un énorme radiateur en fonte a été installé sous l'escalier.

Le premier pan de mur, à sa gauche, reçoit un tableau qui en couvre toute la largeur et une grande partie de la hauteur. Un organigramme y est dessiné au feutre, les liens entre les cases adoptant différentes couleurs. Au bout de certaines flèches, les rectangles sont recouverts de post-it vierges. Il y a ici l'ensemble des pistes étudiées par son père, à partir des rares indices qu'il est parvenu à glaner, les estimations dans lesquelles il s'est risqué concernant la logique de la fuite de Julien et sa stratégie pour disparaître. Les post-it marquent une impasse, pas forcément définitive.

Tout ce qui a été la chambre de son frère et son studio d'étudiant est aligné le long du mur suivant. Une penderie pour ses vêtements ; des étagères métalliques pour ses livres, ses bandes dessinées, ses affaires de classe et les objets qu'il collectionnait. Les posters et les affiches sont accrochés sur des supports en liège, superposés en deux colonnes, protégés par des feuilles en plastique transparent qui servent d'intercalaires.

Épousant l'autre largeur, une table s'adosse au mur. Deux ordinateurs en occupent les extrémités, dotés de grands écrans, les câbles ajustés pour couler le long des plinthes sans se mélanger.

L'autre longueur, interrompue par la diagonale de l'escalier, est consacrée à des cartes. Il y a un planisphère avec des épingles de couleurs plantées en différents endroits. Il apprend, un peu plus tard dans la matinée, que les rouges indiquent des pistes jugées sérieuses, les jaunes des probables et les bleus des moins convaincantes. Même chose pour la carte de France, celle de l'Europe, de la Scandinavie (une aiguille rouge pour la Finlande, piquée au centre de l'archipel des îles Åland), du Québec, de l'Indoné- sie (aiguille rouge dans le nord de Sumatra), de la Nouvelle-Zélande.

Une grande planche posée sur des tréteaux sert d'îlot central. Elle recueille des empilements de papiers dans des bannettes spécifiques, chacune étiquetée de la nature de son contenu, des horaires des trains et des avions au départ de Toulouse en février 1980 aux visites dans les pays lointains dont il est question sur le mur.

Voilà ce à quoi se résume une partie de l'existence de son père. Un travail de titan ou de moine, selon la manière dont on interprète les choses. Un travail vain, voué à l'échec. Mais un échec ordonné, classé, répertorié, méthodique, un échec qui ne ferme aucune porte, refusant de dire son nom.

Romain comprend que la penderie, les étagères et les posters ne sont pas là pour faire musée. C'est de la documentation, des archives où chercher des indices, des papiers oubliés, des annotations, des phrases sou- lignées, où chercher l'origine de la graine qui a germé dans l'esprit de Julien et l'a poussé à partir.

Il est troublé de les découvrir ainsi. Mal à l'aise, il s'en tient d'abord éloigné. D'autant plus que les deux premiers posters sont glaçants. Celui de gauche reproduit l'affiche du film *Midnight Express,* avec son personnage se détachant d'un noir d'encre, la tête en arrière dans un geste presque forcé. Il a longtemps coiffé le lit de son frère. Romain n'y a jamais lu que grimaces de douleur et volonté d'évasion. Celui de droite est une réplique de la pochette d'un album des Pink Floyd. Deux hommes se serrent la main dans ce qui semble être l'allée d'un studio de cinéma hollywoodien. L'un des deux est en flammes. La bordure blanche commence à être consumée. Là où est inscrit le titre : *Wish You Were Here*, « Si tu pouvais être là ».

Le temps qu'il fasse le tour, Hélène arrive. Il l'entend pénétrer dans la maison. Contrairement à son père, il n'a pas fermé la porte du sous-sol. Elle s'avance au ras de la première marche et lui demande si tout va bien.

— Café à 10 h 30 ? lui répond-il sans se montrer, de peur qu'elle ne constate son émotion. Il n'y a pas de raison de changer nos habitudes.

Elle désapprouve qu'il accepte le legs de son père. Elle considère que ce dernier s'y est tué à petit feu. Et la cave lui fait penser à une grotte dont on finit par ne plus remonter, faute d'en retrouver la sortie. Néanmoins, elle comprend la teneur de son serment. Depuis près de trois semaines, ils ont passé l'essentiel de leurs matinées ensemble. Désormais, elle vient tous les jours, à l'exception du week-end.

Avant ce qui est devenu leur pause rituelle, Romain allume les deux ordinateurs. Le plus ancien sert à l'archivage des données, doublant ainsi le contenu des bannettes. L'autre, plus récent, est consacré à Internet et aux messageries. Il découvre un petit carnet rangé en évidence dans l'unique tiroir. Il contient tous les identifiants et les mots de passe : un compte Facebook sous le vrai nom de son père, dont les pages appellent à témoignage pour tout ce qui concerne la disparition de Julien, photos à l'appui. D'anciens camarades de lycée ou de fac ont noué le contact. Des anonymes s'y sont greffés, portant le total d'abonnés à plus de deux cent cinquante. Il y a trois autres profils, cette fois sous de fausses identités, destinés à suivre plusieurs personnes qu'il a harponnées avec sa propre page, à commencer par Isabelle Millot, qu'il a considérée comme le point faible de Julien. Plusieurs filets ont ainsi été tendus. Des appâts y ont été accrochés, bien en évidence. Ils ont été régulièrement renouvelés. Son père a capturé tout ce qu'il a pu avant de faire le tri.

Au retour d'un séjour en Indonésie, dix ans plus tôt, Fanny Valais, l'horripilante Fanny de Toulouse, a certifié avoir aperçu Julien à Banda Aceh, à l'extrémité nord de Sumatra. Elle faisait la queue à un des guichets de l'aéroport, en compagnie de son second époux, quand elle l'a vu traverser le hall. Son père s'est rendu sur place à quatre reprises. Il a écumé les hôtels, les restaurants, les boîtes de nuit. Il s'est adressé à l'antenne du consulat français. Il a fait le pied de grue dans l'aéroport, a posé des questions, fournissant même des photos de Julien vieilli par ordinateur. Il n'a absolument rien trouvé.

Quant à Romain, il n'a jamais cru à la piste de Sumatra. Il n'a jamais vu son frère en Asie, en Inde, au Népal ou dans un autre pays de la sorte. S'il avait eu la moindre attirance pour cette région, il l'avait bien caché. Alors que la Scandinavie, les grands espaces canadiens ou la Nouvelle-Zélande étaient beaucoup plus crédibles. Quitte à changer de vie, autant le faire dans un endroit qui correspond à ce dont on rêve depuis toujours, c'était sa théorie. Son père l'avait écouté le lui dire sans réagir. En découvrant les épingles piquées dans les cartes, il constate qu'il a été entendu. Ça l'émeut.

— Il n'a rien laissé au hasard. Un vrai travail d'orfèvre.

— Cela ne m'étonne pas de lui.

— Plus d'un serait pourtant étonné...

Hélène se rembrunit comme à chaque fois qu'il égratigne la mémoire de son père.

— Il était homme à cacher son jeu.

— Je regrette qu'il l'ait trop bien caché.

Elle lui sourit, amorce un geste pour poser sa main sur la sienne, à travers la table de la cuisine. Elle se ravise.

Romain reste au sous-sol jusqu'à 13 heures. Ensuite, il déjeune. Il se laisse aller dans le fauteuil du salon, sommeillant une bonne demi-heure au coin de la cheminée. Puis, fidèle au rythme qu'il a décidé de suivre, il sort. Pour la première fois depuis son retour, il franchit le portail.

Il fait le tour du Clos-Margot à pas lents, les mains recroquevillées dans les poches de son manteau, l'écharpe couvrant le bas de son visage et le bonnet enfoncé jusqu'aux sourcils. Il longe d'abord la Tourbière jusqu'au Pré-du-Gué qui vient l'interrompre à l'ouest. De son temps, c'était un champ vide, qui était fauché au mois d'août et oublié le reste de l'année. Aujourd'hui, il est clôturé de barrières blanches du meilleur effet, comme on en voit dans les films américains. Une vaste grange ouverte se dresse au milieu. Des animaux de toute sorte sont curieux de sa présence. Quelques chèvres, des moutons, deux chevaux et même un petit cochon noir qui passe le museau pour le regarder. Certains viennent à lui, malgré le froid, pensant qu'il apporte des friandises. Ils doivent se contenter de ses caresses et rebroussent vite chemin pour retrouver leurs compagnons moins gourmands dans l'abri qui déborde de paille fraîche. Hélène lui a expliqué qu'un ancien vétérinaire a acheté le pré pour qu'il serve de refuge aux animaux dont on ne voulait plus ailleurs. Il aurait adoré qu'il en soit ainsi quand il était enfant. En guise d'animaux, ils n'avaient droit qu'aux atroces couleuvres, aux poules faisanes qui nichaient dans les hautes herbes et aux canards qui avaient élu domicile sur les franges de la Tourbière. Quand ce n'était pas les ragondins ou les rats qui s'aventuraient hors du lit de la rivière.

Il descend ensuite vers le bas du lotissement en longeant les dernières maisons. Il hésite à emprunter cette portion de la rue. Elle l'a toujours repoussé. Parce que la maison des Greffier s'y trouve, au numéro 15. L'hostilité de Mlle Greffier à son égard serait la cause la plus avouable. Or, c'est surtout son frère qui en est l'explication. Romain était tout petit le jour où, alors qu'il se promenait avec sa mère et qu'ils passaient devant chez eux, elle les avait arrêtés. Elle le trouvait mignon, sage et toujours gai. Elle avait appelé Daniel qui se trouvait au fond de leur jardin. Il n'avait pu le voir autrement que comme un monstre. Qu'il s'approche de lui était la pire chose qui puisse lui arriver. Il était tétanisé. Daniel avait posé sa grosse main sur sa tête. Il avait éructé quelques mots qui ressemblaient à des râles. Ce geste qui se voulait bienveillant, ces syllabes inaudibles qui gargouillaient depuis le fond de sa gorge et faisaient sourire Maman avaient eu raison de ses dernières forces. Ils l'avaient tant effrayé qu'il s'était enfui, hurlant à s'en déchirer la poitrine. Rien n'aurait pu l'arrêter. Il avait couru droit devant lui, pour se réfugier sous son lit, claquant toutes les portes qui voulaient l'empêcher de passer. Il avait fallu de longues minutes pour l'en extirper.

Il emprunte le trottoir d'en face, les épaules rentrées, et ne regarde pas la maison des Greffier. Il longe l'à-pic qui surplombe la rivière. Ce coin-là n'a jamais été le sien. L'eau qui dévale des monts d'Aurelle est violente et assourdissante l'hiver, visqueuse et malodorante l'été. Elle ne charrie de la montagne que sa face sombre, après y avoir arraché la part du diable. Les berges sont chaotiques, faites de quelques ajoncs bruns et de rochers gris dans lesquels les branches et les arbres morts se coincent et pourrissent. Rien ne semble avoir changé.

Il remonte vers son territoire en longeant l'usine de Cassefière. Elle est encore debout, amputée de la moitié qui a brûlé et dont il ne reste qu'une carcasse morte. La plupart des vitres sont cassées ou striées d'éclats. Des lianes de lierre ont pris d'assaut les murs extérieurs, montant parfois jusqu'au toit.

Il n'avait pas quatre ans quand l'incendie a eu lieu. Il croit s'en souvenir. Leur père les a réveillés au milieu de la nuit. Des flammèches tombaient à verse sur le quartier. C'était effrayant. Tout le monde était dehors, l'inquiétude se mêlait à la désolation. Le ciel s'embrasait. Les flammes montaient si haut qu'elles donnaient l'impression de vouloir le percer. Ils étaient tous les quatre, unis. D'abord dans le jardin, puis dans la rue, avec les voisins. Les maisons qui faisaient face à l'usine avaient été évacuées. Il se disait que le Clos-Margot allait se transformer en brasier. Que tout ce qui était à eux serait réduit en cendres. Cela n'a pas été le cas. L'usine n'a emporté personne avec elle dans les enfers. Depuis, on ne s'est jamais résolu à la raser.

Plus loin, les Venelles représentent les contrées hostiles. Quand Julien l'emmenait jouer dans la Tourbière, il surnommait celle-ci Fort Apache. Et les Indiens qui menaçaient leur place avancée se terraient dans ce labyrinthe de voies minuscules, qui s'enroulaient autour de jardinets et de logements ouvriers construits du temps de la splendeur de l'usine. Depuis la fermeture de celle-ci, ils étaient occupés par des familles qui ne pouvaient guère s'offrir autre chose que ces bicoques vétustes et sombres. On entendait des choses terribles sur ce qu'il s'y passait. Les enfants qui y vivaient n'étaient pas jugés fréquentables. Ils ne s'aventuraient jamais dans leur quartier et ne venaient pas dans son école.

Aujourd'hui, ces ruelles sont vides. Les jardins semblent entretenus, mais la plupart des maisons sont condamnées, dans un état encore plus pitoyable qu'autrefois. Le caniveau central empeste l'urine. Les bordures sont jonchées de déchets, de vieilles crottes de chien et de mauvaises herbes. Il ose s'y avancer, faisant crisser les gravillons sous ses semelles. Il n'y croise personne. Il marche, victorieux, dans les ruines abandonnées par leurs ennemis.

Il garde la Tourbière pour la fin. La dernière frontière avant les grandes étendues sauvages que représente pour lui la montagne. Autrefois, ses creux et ses bosses lui paraissaient gigantesques. Ses trous d'eau, des marécages mystérieux d'où surgissaient des feux follets et des volutes d'une brume tantôt amie, tantôt ennemie. Il se revoit ramper, se cacher, surgir, espionner, y chercher des trésors dont seul son frère connaissait l'emplacement. Puis, sans lui, y errer, y pleurer, ne faire que le traverser.

Daniel Greffier l'empêche d'y demeurer davantage. Il le reconnaît, tout au fond, à la limite du Pré-du-Gué, en train de l'observer, son corps massif planté dans sa direction, ses yeux noirs cherchant à le clouer sur place, son visage toujours aussi déformé. Il ne cherche pas à le défier. Il détourne le regard et se lance dans la pente sans se retourner.

Il n'a pas besoin de grimper trop haut pour cette fois. Seulement retrouver le sentier qui s'élève jusqu'au premier sommet, celui qui est pompeusement baptisé la Corniche mais qui, pour Julien et lui, s'appelait la Vigie. De là, ils surplombaient le Clos-Margot dans son ensemble. Ils suivaient le parcours de la rivière qui en délimitait la lisière sud jusqu'à l'usine. À leur gauche, les Venelles restaient invisibles derrière leurs premiers murs. On ne voyait rien d'autre que le lotissement et la Tourbière. Juste eux. Les dimanches soir du début de l'automne, en y traînant un peu plus tard que de raison, ils regardaient le jour qui s'en allait. « C'est l'heure où les loups attaquent », lui disait son frère en lui adressant un clin d'œil. Et ils revenaient chez eux en courant, sous des ciels orange et pourpre, savourant par avance le cocon que leur offrait leur maison.

Romain est souvent remonté ici sans Julien. Il y a regardé son éloignement. Il y a assisté à ses départs précipités des dimanches après-midi, quand il était pressé de rejoindre la gare, son sac d'étudiant de passage sur l'épaule.

À présent, il observe le quartier se recroqueviller dans le crépuscule naissant. Il le contemple pendant qu'il se prépare à affronter une nouvelle nuit. Daniel est rentré chez lui. Les lampadaires se sont allumés. Les fenêtres se sont éclairées avant de disparaître à mesure que les volets sont tirés. Les voitures ont fait leur apparition dans la rue pour un ballet parfaitement chorégraphié. Ensuite, quand tout est redevenu immobile, il descend.

La maison qui l'attend est subitement devenue la sienne. Non pas celle héritée de son enfance ou de son père, mais celle qui lui est propre. Il en franchit le seuil avec un plaisir qu'il pensait ne plus jamais connaître. Il allume les lampes. Il ferme les contrevents. Enfermé et blotti, de nouveaux horizons lui apparaissent. Des terres à conquérir. Une vie à reprendre.

Réveillons

Lighthouse – Le Cinéma
Les séances du lundi soir

Charlotte Kuryani, écrivaine en résidence, vous propose dans le cadre du thème *Réveillons* :

Lundi 18 novembre – 20 h 00
Quand Harry rencontre Sally *(When Harry Met Sally...)* – Rob Reiner (1989)

Tous les réveillons devraient ressembler à celui qui clôt ce film. Toute la vie devrait ressembler à ce film d'ailleurs.

Lundi 25 novembre – 20 h 00
Garde à vue – Claude Miller (1981)

Un duel entre deux hommes le soir du réveillon, dans un commissariat ; l'épouse du second qui l'accuse d'être un pédophile, amateur de fillettes ; le commissaire qui perd pied dans les sables mouvants de ce couple... Une de mes camarades de lycée avait trouvé ce film trop statique, trop théâtral. « Il ne se passe rien », s'était-elle plainte au lendemain de sa diffusion à la télévision. Au contraire, j'y ai vu un mouvement permanent et une expédition dans des abysses dangereux qui ne laisse que peu de rescapés.

Lundi 2 décembre – 20 h 00
Le Père de la mariée *(Father of the Bride)* – Charles Shyer (1991)

Aucune veille de Noël ou de Nouvel An dans ce film inoffensif. Mais une scène qui tient l'ensemble debout : à la veille de son mariage, la jeune femme ne parvient pas à dormir. Elle sort et son père la rejoint. Ils font un match de basket dans l'allée du garage. Soudain, l'homme interrompt la partie. La gorge serrée, il avoue qu'il n'oubliera jamais ce moment-là. À l'époque, je me suis promis que si j'avais un enfant sur le point de quitter définitivement la maison, je ferais l'effort de me réveiller lors de notre dernière nuit passée sous le même toit.

Lundi 9 décembre – 20 h 00
Music Box – Costa-Gavras (1989)

Aux États-Unis, un immigré hongrois est accusé d'être un ancien nazi. Sa fille, avocate, le défend. Les mémoires, réelles ou inventées, se réveillent. Un courant d'air glacial parcourt ce réveil, celui du négationnisme. Une question lui sert de fil directeur : où se cachent les monstres quand ils cessent d'être des monstres ?

Lundi 16 décembre – 20 h 00
Sarah *(International Velvet)* – Bryan Forbes (1978)

Je suis étudiante et l'avant-veille de Noël, je dors chez ma grand-mère. Je travaille pour les fêtes chez un pâtissier dont la boutique est près de chez elle. Ce soir-là, la raison aurait dû me dicter de me coucher de bonne heure avant la plus grosse journée de la période et une embauche à 5 heures. Mais je tombe par hasard sur ce film qui me happe et me rend heureuse. Le lendemain, je n'entends pas mon réveil et je me présente à mon travail avec trois heures de retard, ce qui me vaut de vivre l'un des pires moments de mon existence.

Mercredi 20 novembre

Je m'astreins toujours à ausculter les fichiers de *Distancés*. Je ramasse les petits cailloux qui y ont été semés. Il n'y a que deux références directes aux petites filles :

– une scène où une enfant fait des tours de manège, assise sur un cochon rose qui monte et qui descend. Elle est seule, sur la placette d'une station balnéaire dévorée par le sable de la morte-saison. Soudain, des serpents venimeux s'écoulent de la gueule du cochon. Ils rampent sur le lino crasseux. Ils s'enroulent autour des barres de support. La petite en est bientôt recouverte.

– la description d'un décor dans l'épisode 4, avec un dessin d'enfant aimanté à la porte du frigo. On y découvre une petite blonde masquée, revêtue d'un costume de super-héroïne aux initiales VG. Elle évolue au bord du vide, sur le toit d'un gratte-ciel. Un homme est à ses trousses. Elle ne le voit pas.

Le reste des indices rejoignent ceux déjà repérés dans *A'Land*. Je construis une liste à deux colonnes. À gauche, ceux que j'ai déjà utilisés : le garage au sol bleu ; la discothèque à l'écart de la ville avec son parking en terre battue ; le garçon rencontré dans le train ; les vies inventées des pères ; la cave transformée en bureau (quatre occurrences) ; la mère hospitalisée (trois occurrences) ; les dessins dans les vieux manuels de lecture ; le poème *Mon temps* ; l'album des Pink Floyd avec un homme en flammes ; le labyrinthe cauchemardesque que j'apparente à celui des Venelles ; le jardin où on joue au foot tout seul ; un incendie spectaculaire au cœur de la nuit ; la rivière grise aux rives boueuses et jonchées de déchets dégueulasses ; un géant handicapé qui effraye tout le monde, bien malgré lui.

Quand je consulte l'autre colonne, je vois les méandres dans lesquels mes futures pages vont devoir se faufiler : une équipe de foot au maillot rouge sang (quatorze occurrences !) ; l'écusson d'un dragon rouge dressé sur ses pattes arrière ; une fête foraine poisseuse ; un gendarme moustachu ; une peinture représentant un troupeau de chevaux pris au piège d'une tempête de neige ; une pièce de théâtre intitulée *Les Poissons rouges* ; un extrait de *Et on tuera tous les affreux* ; une chanson de Gérard Lenorman ; un puits sans fond (celui-ci, je sais déjà à quoi il correspond grâce aux journaux de Marican) ; une cheville fracturée qui se guérit toute seule ; les initiales NISVIR (trois occurrences) ; des petits films super-huit où des écoliers, uniquement des garçons et toujours les mêmes, jouent des rôles d'adultes lors de saynètes qui parodient tous les genres cinématographiques, du western à la science-fiction ; un hôpital psychiatrique vide ; un homme qui, lourdement appuyé sur une canne malgré son jeune âge, se promène dans une forêt faite d'arbres géants, beaucoup d'entre eux étant déracinés ; un vieux chauve mangeant tout seul dans une maison aux volets clos alors que dehors il fait un soleil magnifique... Plus tout ce que je n'ai pas encore su dénicher dans ce fouillis.

Lundi 25 novembre

Je n'ai été entourée que d'hommes gentils. Pourtant, dans mes romans, ils sont tous atroces. Il faudra bien que je réfléchisse à ce qui a influencé ma vision des hommes et sur les causes de ma méfiance à leur égard. En revanche, je crois avoir cerné la raison qui, dans l'œuvre de WXM, fait que les femmes s'effacent ou se métamorphosent en créatures maléfiques dès qu'elles deviennent mères.

Aujourd'hui, j'ai aidé Jacasse et Mina à installer les décorations de Noël à Lighthouse. Stéphanie adore cette période de l'année. Elle exulte. Si ça ne tenait qu'à elle, elle la ferait durer plus longtemps. Mina, de son côté, l'a en horreur. Elle affirme que, lors des fêtes, elle ne changera rien de ses habitudes.

Pour moi, c'est différent. Plus je prends de l'âge, plus Noël me fait mal. C'était déjà le cas avant la mort de Laurent. J'ai enfin prévenu mes parents que je ne descendrais pas chez eux. Ils ont accueilli la nouvelle dans un silence de glace.

— Tu ne vas tout de même pas rester toute seule !

Je répète à ma mère que je ne suis pas seule, que je n'ai sans doute jamais été aussi bien entourée de ma vie.

— Merci pour nous ! me tance Papa.

Je mens aux filles. À elles, je fais croire que je fais un détour par Limoges avant de me retrouver en famille. Je garde pour moi le projet de visiter Marican.

Nous passons un très bon moment avec notre grand sapin et nos tonnes de guirlandes. Jacasse rit aux éclats de toutes nos maladresses. Pour une fois, sa gaieté est contagieuse. Quand nous avons fini, nous nous asseyons toutes les trois et nous admirons notre œuvre : rouge et orange avec des lumières qui clignotent. Nous en convenons en chœur : décoré ou pas, on peut difficilement faire plus chaleureux que cet endroit.

— J'espère qu'il n'a rien fait de monstrueux.

La remarque de Stéphanie nous fait sursauter. Elle se tourne vers nous, l'air désolé, comme si ça lui avait échappé.

— Un si beau projet... Ce serait terrible d'apprendre qu'il a été imaginé par un salopard.

Elle en a trop dit. Elle est contrainte de se justifier. Certes, il y a des rumeurs autour de WXM, autour de son passé. Des rumeurs diverses et variées, positives, mystérieuses ou franchement honteuses. Mais, depuis quelque temps, ça va plus loin. Cet été, on a téléphoné chez elle. Un avocat parisien a cherché à lui soutirer des informations. Comme elle l'a envoyé paître, il a répliqué qu'il serait bientôt démontré que WXM est un monstre qui s'en prend aux petites filles. Et que protéger un monstre revient à être sa complice. Elle a rapporté l'affaire à Lizzie qui a pris la chose très au sérieux. Quelques jours plus tard, à l'étage, il y a eu une conversation téléphonique houleuse. Elle en a surpris quelques bribes. Je la suspecte de s'être avancée dans les escaliers pour en rater le moins possible. Lizzie menaçait son interlocuteur de poursuites s'il persévérait à salir M. Mizen, il était question d'une enquête fouillée qui l'avait mis hors de cause dans une histoire qui ne sentait pas très bon. Depuis, Jacasse doute.

Il m'arrive de penser comme elle. Le commentaire que j'ai conçu pour *Music Box* me trahit. Quand Romain écrit, une quantité de choses le relie à l'agression de la fillette du Clos-Margot. Dans *A'Land*, le Berserk, une créature qui hante la montagne, s'en prend aux très jeunes filles, les enlevant dans leur sommeil pour les emmener au plus profond de la forêt sans que l'on sache vraiment ce qu'il fait d'elles ; c'est au fin fond de la forêt qui surplombe Marican qu'on a retrouvé la petite Anna Marcarié en février 2003. Sans compter son âge, dix ans, celui de la malédiction frappant les filles du village des carriers. Sans compter le nom de Marcavi, l'âme noire de la saga, à qui Niam promet un châtiment exemplaire ; le père d'Anna se prénomme Vincent...

Je ne veux pas montrer mon hésitation. J'expose une théorie bancale : chaque artiste dissimule une âme noire. Plus elle est noire, plus elle est terrible, plus il est inspiré. Si nous connaissions les faces cachées de ceux et celles que nous admirons à travers leurs livres, leurs films, leurs tableaux, nous en aurions froid dans le dos.

— Ne me dis pas que ça marche aussi pour toi !

Et pourquoi pas, chère Stéphanie-Jacasse ? Au passage, merci de me considérer comme une artiste.

Mina ne dit rien. Elle demeure extérieure à notre conversation. Il lui tarde que nous en ayons fini. Elle préférait tout à l'heure, quand on se marrait. Elle n'est pas indifférente. Elle ne l'est jamais. Son détachement me crie dans les oreilles qu'elle en sait plus que ce qu'elle laisse croire.

*
* *

Jeudi 28 novembre

La première grosse tempête de la saison est annoncée pour ce week-end. Mes brasses dans la baie sont de plus en plus espacées, à cause du froid qui soustrait une grande partie du plaisir que je prends dans la mer.

Le vent ne va pas arranger les choses. Je m'invente un autre rythme, beaucoup moins efficace. J'écris trop lentement. Je me décourage d'un rien.

À y réfléchir, ma première idée, celle des retraités massacrés dans leur camping-car, me faciliterait la tâche. Je pourrais l'écrire à la manière classique des thrillers qui cartonnent. Je me mettrais dans la poche les amateurs du genre. Je pourrais même faire fortune.

Le promontoire sur lequel ils avaient garé leur camping-car offrait une vue dégagée sur l'ensemble de la baie. L'endroit semblait idéal pour y passer la nuit. Robert, chemisette bleue sur les épaules, short clair et chaussures bateau, fit quelques pas afin de prendre la mesure de leur escale et s'assurer que celle-ci ne présentait pas le moindre risque. Josiane le suivit des yeux. Ces dernières années, il avait forci. Ses épaules étaient voûtées. Ils étaient mariés depuis quarante ans et, après quelques périodes de flottement, ils avaient trouvé un certain équilibre. Oui, elle l'aimait toujours. Et elle aimait qu'ils jouent ensemble aux aventuriers de la route, réinventant leurs réveils chaque matin. Elle sortit à son tour de l'habitacle, rajusta sa jupe longue et son chemisier, froissés par la serviette de bain tendue contre le cuir du siège. Elle ne téléphonerait pas aux enfants ce soir. Ils n'avaient pas à tout savoir de leur pérégrination. Robert revint vers elle.

— Ce camping-car me paraît désert, lui dit-il en indiquant l'autre véhicule garé ici, plus petit et plus vieux que le leur.

Josiane acquiesça au moment même où son smartphone vibra dans sa poche. Paresseusement, elle l'extirpa et jeta un œil sur l'écran. Juliette, leur fille aînée. Josiane ne put s'empêcher de soupirer avant de décrocher.

— Oui, ma chérie.

Son mari préféra s'éloigner. Il avait encore à faire avant que l'air ne rafraîchisse : caler les roues, stabiliser l'ensemble, orienter l'antenne pour qu'ils ne ratent pas leur feuilleton quotidien... Un bref instant, il crut entendre du bruit dans le camping-car abandonné. Le bruit d'un objet tombé au sol. Mais il pensa finalement que ses prothèses auditives lui jouaient des tours...

Je m'amuse.

Robert et Josiane, vous n'auriez pas dû vous garer sur ce parking !

La policière chargée de l'affaire, persuadée d'être sur la piste d'un tueur en série quand ses collègues penchent plutôt pour un vol qui a mal tourné, n'aurait pas dû avorter sans en parler à son mari. Ils seraient sans doute encore ensemble et elle picolerait moins.

Je n'aurais pas dû choisir un camping-car parce que les synonymes ne courent pas les rues.

*
* *

Mardi 3 décembre

La tempête a duré tout le week-end et j'ai bien cru que mon étage rajouté n'allait pas y survivre. La baie vitrée a du jeu. Elle siffle et vibre sous les rafales. Mes journées en sont perturbées et mes nuits bien plus encore. Mais, hier dans l'après-midi, tout s'est calmé d'un coup. J'ai l'impression d'avoir survécu à un cataclysme.

Pour fêter cette accalmie, Madeleine a lancé les représailles. Hier soir, accompagnée de son mari, elle est venue au cinéma. L'un comme l'autre, ils portent leur arrogance tatouée sur leurs traits mais se sont pourtant installés sans un mot.

Le film s'est passé gentiment. Quelques rires dans la salle, de nombreuses mines amusées quand les lumières se sont rallumées et une des meilleures affluences depuis septembre. Puis le rituel incontournable des pâtisseries, auquel le couple a participé, d'abord en sourdine.

Madeleine s'est approchée de moi, serrée de près par Monsieur. J'ai compris à son regard carnassier que ça allait mal se passer.

— Permettez-moi de vous dire, ma chère, que je ne comprends pas qu'on puisse programmer des films aussi insignifiants que celui que vous venez de nous infliger.

Le ton était coupant. Monsieur a acquiescé dans son dos. J'ai fait l'effort de prendre sa remarque avec humour. Or, elle n'avait pas l'intention de s'arrêter là. Les deux n'avaient pas fait le trajet pour si peu.

— Ce n'est pas à la hauteur de la réputation qu'on fait à cette maison. À moins que cette réputation soit usurpée. Un peu comme la vôtre.

Les conversations se sont figées autour de nous. Exactement comme elle le souhaitait. Mon sourire de circonstance est retombé.

— J'ai lu vos deux romans, madame Kuryani. J'y ai cherché cette profondeur d'écriture que vous appelez de vos vœux sous la plume d'autrui. Or, je ne l'ai trouvée nulle part. Selon vous, je ne sais pas écrire, je joue à l'écrivaine. Il est dommage que vous, vous n'ayez même pas pris la peine de commencer une partie.

Monsieur, pour ne pas être en reste, en a rajouté une couche.

— Le piédestal sur lequel vous croyez être juchée a plutôt des allures de perchoir à perruches.

Il a ricané, levant le nez pour humer les relents de sa contribution. Tandis que sa femme a poursuivi.

— Vous avez eu de la chance d'être publiée. Les temps ont bien changé... Mais il n'est pas trop tard pour faire votre publicité.

J'ai senti une vague me soulever et me pousser à m'abattre sur eux. Elle est née des personnes présentes dans le café.

— Des anonymes désœuvrés s'en sont déjà chargés. Je crains qu'ils ne vous aient pas attendue.

— Comme quoi il n'y a pas que des bêtises sur Internet.

Monsieur était fier de sa réplique. Il a osé un pas en avant pour se porter à la même hauteur que son épouse.

Les protestations ont d'abord été un murmure qui s'est transformé en bourrasque. Les spectateurs étaient de mon côté. Le couple a choisi de battre en retraite. Mais il s'est heurté à un mur dressé en toute discrétion : l'Ours-Rodolphe leur barrait le passage vers l'escalier. Il n'a pas bougé d'un pouce quand ils se sont cognés dans sa carcasse. Il ressemblait à un guerrier maori paré pour le combat ultime. Cette fois, c'est Madeleine qui s'est glissée derrière l'épaule de son mari, lequel a fondu de plusieurs centimètres en un souffle. Quelques secondes se sont étirées dans un silence revenu. Puis, sans se défaire de ses yeux de guerrier, le géant s'est écarté lentement, très lentement. Madeleine et Monsieur ont disparu en pressant le pas. On s'est alors dépêché autour de moi pour me réconforter. Heckel et Jeckel ont été les premières à me soutenir, tout comme elles avaient été les premières à déclencher la révolte. J'ai adressé un sourire à l'Ours, qui ne me l'a pas rendu, se fendant néanmoins d'un hochement de tête qui, venant de lui, en dit beaucoup.

Cette altercation a laissé des traces. Je me mettrais des claques de réagir ainsi, de ne pas être capable de laisser filer. Je suis blessée. Si je n'étais pas épuisée par plusieurs nuits hachées, je n'en aurais pas fermé l'œil. Or, je me suis endormie et ce matin, la colère me donne une énergie incroyable. Je m'assois à mon bureau après ma marche et j'écris sans interruption jusqu'en début d'après-midi.

J'en suis tellement heureuse que je mets la musique à fond et que je danse comme une possédée. J'achève ma transe en rebondissant à pieds joints sur l'horrible lit alcôve.

5

NISVIR

Marcher dans les traces paternelles paraît insurmontable à Romain tant il y a à lire, fouiller, éplucher. Avec sa manie de tout classer, son père a multiplié les entrées et les liens qui s'entrecroisent jusqu'à s'emmêler. Or, au bout de quelques matinées de tri, il se rend compte que le poids des informations récoltées n'est pas si écrasant que cela.

Julien a prémédité sa fuite. Le préavis déposé chez le bailleur de son studio prouve qu'il s'est décidé au plus tard à la fin du mois de novembre 1979. Victor Bancilhon a donc cherché à savoir si, cet automne-là, il y a eu dans la vie de son fils aîné un élément déclencheur pouvant expliquer une sentence aussi radicale. Il existe un dossier à ce sujet, intitulé « Novembre », dans lequel il a rangé son maigre butin.

D'abord une énième dispute entre Julien et lui, aux alentours de la Toussaint. Il a tenté de se la remémorer, indiquant à plusieurs reprises dans la marge, au stylo rouge, qu'il n'était pas certain de la façon dont cela s'était déroulé. Selon lui, le motif de l'accrochage concernait les radios pirates. Il avait entendu dire qu'à Paris, des animateurs faisaient l'amour à l'antenne, en direct. Il avait ironisé, évoquant l'abêtissement des masses. Julien aurait répondu qu'un peu de liberté et de sexe ferait du bien à tout le monde dans ce pays.

Romain ne se souvient absolument pas de cet épisode, du ton qui serait monté entre réflexions acerbes et dérision provocante. Encore moins de la tirade finale, celle où Julien aurait lancé que la seule place valable pour les réactionnaires était d'être pendus à des lampadaires, à l'aide de crocs de boucher. Une sortie qui ne lui ressemblait nullement. Leur père se serait quasiment allongé en travers de la table de la salle à manger pour l'agripper par le col. Leur mère l'aurait rappelé à la raison et Julien, « *effrayé par ma réaction* » (souligné deux fois), serait allé s'enfermer dans sa chambre. Si cela a réellement eu lieu, cela n'a pu être qu'en son absence. Jamais il ne l'aurait oublié. Jamais de sa vie, il n'a vu son père lever la main sur eux, voire simuler le geste. Certes, il avait ses colères, sa rigueur, sa distance. Mais il maudissait la violence physique et était parfaitement maître de ses nerfs en toutes circonstances. Peut-être que le fait qu'il ne soit pas présent a fait tomber les garde-fous qui existaient lors des disputes précédentes. Peut-être que la mémoire de son père lui a joué des tours. À la lecture de sa vision du passé, il s'aperçoit en effet que ce dernier s'attribue sans cesse le pire rôle. Il se décrit mauvais père et mauvais mari, mauvais en tout, toujours dépassé, souvent ridicule. Romain est certain qu'il a envenimé ses souvenirs à dessein. Il n'a pas cherché que son fils. Il a cherché un coupable à châtier.

Deuxième pièce de « **Novembre** » : Julien et quatre autres étudiants convoqués par le directeur de l'IEP, à la mi-octobre. En cause : un enseignant qu'ils accusent de remarques déplacées et humiliantes, notamment à l'égard des filles. Ainsi, il aurait eu pour habitude, en annonçant le calendrier des travaux à venir, de toujours conclure au micro : « Je précise, pour les jeunes femmes ici présentes, que vous n'avez pas le choix dans la date. » La contrepèterie était connue de beaucoup. Elle faisait glousser une partie de l'assistance. L'enseignant, goguenard, prenait la mesure de l'effet de son annonce sur son auditoire. Avant d'ajouter : « Enfin, j'espère. » Les cinq ont pris l'initiative d'une pétition dénonçant ses agissements. Celle-ci n'a pas drainé les foules et les a conduits tout droit dans les bureaux de l'administration pour s'y faire réprimander. Le directeur a parlé d'un procédé abusif et diffamatoire. La menace d'un conseil de discipline a été lancée, sans qu'il y ait de suite. Néanmoins, plusieurs de ses condisciples ont affirmé que Julien l'aurait « *très mal pris* » (souligné également deux fois), écartelé entre la crainte de se faire renvoyer et la colère provoquée par une injustice qu'il jugeait criante.

Rien de très convaincant. Son frère n'en était pas à sa première croisade. Les précédentes avaient toutes échoué et certaines lui avaient même valu quelques ennuis. Comme au lycée, où il avait poussé les élèves de sa classe de terminale à faire grève pendant un cours de philo, sous prétexte que leur prof avait tenu des propos bienveillants vis-à-vis des négationnistes. Il n'était pas envisageable qu'il se soit effondré ou qu'il ait pris peur pour si peu. Encore moins qu'il ait lâché le morceau si facilement alors qu'il pensait être dans son bon droit.

Pour clore ce dossier, une simple feuille volante. Son père y a écrit plusieurs questions, en gros caractères tracés au feutre noir :

De quoi avait-il peur ?
De qui avait-il peur ?
Que voulait-il fuir ?
Ou qui ?

Il n'a apporté qu'une seule réponse, en face de cette ultime question, également en lettres majuscules : **MOI**.

Une deuxième bannette est étiquetée « **Isabelle** ». Ici, le contenu est plus épais, en quantité à défaut de l'être sur le fond.

À plusieurs reprises, y compris lors de ses derniers mois, son père a contacté Isabelle Millot. Toutes leurs conversations sont répertoriées sur des fiches cartonnées. Chacun demande d'abord des nouvelles de l'autre puis, rapidement, on en vient à Julien. Son père joue sur deux tableaux, clairement revendiqués par des questions préparées à l'avance.

Une moitié d'entre elles mise sur une prise de contact entre son fils et celle qui a été sa meilleure amie. Les premières années, Isabelle se dit persuadée qu'il est vivant, qu'il cherche sa route, quelque part ailleurs, et que celle-ci nous le ramènera. En même temps, elle reconnaît que Julien n'a jamais envisagé de couper les ponts. Y compris quand, adolescents, ils rêvaient de leur avenir, allongés côte à côte sur la moquette de la chambre, donnant à celui-ci des tournures souvent rebelles et rocambolesques.

Au fil des mois, elle devient moins affirmative. À demi-mot, elle craint qu'il ne lui soit arrivé quelque chose. Sinon, après tout ce temps, il serait revenu. À défaut, il aurait envoyé des signes.

— S'il t'avait donné des nouvelles, en te faisant promettre de ne pas en parler à sa famille, qu'aurais-tu fait ?

— (*Hésitation*) Peut-être qu'au début, j'aurais tenu ma promesse, monsieur Bancilhon. Mais sûrement pas après être devenue maman… Si je savais quoi que ce soit, je vous donne ma parole que vous le sauriez dans l'heure.

Dans la marge, face à cette réponse datée de septembre 1995, son père a tracé un point d'interrogation.

Il n'a pas cru Isabelle. Il s'est déplacé plusieurs fois à Paris. Il l'a suivie et épiée, cherchant une faille dans ses mensonges. Il s'est même rendu sur ses lieux de vacances, se tenant suffisamment à distance pour avoir une chance de déjouer la prudence de Julien. L'île de Ré, Bénodet, Méribel, le Jura, la Corse... À en croire ce dossier, cette surveillance renforcée a duré jusqu'en 1992. Sans le moindre résultat.

L'autre moitié de sa stratégie consiste à chercher ce qu'Isabelle sait au sujet de Julien. Ici aussi, il pense qu'elle ne lui dit pas tout.

Il est souvent question de leurs relations passées. Elle affirme que jamais ils ne sont sortis ensemble. Le lien qui les unissait était celui d'une grande amitié, « comme on n'en connaît qu'une dans sa vie ». Elle l'aimait mais n'était pas amoureuse de lui. Et lui n'était pas amoureux d'elle, contrairement à ce que tout le monde a cru. Il leur est arrivé de flirter, de se disputer, sans qu'il y ait une quelconque ambiguïté dans leur relation. « Des choses qui ne s'expliquent pas. »

— En es-tu certaine ? Es-tu certaine que mon fils ne se consumait pas pour toi ? (*Mai 1984*)

— Tout à fait, monsieur.

— Pourquoi, au lycée, est-il allé raconter aux autres que vous étiez ensemble, dans ce cas ?

— Il l'a fait avec mon accord. Pour qu'on le laisse tranquille, et moi avec, par la même occasion.

Si Julien a si mal vécu l'été 1978, déprimant dans sa chambre et ne cachant pas qu'il pleurait tous les jours, ce n'était pas parce qu'elle s'était mise en couple avec un autre garçon, qu'elle avait épousé depuis. C'est parce qu'elle avait choisi de partir à Paris. Il s'est senti abandonné. « Naufragé » serait le terme qu'il aurait longtemps employé à ce sujet.

Puis, avec le temps, ça s'est arrangé. Ils se sont téléphoné au moins une fois par semaine. Ils se sont revus à toutes les vacances. Isabelle affirme à Julien que son avenir de journaliste passera inexorablement par Paris, que leurs chemins se croiseront à nouveau, qu'ils réaliseront certains de leurs projets. Il répond que se retrouver plus tard, après que chacun ait exploré d'autres pistes en solitaire, sera finalement une bonne idée. Il a compris qu'ils devaient s'éloigner l'un de l'autre, histoire de se défaire de certaines entraves.

— Il n'envisageait pas d'avoir des enfants ? (*Avril 1989*)

— Non, monsieur.

— À cause de nous ? De la façon dont nous l'avons élevé ?

— Je l'ignore. Je crois qu'il ne s'est jamais vu en père.

— Pourquoi ne me dis-tu pas franchement la vraie raison ?

— Que souhaitez-vous m'entendre dire, monsieur Bancilhon ? Que votre fils aîné n'aimait pas les filles ?

Il y a eu des rumeurs à Marican après sa disparition. La vie amoureuse de Julien s'est limitée à une fausse liaison qui a été mise au jour. On suspectait un écran de fumée destiné à masquer sa vraie nature. Plus d'une fois, Romain a entendu qu'on traitait son frère de pédé. Certains ont même laissé entendre, au bout de quelques années, qu'il n'avait pas disparu, qu'il était mort du sida et que sa famille, refusant de l'avouer, l'avait enterré à la sauvette, ailleurs.

Lors de l'été 1979, Isabelle et Julien sont partis à la mer, une petite semaine avant la rentrée, avec une seule tente minuscule et un matelas gonflable pour deux. Les parents n'ont pas compris comment le copain de la jeune femme pouvait accepter une telle situation sans être fou de jalousie ou, du moins, méfiant. Plutôt, ils ont eu peur de le comprendre.

— Julien n'était pas homosexuel.

— Pourtant, il l'a laissé croire. Quand je lui ai directement posé la question, il a biaisé.

— Il n'était pas très à l'aise avec les autres, notamment avec les filles. Il est tombé amoureux de plusieurs d'entre elles mais n'a jamais été capable de faire le premier pas.

Lors des dix dernières années, il n'y a plus qu'un coup de fil annuel, le 22 septembre, jour de l'anniversaire de Julien.

— Tu as beaucoup compté pour lui. Je dois te présenter des excuses, Isabelle. Pour t'avoir embêtée durant toutes ces années. (*Septembre 1999*)

— Vous ne m'embêtez pas, monsieur Bancilhon. Je pense à lui tous les jours. En parler me fait du bien.

— Excuse-moi également pour t'en avoir voulu.

— Pensez-vous encore que je vous aie menti ?

— Non, plus maintenant. Je t'en ai surtout voulu car j'ai pensé que, si tu avais été près de lui, tu aurais su l'empêcher de faire ce qu'il a fait.

— Il n'a pas cru bon de m'en parler.

— Peut-être a-t-il pressenti que tu aurais su le dissuader ?

— Après notre semaine de vacances, l'été qui a précédé sa disparition, nous nous sommes éloignés. Plus de téléphone, plus de lettres. Plus rien. Là-bas, au camping, nous avons compris qu'il s'agissait de la dernière fois que nous nous retrouvions ainsi. Il disait que ce séjour était notre tournée d'adieu... Je ne crois pas que j'aurais été capable de le ramener à la raison, monsieur. Ma pire crainte, c'est d'être la cause de tout ce qui est arrivé ensuite. Pour n'avoir pas su le soutenir. Le drame de Julien, ce n'était pas vous, ni votre ex-femme, ni qui que ce soit. Le drame, c'est qu'il n'était pas celui qu'il aurait voulu être.

— Qui aurait-il voulu être ?

— Il se trouvait dépourvu de beaucoup de choses. Le talent, la force, le courage...

— Il avait tout cela.

— Non, monsieur. À ses yeux, il ne l'avait pas. Pas à la hauteur de ce qu'il espérait.

Romain a longtemps admiré son frère. Puis il a découvert qu'il n'était pas celui qu'il disait être. Ou bien qu'il ne le voyait plus ainsi. Alors, il est devenu son adversaire. Inconsciemment, il a aspiré à le surpasser en tout. Et il a continué de le faire après sa disparition. Jusqu'à ce que son esprit s'apaise et qu'il le replace sur le piédestal duquel il l'avait renversé. Sa culpabilité se ranime à la lecture de cette fiche. Il repense à la question de son père dans « **Novembre** » : qui voulait-il fuir ? Il peut y apporter la même réponse que lui.

Le troisième dossier concerne la discothèque : le **Shadows'**. C'est en le consultant que Romain découvre que son père s'y est rendu presque tous les samedis soir, jusqu'à la fermeture définitive de la boîte. La plupart du temps, il est resté dans sa voiture, à guetter les allées et venues jusqu'à une heure avancée de la nuit. Parfois, il est entré, a pris un verre et tenté de nouer la conversation avec des personnes qui auraient pu connaître et fréquenter Julien.

Il en ressort que celui-ci n'avait pas d'amis, y compris parmi ses anciens camarades de lycée qu'il disait pourtant rejoindre. Il venait là pour faire comme tout le monde. L'année de terminale, c'était différent. Isabelle était avec lui. Grâce à elle, il se greffait à quelques groupes, tout en se montrant assez discret. Puis, après le bac, il s'y retrouvait seul. Leur mère lui prêtait sa voiture. Il quittait la maison vers 23 heures. Sur place, on le voyait faire un tour, toujours un verre à la main. Il ne dansait jamais, parlait peu. Il buvait trop. Cela, on l'a remarqué. Une fois, l'un des videurs l'a trouvé allongé dans l'herbe du champ adjacent, ivre au point qu'il ne tenait plus debout. Une autre fois, il a vomi partout, aspergeant toute une banquette et ceux qui y étaient assis, ce qui lui a valu de se faire jeter dehors.

Les derniers mois, il s'était fait rare, n'apparaissant qu'une ou deux fois. Or, dès qu'il rentrait à Marican, il brûlait de se précipiter au Shadows'. Leur père ne lui faisait plus confiance. Il savait pour l'alcool et le suspectait de fumer. Le dimanche matin, il vérifiait le compteur de la voiture. Le nombre de kilomètres correspondait exactement à la distance entre le Clos-Margot et la sortie de la ville où se trouvait le night-club. Que faisait-il là-bas ? La question est peut-être restée en suspens un certain temps, avant que Victor Bancilhon ne lui écrive une réponse, juste en dessous : « Il faisait comme je l'ai fait. Il restait dans la voiture à regarder les autres s'amuser. »

Fanny **Valais** a droit à sa propre bannette. Si Romain lui avait donné un titre, il l'aurait volontiers appelé « Connasse ». Encore plus après en avoir lu le contenu. Son père, qui n'avait aucune raison d'en vouloir à cette femme, l'a sobrement désignée par son nom de famille. Pourtant, elle ne l'a pas intéressé pour ce qu'elle était. Ce qu'il a voulu rassembler, c'est un portrait en creux de Julien dans sa vie toulousaine. Seule Fanny en avait été témoin.

Tout d'abord, elle expliquait comment ils s'étaient rapprochés. Au lycée de Marican, ils n'étaient pas dans la même classe et ne s'étaient même jamais adressé la parole. De lui, elle ne savait que peu de choses, si ce n'est qu'il avait menti aux autres garçons qui le traitaient de puceau, certifiant qu'il sortait depuis plusieurs années avec Isabelle Millot. Le mensonge n'avait pas tenu très longtemps et, ensuite, les moqueries s'étaient envenimées : de puceau, il était devenu pédé.

Le hasard leur avait fait habiter la même résidence à Toulouse. C'est là qu'elle lui avait parlé pour la première fois. Comme elle, Julien rejoignait le campus à pied, en coupant par les petites rues. Il n'avait fallu qu'une semaine pour qu'ils s'y croisent. À sa grande surprise, il l'avait reconnue et lui avait dit bonjour. Ils n'étaient pas très nombreux de leur ancien lycée à vivre et à étudier dans ce coin-là. Ils s'étaient alliés sans affinité évidente, simplement pour ne pas affronter tout cela seuls. Et puis, de semaine en semaine, cette alliance de circonstance s'était transformée en amitié.

Julien était différent de ce qu'elle avait imaginé. Sa réserve n'avait rien à voir avec l'arrogance qu'on lui prêtait. Il s'agissait plutôt d'une timidité mal assumée. Les premiers contacts avec lui étaient peu engageants. Or, une fois la barrière franchie, il se révélait drôle, passionnant, très humain et très droit dans ses convictions. Elle lui avait présenté les personnes de qui elle s'était rapprochée. Elle avait constaté qu'en leur présence, il perdait pied. Il se mettait en retrait. Il parlait, certes, mais pour ne pas dire grand-chose, si ce n'est quelques bons mots qui faisaient rire. Il ne prenait parti sur rien, semblait d'accord avec tout le monde, évitant de se mouiller. Les autres le trouvaient un peu fade, trop consensuel, fuyant. Ils ne lui faisaient pas confiance et n'aimaient pas trop qu'il les rejoigne. Fanny savait qu'il n'était pas comme ça. Elle l'avait défendu mais n'avait pas su les convaincre.

Il faut dire que cette indisposition aux relations sociales poussait Julien à adopter des comportements bizarres, qui ne pouvaient être que mal interprétés. Elle se souvenait d'un soir où il l'avait accompagnée à une fête. Ils avaient marché longtemps pour y parvenir. Et, soudain, à quelques mètres de leur destination, il avait décrété qu'il voulait rentrer chez lui. Sans autre forme d'explication, il lui avait souhaité de bien s'amuser, lui avait fait la bise et était reparti dans l'autre sens, sans lui donner le loisir de le dissuader. Elle s'était habituée à ces revirements, sans plus s'en vexer. C'était différent pour ceux qui ne le côtoyaient que de loin.

Julien s'aimait bien seul. Souvent, quand on sonnait à son interphone, il ne répondait pas alors qu'il était chez lui. C'est pour cela qu'elle ne s'était pas inquiétée outre mesure le lundi précédant sa disparition. Il travaillait beaucoup. Apprendre lui plaisait. Quand il n'étudiait pas, il passait son temps plongé dans des bouquins ou des bandes dessinées. Il fréquentait une boutique proche de la fac où on en louait par lots de cinq. Il s'y arrêtait tous les jours. Quand il ne lisait pas, il allait au cinéma. Les multiplexes du centre-ville n'avaient pas ses faveurs, surtout en fin de journée où ils faisaient le plein. Il n'y allait qu'en tout début d'après-midi, au moment où les salles étaient désertes, et choisissait autant que possible les films en VO qui filtraient encore plus les spectateurs. Le cinéma qu'il fréquentait était moins moderne, plus à l'écart. Trois vieilles salles qui empestaient l'humidité et la pisse de souris, dans lesquelles on diffusait ce qui n'était pas projeté ailleurs. Elle l'y avait accompagné une ou deux fois et se souvenait de s'y être ennuyée à mourir. C'était comme pour le magasin de disques de la rue des Lois. Julien en fouillait les bacs au moins une fois par semaine et, quand il achetait un album, c'était toujours un groupe ou un chanteur inconnu, un truc que les vendeurs présentaient comme une pépite et qui, la plupart du temps, se révélait inécoutable. Il voulait découvrir, être à la pointe pour y sentir le vent en premier. Elle lui avait demandé s'il aimait ce qu'il écoutait ou regardait. Il n'avait pas répondu.

Une fois, il avait tenu à organiser une petite soirée chez lui. Au départ, elle était censée réunir des anciens du lycée. Il ne le lui avait pas avoué, mais elle pensait qu'ils avaient tous refusé l'invitation. Il s'était alors rabattu sur les nouveaux amis de Fanny. Ses disques trop singuliers en musique de fond, quelques bouquins en évidence sur les étagères, les affiches de films ou d'albums punaisées au mur... Ça ressemblait trop à une mise en scène, qui s'était finalement retournée contre lui. Il n'avait jamais vu *Orange mécanique*. Il n'avait écouté des Pink Floyd que deux titres, les plus célèbres, ceux que tout le monde connaissait. Certains s'étaient amusés à le confondre. Cela avait été plus flagrant au sujet d'un bouquin qu'il prétendait avoir lu et relu : *Et on tuera tous les affreux*. Ce qu'il en disait était intéressant. Malheureusement, il n'en connaissait pas vraiment l'histoire, contrairement à une des filles qui n'avait pas tardé à réagir et à lui mettre le nez dans ses mensonges. Comme cette autre fois où il avait prétendu travailler sur une radio locale, pour une émission diffusée tard le soir...

Fanny était passée outre. Elle n'avait pas vraiment cherché à comprendre. Avec le recul, elle se disait qu'il voulait à tout prix se donner de l'épaisseur et sortir du rang. Elle lui avait demandé pourquoi il avait inventé toutes ces choses. Pour toute réponse, il avait baissé la tête et murmuré qu'il n'avait rien inventé. Il avait répété cette dernière phrase, plus fort et à plusieurs reprises, si bien que ça en avait été gênant.

Elle lui avait demandé s'il cachait quelque chose, sur ce qu'il était par exemple. Elle l'avait encouragé à lui faire confiance. Comme il faisait mine de ne pas comprendre, elle lui avait parlé de sa vie amoureuse, de sa sexualité, des rumeurs qui avaient couru sur lui. Il avait rougi. « Il n'y a pas grand-chose à en dire », aurait-il répliqué.

Quelques mois plus tard, pensant être devenue assez intime, elle lui avait demandé s'il était déjà allé avec une fille. Il avait répondu non en baissant la tête, rougissant jusqu'à la racine des cheveux. C'était un soir, assez tard. Ils se trouvaient tous les deux dans le studio de Julien à regarder un téléfilm inintéressant sur l'écran minuscule. Elle ne savait pas trop ce qui lui était passé par la tête, mais elle lui avait proposé de coucher avec elle. « Par pitié ? », s'était-il offusqué. Non. Seulement parce qu'elle en avait envie. Ils l'avaient fait. Ça ne s'était plus jamais reproduit ensuite.

Elle n'était pas amoureuse de lui. Néanmoins, elle aurait bien aimé qu'ils continuent encore un peu, même s'il y avait d'autres garçons dans sa vie. Avec Julien, elle se sentait bien. Il faisait en sorte qu'elle paraisse moins ordinaire que ce qu'elle était réellement. C'était trois mois avant sa disparition.

À côté, son père a consigné l'ensemble de son témoignage, le jour où son épouse et lui ont débarqué à Toulouse, alertés par son coup de fil. Fanny n'a rien vu venir. Au contraire, elle pensait Julien de plus en plus sûr de lui, de plus en plus à l'aise. Elle a insisté sur les projets qu'il avait. Il croyait en son avenir, c'était indéniable selon elle.

Romain a détesté Fanny Valais de manière totalement injuste et partiale. Après avoir découvert ce qu'elle a raconté sur son frère, il la hait. Il est bien placé pour savoir ce qu'est une amitié toxique. Elle, il la reconnaît comme telle, comme une fausse amie, comme un parasite qui s'accroche à son hôte et le regarde s'affaisser un peu plus tous les jours sous leurs poids conjugués. Son frère n'est pas à son aise avec les autres, mais elle lui impose de la compagnie. Il ne montre jamais la moindre attirance à son encontre, mais elle le convainc de coucher avec elle. Elle sait qu'il n'assume pas ses goûts musicaux, littéraires et cinématographiques (impossible qu'elle ait pu le deviner toute seule, il le lui aura avoué) et, comme par hasard, d'autres personnes sont au courant. Elle rentre tous les week-ends à Marican, mais jamais elle ne cherche à le voir, jamais elle ne s'inquiète de ce qu'il fait de ses samedis soir. Et elle se vante de bien le connaître, d'être devenue une « intime » !

Julien a parfois parlé à son frère des livres et des films qui comptaient, l'encourageant à les lire ou à les voir. Mais plus tard, parce qu'ils n'étaient pas vraiment de son âge... Romain l'a fait. Il a lu Vernon Sullivan, George Orwell et Jack Kerouac. Il a été secoué par *Les Poissons rouges* d'Anouilh. Il a vu *Orange mécanique*, *Vol au-dessus d'un nid de coucou* ou *Voyage au bout de l'enfer*. Il ne s'est pas posé la question de les aimer ou pas. Il a respecté une sorte d'engagement. Il y a certes trouvé ce que son frère lui en avait dit et ce qu'il s'était figuré en l'écoutant. Il le préférait néanmoins quand il s'enthousiasmait pour *Les Dents de la mer*, *Star Wars*, les albums de Tintin ou de Blake et Mortimer, les tubes d'ABBA qu'il mettait à fond pour peu que leurs parents ne soient pas à la maison et les bouquins de Stephen King. Car, quand il parlait de ceux-là, il s'éclairait de l'intérieur.

Rien n'est annoté dans les marges du dossier de Fanny Valais. Romain pense qu'elle ment. Tout comme il pense qu'elle a menti au sujet de l'**Indonésie**.

Aéroport de Banda Aceh, à la pointe nord de Sumatra, août 1993. Miss Connasse fait la queue avant l'embarquement. C'est un vrai foutoir. Elle vient de passer quinze jours dans un bel hôtel du littoral avec son deuxième époux et leurs deux enfants. Ce voyage, c'était pour leurs dix ans de mariage. Il s'est plutôt bien déroulé. Jusqu'aux formalités du retour qui prennent des heures. Soudain, elle aperçoit Julien. Ses cheveux sont plus longs et plus clairs. Il porte une barbe éparse qui ne lui mange pas vraiment le visage. Il traverse la foule agglutinée dans le hall au pas de course. Pas de bagage. Des chaussures de marche qui montent haut sur ses chevilles. Un pantalon ample aux multiples poches. Une chemise légère et, par-dessus, une saharienne beige qui paraît usée. Des lunettes de soleil sur le front. Une casquette à la main. Il n'a pas l'air de descendre d'un avion. Il n'a pas l'air d'en attendre un. Il a l'air de connaître l'endroit comme sa poche.

Malgré les remontrances de son mari, Fanny sort de la file d'attente. Elle se colle à la balustrade qui domine le hall. Elle l'a reconnu. Elle crie son prénom, le plus fort possible. Sa voix peine à exister dans un vacarme de tous les diables. Pourtant, il l'entend. Il marque un temps d'arrêt. Il ne se retourne pas mais il esquisse un léger mouvement de la tête, comme s'il était tenté de chercher par-dessus son épaule. Puis, il reprend sa course. Il semble allonger la foulée. Il franchit la double porte et sort de l'aéroport. Elle le perd de vue quand il passe derrière les voitures.

Elle y pense ensuite tout le temps. Elle n'en dort pas de tout le vol. De retour en France, elle hésite. Elle doute, pense s'être trompée. Une ou deux bonnes nuits de sommeil et la digestion du décalage horaire la convainquent du contraire. Elle téléphone à son père. Elle lui dit : « Monsieur Bancilhon, je reviens d'Indonésie. J'ai vu Julien. »

Son père se rend sur place trois semaines plus tard. Il ne cesse de passer et de repasser par l'aéroport. Il fait le tour des *resorts*, cherchant un Français qui y travaillerait. Puis, il élargit ses recherches aux skippers, aux guides qui proposent de s'aventurer dans les terres et aux commerçants. Il s'adresse au consulat. Il sympathise avec un directeur d'hôtel français. Ce dernier lui donne un coup de main. La communauté francophone de Sumatra n'est pas si étendue que cela, à l'inverse de l'île. Personne ne connaît Julien ou un homme qui pourrait lui correspondre. Les photos ne donnent lieu qu'à des réponses négatives. Les heures passées à l'aéroport ne servent à rien.

Il reste près d'un mois. Repartir est un déchirement, mais il n'a pas trop le choix. Il garde le contact avec les personnes qui ont été touchées par ses démarches. Elles lui promettent d'ouvrir les yeux et les oreilles. Elles tendent un filet dans lequel son fils a de fortes chances de se prendre. Mois après mois, les nouvelles qu'il reçoit disent toutes la même chose : Julien est invisible. Soit il se terre, soit il a quitté l'île, voire l'archipel.

Il revient en Indonésie au mois de décembre. Il ne se contente pas de Sumatra. Il vise les complexes inscrits dans les catalogues des tour opérateurs francophones. Il vise le personnel qui y travaille. Nouvel échec. Il termine son séjour par une semaine à Banda Aceh. Tout le ramène à Banda Aceh. Il l'écrit en gros. Il l'entoure en rouge.

Le séisme du mois de février 1994 ravage une partie de l'île. Il est certain que la catastrophe forcera Julien à se montrer. Mort ou vivant. Il entre en contact avec les autorités et les associations humanitaires. Il donne le signalement de son fils. Quand on lui demande son nom, il répond que ça ne peut être un critère et explique patiemment la situation. Quand c'est enfin possible, il revient à Sumatra. Il fait le tour des hôpitaux et des morgues. Il passe des heures à observer des photos de morts. Il rencontre des bénévoles. Il les interroge. Julien n'est pas parmi eux.

Dernier voyage un an après le drame. Il retisse les liens avec les personnes qui n'ont pas renoncé à vivre et à travailler là-bas. La suite n'est qu'une vérification minutieuse des clichés et des films, des coups de fil réguliers aux relais sur place, l'examen minutieux des récits de voyage. Depuis la traversée du hall de l'aéroport de Banda Aceh sous le nez de Fanny Valais, ce qui représente une coïncidence remettant en cause toutes les lois des probabilités, Julien ne s'est plus montré.

Il n'avait aucune appétence pour l'Asie. Elle ne l'a jamais fait rêver. Romain l'a répété tant de fois ! L'Inde, la Chine, le Japon, l'Indonésie, le Népal, les retraites religieuses au Bhoutan, la guerre au Vietnam, les *boat people*, rien de tout cela n'a jamais attiré son attention. Les péripéties de Tintin en Orient en faisaient, selon lui, les albums les plus faibles de la série. Même chose pour les films de James Bond.

Il suffit de regarder ce qui est rangé sur les étagères du sous-sol pour découvrir ce qui attisait son imaginaire : les grands espaces, la neige, les feux de cheminée, les forêts à perte de vue, les criques minuscules où personne n'allait jamais... L'Indonésie, c'est la négation de tout cela. Ce sont des conneries.

Romain se souvient parfaitement de son frère se rêvant au bord d'un lac québécois, dans une maison en bois avec un ponton où arrimer son bateau.

La Nouvelle-Zélande s'apparente selon lui à un paradis. Tout y est à faire. Comme dans la chanson de Gérard Lenorman qu'il écoute en boucle, l'histoire de deux hommes qui décident d'aller vivre à l'autre bout du monde : « On arrive juste à point pour leur donner un coup de main... »

C'était avant que les îles Åland n'emportent tout sur leur passage. Il est tombé sur un reportage photographique à leur sujet. Il est emballé. Il décrit à son jeune frère cet archipel composé d'une myriade de petites îles de poche, séparées les unes des autres par une mer limpide ; des habitants qui prennent leurs barques ou leurs canoës comme on prend la voiture ; de l'hiver, quand la glace recouvre tout et recoud l'ensemble, permettant même aux loups de traverser les flots depuis le continent. Il les dépeint là-bas, tous les deux, chacun sur son morceau de terre, chacun propriétaire d'une maison peinte en rouge ou en bleu. Un Clos-Margot sur l'eau, avec la mer en guise de rues, les saisons bien marquées, les invitations chez l'un ou chez l'autre où l'on arrive et d'où l'on repart à coups de rames, les loupiotes suspendues au-dessus des porches comme des phares dans la nuit, un environnement propice aux aventures sans fin.

Leur père a consenti à créer un sixième dossier pour ces destinations fantasmées. Il lui a donné son prénom : **Romain**.

Il a fureté. Les démarches qu'il a entreprises n'ont rien donné. Il ne s'est pas obstiné, ne s'est déplacé qu'une fois à Montréal et une fois en Nouvelle-Zélande. En revanche, il s'est tenu éloigné des îles Åland. C'était juste une veille, une petite flamme qu'il a gardée à peine vivante au cas où son cadet aurait eu raison.

Dans la chanson, les deux garçons ne vont nulle part. Ils ne dépassent pas la banlieue parisienne. Ils se croisent quelques années plus tard. Ils ont vieilli. Ils sont restés. Le rêve que le premier a voulu imposer au second est un bien qu'ils partagent en secret, avec une certaine nostalgie. C'est aussi une plaie qui peine à cicatriser. « L'autre jour, je l'ai croisé. Le regard au ras du sol, il avait raté son envol… »

Romain se demande s'il aimerait retrouver son frère ainsi, éteint, amer, ayant échoué dans ce qu'il a entrepris. Ou bien s'il ne préfère pas se le figurer en train de réaliser tout ce à quoi il a aspiré.

Il se rappelle aussi qu'à l'époque, l'histoire des loups qui traversent la mer glacée pour s'aventurer dans les îles Åland lui a flanqué une trouille bleue.

Dimanche 8 décembre

Depuis le début de mon séjour, j'évite les invitations d'Heckel et Jeckel. Mais, après la soirée de lundi, je ne peux faire autrement que d'accepter enfin. Je vais boire le thé chez elles. Leur intérieur est aussi soigné que leur jardin. Le salon dans lequel nous nous asseyons me fait penser à ceux qui sont décrits dans les romans d'Agatha Christie. Il ne manque plus que les aiguilles à tricoter et un major de l'armée des Indes pour que le tableau soit complet.

Elles me gavent de gâteaux et de petits cancans, la plupart n'étant pas bien méchants. Je fais mine de découvrir ce que je sais déjà parce que Jacasse est imbattable sur ce terrain-là. J'apprends néanmoins une ou deux choses qui lui ont échappé. L'Ours-Rodolphe ne boit jamais d'alcool, pas une seule goutte. Il fuirait des inclinaisons passées que ça n'étonnerait personne. Madeleine a bien travaillé dans le milieu de l'édition. Elle a surtout tenté de créer sa propre maison, ce qui s'est soldé par un échec cuisant. Heureusement pour elle, Monsieur, fondé de pouvoir dans une grande banque, a eu les épaules assez solides pour éponger les dettes accumulées.

— Ce qu'elle vous a dit l'autre soir est ignoble, conclut Heckel de sa voix de stentor.

À côté, Jeckel peine à se faire entendre.

— Les gens qui critiquent ce qu'eux-mêmes sont incapables de faire ne méritent que le mépris.

— J'ai déjà entendu pire.

Leur curiosité est piquée. Au cours d'un salon, un écrivain connu vient me parler à l'heure du café-croissant. Il a lu *Sang-Chaud*. Il l'a trouvé remarquable. Néanmoins, il s'est « fait chier à mort durant les cent cinquante premières pages », si bien qu'il lui a fallu se forcer pour continuer. Beau compliment : mon roman compte moins de trois cents pages.

Mon anecdote déclenche un gloussement coordonné.

Les deux sœurs tâtent ensuite le terrain pour savoir si j'envisage de refaire ma vie. Parce que je suis trop jeune pour y renoncer.

Refaire sa vie... Quelle horrible expression ! Je réponds néanmoins poliment. Je ne me sens pas prête à me remettre en couple. C'est la vérité. Je ne me vois pas dans une relation. Ça ne me manque pas. Je n'ose pas continuer et avouer que rien ne me manque en fait. Que je ne suis jamais tombée amoureuse. J'ai de l'imagination et je me débrouille mieux toute seule.

Ce matin, je tente un retour dans l'eau. Je ne tiens que vingt minutes avant que le froid ne transperce ma combinaison. Je reviens avec des douleurs dans les genoux et dans le cou. Malgré tout, le moment valait la peine et il me redonne un bon coup de fouet.

Une histoire que j'ai inventée il y a un siècle ressurgit tandis que je retrouve la chaleur de ma petite maison. L'idée m'est venue par accident, un matin d'été. Les volets étaient déjà fermés pour nous préserver de la chaleur écrasante, à l'exception de celui de la lucarne au-dessus de l'évier. Mon reflet est apparu dans cette vitre, surgissant de l'ombre. Un pas en arrière ou sur le côté, et je redevenais invisible. Un superpouvoir, celui de ne plus prendre la lumière et de ne devenir qu'un contour à peine perceptible. Une super-héroïne que je n'ai jamais réussi à développer.

Depuis que j'ai en ma possession *Distancés*, je suis prudente à chaque fois que je sors. Je cache la clé USB et mes travaux derrière les horribles bouquins de l'horrible lit alcôve de l'horrible salon. Je coince un repère au bas de la baie vitrée de ma chambre. Son verrouillage laisse à désirer. Il ne résiste pas à une forte poussée. Encore faut-il accéder à la terrasse en passant par les toits. Dès que je suis de retour, je commence toujours par vérifier.

*
* *

Mardi 10 décembre

Music Box a eu son petit effet sur la salle à nouveau bien garnie mais heureusement débarrassée de Madeleine et de Monsieur. Quand les doutes à propos de l'innocence du père se font plus épais, j'ai la désagréable impression que des spectateurs épient ma réaction. Il y a une scène comme ça dans le film. Durant le procès, un témoin répète une phrase qu'il dit avoir entendue de la bouche de l'accusé. La femme de ménage du vieil homme reconnaît une expression qu'il emploie souvent. Elle se raidit. Furtivement, elle dévisage son patron qui en fait de même. Leurs regards se croisent, pas plus d'une seconde, et chacun reprend sa posture. Mais le doute est bien présent. De plus en plus présent.

Et puis la fin... Cette fin qui commande à tout le reste du film. Comme celle de *Distancés* a déclenché tout ce qui précède, j'en suis certaine. WXM a commencé par elle.

Pour *A'Land*, ça semble différent. Comme s'il avait retardé l'échéance au maximum, de crainte de perdre ses personnages. Puis, une fois que ce n'était plus possible de reculer, il s'est empressé d'y mettre un point final et de ne plus y toucher. On sent cela à la brutalité des dernières phrases.

*
* *

Samedi 14 décembre

Samedi soir a eu lieu le repas de Noël de notre équipe. C'est une tradition et, pour l'occasion, le cinéma ferme. Lizzie invite tout le monde dans un restaurant étoilé qui se situe à deux pas de chez elle. Sortis du contexte de Lighthouse, nous sommes un peu différents. Avant tout parce que tout le monde a fait un effort vestimentaire, y compris l'Ours-Rodolphe qui a ressuscité un costume du meilleur effet et Mina qui a abandonné ses gilets noirs pour oser un chemisier décolleté. Les premières minutes sont bizarres. L'ambiance feutrée nous pousse à converser à voix basse. Même Jacasse y parvient en évitant ses éclats de rire intempestifs qu'elle remplace par de petits couinements. Et puis, chemin faisant, nous reprenons nos aises.

Nous trinquons à ma présence. L'Ours se contente d'un verre d'eau gazeuse. Lizzie me remercie de mon abnégation à m'acquitter de ma mission. Nous trinquons à Lighthouse, en lui souhaitant la plus longue existence possible. Vendredi prochain, nous fermons pour quinze jours, ce qui n'a l'air d'enchanter personne autour de la table.

Quand il est question des fêtes, je persévère dans mes mensonges.

Mina, rougissant jusqu'à la racine des cheveux, avoue qu'elle ambitionne d'ouvrir un cabinet d'ostéopathie à Trébeurden. Elle garde des séquelles de ses années de danse et de karatéka : un affaissement de la voûte plantaire et un genou qui se dérobe. Ce sont les manipulations dont elle a fréquemment besoin qui lui ont donné l'idée. Ses études se passent bien. La voile est une autre possibilité. Elle sait naviguer depuis qu'elle est petite. Le petit voilier à bord duquel elle a fait ses gammes, sous l'œil attentif de son grand-père, est toujours apte à prendre la mer.

Je leur confie mon envie d'apprendre à faire du bateau avec, pour objectif, d'aborder les îlots dispersés au large de la ville. Je propose que, le jour venu, nous y débarquions tous pour un pique-nique. L'Ours-Rodolphe se moque de moi. Il dit que ce sont de fausses îles et qu'un canoë suffit pour les atteindre. C'est mieux ainsi parce qu'il ne voudrait pas de moi sur un bateau, quel qu'il soit.

— Quelqu'un qui programme *Le Père de la mariée* n'a pas sa place en mer.

Sa grosse main se pose délicatement sur mon avant-bras en guise de sourire. Il s'agit de notre premier contact physique depuis la poignée de main du jour de mon arrivée.

Mina propose d'être mon instructrice particulière dès que le temps le permettra. Une sortie par semaine, le dimanche matin, devrait être suffisante pour me rendre autonome à la barre avant les beaux jours.

Lizzie parle un peu d'elle. Elle évoque ses parents décédés. Elle les présente comme deux doux dingues qui ont changé cent fois d'existence et d'horizon.

Elle retourne à Bristol pour cette fin d'année. Son fils sera là.

Stéphanie-Jacasse brûle que nous lui posions des questions. Nous retardons l'échéance au maximum parce que nous savons que dès que nous aurons appuyé sur le bouton, il sera très difficile de l'éteindre : son mari, ses enfants, ses parents, ses amis, son chien, sa maison... Tout va y passer.

Des cinq, l'Ours-Rodolphe est le moins loquace. Il ne s'ouvre pas. Pas de passé. Pas d'histoire à raconter. Il préfère écouter. Ses yeux sont alors empreints d'une tendresse qui détonne avec ses attitudes rugueuses.

Aucun d'entre eux ne m'interroge sur mon après-Lighthouse, sujet sensible par excellence. Voilà une des raisons qui font que je me sens aussi bien au sein de cette communauté de poche. L'empathie et la délicatesse y sont naturelles.

L'après me terrifie. Je suis comme les marins de l'Ancien temps, traversant un océan en ignorant ce qu'il y a au bout, les rumeurs promettant des abysses dont on ne revient pas. Les jours défilent à une vitesse anormale. Sur mon calendrier, le délai qui me sépare du départ est minuscule.

Durant mes moments d'euphorie, je me vois rester ici. Je me trouve un petit atelier où écrire. Un endroit discret et calme, avec une large baie vitrée me permettant de contempler toutes les nuances du jour et, pourquoi pas, de la nuit. Je suis disposée à devenir une pisse-copie si cela me permet de vivre comme je l'entends.

Et puis, il y a les autres moments, quand je redeviens lucide...

*
* *

Lundi 16 décembre

Je sors à peine de la dernière séance de l'année. *Sarah* n'est pas qu'un film. Il réveille les sensations de ma période heureuse. J'y retrouve le goût du sucré, l'odeur de cire d'abeille de la maison de ma grand-mère, la sensation si agréable au moment de se glisser sous l'édredon tellement gonflé qu'il ressemble à un nuage d'été.

Mina nous a confectionné un *Christmas cake* au glaçage aussi épais que la croûte d'un lac gelé. Je n'ai pas sommeil d'en avoir trop mangé.

La deuxième tempête de la saison secoue les vitres de ma chambre et menace ma terrasse. Nous sommes en alerte pour quarante-huit heures.

Il faut que je trouve un édredon comme chez Mamie. Quand je dormais chez elle, alors que sa vieille maison grinçait partout à la fois, rien ne me paraissait menaçant. Le mauvais temps en devenait plaisant.

6

Les frères A'Land

La plupart des après-midi de sa nouvelle existence se déroulent sous une météo exécrable. En dépit du froid, de la pluie et parfois du brouillard, Romain marche dans la montagne, s'y enfonçant de plus en plus profondément. Il y retrouve les endroits qui ont été les leurs, à Julien et à lui. Il accepte le fait qu'ils aient changé ou qu'il ne les considère plus avec les mêmes yeux. En retour, ils consentent à lui parler à nouveau.

Ce territoire a donné matière à l'imagination exaltée de son frère. Quand il l'accompagnait là-haut, ce n'étaient pas tant les jeux qu'il lançait qui importaient. Leurs chasses aux trésors, leurs constructions de cabanes ou l'espionnage des quelques promeneurs qui s'aventuraient dans leur monde caché n'allaient jamais à leur terme, faute de temps. Non, ce qui résonnait en lui, c'étaient les histoires que Julien lui laissait entrevoir.

Fort Apache et la Vigie n'étaient que les postes avancés d'une contrée bien plus vaste. Ils y accédaient par des sentiers dissimulés qui s'écartaient des pistes balisées. Au-delà, les sites n'étaient connus que d'eux seuls. Pour preuve, ils avaient tous un nom que Julien leur avait trouvé. Des noms qui n'apparaissaient sur aucune carte et étaient leur secret, leur langage codé.

Il y avait le ruisseau qu'on commençait par remonter, un affluent de l'Aurelle qui se perdait souvent sous les épines et les branches trop basses. Or, après avoir traversé cette barrière menaçante, on le retrouvait ardent et parfaitement dégagé. Vers l'amont, il creusait une gorge qui, de sa hauteur d'enfant, était d'une profondeur abyssale. Sur un replat, l'eau prenait tout son temps avant de basculer dans la pente. Parfois, gonflé par la pluie ou la fonte des neiges, le ruisseau quittait son lit et se dispersait ici en plusieurs bras. Le terrain qu'il zébrait était détrempé. La boue y était si profonde qu'elle pouvait vous happer une chaussure en un rien de temps. Il fallait connaître le parcours, poser les pieds sur les rochers à peine visibles et les mottes plus fermes. Julien avait surnommé cet endroit les « Marais Coiffés ». Selon lui, dans le temps, des hommes et leurs chevaux s'y faisaient piéger, prisonniers de la fange, paralysés, à la merci des animaux sauvages et des ennemis qui les guettaient depuis le sommet du ravin.

Justement, là-haut, en escaladant le versant le long de la cascade, qui n'était rien de plus qu'un mince filet d'eau, il y avait leur bosquet. Les noisetiers et les châtaigniers qui le composaient étaient plus jeunes, moins hauts et plus tendres que les autres arbres de la montagne. L'ombre y était moins épaisse, l'herbe plus douce. Il s'agissait d'un poste d'observation privilégié, dominant la gorge tout en gardant un œil sur les sommets plus élevés du nord. C'était également leur point de ralliement, leur refuge. Quand ils se séparaient pour pister les cueilleurs de champignons, son frère lui disait : « On se retrouve à l'Île-Penchée. Le premier qui arrive attend l'autre. » Romain se sentait grandi à être investi de telles missions, autorisé à se déplacer seul sans que l'on craigne pour sa sécurité. Julien ne le quittait sans doute pas des yeux, le suivant de loin. Pour preuve, il était tout le temps le premier arrivé à l'île. Il sortait alors de ses poches le goûter qu'il avait emporté et ils mangeaient, adossés à un tronc d'arbre, tout près des esquisses de cabanes que le petit s'entêtait à vouloir bâtir. Car il aspirait à vivre dans ce petit bois. Et à ce que son aîné y vive également. C'est ici, assis par terre, que ce dernier lui a parlé de maisons au bord de lacs immenses et de pays lointains où il rêvait d'habiter. Il lui a si bien présenté les îles Åland qu'elles lui sont apparues. Avec leurs deux maisons colorées, chacune sur son îlot. Avec les lampes allumées le soir, sous le porche, pour que chacun voie celle de l'autre à travers le chenal, signe que tout va bien et que, à n'importe quelle heure, on serait le bienvenu...

L'espacement des arbres permettait d'apercevoir le Col du Tonnerre. Il ressemblait à une cataracte de roches qui, de ses sutures épaisses, cousait deux pans de la montagne. Il clôturait leur petit univers. Ils ne le regardaient que de loin car il était inaccessible par ce versant. Julien y avait inventé un poste de garde. Car, à une certaine époque, les rumeurs qui émanaient de l'autre côté n'avaient rien de rassurant. Elles étaient faites de clameurs guerrières et de cris enragés, pas forcément poussés par des animaux affamés. Seuls les plus braves parmi les hommes pouvaient devenir Sentinelles et monter au Col. Cela se décidait à l'adolescence. La Forêt des Oubliés faisait le tri.

Cette dernière se situait sur l'autre côté de la gorge. Elle était biscornue, percluse de creux et de bosses, hérissée de rocs saillants couverts de mousse. Romain la voulait immense. Les clairières y accueillaient les cérémonies païennes des prémices de l'été puis de ceux de l'hiver. Les trous sous les rochers étaient un abri pour des êtres minuscules qui ne sortaient que la nuit venue, des gnomes à l'humeur changeante qui pouvaient se montrer féroces. Plus on s'y enfonçait, plus le soleil avait du mal à percer le ramage. Les arbres étaient tordus. Leurs racines surgissaient du sol comme si elles avaient été soulevées par la main d'un géant. La terre n'était plus celle des humains mais celle des animaux et des créatures nocturnes. Il y avait même eu des ours dans le passé. Un d'eux avait enlevé une jeune fille qui s'était aventurée trop loin. On ne l'avait jamais revue, mais des chasseurs affirmaient avoir aperçu leur progéniture, un garçon mi-homme, mi-ours, un colosse redoutable, aussi grand et costaud qu'on peut l'être, doté d'une force et d'un instinct surhumains : le Berserk. Il pouvait l'entendre hurler, la nuit, si le vent soufflait vers la ville. Notamment quand le monstre osait s'avancer jusqu'à la Vigie, contemplant les maisons qui représentaient l'autre moitié de ce qu'il était et criant la douleur de ne plus avoir droit à ce monde-là où il n'était qu'un anormal. Il ne faisait pas peur à Romain qui l'imaginait plutôt en gardien, censé donner l'alerte avant le déchaînement des éléments. Pourtant, il n'ignorait pas qu'il cherchait avant tout à enlever les jeunes filles imprudentes et que, pour arriver à ses fins, il n'hésitait pas à descendre jusqu'aux habitations et à pénétrer dans leurs chambres quand, les nuits de canicule, elles laissaient leurs fenêtres ouvertes. C'était à cause de cela qu'il n'y avait presque plus aucun autre enfant qui habitait au Clos-Margot.

La Forêt des Oubliés avait toujours inquiété. On y envoyait les jeunes garçons afin qu'ils prouvent leur courage. Ils étaient contraints de la traverser, de part en part, de jour comme de nuit. Ils devaient authentifier leur périple en ramenant des pierres particulières qu'on ne trouvait qu'aux différentes extrémités, dans des filons uniques difficiles à repérer. Cela leur prenait plusieurs semaines avant de retrouver leur point de départ. Ceux qui revenaient n'étaient plus des enfants. Ils avaient l'immense honneur de devenir les Sentinelles de la communauté. Ceux qui renonçaient étaient cantonnés à des tâches de Trembleurs : les livres, l'enseignement, la vie quotidienne... Et il y avait ceux qui ne revenaient pas.

Il fut une époque révolue où les hommes avaient osé défier ces bois. Il ne restait de leur folle audace que les ruines du village qu'ils avaient édifié. Quelques bâtisses à moitié effondrées, dévorées par les ronces et les fougères. Pour le commun des mortels, il s'agissait seulement de l'ancienne ferme de Coujou, qui n'avait jamais rien eu d'une bourgade. Mais pour les deux frères, c'était « Roche-Percée », une communauté de carriers qui cherchaient à ouvrir une route sous la montagne en y creusant un tunnel. Un village maudit, où on devait se barricader la nuit et se méfier des jours de brume, porteurs de périls masqués. Toutes les filles y mouraient l'année de leurs dix ans. Toutes sans exception. Cet essaim de foreurs de roches s'était ainsi éteint faute d'enfants à naître. Personne n'avait jamais su pourquoi. Il se disait qu'à fouiller les entrailles de la terre, les pères avaient réveillé de vieux démons endormis. On avait donc laissé le souterrain à l'abandon. La montagne avait pris soin de le refermer, bouchant son entrée devenue indécelable.

À force d'anecdotes de la sorte, Julien a semé des graines qui ont germé dans l'esprit de son frère. Chacune de leurs escapades a ajouté de l'engrais aux aventures que Romain vivait ensuite seul. Il a long-temps continué à voyager dans cet autre monde, y compris quand, devenu trop âgé pour jouer avec lui, Julien a cessé de l'y emmener. Il y a passé des heures et des heures, uniquement par la pensée. Sa chambre devenait un portail qui l'y propulsait. Il en connaissait les habitants, la faune, les traces des créatures invisibles, les rumeurs du danger imminent...

Il lui arrivait de prendre conscience de ce qu'il était en train de faire, renversé sur son lit à se battre pour empêcher un jaguar des montagnes de le déchiqueter, rasant les murs d'une rue pour échapper à la vigilance des guetteurs. Alors, il se figeait. Il avait honte. Pour quelques minutes, le ressort était cassé. Un jour, à l'école, il est « parti » pendant une séance consacrée à dessiner. Il ne sait pas vraiment ce qu'il a fait si ce n'est fermer les yeux, multiplier les gestes dans le vide et grimacer comme un débile. Son voisin l'a dévisagé avec des yeux horrifiés avant d'éclater de rire. Il a ri avec lui, comme s'il avait fait exprès de jouer les idiots.

Il s'est cru fou. Il s'est cru atteint d'une affection mentale qu'il ne pouvait contrôler. Pire que celle de Daniel Greffier parce que, sournoise, elle était invisible. Ses parents, quand ils le houspillaient après l'avoir surpris à parler tout seul ou à faire de sa chambre un terrain de chasse ou de batailles, lui parlaient comme à un malade. Il était malheureux d'être différent, une erreur de la nature. Jusqu'à ce qu'il tombe sur un autre garçon qui se comportait comme lui.

Romain avait neuf ans et accompagnait ses grands-parents pour un séjour dans les Pyrénées, censé lui oxygéner l'esprit et prévenir ses angines à répétition. Un matin, ils ont traversé un square pour rejoindre les thermes. Il a vu cet enfant, près d'un banc en pierre. Il parlait à des gens invisibles. Il gesticulait, l'air grave. Il ne se cachait pas. Il ne voyait plus rien autour de lui, sans doute trop occupé à sauver l'humanité, sa famille, ses amis ou la fille qui lui plaisait. Son monde avait quelque chose à voir avec le sien. Le poids de cette pseudo-maladie qui l'accablait s'est envolé d'un coup. Il ne se souvient pas avoir ressenti pareil soulagement de toute sa vie. Il n'était plus fou.

Il n'avait plus à avoir honte. Il ressortait de la Forêt des Oubliés après avoir triomphé de l'épreuve.

Petit à petit, en grandissant, il a laissé tomber l'univers imaginaire de la montagne. Il s'est confronté au monde réel où rien n'était jamais héroïque, à commencer par sa petite personne. Il a négligé ses aventures. Julien a disparu. Les parents ont ployé le genou. Il s'est perdu.

À la fin de son année de seconde, il a perdu Sarah. Elle est venue au Clos-Margot, un après-midi. Elle voulait qu'ils parlent et Romain a préféré que cela ne se passe pas dans la maison. Aussi lui a-t-il proposé d'aller se promener. Il l'a emmenée dans la montagne où il n'avait pas remis les pieds depuis des lustres.

Leur rupture a été officialisée à l'Île-Penchée. Il était si malheureux que, pour éviter de fondre en larmes devant elle, il lui a parlé de tout ce qu'ils avaient inventé, Julien et lui, des années plus tôt. Sarah a toujours été gentille, y compris en de pareilles circonstances. Elle l'a écouté. Elle a essayé de le comprendre. Et, pour prouver qu'elle restait son amie, elle lui a dit que ces lieux et les récits qui s'y rattachaient méritaient d'être partagés. Elle l'a encouragé à les écrire.

Afin de ne pas la perdre tout à fait, dès le lendemain il s'est précipité dans une des papeteries de la ville et il a acheté trois gros cahiers.

Cette perspective l'a ressuscité. Et elle a ressuscité son frère par la même occasion. À partir de ce jour-là, il s'est mis à lui parler et, d'une certaine façon, à préparer son retour. Tous les soirs, dans son lit, dépassant l'heure qui était autorisée, il a avancé dans sa saga. Tous les soirs, il s'est imaginé faire découvrir à Julien ce qu'il avait fait de leur monde. À son tour, il attiserait sa gourmandise. Il a répété ce qu'il lui dirait, ni trop, ni trop peu.

Le personnage principal est un adolescent qui vit à une époque indéterminée. Considéré comme trop intelligent pour devenir une Sentinelle, il est prédestiné à une tâche intellectuelle, tandis que son grand frère, l'un des plus courageux qu'on n'ait jamais connu, celui qui a fait plier la Forêt des Oubliés en un temps record, part au Col du Tonnerre. Hélas, on n'a bientôt plus de nouvelles de sa garnison. Les autres Sentinelles envoyées aux nouvelles ne reviennent pas. Ou plutôt si, certains reviennent mais découpés en morceaux que le ruisseau charrie jusqu'à l'entrée des Marais Coiffés... Les péripéties s'enchaînent pour le jeune héros, qui abandonne son poste pour se confronter à la Forêt des Oubliés et se lancer à la recherche de son frère. Elles l'éloignent toujours un peu plus de l'ascension du Col. Au village de Roche-Percée, il doit affronter ce qui, la nuit, s'extirpe des bois. Puis il passe sous la montagne, se perdant dans le labyrinthe des galeries avant de retrouver le jour. Il tente en vain de sauver les petites filles de dix ans d'une mort certaine. Il en libère une autre, enlevée par le Berserk dont il veut se faire un allié... Romain a conservé les patronymes des lieux tels que son frère les avait composés. Il a inventé tous les autres. Neil était l'aîné disparu, Niam son cadet qui partait à sa recherche. Leur nom de famille ne pouvait être qu'A'Land. La promise de Neil s'appelait Millie ; celle qui avait juré sa perte, Faval. L'ennemi de Niam, le faux allié qui ne cessait de lui mettre des bâtons dans les roues et le détourner de sa quête, était Marcavi. Les parents A'Land étaient absents. La mère était morte. Quant au père, on avait perdu sa trace alors qu'il était parti explorer les confins de la montagne. Un murmure persistant dans la communauté faisait de lui le Berserk...

Le passage sous la montagne par les anciennes mines ravirait forcément Julien. Tout comme l'attaque des loups par une nuit de neige. Il s'éclairerait, pressé de lire la suite puis de partager son ressenti avec Romain. Deux maisons face à face, deux lampes allumées...

Quand l'inspiration venait, quand l'histoire se débloquait, il le lui disait : « Tu vas être content, aujourd'hui, j'ai bien avancé. » Il a persévéré durant des années, y compris après avoir quitté Marican. Parfois, il s'est interrompu des mois pour tout reprendre ensuite depuis le début. C'était son aventure cachée.

Romain savait que le moment viendrait où son héros devrait escalader la montagne jusqu'au Col. Il a redouté qu'après cet épisode la source se tarisse. Par défi, il a commencé à l'imaginer. Au sein des fortifications avancées qui barraient le seul passage, Neil ne trouvait rien d'autre que des murs vides, abandonnés depuis longtemps. Pas de vivants et pas de morts. Juste de l'oubli. Au-delà, un territoire inconnu qu'on peinait à voir tant les aiguilles rocheuses le masquaient.

Elles ont été ses dernières pages. Il a abandonné son personnage tout seul là-haut, ne sachant pas ce qu'il devait faire : basculer de l'autre côté, attendre ou redescendre parmi les siens. Il a cessé d'inventer. Il a laissé la suite en suspens.

Soixante-douze cahiers de notes et de croquis. Tel était son butin après des années de voyage. Il a voulu s'atteler à mettre tout cela au propre, à sculpter un vrai texte dans cette masse gigantesque. Mais il n'a jamais eu le courage de se lancer. Au lieu de cela, il a repris des histoires antérieures au Col pour y superposer d'autres couches, d'autres détails, d'autres événements annexes. Est arrivé ce moment où ouvrir ces cahiers est devenu déplaisant.

Son retour à Marican remet le projet sur les rails. Il déterre tous ses cahiers de leurs cartons. Il se fait un bureau de la pièce du fond, celle qui servait de chambre d'amis, ou plutôt de débarras car peu d'amis dormaient chez eux. Il les classe. Sauf le dernier qu'il pose à part, pour le jour où il se sentira enfin prêt à lui donner une suite.

Il crée un fichier sur son ordinateur. Il écrit son nom. Il hésite sur le titre. Il opte pour *A'Land* en misant sur le fait que, s'il est publié un jour, celui-ci attirera l'attention de Julien. Il rédige la dédicace qu'il a en tête depuis le début : *Pour mon frère, Julien, qui m'a offert ce monde. En attendant de pouvoir un jour lui offrir le mien.*

Son pèlerinage quotidien au sein de leurs terres passées suffit à ressusciter sa foi. Il cherche Julien le matin, depuis la cave. Il marche dans la montagne l'après-midi pour éveiller ses sens. Il écrit le soir. Il est heureux d'envisager sa vie ainsi. Il veut l'étirer le plus longtemps possible.

Mardi 24 décembre

Je suis descendue jusqu'à Marican avec l'intention d'y demeurer plusieurs jours. J'ai fait la route en deux fois pour arriver sur place dimanche matin. La ville est assez étendue, comme si elle avait poussé à l'ombre de la montagne qui ourle son côté sud. Le terme « montagne » est sans doute excessif parce qu'elle est plus dodue qu'acérée et ne tutoie pas les anges non plus. Le point culminant, la Croix-Mariech, frôle difficilement les 800 mètres. Mais, dans le coin, on ne transige pas et tout le monde l'appelle ainsi.

En revanche, le surnom de « Presqu'île » pour le Clos-Margot n'est pas usurpé tant on a l'impression de pénétrer dans une excroissance greffée au bout de la vallée, qui menace à toute heure de se détacher, emportée par les flots tumultueux de la rivière grise qui la borde. Ce qui en était la frontière a été rasé. Pas d'usine de Cassefière, mais une friche protégée par des barrières de chantier ; pas de bicoques dans les Venelles, dont il ne reste que les jardins centraux. Les maisons du lotissement ont mal vieilli. Au numéro 4, l'ancienne adresse des Bancilhon, le terrain subit l'hiver de mauvaise grâce à en juger par les trous boueux qui perforent la pelouse marronnasse. La façade a été refaite, beaucoup trop blanche. Depuis le trottoir, je ne vois rien de l'arrière, l'une des matrices du monde de Romain.

Plus bas, au numéro 5, une bâtisse d'inspiration coloniale, celle où a vécu Mme Tessier. Par son originalité, elle dénote avec la sagesse endormie du quartier. Malgré ses peintures écaillées et son bardage effrité.

Encore plus bas, de l'autre côté, la boîte aux lettres du numéro 7 porte encore le nom de Marcarié. Une sensation m'envahit. Une force invisible me repousse en arrière. J'en ai des frissons dans tout le corps et je m'éloigne sans demander mon reste.

Je longe le ravin pour lequel je n'ai pas le moindre regard et remonte le dernier tronçon de la rue Pierre-Pousset. Au 14, il n'y a plus aucune trace des Greffier. J'ai déjà trouvé sur Internet l'avis de décès de Daniel, trois ans plus tôt. Et rien sur sa sœur.

La grange est toujours dressée dans le Pré-du-Gué. Il y a encore quelques animaux, des chèvres et des moutons noirs, mais plus de chevaux. Puis la Tourbière, ses creux et ses bosses, sa terre suintant d'une humidité crasseuse, ses buissons agressifs et ses ajoncs malingres. Je débusque sans difficulté le sentier qui prend son élan vers la Vigie. L'ascension est rude tant elle est escarpée. Je profite du point de vue. Je vois, mais je ne perçois rien. Venir ici n'est pas une bonne idée. Sortie de mon bureau et des marges de mes cahiers, je n'ai plus de liens avec cette histoire.

Ce paysage n'est pas celui dans lequel je me promène depuis des semaines. Pour preuve, je ne trouve pas l'entrée du pays des frères A'Land. Il y a bien le ruisseau, mais aucune forêt, seulement une succession de mamelons râpés par un déboisement récent, des amas de ronces, de branches mortes et de morceaux de roches arrachés. Les restes de l'ancienne ferme de Coujou sont enterrés quelque part.

Quand je redescends, l'échec de ma démarche me serre la gorge. Le froid mouillé me torture. Le jour tombant est d'une tristesse à pleurer. Rien ne trouve grâce à mes yeux ni n'échappe à ma répugnance. Un coup de folie me prend et je me retrouve à sonner chez les Marcarié avant de me rendre compte de ce que je suis en train de faire. Il y a de la lumière derrière les portes-fenêtres. Le clignotement d'une guirlande électrique se reflète dans une des vitres. Une jeune femme ouvre et s'avance sur le perron. Elle est d'une pâleur aussi dérangeante que la grimace figée qui déforme le bas de son visage. Elle m'adresse un regard vide mais ne me voit pas. Ou plutôt, elle voit à travers moi. Elle ne prononce pas un mot. Elle n'esquisse pas le moindre geste. Elle est aussi immobile que cela est possible. Un homme l'écarte d'un geste posé. Il la dépasse, la masque de ses épaules. Je suis face à Marcavi et à Coureur 1. Petit, râblé, ridé, la peau zébrée de lésions mauves. Il s'avance encore, au bas des marches. Il fait deux autres pas dans ma direction. Il me toise. Il serre les poings et crispe la mâchoire, ce qui gonfle une énorme veine bleu nuit le long de sa tempe.

— Pardon de vous déranger, monsieur, mais on m'a dit que vous étiez l'un des plus anciens habitants du quartier.

— Qui vous a dit ça ?

Sa voix est creuse. J'élude sa question.

— Je cherche Mlle Greffier qui vivait derrière chez vous, au numéro 15.

Il fixe mon visage et mon regard. Il fouille, il laboure. Il cherche une faille, un signe qui peut me trahir. Il veut son silence comme un révélateur de mon imposture. Plus loin, sa fille garde toujours la même posture spectrale. Je ne cède pas. Je ne recule pas.

— La maison a été vendue il y a deux ans...

Je persévère dans mon rôle en pestant de ne pas m'en être préoccupée plus tôt. Sans me vanter, je le tiens de mieux en mieux. Une vraie comédienne.

— Elle a eu des ennuis de santé et ne pouvait plus vivre seule.

— Je suis impardonnable.

Nous hochons la tête de concert. Il se détend quelque peu. Ses poings se desserrent et la veine bleue disparaît.

— Elle a été placée en maison de retraite. À Saint-Joseph. C'est tout près d'ici.

Je force la dose sur les remerciements. Je m'excuse pour le dérangement. Je leur souhaite de passer un bon Noël. Vincent Marcarié me rend la politesse. Je m'éloigne. Je fais semblant de me scotcher à l'écran de mon téléphone pour ralentir le pas et me retourner à moitié. Il invite sa fille à revenir à l'intérieur. Il est obligé de l'accompagner du bras pour qu'elle sorte de son immobilité et fasse demi-tour. Il lui parle avec douceur.

— Il faut rentrer, Anna. Tu vas prendre froid.

Le seul hôtel ouvert se situe au bord de la nationale, en face du centre commercial. Trébeurden me manque. Pour un peu, ma maison de Limoges me manquerait aussi. Ces terres sont celles de Romain. Elles ne sont pas miennes. Je n'ai rien à y faire. Je refuse d'y passer une nuit de plus.

Le lundi, avant de reprendre la route, je tente ma chance à la maison de retraite. Une boîte de chocolats enrubannée sous le bras, je ne croise personne à l'accueil. Des rangées de vieillards assis en silence sur des chaises en plastique bordent les couloirs que je traverse. D'autres pensionnaires, plus valides, vont et viennent. *A priori*, on est en train de préparer les festivités du réveillon. Je questionne une femme aux cheveux argentés. Elle m'indique sans la moindre méfiance la chambre de Mlle Greffier.

Il s'agit d'une chambre double. L'autre occupante est alitée, les yeux cloués au plafond. Elle marmonne des phrases inaudibles. L'ancienne voisine des Bancilhon est assise près de la fenêtre, en chemise de nuit et en robe de chambre malgré l'heure avancée de la matinée. Elle tourne la tête dans ma direction quand je m'approche d'elle et que je lui tends les chocolats qu'elle ignore. Ses chairs n'en sont plus vraiment. Son visage est si sec qu'il fait penser à une tête de mort. Elle ne prononce pas le moindre mot. Y compris quand je prononce son nom ou le prénom de son frère à plusieurs reprises. Alors que je suis sur le point de renoncer, voyant qu'elle ne comprend rien à ce que je raconte, je lâche que je viens de la part de Romain Bancilhon. Elle se redresse. Son corps osseux reprend vie et ses yeux s'éclairent.

— Vous savez, mourir m'est égal. C'est même tout ce que je désire.

Sa voix surgit d'outre-tombe. Elle racle en traînant les obstacles de ses angles coupants. Elle retourne le sol jusqu'à mes pieds. Elle me repousse hors de la chambre, hors des couloirs, hors de la ville et de sa vallée.

Les kilomètres défilent avec une telle lenteur que j'en pleure d'impatience au volant. Je ne me souviens pas avoir ressenti un tel soulagement quand, au milieu de la nuit, je retrouve ma petite maison. C'est davantage qu'un soulagement d'ailleurs, plutôt une forme d'extase.

Je me persuade que Marican n'existe pas. Que j'ai traversé une ville fantôme, un univers parallèle, un truc effrayant, terne, malpropre et agonisant dont les échos me font encore froid dans le dos.

Je m'effondre dans mon lit et je dors d'un trait jusqu'en début d'après-midi. Je me réveille requinquée. Et, au moment d'aérer la chambre, je découvre que le repère dissimulé dans le rail de la baie vitrée est déplacé. Rien d'autre. Aucune odeur. Aucune disparition d'objet. Aucun dérangement. Je cherche le moindre indice, jusqu'à me retrouver à plat ventre, le nez dans les interstices du parquet. Accéder à ma terrasse par l'extérieur n'est pas aisé. Pas impossible pour quelqu'un qui connaît le quartier et qui sait comment aborder les toits des maisons voisines, désertes en cette période de l'année. Quand je vois comment le vent peut faire trembler l'armature de la baie vitrée, je me dis que l'explication est peut-être là. Je me rassure comme je peux.

*
* *

Mercredi 25 décembre

Dans ces conditions, je me suis bien sortie de mon premier Noël en solitaire. Même ce midi, quand j'ai eu droit à un coup de fil de mes parents. Là-bas, ils étaient tous à table et voulaient m'en faire profiter. Maman a parlé la première, m'a souhaité un bon Noël – elle s'est interdit le mot « joyeux », qu'elle n'ose plus m'associer – et a redit que je leur manquais et qu'ils pensaient tous très fort à moi. Papa a pris la suite. Il a jovialement décrit le plateau de fruits de mer et les bouteilles de vin blanc qui avaient été débouchées. J'ai craint que le combiné circule de main en main. Heureusement, j'y ai échappé. On s'est arrêté ici, d'une proclamation collective – « Joyeux Noël, Charlotte ! »

– entremêlant les voix. Si Luttie y a participé, elle a eu la décence de rester enfouie dans la masse. Papa a conclu que se tenir à l'écart de sa famille en de pareilles circonstances n'était pas une façon de se comporter.

— Mais, bon ! C'est comme ça ! On ne te changera pas.

Il a raccroché avant que la conversation ne s'envenime, le temps pour moi de lui glisser que je me comportais comme je voulais.

Hier soir, en dînant dans ma cuisine démodée, j'ai eu la sensation de traverser en dehors des clous. Je suis sortie marcher le long de la plage, seule au monde, achevant de ne rien respecter des convenances.

Ce matin, j'en rajoute une couche en allant nager une petite heure. Nager le jour de Noël ! Me laisser flotter sur le dos à la fin, bercée par des vagues conciliantes, sous un ciel incolore, oubliant le froid. Une vraie rebelle !

Je ne vais pas jouer les grandes pour autant. Je ne suis plus aussi rassurée qu'avant. Je surveille. La nuit venue, je tends des pièges en descendant l'escalier sur la pointe des pieds tandis que ma chambre résonne de musique et qu'elle fait feu de toutes ses lampes. J'ouvre la porte d'entrée brusquement. Chaque fois, la ruelle est déserte. Ou bien je me lève dans le noir et me glisse jusqu'à la terrasse, certaine d'y surprendre une silhouette, ce qui n'est jamais le cas.

Quelques moments douloureux me pincent le ventre, des souvenirs qui refont surface. Quand j'apprends à Luttie à faire du vélo dans les chemins de terre autour de chez nous ; quand elle se serre contre moi, le soir où nous apprenons la mort de notre grand-père. Quand Papa se tient dans l'embrasure de ma chambre alors que je scotche mes cartons de future étudiante et qu'il ne semble voir qu'une petite fille. Quand Maman quitte précipitamment la table le soir où on annonce la mort de la princesse Grace, prétextant une envie urgente et revenant des toilettes, un quart d'heure plus tard, les yeux rougis et gonflés.

L'écho ! Tel est le titre que je donne à ces quatre derniers jours. Maudit écho ! Ça sonne encore mieux.

7

Les quatre voix

Une question revient souvent dans les travaux de Victor Bancilhon : *Qu'est-ce que je ne vois pas ?* Elle est écrite au marqueur, en travers de la feuille. Un fichier est même intitulé ainsi dans son ordinateur. Il ne comporte qu'une page et cette question saisie dans la plus grande police possible, d'un rouge écarlate.

Les deux seules failles que Romain a relevées dans son enquête sont, selon lui, la négligence des îles Åland et le trop grand crédit accordé au récit de Fanny Valais. Pour le reste, son père n'a rien oublié.

Plusieurs étés de suite, il a fait le tour des refuges de montagne dans les Pyrénées. Pour finalement coller un post-it au bout de cette flèche, sur son tableau blanc.

Il s'est également appuyé sur les destinations des cars, des trains et des avions au départ de Toulouse, la semaine de la disparition de Julien. Dans chaque ville, il a interrogé, montré des photos, marché au hasard des rues en espérant que la chance lui donne un coup de pouce. Il a surveillé les allées et venues dans des squats. Il s'est risqué dans le milieu de la nuit, s'intéressant notamment à la communauté homosexuelle. Toutes ces pistes aboutissent à d'autres post-it.

À l'étranger, il s'est rapproché des Français expatriés, trouvant souvent des relais lui promettant de le prévenir si son fils se montrait. Les veilles de ce type sont encore nombreuses. En y ajoutant la surveillance de celles qu'il a mises en place sur Internet, cela prend deux ou trois bonnes heures à chaque fois qu'il faut en faire le tour. Le protocole est décrit en détail dans le carnet à mots de passe. Romain le suit à la lettre, envoyant des e-mails au rythme qui est demandé, marquant les pages des réseaux sociaux de sa présence, réactualisant ce qui doit l'être, à deux exceptions près : ne pas annoncer que son père est mort et se faire passer pour lui.

Au cours de leur pause-café, Hélène ne le questionne jamais sur l'avancée des recherches. Ce qui l'importe est qu'il se porte bien. Presque à regret, elle reconnaît qu'il a meilleure mine qu'au moment de son arrivée. Romain s'est effectivement remplumé, il dort mieux, ses journées sont bien remplies, elles ont enfin un sens. Il se sent en forme.

Durant ses promenades, il ne croise jamais qui que ce soit. À part Daniel, qu'il prend soin d'éviter, se tenant le plus possible à distance de sa carcasse désarticulée qui hante les marges de la Presqu'île. Par chance, celui-ci ne s'aventure jamais au-delà de la Tourbière. Les autres habitants du quartier ne sont que des ombres. Déjà, quand il était enfant, chacun aimait rester chez soi sans se préoccuper du voisinage. Cela a visiblement perduré.

Mme Tessier est l'exception. En fin d'après-midi, avant qu'il ne fasse nuit, elle inspecte son jardin, quel que soit le temps. Ils continuent de se parler à travers la clôture, se devinant à peine. Il s'agit de petites conversations rapides qui portent sur le climat bizarre, sur un nouveau restaurant ouvert en ville qui vaut le déplacement, sur les plantations pour le printemps... Si Hélène est sa voix du matin, rocailleuse, énergique et un brin sévère, Mme Tessier est sa voix du soir, douce, paisible, cousant un fil ténu entre le présent et le passé. Deux parenthèses encadrant ses journées avec compréhension.

Quand il était plus jeune, il se méfiait des périodes où l'équilibre paraissait rétabli et où il parvenait à être heureux. Il était persuadé devoir en payer le prix, tôt ou tard. Elles ont été rares après le départ de Julien. S'il devait en faire l'inventaire, celui-ci ne serait pas très long. Et, chaque fois, elles ont été brutalement interrompues par un flot d'ennuis et de mauvaises nouvelles. Aujourd'hui, il oublie cette appréhension. Il profite. De toute manière, il ne voit pas vraiment ce qu'il a encore à perdre, ni comment on peut l'atteindre. Il baisse la garde. Il commet cette erreur.

La première alerte lui est transmise par l'interphone. On sonne au beau milieu de la nuit, au début du mois de février. L'hiver est bien installé et il ne fait pas bon être dehors après la tombée du jour. On annonce même une vague de froid telle qu'on n'en a plus connu depuis des années. Comme il dort profondément, il faut qu'on insiste pour l'extirper de son sommeil. Il croit d'abord avoir rêvé. Puis la désagréable sonnerie retentit à nouveau. La première idée qui lui vient est que sa voisine a des ennuis. La deuxième est qu'Hélène a besoin de son aide. Qui d'autre peut débarquer chez lui à cette heure-là ? Il se lève au pas de course, traverse le couloir et décroche, un doigt déjà sur le bouton déclenchant l'ouverture automatique.

D'abord, on ne lui répond pas. L'espace d'une ou deux secondes, le temps pour lui de se réveiller davantage. Il n'y a que des grésillements. Ensuite, une voix d'homme résonne, caverneuse, lente, exagérément travaillée.

— Romain Bancilhon est mort.

Chaque mot est détaché. Ça le cueille. Il recule d'un pas, regardant l'interphone comme s'il allait lui exploser au visage. Puis, quand il retrouve sa lucidité, il se rue dehors. Les interstices entre les plaques en aluminium du portillon ne lui révèlent rien. Il court dans l'allée. Il ouvre. Il n'y a personne. Il s'avance. La rue est vide, vers le haut comme vers le bas. Tout est figé sous la lueur des réverbères. Il vérifie dans l'encoignure du portail où la lumière ne va pas. Ses pieds nus ne tardent pas à être déchirés par le gel. Il referme. En repassant devant l'interphone, il regarde à nouveau celui-ci avec défiance.

Il mettrait sa main à couper que c'est un coup de Daniel Greffier. Bien que celui-ci soit incapable d'articuler correctement. Il fouille chaque recoin de la maison, y compris en descendant au sous-sol. La phrase métallique résonne en lui un long moment. Jusqu'à ce qu'il doute qu'elle ait réellement été prononcée à 3 heures du matin, par une température négative et dans une rue absolument déserte. Il se rendort et, au réveil, il est convaincu d'avoir tout inventé.

Il s'inquiète des canalisations extérieures qui n'ont pas été vidangées. Les vannes d'arrêt étant situées à la cave, dans la partie sombre au-delà du rideau beige, il lui faut multiplier les allers-retours dans les différents coins du jardin pour s'assurer que tous les robinets sont asséchés.

L'après-midi où il est occupé à se débattre avec l'un d'eux, à genou dans l'herbe, il entend Anna pour la première fois. Elle revient à pied de l'école, dérangeant subitement l'ordinaire silencieux de la rue. Elle chante, ne se souciant guère d'être écoutée par qui que ce soit. Soudain, sa chanson s'interrompt. Elle s'adresse à quelqu'un, d'un ton sec. Elle n'est pas contente du groupe qui joue dans son dos, trouvant qu'il n'est pas dans le rythme. Elle s'en prend à une certaine Enola, la batteuse, en lui lançant qu'elle commence à lui « casser les couilles ».

Romain se redresse, amusé. Il la voit apparaître derrière la haie, longeant celle-ci sans se douter de sa présence. Elle est emmitouflée dans un caban noir, une grosse écharpe et un bonnet vert pomme. Elle porte sur son dos un sac bariolé dont elle ne semble pas sentir la présence alors qu'il est très volumineux. Elle est seule. La dispute retombe rapidement et la chanson peut reprendre. Il y est question d'une amitié mise à mal par de stupides garçons.

Quand elle bifurque à l'angle, son histoire de chanteuse s'envole d'un coup. Elle est remplacée par celle d'une héroïne dotée de superpouvoirs, capable d'escalader tout ce qui peut l'être avec une agilité hors du commun et de flirter avec n'importe quel précipice sans être sujette au vertige. Agrippant les mailles du grillage, la petite fille parvient à se hisser sur le rebord du muret. Ensuite, elle joue les funambules, frottant la grille de son épaule gauche, concentrée sur chacun de ses pas. Sa voix se transforme en murmure, celui d'une narratrice qui assiste à la course-poursuite, sur le toit d'un gratte-ciel, entre la mystérieuse jeune femme masquée, que l'on ne connaît que sous le nom de Vertigo-Girl, et ses ennemis. Elle parvient sans encombre au portillon. Il s'agit d'un moment crucial. Elle enlace le premier pilier, cherchant de sa jambe droite à prendre appui dans l'intervalle entre les deux panneaux. Puis ses doigts gantés de laine apparaissent en haut de la porte. Ils glissent le long de l'aluminium. Elle ahane quand il lui faut franchir l'autre pilier. Elle manque de chuter mais réussit son coup. La narratrice se tait, laissant la place à la super-héroïne narguant ses adversaires d'un rire forcé et reprenant sa position d'équilibriste, les bras levés devant elle. Plus loin, le portail s'avère autrement plus compliqué à passer. Pas d'interstice, pas de barreaux, mais deux plaques pleines qui n'offrent aucune prise, si ce n'est de passer à la seule force des bras. Vertigo-Girl choisit la facilité. Elle lance un filin imaginaire en travers de la rue. Elle saute du muret, faisant semblant d'être suspendue à une tyrolienne pour disparaître en courant au nez et à la barbe de ses poursuivants imaginaires. Alors, le calme revient et il paraît trop morne.

Les jours qui suivent, comme annoncé, un froid terrible est tombé. Il y a d'abord un peu de neige puis, très vite, les températures flirtent avec les – 10 °C, remontant à peine dans la journée. Le ciment verglacé est un adversaire redoutable pour Vertigo-Girl, le pire de tous. La petite voisine ne s'en est pas méfiée lors de la suite de ses aventures. Ses deux pieds se dérobent à la fois, avant même qu'elle n'atteigne le portillon. Aucun filin invisible ne lui sauve la mise. Elle tombe en arrière sur le trottoir. Le bruit sourd que ça fait, couplé avec son hoquet de douleur et de stupeur mélangées, est effroyable. Romain sort en quatrième vitesse. Par chance, le sac d'école a amorti la chute. Mais la petite fille, assise par terre, est si choquée que ses larmes restent figées au coin de ses yeux.

— Ça va ? Tu n'as rien ?

Elle le dévisage avec inquiétude, se demandant sans doute d'où il peut bien surgir. Brusquement, elle fouille ses poches. Elle en extirpe ses billes, les recompte une par une. Elle examine plus particulièrement la verte, sa favorite, s'assurant qu'elle est intacte. Alors, soulagée, elle redresse la tête.

— Non, je n'ai rien.

Il l'aide à se relever et à épousseter son manteau.

— J'habite ici, tient-il à se justifier pour la rassurer.

— Moi, c'est plus bas, au numéro 7. Mais c'est qu'une semaine sur deux.

— Tu vas à l'école à Saint-Joseph ?

Elle acquiesce, faisant danser le pompon de son bonnet.

— J'y étais aussi. Et, comme toi, je rentrais à pied le soir. Sauf que je refusais de traverser les Venelles.

— Moi, je les traverse, répond-elle, moins méfiante. J'aime trop. Ça fait genre un labyrinthe.

— Tu es plus courageuse que je ne l'étais.

Elle lui lance un regard qui approuve volontiers sa remarque.

— Merci de m'avoir aidée. Désolée d'avoir fait des bêtises sur votre mur.

— Tu n'as fait aucune bêtise. Moi aussi, je jouais sur ce muret. Il est fait pour ça. Autrement, à quoi bon l'avoir construit ?

Elle sourit.

— Il faut que j'y aille. Sinon, je vais me faire gronder.

— Tu as raison. Fais attention à toi, *miss*. Attends le dégel avant de te lancer dans d'autres voltiges.

— Je m'appelle Anna.

— C'est un beau prénom.

Elle ne tient pas compte de son avertissement. Elle s'éloigne en courant. Parvenue à la hauteur de sa maison, elle freine d'un coup et dérape sur le bitume verglacé avec l'assurance et la grâce d'une patineuse de poche, finissant sa glissade par une sorte de figure, une jambe repliée. Avant de disparaître derrière sa palissade.

Le soir même, Romain parle d'elle à Mme Tessier.

— J'étais persuadée qu'il n'y avait plus d'enfants dans le quartier. Si ce n'est pas le cas, c'est une bonne nouvelle. Ça manque de jeunesse dans le coin. C'est ce qui a toujours manqué d'ailleurs.

— Vous ne l'aviez jamais vue ?

— Jamais. Ni même entendue. Pourtant, au numéro 7, ils ont emménagé au cours de l'été dernier. Ton père connaissait les nouveaux occupants. Un second mariage pour elle, comme pour lui. Mais il ne m'a pas parlé d'enfants... Un couple très discret en tout cas.

— Tout le monde est très discret dans le quartier, madame Tessier.

— Je ne suis pas d'accord, mon garçon. L'individualisme et la discrétion ne signifient pas la même chose. Le Clos-Margot a toujours été un repaire d'égoïstes et de méfiants. Le genre de personnes qui ne s'occupent pas des affaires des autres sauf lorsque celles-ci perturbent leur petit confort. Et qui déblatèrent sur leur compte à longueur de journée. Tu sais aussi bien que moi de quoi je parle, n'est-ce pas ? Combien sont venus te présenter leurs condoléances à la mort de ton père ? Combien sont venus à la cérémonie ? Combien t'ont adressé un petit mot, alors qu'il a toujours vécu ici ?

— Il n'y a eu que Mlle Greffier et vous.

— Tu vois... Ils étaient beaucoup plus nombreux, nos chers voisins, anciens comme nouveaux, à faire des commentaires quand on a su que ma fille vivait avec une autre femme, quand ton frère a disparu ou que tes parents se sont séparés. Là, ils ont regardé autour d'eux. Ils se sont inquiétés du bruit que ça a fait. Non pour nous, mais pour eux...

— Les nouveaux seront peut-être l'exception.

— Ne te berce pas d'illusions : on prend vite le pli quand on s'installe ici. C'est même sans doute pour cela qu'on s'y installe. Ton père m'a dit leur nom. Je n'ai pas bien compris s'ils étaient des amis de Julien ou de toi. Marcarié. Ça te dit quelque chose ?

Romain se tait. À son tour, comme Anna après sa chute, il a le souffle coupé et le choc fait un bruit abominable. S'il avait ouvert la bouche, ç'aurait été pour crier, pour hurler : « Pas lui ! Tous ! La terre entière si vous le souhaitez ! Mais surtout pas Vincent Marcarié ! »

Lundi 30 décembre

Je guette. J'épie. Je surveille par-dessus mon épaule. Je me force à aller nager pour laisser du champ à l'ombre qui veut me hanter et qui, à mon grand dam, est en train de réussir son coup. Du large, je ne quitte pas le parking des yeux au cas où, se croyant tranquille, elle se trahirait.

Je commande trois petites caméras de surveillance à détection de mouvement. Une pour la chambre avec vue sur la baie vitrée ; une pour la courette ; une qui, depuis le rebord de ma terrasse, couvrira la ruelle.

À la lueur de ma rencontre avec Vincent Marcarié, les scènes où son avatar apparaît sous la plume de WXM adoptent de nouveaux contours. Je revois son attitude quand j'ai sonné chez lui. Ce corps fatigué qu'il a dressé en bouclier entre sa fille et moi. L'apparence maladive de sa peau. Sa main sur l'épaule d'Anna, son bras qui s'est enroulé avec une grande douceur autour d'elle pour la convaincre, et non la forcer, de le suivre à l'intérieur.

*

* *

Mardi 31 décembre

Le réveillon du Nouvel An ne me fait plus rien. Il est loin le temps où je m'en inquiétais des semaines, voire des mois à l'avance.

Dès l'année de quatrième, n'être invitée nulle part était ma hantise. J'ai dû attirer le mauvais œil à force d'y penser parce que j'ai attendu d'être en terminale pour être conviée quelque part. Les autres fois, on m'a oubliée, plus ou moins volontairement.

Est venue ensuite la période où je faisais des pieds et des mains pour refuser ces soirées qui me ruinent le moral. On ne me comprenait pas. On me trouvait bizarre à mentir pour ne pas participer à la fausse liesse collective.

Et puis, j'ai cessé d'en faire tout un plat. J'ai assumé ma réticence. Je refuse de boire et de me coucher à pas d'heure parce qu'on m'y oblige. C'était ma réponse. Qui déclenchait des haussements d'épaules et des regards désolés qui ne voyaient en moi qu'une pisse-froid.

Mina sonne à ma porte ce matin. Elle se demande si ça me dirait de passer la soirée avec elle, sur son bateau-maison. Un truc simple, toutes les deux, sans avoir à attendre minuit si on a sommeil. J'accepte sans la moindre hésitation. Je m'empresse de transmettre l'information à la Charlotte de quatorze ans : je suis invitée au seul réveillon où ça vaut la peine d'aller. Je t'ai vengée !

Mina me fait visiter son bateau. Elle a aménagé le pont en terrasse et la cabine en véranda. De là, un escalier descend dans le carré. Si tout est à sa place, la règle à bord d'une embarcation, c'est tout de même un sacré bazar. Aux banquettes et tables d'origine, scellées, elle a rajouté quelques meubles et ustensiles qu'elle rénove quand elle a le temps. Les styles et les époques s'y mélangent. Et ça déborde de livres. Il y en a dans tous les coins. Quand ce ne sont pas des livres, ce sont des cours, des montagnes de feuilles reliées ou non, que l'on peut suivre à la trace jusque dans la chambre à l'arrière, où un immense lit occupe toute la largeur.

Elle se lasse de la vie à bord. L'humidité est une plaie ; il y a toujours des choses à réparer ; le bruit est omniprésent et, les jours de mauvais temps, la lumière naturelle manque. Sans compter l'absence de toilettes et de salle de bains dignes de ce nom. Elle se laisse encore un délai de réflexion, mais la balance penche pour un déménagement vers un endroit plus pratique.

On s'installe sur le pont, enroulées dans de vieux plaids râpés, le temps de faire griller un millier de crevettes. On les accompagne de margaritas. On ne parle pas fort, on évite les éclats, tout reste feutré. Finalement, on mange dehors. On ne redescend que pour le dessert.

Mina tiendra parole pour les cours de voile. Il ne s'agissait pas seulement d'une bravade lancée au cours d'une soirée trop arrosée. On va s'y mettre d'ici quinze jours.

Je lui pose la question sur la manière de se sécuriser quand on navigue en solitaire. Elle m'explique qu'il y a plusieurs moyens d'assurer sa survie en cas de pépin, l'un d'eux consistant à laisser traîner une longe dans le sillage du voilier pour avoir une chance, si on passe par-dessus bord, d'agripper le dernier fil qui vous relie à la vie. Elle me confie que c'est la mort qu'aurait voulu son grand-père.

— Il nous l'a corné sur tous les tons : s'il tombait malade, il espérait pouvoir prendre le large une dernière fois, tout seul, et provoquer son accident. Avec tout ce qu'il buvait et fumait, il était persuadé qu'une triste fin lui pendait au nez. – Elle esquisse un sourire tristounet. – Il n'en a pas eu le temps. Son cœur a lâché d'un coup, sur le pas de sa porte.

Sa grand-mère lui a survécu quelques années. Aujourd'hui, Mina n'a plus personne. Elle n'a jamais eu de père. Sa mère ne compte pas. C'est une rebelle autoproclamée, en rupture avec tout et tout le monde. Sa vision libertaire de l'éducation est revenue à abandonner sa fille unique chez ses grands-parents et à ne lui rendre visite qu'une ou deux fois par an.

Ce qu'elle raconte me touche. Je l'imagine dans les rues de Roscoff, petite fille éclatante d'esprit et de vie. Je l'imagine apprendre la mer. Je mesure sa peine à la mort de ses grands-parents.

Nous faisons le concours des pires anecdotes de réveillon de notre vie. Comme j'en ai fait plus qu'elle, je pars avec un handicap de trois points. Je gagne tout de même haut la main.

Le top 3 qui m'octroie la victoire :

1 – Cécile me traîne dans un restaurant où son cousin organise la soirée. Je ne connais personne. J'arrive tard à cause de mon boulot à la pâtisserie. Je me retrouve assise en bout de table avec pour voisins deux couples dont la conversation se résume à une émission de caméra cachée diffusée trois jours plus tôt et dont ils ne se sont pas remis. Je m'ennuie à mourir. Quand on lève le camp pour finir la nuit en boîte, je fais semblant de suivre les autres voitures mais, au premier feu rouge, je m'écarte du convoi et je vais dormir chez ma grand-mère en pleurant.

2 – Grande soirée dans une grande propriété à la campagne. Les habitués d'une discothèque de notre ville sont invités. J'en suis, heureuse de retrouver beaucoup d'anciens du lycée, trois ans après notre séparation. Je parle avec tout le monde. Je papillonne d'un groupe à l'autre, très à mon aise. La soirée est réussie. Un beau garçon me remarque. Il me drague. Je l'encourage. Nous nous isolons un peu pour

discuter. Nous savons tous les deux comment ça va se terminer. Ça se présente très bien. Mais, soudain, il se lève et me demande de l'excuser une ou deux minutes. Il presse le pas et disparaît. Je le crois aux toilettes en train de vérifier son haleine ou je ne sais quoi de compromettant. Or, il ne revient pas. Je l'attends comme une poire une demi-heure, avant de retourner avec les autres, humiliée. Le ressort est cassé. La fête est foutue. On retrouve mon soupirant dans le parc. Il est tellement ivre qu'il est tombé dans un trou d'eau. Par chance, il n'y a pas de fond. Ses copains le traînent à l'intérieur en le soutenant. Il est couvert de boue et de vomi. Quand je m'approche de la banquette où on l'a allongé, il ne me reconnaît pas et gerbe à deux centimètres de mes jooolies chaussures.

3 – Dépitée de n'être invitée nulle part, je convaincs deux autres élèves de ma classe de seconde, pareillement écartées, de nous réunir. Je n'ai aucune affinité avec elles mais elles sont les seules à qui je peux demander cela sans craindre les moqueries. Nous prévoyons un dîner amélioré chez la première, la seule à disposer de la maison de ses parents. Puis un ciné et, ensuite, des jeux pour nous occuper jusqu'au lendemain matin. Au dernier moment, la troisième fille se décommande. On se retrouve en duo, à ne pas savoir quoi se dire. Nous descendons jusqu'au petit cinéma de la ville mais, comme nous sommes les seules spectatrices, la séance est annulée. Nous faisons demi-tour. Mon hôte propose que nous regardions une cassette. Elle m'impose *Top Gun*, qu'elle a vu un millier de fois mais dont elle ne se lasse pas, contrairement à moi. À minuit, on se souhaite une bonne année, sans embrassade, parce que nous savons l'une comme l'autre que nous n'avons rien à faire ensemble et que, dès la semaine suivante, nous nous ignorerons. On oublie les jeux de société. Je prétexte un gros coup de fatigue pour m'en aller.

Je suis à vélo. Nous habitons trop à l'écart de la ville et, dans ce genre de rares occasions, je dors chez ma grand-mère. Elle sera déjà au lit et ne me posera pas de questions. Une des filles les plus populaires du lycée organise son réveillon à trois ou quatre pâtés de maison. C'est le réveillon auquel j'aurais voulu être. Je fais un détour à vélo pour me poster dans la rue, à quelques dizaines de mètres de la fête. Cachée derrière une voiture, j'entends la musique dans le garage et je vois quelques personnes sortir fumer des clopes. Je ne sais pas ce que j'espère. Peut-être trouver le courage d'entrer. Ou bien faire semblant de rentrer de soirée et de tomber par hasard sur eux, qui pourraient me prier de les rejoindre. Il se passe plus d'une heure avant que je ne perçoive le ridicule de ma position. Aux jeux olympiques des humiliées, je gagnerais à coup sûr une médaille.

Je garde sous le coude une arme fatale que j'aurais dégainée si la compétition avait été trop serrée. Il y a deux ans. Les résultats catastrophiques des analyses de Laurent viennent de nous être communiqués. À minuit, après notre dîner en tête-à-tête, je ne sais pas quoi lui dire. Il me sourit. Il pose sa main sur la mienne. Il me souhaite le meilleur pour l'année qui vient et pour toutes celles qui suivront. L'émotion le submerge. C'est la seule fois où il craque en ma présence. Je maudis pour l'éternité tous les réveillons de la terre.

Nouvel (él)an

Lighthouse – Le Cinéma
Les séances du lundi soir

Charlotte Kuryani, écrivaine en résidence, vous propose dans le cadre du thème *Nouvel (él)an* :

Lundi 6 janvier – 20 h 00
Jack et Sarah *(Jack and Sarah)* – Tim Sullivan (1995)

Une succession de foulées ne suffit pas au sauteur à battre un record. Mais elles en sont l'élan indispensable. Une succession de belles scènes ne suffit pas à faire un grand film. Mais, en son temps, celui-ci a été mon élan. Depuis, sans jamais faillir, il fait partie de mes plaisirs coupables. Et je veux encore ressembler à l'actrice principale.

Lundi 13 janvier – 20 h 00
Calme blanc *(Dead Calm)* – Phillip Noyce (1989)

Un voilier ; l'océan d'un calme souverain, beaucoup trop calme, beaucoup trop beau ; le mari encaisse tel un roc ; l'épouse ne se relève pas. Puis le hasard ou la fatalité qui remet en mouvement leurs vies immobiles. La femme murmure alors à l'oreille de son mari : « Je t'ai trouvé. Je t'ai trouvé... » La réplique résume le film. Je crois que c'est de là que me vient cette envie d'apprendre à naviguer. On ne sait jamais.

Lundi 20 janvier – 20 h 00
Dangereuse sous tous rapports *(Something Wild)* – Jonathan Demme (1986)

J'ai un faible pour les réunions d'anciens élèves. Pourtant, je n'ai participé à aucune et, si l'occasion se présentait, je suis certaine que je me déroberais. Par crainte du point de passage qu'elle constituerait ; par crainte du basculement vers l'autre versant. Dans ce film, une réunion de ce genre est la césure. Il n'y a pas de chute après, mais une renaissance. Et j'adore les histoires de renaissance. Surtout lorsque la dernière scène donne de la couleur à tout ce qui n'en a plus.

Lundi 27 janvier – 20 h 00
Pump Up the Volume – Allan Moyle (1990)

Un lycéen renfermé devient l'animateur fou furieux d'une radio pirate à chaque crépuscule. La jeunesse américaine est pessimiste. Elle ne se reconnaît plus dans les valeurs conservatrices de son pays. Mais il y a la lycéenne la plus cool de la terre, la même actrice oubliée, en plus jeune, que dans *Jack et Sarah*. J'ai découvert Leonard Cohen grâce à ce film. Ce qui fait deux arguments en sa faveur.

Mardi 7 janvier

Lighthouse rouvre. J'ai perdu mon bel élan dans cette parenthèse des fêtes heureusement refermée. Alors, il me tarde que tout redevienne comme avant.

Hier, au petit matin, arrivée la première, je fais le pied de grue devant la porte. Je retrouve bientôt Lizzie, emmitouflée sous un bonnet à pompon et sous un monceau d'écharpes. Elle se dit ravie de son séjour en Angleterre mais encore plus de son retour en Bretagne. Jacasse a mille choses à raconter. En une heure à peine, elle en écluse déjà une bonne moitié. Mina me reparle de nos cours de voile.

J'installe les caméras que je viens de recevoir. Et je n'écris pas. L'après-midi, la marée basse m'interdisant la mer, je marche le long d'un ruisseau qui se jette dans l'eau à l'entrée de « ma » plage. Les rives sont ensauvagées et ne cessent d'échapper aux routes et chemins qui les croisent. J'avance au milieu des ajoncs et des trous d'eau, pour un aller-retour qui, malgré le froid piquant, m'enthousiasme.

Le soir, pendant notre pâtisserie rituelle, Heckel et Jeckel m'y promettent la présence de serpents aux beaux jours. Il y en a aussi dans la lande, et pas qu'un peu. Elles croient me faire plaisir mais ne parviennent qu'à me glacer le sang. Les serpents et moi, ça fait deux. Rien que de lire le passage du manège dans *Distancés* suffit à me faire peur.

Dans la nuit, ça ne rate pas. Une vipère s'invite dans mon sommeil. Je l'ai pourtant décapitée à l'aide d'une hache, juste devant l'atelier de Papa. Mais cette saleté parvient à me mordre l'auriculaire gauche. La douleur me réveille, et ensuite je n'ai plus envie de me rendormir.

J'ausculte la ruelle depuis l'écran de mon ordinateur. L'image de la nuit et du vide m'hypnotise un assez long moment. Puis je décide d'exorciser le mal par le mal en errant sur Internet à la recherche de films amateurs montrant des attaques de serpents. Il y en a tout un paquet, aussi répugnants les uns que les autres.

Je dors un peu. Je me réveille à 8 heures. Le froid strie mes vitres de ses griffures gelées et j'ai toujours mal au petit doigt. J'y cherche en vain une morsure qui n'existe pas. Et je revois mon père qui, dans mon cauchemar, fuit devant le danger en me laissant me débrouiller seule.

Je me souviens de la période où j'ai découvert mes parents moins infaillibles qu'ils le prétendaient, et, surtout, que je l'aie cru. Un été, nous avons reçu deux couples de cousins éloignés que nous n'avions pas vus depuis des lustres. C'étaient tous de joyeux fêtards.

À côté d'eux, Maman s'est soudain trouvée trop sage. Elle désespérait de se porter à leur hauteur, à jouer à son tour les rigolotes. Elle a ri aux histoires salaces qui, en temps normal, la révulsaient. Lors d'un de leurs jeux débiles de fin de soirée, elle s'est débrouillée pour être contrainte de retirer sa culotte. Certes, bien à l'abri de sa jupe longue.

Au même moment, Papa s'est trouvé trop austère. Garder le silence à une tablée qui s'amusait et s'agitait lui était pénible. Pour ne pas être en reste, il s'est mis à raconter des blagues. Mais il les racontait mal, abusant de mimiques et de grimaces pour désamorcer sa propre gêne. Il ne se décourageait pas quand personne ne riait. Il expliquait la chute, plusieurs fois au cas où. Il occupait le terrain et en devenait ridicule.

J'avais douze ans. Sans le vouloir, je perçais mes parents à jour. Je les surprenais à jouer des rôles, à faire semblant, trop préoccupés du regard des autres. Ça m'a fait mal. Je leur en ai voulu de se rabaisser de la sorte pour concurrencer une meute de crétins finis. J'ai prêté serment de ne jamais faire pareil. Ou, plus facile à tenir comme résolution, d'être meilleure comédienne qu'eux.

*
* *

Samedi 11 janvier

Au retour du premier atelier de l'année, je trouve un message glissé sous ma porte. Une feuille blanche, pliée en quatre, qu'on a voulu que je découvre immédiatement plutôt que de la déposer dans ma boîte aux lettres. Une phrase y est imprimée, en gros caractères. WXM EST PERDU ; BIENTÔT CE SERA VOTRE TOUR.

Je tiens l'occasion de vérifier le bon fonctionnement de mes caméras. Celle de la terrasse a fait son job. Il est près de 21 heures quand un homme s'engage à pied dans la ruelle, s'arrête devant chez moi, s'accroupit, fait disparaître le papier qu'il sort de la poche de son manteau, se relève et repart d'où il vient. Il cherche à être discret, rasant les murs et surveillant les alentours. Il n'en fait pas assez. On le

210

reconnaît très bien. Monsieur se charge du sale boulot de Madeleine.

J'hésite entre cafter à Lizzie ou m'en occuper moi-même. Ou les deux. J'ai décidé d'être une autre femme, alors je me rends à Trégastel, comme une grande. Je sonne au portail du faux manoir du couple maudit. On ne m'ouvre pas. Néanmoins, j'aperçois une silhouette derrière une des fenêtres qui disparaît immédiatement. Je ne bouge pas, bien que mon cœur se soulève à m'en entraîner avec lui et qu'une barre me martèle l'estomac. Je sonne à nouveau. J'exhibe la feuille, bien au-dessus du muret. L'interphone grésille.

— Que voulez-vous, madame Kuryani ?

Je ne le jurerais pas, mais Madeleine me paraît affolée.

— Parler avec vous du message que votre mari a déposé chez moi, hier soir.

— Vous racontez n'importe quoi, ma pauvre fille. Je n'ai pas le temps de jouer avec vous. Si vous voulez bien nous laisser en paix...

— J'ai installé des caméras. Il y en a une qui filme la ruelle. La qualité de l'image est assez exceptionnelle. Même de nuit.

Motus. Ma rivale a perdu sa langue.

— Comment appelez-vous ce genre de lettre ? Un avertissement ou une menace ?

Je me sens forte. Je gagne en taille et en carrure d'un coup. Le portail est plus petit qu'il y a un instant.

— Un conseil serait un mot plus approprié. Mais vous vous dites plus douée que moi dans ce domaine, alors je vous laisse choisir.

— Je crains de ne pas avoir bien compris. Que me conseillez-vous, Madeleine ?

Ça ne m'échappe qu'à moitié. Elle se vexe, pour ma plus grande joie.

— Je m'appelle Marianne, petite sotte ! Je sais ce que vous êtes en train de faire, ce que vous préparez avec vos amis. Mentir pour protéger un monstre revient à en être un. Quand votre supercherie sera révélée, parce que vous pouvez être sûre qu'elle le sera, vous ne trouverez pas grand monde pour vous pardonner. Je n'ai rien d'autre à ajouter. Débarrassez le plancher !

L'interphone grince et redevient silencieux. Je n'obéis pas. Je prends tout mon temps pour plier la feuille et la ranger, puis pour m'éloigner tranquillement par le sentier côtier.

Toute la journée, je suis tiraillée par mon envie d'en parler à Lizzie. Le soir, je marche vers son quartier sans avoir pris de décision. J'ai réduit les fréquences de mes visites clandestines autour des deux maisons que j'ai pris l'habitude d'épier. Depuis les fêtes, je ne suis passée qu'une fois chez Reagan et je n'y suis pas demeurée très longtemps. Là, je recommence mon cirque. Je descends au bord de la mer. Je longe les rochers. J'escalade le talus et je retrouve mon poste de guet derrière le pin.

Lizzie n'est pas seule. Elle est assise dans le salon et il y a quelqu'un assis en face d'elle, dans le canapé. Je ressens d'abord de la jalousie. Encore plus quand ma jooolie Anglaise sourit. L'abattement ne vient qu'après. Quand la personne dont je n'apercevais que les jambes croisées se redresse pour saisir la tasse posée sur la table basse. Madeleine m'a devancée.

8

Les serpents dans le manège

La belle et harmonieuse mécanique de Romain est trop tendre pour échapper à un tel grain de sable. Un grain épais, qui ne s'écrase pas, qui corrompt, qui fissure, qui met en panne. Savoir Vincent Marcarié à deux pas de chez lui, à deux pas de sa vie, a de quoi le bouleverser. Il est devenu le voisin involontaire de celui qui incarne ses années grises. La voix dans l'interphone reprend sa consistance. Ainsi que sa réalité. Il ne l'a sans doute pas inventée.

La nuit qui suit cette révélation est la plus froide de l'hiver. La maison en gémit de souffrance, faisant grincer sa carcasse et claquer sa charpente. Romain l'a devancée sur ce chemin de croix. Depuis sa conversation avec Mme Tessier, la glace a pris en lui. Le soir, pour la première fois depuis qu'il s'est lancé, il est incapable d'écrire quoi que ce soit.

Il descend au sous-sol alors qu'il s'était promis de ne jamais le faire passée l'heure du déjeuner. Il a besoin de penser à autre chose, de retrouver le courage qui l'a brusquement quitté. Il pense le dénicher dans les étagères, parmi les bouquins et les bandes dessinées abandonnés par Julien. Au lieu de cela, le récit de Fanny décrivant son frère comme un affabulateur l'empoisonne.

Sous la lumière trop blanche de la cave, il exhume les souvenirs de leurs vacances du mois d'août 1975. Il en connaît la date avec précision pour plusieurs raisons. Avant tout parce qu'elles sont les dernières passées tous les quatre. Ensuite, parce que c'est juste avant sa rentrée en CM2, un événement en raison de la mixité nouvelle décrétée à Saint-Joseph. Enfin, parce qu'elles marquent la fin d'un âge doré pour le précipiter dans des terrains perclus d'ombres, la fin de règnes, celui des adultes autant que celui de son frère.

Leurs parents détestent le camping. Leur père s'y ennuie et leur mère n'y voit qu'une raison supplémentaire de douter du genre humain. L'été précédent, ils ont pourtant offert à leurs fils une semaine dans un trois étoiles de Narbonne-plage, empruntant pour l'occasion la caravane pliante des grands-parents et autorisant Julien à faire chambre à part, dans une tente qui lui avait été offerte pour Noël. Romain ne retient de ce premier séjour qu'un sentiment de liberté et de beau temps permanent, ainsi qu'une bonne humeur générale. Alors, l'année suivante, les Bancilhon retentent l'expérience. Cette fois à Portiragnes, avec une étoile de plus et un accès direct à la plage.

Quinze jours que Romain passe seul, incapable de s'approcher d'autres enfants avec qui jouer. Son père et sa mère, qui en temps normal se montrent si peu sociables, ont lié connaissance avec un couple de voisins, des gens un peu plus jeunes qu'eux qui viennent de Bourgogne. Leur relation ne va guère plus loin que quelques apéritifs offerts par les uns puis par les autres. Au cours de l'un d'entre eux, cet homme et cette femme racontent à deux voix une histoire terrifiante qui a réduit à néant la vie de leurs amis proches. Leur fille, alors âgée de quatre ans, s'est plainte, en descendant d'un manège, que le cochon sur lequel elle était montée l'avait mordue. Ils lui ont répondu que les cochons des manèges ne mordent pas. Quelques heures plus tard, victime d'une forte poussée de fièvre que rien ne semblait vouloir refréner, elle a été hospitalisée. Les médecins n'ont pas compris ce qui lui arrivait. Elle est décédée dans la nuit. En cherchant les causes d'une mort aussi brutale et rapide, on a tout envisagé. Et l'épisode du cochon a pris une tout autre tournure. On a inspecté le cochon. On l'a ouvert. À l'intérieur, il y avait un nid de vipères. Les voisins provisoires concluent que la vie ne fait pas de cadeau. Parfaitement synchronisés, ils affichent une mine défaite. Pour un peu, la femme se serait mise à pleurer.

Ce qui est terrifiant avec cette histoire, ce ne sont pas les serpents. Du moins pas ce coup-ci. Ce qui est terrifiant, c'est que Romain l'a déjà entendue raconter à deux autres reprises : une fois par un élève de son école, qui affirmait que c'était arrivé à la petite sœur qu'il n'avait jamais eue ; une autre fois sur RMC, où un reporter dressait la liste des fausses rumeurs qui se propageaient, des jeunes femmes enlevées dans les cabines d'essayage des Galeries Lafayette à la secte Moon qui droguait les élèves de force à la sortie des écoles. Et, au milieu de tout ça, le cochon du manège au ventre rempli de serpents venimeux.

Ses parents partagent avec les Bourguignons l'effroi et la contrition. Ils ne se méfient pas des affabulations qu'on vient de leur servir. Du moins, leur fils l'espère. Il les dévisage tous, pensant que quelqu'un va révéler la supercherie en s'esclaffant. Or, ils sont aussi sérieux les uns que les autres. Il découvre ainsi que les adultes peuvent mentir pour se mettre en avant, comme ses copains et lui le font à l'école. Ses propres parents lui apparaissent plus petits et moins assurés qu'il ne le pensait, à la fois naïfs et complices. Il assiste à leur effondrement. Et c'est abominable.

Moins abominable cependant que celui de Julien. Ce dernier s'est greffé à un petit groupe de garçons et de filles de son âge, également du camping. Sur la plage, ils ont leur coin à eux, à l'écart des familles. Ils écoutent la radio, lisent des magazines qu'ils se font passer, rient fort, se baignent en bande, jouent au foot ou au volley dans le sable. Après dîner, ils se retrouvent au bar ou bien au cinéma en plein air. Romain les observe tout le temps. C'est un spectacle qui le fait rêver. Il donnerait tout pour grandir d'un coup et se mêler à leur bande, en tant qu'égal. À table, son frère raconte leurs jeux et leurs fous rires. Il parvient même à en faire sourire leur père. Quand les parents ne peuvent pas entendre, il révèle à Romain les feux de camp en cachette, les bains de minuit, les blagues faites aux campeurs quand ils dorment... Ça ne fait qu'attiser son envie et son admiration. Tout seul et trop jeune, il se sent pitoyable. Il en devient impatient que ces vacances se terminent.

Un soir, leurs parents vont dîner en tête-à-tête. Ils ne laissent pas à Julien d'autre choix que d'emmener Romain avec lui au cinéma. Ce dernier l'entend râler, faire des pieds et des mains pour s'y soustraire. Il en est blessé. Jamais son frère aîné ne l'a considéré comme un boulet à traîner. Le moment venu, il le suit piteusement, sans un mot, portant sa chaise pliante tandis que Julien ne lui épargne rien de sa mauvaise humeur. Il le fait asseoir devant, au bout d'une rangée déjà constituée. Lui va plus loin, au fond, près de ses amis. Il étend son blouson par terre et s'affale dessus. Si Romain se retourne, il lui renvoie des yeux sévères, l'enjoignant de se préoccuper de ce qui se passe sur l'écran, un film où il est question d'une vengeance entre Siciliens et dont la seule scène marquante est celle où un petit garçon chie dans un pot en émail au milieu de sa cuisine.

Il ne peut s'empêcher d'épier Julien. Il le découvre seul, en bordure de la bande qui ne se préoccupe guère de lui. S'il adresse la parole à l'un d'entre eux, on ne lui répond pas ou bien de manière très évasive, par politesse, avec un demi-sourire entendu.

Le lendemain, à la plage, ça recommence. Ce qu'il n'a pas voulu voir lui crève maintenant les yeux. Son frère est seulement toléré, en tant qu'élément rapporté. On le méprise. On se moque de lui. Au mieux, on l'ignore. Lors des matchs, il ne touche quasiment pas un ballon, toujours mal placé ou en retard. Et, si c'est le cas, il brille par sa maladresse, désespérant ses coéquipiers. Si bien que le jour du tournoi de volley organisé au camping, ses « amis » ne veulent pas de lui. Il se retrouve sans équipe et doit renoncer. Il prend la peine d'expliquer qu'il s'est blessé au mollet, ce qui l'empêche de courir et de sauter. La mort dans l'âme, il n'a d'autre choix que de laisser sa place à un autre.

C'est ainsi que Romain surprend ce frère vénéré en flagrant délit de mensonge. Le géant est renversé d'une seule bourrasque, abîmé à jamais.

S'il lui a déjà menti par le passé, il s'agissait de mensonges utiles, destinés à grandir son cadet et non à se grandir lui. Il a notamment fait croire à Romain que celui-ci était un très bon joueur de foot, peut-être même un prodige. Dans leur jardin, il lui a expliqué comment contrôler le ballon et avec quelle surface du pied tirer. Romain s'est exercé et Julien jouait les gardiens de but, ne cessant de le féliciter.

À l'école, chaque récréation était l'occasion d'un match sur un terrain constellé de platanes alignés. Romain était dans l'équipe de ceux qui habitent à l'ouest de Saint-Joseph, face à ceux de l'est. Il n'entendait rien à la règle du hors-jeu, il ne faisait des passes que par accident, ne cherchant qu'à pousser le ballon devant lui et à tirer le plus tôt possible, de n'importe quel endroit. Une chose était vraie : il était adroit dans ses tirs. En marquant beaucoup de buts, il a cru donner raison à son frère. Il a cru pouvoir se hisser à sa hauteur, lui qui excellait en tout. Du coup, il a voulu s'inscrire dans un club où, très vite, il a été confronté à ses innombrables limites. Il a joué des matchs au cours desquels il n'a rien fait d'autre que de suivre la balle des yeux, incapable d'en faire quelque chose quand elle lui arrivait dans les pieds. La seule exception a été une rencontre amicale contre le gros club de Marican, celui des enfants qui ne fréquentaient pas les écoles privées. L'entraîneur l'a laissé sur le banc de touche les trois quarts du temps. Il a néanmoins daigné le faire entrer en jeu à la fin, alors que le score était nul. Romain a hérité du ballon par on ne sait quel miracle. Il ne l'a pas rendu. Il a couru tout droit vers les cages adverses. Il a remonté le terrain, ne se souciant ni de ses partenaires ni de ses adversaires. Personne n'a pu le contrer. Il s'est présenté seul face au gardien, un tout-petit qui nageait dans son maillot tandis que ses gants ne tenaient pas à ses mains. En temps normal, il aurait tiré vers le côté ouvert, sur sa droite et aurait marqué le but de la victoire. Qui sait, cela aurait peut-être changé son destin footballistique. Or, il a préféré innover et opter pour le côté fermé, pensant que le gnome d'en face avait vu clair dans ses intentions alors qu'il était déjà en train de fermer les yeux de peur que le ballon ne le percute. Sa frappe molle a rebondi sur le petit et est repartie dans l'autre direction. Romain est resté les bras ballants, ne se préoccupant plus du match. Ce fut tout pour lui. Il a quitté le club au bout d'une saison, sous les quolibets et les mines de soulagement.

La même année maudite, son instituteur de CM1, M. Lagarde, qui les emmenait jouer sur un des terrains du stade une fois par semaine et prenait part au match, n'a cessé de le gronder parce qu'il ne savait pas défendre et qu'il ne servait à rien, prenant les autres à témoin, en affirmant qu'un âne jouerait mieux que ce « couillon de Bancilhon ». Si bien que les fois suivantes, malgré sa passion pour le foot, Romain a demandé à être arbitre ou à demeurer sur le bord de la touche avec ceux qui étaient dispensés de sport. Il a eu honte de lui. Il a eu honte de trahir Julien.

Or, ce fameux été à Portiragnes, découvrant que son frère s'est inventé un personnage qu'il n'est pas et une vie qu'il n'a pas, vexé qu'il ne lui ait pas suffisamment fait confiance pour se montrer tel qu'il est, il a tenu à ne pas mentir. Il a refusé de participer aux matchs de foot organisés par les animateurs tous les après-midi. Quand on lui a demandé pourquoi, lui qui passait son temps avec un ballon dans le jardin, il a répondu qu'il était trop nul. Et il n'en a pas démordu, malgré les objections de toute sa famille.

Il a gardé le football pour son jardin. Au fond de celui-ci, il se sentait exceptionnel. Sans doute pour lui redonner confiance, Julien lui a offert un maillot, quelques jours après la rentrée. Un maillot rouge rayé de deux bandes blanches verticales sous les bras. Aucune équipe connue ne le revêtait. Aucun écusson ne l'identifiait. Il n'était qu'à lui.

Son frère a accompagné son cadeau d'un conseil : il lui a dit que quand quelque chose nous plaît, il ne faut pas laisser les autres nous y faire renoncer, quelles que soient leurs raisons. Il a ajouté que M. Lagarde ou l'entraîneur du club étaient de tristes bonshommes, de ceux qui détournent l'attention générale à coups de semonces pour qu'on ne mette pas le nez dans leurs propres faiblesses. Il lui a fait promettre que, tant qu'il en ressentait l'envie, il persévérerait.

Romain a donc créé un championnat imaginaire, constitué d'équipes venant de toute l'Europe dont il a pioché les noms dans un atlas. Dans la sienne, il jouait milieu de terrain, avec le numéro 8 dans le dos. Ses partenaires, qui n'ont jamais su qu'ils avaient eux aussi hérité d'un destin footballistique, étaient tous des copains de classe, ceux de la cour de récréation. Il a tenu un cahier où il a noté tous les résultats et calculé les classements. Il a incarné tous les joueurs de tous les matchs tout en respectant scrupuleusement les règles. Les actions ratées n'étaient pas effacées, les buts marqués ou manqués comptaient pareil pour tout le monde. Il s'est ainsi retrouvé à perdre des matchs vitaux parce qu'il était plus adroit avec l'adversaire du jour qu'avec ses propres couleurs.

À cause de son éphémère et cruelle expérience en club, il était hors de question que son équipe s'appelle Marican. Le rouge de son maillot lui a fait penser à celui du pays de Galles pendant le tournoi des Cinq Nations. Il a d'ailleurs été surpris que Julien ait opté pour cette couleur, lui qui pestait chaque année contre les Gallois, considérant cette équipe comme un ramassis de brutes épaisses qu'il abhorrait davantage que le XV d'Angleterre. Alors, Romain en a profité pour faire de son équipe celle des mauvais garçons, rudes au mal, souvent rebelles. Il a cherché un club de foot gallois jouant en rouge. Il est tombé sur Wrexham. Ça sonnait bien. Ça faisait dur, inquiétant, atypique, surtout avec l'écusson qui représentait deux dragons debout.

Il s'est écarté aussi loin que possible de ce que son frère aimait. Il est allé jusqu'à faire de Nantes, l'équipe favorite de Julien quand il s'intéressait encore au football, le rival ultime, l'adversaire qu'il lui fallait à tout prix écraser et humilier.

Ce championnat imaginaire l'a occupé près de six ans et il a porté son maillot jusqu'au bout, même quand celui-ci s'est révélé trop petit. Ce maillot rouge, il l'a vu comme un cadeau d'adieu, au moment où

Julien et lui se sont séparés pour de bon, où il est sorti de son sillage. Il a incarné son émancipation. Il l'a transformé en concurrent de son aîné. Il a matérialisé la naissance de ce qu'il aurait voulu ne jamais être.

Il a balayé son frère et tout ce qu'il représentait pour lui en quelques semaines. Il n'a plus remarqué que ses défauts et ses faiblesses. Il a voulu prendre le dessus sur lui en tout. Il a enjambé les décombres de sa chute et il s'est risqué dans un monde où Julien n'était plus.

Mardi 14 janvier

Je ne me remets pas de la trahison de Lizzie. Je l'évite, y compris au cinéma puis au salon de thé. Je respire mieux une fois qu'elle est partie. Ce n'est pas la vérité. Je ne respire pas mieux. Cela fait trois jours que je manque d'air.

J'aide Mina à ranger quand il n'y a plus personne. On parle du film, de l'océan Pacifique et des femmes capables de manœuvrer seules d'immenses voiliers perdus au milieu de nulle part. On parle de ce bateau, morceau d'enfer flottant au paradis, à moins que ce ne soit l'inverse.

Mina a fait sa scolarité dans des écoles privées, au grand dam de sa mère qui les a toujours eues en horreur, les décrivant comme des antres infectés et hautement contagieux. Elle me raconte qu'au catéchisme, elle s'est prise d'une certaine affection pour Judas, malgré le fait qu'il représente le Mal incarné. Elle n'a osé l'avouer qu'une fois, lors de la visite exceptionnelle d'un missionnaire dans sa classe. Ce dernier s'est dit prêt à répondre à toute question sur la foi, arguant que se poser des questions était une bonne chose. Mina a demandé la parole. Elle l'a interrogé sur le rôle du traître le plus célèbre de tous les temps. Avec ses mots, elle a laissé entendre qu'il avait été indispensable à la révélation de cette religion. Que sans Judas, Jésus ne serait rien. L'abbé a failli s'étouffer de rage. Son visage a doublé de volume. Il a éructé, postillonnant partout à la ronde, que ce genre de pensées malfaisantes ne méritait aucun pardon, que leur initiatrice n'était qu'une mauvaise croyante, une fauteuse de trouble qui méritait d'être sévèrement punie. Mina en a été terrifiée.

Durant des semaines, ses camarades ont été nombreux à la condamner de la sorte, à se moquer d'elle, la surnommant Judasse ou la Collabo. Mais il y a également eu ceux et celles qui l'ont découverte à cette occasion. Comme ce gentil garçon qui ne l'avait jamais remarquée et lui a fait passer un petit mot où il lui avait écrit qu'il l'aimait.

— Tout commence toujours par une trahison, tu ne crois pas ? Moi, je dois mon premier amour à un délateur.

Je ne sais pas si le délateur auquel elle pense est Judas ou le missionnaire.

Quelles sont mes grandes trahisons ?

En cinquième, un garçon de notre classe pisse dans la serrure de la salle d'anglais. Personne ne le voit faire mais il s'en vante auprès de quelques-uns. L'écho de ses aveux me parvient. Le principal menace de tous nous mettre en retenue si le coupable ne se dénonce pas. Comme personne ne moufte, il organise une campagne de dénonciation. On nous demande, sous couvert d'anonymat, d'écrire le nom du responsable si nous le connaissons. Huit fois, le garçon est accusé. Je fais partie des huit accusateurs. Il est convoqué. Il nie les faits. Il joue les naïfs et, bientôt, les victimes. Les dénonciateurs que nous sommes sont alors pressés de se faire connaître. Si nous ne le faisons pas, nos écritures suffiront à nous confondre. Dans le bureau du principal, nous reconnaissons tous n'avoir rien vu de l'incident. On nous passe un savon mémorable et nous héritons de quatre heures de colle.

J'ai seize ans, je fais ma valise et je la planque sous mon lit. Je suis décidée à m'enfuir de la maison, ne supportant plus les conflits avec ma mère qui est alors la personne que je déteste le plus au monde. Je lui octroie une ultime chance : encore un accrochage et je disparais. Dans l'unique but de lui faire le plus de mal possible. Je l'imagine s'effondrer, perdre la tête, ne plus être qu'un amas informe de chairs et d'os. Cet accrochage, je fais tout pour le déclencher. Un matin où elle annonce qu'elle a rendez-vous chez le coiffeur, je lui rétorque que je n'en ai rien à foutre. Luttie en laisse échapper sa petite cuillère. Maman ne me gifle pas. Elle demeure immobile les bras ballants et me fusille du regard. Plus tard – est-ce le même jour ? – elle se plaint que je ne suis bonne à rien parce que je n'ai pas su ranger mon linge correctement.

— Tu crois que toi, tu es bonne à quelque chose ?

Là, j'ai droit à ma claque. Pourtant, je ne pars pas. Je le fais croire à Luttie, lui montrant même ma valise pleine. Je lui dis adieu, affirmant que tout le monde sera bien débarrassé. Ma sœur veut me retenir. Elle est petite mais met tout ce qu'elle peut dans la balance. Comme je ne cède pas, elle s'empresse de tout raconter à notre mère qui se précipite dans ma chambre. La valise a disparu. J'ai le culot de jurer que rien n'est vrai, que Luttie a tout inventé pour me créer des ennuis.

Je suis étudiante et je ne mets plus les pieds en cours depuis des mois. Pour mieux servir mes mensonges à mes parents, je fabrique une fausse dissertation et de fausses annotations. Je triche lors des partiels auxquels je daigne participer. Je redouble ma deuxième année mais je fais croire à tout le monde que je suis passée avec mention. Jusqu'à ce que *L'Expérience interdite* m'offre l'occasion de rattraper le coup et de ne pas m'engluer davantage.

Je ne suis jamais sincère avec les autres étudiants. Je ne manque jamais d'en rajouter, de fabuler. Je m'invente un faux copain qui s'envole comme par enchantement pour la Nouvelle-Calédonie pour ceux et celles qui me côtoient de trop près.

Laurent est de plus en plus malade. Il ne quitte plus le lit. Caroline et Thomas font tout ce qu'ils peuvent pour nous aider. Thomas propose de s'occuper de notre jardin qui a souffert de l'hiver. Il faut tailler, tondre, ramasser. Il y passe du temps. Un après-midi, je le rejoins. Je l'aide pour ne pas passer pour une totale incapable. Je sais que je lui plais. Lors de nos soirées estivales, je l'ai surpris à reluquer mon décolleté et mes jambes nues. Il recommence à me regarder. Cette fois, j'en joue. Ça me plaît de me sentir encore séduisante. Je l'encourage. Il me frôle. Je me laisse faire. Il me caresse, passe sa main sous mes vêtements. Je l'attire vers le tas de bois où personne ne peut nous voir. Je baisse mon jean et ma culotte. Je m'agrippe à ses épaules. À quelques mètres de là, mon mari se meurt sans se plaindre. Je baise avec un autre qui jouit en quelques secondes, gémissant longuement dans mon cou. Il se rhabille, confus. Il se dit désolé. À partir de ce moment, il ne me regarde plus.

J'écris à Vincent Marcarié. Je lui dis que je travaille sur l'affaire de Marican. Je voudrais son témoignage à travers un questionnaire que je suis disposée à lui envoyer, s'il est d'accord. Parmi mes questions, je vais en caser un certain nombre sur Romain Bancilhon. Tenter également d'obtenir une photo. Je fais ces démarches en cachette, sans en dire un mot à Lizzie. Une trahison pour répondre à une trahison.

Jeudi 16 janvier

Je fais du thème de l'amitié le fil directeur de la soirée. Reagan tombe un peu le masque. Juste un peu. Il
nous lit que l'amitié, la véritable, n'est qu'un fantasme,
qu'elle n'existe pas. Car aucune relation ne résiste au
temps, aux creux et aux bosses dont sont faites nos
existences. Il y a des épisodes, plus ou moins durables,
où des complicités peuvent se tisser. Une fois qu'elles
sont taries, il n'y a plus que les souvenirs pour les
abreuver, en les glorifiant.

Les deux sœurs ne sont pas d'accord avec lui, pour
ne pas changer. Or, cette fois, c'est lui qui parvient à
leur clouer le bec quand il leur demande où sont leurs
vrais amis aujourd'hui et qu'elles sont contraintes de
reconnaître leur absence. Il savoure d'avoir le dernier
mot. Il reste un peu plus longtemps que d'ordinaire à
la fin. J'évoque le film de lundi prochain, avec sa réunion d'anciens élèves. Il ne vient jamais au cinéma. Ce
n'est pas sa tasse de thé. Mais il en rajoute une couche
quand il affirme que les amitiés qui survivent à tout
n'existent que dans les romans ou dans les films,
comme un appel désespéré de ceux qui les imaginent.

Au cours de la soirée, j'écris que je garde un
excellent souvenir de mon année de terminale, que
ceux et celles qui l'ont habitée restent ancrés dans ma
mémoire comme de vrais complices. Il m'arrive encore
de fouiller Internet à leur recherche. Seulement pour
savoir ce qu'ils sont devenus et à quoi ils ressemblent.
La plupart du temps, pour ceux que je retrouve, je ne
tombe que sur des pages qui n'ont pas été réactua-
lisées depuis des lustres. Reagan me pousse à invoquer nos retrouvailles, aujourd'hui, et à avouer que

si nous nous revoyions pour de vrai, nous n'aurions pas grand-chose à nous dire. Nous nous raconterions nos vies. Cela deviendrait très vite ennuyeux. Nous rendrions compte que ce qui a été interrompu l'année du bac ne peut reprendre.

Au moins, nous avons pu échanger avec le vieil homme, sans qu'il se déride pour autant.

Élise reste en dehors de tout, comme à son habitude. De notre petit cercle, elle est la seule à ne pas avoir évolué depuis le mois de septembre, toujours sur la défensive et à moitié absente. D'amis, elle n'en a jamais eu, y compris à l'école. Ça ne lui manque pas. Rien d'autre à ajouter.

*
* *

Dimanche 19 janvier

Je rentre de ma première sortie en mer avec Mina. Un grand soleil d'hiver, une mer d'huile, juste ce qu'il faut de vent : mon apprentissage commence sous les meilleurs auspices.

J'ai rendez-vous au port à 10 heures. Discret, son voilier, avec sa proue effilée et sa coque aux reflets d'ivoire, est tout de même intimidant. Comme son grand-père trouvait ridicule de donner des noms aux embarcations, Mina perpétue la tradition. Je monte donc à bord d'un bateau qui ne s'appelle pas.

Je commence à avoir l'habitude de cette jeune femme toute frêle qui se transforme en boule d'énergie et de force sans crier gare. Pourtant, elle me surprend encore. Sur le pont, je suis plus empotée que jamais tandis qu'elle se démultiplie dans des gestes d'une rapidité, d'une précision et d'une ampleur à l'efficacité diabolique.

Nous sortons du port au ralenti. J'ai le droit de tenir la barre, pas peu fière. Une fois que nous avons dépassé les pointes rocheuses de l'île Milliau, Mina coupe le moteur et hisse les deux voiles. Le bateau se tend comme un muscle. Je le sens se soulever. Il glisse sur l'eau qui ne lui offre plus aucune résistance.

Pour aujourd'hui, mon rôle consiste à sentir le vent et à nous positionner en fonction. Je dois me fier à mes oreilles. Non pour le son mais pour le souffle. Or, si je perçois bien celui-ci et peux juger de sa force, je ne parviens pas à affirmer avec certitude d'où il vient. Les ourlets de mes oreilles sont caressés en même temps par des courants qui s'amusent à me tourner autour. Je doute des informations contradictoires qu'ils captent. Il ne me faut pas longtemps avant de commettre ma première erreur. Voulant à tout prix garder le cap fixé par la boussole, je mets la voile à contre. Le coup de frein est brutal. Il me pousse vers l'avant et mon bas-ventre percute le gouvernail. La douleur me plie en deux et je suis certaine d'avoir détruit le voilier. Mina surgit. En deux secondes, elle rétablit la situation. Elle s'inquiète de moi. Elle insiste à nouveau pour que je me fasse confiance, que j'oublie les instruments.

— Les oreilles, Charlotte ! Laisse-toi guider par tes oreilles !

L'image d'un cocker se dessine dans mon esprit affolé. J'éclate de rire. Je suis honteuse et me confonds en excuses. Or, elle aussi est prise d'un fou rire.

Je n'ai pas beaucoup appris. Un peu de vocabulaire pour jouer les malignes, quelques règles par rapport aux bouées et aux balises, la sécurité à bord… J'ai beau m'appliquer, le vent reste un inconnu qui refuse de me livrer des indices sur son mystère. Être en mer m'a plu, même si je préfère quand je nage. Je ne suis pas malade, ce qui est déjà un bon point. Mais je n'ai rien avalé du déjeuner que nous avions prévu à bord et, plus de deux heures après notre retour sur la terre ferme, ma chambre tangue encore.

J'ai surtout apprécié ce moment de complicité avec Mina. Elle est aimable, drôle, vive, bien élevée, sensible, discrète. Elle est tout à la fois.

*
* *

Mercredi 22 janvier

À chacun de mes retours, les caméras ne me montrent rien. La marque sur ma porte coulissante ne bouge plus d'un poil. Lundi, après le cinéma, je reste un long moment devant mon écran à contempler la ruelle parce que je n'ai pas envie de me coucher. Je suis coincée sur l'absence de grandes amitiés dans ma vie.

Je repense à Cécile. À l'époque où entre nous deux, c'était à la vie, à la mort. Nous nous sommes connues au lycée, mais c'est notre première année de fac qui nous a rapprochées. Pourtant, nos vacances dans les Landes, l'été suivant, ont prouvé que le lien qui nous unissait n'était qu'un brin de paille.

Sitôt installées au camping, elle m'a oubliée et a cherché la compagnie des garçons. Elle voulait passer ses soirées en boîte, où je m'ennuyais à mourir. Elle minaudait, allumait, elle faisait monter dans sa voiture des personnes que nous n'avions jamais vues. Elle avait besoin que ça bouge, me reprochant de vouloir me poser et de ne penser qu'au cinéma en plein air. La seule fois où elle a accepté de me suivre, on projetait la version restaurée d'*Orange mécanique* et elle a râlé toute la soirée parce qu'elle trouvait ça nul. Elle dormait tard quand j'aimais me lever tôt. Elle la ramenait sans cesse, devenait une autre. Plus le public était dense, plus elle se donnait en spectacle. Elle me dominait, elle me jugeait, elle se moquait de mon côté foutraque. Elle disait que je devais apprendre à m'amuser. Quand la bande à laquelle elle nous avait agrégées est partie, elle m'a proposé d'abréger notre séjour. C'était un soulagement. J'ai téléphoné à la maison pour annoncer mon retour anticipé. Maman était surprise. Elle n'a témoigné aucun enthousiasme. Pire, j'ai eu le sentiment que ça l'embêtait.

Entre Cécile et moi, ça s'est arrêté là, chacune déçue par l'autre. J'ai appris qu'elle s'est mariée, qu'elle a eu deux enfants. Mais je ne sais plus rien depuis des années. Elle fait partie des personnes dont je ne cherche aucune trace sur les réseaux sociaux, de crainte d'en trouver.

Mes parents reviennent à la charge au pire moment. Maman persévère à me dire leur inquiétude à mon sujet. Ça leur ronge les sangs. Elle n'est pas loin de lâcher que je leur pourris la vie. Comme à son habitude, Papa la laisse miner le terrain et, quand elle conclut en se demandant si je ne les préférerais pas morts tous les deux parce que ça y fait beaucoup penser, il enfonce le clou en assurant que, les fois où ils parviennent à me joindre, ils ont la désagréable impression de me déranger. Si tel est le cas, je n'ai qu'à le leur dire une bonne fois pour toutes.

Je me retiens. Je démens mollement. Je ne réagis pas aux blessures, y compris quand il s'agit de mon entêtement à renoncer à Luttie.

— Elle en souffre tellement ! Nous en souffrons tous, si cela t'intéresse encore.

Le poison agit plus tard. Ma journée en est noircie. À Lighthouse, j'erre dans la bibliothèque. Jacasse n'est d'aucun réconfort, à chantonner pendant qu'elle range ses bouquins ou à parler toute seule en épluchant les commandes à venir. Je repars au bout d'une heure inutile, aussi couillonne que lorsque j'y suis arrivée.

Lizzie sonne à ma porte un peu plus tard. Long manteau de laine noir, bottes marron, le fameux bonnet à pompon qui lui donne un air de petite fille, elle se demande si aller boire un verre toutes les deux à Lannion, comme ça, sans réelle occasion, me tente. Stéphanie est moins évaporée que je le crois et elle l'a prévenue que quelque chose n'allait pas. Je leur en suis si reconnaissante que, sur le moment, j'en ai les larmes aux yeux.

Dans un pub à deux pas du marché couvert, nous osons des pintes de bière irlandaise et nous convenons qu'il est ridicule de continuer à nous vouvoyer.

Elle évoque ses parents, leur choix de mourir ensemble quand la maladie de sa mère a atteint l'insupportable. Dans une lettre, ils ont clamé avoir accédé à tout ce qu'un couple peut rêver. Hors de question qu'ils s'infligent le moins bien.

Elle soulève un autre coin du voile et je l'écoute. Je n'ai jamais su écouter auparavant. Les histoires des autres ne m'ont jamais intéressée, sauf pour écrire mes romans. On me parle et je m'échappe. Discuter avec Lizzie, comme avec Mina, m'apprend à rester et à entendre sans que ce soit une corvée.

Le gastro-entérologue de Laurent entre dans la chambre d'hôpital. La biopsie a parlé. Les nouvelles ne sont pas bonnes. Le verdict tombe et il est sans appel. J'ai la tête qui tourne, envie de vomir. Je tente de faire bonne figure. Laurent serre ma main mais je suis impatiente qu'il la lâche. Je profite de l'intervention des infirmières pour m'éclipser et m'enfermer dans les toilettes du hall. Là, pour la première fois de ma vie, je tombe dans les pommes. Je me sens partir et m'affaisser au ralenti. Ensuite, il y a un trou, un vide que je suis incapable de quantifier. Quand je reviens à moi, je repars au chevet de mon mari. Il a eu le temps de subir une nouvelle échographie, de faire un malaise, d'avoir son cathéter qui saute, de mettre du sang partout, d'être changé, couché dans des draps propres dans une chambre relavée. Je m'assois. Je lui reprends la main. Je me suis échappée.

Les six mois qui suivent, je joue mon rôle. Les derniers jours, je le veille. Les volets de notre chambre restent mi-clos. Une lampe est allumée dans un coin quand le soleil se cache. Laurent est serein. Il refuse les sédatifs. Il jure qu'il n'a plus mal. Il veut rester conscient le plus longtemps possible. Il l'est davantage que je ne le suis. Il parle d'*A'Land*. Il est obsédé par le col du Tonnerre qui marque la fin de la saga. La dernière nuit, nous regardons un film qu'il réclame : *Spartacus*. Je suis présente sans l'être. Je ne garde aucun autre souvenir précis de ces ultimes heures, seulement la scène avec les rouleaux enflammés qui dévalent la colline. Je me projette déjà sur l'après. Je suis trop en avance. J'emprunte des raccourcis, je coupe à travers champ. Le mot est juste : je coupe…

Laurent meurt à 3 heures, sans un bruit. Je me suis assoupie. Il fait chaud et l'odeur de cette chambre m'insupporte. Je rouvre les yeux. C'est fini. Je ne sais pas comment était son visage. Je ne sais pas comment il était couché. Avant de téléphoner, je sors quelques instants. Je respire. Je me prépare au dernier acte et à ma grande scène. Je ne redeviens moi-même que quelques jours plus tard. Vulnérable. Lâche. Perdue. Pour éviter de contempler ma fragilité, je préfère courir plus vite que je ne vis, laissant les événements glisser sur moi. Et là-bas, loin devant, je m'impatiente de ma propre lenteur.

Je ne cache rien de mes pensées scélérates. Je me livre comme jamais. Les rouleaux enflammés ne cessent de dévaler la colline. Ils saccagent tout. Ils sont ce que je suis.

À son tour, Lizzie m'écoute. Elle ne m'interrompt pas. Elle ne me rassure pas. Elle ne nuance aucune de mes sentences. Elle ne s'apitoie pas lorsque je pleure. Elle ne tend pas sa main pour me consoler. Elle me laisse faire, sans rien empêcher.

Quand je cesse mes jérémiades ridicules, un long silence s'installe.

— Jamais je ne me suis crue capable de surmonter la mort de la personne que j'aimais.

Ses mots nous recouvrent toutes les deux avec la lenteur et la grâce des flocons de neige. Au premier abord, on ne remarque que leur fragilité. Puis, une fois agglomérés, ils révèlent leur solidité.

— Nous avons eu le temps de nous y préparer. Mais, quand c'est arrivé, j'ai compris que je ne pouvais pas le supporter. Malgré notre fils. Malgré tout ce que j'avais promis. Je me suis effondrée. J'ai perdu mon travail. J'ai quitté Londres pour me réfugier à Bristol, refusant de me préoccuper de tout ce qui se passait autour de moi. Puis il y a eu le manuscrit d'*A'Land*. Je me suis autorisée à vivre à nouveau tout en me sentant coupable de le faire. Parce que je pense que certains moments, pas tous mais nombre d'entre eux, sont plus agréables que ceux d'avant. Et que, sans ce drame, rien ne me serait arrivé. Comment dis-tu ? Pensées scélérates, c'est ça ?

La soirée est bien avancée quand elle me demande ce qui me chiffonne depuis plusieurs jours. Je lui parle du message que j'ai reçu. Je prononce le nom de Madeleine et parle des caméras de surveillance, justifiant leur installation par l'intrusion subie à Noël, intrusion que je ne mets pas au conditionnel.

Lizzie se rembrunit. Elle ne tergiverse pas. Elle ne ment pas. Elle connaît Madeleine. Elles se sont croisées dans le temps, quand elles étaient toutes les deux éditrices. Et, au nom de ces souvenirs, la vieille rombière a quémandé son aval en tant que représentante des intérêts de WXM.

— Elle écrit un livre sur lui. Toute la vérité. Du moins, c'est ce qu'elle croit. Je t'ai dit que l'étau se resserre, que des personnes, à force de fouiner, ne sont pas loin de tout révéler. Eh bien, les personnes en question, c'est elle. Elle croit enfin tenir sa revanche, Charlotte. Elle prépare son grand retour. Et voilà que tu te mets en travers de sa route. Avec plus de talent. Et des informations dont je lui ai toujours refusé l'accès. Elle se doute que tu l'as prise de vitesse. Il y a des trous béants dans ce qu'elle prépare. Davantage que des trous d'ailleurs, des gouffres. En l'état, elle ne peut rien publier sans se faire crucifier par nos juristes. Il y a deux semaines, j'ai accepté de la rencontrer, une fois de plus. Elle est venue chez moi, un soir. Elle a insisté pour que son projet devienne le nôtre, pour que tu en sois écartée. Je lui ai expliqué que ce ne serait jamais le cas.

Je respire à nouveau. Je vis à nouveau. Je m'en veux d'avoir été trop prompte à condamner Lizzie. Je suis sur le point de lui révéler que je l'ai surveillée, que je l'ai surprise en pleine conversation avec mon ennemie jurée et que j'ai mal interprété ce que j'ai vu. Malgré l'alcool, je me ravise. Si Madeleine voit ses projets réduits à néant, qu'aurait-elle à perdre à rendre public le véritable nom de WXM ?

— Elle cherche la reconnaissance. Jeter une information en pâture sans pouvoir en tirer bénéfice… Elle comprend qu'elle aurait plus à perdre qu'à gagner. Mais, tu as raison, ça va fuiter dès qu'elle aura compris que c'est fini pour elle. Et ça fera une publicité incroyable à ton futur bouquin.

Je retente ma chance en expliquant que cela m'aiderait énormément de pouvoir rencontrer WXM ou Romain, selon la façon dont il veut qu'on l'appelle.

— Tu l'as déjà rencontré.

Elle retrouve son sourire et je me redresse, les yeux si écarquillés que la pièce s'agrandit d'un coup.

— À travers ses écrits.

Je me tasse, les murs reprennent leur place.

— De ce que j'ai pu en juger, tu le comprends mieux que quiconque.

Je laisse échapper un soupir d'agacement.

— Je suis désolée de te décevoir, Charlotte. Mais il va falloir faire sans lui.

— A-t-il fait du mal à cette petite fille ?

Ma question est brutale, j'en ai conscience.

— C'est à toi de le décider.

— Je ne suis ni policière, ni avocate, ni juge.

— Tu es bien plus que cela : tu es écrivaine. Le moment venu, je te ferai lire une lettre qui livre une version de cette triste histoire.

— Le moment venu ?

— Après que tu auras choisi ta propre version.

Je crois avoir passé le reste du temps à la remercier. Je ne trouve pas les bons mots et, en guise de réponse, elle m'adresse un clin d'œil particulièrement mal maîtrisé. La faim nous pousse à commander des choses à grignoter, qu'on nous sert sur une longue planche imitant celles sur lesquelles on peint le nom des bateaux. J'interprète cela comme un signe.

9

Les loups sur la glace

Une mauvaise nuit, noyée de souvenirs qui ressuscitent contre son gré : Romain est soulagé qu'Hélène ne le découvre pas dans cet état. Compte tenu du froid polaire et de l'état des routes, il lui a demandé de rester chez elle.

Dehors, les branches sont ceintes d'une épaisse croûte de gel, ce qui les fait ployer dangereusement. Le ciel de l'aurore, trop lisse, vire vers des nuances de gris irréalistes. Toute vie semble paralysée.

Romain sort quand même avec sa tasse à la main. Hors de question qu'il déroge à ses rituels. L'allée est entièrement verglacée. Le froid mord à lui en faire mal aux doigts et aux oreilles. Les dernières heures si douloureuses disparaissent sous ses assauts. Cela suffit à lui rappeler sa promesse, celle qu'il s'est faite le jour où il a décidé de répondre à l'appel de son défunt père : ne plus subir les choses. Il choisit donc d'ignorer la présence toute proche de Vincent Marcarié, de faire comme s'il n'était pas au courant, comme si la nouvelle adresse de celui-ci ne l'avait pas fait sortir des limbes où les années l'avaient oublié.

La glace qui assiège la vallée le ramène naturellement vers les îles Åland. Son père s'est contenté de contacter les représentants des autorités françaises en Finlande et en Suède. Puis les rares expatriés qui vivent dans les environs. Il en a conclu, sans doute à juste titre, qu'il est impossible de se cacher dans l'archipel, y compris sous une fausse identité. Là-bas, tout le monde connaît tout le monde et un étranger n'a aucune chance de passer inaperçu, y compris en s'isolant quelque part dans cette myriade d'îlots.

Malgré cela, Romain a besoin de faire davantage que de fouiller les archives du sous-sol à la recherche d'une réponse. *Qu'est-ce que je ne vois pas ?* indique, il en est persuadé, une supplique qui lui est adressée.

Ce matin-là, il apprend des tas de choses sur l'histoire de ces îles, leur autonomie, leur politique linguistique particulière, leur géographie plane et dispersée. Il devient incollable sur les circuits à vélo, les possibilités d'hébergement, les bacs et les ponts qui relient entre eux ces fragments de terre. Malheureusement, il se heurte aux limites d'Internet, incapable de descendre au ras du sol et de la mer. Les âmes de Åland lui restent étrangères et, avec elles, les possibles traces laissées par Julien.

Il ne parvient pas à se défaire des images que celui-ci a ancrées en lui quand il lui a parlé de cet endroit. Il pense que son frère ne lui a pas décrit cette destination par hasard. Tout comme il n'a pas écrit son poème par hasard. Ce sont différents versants qui aboutissent au même sommet.

Sa promenade de l'après-midi, au milieu d'un paysage polaire, appuie cette représentation, forçant même son trait. Il en revient plus tôt que d'habitude. Ce n'est pas le froid qui le fait redescendre de sa montagne, c'est l'envie d'écrire. Ajouter un épisode à son histoire et rattraper son échec de la veille sont un appel irrésistible.

Des loups poursuivent Niam dans un paysage enneigé. Il cherche à rejoindre son village alors que la nuit est déjà tombée. Il emprunte un sentier qui s'apparente davantage à une tranchée creusée dans la neige, avec deux hauts talus qui le dépassent. Les loups sont tout près, au sommet de ces monticules, la meute divisée en deux, à gauche et à droite. Il les aperçoit mais, surtout, il sent leur souffle sur sa nuque. Ils ne l'attaquent pas. Le feu de sa lanterne ou le fossé dans lequel il s'enfonce, de la poudreuse jusqu'aux genoux, suffisent peut-être à les repousser. À moins qu'ils n'aient jamais eu la moindre intention de s'en prendre à lui et qu'ils ne cherchent qu'à l'escorter jusqu'à bon port. Ce qui est le cas. Une fois à l'abri, Niam voit leurs silhouettes faire demi-tour et repartir lentement se fondre dans l'obscurité, leur mission accomplie.

Quand Romain lève la tête de son clavier, il fait noir. Il n'a pas vu le temps passer, mais il est content de lui. L'alerte est passée. Il n'a pas replongé dans ses travers. Il est plus fort qu'avant. Il éteint son ordinateur et s'étire de satisfaction. Pour une journée qui avait commencé sous les pires auspices, ça a finalement bien tourné.

Il a faim, une faim de loup. Il se dépêche de fermer les volets. Il perçoit l'ambiance étrange qui règne dans la rue. Elle n'est pas silencieuse et figée comme d'habitude. Il croit entendre des voix qui résonnent, des bruits de claquements de porte ou d'objets métalliques traînés sur la chaussée. Comme il s'agit d'une agitation invisible, tout paraissant aussi désert que d'ordinaire, il pense que, plus loin, une canalisation a éclaté et qu'une entreprise de plomberie est en train de réparer la casse. Grâce aux précautions qu'il a prises, l'eau coule toujours chez lui. Alors il ne s'en inquiète pas outre mesure.

Il a l'intention de se préparer un bon dîner avec les provisions qu'Hélène entasse dans son frigo. La sonnerie de l'interphone le coupe dans son élan. Il suspend ses gestes. Il sent son cœur battre. Il décroche avec précaution, certain qu'une voix surgie de nulle part va encore le menacer. Deux hommes en uniforme sont à son portail et souhaitent lui parler. Il a toutes les peines du monde à les rejoindre tant ça glisse.

— Bonsoir, monsieur, gendarmerie nationale. Navrés de vous déranger.

Celui qui a parlé le premier lui tend une photo, un portrait en couleur que son collègue éclaire de sa torche, le lampadaire se révélant trop blafard. Il reconnaît Anna, sagement assise à un pupitre d'écolière, bras croisés.

— Avez-vous vu cette petite fille ?

La première chose à laquelle il pense est que son horrible père lui cherche des ennuis, à cause de la chute de la veille et de la façon imprudente dont il l'a relevée. Elle est sans doute blessée et il ne s'en est pas rendu compte.

— Oui, elle passe devant chez moi quand elle revient de l'école. Il m'arrive de l'apercevoir. Hier après-midi, elle a même chuté de ce muret, quasiment sous mon nez. Je suis sorti pour l'aider. Mais elle ne semblait pas s'être fait mal.

— L'avez-vous vue aujourd'hui, monsieur ?

— Aujourd'hui ? Non.

— En êtes-vous certain ?

— Bien sûr.

— Y a-t-il quelqu'un chez vous qui aurait pu la remarquer ?

Il répond qu'il vit seul. À chaque fois qu'il fait cet aveu, à qui que ce soit, il baisse les yeux parce que ça lui fait honte.

Le gendarme soupire. Il reprend la photo et la torche s'éteint.

— Avez-vous remarqué quelque chose d'anormal ces jours-ci ? Un véhicule étranger au quartier par exemple ?

Il n'a rien remarqué.

De concert, les deux hommes le dévisagent. Ils n'attendent pas que Romain leur pose la question.

— Elle n'est pas rentrée chez elle...

Anna Marcarié, dix ans dans quelques semaines, élève en CM2, quitte l'école Saint-Joseph à 16 h 45, à pied, comme elle le fait les semaines où elle habite chez son père. Elle est accompagnée de deux camarades de classe, Louanne et Salomé. À l'angle de la rue de Courcy, elles discutent un peu, principalement de cette journée bizarre où le ramassage scolaire a été suspendu et où la moitié des élèves ne sont pas venus en classe. Mais il fait trop froid et elles ne s'éternisent pas aussi longtemps que les autres fois. Elles se séparent, Anna bifurquant vers la Presqu'île quand ses deux copines s'arrêtent plus bas, dans le lotissement. Une femme les remarque depuis la porte-fenêtre de son salon. Elle témoigne qu'Anna s'engage ensuite dans le labyrinthe des Venelles. Il est à peine 17 heures et elle est la dernière personne à voir la fillette.

On téléphone à l'école, puis chez sa mère, puis chez ses deux copines. Anna n'est nulle part. On fait le chemin en sens inverse. La gendarmerie fouille les Venelles, interroge leurs deux derniers habitants, un vieil Espagnol infirme qui passe son temps scotché à sa télé et un garagiste qui n'est rentré chez lui que plus tard. Elle parcourt le Clos-Margot, sonnant à chaque maison, présentant le portrait d'Anna pris l'automne précédent. Sans aucun résultat.

Tout ceci, Romain l'apprend moins de deux heures plus tard. Le quartier est si agité que ça lui rappelle la nuit de l'incendie de Cassefière, quand tout le monde était dans la rue. Sauf que là, ce n'est pas l'usine qui brûle mais la Tourbière qui s'embrase sous les lumières aveuglantes des projecteurs. Mme Tessier se tient à l'angle de la rue, accompagnée de Mlle Greffier, qu'il n'a pas revue depuis l'enterrement et qui ne lui adresse même pas un regard. Des barrières métalliques sont dressées le long de la friche. Les habitants se tiennent pourtant éloignés, restant en grappes sur les trottoirs d'en face.

Des équipes cynophiles ont été appelées en renfort. Le gel rend les choses compliquées pour les chiens, qui ont néanmoins marqué une dernière trace à la sortie des Venelles. On veut fouiller la Tourbière, centimètre par centimètre. On redoute surtout ses trous d'eau, certains étant assez profonds. La glace qui les recouvre est tentante pour une enfant qu'on décrit comme très joueuse et un brin casse-cou. Elle a pu s'ouvrir sous son poids et la piéger en se ressoudant. Si elle est en dessous, on ne se fait guère d'illusions : elle est morte. Si c'est autre chose, il faut faire vite.

Quand tous les projecteurs sont déployés, des gendarmes ratissent le terrain, en un rang serré qui s'avance au pas depuis les Venelles. Le moindre détail a son importance et leur progression est particulièrement lente. D'autres passent dans leurs dos pour s'occuper de chaque creux. Ils en brisent la croûte glacée à coups de barres à mine. Ils sondent l'eau noire à l'aide de perches. Le tout se déroule dans un silence de mort, un silence redoutable. Les gens se retiennent presque de respirer, seulement trahis par la buée qui s'échappe du col de leurs manteaux ou des méandres de leurs écharpes. Même les chiens ont cessé d'aboyer, eux dont le premier passage dans la Tourbière n'a rien donné.

Depuis que les gendarmes ont sonné chez lui, Romain ne sait plus trop où il en est, à la fois tourmenté par l'image d'Anna et incrédule face aux événements qui semblent irréels. Ce n'est qu'en assistant à cette fouille qu'il prend la mesure du drame qui est en train de se jouer. Ses jambes menacent alors de se dérober sous lui. Il s'adosse au pilier pour ne pas perdre l'équilibre. Les deux femmes qu'il a rejointes n'ont pas l'air de s'en rendre compte. Mlle Greffier serre tant les mâchoires que les os de son visage ne vont pas tarder à transpercer la peau.

— Seigneur ! Pourvu qu'ils ne la trouvent pas là-dedans.

Mme Tessier, qui ne tient pas en place, ne sachant que faire de ses mains, de ses bras et de ses pieds, se retourne vers elle.

— Ma chère, savez-vous ce que cela signifierait, si tel était le cas ?

— Oui. Que la petite a croisé quelqu'un qu'elle n'aurait jamais dû croiser. Et aussi qu'elle est peut-être encore en vie.

— Ce quelqu'un, comme vous dites, personne ne peut l'imaginer circuler avec un temps pareil. S'il existe, il est d'ici. Il est de chez nous.

Mlle Greffier dévisage son amie. Romain ne sait pas si elle est furieuse ou choquée par la réflexion. Lui, il la croit furieuse. Parce qu'elle a pensé, un court instant, que son géant de frère venait d'être accusé. Et il l'a pensé en même temps qu'elle. Mais Mme Tessier est incapable d'un tel coup bas. S'il y a eu, dans le temps, des voisins pour s'inquiéter de l'attitude de Daniel et du fait qu'on le laisse se promener seul, elle a toujours été la première à prendre sa défense, répétant à qui voulait l'entendre que ce garçon avait un grand cœur et qu'il était incapable de faire du mal à une mouche. Il suffisait de voir à quel point il aimait les animaux et se souciait d'eux pour connaître la nature de son âme.

Le feu sombre dans le regard de Mlle Greffier n'apparaît qu'une fraction de seconde. Il s'éteint vite.

242

— Dieu du ciel, Thérèse ! Comment pouvez-vous dire cela aussi froidement ?

— Ce que je dis, c'est que, s'il est arrivé malheur à cette enfant, je souhaite à ses parents que ce ne soit qu'à cause de la glace sur l'eau.

Chaque sondage est une épreuve dont personne ne parvient à se détacher. On est terrifié qu'une des perches s'attarde plus longuement, qu'il y ait une résistance au fond de la fosse et qu'un des gendarmes se retourne et demande de l'aide. Que le petit corps gelé soit remonté et tenu à bout de bras, le temps de pouvoir l'allonger sur quelque chose qui n'est pas de glace. Que le vert de son écharpe et de son bonnet ressorte sous l'éclat des projecteurs et qu'il déchire la nuit pour l'éternité.

De l'autre côté des barrières, quelques dizaines de mètres sur leur gauche, une femme leur tourne le dos. Elle est secouée de sanglots et, maladroit, un jeune brigadier tente de la soutenir, au sens propre. À quelques pas d'eux se trouve un couple. La femme s'agrippe au bras de l'homme, l'enserrant de ses deux mains. Lui ne tremble pas, ne bouge pas, les jambes écartées, clouées au sol, comme s'il s'apprêtait à devoir encaisser un séisme. Il n'est pas très habillé, tête nue, sans gants ni écharpe, un anorak grand ouvert. Il paraît qu'il a répondu à ceux qui lui ont conseillé de se couvrir : « Si elle a froid, j'aurai froid. »

Malgré son crâne dégarni et son embonpoint, Romain reconnaît Vincent. Il plaint les deux femmes, sa première comme sa seconde épouse. Mais, malgré les circonstances, il ne plaint pas Marcarié. Il plongerait lui-même dans l'eau gelée pour repêcher la petite fille s'il le fallait. Il ne le ferait pas pour ce père. Surtout pas pour lui.

Le ratissage de la Tourbière dure une grosse heure. Il ne donne rien. Un murmure remplace le silence. On entend dire qu'il faut aller plus loin, vérifier à nouveau le Pré-du-Gué, les abords de la rivière et, pourquoi pas, chercher dans la montagne. Qu'on peut prêter main-forte aux gendarmes.

Vincent Marcarié se retourne. Le visage impassible, il parcourt les soutiens qui s'offrent spontanément. Romain a l'impression qu'il le cherche et, quand il parvient à leur petit groupe, il se fixe sur lui. Il se décolle du pilier, oubliant ses jambes molles. Il lui rend son regard, sans un geste, sans un signe, les mains enfoncées dans les poches de son manteau. Ça prend une éternité.

La femme qui agrippe le bras de Vincent s'inquiète de ce que son mari regarde avec autant d'insistance. Romain perd alors toute contenance. Il la reconnaît. Ce sale type a épousé Sarah Podelier. Sa Sarah.

On voit mal Anna s'aventurer toute seule dans la montagne par un temps pareil. D'autant plus qu'elle ne l'a jamais attirée. Tout comme on voit mal un quelconque ravisseur grimper le long d'un dévers aussi raide que glissant. Et, si tel a été le cas, on ne comprend pas dans quel but, car il n'y a aucune échappatoire ni aucun abri dans cette direction avant des kilomètres.

S'il y a bien une battue d'organisée dès la première nuit, c'est qu'on redoute que le petit corps ait été abandonné dans les futaies ou les landes des premiers versants. Des volontaires viennent de toute la ville, malgré les routes verglacées et le froid insupportable. Romain en fait partie. Ils sont répartis en colonnes de cinq mètres de large, depuis le pied de la montagne pour remonter les premiers hectomètres. Lampes à la main, ils fouillent chaque fourré et chaque ride de la pente. Avec quelques autres, ils insistent pour pousser jusqu'à la Vigie, dont l'accès est pourtant considéré comme hors de portée. Ils en redescendent, toujours sur le qui-vive. Une fois en bas, personne n'ayant rien découvert, ils recommencent.

Par acquit de conscience, après avoir examiné chaque centimètre carré du Pré-du-Gué, dérangeant les animaux inquiets et blottis dans la grange, les gendarmes inspectent le long de la rivière, jusqu'au premier pont, où une grille bloque les déchets arrachés à la montagne. Ils y trouvent le sac d'école battu par le courant, prisonnier d'une branche morte où une de ses sangles s'est accrochée. La rumeur se propage. De là-haut, Romain et ses compagnons entendent des cris, des appels. Du coup, certains renoncent à la fouille de la montagne. La gendarmerie délaisse celles de la Tourbière et de l'usine désaffectée pour un sondage en règle de l'Aurelle.

Vers 4 heures du matin, aucun cadavre n'a été repêché. On leur conseille à tous de rentrer chez eux, l'épuisement ne faisant pas bon ménage avec des recherches lucides et efficaces.

Romain ne se couche pas. Il est incapable de trouver le sommeil. Le froid est à nouveau en lui, dans tous les sens du terme. Et rien ne peut le déloger, ni les vingt minutes passées sous la douche, ni la cafetière qu'il a le temps d'avaler avant l'arrivée d'Hélène.

Il ne cesse de penser à la petite. S'il n'avait pas chamboulé ses habitudes en se mettant à écrire plus tôt, il l'aurait peut-être aperçue. Il aurait peut-être pu intervenir, empêcher que ça se passe. Quoi qu'il se soit passé.

Il pense aussi au père d'Anna, dont le regard rancunier l'obsède. *A priori*, l'écarter de son chemin par la simple force de sa volonté se révèle impossible. La Presqu'île le faisait rêver quand ils étaient adolescents ; désormais, il y habite. Il n'ignorait rien des sentiments de Romain pour Sarah ; elle est devenue sa femme. Sa fille disparaît ; il dévisage son ancien ami comme on dévisage un coupable.

Romain est certain d'avoir des ennuis dans les heures à venir.

Il s'est approché d'Anna, il a voulu gagner sa confiance, il lui a parlé. Peut-être que quelqu'un dans le quartier a repéré son manège, à la guetter parfois au retour de l'école.

Il passe ses après-midi dans la montagne au lieu de travailler comme tout un chacun.

Il vit seul, dans une grande maison à moitié vide.

Il ne peut être que traumatisé par la disparition de son frère aîné, il suffit de descendre dans sa cave pour s'en convaincre.

Il a de quoi en vouloir à Vincent Marcarié pour plusieurs vies. À cause de leur passé commun duquel ce dernier peut exhumer des faits susceptibles de le faire passer pour un timbré doublé d'un pervers.

Il écrit des histoires où un monstre descendu de la montagne enlève les jeunes filles. D'autres où aucune ne survit à son dixième anniversaire.

Hélène brave ce qui sera leur dernière matinée de glace. Un peu par curiosité, pour s'approcher du front de cette bataille dont tout Marican parle. Et beaucoup pour être aux côtés de Romain. Elle lui livre les dernières nouvelles, glanées çà et là depuis l'aube, alors que les messages d'alerte se succèdent à la radio et à la télévision. Il se dit que les recherches dans la rivière n'ont rien donné après la découverte du cartable. Mais que des experts sont attendus dans la journée pour donner une tournure plus scientifique aux fouilles. Chacun en ville y va de sa théorie. Les Venelles sont dans le collimateur de beaucoup, ainsi qu'elles l'ont toujours été. Un repaire de canailles et de peu fréquentables.

— Il paraît que, quand ils en auront fini là-bas, les gendarmes vont perquisitionner les quinze maisons du quartier. Ils ont peut-être déjà commencé à le faire.

— Je ne crois pas. Parce qu'ils vont commencer par ici.

— Pourquoi dites-vous ça, Romain ?

— Parce que je connais le père de cette pauvre petite. Vous pouvez être certaine qu'il a déjà cité mon nom, et les arguments qui vont avec.

Hélène se raidit. D'un geste d'humeur, ses deux bras balayent la table en même temps, menaçant de faire tomber les tasses.

— Et qu'est-ce qu'il vous reproche, cet homme-là ?

Il n'est pas fichu de lui répondre. Les mots ne sortent pas. Il se contente de hausser les épaules.

En primaire, Romain a été en classe avec Vincent Marcarié. Avant que ce dernier ne parte pour un autre établissement à la fin du CE2. Son absence à la rentrée suivante n'a pas semblé émouvoir qui que ce soit. Il ne faisait pas partie du premier cercle. Il n'était jamais invité aux anniversaires. On ne parlait jamais de lui. Quand on jouait au foot lors des récréations, il était dans l'équipe d'en face, parmi les joueurs transparents. Il a même fallu un certain temps à Romain pour se rendre compte qu'il ne faisait plus partie de leur groupe. En fait, de leurs années communes à Saint-Joseph, il ne garde qu'un souvenir de lui qu'il situe quelques mois avant son départ.

À chaque fin de cycle, le directeur de l'école venait en personne proclamer les résultats des évaluations. Les élèves étaient classés, du premier au dernier. Une hiérarchie était admise par tous : Jean-Baptiste Lhomme et Romain Bancilhon se disputaient tous les mois les deux premières places. Le seul suspense était de savoir dans quel ordre.

Jean-Baptiste était le meilleur ami de Romain. En raison de sa petite taille, on le surnommait Mimouche. À eux deux, ils représentaient les piliers de cette petite confrérie, les deux incontournables.

Il y a même eu des parents pour promettre à leur fils un beau cadeau si, au moins une fois dans l'année, il faisait mieux qu'un des deux. Mimouche était doué en tout. Durant les matchs de foot, il était le meilleur joueur du lot. Certains lui prédisaient même un avenir professionnel, à commencer par son père. Le soir des matchs de Saint-Étienne, il lui promettait en pointant l'écran : « Un jour, tu seras là. » C'était le seul domaine dans lequel il y avait une grande différence entre eux deux. Cependant, Mimouche faisait toujours preuve de bienveillance à l'égard de Romain, lui laissant croire qu'il était également indispensable à ses coéquipiers. Pour le reste, s'il arrivait qu'un en sache plus que l'autre sur un sujet, parce qu'il prenait des leçons de solfège ou était inscrit aux louveteaux, il le partageait avec l'autre dès le lendemain. Il était naturel qu'ils se trouvent toujours à la même hauteur, qu'ils n'avancent jamais seuls. En tout cas, c'est ainsi que Romain voyait les choses.

Un matin donc, leur institutrice les a prévenus que le directeur passerait dans l'après-midi pour leur bilan mensuel. Cela effrayait beaucoup de monde parce qu'il était très cassant avec ceux qui obtenaient de mauvais résultats et que le classement était décroissant. Pendant la récréation, arrogant au possible, Romain a claironné que, lui, ça ne l'inquiétait pas. Lors des contrôles groupés, Mimouche s'était raté sur le dernier exercice de maths : il serait premier et son ami deuxième. À l'annonce de son nom, en premier, ils se regarderaient en souriant. Il n'y avait pas de compétition entre eux. Tout n'était que complicité.

Il n'a pas été présent quand, l'après-midi, le directeur a fait son laïus. Durant cette fameuse récréation du matin, après avoir fanfaronné, il s'est foulé le poignet en tombant dans la cour. Lui qui s'était promis de ne plus pleurer devant les autres, il n'a pas pu tenir sa résolution. La douleur n'était rien comparée à cette humiliation. À midi, sa mère l'a emmené aux urgences. Il n'est revenu à l'école qu'en fin d'après-midi, pour y récupérer ses affaires et la liste des devoirs à faire pour le lendemain. Sitôt la porte de la classe ouverte, sans tenir compte de l'institutrice, ni de sa mère qui l'accompagnait, Vincent a surgi de sa place comme un diable de sa boîte. Sous les regards médusés, il a traversé la salle en courant. Il s'est planté devant Romain, les yeux exorbités. Il a dressé son poing.

— C'est moi le premier ! T'entends ça ? Je t'ai battu, Bancilhon !

Et il est reparti s'asseoir, le plus lentement possible, fier de lui, toisant les autres élèves et ne répondant aux remontrances de l'institutrice que par un sourire suffisant. Romain n'a pas réagi. Sur le moment, il n'a même pas compris de quoi il s'agissait. Ce qui lui importait, c'était d'exhiber son bras en écharpe, ceint d'une bande blanche du meilleur effet, du moins à en juger par les têtes de ses camarades. Les résultats ne comptaient plus. Tout le monde s'est empressé de prendre de ses nouvelles, de se soucier de son bien-être et de l'aider à ranger son cartable. Ainsi, sans le vouloir, il est parvenu à gâcher le triomphe de Marcarié qui, lors des évaluations suivantes, n'a plus jamais fait mieux que lui.

Ils ne se sont recroisés que quelques années plus tard, au collège. Romain l'a tout d'abord ignoré. Mais, en quatrième, ils se sont retrouvés dans la même classe. À force de ne pas travailler et de faire l'imbécile, Romain a eu des ennuis avec plusieurs professeurs, à commencer par celle de physique-chimie qui l'a pris en grippe et n'a cessé de le houspiller, y compris quand il n'avait rien fait de mal. En tant qu'ancien de Saint-Joseph, Vincent lui a apporté son soutien. Un jour, il s'est levé et a pris la parole en plein cours, pour contester une punition qui venait injustement de lui échoir. Pour la première fois, Romain l'a trouvé sympathique.

Quand Julien a disparu, au mois de février de cette même année, il est devenu du jour au lendemain la brebis galeuse du collège. Il a eu l'impression d'être atteint d'une maladie grave et surtout très contagieuse. Vincent Marcarié a été le seul à venir lui parler, à lui demander comment il allait, s'il tenait le coup. Le genre de paroles qui tombent à point nommé. Des questions dont personne ne s'était soucié jusqu'à présent, y compris à la maison. Romain lui en a été si reconnaissant que les larmes lui sont montées aux yeux. En une phrase et moins d'une minute, ce garçon est devenu son ami.

Quelques semaines après cette épreuve, il y a eu une fête foraine à Marican. Ils s'y sont donné rendez-vous, en début d'après-midi. Vincent s'est étonné que les parents de Romain lui donnent l'autorisation de s'y rendre, à vélo de surcroît.

— Pourquoi ils n'auraient pas été d'accord ?

Il connaissait la réponse à sa question. Mais il voulait l'entendre de la bouche de son copain.

— Ils pourraient avoir peur qu'il t'arrive quelque chose. Plus qu'avant, je veux dire...

Ses parents, au contraire, l'encourageaient à reprendre une existence normale. Son père a recommencé à l'engueuler à cause de ses notes en chute libre, le menaçant de représailles si elles ne remontaient pas au dernier trimestre. Sa mère lui a répété tous les jours, du moins ceux où elle était apte à le faire, qu'il devait adopter des activités de son âge et cesser de rester seul dans sa chambre ou à courir derrière un ballon dans le jardin.

Ils ont claqué leur argent de poche en moins de deux heures dans les auto-tamponneuses et les tirs à la carabine. Puis, Vincent l'a invité à venir chez lui. Il l'avait déjà fait à plusieurs reprises et Romain trouvait inlassablement une excuse pour ne pas accepter. En fait, où qu'il aille, il était toujours pressé de revenir au Clos-Margot. L'extérieur de la Presqu'île n'était qu'une aventure ponctuelle. Or, cet après-midi-là, rentrer ne lui a rien dit. Alors, il a accepté de le suivre.

Les Marcarié habitaient dans un des lotissements construits près du stade et de la piscine municipale. Les rues y étaient toutes en arc de cercle, chacune d'elles portant le nom d'une fleur ou d'une plante. Chez eux, c'était l'allée des Lilas. En guise d'allée, il s'agissait plutôt d'une voie banale dotée de trottoirs démesurément larges, dénués d'arbres ou de n'importe quel type de végétation et bordées de maisons très sages dans leur conception.

Mme Marcarié l'a gentiment accueilli. Elle lui a serré la main, très souriante, et lui a dit avoir beaucoup entendu parler de lui. Elle s'est empressée d'ajouter que c'était déjà le cas depuis de nombreuses années. Son fils n'a pas caché sa fierté et son contentement.

Ils ont goûté dans la cuisine. Noémie, la petite sœur, est restée avachie dans le canapé du salon à regarder des dessins animés et n'a pas daigné lever les yeux de la télé. Puis Vincent lui a montré sa chambre. Elle était si minuscule qu'il était quasiment impossible de s'y mouvoir sans se cogner à quelque chose. Il a tenu à faire écouter à Romain ses albums de U2 ou d'AC/DC. Il a également insisté sur les trois grands posters à têtes de morts qui luisaient dans le noir. Il a voulu tout étaler, ravi de le prendre à témoin, craignant qu'il ne s'en aille avant qu'il ait eu le temps de tout lui montrer.

En fait, Romain est resté plus que de raison, tout en s'y ennuyant au plus haut point. Quand le père de Vincent est rentré de son travail, ils étaient tous les deux dans le garage, en train de jouer au ping-pong. Il avait largement dépassé l'heure qui lui avait été autorisée. Et il l'avait fait à dessein. Il a compris que les parents de Vincent étaient embarrassés de sa présence si tardive, alors qu'ils s'apprêtaient à se mettre à table. M. Marcarié lui a même proposé de le raccompagner en voiture. Une façon comme une autre de le mettre à la porte. Romain a donc enfourché son vélo et il a retraversé la ville dans l'autre sens, sans se presser.

Il a voulu que, chez lui, on s'inquiète. Qu'on panique. Il a voulu que ses parents imaginent le pire. Qu'ils croient avoir perdu un second fils. Il était plus de 20 heures quand il est revenu. Sa mère l'a fixé, interdite. Son visage était exsangue. Elle n'a pu dissimuler un sourire de soulagement, avant de le gifler de toutes ses forces. D'un geste, son père lui a ordonné de rejoindre sa chambre. Il l'y a suivi.

— Peux-tu t'expliquer ?

Il s'est tenu dans l'embrasure, les bras croisés, les jambes bien droites.

— Je n'ai pas vu le temps passer.

— Je suis allé jusqu'à la fête foraine et je ne t'y ai pas trouvé. Est-ce que tu as conscience qu'au moment où tu franchissais le portail, ta mère était au téléphone avec la police ? Alors, je te répète ma question : peux-tu t'expliquer ?

— J'ai raccompagné un copain.

Il a soupiré sans quitter Romain du regard. Celui-ci était cloué sur place.

— Quel copain ?

— Vincent Marcarié.

— Il n'a pas de parents, ce Vincent Marcarié ? N'y a-t-il personne chez lui pour considérer que l'heure à laquelle tu pars est indécente ?

Il a laissé le silence écraser son fils durant des secondes interminables.

— Chez nous, que ça te convienne ou pas, on respecte ses engagements. Et on dîne à l'heure. Ne t'attends pas à obtenir l'autorisation de raccompagner qui que ce soit lors des semaines à venir. Je vais mettre un cadenas à ton vélo. Je t'en donnerai la clé le jour où tu m'auras prouvé que tu le mérites.

— Je m'excuse.

Son père a corrigé, haussant le ton.

— S'il te plaît, Romain ! Tu ne t'excuses pas ! Tu implores ceux à qui tu as causé du tort de le faire, nuance.

— Excuse-moi, Papa.

Il a pincé les lèvres. Il l'a jaugé, des pieds à la tête, lentement. Il ne lui a jamais répondu.

Romain a été consigné dans sa chambre toute la soirée. Il a sorti ses cahiers de foot. Il a épluché l'historique de Wrexham. Il avait placé le club en sommeil depuis que le ciel leur était tombé sur la tête. La dernière saison avait pourtant été la plus glorieuse, avec une équipe du tonnerre. À ses anciens camarades de Saint-Joseph, pourtant tous perdus de vue, étaient venus s'ajouter des garçons du collège qu'il admirait en cachette. Mimouche demeurait le meneur de jeu et capitaine. Leurs destins restaient liés alors qu'il ignorait complètement ce qu'il était devenu.

Romain s'est demandé si, lors de la reprise du championnat, il allait intégrer Vincent à son effectif. Immédiatement, cela lui a paru impossible. Il aurait dû y déceler une alerte. Tout comme il aurait dû la déceler quand défier son père lui est apparu comme une expérience agréable.

Il l'a tout de même invité chez lui, un mercredi après-midi, après que sa punition a été levée. Mmc Marcarié l'a déposé en voiture, ne redémarrant qu'après s'être assurée qu'on ouvrait bien la porte à son fils. Vincent a fait preuve d'une politesse un brin exagérée, notamment vis-à-vis de la mère de Romain qui, bien entendu, y a été sensible et a félicité plus tard son fils de s'être fait un tel ami.

Le quartier, le jardin, la maison, la décoration, la chambre, tout a paru extraordinaire aux yeux de ce dernier. Il n'a eu de cesse de répéter que Romain avait de la chance. Il en avait les yeux qui brillaient. Il prenait garde à ne rien abîmer. Il a même lissé le dessus-de-lit après y avoir fait accidentellement tomber son blouson.

En dehors de l'école et des fêtes d'anniversaire, Romain n'avait jamais joué avec d'autres garçons de son âge. Du coup, il n'a pas su quoi faire de son invité. Ils sont restés assis sur la moquette. Ses disques étaient démodés par rapport à ceux de Vincent et rien ne luisait sur ses murs quand on éteignait la lumière. Mais son nouvel ami a été de bonne composition. Tout lui a convenu et il ne s'est pas défait de son sourire. Sauf au moment où ils sont passés devant le miroir de l'entrée. Il s'est figé et a affronté son reflet comme on le ferait pour un ennemi.

— Tu as vu comme je suis moche ? a-t-il lancé.

Romain a bredouillé qu'il n'était pas moche, que lui-même n'était pas terrible non plus. Vincent Marcarié n'a pas eu l'air convaincu par sa réponse. Il s'est écarté et n'en a plus reparlé, retrouvant immédiatement son allant.

L'épisode du miroir a néanmoins déclenché une vague de sincérité entre eux. Qu'il confie ses doutes a touché Romain. En retour, il lui a parlé de l'absence de Julien et de la chape de plomb qu'elle faisait peser sur sa famille. Il a cherché à lui prouver que les apparences étaient trompeuses. Sa maison était certes plus grande et plus belle que la sienne, mais elle respirait à peine.

— Je suis incapable d'entrer dans sa chambre. Rien que la porte entrouverte, ça me dérange.

— Tu voudrais bien me la montrer ?

Sa requête l'a stupéfié. Il en est resté coi. Il a été sur le point de refuser, trouvant cela indécent. Mais il ne l'a pas fait. La proposition l'a tenté. Il a acquiescé. Il a ouvert la porte de la chambre de Julien, restant en retrait, dans le couloir. Vincent a évalué la pièce, la parcourant du regard. Puis, sans que rien ne le laisse présager, il est entré. Il s'est approché des étagères, de la table de chevet, du lit et du grand bureau. Il a observé les posters et les objets disséminés. Romain était paralysé, incapable de dire quoi que ce soit, incapable de l'empêcher de commettre une telle profanation. Enfin, il s'est retourné vers lui.

— Tu vois, ce n'est pas difficile. En plus, elle est super cette chambre. Viens, Romain. Avance.

Il a recouvré l'usage de ses membres. Il s'est exécuté. Il l'a rejoint, attiré par quelque chose qu'il ne contrôlait pas. Il n'a levé les yeux vers tout ce qui les entourait que lorsqu'il s'est retrouvé à côté de Vincent.

— Ma petite sœur est une connasse. Si elle disparaissait, crois-moi, je ne la pleurerais pas. Mais ton frère avait l'air extra.

Son ton a changé, plus sombre, comme devant le miroir de l'entrée. Son sourire s'est à nouveau effacé. Quelques semaines plus tôt, si quelqu'un avait parlé de Julien au passé, Romain lui aurait sauté à la gorge. Là, il a trouvé que c'était approprié. Vincent a dit et a fait ce qu'il devait dire et faire.

— S'il était aussi prodigieux que tu le dis, il ne nous aurait pas plongés dans cette merde.

Sa voix a résonné. Il ne l'a pas reconnue.

— Tu crois qu'il est mort ?

Il a haussé les épaules. Vincent lui a renvoyé un visage compatissant.

— Ne pas savoir, c'est quand même horrible, non ? On doit s'imaginer le pire.

Les gendarmes sonnent chez Romain en milieu de matinée. Ils lui présentent un mandat de perquisition ainsi qu'un questionnaire à remplir concernant son emploi du temps le jour de la disparition d'Anna. Un officier lui explique ce qu'ils vont faire et pourquoi ils le font. Six hommes ratissent la maison, pièce par pièce. Ils ouvrent tous les tiroirs et tous les placards. Ils rampent sous les combles. Ils fouillent sa voiture et celle de son père. Ils descendent à la cave. Ils lui demandent d'allumer les ordinateurs. Un d'eux se lance dans l'auscultation des historiques et des disques durs. Ils inondent la salle de bains et la cuisine d'une lumière bleue censée révéler des traces de sang lessivées. Ce cirque dure près de deux heures, jardin compris.

Hélène reste jusqu'à ce qu'ils aient fini. Elle entend les questions qui sont posées, où il est à nouveau question des occupations de Romain la veille et lors des derniers jours ; de l'épisode de la chute d'Anna du muret ; des raisons de son retour à Marican ; de sa situation professionnelle. Ainsi que de ce qui a été découvert au sous-sol.

Quand c'est terminé, l'officier qui dirige les opérations le prie de rester à la disposition des enquêteurs et de ne pas quitter la ville sans autorisation de leur part. Romain demande s'il est suspecté. Le gendarme lui rétorque que tout le monde l'est, jusqu'à preuve du contraire. Qu'il faut aller vite, les premières quarante-huit heures étant vitales dans ce genre de disparition. Il demande si une autre battue est prévue dans la montagne. Réponse : tout ce qui permettra de retrouver Anna saine et sauve sera mis en œuvre.

Le calme revient. Hélène est si furieuse qu'elle est obligée de s'asseoir tant ses jambes tremblent. Elle ne cesse de répéter :

— C'est scandaleux ! Ils n'ont pas à vous traiter ainsi. Et vous, vous ne vous défendez même pas !

— De quoi voulez-vous que je me défende ? Ils font seulement leur travail.

— Vous n'avez pas remarqué la façon dont ils vous regardent, celle avec laquelle ils vous parlent ?

L'après-midi, terré chez lui, Romain relit ses textes, ceux qui évoquent le Berserk et la malédiction du village de Roche-Percée. Dans un tel contexte, ce qu'il y retrouve le trouble. Il tente de se rappeler comment Julien a amené ces deux histoires. Puis, à force de se triturer les méninges, il finit par suspecter quelqu'un d'être entré ici en son absence et d'avoir lu ses écrits pour ensuite les retourner contre lui. Ce quelqu'un ne peut être que Vincent. Pour autant, il ne songe pas à détruire ses carnets ou son manuscrit avant qu'ils ne tombent sous des yeux inquisiteurs. Pas une seule seconde, malgré les conséquences que cela peut avoir.

Il sort prendre l'air, espérant que Mme Tessier sera de l'autre côté de la haie. Elle n'y est malheureusement pas. Aussi, il fait les cent pas autour de la maison. Le Clos-Margot bruisse en continu. Ça fait penser à des machines de chantier qui s'avancent au ralenti pour tout écraser et tout déblayer. Le froid est moins intense. La fin de sa tyrannie est marquée par un épais brouillard qui masque une grande partie des monts d'Aurelle et dévale vers le quartier. Pourtant, Romain continue de grelotter.

Il croit que sa voisine l'évite, à déroger ainsi à ses habitudes. C'est mal la connaître. Alors qu'il s'apprête à rentrer, déçu de ne pas avoir pu échanger avec elle, sa voix traverse leur clôture. Il n'a jamais été si heureux de l'entendre.

— Les gendarmes sont venus chez moi tout à l'heure. J'ai beau comprendre ce qu'ils font, j'avoue que ça m'a fortement indisposée.

— Vous pensez vraiment que quelqu'un du quartier aurait pu s'en prendre à la petite ?

— Délibérément ? Je ne le crois pas. Accidentellement, c'est autre chose.

— S'il y avait eu un accident, une voiture qui aurait glissé par exemple, quelqu'un l'aurait entendu.

— En es-tu certain, mon garçon ? Cela fait plus de six mois que cette enfant vit quasiment en face de chez moi une semaine sur deux, et j'ignorais jusqu'à son existence... Savais-tu qu'au départ, il n'était pas censé y avoir des séparations entre les parcelles ? Il faut croire que les grillages, les murs et les portails nous ont rendus sourds et aveugles...

Elle est plus agitée que d'habitude. Ses phrases sont désordonnées. Elles peinent à faire leur nid.

— Ils ne l'avoueront pas, mais ils la pensent morte. Ce que son pseudo-agresseur n'a peut-être pas fait, la nuit glaciale s'en est chargée. Désormais, ils ne cherchent plus une enfant vivante mais une explication.

Elle marque un temps. Le temps de s'approprier des mots ressurgis du passé qui lui brisent la voix.

— Parce que ne pas savoir ce qu'elle est devenue serait pire que tout.

Jeudi 30 janvier

Vincent Marcarié me répond. Sa lettre est brève et polie. Il me remercie de l'intérêt que je porte aux tristes événements qui ont touché sa famille. Néanmoins, il refuse d'échanger avec moi.

Il ne se passe pas deux jours avant qu'une énorme voiture grise se gare à côté de la mienne tandis que je nage. Le parking est suffisamment vaste et désert pour qu'elle ne soit pas obligée de se coller à mon rétroviseur. Personne n'en sort.

Je finis mes allers-retours comme si de rien n'était, mais le cœur, la tête et les jambes n'adhèrent plus. Je reviens vers la plage et, plus haut, ça ne bouge toujours pas. Il me semble distinguer deux silhouettes à l'avant.

Je quitte ma combinaison, je ne déroge pas au rituel de l'enroulement dans la serviette et des longues minutes à contempler l'horizon. Je me rhabille sans me presser puis, en singeant les dures à cuire, je remonte vers le parking. Je sais que, cette fois, nous y sommes.

Les portières s'ouvrent de concert. Avec une coordination quasi parfaite, Madeleine et Monsieur giclent du luxueux habitacle. Je prends vraiment sur moi pour ne pas me liquéfier. Elle pointe un doigt dans ma direction, furieuse. L'autre joue les utilités.

— Je vous aurais crue meilleure perdante, madame Kuryani. Que vous ayez au moins une qualité à laquelle vous raccrocher.

— Qu'ai-je donc perdu ?

— La face, il me semble, pour commencer. Sachez que monsieur Marcarié m'a réservé l'exclusivité de son témoignage. Et qu'il a agi en homme loyal et droit en me prévenant du courrier que vous lui avez adressé. Vous incliner aurait été préférable. C'est ce que font les gens d'honneur.

— Qu'est-ce que vous en savez ?

Je suis satisfaite de ma réplique. J'y associe des gestes d'agacement, comme quand je claque mon coffre plus fort que de raison après y avoir rangé mes affaires. Ça lui coupe le sifflet. Deuxième lame du rasoir *made in* Charlotte.

— Après l'atelier d'écriture et le cinéma, est-ce que vous comptez envahir tous les endroits où je me rends ? Vous pourriez vous contenter d'écrire, comme la fois d'avant.

— Ne vous inquiétez pas, ma chère. Moins je vous vois, mieux je me porte.

— C'est sans doute pour cela que vous m'avez suivie jusqu'ici.

— Jamais vous ne renoncez à cette arrogance ? Cela doit être épuisant. Vous suivre ? Ne vous donnez pas l'importance que vous n'avez pas.

— Disons que vous m'avez trouvée par hasard.

— Je sais depuis longtemps ce que vous faites, ma chère. Et ce que vous préparez pour sauver la forteresse William-Xavier Mizen.

Madeleine me jauge en mimant une grimace de dégoût.

— Pourtant, je ne pensais pas que vous vous abaisseriez à vous venger de la sorte.

Elle lève un petit sac plastique aux anses nouées, le tenant du bout des doigts.

— Il a dû vous en falloir du temps pour ramasser ces excréments. Je vous rends ceux qui ont échappé au nettoyage de notre voiture. Notez que j'ai la correction de ne pas salir la vôtre.

Elle dépose délicatement son paquet sur mon toit.

— Vous m'empêchez de passer.

Elle se fige dans son sourire débile qui lui donne un visage digne de ces gouvernantes cinglées qu'on trouve dans les romans gothiques.

— Je crois, madame Kuryani, que vous venez de parfaitement résumer mes intentions.

Elle s'assoit sur son siège avec la lenteur écœurante d'un mollusque. Monsieur rate le début de la chorégraphie. Il est en retard pour fermer sa portière. Puis il a du mal à enclencher la marche arrière, obligé de s'y reprendre à plusieurs fois, achevant de gâcher la sortie de scène de son épouse.

Le sac plastique contient des crottes de chien à moitié sèches. Je devrais en rire. Au lieu de ça, la colère ramollit mes jambes et me fait monter les larmes aux yeux. Pour une dure à cuire, je me pose là.

10

Les marges

L'intrusion dans la chambre de Julien n'était que le premier épisode du changement d'attitude de Vincent. Petit à petit, quand il venait chez les Bancilhon, il se montrait moins respectueux, plus brusque dans ses gestes et ses paroles, plus critique même si le quartier le séduisait toujours autant. Il répétait que cet endroit était génial, néanmoins Romain avait l'impression qu'il cherchait à le salir, à en révéler tous les mauvais côtés. Et, au lieu de l'en empêcher, il se dépêchait d'être son complice.

La chaleur de l'été les a poussés hors de la chambre. Ainsi, un après-midi de grandes vacances, ils se sont approchés de l'usine de Cassefière. Cette carcasse à moitié délabrée fascinait Vincent. Davantage encore après avoir entendu l'histoire de l'incendie. Romain ignorait ce qu'il pensait trouver à l'intérieur, mais il voulait absolument entrer.

Ils ont escaladé l'un des murs de la partie détruite. Ils se sont laissés retomber de l'autre côté, dans ce qui ressemblait à une grande cour mangée par les mauvaises herbes. Devant eux se dressait le bâtiment épargné par les flammes. Les ouvertures du rez-de-chaussée avaient été condamnées par des planches alors que, côté rue, elles étaient murées. Les immenses fenêtres de l'étage étaient encore dotées de leurs vitres, noires de crasse et de vieilles toiles d'araignées.

— Pourquoi ils l'ont pas rasée ?

Romain a répondu ce qu'il avait toujours entendu dire, que ça coûterait trop cher mais aussi qu'on ne désespérait pas de voir un nouveau projet renaître des cendres de cette bâtisse autrefois imposante. Vincent a observé la façade, tentant de trouver parmi les planches une moins bien arrimée que les autres. Déçu, il s'est reculé, tête levée. Il a ramassé plusieurs pierres qu'il a fait jouer dans sa main.

— Tu as déjà pété un carreau ?

La tête apeurée de Romain l'a fait rire.

— Qui est-ce que ça va gêner, ici ? C'est l'occasion, non ? Allez, mon pote, à toi l'honneur.

Il lui a tendu le plus gros de ses cailloux. Romain ne voulait pas se dégonfler. Il l'a lancé de toutes ses forces en direction d'une des vitres. Il a piteusement raté son coup, le projectile rebondissant contre le mur, loin de son objectif. Vincent a pris le relais. Son lancer a été plus rageur. Il l'a même accompagné d'un cri de guerre. Sa pierre a touché un carreau, dans un angle. Le verre n'a pas cassé, se striant en diagonale.

Ils ont persévéré. Au fur et à mesure, débarrassé de ses premières réticences, Romain y est allé franco. Néanmoins, à chaque fois qu'ils visaient juste, les fenêtres n'étaient qu'étoilées ou fendues par l'impact. Aucune ne s'est brisée. Vincent a jugé le jeu moins amusant qu'il ne l'avait cru. Serrant les mâchoires, il a toisé l'édifice avec colère, n'acceptant pas que celui-ci leur résiste.

Il s'est approché à nouveau des portes occultées. Il a déniché un épais morceau de ferraille rouillé. Il s'est attaqué aux bardeaux, cherchant à les arracher en faisant levier. Comme il ne parvenait pas à ses fins, Vincent a balancé son outil de fortune et a défoncé l'une des planches à coups de pied, prenant son élan et frappant avec une force insoupçonnée. Après plusieurs ruades, le bois a craqué puis s'est cassé. Vincent a arraché le morceau le plus bas. Il a passé sa jambe par l'orifice. Il s'est retourné, fier de son œuvre, en sueur, le visage cramoisi.

— Viens ! On va voir ce qu'elle a dans le ventre, ton usine.

Il s'est glissé à l'intérieur. Romain n'en menait pas large. Il avait toujours entendu ses parents râler à cause de cette ruine parce que, en dehors de sa laideur, la structure fragilisée ne manquerait pas, selon eux, de s'écrouler sans prévenir et de blesser quelqu'un, voire pire.

Il a ainsi pénétré en un lieu qui menaçait de l'écraser à tout instant. Vincent l'a attendu. Il avait retrouvé son calme et son souffle. Ça empestait le cambouis et la suie humide. Tout en était noirci : le sol, les murs, les établis. Leurs pas résonnaient lugubrement, faisant crisser les dépôts accumulés par terre. Il y avait une forge au centre de l'espace, dotée d'un conduit de cheminée gigantesque. Vincent a déniché une enclume qu'il a tenté de soulever en vain. Déçu, il s'est rabattu sur un pique-feu qu'il agitait comme un trésor. Il l'a tenu serré dans sa main tout au long de leur expédition.

Ils n'ont rien trouvé d'intéressant dans l'ancien atelier. Une fois à l'étage, ç'a été pire. Alors, Vincent s'est vengé sur les fenêtres. Il en a fait exploser toutes les vitres accessibles, une par une, à l'aide de sa barre de fer. Dans chaque encadrement, il n'a laissé que des tessons en évidence, pour que l'impact soit bien visible. Cette fois, Romain a refusé de l'imiter. De toute manière, il ne le lui a pas proposé, ne comptant surtout pas lui prêter son pique-feu. Son œuvre achevée, il a pris la mesure des dégâts avant de décréter que l'endroit était nul et pourri.

Romain s'est senti crasseux plusieurs jours durant et il lui a fallu du temps pour se défaire de l'odeur qu'il avait dans le nez au réveil. Apercevoir les fenêtres abîmées de Cassefière lui faisait parfois honte. Mais le plus souvent, lors des mois qui suivirent, il était reconnaissant d'avoir participé à leur saccage.

Un autre jour, ils ont descendu la rivière, l'abordant au bout du Pré-du-Gué et la longeant jusqu'au premier pont. Elle était moribonde, vaincue par les fortes chaleurs. La berge restait malgré tout boueuse, jonchée de morceaux de bois avariés. Vincent avait apporté un sac de pétards. Les détonations rythmaient leur périple, résonnant contre les parois du ravin. En approchant du pont, en contrebas des vieilles maisons, l'Aurelle prenait des allures d'égout à ciel ouvert. Les eaux usées s'y déversaient directement par des tuyaux crasseux qui dépassaient des murs de soutènement. Il y avait aussi des détritus que le courant n'avait plus la force d'emporter. Ils sont même tombés sur le cadavre à moitié décomposé d'un chat roux. Les rats détalaient devant eux et Vincent espérait en tuer un avec ses explosifs de pacotille. Il en attachait plusieurs ensemble, allumait toutes les mèches à la fois et balançait le tout comme une grenade. Le bruit était impressionnant, à l'inverse des dégâts occasionnés.

Un vieil homme est bientôt apparu sur la rive, alerté par le boucan. Il leur a crié dessus, les a traités de merdeux, de jean-foutre, de voyous, leur a promis une raclée s'ils ne déguerpissaient pas. Vincent l'a dévisagé. Il a amorcé le plus gros de ses pétards et l'a jeté dans la direction du grand-père. Après la détonation qui a fait reculer le vieil homme, il lui a adressé un doigt d'honneur et a gueulé qu'il n'était qu'un vieux débris doublé d'un pédéraste. Il a juré qu'il allait lui flanquer une branlée et foutre le feu à son putain de taudis. L'autre a fait demi-tour. Il s'est empressé de retourner chez lui. Par peur d'eux ou pour appeler les flics. Dès qu'il a disparu, craignant qu'il ne s'agisse plutôt de la seconde hypothèse, ils ont préféré décamper. Ils ne se sont arrêtés de courir que lorsque la distance entre le pont et eux a été suffisante. Vincent se marrait. Romain s'est forcé à l'imiter, mais le cœur n'y était pas.

Ce soir-là, pour la première fois, il était invité à dormir allée des Lilas. Noémie, du haut de ses onze ans, serinait à tout bout de champ qu'elle ne voulait pas de lui chez elle et qu'elle était pressée qu'il reparte. Elle ressemblait tout à fait à la peste que son frère décrivait. Après dîner, elle a confié aux deux garçons que, le lendemain, elle organisait une petite fête avec ses copines du quartier. Romain, en geste de paix, a eu le tort de lui demander ce qu'elles fêtaient et elle lui a rétorqué avec un grand sourire :

— Que tu débarrasses le plancher, tête de nœud !

Le père de Vincent parlait beaucoup, la plupart du temps pour ne rien dire. Il n'appréciait guère la contradiction. Il lançait ses sentences et faisait bien comprendre qu'elles étaient incontestables. Il était rugueux et autoritaire. Il parlait mal à sa femme. Il effrayait son fils, qui rentrait les épaules dès qu'ils se trouvaient dans la même pièce. Seule sa fille n'était pas impressionnée, se comportant comme s'il était inoffensif, seulement capable d'émettre un bruit auquel elle s'était accoutumée.

La mère était plus discrète. Si elle s'effaçait quand son mari était à la maison, elle se montrait très aimable et souriante dès qu'il s'absentait. Par moments, Romain trouvait qu'elle faisait plus jeune qu'une mère de famille, malgré les grosses lunettes qui lui mangeaient une partie du visage. Mais, l'instant d'après, le contre-jour rendait sa maigreur inquiétante et creusait des rides profondes autour de ses yeux et de sa bouche. Elle portait toujours un petit tablier en dentelle par-dessus ses robes. Elle ne semblait l'enlever que pour dormir. Cela ne suffisait pas à faire d'elle une cuisinière hors pair. Pour son premier repas chez les Marcarié, Romain a eu droit à du jambon blanc noyé dans de la sauce madère lyophilisée et des pommes noisettes surgelées, si dures qu'il n'est pas parvenu à les percer de sa fourchette et en a été quitte pour les faire rouler dans son assiette jusqu'à ce qu'elles soient piégées.

Ils ont dormi fenêtre grande ouverte parce que la chaleur était insupportable. On entendait les gens du quartier qui traînaient dehors. Le bruit des conversations ne s'arrêtait pas. Romain se souvient du rire insupportable d'une femme qu'il a imaginée grosse et décolorée.

Il n'était pas bien. Le mal au ventre et les suées n'ont été qu'un prologue avant une nausée de plus en plus prégnante. Il a attendu que la maison soit silencieuse, que Vincent dorme, pour s'enfermer dans les toilettes. Agenouillé devant la cuvette, il a passé la nuit à vomir, redoutant que quelqu'un s'en aperçoive. Il a envisagé de s'enfuir. De prendre ses affaires, de sauter par la fenêtre et de rentrer chez lui, à pied. Si le repas et les sucreries de l'après-midi avaient eu raison de son estomac pour une crise de foie carabinée, sur le moment il a plutôt songé à la rivière. Il pensait s'y être empoisonné. Et, d'une certaine manière, il n'avait pas tort.

Vers la fin des vacances, suivant la même logique, les deux copains se sont aventurés dans les Venelles. Romain n'aurait jamais dû parler à Vincent de la réputation des familles qui y vivaient. Du coup, par bravade, celui-ci a souhaité s'y confronter. Il a décrit ça comme une expédition dans des contrées sauvages, à la rencontre de peuples hostiles qu'il fallait mater.

Les adolescents qui terrifiaient Romain quand il était plus jeune n'étaient plus ici. À l'époque, ils formaient régulièrement une grappe accrochée à l'entrée du labyrinthe inquiétant, côté rue de Courcy. En revenant de l'école, c'était sa hantise, même s'il passait sur le trottoir d'en face. Sa peur était trop visible. Les autres s'en délectaient, l'attisant par leurs regards insistants ou le hélant. Il baissait les yeux, il ne répondait pas et il accélérait le pas. Cela les faisait rire. Il les pensait capables de toutes les violences. Il n'en a pourtant jamais été témoin. Un soir où, répondant à leurs moqueries, il leur avait tiré la langue avant de déguerpir à toutes jambes, agrippant les bretelles de son cartable comme si celui-ci était un bouclier couvrant ses arrières, aucun d'eux ne l'avait poursuivi. Ils n'avaient même pas haussé le ton et avaient repris leur conversation sans en tenir compte.

En parcourant le petit dédale entre les maisons et les jardins, Vincent et lui sont tombés sur un garçon, qui avait à peu près le même âge qu'eux. Il jouait dans une courette avec quatre filles dont une était nettement plus vieille. Le petit groupe les a regardés approcher avec méfiance. Mais la conversation s'est assez vite nouée. Les plus petites avaient les genoux croûtés et portaient des robes si sales qu'on ne distinguait plus leur couleur d'origine. La grande avait les dents en avant et ricanait bêtement en ramenant les bras sur sa poitrine volumineuse. Il faut dire que le garçon n'arrêtait pas de la peloter. Elle ne s'écartait pas, se contentant de se contorsionner et de rire.

Vincent, qui au collège ne ripostait jamais à aucune provocation, a pris de l'assurance face au garçon. Ils se sont envoyé quelques piques et il n'a battu en retraite devant aucune, renchérissant même par ses répliques. Il était question de bagarres de rue, de gestes qu'on n'a pas le droit d'utiliser quand on se flanque des peignées. Le garçon a pris Romain à témoin.

— Si ton pote et moi, on se battait, lequel gagnerait à ton avis ?

Il a répondu que ce serait Vincent alors qu'il n'y croyait pas une seconde.

— Pourquoi tu dis ça ? Il est plus petit que moi et je suis certain qu'il n'a jamais mis de raclée à personne.

— Parce que c'est mon ami. Et que je crois en mes amis.

Finalement, ils ne se sont pas battus. Ils ont même eu l'air de très bien s'entendre. Quand la grande gigasse est repartie chez elle, le garçon a claironné qu'un jour, très bientôt, il se la ferait. Il lui touchait déjà les seins et le cul. Il voulait la convaincre de lui laisser passer ses mains sous les vêtements et, ensuite, de la sauter. Les petites écoutaient, mais il s'en fichait.

— Elle se laissera pas faire, a rétorqué l'une d'elle. Elle a un mec de toute manière.

— Elle a un mec parce qu'il a une bagnole. C'est tout. Moi, j'ai une grosse bite, c'est mieux.

La fillette a haussé les épaules.

— Ça ne veut pas dire que tu sais t'en servir. À part pour pisser au lit.

— Ta gueule, poufiasse ! Je cause pas avec une psychopathe.

Il s'est justifié en racontant que, quelques années plus tôt, elle avait jeté sa petite sœur par la fenêtre quand celle-ci n'était âgée que de quelques mois. Elle s'en était tirée par miracle, avec les deux bras fracturés.

— Et après ça, elle ose ramener sa fraise.

La gamine n'a pas renoncé pour autant à le chercher.

— Lui, il a treize ans et il porte des couches depuis qu'il est né. Sans ça, il ne se réveillerait jamais dans des draps secs. On le surnomme Pissaragne.

— Putain ! Tu racontes vraiment n'importe quoi. S'il y en a une qui pue la pisse, c'est bien toi. C'est ce qui m'empêche de te fourrer dans la bouche de quoi t'empêcher de parler.

Vincent semblait apprécier la joute. Il ne cessait de sourire.

Les trois garçons se sont finalement éloignés des petites. Ils ont un peu traîné sans jamais sortir du labyrinthe. Le garçon leur a expliqué que, pour savoir si on était prêt à baiser des filles, il fallait se branler. Vincent paraissait déjà au courant.

— Si ça gicle, vous êtes bon pour le service. Comme moi.

Il est resté en boucle sur ses histoires de baise, de queues démesurées et de chattes, se vantant de l'avoir déjà fait plusieurs fois.

Après cet après-midi-là, ils ne sont plus jamais retournés dans les Venelles. Comme pour l'usine, Vincent trouvait que, finalement, ça n'en valait pas la peine.

Romain a fumé en cachette durant ces vacances. Il a volé des briquets et des bonbons au buraliste qui le saluait gentiment tous les jours quand il était à Saint-Joseph et qu'il passait matin et soir devant sa boutique. Il a bu de la bière tiède planqué dans la cour de Cassefière en feuilletant des revues de cul qu'ils se mettaient au défi d'acheter dans les différents points presse de la ville. Il a connu sa première éjaculation, un soir, à mettre en pratique ce que le garçon des Venelles avait dit.

Voilà à quoi a ressemblé le premier été sans son frère. Il a exploré les confins de son monde. Il s'est risqué dans les marges. Il en est revenu contaminé. Ses occupations passées lui sont apparues vaines. À l'exception de Wrexham.

Cette équipe et ces joueurs étaient des compagnons infaillibles. Ils méritaient d'échapper à son entreprise de démolition et le lui rendaient bien, demeurant l'un des rares repères à émerger encore de la grisaille dans laquelle il s'embourbait un peu plus tous les jours, l'un des derniers endroits où il se sentait indispensable.

Il avait écrit le nom de son équipe fictive sur son agenda et sur sa trousse. Par accident, quelques jours avant la rentrée, Vincent est tombé dessus et lui a demandé ce qu'il signifiait. Romain a vaguement expliqué qu'il s'agissait seulement du nom d'un club de foot gallois.

— Gallois ? Quel intérêt ? C'est pour faire le malin au collège ou quoi ?

Il n'a pas cherché à le convaincre du contraire. Mais, pour ses cahiers et ses classeurs, il a préféré davantage cacher son jeu, se contentant de ne garder que trois lettres : WXM. Il pouvait les lire toute la journée et s'y raccrocher, n'ignorant cependant pas qu'elles désignaient également la guerre qu'il avait déclarée quelques années plus tôt à Julien et à tout ce qu'il lui avait légué. Par le plus pur des hasards, en faisant tomber un cahier, il a découvert qu'elles se lisaient exactement de la même manière la tête en bas. Cela n'a fait qu'accroître sa dépendance.

Vincent n'a dormi au Clos-Margot qu'une seule fois, quelques semaines après la rentrée en troisième. À la maison, l'ambiance était si pesante que Romain était content de passer ses journées au collège. Ses notes remontaient. Il était redevenu transparent aux yeux de ses semblables. Mais il appréhendait les vacances de Toussaint. Aussi, au tout début de celles-ci, il a invité son copain.

Ses parents venaient d'acheter un magnétoscope, histoire de compenser la dérive qu'ils imposaient à leur fils. Il a eu le droit de louer une cassette. Il a choisi *Les Dents de la mer* qu'il n'avait jamais vu. Les récits que lui en avait faits Julien étaient effrayants. Durant le film, sa mère n'a cessé de passer et de repasser dans leurs dos, pour n'aller nulle part et en revenir.

Romain lui a proposé de regarder le film avec eux, mais elle a affirmé ne pas être intéressée. Vincent était allongé de tout son long dans le canapé. Le seul fauteuil libre était le plus inconfortable. Il n'a pas bougé d'un pouce.

Tant qu'ils ont été dans le salon, il n'a rien dit. En revanche, une fois dans la chambre, il a regretté que Romain n'ait pas loué un porno en cachette. Ou au moins un film avec des scènes de cul. À défaut, *Rambo* l'aurait davantage botté que ce foutu requin.

Ils ont fumé un faux havane, assis sur le rebord de la fenêtre, les jambes pendantes à l'extérieur. Romain ne se souvient plus comment c'est arrivé, mais il a été question des *Poissons rouges*. Le bouquin devait traîner sur sa table de chevet ou sur son bureau. Vincent l'a vu. Il n'en revenait pas qu'on puisse lire une pièce de théâtre pour son plaisir, sans que ce soit imposé par un prof de français. « Plaisir » était un bien grand mot, Romain n'en ayant pris aucun. Le texte lui avait échappé. Il avait cherché ce qui avait autant pu plaire à Julien sans être capable de le trouver. Étant donné qu'il n'avait pas compris grand-chose, il a seulement résumé l'histoire aux différentes étapes de la vie d'un homme, depuis son enfance. Cela n'a pas convaincu Vincent, qui s'appliquait à lancer des ronds de fumée à la face de la nuit. Il a ricané, rétorquant que ça avait l'air d'être une sacrée merde, que Romain ne devait pas se laisser embringuer dans des trucs de ce genre, juste pour faire comme son frère. Romain n'a rien eu à lui répondre. Néanmoins, il s'est vexé et a défendu sa position, admettant qu'un passage l'avait beaucoup marqué. Le héros a un ami d'enfance qui ne cesse de reluquer la poitrine de sa mère. Il en parle tout le temps, une véritable obsession. Adulte, après qu'elle est morte d'un cancer du sein, il avoue avoir couché avec elle quand il était adolescent.

Vincent a écouté. Il a cessé de balancer ses jambes. Il a contemplé le bout rougi du cigare, comme s'il tentait d'y débusquer des détails cachés.

— Baiser la mère de son pote ! Putain, y'a de ces tarés, je te jure !

Romain a voulu se la jouer moins prude.

— La plus tarée, selon moi, c'était elle. Elle a accepté…

Ils ont planqué le mégot du havane dans la gouttière. Ils ont parlé tard, changeant de sujet. Mais, dès qu'ils ont éteint, Vincent est revenu sur cette histoire. Il assurait savoir où trouver des femmes du même genre que celle de la pièce de théâtre. Près de la gare des cars. Dans les toilettes publiques. Si le côté des hommes était un repère à pédés, le côté des femmes était, paraît-il, un vrai nid à salopes.

Dès le lendemain, ils s'y sont rendus. Ils ont rangé leurs vélos dans un coin et sont descendus dans les W.-C. des femmes. Vincent n'avait pas menti. Des messages étaient écrits au marqueur sur les portes et les murs des trois cabines. Des rendez-vous pour des pipes ou des parties de baise, parfois entre femmes. Des propositions d'exhibition et d'échangisme. Il y avait des réponses accompagnées de numéros de téléphone.

Ils sont remontés et se sont assis à l'écart, avec vue sur l'entrée.

— Tu devrais aller voir chez les mecs. Il y a peut-être un message de ton frère.

Romain a traité Vincent de salaud. Il se serait bien levé, prêt à le planter là, mais ce qui se passait dans ce souterrain empestant la pisse et la merde l'a retenu.

— Allez, quoi, c'est pour déconner.

Une voiture s'est rangée le long du trottoir désert. Une femme d'un certain âge en est sortie. Elle est descendue aux toilettes. Ils ont alors surgi de leur observatoire. Ils se sont planqués du côté des hommes.

Romain a fait la courte échelle à Vincent afin qu'il regarde par-dessus le mur de séparation. Ça n'a duré que le temps qu'il puisse supporter son poids. Ils ont déguerpi avant qu'elle ne ressorte, retrouvant leur cachette. En passant devant la voiture arrêtée, Romain a remarqué un petit garçon assis à l'arrière, vraiment petit, la tête fatiguée, une peluche serrée dans ses bras.

Vincent jurait sur sa propre tête que la femme s'était mise à poil et qu'assise sur la cuvette, elle avait écrit sur la porte pendant qu'elle se touchait de l'autre main. Ils l'ont vue remonter, reprendre place dans sa voiture et repartir.

— C'est con qu'elle soit aussi grosse et moche. J'y aurais bien répondu, moi, à cette vieille salope.

Ça n'a fait aucun effet à Romain. Il pensait au petit garçon. Il était engourdi, ses oreilles bourdonnaient. Il avait envie de vomir. Il voulait s'éloigner de cet endroit le plus vite possible et ne jamais y revenir.

Quelques jours plus tard, Vincent lui a rendu son invitation à dormir. Il manigançait un truc, Romain l'a compris tout de suite en arrivant chez lui. Ce qui était loin de le rassurer, surtout quand il a appris qu'une surprise était prévue pour le soir, quand tout le monde serait couché, et que ce serait bien mieux que de fumer un cigare. Il a redouté que Vincent ait répondu à la femme des W.-C. et qu'il l'emmène la voir.

Ils jouaient mollement au ping-pong dans le garage quand Noémie est descendue, bien décidée à les embêter. Elle s'est moquée d'eux, de leur façon de traîner toujours tous les deux et, au passage, a encore traité Romain de tête de nœud. Vincent, qui d'ordinaire n'y faisait plus attention, en a jeté sa raquette et s'est précipité sur elle, la colère imprimée sur le visage. Il donnait l'impression de vouloir la frapper. Elle n'a pas eu peur et n'a même pas esquissé un geste de recul. Son frère ne s'est arrêté qu'à quelques centimètres. Il ne lui a asséné aucun coup, son poing retombant aussi vite qu'il s'était dressé. Elle le toisait d'un sourire narquois. Alors, il l'a enserrée de ses deux bras, l'a soulevée comme une plume et l'a portée jusqu'à Romain.

— Tu vas faire des excuses à mon pote. Tout de suite !

Elle a tenté de se débattre, en vain. Elle vociférait.

— Tu peux toujours rêver, pauvre gland.

— Excuse-toi ou je montre à Romain ce que tu caches sous tes fringues.

Elle a cessé de gigoter en un souffle. Elle s'est excusée, d'une voix exagérément enfantine.

— Tu sais pourquoi elle te traite comme ça ? Parce que tu lui plais.

— N'importe quoi ! Vous êtes aussi moches l'un que l'autre. Ça me dégoûte rien que d'y penser.

Vincent s'était radouci. Il a reposé Noémie et s'est écarté d'elle. Elle a rajusté son pull et les a dévisagés, avec toute l'insolence dont elle était capable.

— Disparais, petite pute !

— Je suis chez moi. Je vais où je veux et quand je veux.

Vincent s'est tourné vers Romain. Il a joué le gars dépité en exagérant ses soupirs et le haussement de ses épaules. La situation semblait l'amuser et semblait également amuser sa sœur. Des trois, Romain était le seul à avoir envie de s'enterrer six pieds sous terre, sentant que les choses allaient dégénérer. Surtout que l'image d'eux deux en train de déshabiller Noémie faisait son chemin dans son esprit pour aboutir entre ses cuisses.

— Et puis, observer deux pédés ensemble, ça m'instruit.

Vincent a éclaté de rire. Il a fait mine de vouloir étrangler sa sœur. Elle a gloussé, lui reprochant de la chatouiller, rentrant le cou. Puis, sans crier gare, il est passé derrière elle et a saisi à pleines mains les deux bosses qui pointaient sous le pull.

— Elle la ramène parce qu'elle commence à avoir des nichons...

Noémie a gloussé de plus belle. Elle a protesté, tout en riant.

Vincent ne s'est pas interrompu là. Après avoir palpé les petits seins, une de ses mains a glissé jusqu'à l'entrejambe de sa sœur. Il l'a énergiquement frottée, à travers le jean.

— Tu crois qu'un pédé ça fait ça ?

Noémie riait.

— Tu préfères que ce soit Romain qui te la touche ?

À ce moment-là, elle a eu un geste d'humeur. Elle a retrouvé la vitalité suffisante pour écarter son frère sans ménagement. Cependant, elle fixait Romain et, dans ses yeux, il y avait encore de l'amusement. Ce dernier était tétanisé.

— Si tu te barres pas, on va te montrer tous les deux si on est des pédés.

Elle s'est esclaffée.

— Franchement, vous faites pitié.

Le plus tranquillement du monde, elle est passée devant eux en se dandinant. Elle a rejoint l'escalier sans se presser, s'arrêtant presque à chaque marche tout en chantonnant : « Bancilhon est une tête de nœud. »

— Tu comprends maintenant ce que je dois subir à longueur de journée avec cette poufiasse... Elle a du poil à la chatte. Je te jure. Elle essaie de se planquer, de jouer les mijaurées, mais j'ai une technique infaillible pour la mater dans la salle de bains.

Et il a adressé un clin d'œil à Romain.

Après le dîner – spaghettis trop cuits baignant dans une sauce bolognaise qui avait l'apparence, l'odeur et le goût du dégueulis –, Vincent a rouvert les volets de sa chambre en prenant mille précautions pour qu'ils ne grincent pas. Puis il a sauté à l'extérieur, ordonnant à Romain de fermer la fenêtre jusqu'à ce qu'il lui fasse signe. Il a disparu dans l'obscurité durant quelques minutes. Quand il est réapparu, il ne cachait pas sa satisfaction. Il refusait d'avouer ce qu'il préparait, garantissant que son invité serait très content.

La soirée a avancé. Romain a espéré que Vincent ait oublié son expédition parce qu'ils disputaient une partie endiablée de Monopoly. Mais, soudain, celui-ci s'est levé, envoyant balader ses hôtels et ses billets, comme si une alarme s'était déclenchée en lui. Il a serré ses mains l'une contre l'autre, tout sourire, et il a annoncé que le moment était venu.

Ce qui a un peu rassuré Romain, c'est qu'ils n'avaient pas besoin de leurs blousons. Ils sont tous les deux passés par la fenêtre. À pas de loup, ils ont longé le pavillon. Un escabeau à cinq marches était installé sous la lucarne de la salle de bains. Celle-ci était éclairée et même ouverte. De la buée s'en échappait et on percevait distinctement le son de la douche.

Noémie obsédait Romain. Durant le repas, il n'avait pas osé la regarder de peur que son trouble soit trop évident. Il revoyait ses yeux quand son frère lui faisait remarquer qu'elle aimerait bien que ce soit son copain qui la touche.

— Tu n'en rateras pas une miette, lui a murmuré Vincent à l'oreille.

Il a hésité. Il s'est néanmoins retrouvé à grimper sur l'escabeau. Il s'est lentement redressé. Il a regardé par la fenêtre.

Ce n'était pas Noémie. C'était Mme Marcarié. Entièrement nue, elle lui tournait le dos, les cheveux attachés, s'essuyant à l'aide d'une serviette trop petite. Les crêtes de sa colonne vertébrale traçaient une ligne en pointillés au centre de son dos, jusqu'à la raie des fesses.

Romain a reculé, prêt à redescendre. Vincent faisait semblant de surveiller les environs, un pied négligemment posé sur le premier barreau.

— Putain ! C'est pas ta sœur !

— Je sais bien que c'est pas elle. Elle est couchée depuis longtemps. Tu vas pas te contenter d'une pisseuse.

Il ne voulait plus regarder. Vincent lui a promis que, s'il ne s'exécutait pas, il gueulerait un bon coup et qu'on le surprendrait.

— Profite. Rince-toi l'œil, c'est cadeau !

Il n'a pas eu d'autre choix que de se redresser. Il a à nouveau contemplé. Au moment où la mère de Vincent s'apprêtait à se retourner, il a refusé de rester là. Il a sauté de l'escabeau et s'est précipité dans la chambre.

Vincent l'a rejoint quelques minutes plus tard.

— Putain ! Avec le boucan que t'as fait, t'as failli nous faire choper. T'es con ou quoi ? J'espère qu'au moins t'en as profité.

Romain ne lui a pas répondu. Il avait honte.

— Fais pas la gueule. Tu m'as dit que ça te ferait plaisir. Alors je t'ai pris au mot.

Jamais il ne lui avait dit ça.

— Ben si. Quand tu as raconté l'histoire de ta pièce de théâtre à la con...

Romain a protesté de plus belle.

— Tu la baiserais ?

Il a sursauté.

— Tu la baiserais ? a répété Vincent.

Il devinait sa silhouette se découper sur la tapisserie, à la faveur des posters phosphorescents à têtes de morts. Il crut même apercevoir son visage. Et ce qu'il a deviné l'a effrayé.

Des hivers

Lighthouse – Le Cinéma
Les séances du lundi soir

Charlotte Kuryani, écrivaine en résidence, vous propose dans le cadre du thème *Des hivers* :

Lundi 3 février – 20 h 00
Wind River – Taylor Sheridan (2017)

Les montagnes d'une réserve indienne sont un angle mort. Les meurtres y sont nombreux et souvent impunis. La neige les recouvre comme elle recouvre tout le reste. Mais il y a un chasseur qui traque les prédateurs de cette nature hostile. Il y a une jeune femme flic avec qui il se comporte comme un père. Parce qu'il y a aussi des pères meurtris et des filles perdues.

Lundi 10 février – 20 h 00
Jennifer 8 – Bruce Robinson (1992)

« Je me souviens du rouge », dit une jeune aveugle quand on lui décrit le coucher de soleil. Le film commence sous une pluie d'hiver, se poursuit sous la neige avant de s'en défaire. On patauge dans la boue, on roule en pleine nuit sous le blizzard, le vent glacial fait grincer une bâtisse trop grande et trop vide. On est spectateur d'une scène d'interrogatoire qui est un sommet de perversion. À la fin, effectivement, il ne reste que le rouge.

Lundi 17 février – 20 h 00
Ice Storm *(The Ice Storm)* – Ang Lee (1997)

Une famille se délite. La glace s'est immiscée. Elle paralyse les cœurs et les âmes, autant que les routes et les trains lors d'un week-end de Thanksgiving. Tous prisonniers de l'hiver. À jamais ?

Lundi 24 février – 20 h 00
Un plan simple *(A Simple Plan)* – Sam Raimi (1998)

Ils sont trois à découvrir un magot dans une forêt écrasée de neige. Comment être certain que personne ne vendra la mèche quand les propriétaires de l'argent se lancent à sa recherche ? Surtout quand, parmi les trois, il y a un parasite alcoolique et votre frère aîné simple d'esprit ? Il faut devenir aussi retors que possible. Les plus malins ne sont pas toujours ceux que l'on croit ; les plus mauvais non plus.

Mardi 4 février

Wind River a beaucoup plu. Je me suis laissée emporter par le film et, pour une fois, je n'ai pas guetté les réactions de la salle. L'après a été un excellent moment. La soirée avait pourtant commencé sur une tout autre tonalité.

Je me suis rendue plus tôt que d'habitude à Lighthouse. Lizzie m'attendait à l'étage, dans son bureau. La pièce est vaste et claire. Parfaitement ordonnée, presque lisse. Je suis certaine que ce n'est pas son véritable lieu de travail. Qu'elle a un autre endroit, ici ou ailleurs. Je savais que j'allais lui parler de mon inconfortable rencontre avec Madeleine. J'allais aussi lui révéler ma trahison avec Vincent Marcarié. J'en avais l'estomac au bord des lèvres.

Elle a commencé par s'amuser des crottes de chien. Parce qu'elle imaginait le ou la responsable occupé à les ramasser méthodiquement. Ensuite, elle a fait le lien avec le tableau et l'intrusion dans ma chambre. Ça l'inquiétait beaucoup plus que la rancœur de Madeleine.

Avant que j'aie eu le temps de lui en dire davantage, elle m'a glissé dans les mains une chemise cartonnée qui avait connu des heures plus fastes à en juger par les auréoles jaunies qui la maculaient. L'adresse d'un photographe de Marican était imprimée dans un angle. Mon cœur a disparu de ma poitrine. Il m'a abandonnée à mon triste sort. Une grande photo aux couleurs vives était collée dans le rabat. Une photo de classe d'une trentaine d'élèves répartis sur trois rangées, ceux du fond étant debout sur un banc. Au pied du premier rang, une ardoise annonçait la classe de seconde 1 du lycée Saint-Jean pour l'année 1984-1985. Je n'avais plus de salive.

— Au milieu de la deuxième rangée, le garçon avec le pull blanc...

Court sur pattes, visage potelé, il riait aux éclats mais ça faisait artificiel. J'ai mis du temps à le reconnaître. Vincent Marcarié.

— Il a tant changé que cela ?

Lizzie m'a transpercée. Elle m'a clouée sur ma chaise.

— J'aurais dû te l'avouer.

Pauvre petite demoiselle ridicule !

— Que tu ne tentes pas de lui parler m'aurait déçue de ta part, Charlotte. Que tu aies gardé ça pour toi ne me froisse pas. Tu n'as rien à te reprocher.

J'ai un peu mieux respiré.

— La fille en bas, la plus à gauche, s'appelle Sarah Podelier. Elle a été la petite amie de Romain, avant de devenir la femme de Vincent.

Une jooolie blonde, des traits de poupée et des yeux immenses, des vêtements amples, beaucoup trop amples, qui lui conféraient une originalité par rapport aux autres jeunes, une originalité qui n'était pas factice, qui faisait vrai.

Lizzie s'est tue. Elle m'a laissée observer les autres personnages de la photo. À moi de débusquer WXM. Dernier rang, troisième en partant de la droite. Un garçon discret, ni gai, ni triste, qui se fondait dans la masse. On ne le remarquait pas tout de suite, il n'attirait ni le regard, ni la lumière. Or, en observant bien, on devinait quelque chose qui le démarquait. Pas dans ses vêtements, ni dans son attitude. Plutôt la sensation qu'il était ailleurs, qu'il avait déserté l'enveloppe charnelle prise en photo. J'ai posé mon index sous son menton. Lizzie s'est illuminée.

— Tu vois, je t'avais dit que tu le connaissais déjà.

Quand je me suis couchée, je me suis redécouverte légère, ce qui ne m'était pas arrivé depuis des jours, voire des semaines. En prime, j'ai eu droit à un méga-orage qui a éclaté au moment où je me suis glissée dans le lit. La lueur des éclairs et le rideau de pluie sur ma terrasse de poche ont achevé de m'aider à me sentir mieux. La nuit s'annonçait prometteuse. Je me suis endormie sans même m'en apercevoir.

Je me suis réveillée sans à-coup, délicatement. J'ai eu l'impression d'avoir fini ma nuit, or il n'était même pas 3 heures. La pluie battait mes vitres de plus belle. L'obscurité était encore un peu déchirée par les éclats lointains de l'orage qui semblait être accroché au large. Juste des flashs succincts, des traînées à peine lumineuses derrière les nuages. Dans une des fiches dialoguées de *Distancés*, WXM fait dire à son héros que les catastrophes et les destructions sont toujours esthétiquement magnifiques. Je suis d'accord.

Il y a quelque temps, je me suis imposé la lecture de l'Apocalypse selon saint Jean, avec ses sept trompettes et tout le tintouin. Force est de reconnaître qu'entre le feu, les sauterelles, les séismes, les scorpions et la disparition de toute lumière, la mise en scène des calamités a de la gueule.

Dans mon demi-sommeil, je me suis dit qu'un orage vécu dans un camping-car doit valoir son pesant d'or. Le camping-car m'a ramenée à Robert, à Josiane et au double meurtre de la pointe de Bihit. Écrire un thriller des familles serait plus pratique que me débattre avec Romain Bancilhon. Cela me causerait moins d'ennuis et pourrait même me faire gagner de l'argent. Un malade recrée l'Apocalypse. Chacun de ses crimes est lié à une des sept trompettes. La sixième promet la mort d'un tiers de la population en une heure. Si je case quatre autres campeurs survivant à côté de mes deux victimes, j'aurai mon quota. Il y a tant d'auteurs qui justifient les actes de leurs tueurs en série en puisant dans les Écritures que je serais dans les clous.

Au lieu de me rendormir, je me suis redressée d'un coup. Pour un peu, je serais allée écrire mon roman tout de suite. Il m'a fallu quelques secondes pour me rendre compte à quel point mon scénario était débile. Il m'a fallu beaucoup moins de temps que cela pour deviner une silhouette sur la terrasse, la même silhouette que le jour de ma noyade, avec sa cape de pluie et son regard vrillé sur moi.

Il faisait noir. Je ne distinguais même pas les deux chaises et la table ronde de l'autre côté de la fenêtre. Pourtant, j'étais certaine qu'il y avait quelqu'un. J'ai eu du mal à respirer. Un géant invisible a agrippé mon cou et mes épaules pour s'amuser à les entortiller, ce qui faisait un mal de chien. J'ai mis une éternité à me décider à allumer ma lampe.

Il n'y avait personne dehors. Rien qu'un carré détrempé, bombardé par des gouttes aussi épaisses que mon petit doigt. J'ai trouvé la force ou l'inconscience de me lever, de me coller à la baie vitrée. Puis, après une profonde respiration qui a eu le don de chasser la main de géant, j'ai ouvert en grand. J'ai fouillé le moindre recoin à l'aide de la torche de mon portable.

J'ai allumé mon ordinateur. La caméra du dehors ne filmait qu'une ruelle aussi déserte que d'habitude. Elle n'aimait pas la pluie et l'image ne cessait de sauter. J'ai vérifié les enregistrements. Le capteur de l'entrée ne s'était pas déclenché. En revanche, celui de la chambre avait consigné une minute et des poussières. Images vertes et sombres qui démarraient alors que j'étais endormie. Ce qui avait été capté se passait sur la terrasse. Une forme s'est approchée de la vitre. On la devinait à peine. Elle était difficile à définir. On me voyait bouger dans le lit puis me redresser dans un sursaut. Ce qui m'apprendra à ne plus fricoter avec saint Jean et les retraités en bermuda. La forme a disparu au même moment. La lumière de la lampe de chevet a fait dérailler la mise au point. Ça n'est redevenu regardable qu'au moment où j'ouvrais la baie vitrée.

11

La nuit véritable
qui chasse les autres nuits

Une deuxième nuit commence. Anna est toujours introuvable. Le brouillard a achevé sa descente de la montagne. Il pèse sur le Clos-Margot de tout son poids. Les halos jaunes des lampadaires peinent à le transpercer. Le calme qui l'escorte n'a rien à voir avec celui qui gouverne habituellement. Il est forcé, écrasé, étouffant. La Presqu'île est en état de siège. Deux voitures de gendarmerie en contrôlent l'unique accès. Passé l'élan de solidarité de la veille, chacun s'est barricadé chez lui. Du moins, plus que d'habitude, en ne laissant rien filtrer vers l'extérieur qui puisse trahir une quelconque présence. Les quinze perquisitions n'ont rien donné. La petite fille n'est dans aucune cave, aucun grenier, aucun placard, aucune pièce cachée, aucun coffre de voiture. Personne n'a rien vu ni rien entendu. Le sac d'école est la seule trace qu'on a retrouvée d'elle.

Romain ne connaît pas de radoucissement. Il a monté le chauffage, s'est enroulé dans une couverture, mais cela n'a servi à rien. Il a toujours aussi froid. La fatigue aidant, il est incapable de faire autre chose que d'errer dans la maison. Sa mémoire se comporte en compagne déplaisante.

Il ressent le besoin de parler à Julien. Il lui dit qu'il faut se montrer, que le moment est venu. Il l'implore. Il en élève même la voix, qui rebondit jusque dans les pièces vides, cherchant à y débusquer l'absent au cas où il serait planqué dans un coin depuis le début. Il ne peut plus affronter tout cela seul. Il a besoin d'un soutien, de quelqu'un sur qui s'appuyer, le temps de retrouver des forces. Il jure qu'un signe, y compris infime, serait un soulagement.

Il en pleure, assis à son bureau. Il a conscience de son ridicule à invoquer ainsi les spectres. Il pose les yeux sur le poème affiché au mur. Soudain, il recouvre la vue.

La première strophe, évoque une montagne à escalader. Il repense aux recherches menées la nuit précédente, quand les pentes si souvent désertes se sont illuminées de dizaines de lampes qui convergeaient vers leur sommet. Il repense à ses craintes de tomber en premier sur le cadavre d'Anna. Il se demande ce qui se serait passé s'il était apparu dans la lumière de sa torche.

Il lit la deuxième strophe qui cite un paysage à couper le souffle que l'on peut contempler. Il croit reconnaître la Vigie.

Alors, il se lève pour s'approcher au plus près de la feuille. Il laisse tomber sa couverture. La troisième strophe, avec son rideau de buissons noirs et le sentier qui se cache derrière, ressemble à s'y méprendre à l'entrée cachée de leur ancien terrain de jeu.

Le poème trace un itinéraire, depuis le Clos-Margot. Dans ce qu'il a dit être des vers malhabiles et bâclés, Julien a caché un jeu de piste que personne n'a été fichu de comprendre.

Le précipice, celui qui domine les Marais Coiffés, en constitue la quatrième étape.

Pour la cinquième, on pourrait hésiter avec le Col du Tonnerre, mais la « porte percée dans un mur épais » oriente plutôt vers le hameau maudit de Roche-Percée.

Survivre à une chute pour ensuite savourer les retrouvailles est l'ultime écho de ce texte. Il retentit en Romain à lui en faire tourner la tête. Le feu a remplacé la glace dans son corps.

Il ne peut résister à la tentation. Il doit s'y rendre sans attendre. Les barrières métalliques et les projecteurs ont été retirés de la Tourbière. Il la traverse sans éclairage, glissant sous la brume, à moitié courbé. Il grimpe ensuite d'un bon pas, s'arrêtant uniquement pour tendre l'oreille et s'assurer que personne ne l'a devancé. Quelques mètres avant la Vigie, le brouillard s'écarte d'un coup, laissant place à une nuit claire. Le point de vue surplombe une mer de nuages sous laquelle disparaît le Clos-Margot, comme s'il n'existait plus, à part dans un monde souterrain et oublié. Les arbres s'ébrouent de l'humidité née du dégel. Le sol en est saturé, très lourd.

Romain quitte le sentier pour s'enfoncer au-delà de la barrière épineuse. Celle-ci se montre plus réticente que d'habitude à se laisser franchir, accrochant ses vêtements et sa peau, le contraignant à insister à plusieurs reprises, jusqu'à devoir s'accroupir pour passer sous son flanc. Plus loin, le ruisseau respire à nouveau après le coup de froid des derniers jours. Il est plus gonflé et surtout plus sonore. Après la mauvaise humeur des buissons de l'entrée, son effusion s'entend comme un accueil complice. Ce n'est qu'ici que Romain allume sa lampe. Il a rarement connu les Marais Coiffés aussi boueux. Il doute devant le parcours qu'il sait pourtant par cœur. Ce dernier est transformé par l'obscurité et les reliefs nouveaux qu'épaissit le faisceau de la lampe. Il se trompe deux fois, ratant une motte puis un rocher et s'enfonçant jusqu'aux genoux dans une fange glacée. Il passe un temps fou à s'en dégager, se retrouvant dans la position de ceux qui, dans les récits de Julien, étaient prisonniers et à la merci de leurs ennemis. Il atteint la cascade et le pied du précipice, couvert de boue mais soulagé.

Comme Niam le jour où il décide de désobéir et de fuir son destin, il bifurque sur la droite afin de défier la Forêt des Oubliés. Jamais elle ne lui est apparue aussi vaste et aussi inquiétante. Les troncs ressemblent à des colonnes tourmentées se dressant, après maintes tergiversations, vers le ciel qu'elles cherchent à tutoyer. La voûte des branches entrelacées emprisonne toute résonance, la décuplant. Ainsi, son allure, même ralentie, déclenche des alertes qui agitent la nuit. La moindre souche, le moindre buisson, le moindre arbre tombé est un géant endormi qui se redresse, inquiet, à son approche. Plusieurs fois, il est persuadé d'avoir aperçu une silhouette furtive se glisser entre la lumière qu'il transporte et l'obscurité qu'il dérange. Il est convaincu d'avoir entendu une respiration ou des pas qui ne sont pas les siens. Malgré cela, il ne ressent aucune peur. Il se trouve en territoire ami, à des heures qui ne sont certes pas les leurs. D'où leur embarras commun.

La forêt lui accorde sa permission. Malgré ses murmures offusqués, elle se laisse traverser. Il parvient à l'ancienne clairière de Coujou. Elle n'est plus constituée que de friches qui ne cessent de progresser, effaçant l'empreinte des hommes. Les murets de pierre qui délimitaient autrefois les parcelles disparaissent sous les ronces et les fougères. Les arbustes abondent mais peinent à s'extirper de cette végétation ensauvagée, s'annihilant les uns les autres. Depuis son enfance, Romain n'en a jamais vu un seul dépasser un mètre de haut. Les moignons des bâtiments s'élèvent encore de cet amoncellement hostile. Malgré l'assaut des lierres qui, s'accrochant de toute leur masse, cherchent à les effondrer entièrement et à les ramener sous terre.

Roche-Percée, le village au tunnel perdu et aux petites filles mortes. Le village abandonné, acculé à une falaise, vaincu par une végétation vengeresse. L'aboutissement du poème de Julien, la fin du parcours qu'il a tracé.

Romain se glisse au milieu des ruines. Il continue à faire ce qu'il fait depuis le début de sa sortie secrète : écouter. Il attend. Il n'y a rien. La montagne se tait. La forêt se rendort. Alors, pour prouver à son frère qu'il a enfin saisi le sens caché de son texte, il crie son prénom. Sa voix résonne. Elle chamboule tout. Peut-être emportée jusqu'à la forteresse du Col du Tonnerre. Il recommence à plusieurs reprises.

Il n'a jamais cru que Julien puisse surgir des décombres et admettre sa défaite. Il n'a jamais cru qu'il puisse l'attendre là-haut, où il était venu tant de fois. Mais il a besoin de marquer sa présence.

Il ne connaît que deux trous à Coujou. Deux endroits d'où se relever après une chute. L'un des deux est le puits situé derrière ce qui a dû être la plus vaste bâtisse. Il est en pierres, couvert d'un toit miraculeusement indemne. La porte qui l'occultait autrefois a été arrachée. Il est devenu inaccessible, dévoré par les buissons. Cependant, quand il était plus jeune, on le distinguait encore et on pouvait s'en approcher. Il était si profond qu'aucune lampe ne pouvait en révéler le fond. S'ils y jetaient une pierre, le son de sa chute ne remontait jamais.

Le second se situe à l'intérieur d'un des bâtiments. Il n'a pas survécu grand-chose des corps de ferme. Les toits n'existent plus, les pans de murs sont décapités et de grosses pierres continuent d'en tomber. Si les chambranles tiennent encore le coup, les intérieurs ne sont qu'un fatras de débris où poussent des orties. Il y a une trappe dans le plancher. Il y a longtemps de cela, intrigué, Romain s'en est approché alors que Julien lui avait fait promettre de ne jamais se risquer dans ces ruines. Les lattes du vieux plancher vermoulu ont craqué sous son poids. Leur bois s'est incurvé et, en dessous, des morceaux s'en sont détachés. Il a atteint l'ouverture mystérieuse. Il a à peine soulevé le panneau tant celui-ci était lourd. Il a deviné une cave profonde, pareille à des oubliettes, où la noirceur était plus épaisse que toutes celles qu'il a connues. Ensuite, renonçant à aller plus loin, il a refermé et, au pas de course, ignorant le sol qui ne cherchait qu'à se dérober sous lui et à l'attirer dans les abysses, il est ressorti, jurant de ne plus jamais y revenir.

Dans l'histoire qu'il écrit, il y a un passage secret dans le puits qui aboutit à une grotte masquée, à flanc de falaise. La cave est à la fois un refuge et une porte vers l'enfer. On s'y cache quand ceux qui veillent sur la lisière annoncent trop tardivement que les Oubliés, Ceux-qui-ne-devaient-pas-sortir-de-la-forêt, s'apprêtent à pénétrer dans le hameau. On y enterre également les corps des fillettes victimes de la malédiction, un pieu fiché dans la poitrine. Parce que, si elles sont inhumées dans le cimetière, leurs tombes sont systématiquement profanées et leurs dépouilles dérobées.

Pour la seconde fois, Romain viole sa promesse. Il se risque à nouveau sur les planches instables. Elles plient tant qu'elles laissent apparaître d'énormes interstices. La trappe a mieux résisté aux années. Quand il la soulève, il la trouve moins lourde que dans ses souvenirs. Il l'écarte entièrement. Il s'agenouille et passe la tête par l'ouverture.

Les oubliettes ne sont pas si profondes. Le sol ne se trouve qu'à deux mètres environ. La terre, humide, empeste le chien mouillé. Des liserés de minuscules champignons filamenteux luisent dans la lueur blanche, dessinant les veinules d'un organisme encore vivant.

Avant qu'il puisse l'examiner, cherchant un moyen de descendre mais surtout de remonter, l'obscurité gronde. Un bruit, une respiration rauque et pénible qu'il traduit en grognement. Il songe qu'un animal va surgir, dérangé dans son sommeil. Il se retire aussitôt. Pour un peu, il refermerait la trappe sans ménagement et partirait. Mais, passée sa surprise initiale, il refuse de renoncer à la dernière strophe. Il prend son courage à deux mains, après plusieurs minutes d'atermoiements au cours desquelles il a la vision du Berserk. Avec toute la prudence nécessaire, il rouvre et, lampe en avant, pensant que la lumière est susceptible de le protéger, il se repenche dans l'obscurité.

Il pointe le faisceau en direction du grognement. Une silhouette informe apparaît, tapie. La glace reprend en lui. Puis, le vert du bonnet et de l'écharpe éclate. Il reconnaît le caban, le petit corps recroquevillé qui se perd dessous.

Anna respire difficilement. Elle se plaint. Elle est en vie. Une vie qui ne tient qu'à un fil. Mais qui tient.

Les médecins pensent que le froid l'a sauvée en tarissant l'hémorragie interne. Elle souffre de plusieurs fractures dont celle, préoccupante, d'une vertèbre. Le plus inquiétant est son œdème cérébral. Un coup violent lui a été asséné à l'arrière du crâne. À quelques millimètres près, le rocher aurait été atteint et elle serait morte en une demi-heure. Ils ont bon espoir qu'elle se réveille rapidement, tout en prévenant qu'elle ne sera plus jamais la petite fille qu'elle a été. Certes, ils le disent d'une autre manière, plus policée, évoquant des séquelles à surmonter. Néanmoins, c'est ce qu'il faut entendre. Aucune trace d'agression sexuelle n'est attestée. Aucune plaie ouverte. Aucune meurtrissure causée par des liens aux poignets ou aux chevilles.

Le Clos-Margot retombe dans sa torpeur aussi précipitamment qu'il en est sorti. La petite a été retrouvée vivante. On a aidé aux recherches. Le job a été fait. La suite appartient à sa famille et aux gendarmes. On se contente de quelques messages et de petits cadeaux envoyés à l'hôpital. Le projet d'une marche blanche est annulé quand on apprend que des pédophiles se greffent toujours à ce genre de manifestation pour refréner leurs pulsions. De toute manière, on est pressé que les choses reprennent leur place.

La chute dans la cave oubliée de Coujou ne peut expliquer à elle seule la plupart des blessures. On sait qu'Anna a été agressée ailleurs avant d'être abandonnée dans ces ruines pour y mourir. Peut-être même que celui qui a fait ça la pensait déjà morte quand il l'a jetée par la trappe. Si les sols n'avaient pas été si gelés, peut-être aurait-il pris le temps de l'enterrer.

La piste extérieure à la Presqu'île n'est pas écartée. On se demande si Anna a pu être suivie depuis la sortie de l'école ou si la femme qui affirme l'avoir vue pénétrer dans les Venelles ne se trompe pas. Les gendarmes font du porte-à-porte le long du trajet qu'elles ont emprunté, elle et ses copines. Leurs camarades de classe sont interrogés, tout comme les enseignants de l'école qui se relaient au portail matin et soir. Aucun adulte au comportement suspect n'a été remarqué aux alentours de l'école, ni ce jour-là, ni ceux qui ont précédé. Si un inconnu a approché Anna, elle n'en a pas parlé.

On fouille son sac et son bureau. Elle n'a rien écrit ou dessiné qui puisse laisser entendre que cela a été le cas. Sa dernière journée de classe a été consacrée à un travail sur la vague de froid : lecture de quelques textes évoquant l'hiver, explications sur les mécanismes de la météo, présentation des animaux qui hibernent et de ceux qui sont capables de résister à des températures extrêmes. Elle s'est montrée active de bout en bout, passionnée par le sujet et enthousiasmée par l'absence de la plupart des garçons, faisant remarquer à son institutrice, à la fin des cours, que ça se passait mieux sans eux.

Au final, deux suspects sortent du lot. Vincent Marcarié est l'un des deux. Romain Bancilhon est l'autre.

Certains pensent qu'il a fait du mal à la petite et que, tenaillé par les remords ou la trouille de se faire prendre, il est revenu sur les lieux de la sépulture de fortune dans laquelle il l'a fait disparaître. Comment expliquer, sinon, sa présence en pleine nuit dans un endroit aussi perdu, à une heure de marche de sa maison ?

La question lui est directement posée par un officier chargé de l'enquête. Romain lui explique être un habitué de ce coin de la montagne et que l'idée de le fouiller lui est venue subitement. Il omet d'évoquer le poème de Julien. Il se justifie également en parlant de son besoin de retrouver les terres qui l'apaisent quand il ne parvient pas à trouver le sommeil.

Avec délicatesse, le gendarme pose sur son bureau les pages imprimées de son manuscrit, rangées dans un couvercle en carton, et l'ensemble de ses cahiers, confisqués lors de la seconde perquisition.

— Ce qui est écrit là-dedans est...

Il cherche un autre mot qu'« accablant », la main posée à plat sur le sommet de cette pyramide à l'équilibre précaire.

— ... contrariant.

Il laisse cependant une porte entrouverte.

— Quelqu'un d'autre aurait pu le lire ?

Vincent, pénétrant chez lui en cachette, et se penchant sur son travail. Descendant peut-être même au sous-sol et fouillant dans les archives de son père...

— Personne, répond Romain.

— Je ne suis pas un grand lecteur. Mais, tout à fait entre nous, je trouve ça remarquable. Sincèrement. Je me suis surpris à être captivé par votre histoire. C'est contrariant, mais remarquable... Une chance que vous ayez eu le réflexe de ne pas toucher la petite. Si on avait retrouvé des traces de votre ADN...

Il n'achève pas sa phrase. Il le dévisage en se massant le front.

— Vous lui avez sauvé la vie, monsieur Bancilhon. Elle n'aurait pas survécu longtemps. Quelques heures tout au plus. Cependant, si vous êtes pour quelque chose dans ce qui lui est arrivé, il est encore temps de le reconnaître.

Romain ne se souvient plus vraiment à quoi ressemble ce gendarme. Pourtant, c'est un homme d'une certaine prestance et, sur le coup, il le trouve très charismatique. Ce qu'il retient de lui est sa moustache blanche, épaisse mais parfaitement taillée, et le ton de sa voix, très grave et très posé. Il ne sait plus s'il est grand ou petit, si ses yeux sont clairs ou sombres, s'il a encore ses cheveux, si ses mains sont longues ou potelées... C'est bizarre, parce qu'il a toujours été capable de décrire au détail près des personnes croisées il y a très longtemps. Alors que, depuis qu'il est adulte, il a beau essayer d'être attentif, de s'intéresser, la plupart des gens qu'il côtoie ne le marquent pas, à quelques exceptions près. Il ne garde d'eux qu'une ou deux particularités, et le reste s'envole.

Le type qui vit avec son ex, par exemple, a le pouce de la main gauche trop court, l'ongle n'apparaissant qu'à peine, comme si on lui avait greffé le gros orteil d'un enfant de quatre ans. Son binôme au cabinet, l'homme avec qui il bosse depuis des années, avoisine les deux mètres et ne se déplace qu'en tanguant, comme si ses jambes étaient en caoutchouc mou. Que ce soit Tom-Pouce ou le Grand-Dadais, on les sort de leurs contextes respectifs, on leur retire ce pouce écœurant ou vingt centimètres, et ils redeviennent des inconnus au bataillon.

Sur les photos publiées dans la presse, Anna Marcarié a les cheveux blonds, des yeux bleus toujours écarquillés qui paraissent trop grands pour son petit visage. Son sourcil gauche s'incurve davantage que le droit. C'est encore plus flagrant lorsqu'elle est surprise. Une pliure apparaît alors sur son front et prolonge cette asymétrie. Elle a le menton en pointe, une fossette sur la joue droite. Quand elle longe la maison de Romain, au retour de l'école, elle zézaye sur certains mots. Si elle rate ce qu'elle entreprend, que ce soit une chanson ou le sauvetage de l'humanité, elle ronchonne que ça lui casse les couilles. Mais elle le fait si mélodieusement que la grossièreté passe pour un air printanier.

Romain répète à Capitaine-Moustache qu'il n'a rien à se reprocher, si ce n'est de ne pas avoir été dehors à l'heure de son retour de l'école.

— La veille, au moment du bain, sa belle-mère a remarqué que la petite avait un bleu aux fesses. Elle lui a demandé où elle s'était fait ça et Anna a répondu que c'était chez vous.

— Pas chez moi. Devant chez moi. Je vous l'ai déjà raconté. Elle a glissé du muret. À cause du verglas.

— Et vous étiez dans votre jardin. Malgré le froid… – c'est la seule fois où il se montre cynique à son encontre. M. Marcarié était furieux. Sa fille a beau lui avoir assuré que vous n'y étiez pour rien, que vous l'aviez même aidée à se relever, il était persuadé que vous lui aviez fait du mal. Si j'en crois ce qu'il nous a avoué, il a été à deux doigts de traverser la rue et de vous demander des comptes.

— Il ne l'a pas fait.

— Effectivement. Pourtant, vous vous connaissez bien.

— C'est peut-être pour cela qu'il ne l'a pas fait.

Moustache sourit peut-être. Parce que sa touffe blanche se soulève et qu'il expire des deux narines à la fois.

— Il se pourrait bien qu'il nous ait répliqué la même chose, monsieur Bancilhon. Il ne vous porte pas dans son cœur. Que vous ayez sauvé la vie de sa fille n'y change rien, je le crains. Ce qui importe aujourd'hui, c'est qu'Anna se réveille, qu'elle puisse reprendre une vie normale. Et qu'elle nous raconte ce qui s'est passé après qu'elle a quitté ses deux amies. Le contentieux qui vous oppose à son père, les allusions qu'il a faites à certains épisodes de votre passé ou à certains comportements que vous auriez eus, resteront entre vous. Du moins, je l'espère.

Aucune riposte de Romain.

— L'avez-vous menacé, monsieur Bancilhon ?

— Je ne lui ai pas parlé depuis des années. Jusqu'à récemment, j'ignorais même que nous étions voisins.

— Lui avez-vous promis que, quel que soit le temps que cela vous prendrait, vous le détruiriez ?

Il l'a fait. Trente-deux ans plus tôt. Il compte très bien dès qu'il s'agit de dates. Elles se gravent dans sa mémoire et y dessinent une échelle qui s'étire aussi loin que possible. Chaque décennie y adopte un ton particulier, clair ou obscur, variant de couleur.

— M. Marcarié ne l'a pas oublié. Depuis quelques jours, il semble d'ailleurs ne penser qu'à cela.

Romain se mord l'intérieur des joues pour ne pas évoquer l'histoire de l'interphone, donnant donnant.

— Avec le recul, je crains d'avoir été imprudent en l'ayant relevée trop vite. Je comptais prendre de ses nouvelles. Du moins avant que j'apprenne qui était son père.

Capitaine-Moustache retire sa main des cahiers. Il se recule dans son fauteuil.

— Vous qui connaissez bien cette partie de la montagne, comment expliquez-vous que quelqu'un ait pu grimper là-haut, traverser les ronces, un terrain gorgé de boue, une forêt, le tout en portant le corps inerte d'une petite fille et vraisemblablement sans lampe ?

— Je ne me l'explique pas. Cela me paraît impossible.

— Surhumain est le terme que j'emploierais. Un peu comme votre personnage, celui qui est à la fois homme et ours. À moins qu'Anna ne soit arrivée là-haut d'une autre manière…

Il ne précise pas sa pensée. Il n'y a pas d'autres manières. Il a dit ça en l'air, histoire de jauger la réaction.

À force, l'interrogatoire tourne en rond avant de parvenir à son terme. Le gendarme raccompagne Romain jusqu'à sa voiture.

— Je me permets de vous dire que les recherches menées sur la disparition de votre frère aîné me laissent admiratif. Un travail colossal.

— Celui de mon père. Je n'ai pas fait grand-chose.

— Tout de même… Il existe des services spécifiques dans la recherche des personnes disparues, mieux organisés que par le passé. Des techniques nouvelles également. Une association est, paraît-il, très efficace. Leur aide pourrait se révéler précieuse.

— Mon père a tenté tout ce qui pouvait l'être, soyez-en certain. Détectives privés, associations… Il a même fait établir l'ADN de mon frère à partir de cheveux trouvés dans ses vêtements et l'a fait verser dans un de vos fichiers.

Capitaine-Moustache hoche la tête, s'excusant d'avoir abordé ce sujet qui ne le regarde pas. Ils se serrent la main. Romain lui demande s'il le croit quand il assure ne pas être le coupable qu'il recherche.

— Non, monsieur Bancilhon, je ne vous crois pas. La nuit, dans cette montagne, dans cette ferme abandonnée, après ce que vous avez écrit dans votre roman... Mais ce que je crois n'a pas d'importance. Et il m'arrive parfois de me tromper.

Anna sort du coma cinq jours après que le poème de Julien a conduit Romain jusqu'à elle. Elle peine à trouver ses mots et à se concentrer. Elle a des absences. Elle fond en larmes ou elle se met à rire, sans explication véritable. Ses souvenirs sont confus. Elle mélange les périodes. Le seul épisode précis qui lui reste de cette journée funeste est le travail sur l'hiver réalisé en classe, notamment une lecture où des enfants glissent sur un étang recouvert de glace. Le reste n'est que bribes désordonnées.

Elle se souvient du froid. Il est insupportable, semblable à une créature qui la déchiquette de ses griffes, arrachant des lambeaux de peau. Il tue des chatons.

Quelqu'un la porte tout en escaladant un à-pic, un être qui a une odeur d'animal. Elle devine le précipice sous eux. Il grimpe avec aisance et rapidité, mais elle a peur qu'il la laisse tomber.

Il y a bien une chute. Mais elle n'a pas eu lieu au même endroit. Elle a été poursuivie, sur le toit d'un immeuble. Elle a glissé et est tombée dans le vide. Elle a eu très mal. Pourtant, l'instant d'après, un homme est venu à sa rescousse. Il l'a aidée à se remettre debout et la douleur a disparu.

Elle ne peut pas en dire davantage. Le noir le plus complet, un tunnel, depuis le portail de l'école Saint-Joseph jusqu'aux oubliettes de l'ancienne ferme de Coujou.

On lui montre des photos. De tous les habitants du quartier, elle ne reconnaît que Romain. Elle pose son index sur son portrait et dit qu'il est l'homme qui l'a sauvée, après qu'elle est tombée dans le vide. Elle ajoute qu'elle le croyait gentil mais que son père lui a expliqué que ce n'était pas le cas et qu'il ne fallait surtout pas s'approcher de lui.

On lui demande s'il est également celui qui l'a emmenée dans la montagne. Elle dément. Il paraît qu'elle hésite ensuite un long moment. Quelque chose lui revient à l'esprit et, sur le moment, ça la fait sourire. Elle soutient alors qu'il n'y a que son père pour être aussi fort et aussi leste.

Dimanche 9 février

J'ai visionné la vidéo nocturne des dizaines de fois. Selon les moments, je discerne une silhouette sur la terrasse ou bien seulement le vent et l'eau qui éclaboussent le bas des vitres. Il n'empêche que, depuis, je passe des nuits affreuses, ne cessant de me réveiller, harcelée par des cauchemars. Les images et les sensations épouvantables auxquelles ils donnent naissance me poursuivent. Je ne parviens pas à les oublier.

Premier exemple : voyage à l'étranger avec certains de mes anciens collègues. On nous prête un vestiaire pour nous changer avant une improbable rencontre sportive. Un jeune prof d'anglais, que je ne connais que de loin, exprime le vœu de mourir. Je découvre qu'il est brûlé sur une partie du visage et du corps, des brûlures horribles. Vivre dans ce corps-là, sous cette peau-là, lui est insupportable et il défend son droit à y mettre fin. Les autres approuvent quand il dit vouloir s'immoler. Je ne suis pas d'accord, je me mets en colère. Personne ne m'écoute, je brasse du vide. On me regarde sans me voir tandis que le jeune homme est déjà en train de s'asperger d'essence. Je quitte le vestiaire. Je ne veux pas assister à cette horreur.

Je me bouche les oreilles pour ne pas entendre les hurlements du malheureux. Mais je ne peux m'empêcher de lever les yeux vers les lucarnes qui s'alignent au sommet de la façade. Derrière les vitres, les crêtes bleues des flammes attaquent le plafond.

Deuxième exemple : toujours avec le lycée, pour une sortie en car. Je suis piégée en bas d'une butte que je ne parviens pas à remonter. La terre trop meuble se dérobe sous moi et me rejette inexorablement au fond du ravin. En haut, ils m'attendent pour lever le camp, menacent de partir sans moi, se demandant où je suis. Ils n'entendent ni mes appels, ni mes cris. Et puis, certains dévalent la pente à leur tour. On les pousse. Ils chutent mollement et glissent jusqu'à moi sans résistance. Ils sont tous atrocement mutilés. Des plaies ouvertes aux cuisses ou aux tibias mettent les os à nu. Une femme a un pied broyé à un tel point qu'il ne reste plus qu'un lambeau de chair qui pend au bout de sa cheville. Pourtant, toutes ces victimes gardent leur calme, elles ne bronchent pas, acceptant leur sort. Il n'y a que moi qui panique.

Troisième exemple : retour chez mes parents pour Noël. Un ancien camarade de classe que je n'ai jamais apprécié m'avoue avoir tué une jeune femme dans un accident après lequel il a pris la fuite. Il espère s'en sortir sans encombre. Il compte sur moi pour y parvenir. Je deviens sa complice, l'invitant même à habiter chez nous le temps des fêtes. Pourtant, il me fait peur. Alors, je mets mon père dans la confidence. Il veut m'aider à retrouver le corps pour confondre le tueur et me disculper par la même occasion. Nous partons battre la campagne. Je me perds et me retrouve seule. Je tente de rejoindre Papa dont j'aperçois la torche électrique plus loin sur ma droite. Pour cela, je dois traverser un terrain vague, gorgé de boue, de détritus et de buissons morts. Mais je m'égare davantage dans ce labyrinthe et ne cesse de revenir au bord de la petite route déserte qui m'attire comme un aimant. De longues traînées de sang maculent le bitume abîmé. J'y imprime l'empreinte de mes pas, m'y enfonçant jusqu'à y faire disparaître mes chaussures. Je suis la trace qui n'arrive nulle part si ce n'est à mon point de départ et semble m'indiquer la direction du faisceau lumineux de mon père.

À force de cauchemarder de la sorte, je suis rincée. Ce matin, nous rions moins pour notre nouvelle sortie en voilier avec Mina. J'ai du mal à reprendre mes esprits et, à bord, je me débrouille toujours aussi mal. Elle me laisse renoncer à ma leçon, prend la barre et m'invite à m'asseoir à côté d'elle sans me juger ou m'enjoindre à ne pas baisser les bras.

Nous avançons lentement sur une mer toujours aussi clémente. Je ne comprends rien à ce qui m'arrive. Elle a lu que nos cauchemars nous préparaient à affronter le pire, ce qui fait de moi quelqu'un de surentraîné. Je sens une menace qui pèse, quelque chose qui rôde et s'apprête à me happer. C'est davantage quelque chose que quelqu'un d'ailleurs, qui n'a rien à voir avec Madeleine ou WXM. Mina me conseille l'école buissonnière, meilleur moyen à sa connaissance pour se nettoyer l'esprit.

*
* *

Mercredi 12 février

J'écoute les conseils de ma professeure de voile. Après un lundi maussade, qui s'achève sur une séance sans relief, je décide de m'échapper. Le jour n'est pas encore levé quand je roule vers l'ouest, en suivant la côte. Puis je coupe en travers pour aboutir à Brest.

Je visite Océanopolis sans conviction avant de me gaver de frites maison dans un troquet du port. Depuis le comptoir, on me dévisage. On s'interroge à voix haute sur ma solitude. On se demande si j'attends qu'on m'aborde. On se pousse du coude en imaginant la scène qui s'ensuivrait, vraisemblablement dans les toilettes.

Je me dépêche de quitter la ville. J'emprunte la route des abers dont je ne vois rien à cause de la pluie et de la buée sur mes vitres. Je m'arrête souvent. Je fais quelques pas sur des plages détrempées.

Mon errance me conduit à Roscoff, dans la ville de Mina. Je me risque dans un restaurant de poche où un serveur barbu me conseille la soupe de poissons accompagnée d'un verre de blanc. J'attrape au hasard un des albums posés sur les étagères, histoire de me donner une certaine contenance. Des photos de bord de mer, prises à différentes heures du jour et de la nuit sur les quatre saisons, qui composent un livre d'heures.

Ça me plaît. Je me vois bien écrire un livre d'heures à mon tour. J'y décrirais tout ce que je parviens à savourer et tout ce qui m'échappe. Je me renseigne sur ces recueils, découvre que leur nature première est purement religieuse et liturgique. Anne de Bretagne est toujours citée. Les livres d'heures qu'elle a commandés sont célèbres. Je m'intéresse un peu à cette femme et tombe sur l'une de ses devises : *Non mudera*, « Je ne changerai pas. »

Je la reçois en pleine face. Parce que ça fait longtemps que je ne me reconnais plus.

J'ai été la fille décousue, bordélique dans sa façon d'être et de parler. Je n'ai pas pris assez soin des choses, ne les faisant le plus souvent qu'à moitié. Je me suis engluée dans l'à-peu-près. J'ai oublié des moments importants, perdu des papiers vitaux, mal géré mon fric. J'ai été l'écervelée, dépourvue de tout esprit de compétition. L'inoffensive rigolote.

Me voilà devenue posée et raisonnable, superbement organisée. Je suis allergique au désordre et au boucan ainsi qu'à toute forme de précipitation. L'expression « se ranger » a été inventée pour moi. J'ai la rancune tenace et je suis mauvaise avec les personnes que je n'apprécie pas. *Non mudera*, mon cul !

Je crois que cette escapade sera vaine. Mais une brume épaisse se lève en bord de mer, une brume comme je n'en ai jamais connue. Nous sommes sous un dôme opaque qui nous isole du monde extérieur. Je retarde l'échéance de revenir à Trébeurden mais, soudain, j'en ai une envie furieuse. Je suis obligée de couvrir les derniers kilomètres au pas, incapable d'y voir à plus de vingt mètres. La ville ne se dresse plus qu'en silhouettes irréalistes, ses lumières ne faisant guère mieux que des auréoles pâles. Je rate l'entrée de ma ruelle, m'y reprend à deux fois pour m'y engouffrer et mettre ma voiture au garage. Je reste dehors. Je marche. Je descends jusqu'à la plage. Je me promène dans un décor de fin du monde. Une fin du monde douce et belle.

J'ai couvert près de deux cents kilomètres dans la journée mais c'est ici, à deux pas de l'endroit où j'habite, que je retrouve la paix qui me fuit. J'ai droit à quelques heures d'un sommeil profond et sans rêve. À mon réveil, on n'y voit toujours rien. Je déroge à mes habitudes et vais nager. Ce n'est pas raisonnable par un temps pareil, mais je m'en voudrais de ne pas tenter l'expérience. Le Nageur-de-l'Aurore n'est pas là. Pénétrer dans l'eau m'électrise comme rarement auparavant. La brume m'enveloppe, me berce. Je n'ai plus de repères physiques. J'ai l'impression d'être soulevée, de flotter dans l'air. Je me perds sous ce rideau impénétrable qui se cuivre sous les vains assauts du soleil. Je me perds sans vraiment me perdre car mes sens sont décuplés, y compris quand je me laisse aller sur le dos. Je sais exactement où je me trouve. Par exemple, je perçois la plage. Je peux en tracer les contours de mon doigt sur le brouillard. Je suis capable de l'entendre. Je fais confiance à mes oreilles. Mina sera fière de moi.

12

Non mudera

Printemps 1984. An II de Julien introuvable et de leur père qui le cherche partout.

Le mieux, avec Vincent, c'était quand ils discutaient. Ils s'inquiétaient de ce qui allait se passer au lycée, dans quelques mois. Ils se plaignaient de n'être invités dans aucune boum et de faire trop jeunes par rapport aux autres garçons de troisième. Vincent rêvait d'une petite moto mais son père refusait, y compris s'il se la payait avec l'argent qu'il avait mis de côté. À défaut, il se serait contenté d'une mobylette. Mais là aussi, il se heurtait au veto paternel. Ça le faisait bouillir. Néanmoins, il ne critiquait pas son père. Il le trouvait dur, sévère, rigide, tout ce que l'on veut, mais il ne le condamnait pas. Romain se montrait beaucoup moins indulgent quand il s'agissait de parler de ses propres parents.

Vincent a avoué être amoureux de Sabine Talon. Elle le dépassait de deux têtes et ne lui avait adressé la parole qu'une fois, le jour où il s'était sacrifié et lui avait prêté son lexique pour un devoir de latin. Il voulait lui demander de sortir avec lui mais n'osait pas franchir le pas. Il a demandé à Romain de jouer les intermédiaires, ce que ce dernier a accepté sans se faire prier. Vincent a alors posé sa main sur son épaule, en signe de reconnaissance. Il a promis qu'il lui serait redevable, qu'il pouvait lui demander n'importe quoi. Il en avait les larmes aux yeux, cet idiot. Romain avait Carole Passavent en tête. Il pensait à elle tout le temps. Elle était son binôme en SVT. Elle affirmait à qui voulait l'entendre qu'elle n'en changerait pour rien au monde. Alors, si Vincent souhaitait lui rendre un service, il pouvait également jouer les entremetteurs pour lui.

Coup de téléphone un jeudi soir, au retour du collège. Carole avait dit non. Vincent n'a pas donné de détails. Quand Romain a insisté, il a affirmé qu'il valait mieux qu'il n'en sache rien. En SVT, lors du cours suivant, il n'a plus su où se mettre. Mais sa coéquipière, fidèle à elle-même, le chatouillait dès qu'il se saisissait d'un tube à essai ou lui soufflait dans le cou quand il devait verser quelques gouttes de révélateur sur un morceau de roche. Il lui a été reconnaissant de faire comme si rien ne s'était passé.

Sabine Talon a demandé qui était Vincent Marcarié. Quand Romain le lui a montré, terré à l'autre bout de la cour, elle a haussé les épaules et a lâché :

— Il a raison d'y croire, lui. L'espoir fait vivre.

Elle a ricané et s'est empressée de tout raconter à ses copines. Elles l'ont surnommé le Ewok-sans-Poil. À son tour, Romain ne lui a pas donné de détails. Vincent a accusé le coup. Il a dit qu'au collège tout le monde se foutait de sa gueule désormais. Il pensait que son copain y était pour quelque chose, qu'il s'y était mal pris. Il s'est vengé en confessant que Carole Passavent avait justifié son refus par le fait qu'elle le trouvait trop moche.

Printemps 1984. An II de ce foutu tunnel dans lequel on l'a poussé.

Pour la première et seule fois, Romain a emmené Vincent se promener sur ses terres. Ils ont arpenté la

Tourbière. Son complice en avait toujours gros sur le cœur et ça lui faisait presque de la peine. Marcher était une bonne idée quand on avait besoin de se confier. Les mots sortaient mieux.

Ils ont parlé de Sabine Talon qui était immonde avec Vincent mais qu'il ne se résolvait pas à oublier. Un cousin lui avait conseillé de sortir très vite avec une fille, de cibler une de celles qui n'intéressaient personne, puis de faire en sorte que ça se sache. Romain ne comprenait pas la logique. Vincent a rétorqué que personne ne respectait les puceaux.

Sans le vouloir, ils ont dérangé une cane et ses petits. Elle s'est enfuie en cancanant, sa marmaille se pressant derrière elle. Vincent a frappé des mains pour les faire accélérer. Il leur a crié de dégager, que ce n'était pas le moment de le faire chier. Le dernier caneton a paniqué. Il a trébuché dans son empressement. Il s'est brisé le cou. Sa mère l'a vu, elle a hurlé de détresse. Elle voulait leur faire face mais ne se sentait pas de taille. Et puis, il lui fallait protéger les vivants.

Romain a traité Vincent de sale con, il lui a gueulé dessus comme jamais auparavant. Celui-ci était penaud. Il gémissait qu'il ne l'avait pas fait exprès et, qu'après tout, il ne l'avait même pas touché ce con de canard. Le petit cadavre a bouleversé Romain. La douleur de la cane lui a fendu le cœur.

Vincent a eu des remords. Il s'est demandé si ce n'était pas mieux d'enterrer le caneton, pour qu'il ne se fasse pas bouffer. Même si ça ne changeait pas grand-chose. Ils ont cessé de parler. Romain n'avait plus envie de l'entendre. Soudain, dans leur dos, il y a eu un autre hurlement. Celui-ci était rauque, terrible, semblable au rugissement d'un animal blessé. Daniel Greffier a surgi de nulle part. Il s'est agenouillé et a tenu le caneton mort dans le creux de ses deux mains. Il lui a soufflé dessus pour le ramener à la vie. Il a pleuré à chaudes larmes. Des grognements humides se sont échappés de sa gorge. Il a regardé les deux garçons. Il s'est relevé. Il a rugi une seconde fois en les pointant du doigt. Il a cherché autour de lui de quoi leur faire du mal. Mais, comme la cane, il n'a pas bougé. En le voyant, Romain a à nouveau ressenti de la peur. Il est redevenu petit, terrifié parce que le voisin handicapé avait posé une main sur sa tête en souriant. La colère est montée en lui.

— Putain, mais d'où il sort ce gogol ? s'est esclaffé Vincent tout en lui adressant un doigt d'honneur.

Il en a rajouté en lui intimant l'ordre d'aller se faire foutre. Il y avait un piquet à quelques pas d'eux, arraché à la clôture du Pré-du-Gué. Romain s'en est saisi. Il l'a pointé vers Daniel et l'a menacé.

C'était au tour de ce dernier d'être terrifié. Son visage s'est liquéfié. Ses yeux sont sortis de leurs orbites. Romain a avancé. La peur qu'il déclenchait lui plaisait. Vincent n'était pas en reste. Il clamait qu'il y avait d'autres canetons à tuer. Que s'il les emmerdait, il les tuerait tous, les uns après les autres. Daniel a fait « non » de la tête. Il a battu en retraite. Il s'est affolé. Il tenait toujours le petit animal mort dans sa main. Romain a fait semblant de s'élancer, le piquet prêt à s'abattre. Il s'est retenu parce qu'il se sentait prêt à le faire pour de vrai. Il avait envie de le frapper. De le frapper jusqu'à ce qu'il s'enfonce sous terre. Daniel est tombé en arrière, le cul dans un trou d'eau. Il a laissé échapper une plainte. Vincent s'est marré. Daniel s'est remis debout, regardant son pantalon sali. Il a essayé de le frotter, mais la boue est restée collée. Il a voulu s'enfuir. Il a regardé comment rejoindre sa maison au plus vite. Romain lui a intimé l'ordre de laisser le caneton où il l'avait trouvé. Le géant difforme a hésité. Vincent a promis qu'il allait tordre le cou à un autre petit s'il n'obéissait pas. Romain lui a promis de lui enfoncer son pieu dans le bide.

Malgré la terreur, Daniel a pris le temps de déposer le caneton avec une infinie délicatesse. Il a embrassé le bout de ses gros doigts et les a posés ensuite sur le cadavre. Puis, il a pris ses jambes à son cou et a coupé en travers, vers la rue. Il n'est plus tombé. Il n'a plus trébuché. Il a sauté haut par-dessus les broussailles et a évité les creux.

Romain a laissé tomber son bout de bois. Il savait qu'il aurait honte pour le restant de ses jours. Mais, sur le moment, il s'est senti fort. Comme il ne l'avait jamais été. Ça n'a duré que quelques secondes.

Printemps 1984. An II de ses années grises.

Dernier cours de SVT. Carole Passavent a souri quand elle a dit avoir passé une super année avec Romain. Elle quitte Marican. Son père est muté au Pays basque. À la sonnerie, elle a lancé, les yeux rivés à ceux de son binôme, qu'elle aurait bien aimé lui plaire. Il ne put rien répondre. Il n'a même pas été fichu de lui reparler lors des deux jours qui restaient.

Vincent a promis qu'il avait bien joué les messagers, comme cela avait été convenu. Romain ne le croyait pas. Il a balayé ça d'un revers de la main, comme si ça n'avait aucune importance.

— Elle sait pas ce qu'elle veut, c'est tout. Ça doit lui plaire de te faire marcher. Remarque, elle a raison parce que toi, tu marches pas, tu galopes. Mon pauvre. Il va falloir que tu grandisses.

Été 1984. An II dans le calendrier du presque-rien.

C'était une fin d'après-midi de juin. Ils étaient à vélo. Romain regrettait le collège, Vincent pas du tout. Il était heureux d'être débarrassé de tous les connards et les connasses qui finiraient fraiseurs-tourneurs ou caissières. Le lycée ne l'inquiétait plus.

Il s'est subitement arrêté devant une maison, faisant crisser ses pneus.

— Tu sais qui habite ici ? Lagarde. L'instit' de CM1.

Romain lui avait raconté les humiliations que lui avait fait subir cet homme. En retour, Vincent avait expliqué que c'était à cause de sa réputation peu flatteuse que ses parents l'avaient retiré de Saint-Joseph en fin de CE2.

— On va lui dire bonjour, à ce fils de pute.

Il n'a pas laissé le temps d'une quelconque protestation et, déjà, il sonnait à sa porte. Celle-ci s'est ouverte. M. Lagarde est apparu. Il n'avait pas changé. Petit et chauve, les lunettes mal arrimées à son nez, pantalon de flanelle et gilet sans manches aux mailles épaisses. Vincent s'est présenté. Il lui a dit être un ancien élève de Saint-Joseph. Il lui a présenté Romain dans la foulée. Lui, M. Lagarde l'a reconnu. Il a assuré que ça lui faisait plaisir de le voir, mais son visage exprimait le contraire. Il l'a dévisagé comme s'il était un fantôme revenu du pays des morts. Il s'est repris et a demandé comment se passaient leurs scolarités respectives. La réponse de Vincent ne l'intéressait pas. Il a certifié à Romain avoir toujours su à quel point il était brillant et lui a conseillé de viser haut, le plus haut possible. Il les a invités à entrer. Vincent s'est empressé d'accepter, poussant son copain devant lui. Il n'était pas encore 18 heures, il faisait très beau, mais le couvert était déjà mis en bout de table de la salle à manger tandis que tous les volets étaient clos. M. Lagarde s'est justifié. Il allait bientôt manger pour pouvoir regarder tranquillement le foot à la télé. On était en plein championnat d'Europe des Nations. Il était persuadé que la France avait de bonnes chances.

Sans préavis, Vincent a annoncé devoir partir. Il avait oublié quelque chose à faire pour son père. Après avoir dérangé cet homme qu'il n'avait jamais connu, il s'est à peine excusé mais a ajouté que Romain pouvait rester un peu plus. Il l'a planté là sans un mot et a refermé la porte derrière lui.

Romain ne savait pas quoi dire à son ancien instituteur. Il avait tellement détesté cet homme ! Cependant, à le découvrir ainsi, il lui faisait pitié. Il a refusé de boire un Coca. Il a refusé de s'asseoir. Lagarde lui a demandé s'il avait des nouvelles des autres élèves de sa classe. Il n'en avait aucune, il les avait tous perdus de vue. À l'exception du rôle qu'il avait inventé à certains d'entre eux au sein de l'équipe de Wrexham. Mais là aussi, ils étaient de moins en moins nombreux. En fait, ils n'étaient plus que trois : Ludovic Bertaud dans les buts, Philippe Peyron en libero et Jean-Baptiste Lhomme, dit Mimouche, en meneur de jeu et capitaine. Il a laissé passer deux ou trois minutes et il a quitté la maison à son tour. Le vieil homme ne l'a pas retenu. Il a même paru soulagé.

Romain a enfourché son vélo. Vincent l'attendait au premier croisement. Il l'a questionné sur ce qui lui avait pris de le foutre dans une telle situation et de le laisser tout seul.

— Je voulais que tu aies l'occasion de lui balancer à la gueule ce que tu lui reproches. Juste pour te défouler.

— Je n'ai pas besoin de me défouler sur lui.

Vincent continuait de le fixer. Son sourire s'est effacé.

— Tu savais qu'il a la réputation d'aimer un peu trop les jeunes garçons ? Le diocèse l'a déplacé d'école en école pour noyer le poisson. Il a failli finir en taule.

M. Lagarde les faisait venir à son bureau quand ils avaient un travail à lui soumettre. Il prenait le reste de la classe à témoin, que ce soit bon ou raté. Il pouvait être dur. Il avait une grande boîte métallique remplie de bonbons. Il récompensait ainsi les plus méritants. Parfois, selon les élèves, il glissait sa main dans le pantalon de celui qui se tenait debout à côté de lui, la laissant posée sur ses fesses. Il leur lançait qu'il aimait bien la mettre au chaud et ça les faisait rire.

Ils n'y voyaient aucun mal. Romain n'avait jamais eu droit aux bonbons et l'instituteur ne l'avait jamais touché. Parce que ce dernier ne pouvait pas le voir en peinture et avait passé son temps à le menacer de le faire redoubler.

— Il n'a jamais rien tenté avec toi ? Pas même aujourd'hui ?

— C'est pour ça que tu m'as laissé tout seul ?

— On ne sait jamais. Ça aurait pu te plaire.

Vincent arborait des traits rageurs.

— C'est à cause de ces rumeurs que tes parents t'ont sorti de Saint-Joseph ?

— Des rumeurs ? T'es aveugle à ce point ?

Vincent a soupiré. Il était livide. Il serrait les dents. Ça lui dessinait un pli particulièrement disgracieux sur le menton.

— Non, c'est pas à cause de lui que je me suis barré. Je t'ai raconté des bobards. En fait, c'est moi qui ai demandé à changer d'école. À cause de toi.

Il a braqué sa bécane et, cette fois, il est parti pour de bon.

Hélène rapporte les dernières rumeurs qui se propagent en ville depuis le réveil d'Anna. Il se raconte que la fillette a identifié son père comme étant celui qui l'a battue puis abandonnée à une mort certaine. On se rappelle la froideur et la distance de cet homme au moment de la disparition, notamment durant la fouille de la Tourbière. On évoque son absence totale d'émotion lorsque le sac d'école a été repêché dans la rivière. Tout s'explique : la petite est rentrée chez elle, il ne lui est rien arrivé en chemin, d'où l'absence de témoins. Il s'est alors passé Dieu sait quoi et le père coupable a simulé un enlèvement. Il a jeté le cartable dans l'Aurelle et emporté le corps dans l'autre direction, histoire de brouiller les pistes, ce qui a parfaitement fonctionné. Jusqu'à ce que Romain coupe à travers la montagne au beau milieu de la nuit. Du coup, la cote de suspect numéro un de ce dernier a dégringolé en flèche, ce qui ne manque pas de satisfaire Hélène qui ne tolère pas qu'on ait pu le mettre en cause.

Les gendarmes passent Coujou et ses environs immédiats au peigne fin. Ils cherchent des indices, des traces capables de révéler la vérité. Romain s'abstient donc de remonter là-haut, restant terré chez lui à ne savoir que faire de ses journées. Incapable d'écrire, ne trouvant rien d'autre au sous-sol qu'un endroit de plus où n'aboutir jamais nulle part, tout ce qu'il a entrepris depuis son retour semble vain. Il doit se rendre à l'évidence : il n'a pas fait illusion très longtemps.

Il pense Vincent capable du pire. De toutes les saloperies qui ont été débitées à son sujet, aucune ne lui apparaît impossible. Il est pourtant démontré que rien ne colle : le père d'Anna n'a pas eu le temps de monter jusqu'à la ferme abandonnée et de revenir tout en donnant l'alerte, téléphonant à droite et à gauche, et refaisant le trajet en sens inverse jusqu'au portail de l'école Saint-Joseph. Mais, à ses yeux, il restera à jamais le garçon des années grises, le responsable de l'avilissement dans lequel Romain a sombré, le témoin à même de le divulguer. C'est affreux à penser, mais la mort de son père l'a quelque peu soulagé de ce poids. Au moins, lui ne peut plus rien entendre de ce que ces trois années de rien du tout disent de son fils cadet.

Quand la sonnette retentit, au cours d'un de ces après-midi inutiles, Romain croit que Vincent vient l'affronter. Il se glisse jusqu'à la fenêtre de la cuisine pour vérifier. Il en a le souffle coupé. Sarah est à son portail. Il est incapable de lui accoler le nom de Marcarié. Pour lui, elle reste Sarah Podelier.

Elle est engoncée dans son long manteau molletonné. Elle croise les bras, très haut sur sa poitrine, une main s'agrippant de toutes ses forces à son épaule. Elle ne regarde pas vers la maison.

Il sort et s'avance dans l'allée, un trou béant à la place du ventre. Elle se recroqueville davantage, baissant la tête jusqu'à en apercevoir son reflet sur ses bottes.

— Sarah ?

Elle laisse passer un temps avant de relever les yeux. La fatigue et l'inquiétude les ont peints en gris. Elle soupire, l'effort semble l'obliger à sacrifier ses dernières forces.

— Est-ce que je peux te parler, Romain ?

Avant de franchir le portillon, elle jette un regard vers le bas de la rue, comme si elle craignait de ne plus la revoir.

— Vincent ne sait pas que je suis venue, se justifie-t-elle.

Ils s'installent dans le salon. Elle ne veut pas quitter son manteau et garde ses bras croisés.

Il lui demande des nouvelles d'Anna. Elles sont encourageantes pour tout ce qui est moteur. En revanche, même s'il est trop tôt pour se prononcer, les séquelles neurologiques sont importantes.

— La perdre aurait été insurmontable. Je ne crois pas que quelqu'un l'ait déjà fait, aussi je tenais à te remercier, Romain.

Il est aussi embarrassé et ridicule qu'un petit garçon à qui on fait un compliment, rougissant jusqu'à la racine des cheveux.

— Je voulais également te dire que je ne crois pas une seconde que tu aies fait du mal à Anna, comme certains le disent. C'est important que tu le saches.

— Et ton époux ? Qu'est-ce qu'il croit ?

Elle est assise au bord du canapé, prête à fuir à tout moment. Les larmes lui montent aux yeux.

— Qu'on puisse l'accuser est vraiment immonde. Sa fille est toute sa vie. Jamais il ne...

Elle essaye de circonscrire un sanglot dans une longue et profonde inspiration.

— Vincent est un très bon père. Et un très bon mari. Je sais que les gens ont peur, qu'ils redoutent qu'on ne trouve jamais le coupable. Mais ça ne les autorise pas à parler à tort et à travers. Ne rien montrer de ses émotions en public ne fait pas de quelqu'un un monstre. Il a été élevé comme ça. Cela ne signifie pas pour autant qu'il ne ressente rien. Il est abattu. Si elle était morte, il aurait renoncé à vivre, j'en suis certaine. Dès qu'il a su qu'Anna était hors de danger, il s'est effondré. Tout ce qu'il a cherché à contenir l'a assommé d'un coup. Alors, qu'on le traite en suspect, ça l'a achevé. Il n'a pas quitté le lit depuis deux jours. Il dit que son corps l'a lâché.

— Vous êtes mariés depuis longtemps ?

— Ça fera trois ans, cet été.

Un silence se dilate à l'extrême, en devenant presque désagréable.

— J'ai un fils de mon côté. De mon premier mariage. Il est grand maintenant. Il vit en Australie. Il construit des voiliers.

Elle esquisse un regard censé coiffer l'ensemble de la pièce et constater le vide qui les entoure. Romain ne lui laisse pas le loisir de poser la question. Il lui dit que les péripéties de la vie n'ont pas tourné comme il l'avait espéré. Il vit seul. Il n'a pas d'enfant.

— Es-tu toujours dans l'architecture ?

Il ignore s'il est encore architecte. Il bafouille pour expliquer son année sabbatique, le temps de se retourner après la mort de son père. Il ne laisse rien filtrer de son activité d'écriture.

Sarah hoche la tête et décroise enfin les bras. Elle raconte avoir échoué dans ses études de médecine et s'être rabattue sur une formation d'infirmière. Elle a vécu un temps à Montpellier puis à Bordeaux. Après son divorce, elle est revenue à Marican. On venait de diagnostiquer un Alzheimer à sa mère et elle ne voulait pas la laisser seule.

— Même si ça n'a pas changé grand-chose au final.

Il ne lui demande pas comment Vincent et elle se sont retrouvés. Ni pourquoi ils ont choisi de s'installer au Clos-Margot. Il la relance sur sa première question, à laquelle elle n'a pas répondu.

— Il t'en veut. Après toutes ces années, il t'en veut encore. Je crois que dès qu'il y a un pépin dans sa vie, il t'en fait porter la responsabilité. Il ne le dit pas, mais je le sais. C'est pour ça qu'il a dit aux gendarmes que tu étais… que… qu'il se méfiait de toi. Au fond de lui, il sait que tu n'as rien fait à Anna. Mais il ne peut pas s'empêcher de voir en toi quelqu'un d'hostile. Et dans ton retour, la cause de notre malheur. Je tente de le raisonner. Il est incapable de dire d'où lui vient une telle rancune. Il égraine des épisodes qui l'ont blessé, mais rien qui justifie un ressentiment vieux de trente ans.

Les fameux épisodes, ce passé embarrassant dont elle est désormais au courant.

— Quand je vous ai connus, vous étiez inséparables. Les meilleurs amis du monde…

— Non, tu te trompes. Nous n'étions pas les meilleurs amis du monde. Nous ne l'avons jamais été…

Un jour, alors qu'ils étaient encore au collège, Vincent avait évoqué un certain Louis Podelier, un garçon qu'il avait rencontré au judo. M. Marcarié obligeait son fils à pratiquer un sport pour « se faire le cuir » ainsi qu'il le clamait, quitte à en changer chaque année jusqu'à trouver le bon. Après le cyclisme, la natation et l'athlétisme, c'était au tour du judo.

Louis lui avait proposé de lui prêter la fameuse cassette de *Rambo*, qu'il se désespérait de voir un jour. Un mercredi après-midi, ils ont sonné à sa porte. Ou plutôt, Vincent a laissé Romain sonner, faisant un pas de côté dès qu'il entendit la clé tourner dans la serrure. Une fille a ouvert. Elle l'a fixé en écarquillant les yeux, des yeux immenses. Elle était en chaussettes, de grosses chaussettes d'hiver dont la pointe tire-bouchonnait. Elle disparaissait à moitié sous un pull qui n'était pas davantage à sa taille. Elle était jolie. Plus que jolie, irrésistible. Romain a été incapable de sortir le moindre mot.

— Ben quoi ? lui a-t-elle lancé dans une grimace exaspérée, gonflant ses joues pour imiter un poisson rouge.

Vincent est réapparu.

— On vient voir Louis. Il m'a dit de passer.

— Louis ? Il est sorti.

— Ah... Il revient bientôt ?

— Ça m'étonnerait. Pas avant la fin de l'après-midi à mon avis.

— Il n'a rien laissé pour moi ? Un film ?

Elle a secoué la tête. La pince qui retenait ses cheveux s'est défaite et les mèches ont dégouliné. Elle n'a pas pris la peine de les remettre en place. Vincent faisait la même tête que si on lui avait annoncé l'impérative nécessité de l'amputer des deux bras.

— Désolée. Repassez une autre fois.

Sarah a claqué la porte sans ménagement. Romain n'en a pas pris conscience. Il la voyait toujours devant lui.

À la rentrée suivante, première au lycée, il l'a immédiatement reconnue parmi les autres élèves de leur classe. Il se souvenait encore de la salopette en jean dans laquelle elle nageait. Il s'est penché vers Vincent.

— La fille, là-bas, c'est pas la sœur de ton copain, le mec de *Rambo* ?

— Je sais pas. Je la connais pas, sa sœur.

Sarah a changé. Les années n'y sont pour rien. C'est autre chose, une sorte de trahison. Elle est à l'étroit dans ses habits. Son manteau gêne ses mouvements et son pantalon colle tant à ses jambes que les coutures en sont dilatées à l'extrême.

— Vincent m'a avoué ce qu'il a fait quand, toi et moi, nous sommes sortis ensemble. Comment il a cherché à te pourrir la vie. Il le regrette. Je t'assure qu'il le regrette. Mais c'est du passé, Romain. On était tous des ados. Bêtes à manger du foin.

Nouveau silence, moins long que le précédent mais tout aussi déplaisant.

— Il rêvait de vivre dans ce quartier. Je n'étais pas convaincue. Mais il m'a assuré que nous y serions à l'abri de tout.

Il lui demande pourquoi elle n'était pas convaincue.

— La maison est magnifique, le coin tranquille… Il n'empêche que j'ai le sentiment qu'ici, tout est figé et que ça ne changera jamais. Que nous ne parviendrons jamais à nous y faire une place. Et puis, tous les matins, quand j'aperçois la montagne, je la vois menaçante, sur le point de se détacher et de nous écraser.

Romain ne la contredit pas. La Presqu'île ne s'est pas souvent montrée conciliante avec les éléments rapportés.

— L'avant-veille de la disparition d'Anna, quelqu'un a sonné à 3 heures du matin. Quand j'ai décroché, une voix d'homme m'a dit : « Romain Bancilhon est mort. » Rien d'autre. Je me suis dépêché de sortir mais la rue était déserte.

— Ce n'est pas Vincent.

— En es-tu certaine ?

Elle hésite. Un vent de panique balaye le gris de ses yeux.

— Est-ce que ça signifie que tu le crois capable de faire du mal à sa propre fille ?

Il ment. Il réplique que leur inimitié ne va pas jusque-là, qu'elle ne concerne que des années lointaines. Le ciel de Sarah se couvre à nouveau.

— Je ne lui cacherai pas être venue te voir. Peut-être que je ne le lui dirai pas tout de suite. Dès qu'il ira mieux. Il sait ce que j'en pense de toute manière. Je crois que vous devriez vous parler une bonne fois pour toutes. Que vous arrêtiez avec tout ce cirque. Que nous arrêtions tous d'ailleurs. Parce que, en attendant, le vrai coupable s'en tire sans dommages.

Mardi 18 février

Une des trompettes de l'Apocalypse a retenti. Pour la première fois, Heckel et Jeckel ne viennent pas à la séance du lundi. Je m'en inquiète. Lizzie me prend à part. Avec des mots parfaits, un ton parfait, un regard parfait, elle m'explique que Jeckel est malade. En fait, elle est malade depuis longtemps, une leucémie qui sait se faire oublier mais qui vient de se rappeler à elle. J'en suis bouleversée.

Ce matin, je monte jusqu'à la charmante maison des deux sœurs. Jeckel a connu tant de séjours en hôpital qu'elle refuse désormais d'y mettre les pieds. Heckel m'ouvre. Ma visite semble lui être agréable. Comme à son habitude, elle ne tourne pas autour du pot. Les nouvelles ne sont pas bonnes. La dégradation tant redoutée est bien là. Mais elles en ont connu d'autres et ne vont pas se laisser faire si facilement. Elle m'accompagne dans la chambre de sa cadette. Celle-ci est couchée, deux gros oreillers lui calent le dos. Si elle est en chemise de nuit, elle n'en est pas moins apprêtée, bien coiffée, presque pimpante malgré la pâleur effrayante de son visage. Elle me sourit, m'invite à m'asseoir, me remercie de prendre sur mon temps précieux pour venir la voir. Elle déballe avec douceur le livre que je lui offre. Elle est désolée pour le film d'hier soir et pour l'atelier de jeudi auquel elle fera faux bond.

— Ce n'est qu'une question de jours – sa voix minuscule me coupe le souffle. Elle s'aperçoit de mon trouble – avant que je sois à nouveau sur pied... La semaine prochaine, vous pourrez compter sur moi.

Heckel a pris l'autre chaise, celle qui est collée au lit. Elle contemple sa sœur avec des yeux si grands qu'on pourrait y caser le monde entier et encore, il resterait de la place. Elle passe sa main dans ses cheveux immaculés. La scène est bouleversante de beauté. Tout y concourt : le décor de la chambre, bois et tissus aux fleurs discrètes ; la lumière rasante de l'hiver qui joue avec les rideaux ; le grand lit, ses draps impeccables ; ces deux femmes indissociables... Je me retiens de pleurer. J'en reviens aux paroles du coureur de *Distancés* : les catastrophes sont esthétiquement magnifiques.

Je ne m'attarde pas trop, car Jeckel se fatigue très vite. Heckel descend avec moi. Sur le pas de leur porte, je l'assure de mon soutien et l'encourage à faire appel à moi au moindre besoin.

— Nous nous battons contre le temps et c'est un ennemi coriace. Il lui arrive de se fâcher quand nous remportons trop de batailles. Alors, il nous rappelle que l'heure de notre défaite approche.

Elle est forte et digne. Quand nous nous embrassons, elle laisse ses mains sur mes épaules et les enserre davantage.

— Prenez soin de vous, ma petite. Commencez par faire cela pour moi.

Je parviens à tenir jusque dans ma courette malodorante pour fondre en larmes. J'échoue sur le lit alcôve qui m'aura au moins servi à quelque chose.

```
        *
      *   *
```

Vendredi 21 février

Jeckel insiste pour que sa sœur participe à l'atelier. Cette dernière tente d'y faire bonne figure. Le cœur n'y est pas. Il n'y est d'ailleurs pour personne autour de la table. Comment pourrait-il y être ?

Pendant que nous écrivons, Heckel s'interrompt et considère la chaise vide à sa gauche. La main qui tient son stylo tremble. Elle respire péniblement. Elle manque d'air. Elle manque de beaucoup trop de choses. À la fin d'une soirée que j'ai bâclée, elle s'excuse et se dépêche de rentrer. Reagan lui propose de la ramener en voiture mais, malgré la pluie, elle préfère marcher, assurant que ça lui fait du bien.

Élise n'est pas assez rapide pour sortir la première. Afin d'éviter de devoir partager quelques dizaines de mètres dans les rues, elle est contrainte de patienter avec nous une ou deux minutes qu'elle subit comme un supplice. Puis, à son grand soulagement, elle nous abandonne.

Reagan veut se montrer serviable. Il sait que je suis devenue proche des deux sœurs et pense que sa présence peut me réconforter. Or, j'aurais préféré rester seule. Peu habitué à être prévenant, il ne le devine pas et s'impose. Il tente de faire vivre une conversation que je sacrifie à force de ne lui répondre que du bout des lèvres. Je ne sais même plus de quoi il est question. Il paraît moins sec, plus humain. Néanmoins, il se trahit le temps d'une demi-seconde, quand les quelques personnes qui sortent du cinéma parlent un peu trop fort sous nos fenêtres, qu'il en est pris d'un réflexe de colère et que son regard est traversé d'une nuit plus noire qu'il n'est possible d'imaginer.

Plus tard, il cesse de parler. Je crois qu'il a enfin compris. Il rajuste sa cravate, vérifie la symétrie de son veston et remet sa veste.

— De nos deux amies, celle qui souffre le plus n'est pas celle qui est malade, je le crains. L'avantage de n'avoir personne, c'est qu'on ne fait pas de malheureux le jour où on quitte ce bas monde. J'ignore si mourir est douloureux. Je sais en revanche à quel point il est pénible de rester.

Ma réaction lui fait penser qu'il vient de commettre une gaffe. En temps normal, il peut égratigner sans se soucier des conséquences. Mais nous ne sommes pas dans un temps normal. Il tente de se rattraper, de s'extirper du bourbier dans lequel il vient de se fourrer.

— Veuillez m'excuser, Charlotte. Hélas ! Vous ne le savez que trop bien.

Double dose, cher Reagan : j'ai été celle qui reste et je n'ai personne. Cela vaut bien doubles excuses. Puisqu'il fait amende honorable, j'en profite pour aller le chercher sur ses terres.

— N'avez-vous plus de famille ?

Cette fois, il ne peut se défiler. Il soupire, regarde ailleurs, triture les boutons de sa veste.

— Non. Je suis le dernier de ma lignée. Celui qui va l'éteindre.

Je ne relève pas. Il me renvoie ma question.

— J'ai encore mes parents. Mais nos liens ne sont plus ce qu'ils ont été. J'ai aussi une sœur, avec qui je suis fâchée.

Il abandonne ses dernières défenses. Il pose ses deux grosses mains sur le dossier de la chaise devant lui. Il n'est pas habitué aux bourrasques.

— Ma première épouse m'a donné deux filles, pour qui je n'ai jamais été grand-chose, sinon une personne infréquentable. Sentiment réciproque, je l'avoue sans honte.

— Rien qui soit pardonnable ?

— Je ne crois plus au pardon, Charlotte. Des mots, des gestes, des intentions, certes louables et difficiles à accepter. Mais, au final, ce n'est qu'un pansement sur une jambe de bois. Pardonner est pratique, confortable, cela permet de se délester. Or, je ne pense pas que l'on puisse gommer ce qui est ineffaçable. Comment disait-on ? « N'en parler jamais ; y penser toujours. » Avez-vous déjà pardonné à quelqu'un qui vous a fait du mal ?

Il me prend de court. Je fouille rapidement dans ma mémoire. Je ne trouve pas.

— Pour cela, il faut une grandeur d'âme que je n'ai pas.

— Ce n'est pas une question d'âme, si vous me permettez de vous contredire.

Il passe son temps à me contredire. Pour la première fois, il me demande la permission.

— C'est une question de nature humaine. Le pardon et la mémoire sont antinomiques. Un seul des deux peut exister.

Il se redresse, lâche la chaise, satisfait de son verdict. Il remet son armure, retrouve sa hauteur sèche. Il me souhaite une bonne soirée et me laisse seule au moment où je n'ai plus envie de l'être.

Je descends pour essayer de trouver Mina mais, faute de clients, elle aussi est partie. Je ne tombe que sur l'Ours-Rodolphe qui est en train de fermer et qui ne prend pas de gants pour me faire comprendre qu'il est pressé de rentrer chez lui. Je ne sais pas pourquoi, mais je lui confie mon histoire de silhouette encapuchonnée qui m'espionne et, peut-être, s'introduit chez moi en mon absence. Il est la dernière personne à qui je me suis imaginée raconter ça. Plutôt l'avant-dernière parce qu'en dernier, je mettrais Reagan. Nous remontons vers la rue. Il soupire d'exaspération parce que je reste à côté de lui, obligée de courir à moitié pour pouvoir le suivre. Mais il m'écoute, sans m'interrompre. Mieux que ça, il s'arrête de marcher et me dévisage de toute sa hauteur. Il me prend au sérieux. Il s'assure que j'ai bien épluché les vidéos. Il me propose de voir ce qu'il peut faire avec celle de la nuit d'orage. Il a de quoi traiter les images pour les rendre plus parlantes.

— Sans preuve, il est difficile de t'adresser aux gendarmes...

Il réfléchit. Il réfléchit vraiment, sans faire semblant par politesse ou je ne sais quoi.

— Celui qui t'emmerde ne fait pas partie de notre équipe, c'est déjà une bonne chose.

Je l'interroge du regard.

— Tu nous as suffisamment dit que tu avais installé des caméras pour qu'on se méfie d'elles, non ?

Je ne sais pas pardonner. J'en conviens avec Reagan. Il y a des trucs qui remontent au collège que je n'ai toujours pas digérés. J'en veux encore aux responsables. Il suffit que je repense à eux pour avoir la rage.

Mais, aujourd'hui, je me mets au défi de forcer ma nature. J'imagine un accord avec la fatalité. Je lui offre un sacrifice et Jeckel a droit à un délai supplémentaire. Je faisais ça quand j'étais petite. Quand quelque chose m'inquiétait, je m'imposais une épreuve et la réaliser obligeait le diable à nous laisser tranquilles. Ça a longtemps fonctionné car les grands malheurs nous ont épargnés au final. Je n'ai jamais tenté le coup quand Laurent est tombé malade. Je n'y ai même pas pensé.

Je téléphone à Luttie. Depuis Lighthouse, pour qu'elle ne reconnaisse pas mon numéro et décroche. Je m'isole à la caisse du cinéma. J'en tremble de tous mes membres, mais je le fais quand même. La première sonnerie me déchire de l'intérieur. La deuxième achève d'arracher ce qui est encore intact.

La troisième piétine mes lambeaux. Je retrouve un peu d'air à la quatrième et mon corps reprend vie à la cinquième. Le répondeur se déclenche. Une voix mécanique me propose de laisser un message. Je raccroche. J'ai exécuté ma part du contrat.

13

Y penser toujours

Après l'épisode de la visite chez Lagarde, Romain et Vincent ne se sont quasiment plus vus de toutes les vacances. À la rentrée, ils se sont retrouvés dans la même classe de seconde. Durant les premières semaines, ils sont restés soudés pour mieux affronter ce territoire inconnu. Puis ils se sont séparés. Chacun a pris conscience que l'autre l'avait toujours détesté.

Romain s'était inscrit à l'option arts plastiques. Il fallait en choisir une et, bien qu'il ne soit pas particulièrement doué, celle-ci lui était apparue comme la moins rebutante. Les cours avaient lieu le mardi, à l'heure du déjeuner. C'était le seul jour où il n'avait pas le temps de revenir manger à la maison. Ils n'étaient pas nombreux à suivre cette option, mais Sarah Podelier en faisait partie. Dès la fin de la première séance, elle a proposé que, les autres semaines, étant donné qu'ils étaient prioritaires pour le passage à la cantine, ils mangent tous ensemble. Elle a également convaincu la professeure d'organiser les tables de travail en îlot central afin qu'aucun élève ne se retrouve isolé dans un coin de la salle. Selon elle, ils formaient un groupe, la petite confrérie de Ceux-qui-ont-pris-dessin, et il était important qu'ils restent unis.

Romain n'en demandait pas tant. En moins de quinze jours, Sarah connaissait son prénom, lui faisait la bise tous les matins et n'hésitait pas à venir lui parler à n'importe quel moment de la journée.

Il traînait alors encore avec Vincent et elle avait la décence de ne pas ignorer celui-ci. Elle le chambrait en l'appelant Marcassin, trouvant que ça sonnait mieux que Marcarié. Mais, sorti de ça, elle ne s'adressait pas à lui.

Romain avait beau nier, il ne pouvait pas cacher ce qu'il ressentait pour cette fille solaire. Vincent lui a conseillé de tenter sa chance avec elle. Selon lui, il n'en avait aucune. Mais, au moins, ça lui permettrait de ne pas avoir de regrets plus tard. Il a même proposé de tâter le terrain pour lui, éventuellement de jouer les intermédiaires, ce que Romain s'est empressé de refuser. Il ne se privait pas d'en ajouter une couche, le traitant de mou et d'éternel puceau.

— Ce serait emmerdant que tu passes pour un pédé, si tu vois ce que je veux dire. Emmerdant pour toi comme pour moi.

Au lycée, Vincent avait retrouvé deux garçons qu'il connaissait de ses multiples expériences sportives. Les premiers mercredis, il a proposé qu'ils se retrouvent tous les quatre en ville pour se faire un cinéma ou louer une cassette. Il suffisait que Romain se trouve avec ces trois-là, lors d'une récréation ou à la sortie du lycée, pour se sentir en terre hostile. Il n'a pas eu le cran de refuser ces rendez-vous. Il s'est contenté de ne pas s'y présenter, sans prévenir qui que ce soit. Quand Vincent lui a demandé des comptes, le lendemain, il a prétexté un souci à la maison, un nouvel accrochage avec sa mère qui avait abouti à une interdiction de sortie.

Deux fois, il les a plantés. La troisième, ils ne l'ont plus invité. Vincent a grincé qu'il était devenu trop con et prétentieux. Il s'est demandé tout haut comment ils avaient pu être amis et a cessé de lui parler.

À peu près à la même période, alors qu'ils devaient peindre un décor sur une bouteille en verre, Sarah a confié sa gêne à Romain. Elle était concentrée sur sa peinture, la langue coincée entre les dents, ne le regardant même pas. Elle avait retroussé les manches trop longues de sa chemise.

— La semaine dernière, le petit Marcassin m'a demandé de sortir avec lui.

Le plafond est tombé. Romain était écrasé. Si subitement, qu'il n'a pas eu le temps d'être révolté.

— Un soir, à la sortie, il m'a proposé de faire un bout de chemin avec lui et, tout d'un coup, il m'a dit que je lui plaisais et qu'il préférait me le dire en face. Bref, je ne vais pas te faire un dessin, ce qui tombe plutôt bien… Je le trouve sympa et tout, mais bon… Je lui ai répondu que je préférais qu'on reste amis. Ce qui est complètement débile, vu qu'on n'est pas amis. Franchement, Romulus, tu aurais pu me prévenir ou quelque chose dans le genre, j'aurais eu l'air moins con.

Il a marmonné qu'il n'en savait rien.

— Ce qui m'embête surtout, c'est que je vois bien que vous vous faites la gueule. Je n'ai pas envie que ce soit de ma faute. Il ne faut pas qu'il se sente mal à cause de moi. Tu peux le lui dire. Je ne lui en veux pas. Ça ne change rien.

Il a répondu qu'il lui ferait passer le message et qu'elle n'avait pas à s'en vouloir. S'ils s'étaient éloignés l'un de l'autre, elle n'y était pour rien.

Vincent lui a fait payer sa déloyauté. Tout était bon pour l'humilier, le rabaisser. Plus l'année avançait, plus les choses s'envenimaient entre eux. Parce que Romain ne se privait pas de répliquer aux crasses qu'il lui faisait, tapant là où ça lui faisait mal, sur son physique notamment. La guerre s'est éternisée.

Vincent a raconté aux autres que ses parents n'avaient plus voulu de Romain chez eux parce qu'il avait eu une attitude malsaine. Plusieurs matins de suite, ce dernier a été accueilli au lycée par des garçons qui lui ont demandé s'il avait eu le temps de passer à la salle de bains, tout en mimant une masturbation.

Vincent a bavé sur ses disques et ses bouquins. Il a clamé que Romain avait des goûts de vieux, qu'il faisait semblant de sortir du lot pour se faire remarquer parce qu'il était incapable de se forger une opinion par lui-même, trop occupé à se prendre pour ce qu'il n'était pas.

Et, comme ça ne suffisait pas, il a révélé la signification des lettres WXM qui étaient inscrites partout sur ses affaires. Romain ignorait comment il s'y était pris, mais il avait eu accès à son cahier de foot. Vincent a dévoilé l'équipe, le championnat imaginaire, le rôle de pilier de Romain quand, un ballon entre les pieds, il était aussi mauvais qu'on pouvait l'être. Il a annoncé à quelques anciens du collège, ceux qui les snobaient, qu'ils faisaient partie des joueurs recrutés. Ce qui les a fait marrer, étant donné qu'ils ne savaient même pas qui était Romain Bancilhon.

Vincent a cherché à le ridiculiser aux yeux de tout le monde et, surtout, à ceux de Sarah. Romain était si maladroit avec elle qu'il lui offrait du grain à moudre. Il s'est tordu la cheville en EPS. Le soir, aux urgences, un interne a conclu à une entorse, lui prescrivant des béquilles pour une petite semaine. Gros effet le lendemain au lycée. Or, le jour suivant, au réveil, la douleur avait presque disparu. Il ne se voyait pas abandonner ses béquilles alors que, la veille, Sarah avait été aux petits soins pour lui. Il a donc fait semblant de claudiquer toujours aussi bas. En français, ils participaient à une sorte d'atelier-théâtre dans la salle polyvalente. Ils étaient censés préparer des saynètes et les jouer devant le reste de la classe. Romain était en binôme avec Sarah. Leur tour est venu. Il n'y a pas prêté attention. Elle était déjà sur scène, à l'attendre. Le prof l'a appelé. Sans réfléchir, il s'est précipité, en courant, oubliant sa fausse entorse et ses vraies béquilles. Juste quelques foulées, le temps de se rendre compte de son erreur. Une voix s'est immédiatement élevée depuis l'autre bout de la salle. Vincent, avec ses deux acolytes, négligemment assis sur les tables ramenées contre les murs.

— Ben alors, Romain, tu ne boites plus ?

Sarah a levé le nez de son texte et l'a jaugé avec une sévérité qu'il ne lui avait jamais connue.

— Pourquoi tu m'as menti ?

Il a bredouillé qu'il n'avait pas menti, que le strapping qu'on lui avait posé était efficace. Elle a fait la moue, a haussé les épaules, ce qui l'a blessé, et a demandé si on pouvait enfin démarrer. Vincent le fixait en souriant.

Romain brûlait de lui faire du mal, physiquement parlant. Pour la seconde fois de sa vie, il se sentait capable de tuer quelqu'un. En pensant à lui, il était pris de bouffées de violence. Il s'imaginait le cogner, le mettre à terre et ne pas s'arrêter jusqu'à ce que son visage ne soit plus qu'une bouillie informe, jusqu'à ce que ses poings fermés ne rencontrent plus que des chairs molles et des os en miettes. Quand il recouvrait sa lucidité, il était effrayé de ces pulsions, debout au milieu de sa chambre, le cœur battant à tout rompre, la sueur froide dégoulinant dans son dos, les doigts si crispés que ses ongles avaient écorché ses paumes.

Peu de temps avant Noël, leur classe a été désignée pour préparer la salle dans l'optique du spectacle que le lycée organisait. Ils n'étaient pas fâchés que ça leur tombe dessus parce que ça leur permettait d'éviter le cauchemardesque cours de physique-chimie. Sans la surveillance d'un adulte, ils ont chahuté. Il y avait un jeu entre garçons. Une grosse boule de papier qu'il fallait se renvoyer à la volée. Celui qui la faisait tomber avait droit à un abattage. Ce qui signifiait que tous les autres se ruaient sur lui et lui mettaient des coups sur les cuisses, sur les biceps, là où c'était le plus sensible. Quand Romain a raté sa passe, il a eu droit au châtiment qui générait plus de bruit que de douleur. Alors, Vincent s'est transformé en fou furieux. Il a tapé plus fort que les autres. Puis il s'est mis à le boxer des deux poings à la fois, au visage. Il écumait de rage, les yeux exorbités, les dents si serrées qu'elles menaçaient de se casser les unes contre les autres. Il a frappé mais n'a atteint que les tempes. Romain a rentré la tête dans les épaules, incapable de parer les coups. Les autres ont reculé. Ils l'ont appelé à la raison, sans pour autant intervenir. Comme Romain ne cédait pas, comme il ne tombait pas, Vincent enrageait de plus belle. Jusqu'à ce que plusieurs garçons se décident à l'agripper et l'obligent à lâcher prise.

On s'est préoccupé de la santé de sa victime mais, à part des traces écarlates des deux côtés du front, il n'était pas blessé. Un des élèves a lancé :

— Marcarié, *a priori*, tu n'es pas fait pour faire de la boxe. T'as la force d'un chamallow.

Les autres se sont moqués de lui. Romain a ajouté son grain de sel.

— Son père ne compte l'y inscrire que quand il aura grandi. Cette année, c'est danse rythmique.

Nouveaux rires, plus nerveux que vraiment amusés. On a considéré que l'incident était clos. Il valait mieux avant que le prof ne revienne. Sauf Vincent.

— La danse ? Tu es bien placé pour savoir que c'est pour les pédés, Bancilhon. Chez toi, on l'est de père en fils.

Quelques autres ont envoyé Vincent se faire foutre et lui ont intimé de fermer sa gueule. Il ne les voyait pas. Il ne les entendait pas.

— Tu ne leur as pas parlé de tes habitudes dans les chiottes de la gare des cars ? Ni du sida de ton frangin ?

On a été soulagé que Romain ne réagisse pas. Certains, malgré tout, jetaient de l'huile sur le feu, sifflant ou applaudissant.

— Enfin, quand je dis que vous êtes tous pédés, je ne compte pas ta mère. Elle, ce serait plutôt l'inverse. Demande au mec avec qui elle s'occupe de l'association paroissiale. Tous les deux, ils ne distribuent pas que des vêtements. Ils auraient plutôt tendance à les retirer.

Cette fois, Romain s'est redressé. Il s'est avancé. Les garçons se sont écartés. Ils ont formé un cercle. Il voulait lui faire la peau. Il le lui a promis, devant tous les autres. Vincent a répondu que pour cela il faudrait qu'il s'achète une paire de couilles.

Quelqu'un a prévenu les filles qui étaient occupées dans une autre salle. Sarah s'est précipitée. Elle s'est plantée entre les deux, son visage au ras de celui de Romain, ses yeux plantés dans les siens.

— C'est rien. C'est du vent. Ça n'a aucune importance.

Elle l'a poussé à fléchir.

— Si tu le touches, ça ne servira à rien. À rien du tout.

Ils sont sortis du cercle. Vincent a disparu derrière l'attroupement. Le pion est arrivé à son tour. Il s'est inquiété de savoir ce qui se passait. En guise de réponse, tout le monde est reparti à la tâche qui lui avait été confiée, sans un mot. Sarah a entraîné Romain au fond de la salle. Ils ont fini derrière un rideau poussiéreux, dans une sorte de débarras.

Elle a pris ses mains dans les siennes. Elle a répété qu'il devait se calmer, qu'il lui fallait respirer, que la vraie force était de ne pas répondre aux cons quand ils vous interpellaient. Il a accepté de baisser les armes. Il a eu envie de pleurer. Il redoutait de se ridiculiser une fois de plus. Elle le fixait toujours.

— Il y a beaucoup plus important que ces conneries. Nettement plus important. Moi, par exemple. Je suis vachement plus importante que les âneries déblatérées par Marcassin.

Elle s'est dressée sur la pointe des pieds. Elle a forcé son sourire et l'écarquillement de ses yeux. Elle a penché la tête d'un côté puis de l'autre. Elle lui a arraché un sourire.

— Je suis contente que tu sois d'accord avec moi, Romulus. Parce que toi, tu es important pour moi. Très important, même.

Il a oublié toute sa haine en une seconde. Son corps est devenu plus léger. Sa respiration moins saccadée. Il l'a embrassée sur les lèvres. Elle ne s'est pas écartée. Au contraire, elle lui a rendu son baiser en passant ses bras autour de son cou. Il ne s'était jamais senti aussi heureux.

Il n'a pas été un très bon petit ami pour Sarah. Elle était enjouée, dynamique, sincère. Elle adorait la compagnie. Il était timoré et solitaire, mal à l'aise en public. Il n'y avait pas que leurs différences. Les semaines passaient et il ne parvenait pas à lui faire de la place dans son monde, celui dans lequel il se réfugiait. Il n'y avait pas de rôle pour elle. Il a rechuté dans ses années d'enfant, quand il se pensait anormal.

Au lycée aussi, Romain était une anomalie. Il ne faisait pas partie des garçons qui étaient censés avoir une copine, *a fortiori* une copine comme Sarah Podelier. On le lui faisait bien sentir. Vincent entretenait la chose. Des garçons bien plus élevés que lui dans la hiérarchie ne cachaient pas qu'ils avaient des vues sur elle. Ils la draguaient. Ils parlaient d'elle alors que Romain pouvait entendre. Il ne réagissait pas. Il n'avait pas les armes pour empêcher l'inéluctable. Vincent l'apostrophait en l'appelant Monsieur-Cocu-et-Fier-de-l'Être.

Logiquement, Sarah s'est lassée de leur relation. Il était amoureux d'elle. Il savait que ça ne lui passerait jamais. Pourtant, il l'a laissée s'éloigner.

Un mardi, à la fin d'un des cours de dessin, elle a dit qu'ils avaient à parler. Romain a compris. Le lendemain, pour la première et seule fois, il l'a emmenée dans sa montagne. Là-haut, une fois que ce serait fait et qu'elle serait partie, il pourrait s'effondrer sans que personne ne le voie.

Ils se sont assis contre un arbre de l'Île-Penchée. Il a prononcé le mot « rupture » avant elle. Sarah était d'accord. Il lui manquait trop en tant qu'ami.

Il s'y était préparé. Pourtant, en une fraction de seconde, plus rien n'a vécu en lui. Il a néanmoins trouvé les ressources nécessaires pour lui présenter cet endroit et les autres, où, enfant, il venait jouer avec son frère. Elle l'a écouté en mâchouillant un brin d'herbe. Elle a fait mieux que cela. Elle a entendu ce qu'il lui a dit. Elle lui a conseillé d'écrire tout cela. Il y avait matière à une sacrée bonne histoire.

Ils sont redescendus ensemble. Elle est repartie. Quand elle s'est retournée, elle avait les larmes aux yeux et lui n'a rien fait d'autre que de garder les deux pieds scellés dans le trottoir et les deux mains englouties par les poches de son pantalon.

Il ne croyait pas pouvoir se relever, mais il s'est relevé quand même, parce que c'était comme ça. Il a suivi les conseils de Sarah. Il a écrit. C'est ainsi que, sans crier gare, Julien a fait son retour dans son existence. Ça tombait bien car jamais il ne s'était senti aussi seul.

Pour marquer leur réconciliation de frères, Romain est allé au fond de leur jardin. Dans le bidon rouillé qui servait à incinérer les végétaux, il a d'abord brûlé son cahier de Wrexham. Il a ensuite jeté tous les objets sur lesquels il avait tracé le nom de son ancienne équipe ou la griffe qu'il avait inventée. Il a fini par le maillot rouge. Il l'a contemplé une dernière fois. Son compagnon fidèle. Ils avaient tous été des compagnons fidèles. Mais il ne voulait plus être ce garçon-là. Le prix à payer était trop élevé. Il a laissé tomber le maillot dans le brasier. Le tissu s'est déformé. Les coutures ont fondu. Puis il s'est enflammé. Romain a regardé jusqu'au bout, jusqu'à ce qu'il ne reste presque plus rien.

Quelques jours après cet holocauste, il a croisé Vincent dans le garage à vélos. Il n'y avait personne pour les empêcher de se battre. Vincent l'a provoqué. Il lui a demandé ce que ça déclenchait chez lui de voir son ex-copine sortir avec un élève de terminale. Il s'est vanté de lui avoir fait perdre Sarah, d'avoir tout mis en œuvre pour qu'elle lui préfère un autre. Il tenait sa victoire. Il a ajouté que Romain aurait dû se méfier de lui, qu'il avait sous-estimé l'adversaire qu'il pouvait être. On se foutait de sa gueule, mais il savait toujours obtenir ce qu'il voulait. Il ne s'arrêterait pas là. Son triomphe serait total le jour où il se ferait Sarah. Ça arriverait, c'était certain. Et, ce jour-là, ils auraient tous les deux une pensée émue pour ce pauvre Bancilhon.

Romain était au-delà de la haine, dans un état inconnu. Il ne voulait plus le frapper, ni tomber dans la surenchère des aveux. Il a répliqué qu'il détruirait Vincent Marcarié, qu'il était très patient, qu'il prendrait le temps qu'il faudrait mais qu'il lui ferait regretter de l'avoir croisé un jour. Ce n'étaient pas des promesses en l'air, c'était un serment, un pacte avec le diable. Il l'incarnait tellement que son ancien complice en est resté coi. Il l'a réitéré, plusieurs fois, ne se rendant pas compte qu'ils n'étaient plus seuls. À la fin, il a même crié. Quand il a juré que, le jour venu, le jour où il l'aurait mis à terre après lui avoir fait tout perdre, Vincent saurait que ça venait de lui.

Mercredi 26 février

L'Ours-Rodolphe ne peut pas faire grand-chose de ma vidéo nocturne. Il est allé le plus loin possible dans le traitement de l'image, mais la baie vitrée constellée de gouttes est un rempart difficile à franchir. En zoomant, on distingue bien un mouvement sur la terrasse, une ombre qui se déplace de la droite vers la gauche et disparaît. Mais c'est très fugace, à peine perceptible. Je regarde et regarde encore. Je ne vois rien d'autre que le vent qui ride le sol détrempé.

Aujourd'hui, une deuxième trompette retentit. J'aurais dû me méfier car la journée a commencé par des grincements de mauvais augure. Dans ma salle de bains, j'écoute l'interview d'une comédienne célèbre. À la question : « Quand vous sentez-vous libre ? », elle répond : « Tout le temps. » Elle développe : la liberté est une marque de sa personnalité ; elle dérange ; à cause d'elle, on l'écarte de certains projets. Je crois qu'il s'agit d'une des prises de parole les plus prétentieuses que j'ai entendue. De ce que je sais déjà d'elle, cette femme ne cesse d'évoquer son passé douloureux, ses erreurs, ses regrets, ses non-dits et j'en passe. D'ailleurs, le reste de l'interview le confirme. Se déclarer plus libre que le commun des mortels est un affront incroyable, mais le faire quand on expose au grand jour les barreaux de sa prison est idiot. Elle me met en colère. Je la traite de connasse, lui intime l'ordre de fermer sa gueule. C'était le signe annonciateur.

Je remonte dans ma chambre pour découvrir un SMS de Caroline. Elle ne m'a pas écrit depuis notre échange paresseux pour la nouvelle année. J'ouvre sans me méfier : *Tu n'es qu'une sale pute. Une salope de menteuse et d'hypocrite. Je ne te pardonnerai jamais.*

J'ai souvent imaginé ce moment où elle découvrirait que je me suis fait son mari. Elle sonne à ma porte et me colle une énorme paire de claques sans aucune forme de préavis ; je lui donne rendez-vous dans un lieu public, un café, et je lui avoue tout ; elle m'envoie un type, un de ses frères pour être exacte, afin qu'il me donne une bonne leçon ; le lycée reçoit des lettres anonymes à mon sujet qui sont relayées par des rumeurs à destination de mes élèves ; ça va même jusqu'à un fusil de chasse pointé sur ma poitrine par une silhouette qui reste à l'abri de l'obscurité...

Malgré tout cet entraînement, je suis cueillie. J'en vomis mon petit-déjeuner et gèle de l'intérieur. Pourtant, cette histoire me pèse tellement depuis des mois que je devrais être soulagée de l'abcès enfin crevé.

Je ne lui réponds pas. Ma journée est morte, je suis incapable d'écrire une ligne. Nager ne me fait aucun bien. Je n'ose pas me montrer à Lighthouse. Le seul recours qui me tente est de descendre au port et de retrouver Mina. Elle est la seule à qui j'ai tout raconté. Nos sorties en voilier me délient la langue. Je regrette ensuite d'avoir trop parlé, mais ça me soulage de le faire. Parfois, c'est elle qui parle et c'est bien aussi.

Pourtant, je n'ose pas aller voir Mina pour lui parler de mes histoires. Je ne veux pas lui imposer ça. Il est temps que je cesse de toujours chercher une épaule sur laquelle m'épancher.

Je passe un second pacte pour la survie de Jeckel. Je rappelle Caroline en fin d'après-midi. Cette fois, je ne brouille pas les pistes et j'utilise mon propre téléphone. Il s'agit d'un demi-pacte parce que je me doute qu'elle ne va pas décrocher. Je lui laisse un message dans lequel je me mets à plat ventre. Je lui dis à quel point je suis désolée de l'avoir trahie, que je n'ai aucune excuse, la maladie de Laurent et mon épuisement psychologique de ces mois difficiles n'étant que des arguments à la con. Je mens en expliquant que Thomas a été victime de sa gentillesse à mon égard, de sa gentillesse tout court d'ailleurs. Je lui annonce que j'ai décidé de mettre la maison en vente, que je ne reviendrai pas habiter dans notre quartier, sans doute même pas à Limoges. Je ne serai plus qu'un vilain souffle qui a causé des dégâts, ceux-ci n'étant pas irréparables. J'accepte sa colère, le fait qu'elle ne me pardonnera jamais. Je ne lui demande pas de le faire. Elle ne s'en doute pas mais je suis déjà punie. Cela fait des mois que je suis punie. Je ne l'ai pas attendue.

Je raccroche.

L'impact des pactes

Lighthouse – Le Cinéma
Les séances du lundi soir

Charlotte Kuryani, écrivaine en résidence, vous propose dans le cadre du thème *L'impact des pactes* :

Lundi 2 mars – 20 h 00
Hot Spot *(The Hot Spot)* – Dennis Hopper (1990)

La chaleur est écrasante. Les hommes portent des chemisettes, des épingles à cravate, fument des cigarettes mentholées et boivent du Coca glacé. Les femmes se perchent sur les talons hauts de chaussures à fleurs. Elles se baignent nues dans des lacs qui ressemblent à des oasis. Le diable rôde dans les parages. Il cherche un pacte à signer. Et le feu se déclenche...

Lundi 9 mars – 20 h 00
Bully – Larry Clark (2001)

Un groupe de grands adolescents américains se ligue pour éliminer un des leurs. La victime est une véritable ordure, le pire reflet de la bassesse humaine. Mais ses bourreaux ne prennent jamais la mesure de leur sauvagerie. Ils étaient perdus avant. Ils le sont tout autant après. À l'image de leur pays. La vengeance n'a rien soulagé. À l'époque de la sortie de ce film sulfureux, une des jeunes actrices avait la réputation de ne connaître aucune limite et de se déshabiller à la moindre occasion. Pendant quelque temps, elle a été mon héroïne.

Lundi 16 mars – 20 h 00
The Player – Robert Altman (1992)

Les mauvaises actions sont un piège duquel il est impossible de s'extraire car elles finissent toujours par nous revenir à la figure. Un ponte de studio hollywoodien se débat comme il peut tandis que les mâchoires de l'étau se referment sur lui. Comme pour tout animal sauvage, sa survie passe par une mutilation volontaire.

Lundi 23 mars – 20 h 00
The Pledge – Sean Penn (2001)

Un policier à la retraite fait le serment de retrouver le meurtrier d'une petite fille. Serment dont il ne peut se défaire, le poids l'entraînant vers le fond jusqu'à la noyade. Renoncer reviendrait à gommer le peu de sens de son existence ; réussir serait peut-être pire.

Mercredi 4 mars

Le diable n'est pas homme de parole. Je me suis fait rouler. Heckel me téléphone. Dès que je reconnais sa voix, je comprends que j'ai échoué. Jeckel est au plus mal. Leur médecin respecte sa promesse, il la laisse chez elle, sous morphine. Elle n'est plus consciente. Elle vit ses dernières heures. Sa sœur ne dit pas qu'elle va partir ou qu'elle va nous quitter. Elle dit simplement qu'elle va mourir. Je lui propose ma présence. Elle l'accepte sans hésiter.

— Je suis navrée de vous demander cela, ma petite. Mais je crains de m'endormir avant que... Je ne veux pas qu'elle soit seule.

Ses premières phrases me déchirent. Puis, le rôle qu'elle m'octroie me recoud. Jusqu'ici, personne n'a demandé à s'appuyer sur moi.

Je me précipite. Je tremble comme une feuille mais je joue les grandes. Heckel m'ouvre. Elle est fatiguée. Elle s'excuse à nouveau.

— Vous êtes si importante pour nous depuis ces derniers mois... En fait, je ne voyais personne d'autre que vous pour nous accompagner.

Je suis flattée, mais je crains de ne pas être à la hauteur. Parce que la nuit où j'ai veillé mon mari, je me suis endormie et il est mort sans moi. Si j'avais été moins égoïste, j'aurais moi aussi appelé quelqu'un. Qui ? Le problème est bien là. Une seule réponse s'impose et elle me glace : Caroline.

Nous nous asseyons dans la chambre de Jeckel qui n'est déjà plus qu'un corps diaphane marbré de veines et de veinules noires. Sa respiration est douloureuse. Heckel serre sa main. Je me tiens plus en retrait. Les volets sont ouverts sur la nuit et toutes les lampes sont allumées, y compris sur le palier. C'est un vœu de la mourante : le plus de lumière possible.

Aucune de nous deux ne s'endort. De temps en temps, nous échangeons à voix basse. Des anecdotes sur les bibelots et les tableaux de cette chambre ; des souvenirs de nos ateliers d'écriture ou des séances du lundi soir ; de la mer ; du métier d'enseignante... Je descends préparer du thé. À plusieurs reprises, Heckel embrasse le front de sa sœur. Elle lui murmure qu'elle peut se laisser aller, qu'elle s'est bien battue.

Vers 4 heures, la respiration devient un râle puis une sorte de cri arraché aux entrailles. Je sursaute. Je me redresse sur ma chaise. Heckel ne quitte pas des yeux le visage de Jeckel, y saisissant les derniers instants de vie. Cela dure une quinzaine de minutes avant que le silence ne soit total.

— C'est fini.

Elle dit cela le plus simplement du monde.

Je me rends utile en laissant un message au médecin puis en prévenant les pompes funèbres. Je ne peux contenir mes larmes. Celles d'Heckel attendront que je sois partie. Quand je lui pose la question, elle reconnaît avoir envie de rester seule avec sa sœur. Le plus dur est passé.

Cela fait des mois qu'elle se prépare à vivre sans elle. Elle lui a promis d'y parvenir.

Je sors dans la nuit finissante. Je traîne un peu sur le trottoir à laisser le froid me griffer. Puis je traverse à pied les rues penchées de la ville. Dans ma salle de bains, je me passe de l'eau sur le visage tant celui-ci me brûle. La combinaison suspendue dans la courette est un appel. Les horaires des marées aimantés sur la porte de mon frigo en rajoutent une couche. En moins d'une demi-heure, je suis garée sur le parking de Goas Lagorn. Les premières traces lointaines du soleil pointent à peine derrière les collines que je suis déjà dans l'eau.

Je m'écarte du rivage, plus qu'à mon habitude. Beaucoup plus. Au-delà des bouées jaunes. Au-delà du raisonnable, voire du franchement aventureux. Je glisse sur une mer noire qui vire bientôt à l'argenté maculé d'orange. Plus je glisse, moins j'ai envie que ça s'arrête. Je me regarde nager. Je suis hors de mon corps. Je ne ressens aucune fatigue. Je n'ai pas besoin de forcer. Je n'ai même plus conscience du temps. Sortir de l'eau n'est pas une nécessité. Y demeurer est un gage de survie. Partout autour, il n'y a que la colère, les cris et la douleur.

Cela dure plusieurs heures. Soudain, telle une coupure de courant, ça s'arrête net. J'ai mon compte. Je reprends place dans mes chairs et j'arrête mes allers-retours. Je me relève. Je découvre le ciel clair, le soleil déjà haut, la côte qui brille sous ce plafond magnifique. La mer ne veut plus de moi. Elle m'expulse.

Je retourne vers la plage. Tous mes membres me font mal. Je mets un temps fou à couvrir la distance. Le retour est pénible, désagréable. Quand je reprends pied, je peine à retirer mes lunettes et mes palmes. Je peine à marcher sur le sable tant mes jambes sont tétanisées. La combinaison me donne encore plus de mal pour la retirer. Je m'enroule dans ma serviette. Pour la première fois, je retire également mon maillot de bain avant de retourner au bord de l'eau. Je suis debout. Je tremble. J'ai la sensation que mes os sont sur le point de tous se briser en même temps. Que je vais m'affaisser sur place et n'être plus qu'un tas informe. Pourtant, je respecte mon rituel. Il parvient à me redonner une stabilité. Ensuite, je laisse tomber ma serviette. Je ne cache plus rien. Je voudrais qu'il y ait du monde pour me voir. Le Nageur-de-l'Aurore ou un autre. Mais il n'y a que moi et le vent. Je ferme les yeux. Je suis au-delà des limites que je me suis toujours fixées. Je n'ai pas l'intention d'en revenir tout de suite.

Une présence, des pas puis une respiration dans mon dos. La serviette qu'on pose délicatement sur mes épaules et de laquelle on me couvre. Je rouvre les yeux. Lizzie a passé son bras autour de moi.

— Viens. Il ne faut pas rester ici. Tu vas prendre froid.

Elle me fait asseoir dans sa voiture et prend le volant. Je l'entends me dire qu'elle s'est inquiétée pour moi dès qu'elle a su pour Jeckel. Que, comme elle ne m'a pas vue à la maison, elle a pensé me trouver dans l'eau. Elle m'a vue nager et nager encore. Elle est restée là tout le temps à m'observer ou plutôt à me surveiller, de peur qu'il ne m'arrive quelque chose.

Je me sens partir. Ses paroles se perdent. Ma vue se brouille. Le noir se fait au bout d'une spirale qui m'emporte.

Le roulis me chahute. Je suis à bord du voilier de Mina. Je tombe. La longe qui traîne dans son sillage m'échappe. Je n'insiste pas. Je le regarde s'éloigner. Je reste seule. J'attends. Je disparais en mer. Je coule. Mais je refuse de mourir. L'eau ne pénètre pas dans mes poumons. J'ouvre la bouche. Je veux l'aspirer. Rien ne se passe.

À mon réveil, je découvre une chambre que je ne connais pas. Un lit moelleux et un gros édredon jumeau de celui de Mamie. Une luminosité incroyable et de minuscules fleurs rouges sur les murs. Mes clés de voiture et mon téléphone sont posés sur la table de chevet. Mes vêtements parfaitement pliés sur le dossier d'un fauteuil. Je suis nue sous les draps, percluse de courbatures. Le moindre mouvement me fait grincer les dents.

Il est 17 heures. Je reconnais la vue sur les îlots. Je suis chez Lizzie. Elle est dans le salon, travaille sur son ordinateur portable. Elle me voit apparaître. Si elle n'a pas le plus beau sourire du monde, c'est que le jury du concours est corrompu jusqu'à l'os. Je lui présente mes excuses. Je la remercie de m'avoir ramenée.

— Je me suis couverte de ridicule et de honte.

— Il n'y a pas de quoi.

— Je ne sais pas ce qu'il te faut. Et puis, couverte n'est pas le bon mot...

Elle me propose qu'on n'en parle plus. Je sais que je ne vais pas cesser d'y repenser. Me mettre nue à la vue de tout le monde m'a troublée. Mais être nue devant elle me soulève. Je ne trouve pas la bonne expression pour expliquer ce que je ressens.

*
* *

Samedi 7 mars

L'église de Trébeurden est trop petite. Beaucoup de gens restent debout. Toute la communauté de Lighthouse est présente, y compris les abonnés du jeudi soir. Reagan est étonnant de sobriété et de justesse quand il présente ses condoléances à Heckel. La pauvre est contrainte de composer avec des cousins qu'elle n'apprécie guère. Elle me glisse à l'oreille que ce sont les affres des funérailles que de rencontrer des personnes qu'on cherche à éviter le reste du temps. Je lui propose de lui servir de chauffeur pour la Touraine, mais si elle refuse une des voitures de la famille, ça va faire du foin. Elle va s'épargner cela, avant tout parce qu'elle est pressée que tous ces intrus la laissent en paix.

Avant de prendre la route derrière le cercueil de Jeckel, elle promet qu'elle viendra à l'atelier de la semaine prochaine. Il est hors de question qu'elle abandonne. Je n'ose pas lui avouer que nous avons annulé celui de la veille.

La troisième trompette me rappelle que survivre aux deux premières ne fait de moi qu'une rescapée provisoire. Elle retentit ce matin. Elle a la voix de ma mère. Rien que dans son « Bonjour », je sens que ça va être terrible.

— Ta voisine nous a écrit…

La foudre.

— Il paraît que tu aurais couché avec son mari.

La grêle.

— Il paraît que tu as fait ça alors que Laurent était encore de ce monde.

Un tiers des arbres brûle.

— Comment as-tu pu ? On ne t'a pas élevée comme ça.

Un tiers de la terre brûle.

— Parce que des putains, dans la famille, il n'y en a jamais eu.

Toute l'herbe verte brûle.

Sa voix se casse. Après le feu du ciel, place au cours d'eau empoisonné.

— Mon Dieu, Charlotte ! Qu'est-ce qui t'arrive ?

Il ne m'arrive pas grand-chose, c'est bien ça le problème. Mais je ne lui réponds rien.

— Que tu te salisses, que tu veuilles t'abîmer, c'est déjà regrettable. Mais que tu fasses subir ça aux autres…

Elle pleure de plus belle. Elle plaque sa main contre sa bouche et ses paroles se perdent. Il y a un vide. Mon père récupère le combiné qu'elle a abandonné. Un tiers du soleil disparaît.

— Charlotte, tôt ou tard, il faut savoir assumer ses actes. On ne peut jamais s'y soustraire.

Un tiers de la lune disparaît.

— Il y a trop longtemps que tu fais comme bon te semble, au mépris des conséquences.

Un tiers des étoiles disparaît.

— Il y a trop longtemps que nous le tolérons tous en nous taisant. Sache que, désormais, c'est terminé.

L'obscurité est totale. J'ose enfin parler.

— À aucun moment, vous n'avez songé que ces accusations étaient fausses ?

Silence. Deux secondes maximum.

— Le sont-elles ?

— Non.

Nouveau silence, bien plus long. Ma parenthèse se referme.

— Tu as besoin d'aide, ma fille. Tu ne veux sans doute pas l'admettre, mais nous ne te laissons pas le choix. Tu dois te reprendre en main. Réparer le mal que tu as fait pour commencer.

Le puits de l'abîme est béant. La fumée qui s'en échappe est nauséabonde.

— Regarder les choses en face ensuite. Notamment pour cette histoire d'écriture.

Les sauterelles aux pouvoirs de scorpions déboulent.

— Te poser la question si tu es dotée du talent nécessaire. Avant que d'autres se la posent à ta place et que tu te retrouves sans rien.

L'armée des démons. Deux myriades de myriades, ce qui fait deux cents millions, j'ai fait le compte.

— Ta mère et moi, nous nous sommes renseignés. On nous a recommandé quelqu'un de très bien que tu peux consulter. Nous t'aiderons. Nous t'aiderons en tout et le temps qu'il faudra.

— Sinon ?

Ma mère retrouve de la voix.

— On ne va pas te laisser te détruire sans réagir.

Mon père calme le jeu.

— Nous avons peur pour toi. Peur que cela finisse très mal.

Je me défends. Je porte mes coups. Je vise là où ça fait mal. Je leur demande de me croire quand je promets que je vais bien. Qu'ils doivent me laisser m'en sortir, à ma manière.

— Ta manière, c'est de détruire les autres couples ?

Le Seigneur vient chercher les siens pour les sauver. Il les reconnaît à la marque qu'ils portent au front. Il n'y a rien sur ma peau. Pas la moindre trace.

Ma mère s'empare à nouveau du téléphone.

— Tu vas bientôt nous reprocher de ne pas avoir été à la hauteur avec toi, n'est-ce pas ?

— Non, je ne vous reproche rien, au contraire.

La tempête se calme, en apparence du moins. Parce que je connais ma mère. Ce soir ou dans la nuit, elle va se monter le bourrichon toute seule et recréer notre échange, certaine d'avoir entendu des paroles que je n'ai pas prononcées, et saisie d'une colère glaciale et durable. Elle voudra que je craque. Ils le veulent tous les deux. Pour pouvoir me secourir.

— Accordez-moi le droit d'essayer de me reconstruire.

— Parce que nous sommes des entraves ? C'est comme ça que tu nous vois ? Reconstruis, Charlotte ! Reconstruis tout ce que tu veux. Ne te préoccupe pas de nous. Après tout, nous ne sommes que tes parents.

Elle me raccroche au nez.

*
* *

Samedi 14 mars

La panne sèche ! Cela fait plus de deux semaines que je n'écris rien. Je me mettrais des claques, mais ça n'y changerait rien. J'ai tout tenté : remettre le nez dans ma liste d'indices prélevés chez WXM ; afficher au-dessus de mon bureau le message de Madeleine qui me menace ; marcher le matin ou le soir, parfois les deux, parce que nager, pendant quelque temps, je vais oublier, le temps de digérer ; me planquer dans la lande pour regarder Reagan ; mettre dans mes écouteurs des sons de nature pour m'aider à me concentrer... Rien ne vient.

Après l'épisode de la plage, je ne suis pas très à l'aise en présence de Lizzie. Elle a beau être la même, faire comme si ma surchauffe n'avait jamais eu lieu, je ne parviens pas à me libérer. Lundi soir, après le film, elle me prend à part. Elle y va franco, sans emballage. Elle ne veut pas qu'il y ait de gêne entre nous. Nous n'avons pas de temps à perdre pour si peu. Elle aurait préféré que je ne me mette pas en danger, mais elle a aimé jouer les chevaliers. Être présente au bon endroit et au bon moment ne lui est pas souvent arrivé, alors elle savoure. Elle s'étonne que je ne me sois pas enrhumée. On en plaisante. Même si je suis encore troublée, je me détends.

Ça ne suffit pas. Le blocage reste.

Jeudi soir, alors que je n'en attendais rien, l'atelier me remet un peu en selle. Heckel revient. Elle est en petite forme. Sa gouaille et son dynamisme sont en rade. Elle a des sautes de concentration, oubliant les consignes et me les faisant répéter plusieurs fois. Quand nous nous retrouvons toutes les deux, elle reconnaît que c'est difficile. Contrairement à ce qu'elle pensait, ce ne sont pas les soirées qui font le plus mal, mais les réveils, ce moment où la réalité lui saute dessus et l'étrangle à mains nues.

Elle me remercie encore pour ma présence lors de la nuit fatale à Jeckel. J'ose lui demander ce qu'ont été ses derniers instants de lucidité. Il y a eu un moment, en milieu de matinée, où elle a ouvert les yeux et prononcé quelques mots. Ça a été bref. Après elle a sombré définitivement. Qu'a-t-elle dit ?

— Elle a réclamé la présence de notre mère. Elle m'a demandé d'aller la chercher.

Heckel en sourit aux anges, un sourire sombre.

Sur le chemin du retour, tout me paraît à nouveau accessible. Je passe une nuit correcte et, de bonne heure le lendemain, je m'installe à mon bureau, bien décidée à en découdre. J'ouvre mon fichier mais, deux heures après, je suis encore en train de regarder des vidéos à la con sur YouTube.

J'échoue sur le site Internet de Lighthouse. Les candidatures pour la résidence de l'an prochain sont ouvertes jusqu'au 31 mars minuit. Lizzie va les éplucher à la recherche de mon remplaçant ou ma remplaçante. Elle va contacter ceux et celles qui ont attiré son attention, s'il y en a. Elle va ensuite leur écrire pour leur poser trois questions, toujours les mêmes. Elle attendra que j'aie débarrassé le plancher pour l'étape finale.

J'ai besoin de la voir. Il est tard, mais je cours jusqu'au manoir. Si je ne l'y trouve pas, je suis prête à pousser jusque chez elle. Exceptionnellement, elle fait la fermeture de la bibliothèque, Jacasse étant coincée par une réunion de parents d'élèves. Je m'empêtre à lui expliquer que je n'avance plus et que ça me bouffe. Ma question : suis-je censée terminer le manuscrit avant mon départ ? En fait, je lui tends une perche. Je me fiche de la date. Je veux entendre autre chose.

— Une première version, si possible. Mais tu disposeras de quelques mois supplémentaires pour le fignoler. On verra ça avec l'éditeur.

Je voulais qu'elle me dise que mon départ n'est pas encore acté, que rien n'interdit de prolonger les choses pour une deuxième période. Après tout, je ne suis que la troisième à bénéficier de la résidence. La seule à avoir droit de fouiner dans les secrets de WXM. Cela vaut bien une année de plus. Malheureusement, ma place est déjà quasi vacante.

Plusieurs maisons d'édition seront intéressées, ça ne fait aucun doute. Ça va même se bousculer au portillon. Néanmoins, elle a un plan. Publier à Londres pour commencer. Puis la France dans la foulée. Le tout calé sur la mise en ligne de *Distancés*, dont je révèle trop de choses pour la devancer. C'est le seul calendrier que nous devons avoir à l'esprit.

Mon temps à Lighthouse est compté. Je n'ai pas d'après. Je serre les dents parce que je sens les larmes me monter aux yeux.

Une autre question que je garde sous le coude depuis longtemps est mon échappatoire. Pourquoi avoir choisi William-Xavier Mizen pour WXM ?

Le visage de Lizzie s'empourpre très légèrement, juste assez pour faire ressortir ses jooolis yeux. Elle croise ses mains sous son menton. Ses doigts si gracieux s'entremêlent.

— J'ai choisi Mizen parce que c'est à Mizen Head que j'ai rencontré la personne qui a partagé ma vie.

Sa réponse me suffit. Néanmoins, elle la déborde avec la douceur de la brise.

— J'y étais à l'aube, pour des photos. La brume a tout recouvert avant que j'aie eu le temps de prendre le moindre cliché. J'ai pesté, mais ça n'y a rien changé. Soudain, j'ai vu apparaître un vélo, chargé d'autant de sacs que c'était possible... Une minute de plus ou une minute de moins et nous nous rations. Ça ne se joue pas à grand-chose, n'est-ce pas ? C'était une Française qui parcourait les routes irlandaises en solitaire, ne craignant rien ni personne. Elle ne parlait quasiment pas anglais.

Elle ne me fait pas l'affront d'épier ma réaction. Je ne suis pas surprise. Avec Lizzie, tout est toujours à sa place.

— Lucie a abandonné son vélo et ses sacs pour me suivre à Londres. Nous avons fait de notre mieux pour être heureuses. Nous avons eu notre fils. De belles années. Jusqu'à ce que la maladie ne s'en mêle.

Elle se tait. Son regard s'échappe vers la droite. Du côté où on voit la mer. Ses yeux se couvrent d'un voile rouge.

— La mère de Lucie était la voisine de Romain. Celle que tu appelles Mme Tessier… C'est grâce à elle que j'ai eu la primeur du manuscrit et que j'ai rencontré WXM. M pour Mizen : cela ne pouvait être autrement. Les prénoms se sont imposés comme ils ont pu.

J'entends encore Laurent qui, à une poignée d'heures de sa fin, s'est récité des passages d'*A'Land* appris par cœur, puis qui a réclamé le Col du Tonnerre alors que je ne savais même pas où c'était. Je lui en parle. Tout comme des derniers mots de Jeckel.

— Quand les médecins m'ont avertie que la fin était proche, j'ai pris sur moi de téléphoner à la mère de Lucie. Elle m'avait pourtant interdit de le faire. Elles étaient aussi fâchées que deux têtes de mules peuvent l'être. Cette femme a accouru. Sans la moindre hésitation. Je l'ai accompagnée à l'hôpital. Lucie était encore consciente. Elle a tourné la tête, a découvert sa mère à son chevet. Elle lui a souri. Sais-tu ce qu'elle lui a dit ? « Ça va, maman ? »

Je rentre et je découvre que ma chambre n'est plus l'endroit chaotique des deux dernières semaines. Je range. Je fais du vide. Je sais que le blocage vient de sauter. Je me sens sereine, posée. Je sors sur ma terrasse afin de respirer cet air nouveau. Mon pied bute dans quelque chose qui n'a rien à faire ici. Il s'agit d'une grosse pierre ovale, polie, d'un gris pâle qu'on ne trouve qu'en bord de mer. Ma première réaction est de vérifier les vitres. Aucune n'est étoilée par un impact. Puis je la ramasse. On y a écrit dessus, au feutre noir, en lettres majuscules. AVEC MOI OU MORTE.

Je ressens cette piqûre dans le dos. Pas celle de la peur, celle du redémarrage. Je ne me couche pas. Pour la première fois de ma vie, je me mets à écrire après la tombée du jour. Les mots me submergent. C'est une marée irrésistible. La pierre est posée à ma gauche. Assez près pour que je l'effleure.

Je l'ai vécue et elle ne m'a pas vaincue. L'Apocalypse, camarade !

14

Le Col du Tonnerre

S'il existe un endroit, à mi-chemin entre l'incapacité d'avancer et l'insupportable alternative de reculer, Romain l'a parcouru en long, en large et en travers durant ces quelques jours vécus en vain. Tous les matins, il se force à descendre au sous-sol, ne serait-ce que pour donner le change à Hélène, qui n'attend qu'une occasion pour le sermonner et lui rappeler qu'« elle le lui avait bien dit ». Tous les soirs, il se force à s'asseoir à son bureau et, malheureusement, il y retrouve la même absence d'inspiration que dans son ancienne vie.

La visite de Sarah lui a permis de s'extirper de cette ornière. Il a pensé qu'elle lui ferait plus de mal qu'autre chose, or, il se surprend à retrouver un peu d'allant. Et, deux heures après leur discussion, il est capable d'écrire à nouveau.

Certes, ses paragraphes se concentrent sur l'affrontement entre Niam et Marcavi et n'apportent rien de renversant à son récit. Il étaye et développe les coups bas qu'ils se sont déjà échangés, toutes les chausse-trappes que le rival de son héros a dressées sur son chemin afin de l'écarter toujours davantage de la route qu'il a décidé de suivre. Néanmoins, au fur et à mesure de la soirée, une tournure nouvelle apparaît.

Pour la première fois, Niam prend le dessus. Marcavi est piégé dans les Marais Coiffés. Seul, enfoncé dans la boue jusqu'à la taille, ses appels à l'aide restent aussi captifs que lui. Niam, qui n'est peut-être pas pour rien dans la situation, l'observe se débattre et paniquer depuis l'Île-Penchée. Il s'assoit au ras du précipice et savoure la condition peu enviable de son ennemi. Mais cela ne lui suffit pas. Bientôt, il descend. Il se montre. Marcavi pense tout d'abord que quelqu'un vient à sa rescousse et qu'il est sauvé. Puis il reconnaît celui qui s'approche et comprend toute l'étendue de sa déroute. Il préfère se taire, cesser de gesticuler et retrouver une certaine dignité. Il préfère mourir que de le supplier. Niam le contemple, en silence. Il n'est qu'à quelques pas de lui. Il s'avance par le chemin dissimulé sous la fange dont il connaît le secret depuis longtemps. La nuit est imminente. Elle s'annonce aussi dangereuse qu'à l'accoutumée. Marcavi a froid. Ses lèvres ont bleui et il ne parvient pas à contenir ses grelottements. Plus loin, la forêt bruisse déjà de manière inquiétante.

Ils restent ainsi un long moment, l'un debout, l'autre ridiculement enlisé. Puis Marcavi cède. Il demande à Niam de l'aider. Il implore sa pitié. Niam, toujours aussi silencieux, lui tend alors la main. Il le hisse hors de ce bourbier, le traîne jusqu'à sa rive plus solide. Ensuite, il l'abandonne là, avachi par terre, trempé et humilié. Aussi tranquillement qu'il est apparu, il disparaît dans les ombres sculptées par le crépuscule. Un triomphe est retentissant quand il se fait sans éclats de voix ni gestes inutiles.

Peut-être que la guerre entre les deux reprendra. Peut-être que Marcavi fera mine d'avoir oublié l'incident et que sa rancune décuplera. Malgré tout, aucun des deux ne sera dupe désormais. Ployer le genou est une posture ineffaçable.

Cet épisode suffit à offrir à Romain une nuit reposante. Il se couche, apaisé. Il se réveille neuf. Il descend à la cave et cesse d'entretenir les empreintes laissées par son père. Il aborde le mystère de la disparition de Julien par un autre angle : qu'a-t-il fait de sa fuite ?

Il n'est plus question d'imaginer son existence dans une tonalité romantique, mais de la cerner au plus près. À son tour, dans un angle du tableau blanc, il trace un organigramme censé explorer les différentes possibilités.

Deux questions comme point de départ, réunies dans un même cercle : pourquoi ne pas revenir ? Pourquoi ne pas envoyer un signe rassurant ?

Première flèche : agir ainsi revenait à punir sa famille. C'était le but. Julien leur en voulait. Il en voulait à leur père d'avoir été trop sévère à son encontre, de n'avoir jamais accepté ce qu'il était. Il en voulait à leur mère parce qu'elle était leur mère. Il en voulait à son frère pour tout le reste.

Deuxième flèche : matériellement, il n'avait plus la possibilité de le faire. Pas d'argent, coupé du monde, en prison quelque part dans une geôle oubliée, sa fausse identité s'était retournée contre lui : il était apatride.

Troisième flèche : il était blessé. Un accident ou une maladie l'avait cloué sur place. À moins qu'ils n'aient éteint sa mémoire.

Hypothèse tirée par les cheveux. On avait dit qu'on évitait le romantisme désormais.

Quatrième flèche : Julien était mort.

Romain n'en revient pas d'avoir pu écrire cela. Il en a la main qui tremble.

Cinquième flèche : la honte était un frein qu'il ne parvenait pas à desserrer. Il continuait à se terrer parce qu'il ne se pardonnait pas d'avoir agi de la sorte. Les affronter était au-dessus de ses forces. Savait-il qu'ils lui tendaient pourtant la main ? Qu'à le chercher, leur père n'avait cessé de le faire ?

Julien a pris un train ou un avion. Il a peut-être fait du stop. Il a connu ces moments d'attente, sur un quai, dans une salle d'embarquement ou au bord d'une route. Il a dû douter de sa décision. Il a dû être tenté de revenir.

Sitôt l'organigramme garni, Romain retourne aux ordinateurs. Il annonce sur les différents comptes que son père est mort. Il se dévoile et promet de reprendre le flambeau.

Les vacances scolaires, couplées au fait qu'Anna n'a pas été outragée, jettent un voile sur l'affaire du Clos-Margot. On considère que la tempête est passée et qu'on s'en sort à bon compte.

Seul Capitaine-Moustache tient encore la barre. Il téléphone à Romain un mardi matin, le premier du mois de mars. Il l'invite à se rendre à la gendarmerie dans les meilleurs délais. Il ne s'agit pas d'une convocation pour un nouvel interrogatoire. Mais ça a tout de même à voir avec « leur affaire ».

Il l'accueille en personne, dans le hall. Ils montent dans un des bureaux. Il n'y a qu'un seul dossier sur la table, une chemise cartonnée grise, peu épaisse, sur laquelle Moustache pose d'emblée la main comme pour empêcher un courant d'air de la soulever malencontreusement. Il a la décence de ne pas tourner autour du pot. Cela concerne les fouilles menées à Coujou. Il redit que la présence de Romain là-haut, à une heure très avancée de la nuit, et dans un tel contexte de surcroît, lui paraît toujours aussi suspecte. Il demande pourquoi un endroit aussi désolé l'attire autant. Romain décide de tomber un peu plus le masque. Il explique que le paysage n'y est pour rien, qu'il tient cet attachement de son frère. Sa réponse tarit d'un coup les questions. Le gendarme baisse la tête et soupire.

— Nous n'avons rien trouvé qui puisse nous orienter sur une piste. L'agresseur de la petite s'est montré très prudent. Ou bien, il a eu beaucoup de chance.

Puis, sans transition et relevant brusquement la tête.

— Connaissez-vous le puits de cette ancienne ferme, monsieur Bancilhon ?

Le puits couvert, sa porte arrachée ; le puits tari, sans fond, où les pierres lancées semblaient ne jamais atterrir nulle part.

— Il y a bien un fond. Dix-huit mètres plus bas, nous avons mesuré. À vouloir se débarrasser du corps de la petite, nous avons pensé qu'il aurait été plus indiqué que la cave. On ne peut réchapper d'une telle chute. Quant à être retrouvé un jour...

Le puits est difficile à dénicher. On peut passer à côté sans deviner sa présence tant il disparaît sous les broussailles. Celles-ci n'offrent d'ailleurs aucune brèche pour s'en approcher.

Capitaine-Moustache retire ses lunettes avant de poursuivre. À moins qu'il n'en porte pas. Romain ne s'en souvient pas. En revanche, il sait que l'homme en face de lui a passé un long moment à se masser les yeux, comme s'ils étaient douloureux. Puis il a parlé à nouveau.

— On a retrouvé des ossements en bas. Des ossements humains. Pour être tout à fait exact, nous avons retrouvé un squelette entier, avec ses chaussures aux pieds et quelques lambeaux de vêtements.

La main se crispe sur la couverture grise du dossier.

— Nous rendrons cette découverte officielle d'ici quarante-huit heures. Je ne sais par quel miracle elle n'a pas encore été éventée.

Romain pense à une autre petite fille. À la malédiction de Roche-Percée. Au Berserk.

— Le squelette d'un homme. Mort depuis long-temps. Il y a un sac à dos avec lui. Son contenu nous a orientés vers une identification que les analyses ADN pourront bientôt confirmer, je le crains.

Le lieu n'est pas le bon. Ce n'est pas Roche-Percée et son puits sans fond. C'est le Col du Tonnerre. Niam parvient à l'atteindre. Il entre dans la forteresse. Il la croit d'abord déserte.

— J'ai une mauvaise nouvelle à vous annoncer, monsieur Bancilhon...

En cherchant mieux, Niam tombe sur des cadavres qu'on a jetés dans une fosse, pêle-mêle.

— J'ai ici des photos. J'ai collé des post-it sur les parties les plus... les plus difficiles à regarder. Pour les chaussures, les vêtements, les papiers, si vous le voulez bien, j'aurais besoin de votre confirmation.

Niam reconnaît le sac à dos. Un morceau du blou-son en cuir dont Neil ne voulait pas se séparer malgré son usure. Il reconnaît ses Dr. Martens marron. Il reconnaît la plupart des affaires entassées dans le sac.

— Cela sera établi très prochainement, mais la période de son décès semble correspondre à celle de sa disparition.

Il n'y a rien de l'autre côté du col. Rien à cher-cher. Rien à trouver. Personne n'a dépassé ce seuil. Le monde, celui qui reste, le seul qui ait jamais existé, est en bas, dans son dos. On ne s'en extirpe pas.

Romain rentre. Il s'enferme à double tour. Il relit *Mon temps*. Les vers sont devenus abominables. Tout y est annoncé. La description minutieuse et à peine voilée d'un suicide à venir.

Puis il descend au sous-sol. La lumière trop forte, la blancheur des murs, le caoutchouc bleu du sol, le tableau, les cartes, les dossiers, les étagères, la pende-rie, les posters... Il s'affaisse sur la dernière marche.

Il regarde tout ce que contient cette caverne. Si l'enfer existe, il ressemble à ça.

La fuite de Julien ne l'a pas mené plus loin que leur montagne. Il est impossible de dire s'il y est resté quelques heures ou plusieurs mois. Peut-être s'y trouvait-il déjà le week-end qui a précédé l'alerte donnée par Fanny Valais. Romain l'y voit errer plusieurs jours. C'est douloureux, parce qu'il suppose qu'à parcourir leur ancien terrain de jeux, son frère aîné l'a attendu et que lui, incapable de deviner sa présence, n'est pas venu. Pareil au Berserk, Julien s'est avancé jusqu'à la Vigie et a contemplé le monde d'en bas où, selon lui, il n'avait plus sa place. De là-haut, il a regardé Romain disputer de stupides matchs de foot dans le jardin, partir à vélo pour le collège et en revenir, pédalant toujours aussi vite. Il a regardé leur père quitter la maison à l'aube et n'y revenir que tard le soir. Il a regardé leur mère multiplier les allers-retours vers les locaux de l'association de charité paroissiale. Rien de ce qu'il a vu n'est parvenu à infléchir sa décision. Il leur a laissé le mince espoir de le penser vivant, quelque part.

Romain remonte à Coujou pour la dernière fois. Il s'approche du puits. Les gendarmes l'ont débroussaillé et il trône, carcasse à peine entamée par les années, au milieu des décombres auxquels il a finalement survécu. Les derniers pas sont les plus pénibles. Au moment où il pose la main sur son rebord, une déferlante souterraine le soulève et il est à deux doigts de perdre l'équilibre. Il patiente jusqu'à ce que ses forces reviennent. Alors, il se penche. La même gueule béante que dans le passé. Ce noir total qui fore les profondeurs tel un cylindre creux qu'on a enfoncé de force.

Julien avale des somnifères. Un tube entier de Témesta, auxquels leur mère est habituée, les semaines où elle sombre. Il le fourre ensuite dans la poche de son pantalon. Puis il jette son sac à dos dans le trou. Il prend le temps de regarder une dernière fois autour de lui. Capitaine-Moustache a raison, rien n'est plus désolé que cet endroit. Quand il sent que le moment est venu, que son corps est en train de céder, il enjambe le muret, les jambes pendantes dans le vide. Il se laisse tomber.

Dix-huit mètres. Sa chute a-t-elle été aussi silencieuse que celle des pierres ?

Dix-huit mètres. Une éternité à penser à une vie qui n'en est plus une.

Dix-huit mètres. Les spécialistes qui ont analysé ses restes affirment qu'ils lui ont été fatals. Les somnifères n'ont pas eu à l'achever.

Dix-huit mètres. Qui séparent Romain de son cadavre quand, deux ans et quelques mois plus tard, poussé en avant par sa rupture avec Sarah Podelier, il réinvestit les lieux, bien décidé à en écrire l'histoire fictive.

Romain s'écarte de ce puits maudit. Il s'écarte de tout le reste. Il court pour abandonner son territoire refuge. Il sait désormais quelle fin donner à son livre.

Après sa découverte macabre au Col du Tonnerre, Niam comprend que ceux qui sont désignés pour monter jusqu'au fortin ne sont que des sacrifiés, ceux que la communauté rejette, incapable de leur trouver une vraie place. Le Col n'est pas une place avancée, encore moins un rempart. C'est un mouroir, un lieu d'exil. Niam décide alors de basculer sur l'autre versant, sans intention de revenir. On ne l'y suit pas. On reste bloqué au sommet à le regarder s'éloigner. Fin.

De retour à la Vigie, Romain s'effondre dans l'herbe, au ras de la pente. En dessous, le Clos-Margot se languit. Daniel marche dans la Tourbière. Il suit un parcours dont les étapes n'ont de signification que pour lui, avant d'enjamber la barrière blanche du Pré-du-Gué. Les animaux se pressent autour de lui. Puis il disparaît dans la grange avec eux et n'en ressort pas. L'immobilité reprend ses droits jusqu'au retour des voitures.

Mme Tessier fait le tour de son jardin, s'étonnant peut-être de l'absence de son voisin préféré de l'autre côté de la haie. Le lendemain, comme tous les autres, elle apprendra pourquoi. Romain n'a pas eu le courage de le lui dire. Il n'en a même pas parlé à Hélène et sa matinée s'est déroulée dans l'enfer du sous-sol, à faire semblant.

Mlle Greffier sort de chez elle, remonte le trottoir et appelle son frère. Daniel réapparaît et la rejoint, quittant la grange à regret. Il y a le crépuscule, les derniers mouvements, les volets qui se ferment, les réverbères qui s'allument. La Presqu'île rétrécit, enveloppée par la nuit, mitée de fragments de ténèbres derrière lesquels tout s'efface. Quand les lumières des rues s'éteignent, les dernières traces de vie sont gommées. Alors, Romain accepte de descendre.

Il téléphone à Fanny Valais. Plusieurs appels sont nécessaires avant qu'elle n'accepte de lui répondre. Elle présente ses condoléances, dit sa tristesse. Romain lui demande des explications au sujet de l'Indonésie. Il craint qu'elle se contente de reconnaître son erreur et de s'en excuser. Elle a au moins le mérite de lui épargner cela.

Avant la fin de leur première année à Toulouse, Julien lui a dit qu'un jour, la tentation de tout plaquer serait trop forte et qu'il passerait à l'acte. Elle ne l'a pas pris au sérieux. Mais il est revenu à la charge, à plusieurs reprises, et elle a fini par comprendre qu'il était convaincu que disparaître représentait la seule issue envisageable. Il allait mal. Il s'enfonçait un peu plus tous les jours. Il refusait d'en donner le motif, prétextant qu'il ne le connaissait pas lui-même. Elle a tenté de le ramener à la raison, lui promettant de meilleurs lendemains. La vie était devant eux, tout était à construire, ce genre de charabia. Ses paroles ont été aussi vaines que d'habitude. Y compris quand elle a joué sur la corde sensible en évoquant la souffrance qu'il ne manquerait pas d'infliger à sa famille. Il lui aurait répondu qu'il ne pouvait faire mieux que de nous éviter le spectacle de sa déchéance. Le temps que ça passe. Quand elle lui a demandé où il comptait aller, il s'est montré évasif, expliquant que la destination importait peu. Il cherchait à se défaire de la tristesse et du mal-être qui le rongeaient. La distance n'avait rien à voir.

Il lui a promis qu'elle serait la première informée de son départ. Il a insisté pour qu'elle lui rende alors deux services. Le premier, c'était d'attendre deux ou trois jours avant de prévenir ses parents, tout en leur garantissant n'être au courant de rien. Le second, c'était beaucoup plus tard, s'il ne revenait pas, parce que ne pas revenir signifierait qu'il n'avait pas réussi à guérir. Au cours d'un voyage à l'étranger, le plus éloigné possible, elle devrait l'apercevoir et l'assurer en vie. Deux mensonges qu'elle a d'abord repoussés avant de se laisser convaincre, espérant qu'elle n'aurait jamais à aller jusque-là.

Et puis, un lundi du mois de février 1980, elle a trouvé le mot sur la porte de Julien et son appartement vide. Pour son premier coup de fil aux Bancilhon, dès le mardi, elle avait l'intention de tout déballer. Mais, au dernier moment, elle s'est ravisée. Le lendemain, elle a rappelé et a annoncé la disparition de Julien.

Une fois qu'elle a mis le pied dans cet engrenage, elle n'a plus été capable de reculer. Elle a retardé autant que possible l'échéance de sa seconde promesse. Jusqu'à son séjour en Indonésie. Même si elle ne vivait plus à Marican depuis longtemps, elle savait que le père de Julien continuait à le chercher. Elle a pensé que relancer sa quête l'aiderait.

— Comment as-tu pu faire une chose pareille ?

Elle soupire à l'autre bout du fil.

— Ne va pas t'imaginer que ça a été facile. Accepter a été la pire erreur de mon existence. Il ne s'est pas passé un jour sans que le poids de ces mensonges ne m'écrase.

— Il te suffisait de tout raconter.

— Je l'ai fait, Romain.

Une lame tranchante s'abat et coupe net tout élan de rancœur.

— Je suis venue voir ton père, chez vous. Je lui ai tout avoué, depuis le début. Ce que Julien avait prévu, mes promesses... Je n'ai pas cherché à minimiser ma responsabilité. Seulement à me délester de cette charge accablante et à m'excuser.

— C'était quand ?

— Il y a cinq ans. J'étais descendue dans ma famille pour les fêtes. Le lendemain de Noël, il y a eu cette tempête qui a balayé le pays. La maison de mes parents a été touchée. Ça a été un déclic. Je n'ai pas été capable de mentir plus longtemps. Ton père a été très gentil avec moi. Peut-être qu'il ne le pensait pas, mais il m'a pardonnée. J'ai cru qu'il vous en avait parlé, à toi et à ta mère.

Romain ferme les yeux. Respirer devient difficile. Au moins autant que parler.

— A-t-il dit autre chose ?

— À la fin, il a posé sa main sur la mienne. Je me souviens de sa main. Celle d'un géant. Je pleurais comme une madeleine mais lui, il avait l'air si serein. Il a admis que tout cela signifiait que Julien avait choisi de mourir. Il a affirmé qu'il s'en doutait, depuis le premier jour. Et que, confrontés à un tel choix, nous ne pouvions que nous soumettre. Je ne

371

crois pas avoir jamais rencontré quelqu'un d'aussi impressionnant et d'aussi courageux que ton père.

Tais-toi, Fanny Valais. Par pitié, tais-toi !

Son père a participé à une course de l'impossible. Chaque jour, il s'est mis au défi de couvrir la distance et d'échouer délibérément à quelques mètres de la vérité. Ne pas la voir pour recommencer le lendemain. Il a compris le poème de Julien où tout était annoncé, le lieu comme la manière. Pourtant, il s'est abstenu de fouiller le puits de Coujou.

Romain n'a pas l'âme d'un coureur. Il descend au sous-sol et décide de tout démolir. Il débranche les ordinateurs, il les démonte et détruit leurs disques durs. Il vide le contenu des bannettes dans plusieurs sacs-poubelle. Il réserve le même sort aux cartes et à leurs épingles de couleur. Il achève par le tableau blanc qu'il efface méthodiquement.

Quand il a terminé, il ne reste plus que les affaires de Julien alignées le long du mur d'en face. Il n'y touche pas. Il éteint. Il remonte, emportant tout ce qu'il y a à jeter. Il referme à clé.

Lundi 16 mars

À bord du voilier, je mets les bouchées doubles. Je tiens absolument à être prête pour notre escapade. Je suis moins empotée et je commence à savoir faire des choses seule. Ça me fait du bien. J'évacue le trop-plein de ces derniers jours. Je tiens la barre de bout en bout, y compris pour les manœuvres de retour.

Selon Mina, les îlots sont trop proches, trop faciles d'accès. Je peux prétendre à une aventure plus corsée. Elle évoque l'île de Batz. Elle m'y promet une traversée plus intéressante et, au bout, une plage sauvage et déserte, parfaite pour notre pique-nique. Elle parvient à me convaincre.

Je crois avoir franchi les limites depuis plusieurs mois avec mes coups de tête et mes décisions radicales. Alors qu'en fait, je ne suis pas allée bien loin. Les îlots et pas au-delà. Une aventure de pacotille. Je ne connais pas de contraire au terme « s'assagir ». Il faudrait inventer un truc comme « se désassagir ». Peu importe le nom, c'est ce que je ne suis pas capable de faire y compris quand je me donne du mal.

Pour la première fois depuis le décès de sa sœur, Heckel revient au cinéma. Elle reste même pour la tarte aux cerises. Elle a trouvé le film agréable. Les hommes y sont égratignés jusqu'au sang. Parce qu'ils sont les seuls à se renier par attrait pour la lumière.

— Sans doute est-ce un peu sévère... Les femmes sont aussi capables de ce genre de compromission.

Elle ne croit pas si bien dire. Je suis de celles-là. Je défends un homme peut-être indéfendable et je le fais au nom d'un livre censé m'extirper de l'oubli ou, au moins, changer ma vie. À ma manière, je me suis vendue. Le galet posé sur mon bureau est là pour me le rappeler.

*
* *

Jeudi 19 mars

Mes cauchemars ont été remplacés par des rêves tout aussi désagréables, qui ne me laissent pas m'échapper et se répondent d'une nuit à l'autre. Je suis invitée chez Luttie qui vit dans une ville immense. Elle habite un deux pièces situé au rez-de-chaussée, avec pour seule vue une austère cour intérieure. Un rideau sert de séparation entre la chambre et la cuisine. Je connais cet endroit, nous y sommes déjà venus avec mes parents. Mais là, je suis seule et je ne retrouve pas mon chemin. J'emprunte des métros qui ne mènent nulle part si ce n'est dans des tunnels à peine aménagés. Je cours après des trains vétustes dans des gares qui le sont tout autant. Je reconnais un parc gigantesque planté au milieu d'un rond-point, d'immenses avenues qui montent vers les hauts de la ville, m'éloignant de ma destination. Je suis en retard.

Il me faut plusieurs tentatives pour arriver chez ma sœur. Elle est plus âgée que moi, vit avec un homme qui s'appelle comme mon beau-frère mais ne lui ressemble en rien. Elle m'accueille gentiment. Nous devons nous rendre à une soirée de gala à laquelle je suis conviée en tant qu'écrivaine. Elle conduit. Elle emprunte un périphérique qui borde des immeubles de verre et traverse un aéroport. Nous nous perdons à nouveau dans ce cercle infernal, aboutissant toujours dans les entrailles de l'aéroport. Finalement, nous dénichons la bonne sortie. Luttie se gare dans un parking aux étages tentaculaires. Je peste parce que je vais rater mon rendez-vous. Elle me laisse me débrouiller. Nous nous séparons. Je me retrouve dans un centre commercial à l'architecture incompréhensible. Je grimpe des escaliers qui succèdent à d'autres escaliers. Je passe et repasse devant les mêmes endroits. Ensuite, il y a un hôtel ultramoderne aux couloirs circulaires, la nuit qui tombe, la soirée qui se déroule sans moi quelque part dans une des salles que j'échoue à trouver.

Une autre fois, nous nous arrêtons dans l'aéroport et nous prenons l'avion pour aller je ne sais où. Il y a des escales et des formalités interminables. Or, tout se passe dans ce même terminal, à des niveaux différents. Il semble impossible d'en sortir. Si ce n'est pour le dédale de l'hôtel ou d'autres gares sombres et poisseuses, pour des trains sombres et poisseux. Chaque nuit, de l'impatience, des rendez-vous manqués, des chemins perdus. Puis une sensation d'épuisement au réveil.

Je fais le parallèle avec Coureur 2. Comme lui, je suis enfermée dans ma prison mentale. Et la mienne est au moins aussi moche que la sienne.

Mes caméras de surveillance sont muettes depuis la nuit de l'orage. Celle de la ruelle perce toujours la même nuit immobile et je me lasse de visionner les enregistrements. Le galet jeté sur ma terrasse n'a pu l'être que depuis les toits voisins. Par quelqu'un qui sait qu'il risque d'être filmé. Donc qui m'a entendue en parler à Lighthouse. Ou qui fréquente quelqu'un qui le lui a répété. Dans le lot, il y a cette pipelette de Stéphanie, ce qui étend considérablement le champ des possibles.

Je retente ma chance chez le peintre. Il me reconnaît. Je lui laisse entendre que son acheteur me harcèle, que c'est allé plus loin qu'un simple tableau offert. Il me prend de haut en m'expliquant que je me suis trompée d'endroit pour ce genre de requête et il m'indique la gendarmerie la plus proche. Je lui mens, sans jouer les victimes terrorisées. Je me suis déjà rendue chez les gendarmes. Ils ne prennent pas mon histoire au sérieux mais je n'ai pas l'intention de me laisser faire, d'attendre sagement que ça dégénère. Le type cède un peu de terrain. On l'a contacté *via* son site web. Il a mis le tableau de côté et, le lendemain, c'est un gamin à vélo qui est venu le récupérer en échange de la somme en liquide cachetée dans une enveloppe vierge de tout nom. Même s'il le voulait, il ne pourrait pas m'en dire davantage. Je ne sais pas si c'est vrai ou s'il se fout de moi. Toujours est-il que je ne suis pas plus avancée.

*
* *

Lundi 23 mars

Je ne me suis pas vraiment préoccupée des deux auteurs qui m'ont précédée à Lighthouse. Le moins que l'on puisse dire est qu'ils n'ont pas percé. Pire, ils n'ont rien publié depuis leur résidence à Trébeurden.

Jacasse baisse la voix pour répondre à mes questions. Elle refait son cirque, promenant un regard inquiet tout autour de nous et se penchant vers moi. Or, très vite, elle oublie toute prudence, ravie de pouvoir vider son sac.

Le premier, un auteur de polars, avait tout de l'erreur de casting. Un type si imbu de sa personne et si certain de son talent que Lizzie a abrégé son séjour avant son terme.

La deuxième, une femme tout juste retraitée qui écrivait pour la jeunesse, était beaucoup plus agréable. Elle a joué le jeu avec enthousiasme, bien qu'elle soit arrivée sur la pointe des pieds. Elle a dit que Lighthouse était une façon de marquer la césure avec son ancienne activité. Elle est repartie, toujours aussi discrète, et n'a pas donné signe de vie depuis.

Heckel se souvient d'elle. Bien qu'elle trouve que son passage n'a pas été très marquant. Gentille est le qualificatif qu'elle emploie en premier. Pâle est celui qu'elle lui associe. En revanche, elle n'a pas connu son prédécesseur.

C'est cette femme que je contacte en premier. Elle vit en Bourgogne et se révèle effectivement charmante. Je ne lui mens pas. Je me présente. Je lui dis que je souhaiterais échanger avec elle au sujet de Lighthouse, surtout de l'après. Elle garde un souvenir mitigé de l'expérience. La résidence lui a plu mais l'isolement lui a pesé. À la fin, elle était contente de rentrer chez elle. Le fait qu'elle n'écrive plus est une coïncidence. Être à la retraite a tari son inspiration, comme elle l'a redouté à l'époque. Sont venus s'ajouter de gros problèmes de santé qui ont modifié la hiérarchie de ses priorités. Pour faire court, elle n'a plus voulu gâcher son temps à écrire pour les autres.

Nous parlons de Lizzie, qu'elle tient en haute estime. De la maisonnette qui, à l'époque de son passage, n'était pas encore dotée de son extension et a largement contribué à lui ruiner le moral. De ce vieil homme sec, parfois méchant, qui est venu à la plupart de ses ateliers d'écriture, toujours vêtu d'un costume trois-pièces et d'une cravate en soie. Le reste est plat dans sa mémoire. Aucun soubresaut, aucune passion, aucun personnage bizarre rôdant autour d'elle.

Je m'attends à être plus mal reçue par l'auteur de polars. Son profil Wikipédia est très long. À la façon dont il est tourné, il n'est pas difficile de saisir qu'il en a dicté le moindre mot, mettant en avant son intégrité et son courage. Il s'attarde sur des détails, comme la fois où il a témoigné en faveur d'un auteur accusé de plagiat, n'hésitant pas à remettre un juge à sa place, oubliant d'indiquer que son ami a été condamné à l'issue du procès. En revanche, il occulte Lighthouse. À la lumière de ce que je lis, je lui concocte un mensonge de derrière les fagots. Je suis journaliste. Je prépare un article sur les auteurs qui ont cessé de publier.

Il est poli quand il décroche. Puis franchement cordial quand je lui donne la raison de mon appel. J'ouvre les vannes et je dois subir les flots ainsi libérés. Cette intégrité et ce courage lui ont fermé les portes des éditeurs. Il est jugé trop incontrôlable, trop libre – ça me rappelle l'interview de la comédienne entendue un matin à la radio. Il refuse de ployer le genou devant ces gens-là. Quelques années plus tôt, dans son blog, il a soutenu bec et ongles un écrivain qui était au creux de la vague. Il l'a encouragé à persévérer, à écrire à nouveau. L'autre l'a entendu. Il lui a promis qu'il se souviendrait de lui. Quand il est entré dans une grande maison d'édition grâce à son nouveau manuscrit, quand il a été primé à l'automne, il a cessé tout contact et a oublié sa promesse. Voilà ce que mon interlocuteur veut éviter, se faire dévorer par le système. Il ne cesse de répéter toutes les trois phrases qu'il n'est pas aigri. Y compris quand il me cite un roman à succès qui lui a piqué la plupart de ses idées. Ça dure ainsi durant une bonne heure. Ce n'est que là que je parviens à caser Lighthouse.

Il dit s'y être non seulement emmerdé mais également fait avoir. Il a porté plainte, mais il s'est heurté à un mur d'incompréhension et d'injustice. Il insiste sur le rôle néfaste de Lizzie Blakeney qu'il méprise et traite de connasse. Il la suspecte d'être pour beaucoup dans l'ostracisme dont il est victime parce qu'elle a le bras long. Je veux en savoir davantage. Est-ce que, au cours de ce séjour, il s'est passé quelque chose qui aurait pu le mettre en panne ? Tout a été fait pour que ça arrive, chère madame. On a voulu lui faire habiter un boui-boui ; il a refusé et a obtenu qu'on le reloge ailleurs. On a contesté tous les choix qu'il a proposés pour le cinéma, de grands films, de très grands films ; à la place, on a exprimé le vœu qu'il programme de la daube. Il n'y a eu aucune promotion pour ses ateliers d'écriture et peu de gens y ont participé ; il sait que c'était délibéré de la part de l'« autre connasse », pour l'humilier. Il a fait un temps de merde. Il n'y avait rien à faire d'autre que de se pendre avec des algues. On ne l'a pas viré, c'est lui qui est parti, nuance. Et puis, pour ma gouverne, il n'est pas en panne. Il écrit. Beaucoup.

Aucune rencontre intéressante, pas même le vieil homme qui s'est accroché à ses ateliers, étant souvent le seul inscrit, et était d'un ennui mortel sous ses grands airs de bourgeois. Aucun événement imprévu ou inquiétant. Aucun mystère. Ah, si ! Un seul : sous ses ors en carton-pâte, Lighthouse cache une réalité, c'est un piège à cons.

*
* *

Samedi 28 mars

C'est aujourd'hui que mes parents rompent le silence. Je n'ai plus de nouvelles depuis notre accrochage. Ils attendent que je cède la première, façon plutôt efficace de me tourmenter à distance. Or, je ne cède pas.

Une fois n'est pas coutume, mon père mène la charge.

— As-tu réfléchi, Charlotte ?

Réfléchir ? Je ne fais que cela.

— Au ton de ta voix, je crains que tu ne partages toujours pas notre point de vue.

— Effectivement.

Je livre un duel. Ma combativité l'oblige à reculer.

— Tu nous en vois désolés... Peut-on savoir ce que tu vas devenir une fois que ton séjour en Bretagne sera terminé ?

— Je vais publier mon troisième roman.

— J'ai cru comprendre que tu n'avais plus d'éditeur.

Puisque tous les coups sont permis, je mens : je travaille déjà avec une éditrice.

— Et à part cela ?

— Je fais les démarches pour vendre la maison.

— Sage décision. Elle est devenue trop grande pour toi. Et puis, rester dans ce quartier, après ce qui s'est passé...

Pas un mot de ma part. Un vent glacé à la place.

— Tu nous prends pour deux vieux emmerdeurs, hein ? Tu crois que nous ne préférerions pas être tranquilles, sans nous soucier de ta sœur ou de toi, sans rien vous dire de désagréable ? Ça porte un nom : la lâcheté, et ce n'est pas compatible avec un rôle de parents.

— Tu crois que je ne préférerais pas que vous soyez heureux de savoir que je vis enfin comme je le veux ?

Belle parade. J'esquive le fer et le retourne contre mon adversaire.

— Et si ça se passe mal, sommes-nous censés applaudir en nous félicitant de ne pas être intervenus ? N'exige pas cela de nous. C'est au-delà de nos forces. Nous ne commettrons pas deux fois la même erreur.

— Vous n'avez commis aucune erreur.

Il ne relève pas. Il sème des points de suspension qui germent vite. Je ne vois pas à quoi il fait référence. Peut-être à la disparition de Luttie bien que tout se soit bien terminé.

— Veux-tu parler à ta mère ?

— Je n'ai jamais refusé de lui parler. C'est elle qui m'a raccroché au nez.

Alors, le téléphone change de main. Ma mère a dû répéter sa première réplique.

— Nous ne voulons que ton bien, ma chérie.

Elle est embarrassée. Elle s'est fourrée dans une situation de laquelle elle ne sait pas se dépêtrer. Comme à chaque fois, elle gesticule, elle parle fort, elle agit comme si l'incident n'avait jamais eu lieu.

— Nous sommes très fiers de toi. Du courage dont tu as fait preuve. Nous aurions dû te le montrer davantage.

Les médecins agissent ainsi, quand ils font des piqûres aux enfants. Ils tranquillisent, jouent les sympas et font croire qu'on a le temps de compter jusqu'à trois alors qu'ils enfoncent l'aiguille à un.

— Tu nous manques beaucoup. Se parler de vive voix permettrait d'y voir plus clair, tu ne penses pas ?

Je suis occupée. L'échéance de mon contrat approche. Après, promis, nous nous verrons.

— Nous sommes ici, Charlotte.

Piqûre. Injection. Douleur. Maudit docteur !

— Nous sommes au port.

Reste-t-on prisonnier de ses parents jusqu'à leur mort ou cela perdure-t-il au-delà ?

Je ne me déride pas, ce qui me vaut d'entendre à plusieurs reprises que Papa a fait la route d'une traite, dont une partie de nuit, et qu'il ne l'a fait que pour moi.

Mes parents ne demandent pas à visiter ma minuscule maison. Ils demeurent sagement assis dans la cuisine, ne se privant pas d'œillades assassines pour la courette moite et le salon moche. Je leur ai montré les bords de mer avant que nous remontions.

— Tu as l'air fatiguée, conteste Maman quand je dis que je ne suis pas à plaindre.

— C'est une bonne fatigue. Je me lève tôt. Je prends l'air. Je marche. Je nage. Et ce que je fais me passionne.

Ils ne sont pas convaincus.

— Ça parle de quoi, ce que tu écris ?

La question de Papa me surprend.

— D'un homme qui n'aurait pas dû revenir vivre dans sa ville natale.

Haussement d'épaules, soupir d'exaspération, regards entendus entre les deux.

— C'était déjà le thème de ton premier livre, non ?

J'aimerais mieux qu'ils mettent les pieds dans le plat. Alors, je prends les devants.

— Avec le mari de Caroline, c'était un égarement. Une énorme erreur.

— Nous ne te le faisons pas dire !

— Mais ma démission est beaucoup plus réfléchie.

Nouveau soupir de Papa qui serre les mains et observe les jointures déformées de ses doigts. Maman s'apitoie.

— Tu avais pourtant un bon métier entre les mains. Et un salaire régulier.

Je n'ai plus ni l'un, ni l'autre. Je saurai me débrouiller.

— Si tu te contentes de ça...

Papa ne se retient pas plus longtemps. Il embrasse mon territoire d'un geste dédaigneux. Il ignore qu'à l'étage, dans la chambre que je refuse de leur montrer, un message dit que si j'échoue, je meurs. Il y a plusieurs façons de mourir. La mort physique n'est pas le pire.

Ils m'invitent à déjeuner dans une pizzeria du haut de la ville, tout ce qui est près de la mer étant fermé. Je leur propose de rester quelques jours, espérant qu'ils refuseront. Ce qu'ils font. Ils reprennent la route dans la foulée. Ils prétextent un détour par Nantes, où ils ont des amis dont je n'ai jamais entendu parler. Puis ils redescendront. Ils me demandent si j'ai besoin qu'ils fassent une escale à Limoges, pour la maison. J'accepte. Je leur accorde une défaite honorable.

Je culpabilise de les martyriser de la sorte depuis plusieurs mois, de ne pas avoir su les épargner, de toujours les juger avec autant de sévérité. Je les trouve vieux et usés. J'ai le cœur brisé quand ils repartent.

Je me projette dans le temps. Un an de plus. Mon roman est terminé. Il faut désormais attendre le lancement de la série pour le sortir. Ma maison est vendue. Je fais des remplacements dans le privé. Je vis loin de Trébeurden parce que rester serait trop pénible. Je vis loin de mes parents parce que revenir vers eux le serait tout autant.

Deux ans de plus. Je ne sais pas où j'en suis. Mais je me rapproche dangereusement du moment de recevoir ce fameux coup de fil nocturne qui me hante depuis que je suis petite. La voix de ma mère qui ne parvient pas à dépasser le : « Charlotte... Oh, mon Dieu ! Charlotte... » avant de s'étrangler dans des sanglots qui n'ont rien de factices. Ou bien celle de mon père, grave, lente, trop lente : « Il est arrivé quelque chose, ma fille. »

Ces derniers jours, j'ai découvert une chanson qui me transporte à chaque fois. « *I am the dark wood, the river, and the blood* », dit le dernier couplet. J'y entends une comptine, mais une comptine sombre, lucide ; des parents assis sur le rebord d'un lit d'enfant, qui l'avertissent de ce qui l'attend. J'écris mes propres paroles.

Nous sommes les forêts noires où flétrissent
  les fleurs.
Nous sommes les loups dans les ravins.
Nous sommes les maléfiques, leurs poisons,
  leur venin.
Nous sommes l'ombre où naissent toutes tes peurs.

Nous sommes la rivière furieuse, le tonnerre
  et les reptiles.
Nous sommes le bruit et la douleur.
Nous sommes tes geôliers ; une seule prison :
  ton cœur.
Nous sommes l'abîme, le vide, l'exil.

Si nous sommes les protecteurs, les surhommes.
Les bonnes fées penchées sur ton sommeil.
Nous sommes aussi les clous de ton cercueil.
Car nous sommes ce que nous sommes.

Je tiens ma réponse. On reste prisonnier de ses parents jusqu'à son dernier souffle.

15

La forêt sombre,
la rivière et le sang

Sa mère s'occupe des funérailles de Julien. Elle ne le lui impose pas, c'est Romain qui le lui demande. Ils ne sont que tous les deux lors de la mise en bière. Elle souhaite que Patrick reste à l'écart. Et, pour Isabelle, cette épreuve est au-dessus de ses forces.

Les ossements sont enveloppés dans un drap. Romain ne souhaite pas déposer quoi que ce soit avec lui. Surtout pas son maudit poème. Encore moins le manuscrit sur lequel il a travaillé trois jours et trois nuits durant sans lever la tête de son clavier avant d'en avoir rédigé la phrase finale. Le couvercle est refermé sur un cercueil quasiment vide.

Ils le suivent côte à côte dans l'allée centrale de l'église Saint-Joseph. Une curiosité malsaine a attiré du monde. À l'exception des deux premières rangées, les autres bancs sont tous occupés. Il faut insister pour qu'Isabelle les rejoigne devant, ainsi que pour convaincre Mme Tessier et Mlle Greffier de se rapprocher. Fanny a eu la bonne idée de ne pas faire le déplacement.

Le curé ne fait aucune difficulté pour la cérémonie. Il leur a proposé de lire des textes ou de parler de Julien, mais personne n'a pu s'y résoudre. Romain n'écoute pas son oraison, mais il ne croit pas qu'il y parle de suicide. Lors de la bénédiction, quand les personnes présentes défilent devant le cercueil, sa mère ne regarde pas. Lui, si. Une par une. N'en reconnaissant qu'une infime minorité. Il n'accepte pas de baisser la tête. Il rend chacun des regards qui se posent sur eux.

Sarah apparaît dans le rang. Toujours dans le même manteau noir trop étroit, toujours en le serrant contre elle tout en s'y agrippant. Elle lui adresse un petit sourire qui le réchauffe. Delphine s'est également déplacée. Après avoir reposé le goupillon, elle prend la peine de venir à eux. Elle pose sa main sur l'épaule de son ex-belle-mère. Cette même main, elle la passe ensuite dans les cheveux de Romain avant de se pencher et de l'embrasser sur le front.

Au cimetière, ils se retrouvent en comité restreint, ainsi que cela a été demandé. Julien est enterré aux côtés de leur père. Les deux voisines repartent très discrètement, bras dessus, bras dessous, dès que le cercueil a été descendu dans le caveau. Patrick et Isabelle attendent plus bas, près du portail. Avec sa mère, ils sont seuls devant la tombe. Les survivants.

La dernière fois que Romain s'est senti à ce point proche d'elle, c'était à la fin des vacances de l'été 1979. Ils avaient loué pour quinze jours une petite maison dans les Landes, tout près de l'océan. Julien n'était pas avec eux. Il avait trouvé un boulot à Toulouse et ne s'était réservé qu'une semaine de détente avant la reprise des cours. Cette fameuse semaine passée avec Isabelle, leur « tournée d'adieu ».

Romain s'était fait deux copains. Mais ils étaient repartis et il n'avait plus personne avec qui jouer. Pour couronner le tout, une tempête a couvert les plages de déchets. Elles étaient fermées et interdites d'accès. Il ne restait plus que quelques jours avant la rentrée des classes. Celle-ci l'inquiétait. Le collège l'ennuyait. Il ne parvenait pas à y trouver des repères solides. Il s'y sentait à la fois enfermé et perdu. La veille de leur départ, sa mère l'a entraîné dans les boutiques. Le ciel était bas et il bruinait. Tout ressemblait déjà à l'automne. Elle lui a offert un chocolat chaud et en a profité pour lui demander ce qui n'allait pas. Il lui a répondu que les vacances devenaient tristes quand elles se terminaient. Délicatement, du bout des doigts, elle a relevé le menton de son fils.

— Pense à tout ce que tu vas faire durant cette année. Tout ce que tu vas vivre. C'est une aventure passionnante, mon chéri.

Elle ignorait que, six mois plus tard, sa fameuse aventure les conduirait au désastre. Romain n'a pas été convaincu par la tirade. Même si elle a persévéré.

— Il faut pouvoir se raccrocher à quelque chose, à des projets. Moi, j'ai décidé de rejoindre l'association qui a été créée dans la paroisse. On aide les gens démunis en leur trouvant des vêtements, des meubles ou même des médicaments. Je ne sais pas si ça va me plaire, mais j'ai envie d'essayer. On verra bien. Et toi, qu'est-ce que tu voudrais faire ?

Il n'envisageait rien de spécial. Sa mère l'a contemplé. Son sourire a été l'un des plus beaux qu'elle lui ait jamais adressé.

— Tu trouveras. Je sais que tu trouveras toujours. Tu as ça en toi.

Il y avait une maison de la presse juste à côté du café. Ils y sont entrés. Elle l'a abandonné devant les revues de foot et s'est dirigée droit vers le rayon papeterie. Elle en est revenue avec un énorme cahier à l'épaisse couverture rouge et aux pages entièrement blanches, « pour ne pas que ça rappelle trop l'école ». Elle l'a mis entre les mains de Romain.

— C'est pour le jour où tu te sentiras prêt à partager tes histoires. Je suis certaine que tu es fait pour ça.

De retour chez eux, il a soigneusement rangé ce cahier dans le tiroir de son bureau. Plusieurs fois, il lui est arrivé de l'ouvrir. Non pour y écrire quoi que ce soit, mais pour y retrouver le sourire de sa mère. Il est resté vierge durant trois ans, jusqu'à ce qu'il se lance dans l'écriture de la saga des frères A'Land. Il a été le premier de sa collection.

— Tu te souviens du cahier que tu m'as offert ?

Il murmure, les yeux toujours rivés à l'ouverture béante du caveau. Parler à sa mère a toujours été compliqué. Il n'a jamais su s'ouvrir à elle. Et, les rares fois où elle s'est ouverte à lui, il a trouvé ça insupportable.

— Un cahier ?

— Dans les Landes, à la fin des vacances. Nos dernières vacances.

Elle secoue la tête.

— Je suis désolée.

— Tu m'as dit que j'étais fait pour raconter des histoires.

— Je le pense toujours.

— Est-ce que Papa le pensait aussi ?

Elle hausse les épaules, dans un geste qu'elle semble regretter à peine lui a-t-il échappé.

— Il a toujours été difficile de savoir ce que ton père pensait… Un jour, il a dit que tu donnais l'impression de vivre plusieurs vies à la fois. Et que ça avait l'air de te rendre heureux.

— Il m'a légué de l'argent. Accompagné d'une lettre dans laquelle il m'explique que c'est du temps qu'il m'offre. J'ai cru qu'il attendait de moi que je poursuive ses recherches. Je me suis trompé.

— Il faut savoir faire ce qui nous plaît dans la vie. Sinon, on est malheureux et on rend malheureux ceux qui nous sont proches. Ton père ne le savait que trop bien.

Auparavant, il ne l'aurait jamais laissée asséner cela sans réagir. Le ton serait monté et sa colère aurait mis une éternité à retomber. Mais là, il se tait. Le contexte n'y est pour rien. Simplement, la remarque ne le blesse pas. Il n'entend plus les choses de la même manière.

Elle lui prend le bras tandis qu'ils s'éloignent. Ils marchent lentement sous la voûte des marronniers encore déplumés, le gravier crissant sous leurs pas. La forêt qui borde le cimetière leur épargne les bruits de la ville. Quelques mois plus tôt, Romain a cherché la silhouette cachée de son frère parmi ces arbres.

— Pourquoi n'as-tu jamais cru que Julien ait pu réellement partir ?

Sa mère s'arrête brusquement. Elle se raidit.

— Est-ce un reproche, Romain ?

— Non. Seulement une question.

Elle le dévisage, cherchant une trace de dureté qui ne s'y trouve pas. Alors, elle se radoucit.

— Ton frère était si fragile… Perpétuellement à fleur de peau. La moindre chose l'atteignait, y compris les plus insignifiantes. Plus on a tenté de l'aider, pire ça a été.

— Tu avais saisi le sens de son poème à l'époque. Celui qu'il a écrit en troisième. Pour son cours de français.

— Quel effroyable texte ! Il m'a glacé le sang.

— Je ne l'ai compris que ces derniers jours. Il faut croire que je ne suis pas très doué pour lire ce que les autres écrivent. Qu'est-ce qui lui est arrivé, Maman ?

Elle lâche son bras et se remet à marcher. Lui ne bouge pas.

— Isabelle m'a avoué qu'il évoquait une blessure dont il ne parvenait pas à guérir. Mais qu'il avait toujours refusé de se confier davantage.

Elle se retourne.

— S'il ne s'est pas confié à Isabelle, comment aurait-il pu le faire avec nous ?

Elle regarde tout autour, toutes ces tombes alignées, comme pour y dénicher le courage de continuer.

— Un jour, nous avons reçu un coup de fil du directeur de Saint-Joseph. Nous avons été convoqués à l'école, ton père et moi. On a appris que ton frère y avait débarqué un soir et qu'il avait menacé ton instituteur, M. Lagarde. Il lui aurait promis que, s'il se comportait mal avec toi, il saurait quoi dire et surtout quoi faire pour le détruire. On a fait en sorte que cet homme ne porte pas plainte, bien que Julien ait refusé de s'excuser. Quand nous lui avons demandé de s'expliquer, il nous a répondu que les méthodes de cet enseignant étaient révoltantes et qu'il fallait bien que quelqu'un le remette à sa place. Ton père lui a répliqué que c'était avant tout à lui de savoir garder la sienne et qu'il devait cesser de se comporter en redresseur de torts. Julien n'a pas cédé. Il nous a reproché d'être aveugles.

Isabelle a raconté quelque chose à Romain. Elle et Julien étaient au lycée, en première. Un mercredi après-midi, alors qu'ils préparaient un exposé sur l'Holocauste, ils ont dévié sur une question : s'ils avaient le pouvoir de voyager dans le passé avec la possibilité d'éliminer un personnage, Hitler serait-il le choix le plus pertinent ? Isabelle n'en était pas convaincue. Après tout, l'assassinat d'Heydrich n'a pas empêché la Solution finale. À tuer quelqu'un, elle penchait plutôt pour Bonaparte. Julien l'a surprise quand il a ciblé un des animateurs du camp de vacances auquel il avait été inscrit l'année de ses huit ans. Il a affirmé que c'est lui qu'il tuerait. Il disait qu'il était enseignant. Chez les curés.

Romain le répète à sa mère. Elle en ploie les épaules, fixant désormais le gravier comme si le sol menaçait de la happer.

— Quand j'ai travaillé dans la paroisse, j'ai entendu ce qui s'est dit au moment où le diocèse a déplacé M. Lagarde, quelques années plus tard. Il y a également eu les rumeurs autour de ton copain, Jean-Baptiste...

À Saint-Joseph, l'institutrice attitrée des garçons de CM1 était redoutable. On l'entendait souvent hurler et, quand on la croisait dans les couloirs ou dans la cour de récréation, elle fusillait ses futurs élèves du regard. Quand Romain et ses camarades ont appris qu'elle prenait sa retraite avant que leur tour ne vienne, le soulagement a été général. À la rentrée suivante, ils ont découvert son remplaçant, M. Lagarde. Un petit homme chauve et rond, qui fumait la pipe. Il les a accueillis d'abord sèchement, ce qui a fait craindre un court instant que personne n'y avait gagné au change. Puis, une fois son territoire marqué, le ton a changé. Il a dévoilé sa façon de faire : la boîte à bonbons pour récompenser les efforts, la blague quotidienne qu'il racontait le soir avant la sonnerie et à laquelle ils riaient le plus souvent par politesse parce qu'ils ne comprenaient rien à ses jeux de mots, les jeudis après-midi au stade ou à la piscine, les films super-huit qu'il voulait tourner avec eux, adaptant des *scenarii* qu'ils pourraient lui proposer, sa vie de célibataire qu'il racontait, auprès de son petit chien, le passé qu'il s'inventait, affirmant avoir fait la guerre, la main gauche qu'il glissait contre leurs fesses quand ils allaient au bureau...

Les premiers jours, Romain est revenu chez lui enthousiaste. Il aimait bien cet homme. Ses méthodes étaient originales. Il pouvait se montrer très sévère, humiliant en public ceux qui travaillaient mal, en frapper même certains à coups de règle. Mais, la plupart du temps, il était drôle et savait reconnaître les efforts accomplis. En prime, pour la première fois,

Mimouche et lui avaient eu le droit de s'asseoir à la même table. Julien a maugréé à cause de l'histoire des bonbons. Il trouvait cela indigne d'un enseignant. Il a dit qu'un tel homme ne devrait pas enseigner. À la fin de la troisième semaine, il a fait une descente à l'école, sans que son frère n'en sache jamais rien. À partir de là, M. Lagarde a fait la guerre à Romain.

Il était un âne quand ils jouaient au foot le jeudi après-midi. Une fois, l'instituteur a filmé un de leurs matchs hebdomadaires. Il leur a projeté le résultat et a particulièrement insisté sur l'attitude de Romain sur le terrain, sa façon de courir, déclenchant l'hilarité générale.

Il était un cochon quand ils dessinaient et était contraint de refaire sans cesse ce qu'il présentait. M. Lagarde refusait d'afficher ses œuvres qui finissaient toutes dans ce qu'il appelait la « boîte de la honte », à savoir la poubelle.

Ses propositions d'histoires pour les courts-métrages étaient toutes rejetées. Et quand on tournait, il n'apparaissait jamais à l'écran.

Il n'était interrogé que rarement, y compris quand il était le seul à lever le doigt. S'il s'y rabaissait, l'instituteur posait des questions toujours plus difficiles que pour les autres.

Comme il continuait à obtenir de très bons résultats, M. Lagarde a affirmé qu'il trichait et qu'il ne manquerait pas de le confondre. Quand ce serait le cas, il le ferait redoubler. Il l'a accusé de copier sur Mimouche. Lors des évaluations suivantes, sur les conseils de Julien, Romain a demandé à être isolé au fond de la classe. L'instituteur s'est moqué de lui, se demandant à haute voix si c'était parce qu'il ne se lavait pas assez bien. Il a fait s'esclaffer la classe à ses dépens, mais Romain a tenu bon et il n'a pas pu s'y opposer. Ses notes n'ont pas fléchi, bien au contraire. Lagarde l'a mal pris. Encore plus lorsque son élève a refusé de réintégrer sa place initiale. Julien l'a félicité. Pas pour son travail, mais pour avoir cloué le bec à cet homme qu'il abhorrait.

Malgré cela, Romain a passé une année horrible. Son aura en a pris un coup auprès de ses camarades de classe. Ceux qui imaginaient des petits films, le plus souvent des westerns ou des récits d'espionnage, lui réservaient les rôles les plus difficiles. Celui où il trichait aux cartes dans un saloon et où il ne devait sa survie qu'à l'intervention du héros qui lui évitait de trop gros ennuis. Ou encore celui du traître que tout le monde cherchait à démasquer depuis le début.

Au mois de septembre suivant, Romain est revenu à l'école moins assuré et moins fringant que d'habitude. La mixité des classes n'y était pour rien. Il a refusé de s'asseoir à côté de Mimouche. Il s'est retrouvé avec pour voisin un garçon qui lui était indifférent. Il s'est fait tout petit durant les premiers jours. Et puis, l'inquiétude s'est envolée au fur et à mesure qu'il a compris que leur vieil instituteur en blouse grise était quelqu'un de bien. Plus de foot le jeudi, mais des marches dans les monts d'Aurelle où on apprenait des centaines de choses. Plus de poésies apprises par cœur, mais des vers qu'ils devaient écrire eux-mêmes. Et, en prime, la lecture de textes dans des manuels aux belles images qui faisaient rêver...

Julien lui a offert son maillot rouge et blanc. Il s'est bientôt disputé les meilleurs résultats de la classe avec une dénommée Sabine, qui lui tirait la langue depuis l'autre bout de la classe chaque fois qu'elle faisait mieux que lui. Quand ils ont visité le collège privé où ils étaient censés poursuivre leur scolarité, l'instituteur les a tous les deux présentés au directeur, en lui disant : « Je vous confie mes deux pépites. »

Mimouche n'était pas avec eux. Ses résultats n'étaient plus aussi bons. Il ne sortait plus du lot. Même durant les matchs des récréations, il ne prenait plus la peine de leur expliquer pour la énième fois la règle du hors-jeu ou de remettre son équipe en ordre.

Romain a commencé à le perdre de vue. En fait, il n'a que deux souvenirs de son ami lors de cette dernière année à Saint-Joseph. Au cours d'une sortie pour pique-niquer à la Croix-Mariech, un des élèves l'a volontairement fait tomber dans les orties. Il y était étalé de tout son long, son sac à dos le faisant ressembler à une tortue renversée. Ils ont été plusieurs à s'approcher. Aucun n'est intervenu. Ils l'ont regardé tandis qu'il hésitait entre se débattre pour sortir de là et ne pas bouger d'un pouce de crainte de se piquer davantage. L'instituteur s'est porté à leur hauteur. Il leur a remonté les bretelles parce qu'ils étaient incapables de porter secours à leur camarade, plus préoccupés à s'amuser de la situation et des petits cris de douleur qu'il ne pouvait contenir.

Puis il y a eu le jour de la vaccination collective. Un médecin scolaire est venu. Il s'est installé au bureau, sur l'estrade, et les élèves concernés devaient défiler pour une injection dans le bras. Romain a béni ses parents d'avoir refusé et préféré leur propre docteur pour ce vaccin. En fait, il craignait de ne pas être capable de s'empêcher de pleurer devant tout le monde. La majorité des autres élèves sont passés. Seule une des filles a fondu en larmes. Personne n'a songé à se moquer d'elle. Mimouche a tout fait pour repousser l'échéance. Quand ça a été son tour, il s'est avancé, livide, le pas hésitant, les larmes déjà aux yeux. Jamais ils ne l'avaient vu dans cet état. Le docteur a relevé sa manche. Il a eu un geste de recul, ce qui lui a valu de se faire sermonner. Il n'a pas pleuré quand on l'a piqué. Mais cela aurait mieux valu que l'effroi qu'ils ont tous lu sur son visage.

— L'idée du camp de vacances est venue de ton grand-père. Il trouvait que ton frère était trop timoré, trop souvent dans mes jupes. Néanmoins, c'est nous qui l'avons inscrit, personne ne nous a forcés à le faire. Et personne ne nous a dit ce qui s'y est passé. À l'époque et jusqu'au bout, il ne nous a pas fait confiance. Il a dû croire que nous ne ferions rien, ou que nous le ferions mal.

D'oser

Lighthouse – Le Cinéma
Les séances du lundi soir

Charlotte Kuryani, écrivaine en résidence, vous propose dans le cadre du thème **D'oser** :

Lundi 30 mars – 20 h 00
Deux garçons, une fille, trois possibilités
(Threesome) – Andrew Fleming (1994)
J'aime les films qui ont pour cadre les campus universitaires américains. Quand il est question de ménage à trois, d'identité sexuelle ambivalente, de virginité assumée, d'une actrice sortie de *Twin Peaks* et de nain de jardin, je n'y résiste pas.

Lundi 6 avril – 20 h 00
Le Déclin de l'empire américain – Denys Arcand (1986)
Au bord d'un lac magnifique, des femmes et des hommes dissertent sur le sexe. Chacun y va de ses anecdotes, de ses vantardises, de ses leçons et de ses mensonges. Il paraît qu'il faut se méfier de l'eau qui dort. Ce film prouve l'exact inverse.

Lundi 13 avril – 20 h 00
Pas de séance

Lundi 20 avril – 20 h 00
Happiness – Todd Solondz (1998)
Il fallait oser écrire et réaliser ce film. Rien n'y est lisse. Rien n'y est confortable. On s'offusque souvent. On a un peu honte de le trouver amusant. La dernière scène en donne une image juste : un jeune adolescent déboule dans la salle à manger où sa famille est attablée. L'air soulagé, il proclame : « Ça y est ! J'ai éjaculé ! » Oui, il fallait oser.

Lundi 27 avril – 20 h 00
Little children – Todd Field (2006)

Peut-être un écho à *Happiness*. Seul le territoire change. Ici, c'est une banlieue huppée où on ferme poliment les portes sur les pulsions sexuelles. Où les épouses créent des clubs de lecture et pratiquent la marche rapide au crépuscule. Où elles se jugent dans les squares et s'épient lors des dîners. Où les voisins s'organisent pour assurer la sécurité du quartier. Où les hommes refusent de vieillir mais y consentent en silence. Où un simple maillot de bain écarlate transforme une femme flétrie en une fleur incandescente. Où les papillons de nuit se coincent contre les réverbères jusqu'à s'y carboniser.

Vendredi 3 avril

Je me remets à épier la maison de Reagan le matin ou le soir, parfois les deux. Je ne compte plus y découvrir de quoi le compromettre. L'homme ne m'est pas plus sympathique qu'avant. Mais venir ici me calme. C'est le règne du silence, des gestes précis et non précipités, des repères toujours en ordre. La solitude y est domestiquée. Elle ne mord plus. Le temps s'écoule lentement. Il n'y a pas de fin annoncée.

J'hésite encore à sonner à sa porte, seul moyen d'aller plus loin, de sonder sa mémoire de Lighthouse et de deviner s'il joue un rôle dans cette histoire ou s'il n'en est que le plus ancien figurant. J'ai sans doute raté une occasion de me rapprocher de lui le soir où il m'a sorti sa diatribe sur le pardon et où je lui ai fait comprendre qu'il me dérangeait. Depuis, il n'outrepasse plus sa fonction de simple participant à mes ateliers, infertile, orgueilleux et volontiers critique. Lors de l'atelier, je tente de jeter une passerelle entre nous deux. Comme Heckel peine encore à retrouver son rythme et son bagou, il y a de la place pour rebondir sur les textes de Reagan, même s'ils sont arides. Hélas, il ne mord pas à l'hameçon et me dévisage avec méfiance quand je m'attarde trop sur ses phrases. Lui ne s'attarde pas à la fin, comme d'habitude. Son « Bonsoir, mesdames » ne laisse espérer aucun réchauffement dans nos relations.

C'est pourquoi je suis aussi surprise de le trouver au bout de la rue quand je quitte la bibliothèque. Il ne fait pas les cent pas alors que j'ai traîné avant de quitter les lieux. Il est simplement debout, raide comme un piquet, les mains dans les poches de son manteau, sans montrer le moindre signe d'impatience. Sous la lueur blafarde des réverbères, il est impressionnant. Tandis que son regard de tueur me flanque un peu la frousse, il y va tête baissée, sans ambages.

— Je ne saisis pas très bien où vous voulez en venir, madame Kuryani. Vous avez passé ces deux dernières heures à me caresser dans le sens du poil, si vous permettez l'expression. Mais j'avoue que je n'en comprends pas la raison.

Je souris comme une idiote, ce qui me fait gagner quelques secondes pour trouver une réponse viable. J'argue qu'Heckel étant encore un peu avec nous et beaucoup ailleurs, je me suis appuyée sur lui pour faire vivre davantage la soirée.

Il n'est pas convaincu.

— J'ai le sentiment que vous attendez quelque chose de moi. Peut-être pourrions-nous gagner du temps si vous me disiez de quoi il s'agit.

J'adopte sa stratégie, je fonce.

— Quelqu'un cherche à m'effrayer, en s'approchant trop près de chez moi et en y déposant des menaces à mon encontre. Je crois que la même personne a refusé de me porter secours le jour où j'ai failli me noyer, tout en m'offrant un joooli tableau quelques semaines plus tard. Je veux savoir si c'est à vous que je dois tout cela.

Que je sois directe n'est pas pour lui déplaire. Il se détend.

— Pourquoi pensez-vous que ce pourrait être moi ?

— Pourquoi ne le penserais-je pas ?

Il hoche la tête. Je ne lui connais qu'un visage fermé, y compris quand je l'observe en cachette depuis le sentier qui pique en bordure de la lande. Il s'ouvre. Pas énormément. Assez pour que, dans la moitié de lumière qui nous couve, je perçoive une esquisse de sourire.

— Je vous estime beaucoup, madame. Je pensais vous l'avoir déjà fait comprendre. Cependant, je dois admettre que lorsqu'il s'agit d'exprimer mes inclinaisons, je ne suis pas très capable. Vous n'avez rien à craindre de moi, bien au contraire. Que vous ayez à subir ce genre de contrariété me met en colère. Je suis flatté que vous me considériez suffisamment en forme pour me prêter à ce jeu dangereux. J'aimerais être à la hauteur de la vigueur que vous me prêtez pour vous venir en aide. Malheureusement, je crains de ne plus être cet homme, si tant est que je ne l'aie jamais été. Le seul luxe que l'âge m'accorde est de dire ou de faire ce que je veux sans avoir à me cacher.

Je lui raconte comment j'ai interrogé les deux précédents bénéficiaires de la résidence et lui explique qu'il est le fil qui nous relie tous les trois.

— Il est vrai que je défends cette belle et grande maison depuis le premier jour. Comme j'ai déjà eu l'occasion de vous le dire, je ne goûte guère au cinéma. Les ateliers d'écriture sont donc le seul moyen de marquer physiquement mon soutien. Bien que je n'ignore pas être peu doué pour le travail de plume. Et que les deux personnes qui étaient à votre place ne nous gratifiaient pas de soirées aussi intéressantes que les vôtres.

— À votre tour de me caresser dans le sens du poil.

Prise dans mon élan, je suis à deux doigts de l'appeler Reagan. Je me retiens de justesse.

— Nous serons donc à égalité sur ce terrain-ci.

— Attendez-vous quelque chose en retour ?

— Vous me l'offrez déjà, madame Kuryani. Converser avec moi ne tente pas grand monde.

À qui la faute, vieux grincheux rigide et borné ?

Bonne poire, je lui propose de prolonger la discussion. Je me suis assez vantée d'être matinale pour qu'il m'invite chez lui au petit-déjeuner. Et, comme il est ce qu'il est, il se renfrogne immédiatement en ajoutant qu'il ne transige pas avec la ponctualité et qu'il me préfère absente qu'en retard. Il ignore que je suis toujours en avance.

Ce matin, cinq minutes avant l'heure de notre rendez-vous, je sonne à son portail. Cela fait un moment que j'arpente l'impasse en long, en large et en travers. L'accueil que me réserve Reagan est à son image : trop sec, trop poli, attentionné. La mine sévère, la parole rugueuse, il me conduit dans sa salle à manger sans me montrer grand-chose de sa maison. J'ai droit à un magnifique service en porcelaine blanche et à une table appétissante. Nous nous asseyons face à la baie vitrée et le jour se lève à peine. J'ai une vue plongeante sur la haie derrière laquelle je me cache pour l'espionner. Plus loin, la mer s'embrase. Je connais par cœur ces petits matins où le soleil semble pouvoir prendre le dessus sur les nuages avant d'être vaincu par eux en quelques minutes. Les lumières qui précèdent sa défaite sont renversantes. Ceux qui se lèvent trop tard ne suspectent pas qu'il ait pu se montrer, parce qu'on est parti pour deux ou trois jours de pluie et de grisaille.

Nous sommes tous les deux beaucoup moins à l'aise que quelques heures plus tôt. Je regrette presque d'avoir accepté l'invitation. Je serais beaucoup mieux à nager. À en juger par son attitude, Reagan le regrette tout à fait.

Son excellent café aide à réchauffer un peu l'ambiance. Les souvenirs de Lighthouse qu'il égrène achèvent de briser la glace à défaut de la faire fondre. Je retiens qu'il adore Lizzie et le travail qu'elle abat pour faire vivre le site. Et qu'il admire le courage et la force dont elle fait preuve.

— Les seules qualités qui comptent. Le reste ne sert pas à grand-chose.

Quand je glisse WXM dans notre conversation, son haussement d'épaules le renvoie dans les oubliettes. Peu importe le mécène, la bibliothèque et le cinéma ne seraient rien sans *miss* Blakeney. Il n'a jamais vu personne l'aider quand il lui a fallu se battre contre vents et marées. Personne. Il insiste sur le mot. Par politesse, il a tout de même essayé de lire *A'Land*. Cela s'est vite avéré impossible : le fond est détestable ; la forme est gauche.

Il me retourne la question. J'ai lu. J'ai mis du temps à y parvenir. Le résultat me plaît. Les quatre tomes ont joué et continuent de jouer un grand rôle dans ma vie. J'évite le récit des dernières heures de Laurent pour ne pas donner l'impression de verser dans le larmoyant qu'il abhorre, ainsi qu'il nous le fait remarquer un atelier sur deux.

Je parviens à le faire un peu parler de lui. Il a été ingénieur en télécommunications. Cela l'a finalement conduit à Lannion. Il y a vécu de nombreuses années. Il n'a acheté cette maison qu'à sa retraite pour que sa seconde épouse puisse voir la mer depuis son lit tous les jours. Elle est décédée dans la chambre au balcon qui est au-dessus de cette salle à manger. Reagan n'en a pas détesté cet endroit, au contraire. À ses yeux, il a gagné en légitimité, en complicité. Alors il est resté.

Il en profite pour en remettre une couche sur les dons de la solitude. Il me fait remarquer que tout autour de nous, il n'y a pas la moindre photo, pas le moindre souvenir. Tout ce qui se trouve dans cette large pièce, jusqu'au bout du salon, a son usage. Les maisons n'ont pas vocation à se transformer en musées.

Courage et force reviennent à de multiples reprises quand il parle de sa femme. Elle a lutté plus de vingt ans contre la maladie. Elle est morte quand elle l'a décidé, de la manière dont elle l'a décidé. Durant toutes ces années, elle a caché son état de santé, y compris à sa plus proche famille. Elle a voulu les épargner. Reagan a été le seul à qui elle a révélé son secret. Au tout début de leur histoire. Courage et force. Quand, en acceptant de vivre avec lui, elle s'est autorisée à perdre ce qu'elle avait acquis pour gagner ce qui ne l'était pas. Gagner encore une fois, peut-être la dernière. Elle est passée pour une briseuse de ménage, pour une Marie-couche-toi-là, pour une renégate. Elle s'est attiré les foudres de tout le monde, à commencer par les deux filles de son nouveau mari qui lui ont mené une guerre sans fin. Elle a ajouté des obstacles et de la dureté sur une route qui en était déjà jonchée. Courage et force. Sans eux, le reste, c'est du vent. On l'entend, ça s'agite, puis ça retombe et tout le monde l'oublie. Reagan est intarissable. Il en devient chaleureux, brillant. Je le trouve touchant. Il n'aime pas ça. Alors il mord.

Quelques semaines plus tôt, il me demandait si je croyais au pardon. Aujourd'hui, il me demande si je me suis déjà sentie courageuse ou forte, ou les deux à la fois. Je ne vois pas l'intérêt de lui mentir. Jamais. Il acquiesce. Lui a cru l'être, un jour, un seul jour. Il a demandé à sa famille de se réunir un dimanche soir, sa première femme et leurs deux filles, qui étaient encore étudiantes. Il avait quelque chose d'important à leur annoncer. Il a passé la semaine qui a précédé à préparer la scène, celle où il leur annonçait qu'il partait avec une autre. Il a choisi ses mots, ses attitudes. Il a envisagé toutes les réactions possibles, à commencer par les plus violentes, afin de savoir les affronter avec le plus de panache possible. Le soir venu, ils se sont tous assis dans le salon, à l'heure de l'apéritif. Les filles chahutaient. Leur mère s'inquiétait davantage. Aucune des trois n'a rien suspecté alors que les langues de vipères étaient déjà au travail en ville. Il n'a mis que trois minutes à faire son annonce. Clair, concis, ferme sans être cassant : l'amour qu'il ressentait, son départ immédiat dès que la conversation serait achevée, la maison et tout le reste qu'il laissait à son épouse, le travail qu'il avait trouvé, loin d'ici, parce que ce serait mieux pour tout le monde. Trois minutes suivies d'un silence interminable, épouvantable. Le silence de mort qu'il n'avait pas envisagé dans ses différents scénarios. Il s'est cru courageux de le leur dire en face. Il s'est cru plus fort que tout le monde. Il l'a cru mais ne l'a pas été. Il a battu en retraite. Il a franchi le seuil de sa propre porte en courbant les épaules et en étant dévoré par la honte.

Quand il s'agit de courage et de force, « jamais » est un adverbe qui lui correspond mieux qu'à moi, il me l'assure.

Une heure passe, douce, claire, riche. Puis il me fait comprendre que le moment est venu de le laisser seul. Je lui propose qu'on renouvelle le rendez-vous, chez moi. Il refuse. Il ajoute qu'il n'est pas utile d'en parler et encore moins que nos relations en soient changées. Jeudi prochain, il sera à l'atelier. Et nous ferons comme si nous n'avions jamais eu ce moment à nous. Un moment précieux justement parce qu'il est unique. Ce sont ses mots quand il me raccompagne.

J'ai aimé ce petit-déjeuner. Je sais que je ne l'oublierai jamais. J'en déborde d'énergie. J'écris jusqu'en début d'après-midi, retouchant les chapitres déjà créés, repeignant certains angles trop sombres aux teintes orangées et sucrées des mots de Reagan.

Comme j'ai raté la marée haute de la matinée, je continue de me vider en arpentant l'île Milliau sous le crachin. L'horizon est bouché mais ce bout de terre suffit à me faire voyager. Je m'aventure au pied de la pointe rocheuse après avoir descendu un champ qui se déverse sur une grève constellée de milliers de cailloux qui roulent sous mes pas. Je m'assois sur un rocher, le dos tourné à la falaise qui me coiffe de toute sa hauteur. Je fais une pause dans ma course folle. Les images de *Distancés* défilent. Je vois tout. Je sens tout. Les pièces du puzzle s'assemblent. Je suis Coureur 2. Je pourrais m'arrêter ici, renoncer à un défi qui n'a aucun sens. Mais je vais repartir, malgré l'épuisement, malgré les blessures. Parce que c'est comme ça. Aller au-delà des limites ne vaut que si on en revient.

Je me sens aussi vivante que lorsque je suis dans la mer. Mais c'est le genre de pensée qu'il ne vaut mieux pas ébruiter. Une énorme roche s'abat à trois ou quatre mètres de moi, sur ma droite. Assez près pour me faire sursauter à m'en démantibuler les hanches et pour m'envoyer des éclats contre la jambe qui me lardent la peau même au travers du jean. Passé l'instant de stupéfaction, sans avoir le temps d'être effrayée, je lève la tête vers l'éperon qui domine l'île. Je n'y vois personne, mais ce qui s'est écrasé n'est pas un morceau qui vient de se détacher. Il s'agit d'une énorme pierre, bien ronde, bien lisse, depuis longtemps séparée de la roche. Elle n'est pas tombée seule. Là-haut, quelqu'un doit être en train de s'échapper. Je ne peux pas le rattraper. Mais il y a le passage à gué et sa grosse barrière de rochers qui vont le ralentir. Puis, plus loin, les derniers hectomètres vers la terre ferme sont également compliqués à escalader. Je cours aussi vite que je le peux. Remonter le champ est pénible. Néanmoins, mon entraînement de nageuse en eaux vives a musclé mes cuisses et m'a donné un souffle d'athlète. Je ne faiblis pas. Je retrouve le plat. Je coupe au plus court, à travers les pelouses aplaties par les éléments et les promeneurs. Je dépasse le mamelon central pour basculer vers l'autre versant où un bosquet s'accroche. Je dévale le dernier sentier sans glisser alors que l'humidité le transforme en patinoire. Avant qu'il ne plonge vers la digue, j'ai une vue dégagée sur la passe délivrée par la marée basse et sur la presqu'île qui semble pleurer le bloc dont elle a été amputée, faisant tout pour lui ressembler, dardant ses amas de roches et de buissons sauvages le plus haut possible. Il n'y a personne.

La digue glissante, le sable mou, le barrage de rochers, encore une langue de sable mou et l'à-pic final, le chemin qui fait le tour de la presqu'île, le port où il débouche. La pluie et le claquement des haubans des voiliers. Le parking désert. La route et les rues désertes. Pas âme qui vive. Juste moi, essoufflée, mal attifée, les cheveux trempés, qui avec une telle dégaine passerait facilement pour une démente.

Il n'y a rien sur ma terrasse quand je rentre chez moi. Rien non plus quand je remonte de ma douche. En revanche, quand je suis sur le point de me coucher, j'y trouve un autre galet, jumeau du premier. Une écriture semblable, lettres majuscules noires bien détachées les unes des autres : QUAND JE VEUX. OÙ JE VEUX.

*
* *

Mardi 7 avril

J'étais trop jeune quand j'ai découvert *Le Déclin de l'empire américain*. À l'époque, j'ai trouvé le film bavard, revendiquant un côté entre-soi qui m'a laissée à la porte, avec ces intellos québécois dissertant à n'en plus finir du couple et de la sexualité tout en se promenant autour d'un lac. Or, malgré tout, certaines scènes ne se sont pas estompées. Celle où le prof de fac s'offre un massage sexuellement explicite et tombe sur une de ses étudiantes qui le masturbe tout en commentant son dernier cours ; celle où l'épouse fidèle entend depuis son balcon une conversation entre ses deux meilleures amies qui comparent leurs ébats avec son mari ; celle où le gay de la bande pisse du sang… Quelques années plus tard, quand je l'ai revu, il m'a accueilli en son sein. Les personnages ont accepté de me parler, me cooptant comme une des leurs. Sans doute était-ce prémonitoire.

Nous avons fait la connaissance de Caroline et de Thomas peu de temps après leur emménagement dans la maison d'en face. La première neige de l'hiver a joué les entremetteuses. Thomas a traversé la rue pour nous demander si nous avions l'électricité. Que la coupure soit générale l'a rassuré. Laurent et lui ont discuté un bon moment et, le soir, ça s'est prolongé chez nous en un dîner improvisé à la lueur des bougies et de la cheminée.

Leurs deux enfants étaient horripilants à ne pas admettre que toute l'attention ne soit pas focalisée sur eux. Mais, à part ça, nous nous sommes bien entendus. Ce qui m'a plu chez Caroline est qu'elle n'a pas caché ses doutes et ses lassitudes. Elle n'a jamais joué le rôle de l'épouse et de la mère parfaite, de la femme qui vieillit bien et se moque de sa beauté fanée.

Sur les photos de sa jeunesse, elle ressemble à une pom-pom girl, à la jooolie blonde qui fait tourner la tête des garçons mais que la plupart d'entre eux jugent inaccessible. Elle affiche un regard inquiet qui ne va pas avec le reste. Ce regard, elle l'a perdu, soulagée d'avoir franchi les obstacles pour parvenir quelque part. Ses traits se sont adoucis. Ses cheveux ont foncé. Elle enrage de ne pas parvenir à perdre les kilos en trop hérités de ses deux grossesses. Or, ils lui vont bien.

Dans sa cuisine, on boit du thé au jasmin et on abuse de carrés de chocolat à la myrtille en regardant tomber la pluie. C'est ici que je lui parle de l'état de santé de Laurent. Elle est la première à l'entendre. Elle pose sa main sur la mienne. Elle admet ne pas connaître de mots qui conviennent à ce genre de confidences. Alors elle ne dit pas grand-chose, si ce n'est qu'elle s'est occupée de sa grand-mère quand elle est tombée malade. Elle connaît le chemin qu'il va falloir emprunter. Elle peut se rendre utile. Ne serait-ce que pour m'écouter.

— À nous tous, on peut faire mentir les médecins.

Le « on » me réchauffe.

J'ai vraiment déconné. Est-il possible qu'inconsciemment j'ai voulu que leur ménage soit aussi détruit que le mien ? Je n'ai jamais été à l'aise avec Thomas. Je ne l'ai jamais trouvé attirant ou un truc dans le genre. Je n'ai jamais vu en Caroline une rivale, une concurrente en quoi que ce soit. Jamais je n'ai envié ce qu'elle avait.

Dans le film d'hier soir, l'épouse trahie doit aller au bout du week-end sans montrer la lourde blessure qui lui a été infligée. Au milieu des autres, elle se sent seule, cernée par les ennemis. Comparée aux autres femmes du groupe, elle est la fadeur incarnée, la gentille oie blanche qui ne voit et n'entend rien. La conne de service. À la trahison s'ajoute le mépris. C'est le pire.

Alors, de retour chez moi, j'envoie un SMS à Caroline parce que je sais qu'elle ne décrochera pas. Je lui redis que je m'en veux. Qu'elle est la dernière personne à qui j'aurais voulu faire du mal. Je termine par une question : « Que puis-je faire pour que tu tiennes le coup ? » À sa place, je répondrais : « Crève, ce sera déjà un bon début. » Mais elle ne répond pas.

*
* *

Mercredi 8 avril

L'épisode de l'île Milliau aurait dû m'enliser, avec le trouillomètre à zéro ; c'est tout l'inverse qui se produit. Je ne me terre pas. Je ne surveille plus. D'ailleurs, je laisse tomber ce que mes caméras filment et je retire le repère du rail de la baie vitrée de ma chambre.

Je ne parle de l'incident à personne. Je pose le deuxième galet sur mon bureau. À la différence de son jumeau, je le vois comme un trophée et non comme une piqûre. D'ailleurs, l'écriture au feutre du premier s'efface de plus en plus.

Je tiens à nouveau le rythme de ma nage quotidienne, étirant celle-ci bien au-delà d'une heure. Je suis en forme. Je suis forte, à défaut d'être courageuse. Mes mauvais rêves sont de plus en plus rares. À l'aube et au crépuscule, je n'épie plus Reagan dans sa maison.

Les vacances de printemps animent le front de mer. Les cafés ressuscitent leurs terrasses. Les parfums de crêpes et de gaufres embaument les après-midi. Les grands-parents sont mis à contribution. Leurs petits-enfants jouent sur la plage en piaillant. Après plusieurs refus, je parviens à convaincre Heckel de m'accompagner pour une balade. Comme se fondre dans une telle ambiance la rebute, je l'emmène au petit village perché au bord de la baie, celui avec l'église à la Vierge couchée. Là-bas, il n'y a personne. Nous déambulons dans les ruelles. Nous nous risquons dans le sentier côtier qui, en de nombreux endroits, est escarpé. Heckel ronchonne quand je m'assure que ce n'est pas trop difficile pour elle. Elle râle plus encore quand je la traîne à l'intérieur de la petite église et que nous nous asseyons un long moment. Sa grosse voix résonne. Parler à voix basse n'est pas dans ses cordes. Ne pas parler non plus.

Petit à petit, elle reprend le dessus. Il y a des moments qui ne trompent pas sur sa détresse. Elle les contient davantage, du moins en ma présence. Elle se sent prête à s'occuper des affaires de Jeckel, à trier ce qu'elle garde et ce qui va partir. La douleur du geste, après la mort de ses parents, est encore en elle. Ce fut insupportable par bien des aspects.

Après le décès de Laurent, j'ai voulu faire le vide rapidement. J'ai commencé par ses vêtements. Je les ai donnés au Secours populaire. Ensuite, j'ai jeté notre linge de lit, tout ce dans quoi nous avions dormi ensemble. Mais je n'ai pas pu aller plus loin. Soudain, alors que je trouvais que ce n'était pas si difficile, ça m'est devenu impossible. Il m'a fallu des mois avant d'être capable d'achever la tâche, de m'attaquer à son bureau, ses affaires de toilette, au tiroir de sa table de chevet, à ses bouquins et à ses disques. Un dimanche d'hiver, sans réfléchir, j'ai tout bazardé dans des sacs-poubelle. Je les ai entassés sur le trottoir. Quand je suis partie au travail, le lendemain matin, la levée n'avait pas encore eu lieu. J'ai failli tout rentrer. Je me suis retenue. Je les ai vus s'éloigner dans le rétro-viseur. Le soir, ils n'étaient plus là. Je l'avoue, je me suis sentie bien mieux. Jusqu'à regretter de ne pas l'avoir fait plus tôt.

Heckel m'écoute et me comprend. Elle peste encore un peu contre mon goût pour les églises vides, mais elle finit par tolérer le silence pour une ou deux minutes.

Sur la route du retour, je m'arrête à la galerie du peintre. Il souffle d'exaspération quand il me reconnaît. La présence d'Heckel à mes côtés l'intrigue. Je ne lui pose pas la moindre question. Je l'ignore. Je viens seulement pour contempler ses peintures et les montrer à mon amie. Elle ne peut s'empêcher d'alpaguer ce pauvre type qui nous observe de loin, avec une méfiance ouvertement affichée. Elle lui demande s'il lui arrive de peindre quand il ne pleut pas. Elle a beau chercher le soleil, le beau temps, les matinées printanières et les douces soirées, elle ne voit que des averses, du brouillard, des voitures sur du bitume mouillé et des gens pressés. Avec le beau temps que nous avons depuis plusieurs jours, il doit se retrouver au chômage technique. Il s'offusque, se dresse sur ses ergots. Peindre le maussade, y débusquer la beauté qui s'y cache, est autrement plus difficile que de barbouiller des couchers de soleil ou des plages à marée haute.

— C'est une vision qui se défend, admet Heckel. Elle est prétentieuse mais elle se défend.

Puis, se tournant vers moi.

— Ma petite, après la chapelle et les statues de femmes mortes, vous me renvoyez en novembre. Vous avez décidé de m'achever, ma parole ! La prochaine fois, je choisis la destination de notre sortie. Je vous préviens, il y aura du soleil et on marchera pieds nus dans l'eau.

*
* *

Dimanche 12 avril

Pâques remplit la côte. Il suffit de voir les nuées de voiles blanches qui glissent sur l'eau, se tenant à distance raisonnable du grand large, ou le passage vers l'île Milliau qui, à marée basse, prend des allures d'autoroute à piétons. Mina se doutait que ce serait ainsi avec le grand soleil annoncé. Elle a reporté notre sortie en bateau et s'éloigne de Trébeurden le temps de ce week-end prolongé.

Je n'ai jamais connu mon nouveau monde aussi peuplé. Je lui découvre un autre visage, plus animé, plus ouvert, à l'image des résidences secondaires qui abandonnent leurs volets clos. Sans les voitures et les grappes de motards qui font des concours de péta- rades, ce serait largement supportable. Néanmoins, je reste à l'écart, n'allant nager que tôt le matin ou tard le soir, passant le reste du temps chez moi à me ronger les sangs parce que je n'écris pas assez et pas assez bien.

J'invite Lizzie à déjeuner. Elle accepte sans hésiter. Elle m'offre des chocolats et une bouteille de cham- pagne. Nous sacrifions au rituel du repas dominical dans ma cuisine en formica et sans fenêtre. Au tout début, il était prévu que les résidents de Lighthouse logent au premier étage du manoir. Mais l'idée s'est très vite révélée intenable.

— Il faudrait vraiment que nous rendions cette maison plus agréable. Au moins en changeant le mobilier et les équipements.

Je suis d'accord. Mais je lui conseille de ne sur- tout pas toucher aux livres du lit alcôve. Je ne la crois pas quand elle peine à se rappeler leur existence depuis que l'ancien propriétaire les a laissés avec ses meubles. Tout est voulu. Une cave, des reliques peu agréables, le sale travail et, au-dessus, ce qu'on bâtit sur ces fondations. Comme la maison retrouvée par Romain Bancilhon au Clos-Margot.

Elle peste après les Américains qui lui en font voir de toutes les couleurs au sujet de l'adaptation d'*A'Land*. Tout doit être négocié et renégocié. L'équipe de production ressemble à une armée mexicaine avec pas moins d'une dizaine de producteurs exécutifs, chacun entendant peser sur le résultat final. L'expérience est épuisante. Si ça ne tenait qu'à elle, elle enverrait tout valser et les laisserait s'écharper entre eux. Heureusement, pour *Distancés*, en tant qu'unique productrice déléguée, elle aura les coudées plus franches.

— L'écriture sera bientôt achevée. Les nouvelles sont plutôt bonnes de ce côté-là. Je dirais même excellentes. On peut envisager de tourner en fin d'année prochaine. Et ton livre pourra être publié.

— Est-ce que je pourrais lire le script ?

Elle se recule sur sa chaise, écarte les mains et mime une grimace mal réalisée.

— Je ne peux pas te répondre, Charlotte. J'aimerais beaucoup que tu puisses...

Mais WXM est et restera le maître des marionnettes.

Sa série est vertigineuse. Le final qu'il lui a inventé la rend abyssale. Coureur 1, le faux ami et vrai rival, parvient à boucler son dernier tour de circuit dans le temps imparti. Il franchit la ligne d'arrivée avec une certaine marge. Il triomphe. Son nom rejoint le panthéon des rares qui ont vaincu la montagne. Il a pris le dessus sur les éléments, sur ses propres limites mais surtout sur celui qui lui a fait de l'ombre depuis tant d'années. Il tient sa revanche. Son visage est marqué par la fatigue. À part les griffures sur ses jambes, son corps ne montre rien de l'effort surhumain accompli. Jusqu'à ce qu'il s'assoie, retire ses chaussures et ses chaussettes. Ses pieds sont une horreur. Déformés, gonflés, boursoufflés et blanchis de l'humidité dans laquelle ils ont macéré, les ongles soulevés à la verticale par des cloques jaunies, la peau des plantes arrachée. Il regarde leur état. Il est seul. Il en a terminé avec cette course. Il lui faut un après.

Pendant ce temps, Coureur 2 se perd dans le brouillard. Il en est à un tel degré d'épuisement que son corps et son esprit se disloquent. Il tombe dans un ravin. Il ne veut plus se relever mais le fait quand même. Les hallucinations ne le laissent plus en paix. L'une des dernières détache des lambeaux de chair et des morceaux de doigts. Il suffit de tirer dessus et ils tombent comme des fruits pourris sur l'arbre. Or, à quelques encablures de l'arrivée, tout s'arrête. L'épuisement fait place à autre chose, à une réalité éthérée, à un apaisement comme il n'en a jamais connu. Il a fait le ménage dans sa tête. Il est revenu. Il ne lui reste qu'une ligne droite à couvrir et il passe la ligne dans les temps. Il se cache derrière l'ultime virage, un œil sur le chronomètre. Il ne sort que pour faire semblant de sprinter. Là-bas, devant le presbytère, tout le monde l'encourage, lui hurle de se dépêcher. Coureur 1 se lève et assiste à la scène. Coureur 2 franchit la ligne d'arrivée avec douze secondes de trop au compteur. Il s'écroule. Autour de lui, les gens sont catastrophés. Le règlement est formel. Hors de question d'ignorer ces douze secondes. Coureur 2 ne se plaint pas. Il accepte. L'avantage de sa défaite est qu'elle lui permet de s'inscrire à nouveau, de recommencer. Il le fera. La femme de sa vie est avec lui. Elle l'aide à se remettre debout. Elle le soutient jusqu'à leur voiture. On n'a d'yeux que pour eux. On les acclame. La victoire de Coureur 1 passe inaperçue.

On en vient à mes propres écrits. Lizzie est impatiente que je lui fasse lire la suite. Je retouche sans cesse ce qui existe déjà. Alors, il lui faudra reprendre tout depuis le début, certaines modifications étant profondes. Quant à ce qui n'existe pas encore, je ne sais pas le faire sortir autrement que par miettes. Cela donne un saupoudrage qui ne me convient pas du tout, ni dans la forme, ni dans le fond. Elle part pour une semaine aux États-Unis dans quelques jours. Beaucoup pour le travail et un peu pour voir son fils. Elle comptait un peu sur moi pour avoir de quoi s'occuper durant le voyage. Elle devra se rabattre sur autre chose.

Nous nous installons sur ma terrasse de poche pour conclure notre repas. J'ai rangé mon bureau, caché mes listes à colonnes, mes poèmes et mes dessins. En revanche, j'ai volontairement laissé les deux galets en vue. Lizzie passe sans les remarquer.

Nous nous gavons de chocolats et de champagne, les jambes au soleil, la tête à l'ombre. Nos échanges deviennent rares, au fur et à mesure que la torpeur nous gagne. Lizzie s'endort, la tête sur le côté. Elle est aussi ravissante qu'éveillée, la vulnérabilité en plus. Je me laisse aller à mon tour tant je suis bien. Je pars pour des promenades en pleine lumière, pieds nus dans l'herbe d'une clairière. Je ne suis pas seule.

Nous nous réveillons de concert, dérangées en même temps par un goéland trop gourmand qui vise nos restes. Il est 16 heures passées. Lizzie relance notre conversation comme si celle-ci ne s'était pas interrompue.

— Tu ne m'as pas dit que tu avais eu d'autres ennuis... – Elle indique ma chambre du menton. J'ai vu les galets. Et ce qu'il y a d'écrit dessus. Je ne croyais pas que ça irait aussi loin. Tu aurais dû m'en parler. À moins que tu croies que j'ai pu... – Elle ne termine pas sa phrase, écarquille les yeux. Ce n'est pas moi, Charlotte. Ni WXM. Ni quelqu'un de Lighthouse.

— Je sais. Je t'ai surveillée. Enfin, ce n'est pas tout à fait ça. Je t'ai regardée. Dissimulée derrière un arbre, au fond de ton jardin. Je suis certaine que tu me caches un truc. Alors je cherche à deviner quoi. J'ai espéré te confondre. Ou surprendre WXM caché dans ton salon. Ensuite, j'ai pris goût à ce genre d'habitude. Je n'ai pas honte. Je ne rougis pas. J'avoue cela comme si c'était anodin.

— Si c'est de nature à te consoler, j'ai fait la même chose avec Reagan.

Elle ne s'offusque pas. Elle éclate de rire. Elle ne pensait pas que je donnais des surnoms à tout le monde, croyant que je ne réservais ça qu'à Madeleine. Comme elle me demande quel est le sien, elle est déçue de ne pas en avoir un.

— Quand je t'ai dit qu'elle était venue chez moi, tu le savais déjà ?

Oui, je le savais. Sur le coup, ça m'a fait mal. Je l'ai pris pour une trahison. Mais, ensuite, elle m'a tout raconté, sans que j'aie à lui demander quoi que ce soit.

— Elle n'y est pour rien. Pour les galets... Ce n'est pas elle, ni son mari. En fait, elle t'a déjà écrit. Sur un site de partage de lectures.

Je ne les lis plus depuis des années. Depuis qu'un pseudonyme polynésien m'a taillée en pièces pour mes deux livres, expliquant l'étendue de leur médiocrité, mettant les avis plus positifs sur le compte d'un complot savamment orchestré par mon éditeur avant de faire l'apologie de son écrivain préféré vers qui il renvoyait les lecteurs un peu regardants. À l'époque, j'ai eu des envies de meurtre, associées à une lente agonie et à des souffrances insupportables.

— Ne t'attends pas à des mots doux ou encourageants...

Surtout pas.

Ma conduite n'est pas excusable. Pourtant, elle l'excuse. Elle la comprend. Sauf peut-être pour Reagan.

— Pourquoi lui ? Tu ne l'imagines tout de même pas passer par les toits de tes voisins ?

Nous avons tous les trois un point commun. Vous voir vivre votre veuvage me redonne espoir.

Madeleine commence ses deux articles par le sucre, histoire de donner le change et de laisser penser que la suite n'est pas à charge. Puis, à petites foulées, elle bascule sur le versant qui pique. Mon style en prend pour son grade : sans saveur, sans profondeur, digne des romans de gare. Les lieux communs qui pullulent. Les lenteurs de mes récits qui montent à deux de tension dans leurs moments les plus agités, c'est dire. Les relents nauséabonds du fond, admettant la loi du talion comme seule issue. La naïveté désespérante de mes histoires d'amour, des bluettes qui auraient davantage leur place dans un dessin animé du mercredi après-midi. L'absence de minorités dans mes romans, même fugaces : « Dans quel monde vit-elle ? » s'interroge-t-elle. Les conclusions sont sans appel. Pour *Décembre* : « N'hésitez pas à lire ces chapitres si vous vous trouvez dans une mauvaise passe. Il se pourrait qu'ils égayent votre journée, tant ils prêtent à rire. Attention cependant à ne pas dépasser la dose prescrite. Au-delà d'une journée, cela peut provoquer l'effet inverse. » Pour *Sang-Chaud* : « À tous celles et ceux qui n'osent pas se risquer dans l'écriture de crainte de ne pas être pourvus du talent nécessaire, vous trouverez là le meilleur manuel pour vous lancer. Sa lecture vous grandira, révélant vos propres capacités, bien plus étendues que vous ne l'auriez cru. Gageons que, dans quelques années, une génération d'écrivains talentueux verra le jour grâce à Mme Kuryani. »

Une piqûre de guêpe. Ça fait très mal sur le coup, ça brûle un moment et puis ça disparaît. Il en reste tout de même une trace. Une idée qui prend forme, qui enfle. Le désir non-contenu de lui adresser un retour de manivelle. Une belle journée au final.

*
* *

Vendredi 17 avril

Tout en fourbissant mes armes contre Madeleine, je consacre beaucoup de temps à la natation.

Mes îlots continuent de me faire de l'œil, surtout Molène, le plus grand, le plus séduisant avec sa large plage de sable immaculé. Puisque notre escapade en voilier vise plus loin et plus difficile, j'ai pris la décision de le rallier à la nage. Je ne préviens personne pour ne pas qu'on tente de me dissuader ou qu'on me surveille, ce qui gâcherait ma robinsonnade.

Depuis la presqu'île, j'estime la traversée à une petite heure, peut-être davantage selon le courant. Je veux aborder à marée haute, pour profiter pleinement de l'isolement. Je me suis acheté un flotteur orange pétard qui reste dans mon sillage, signalant ma présence aux bateaux et permettant de garder quelques affaires au sec.

Le temps est en train de se détraquer. La pluie annoncée pour ce week-end va faire du vide parmi les touristes. La semaine prochaine, avec les bons horaires de marée, est idéale.

*
* *

Lundi 20 avril

Happiness dérange toujours autant. Le désespoir y devient comique et on a un peu honte de sourire, voire de rire, de certaines scènes qui, sous un autre prisme, seraient glaçantes.

Heckel me gronde. Après la séance, j'en prends pour mon grade. Lizzie n'est pas là pour voler à ma rescousse. Je ne peux compter que sur l'Ours-Rodolphe, qui s'inflige les festivités pâtissières pour la représenter. Il couvre les grognements outrés des spectateurs par ses propres grognements autrement plus puissants. Il répète ses arguments. Le sujet du film est la misère sexuelle de nos contemporains.

420

Il a le grand mérite de ne pas prendre de gants pour s'y attaquer. Le politiquement correct est devenu si insupportable que ne pas y sombrer aère l'esprit.

Heckel est la seule qui ne bat pas en retraite face au géant.

— Tout de même, mon ami. Comment peut-on s'amuser de cet homme qui déploie des trésors de stratégie pour violer le copain de son fils ?

— On ne voit rien du viol.

— C'est encore pire ! On a l'avant et l'après. Sans parler de tout le reste. Pardonnez-moi, mais je n'ai rien vu qui m'aère l'esprit. J'ai un sentiment bien différent : l'écœurement. Franchement, le gros plan du chien qui lèche le sperme à la fin, vous trouvez cela digne ?

Elle oublie de préciser que le chien saute ensuite sur les genoux de sa maîtresse et lui pourlèche la bouche. Je sens un fou rire monter. Je m'écarte au plus vite de la table pour ne pas vexer mon amie.

Le duel continue. L'Ours-Rodolphe lui conseille le film de la semaine prochaine, qui évoque également la pédophilie et la misère sexuelle. D'une autre manière, beaucoup plus lissée. Mais, des deux, c'est ce dernier qu'il trouve le plus violent.

Je me rends compte de ma programmation. Elle n'a rien d'un hasard. Je n'ai plus du tout envie de rire.

Plus tard, quand elle m'embrasse, Heckel n'a toujours pas décoléré. Elle me tire l'oreille et me fait les gros yeux.

— Si je ne vous connaissais pas, ma petite, je me poserais des questions...

*
* *

Mardi 21 avril

C'est pour demain ! À l'eau à 9 heures maximum, depuis le bout de la presqu'île où on ne me verra pas. Comme prévu, la pluie a laissé place à un vent doux et un ciel suffisamment changeant pour décourager les promeneurs. Malgré mon entraînement régulier, je ne suis pas hyper rassurée. J'ai l'impression de m'apprêter à faire du trapèze sans filet.

Y aller, faire le tour des petites terres dispersées, m'y poser et revenir. Pas davantage intrépide, mais forcément changée.

*
* *

Mercredi 22 avril

Je suis descendue à pied. Je me change dans les rochers. Le passage vers l'île Milliau est déjà largement recouvert. Je pars d'ici, ce qui est tout un symbole à mes yeux.

Les premières minutes, je suis hésitante. Je me redresse plusieurs fois pour regarder la côte qui s'éloigne. Puis j'adopte mon rythme habituel, celui de la baie de Goas Lagorn. Je trace droit devant moi, les mouvements amples et cadencés, la respiration bien en place. Comme les autres jours, l'effort physique efface mes pensées ordinaires. Il les remplace par des morceaux d'histoire que j'enjolive, que j'invente, mais également par la résurrection de quelques souvenirs agréables. L'élan est dans ma tête. Il me libère. Dès que mes épaules et mes cuisses brûlent, mon cerveau ferme les sas. Il ne garde en vie que les plus forts, les plus rapides.

Je contourne l'îlot Molène par sa gauche. Je sla-
lome d'abord entre les rochers qui émergent ici et
là. Je pousse ensuite jusqu'au Four. Je bifurque vers
ma droite. L'île Losquet puis Fougère dont je fais
le tour. Puis, je reviens vers Molène. À 11 h 05, je
touche la petite plage qui me fait rêver depuis des
mois que je la contemple de loin. Je suis l'unique
rescapée d'un naufrage et j'atterris par miracle sur ce
fragment de terre. La mer va continuer de monter et
modeler la baie qui creuse l'éperon, lui donnant des
atours encore plus spectaculaires. Le sable est aussi
blond que je me le suis figuré.

Je retire ma combinaison. Je ne cache pas mes
seins. Je reste en culotte et le vent me sèche. Avant
que le froid ne s'en mêle, j'enfile le sweat et le pantalon de jogging que j'ai emportés. Je me pose, le dos
appuyé contre un rocher droit. Je bois et je mange.
Je savoure.

Sans bouger de ma place, je m'enfonce dans des
territoires sauvages. J'explore une mémoire enfouie
qui s'éveille. Elle ouvre des passages lointains, qui
ouvrent sur d'autres passages lointains.

Des vacances d'été au bord de la mer avec mes
parents. Luttie n'est pas encore née. Je me suis fait
un copain de mon âge au camping. Nous faisions
semblant de nager. Nos bras imitaient la brasse mais
nous étions accroupis et, sous l'eau, nous marchions.
Mon père, qui jouait au ballon avec d'autres hommes,
est revenu vers la plage en boitant bas. Les vives ont
la sale habitude de s'enterrer dans la vase, tout près
des baigneurs. Il venait de marcher sur une des épines
dorsales empoisonnées. Ma peur est devenue incontrôlable. J'ai refusé de retirer mes sandales en plastique même si les lanières m'entamaient le dessus
des pieds. Mais leurs semelles me paraissaient trop
fines pour me protéger. Au grand désespoir de mon
petit soupirant, j'ai refusé de retourner dans l'eau.

Mes parents m'ont proposé de prendre des cours, pour apprendre enfin à nager. Les sauveteurs en organisaient tous les matins. Première leçon : on m'a obligée à retirer mes sandales. Ensuite, on m'a fait asseoir sous l'eau pour apprendre à souffler. On m'a conseillé d'imaginer des bougies sur un gâteau d'anniversaire. Le sel me rongeait les yeux, la gorge, et me bouchait les oreilles. J'en avais la nausée. De retour à la caravane, sans avoir appris le moindre mouvement, j'ai été obligée de me coucher et je n'ai rien avalé jusqu'au lendemain. Il n'y a plus eu de cours de natation. Mon compagnon m'a abandonnée. Il s'est trouvé une fille plus hardie à conquérir.

Notre cuisine. Une amie de mes parents. Je suis plus jeune. La radio diffusait une chanson de Michel Delpech. La femme était assise sur le rebord de la fenêtre. Elle buvait un café, dans une grande tasse. Elle avait laissé la petite cuillère qui se calait contre sa joue à chaque gorgée. Je n'avais jamais rien vu de plus fascinant. Quand j'essayais de faire la même chose avec mon bol de chocolat, ça se révélait impossible.

Même cuisine. Même période, ou à peu près. On m'a offert des poissons rouges. L'aquarium était posé sur la machine à laver, avec des cailloux multicolores au fond. Le premier soir, les deux poissons sont morts. Ils flottaient, le ventre à l'air, beaucoup moins rouges. J'ai pleuré. Alors, le lendemain, on m'a offert deux autres poissons. Le soir, ils sont morts de la même manière. Le mystère était entier. Papa et Maman échafaudaient des théories. L'aquarium a disparu. Quarante ans plus tard, sur Molène, à jouer avec mes orteils dans le sable froid, je trouve la réponse. De ma propre initiative, sans le dire, j'ai mis du sel dans l'eau. Les deux fois. Comment j'ai pu oublier ça ?

La mer commence à redescendre. Je renfile ma combinaison. Le retour est pénible. Très vite, je comprends que le plus dur est devant moi. La sérénité de l'aller et de mon escale s'est envolée. J'ai l'impression de faire du surplace et, pour couronner le tout, ma blessure à la cuisse me titille. Il me semble qu'elle menace de se rouvrir. Je suis dans un tunnel, le noir se fait autour de moi. Me reviennent mes récents cauchemars, avec les métros sombres, les gares rouillées, les couloirs d'hôtel qui aboutissent toujours au même endroit et le boulevard périphérique sans sortie. Ma sœur qui m'abandonne.

Luttie nageait comme une sirène. Tout le temps. Elle ne pensait qu'à cela. Elle était douée. Au club de natation où elle était inscrite, elle pulvérisait toutes les courses. Y compris quand on la surclassait. Elle commençait son CM2 quand elle a été repérée et sélectionnée pour un stage national à Font-Romeu, durant les vacances de Toussaint. Elle était enchantée. Elle le criait sur tous les toits. À la maison, je ne partageais pas l'enthousiasme général. Ma mère m'en a fait le reproche. Je lui ai répondu qu'elle se trompait, que j'étais très contente pour Luttie. J'étais en terminale et j'avais la tête ailleurs, voilà tout. En fait, ça me faisait mal de l'avouer, mais elle avait raison. Je ne voulais pas que ma sœur parte. Je me fichais qu'on lui promette des médailles et la gloire quand moi je n'aurais jamais rien de tout ça. Le problème était autre. Je la perdais. Si elle réussissait son stage, les portes du très haut niveau s'ouvraient. Ce qui signifiait une scolarisation ailleurs. Loin.

Luttie s'inquiétait du quotidien dans les dortoirs et les sanitaires. Mes quelques hivers en colonie de sports d'hiver m'ont permis de la rassurer : les filles étaient séparées des garçons, les dortoirs étaient composés par affinités et il y avait des cabines individuelles pour les douches. Elle pouvait me téléphoner si ça n'allait pas. M'écrire aussi. Elle pouvait aussi renoncer et rester avec nous. Était-elle certaine de

425

vouloir sacrifier les années à venir à nager du matin au soir ? Parce qu'une fois qu'elle aurait franchi le pas, il était hors de question de reculer. Elle a hésité. Les larmes lui sont venues aux yeux. Elle a quitté ma chambre sans me regarder.

La veille de son départ, je me suis débrouillée pour me faire inviter à dormir chez une copine. Avant de m'en aller, je lui ai dit au revoir. Je l'ai embrassée et je lui ai rappelé que j'étais là, qu'au moindre problème, j'accourrais. Je savais que les premiers jours allaient être terribles. Je me souvenais de mon premier séjour au ski sans mes parents, ni mes amis. Un enfer. Elle n'oserait pas téléphoner à nos parents. Elle aurait peur de les décevoir. Elle m'appellerait moi. Et je la récupérerais. Je me suis dépêchée de partir avant qu'elle ne m'enlace. Ensuite, je me suis éloignée du quartier, j'ai garé ma mobylette à l'abri des regards et j'ai pleuré. Jamais je n'ai autant pleuré.

Trois jours ont passé. Luttie a téléphoné en début d'après-midi. Elle savait que j'étais seule à la maison. Ça ne va pas ? Si. Elle est la plus jeune du stage, mais les autres filles sont gentilles avec elle. Les entraînements sont durs mais elle s'en sort bien. Mieux que bien. Ça a attiré le respect des autres. La jalousie aussi, un peu, mais pas pour toutes.

Elle m'a appelée pour me dire que je me suis trompée, qu'elle est bien plus forte que je le voulais. Elle ne l'a pas dit, c'est ce que j'ai voulu entendre. J'ai été en colère. Je tuerais pour Luttie. Je vaporiserais quiconque s'en prendrait à elle. Mais là, j'étais vexée.

Sa voix s'est défaite. Un silence. Un soupir.

— C'est l'entraîneur. Il est... Il n'est pas très sympa.

J'ai écouté à moitié. J'ai eu envie de la rembarrer, de l'envoyer se faire voir avec sa natation à la con. Après tout, elle l'avait désiré.

— C'est normal. Il est obligé de vous pousser. C'est un test. Pour se débarrasser de celles qui n'auront pas assez de caractère. Tu sais ce que Papa a dit ? Sur le mental qui fait la différence entre un bon sportif et un très bon sportif.

Nouveau silence. Nouveau soupir.

— Il est vraiment bizarre. Il me demande...

Elle n'a plus eu les mots. Moi, si.

— Qu'est-ce que tu veux, Luttie ? Tu veux arrêter et qu'on vienne te chercher ?

Le ton n'y était pas. Si je n'étais pas exaspérée, je l'imitais bien. Elle ne pouvait pas répondre par l'affirmative. Je l'en ai empêchée.

— Tu veux que j'en parle à Papa et Maman ?

— Non. Ça va aller. Ne leur dis pas que j'ai appelé. Il faut que j'y aille. L'entraînement va redémarrer.

Elle a raccroché. J'ai oublié.

Et ici, entre une poignée d'îlots et Trébeurden, dans une mer qui s'agite et se refuse, tout me revient.

Une conversation entre mon père et ma mère, quelques semaines plus tard, dans la cuisine. Toujours cette foutue cuisine. Mon père qui parlait fort, trop fort, qui était debout et faisait les cent pas : « Elle a dix ans ! Dix ans, bordel ! Et ce type lui fait subir ça ? Ce n'est pas un éducateur. C'est un malade. Un malade ! » Ma mère pleurait à moitié.

Luttie qui était revenue rincée de son stage, lasse, déçue. Elle a abandonné la natation même si on la surprenait souvent à mimer ses gestes de nageuse sans qu'elle s'en aperçoive.

Mes parents affirment avoir déjà commis une erreur, avant moi. Quelque chose qu'ils ne se pardonnent pas. Ils portent plus d'attention à Luttie qu'à moi, qui suis grande et forte. Ils la décrivent fragile. Ils lui pardonnent tout.

Le dernier moment heureux de mon existence. Nous sommes au bord de notre piscine en juillet. La lumière est magnifique. Mon père flotte sur un matelas gonflable et chante. Il se force. Sa voix joyeuse sonne faux. Ma mère bouquine à l'ombre des grands arbres. Régulièrement, elle lève les yeux de son livre. Elle regarde Luttie. Elle retient un sanglot. Elle agrippe son marque-page jusqu'à le tordre. Ma sœur est allongée à plat ventre dans l'herbe. Elle lit un magazine de son âge. Elle a chaussé des lunettes de soleil en forme de cœurs. Elle bat des jambes. Un crawl parfait. Elle s'en aperçoit. Elle cesse immédiatement. Une larme coule sur sa joue. Je suis assise, les pieds traînant dans l'eau. Shirley, notre chienne, me colle. Je ne vois que ce que je veux voir.

Je touche enfin les premiers rochers. La mer se calme. Le ciel s'éclaircit. Ma cuisse a tenu. Je sors. Mon dos me fait un mal de chien. Quand je me mets debout, j'ai l'impression qu'il va se briser en deux. Je ne me change pas. Je retire seulement mes palmes et je remonte chez moi, sans prendre le temps de mesurer mon parcours, sans communier avec la mer comme j'ai l'habitude de le faire.

M'enfermer à double tour. Rincer ma combinaison. M'éterniser sous la douche. Ne plus penser.

16

Mimouche

— Romain Bancilhon ! Ça alors, c'est une bonne surprise !

Mimouche est toujours aussi menu. Ses traits enfantins ont survécu aux années, malgré les rides qui froissent les contours de son visage. Il s'illumine du même sourire spontané. Le capitaine et meneur de jeu de Wrexham est fidèle à lui-même, même si son corps est abîmé.

Il n'a pas été difficile à retrouver. Un coup de fil à ses parents a suffi. Ce coup de fil que Romain n'a pas été capable de passer durant près de trente ans. Il ne vit pas loin de Marican, de l'autre côté de la montagne, dans un hameau dissimulé au terminus d'une route minuscule. En marge d'une grappe de vieilles fermes, il a fait construire une belle maison, claire et aérée. Tout autour, la forêt, bien qu'omniprésente, n'a rien d'oppressant. C'est un bel endroit.

Il s'est marié avec une des kinés qui s'est chargée de sa rééducation. Ils ont deux filles, encore adolescentes. La grande majorité du temps, il travaille de chez lui, pour un cabinet d'expertise comptable. « Les nouvelles sont bonnes, a ajouté sa mère au téléphone. Meilleures que ce qu'elles ont été. »

Mimouche n'a pas suivi les autres après l'école Saint-Joseph. Ses parents l'ont inscrit dans le public. Sans en être effacé pour autant, il a disparu de la vie de Romain. Celui-ci n'a jamais cherché à le revoir ni à se préoccuper de son existence. Il l'a toujours imaginé inaltérable, à l'abri des mauvais coups. Il l'a vu comme un voyageur, parti pour quelques années, mais qui reviendrait bientôt, pour reprendre les choses là où elles avaient été interrompues. De toute manière, il était avec lui tous les jours. Dans son jardin. Dans son cahier de foot. La vraie vedette de l'équipe, c'était lui. Ça a toujours été lui. Leur complicité n'était pas altérée, elle était renforcée.

Peut-être Romain a-t-il compris sans s'en rendre compte. Peut-être a-t-il délibérément fermé les yeux et les oreilles. La dégringolade de Jean-Baptiste Lhomme a pourtant été longue et ne s'est pas faite sans bruit.

Il n'a pas entendu son affaissement lors de leur dernière année scolaire ensemble. Il n'a pas entendu le chaos de la première année de collège de son ami, marquée par un absentéisme important et des résultats en berne. Pas davantage celui de l'année suivante, celle de sa déscolarisation parce que prendre le chemin de l'école était devenu pour lui une épreuve insurmontable. Il n'a pas entendu quand il s'est vidé sur la tête une bouteille entière d'alcool à brûler, dans son garage, heureusement surpris par sa grand-mère avant qu'il n'allume son briquet. Quand on a découvert les blessures qu'il s'infligeait au ventre et aux cuisses à l'aide d'un cutter. Ça a été dit. Marican est une ville sonore. L'écho de ce qui s'y déroule porte loin. Mais elle a fait moins de bruit quand on a compris ce qui avait provoqué le naufrage de ce garçon brillant et doué en tout. Quand sa famille a voulu poursuivre en justice M. Lagarde et le directeur de Saint-Joseph.

Romain n'a pas entendu son internement en psy, dans un centre adapté de la banlieue toulousaine, où il est resté de nombreuses années, ne revenant chez lui que le week-end. En train. Tout cela, antérieur à la disparition de Julien, il aurait dû l'entendre.

Quelques années plus tard, alors qu'on croyait Mimouche tiré d'affaire, sa voiture a basculé du haut d'un ravin, sans qu'aucune trace de freinage ne soit repérée dans le virage. Il l'a su. Il se souvient que son père le lui a dit au téléphone, alors qu'il était déjà loin de la maison. Il l'a effacé aussi vite que possible.

Sur le palier de sa maison isolée, Mimouche réapparaît parmi les vivants de son monde, enfin de retour de son long périple. Il l'invite à entrer. Il boite bas. De ses mains, il cherche un appui invisible. Un gâteau est au four et son parfum convient à la douce chaleur et à la quiétude qui règnent dans le salon.

— C'est pour les filles. Elles rentrent toujours du lycée affamées.

Il exprime les choses avec naturel, sans chercher à se donner une quelconque contenance ou à s'inventer un personnage. Immuable. Sincère. À l'école, il assumait de dormir la porte de la chambre ouverte parce qu'il avait trop peur du noir ou de regarder les dessins animés pour filles. Ils étaient nombreux à faire pareil, mais lui seul l'assumait. Jamais il n'a participé aux affabulations au sujet de leurs pères héros de guerre. Il les écoutait, sans un mot, laissant chacun aller au bout de ses mensonges.

— J'ai appris pour ton frère. Je suis vraiment désolé. Est-ce que tu t'en sors ?

Une simple question suffit à renverser Romain. La question d'un capitaine à son plus fidèle lieutenant. Depuis l'enterrement, il a énormément de mal à parler de Julien. Il esquive. Il hoche la tête et préfère s'intéresser au piano droit qui trône dans un coin.

— Tu joues toujours ?

— La musique ? Non, non... Je n'ai jamais été très doué. Notre aînée se débrouille bien mieux.

Mimouche s'intéresse à lui, à son parcours. Il emprunte des raccourcis pour le relater : les études, l'architecture, la fin de son couple, la mort de son père, le retour à Marican. La dernière étape est connue, celle des déboires avec la gendarmerie. Inutile d'en faire état.

— L'idée que tu fasses une pause dans ta carrière d'architecte me plaît bien. Elle correspond tout à fait à l'image que j'ai conservée de toi. J'étais certain que tu deviendrais une sorte d'aventurier.

— Aventurier ?

L'image est plus qu'erronée.

— Tu étais déjà comme ça à l'école, toujours plein de ressources, de projets. Ça se voyait que tu avais quelque chose à part qui te ferait éviter les lignes trop droites.

Ensemble, ils repartent en arrière. Avant le chaos et l'effondrement. Les souvenirs de Mimouche se focalisent étrangement sur l'année de CM2 : les matchs de foot dans la cour centrale, les sorties du jeudi après-midi dans les monts d'Aurelle, la randonnée du lundi de Pâques avec le pique-nique au refuge de la Croix-Mariech, les fêtes d'anniversaire des samedis après-midi avec toujours les cinq ou six mêmes invités...

Il a oublié certains noms. Romain les a tous. Sans exception.

— Tu les as revus depuis ?

Ils se sont croisés parfois. Mais plus du tout depuis la fin du lycée. S'il s'en souvient aussi bien, c'est parce que cette période est la plus belle de sa vie. Il aimerait lui parler de Wrexham, mais il a peur de passer pour un timbré.

— Je n'ai jamais pris de tes nouvelles.

Sa voix est piteuse, tout ce qu'il y a de moins assuré.

— Je n'en ai pas pris davantage au moment où ton frère a disparu. Ou même plus récemment. Pourtant, ces dernières semaines, je suis venu plusieurs fois dans ton quartier. Je savais que tu vivais à quelques mètres et je ne les ai pas couverts. Rien n'est facile dans ce genre de situation. Et puis, le temps a passé pour tout le monde. Nous ne sommes plus ce que nous étions, n'est-ce pas ? Il n'empêche que j'ai souvent pensé à toi. Je suis sincèrement content de te revoir, Romain.

Celui-ci encaisse mal. Il s'avance sur le fauteuil. Il croise les bras devant lui.

— Tu es venu au Clos-Margot ?

— Tu n'es pas au courant ? J'ai cru que tu venais pour ça. Nous sommes amis avec Vincent et Sarah.

Romain est écrasé. Sa vue s'obscurcit.

— Ne t'inquiète pas. Si je pensais que tu avais fait quelque chose de mal, jamais je ne t'aurais ouvert ma porte. Vincent a paniqué. Et dans ce genre de situation, on veut que quelqu'un paye. Il n'a pas à t'enfoncer de la sorte. Je ne suis pas le seul à lui en faire la remarque. Sarah prend également ta défense. Il va se reposer et revenir à la raison. Il n'est pas mauvais. C'est juste qu'il est abattu. Ça peut se comprendre.

Romain tente de se reprendre.

— Vous vous fréquentez depuis longtemps ?

— Oh ! Ça commence à faire un bail... Je ne l'ai jamais considéré comme un copain quand il était avec nous. Mais, à l'époque de mon internement, il a repris contact avec mes parents. Il prenait de mes nouvelles, téléphonait le week-end pour me parler, passait parfois à la maison... Moi, je ne voulais voir personne d'autre que ma famille. Je n'étais même plus capable d'aller assister à un match de rugby, c'est te dire. Malgré mes mauvaises dispositions, il a persévéré. Ensuite, j'ai pu m'inscrire en fac, à Toulouse, et comme il était le seul lien qui me restait avec l'extérieur, la seule personne que je connaissais là-bas, on s'est rapprochés. Depuis son divorce, nos liens sont devenus plus forts. Nos épouses s'entendent très bien, ça aide.

Avant de lui prendre Sarah, Vincent l'a déjà dépouillé de Mimouche et il ne s'est rendu compte de rien.

Un tintement résonne dans la cuisine. Mimouche se lève sans retenir une grimace. Il sort son gâteau du four.

— Tous les jours, je guette le retour des petites. On entend leurs scooters de loin. J'ai le temps de sortir pour les voir déboucher sur la route. J'adore ce moment.

Il sourit toujours. Sans que ce soit une posture.

— En fait, je ne me plais qu'ici. Ma maison, mes balades dans la forêt, ma famille, mon boulot. J'ai un rythme qui me convient. Tu dois considérer que je me contente de peu.

Romain ne pense pas ça. Au contraire, il l'envie d'avoir trouvé un endroit où être chez lui.

— Ça te dirait de marcher un peu ? continue Mimouche avec enthousiasme. Avec la lumière qu'on a aujourd'hui, ça peut valoir le détour, non ? Il y a un lieu que j'aimerais beaucoup te montrer.

Il l'entraîne dans un chemin creux qu'ils récupèrent à une centaine de mètres de la maison. Mimouche a pris sa canne avant de sortir. Elle lui est indispensable sur des terrains plus accidentés, à cause de sa patte folle dont il parle comme d'une personne. Ils s'enfoncent dans les bois. Il parle sans cesse, de son travail, de sa femme, de ses enfants, de ses parents. Romain aime l'écouter, lui qui n'écoute jamais personne. Il est soulagé de ne pas avoir à faire la conversation. Le souvenir de la chute dans les orties surgit des limbes. Mimouche en rit. Romain en a honte. Il n'a rien fait pour le sortir de là.

Ils dépassent bientôt un mince ruisseau avant de quitter le sentier. Derrière un talus planté de noisetiers sauvages, ils aboutissent dans une combe qui dessine une sorte d'amphithéâtre ouvert vers le bas. Des épicéas majestueux l'entourent, suffisamment espacés pour ne pas gâcher la lumière ni étouffer la végétation à leur pied. La mousse est partout, parfois accompagnée de quelques arbustes plus hardis, osant se frotter à un territoire qui n'est pas le leur. Le bois des arbres craque, chante, respire. Les sons résonnent. Au-delà, rien ne semble exister.

Un tronc gigantesque couché par l'une des dernières tempêtes leur offre un banc d'où admirer le spectacle.

— Voilà. C'est ici. Rien de très extraordinaire. Mais ce coin me bouleverse. Je peux y rester des heures sans m'y ennuyer une seconde. Je le surnomme « Mon Finistère ».

Le site aurait sa place dans le monde des frères A'Land. Un havre dans la Forêt des Oubliés.

Mimouche étend sa jambe raide, laisse échapper un soupir de douleur dont il s'excuse.

— Je suis un miraculé. Mais il me reste des séquelles avec lesquelles je dois vivre. Je m'en accommode. J'ai voulu mourir trois fois. Alors, au bout d'un moment, il faut bien débourser pour ne pas oublier combien la vie est précieuse.

Un autre que lui ou Romain trouverait ça ridicule. Mimouche n'est pas ridicule. Son calme et sa lucidité impressionnent.

— Tu vois, pendant de nombreuses années, j'ai été incapable de dire ce genre de choses. J'avais honte. Les deux premières fois, j'ai senti venir la nuit longtemps à l'avance. Au collège, j'en ai pris plein la tête. Dès ma rentrée en sixième. J'ai adopté une attitude qui ne pouvait que m'attirer les ennuis, tu vois ce que je veux dire ? La tête rentrée dans les épaules, méfiant, rasant les murs. Une vraie cible. Même quand mes parents ont fait en sorte que je n'aie plus à y aller, la peur ne s'est pas envolée. Je me suis dit que mourir me permettrait de ne plus souffrir à ce point, d'attendre tranquillement que mes proches me rejoignent. Comme quoi les heures de catéchisme qui nous faisaient tant suer n'ont pas été si inutiles que cela. Il m'en est resté quelques traces. J'ai voulu utiliser de l'alcool à brûler... Quel abruti ! La deuxième fois, c'était deux ans plus tard. Je me sentais prisonnier à l'intérieur de moi-même. Comme si on m'avait enfermé dans un sarcophage. Et puis, j'avais conscience de ce que je faisais endurer à mes parents. J'ai voulu les délivrer de ça... en me pendant dans les douches. C'est le veilleur de nuit de l'hôpital qui m'a sauvé.

Il soupire. Il ne baisse pas les yeux, au contraire, il les lève.

— La troisième fois m'est tombée dessus sans que je m'y attende. Je me sentais mieux. Du moins, je le croyais. J'ai passé un week-end au ski chez des copains de fac. Le dimanche soir, j'ai pris le volant pour rentrer. Et là, tout d'un coup, la vie m'est apparue insupportable, vaine. J'ai accéléré. Un virage. Droit au fond du ravin. Ce coup-ci, je ne me suis pas raté et il n'y a eu personne pour m'en empêcher. Il a fallu que je sois presque mort pour découvrir que je méritais de vivre. J'étais en miettes. Mais, d'une certaine façon, j'étais guéri.

Il contemple tout ce qu'il y a autour d'eux tandis qu'il raconte sa descente aux enfers. Il parle d'un ennemi qu'il a vaincu. Il est en paix.

— Mon frère s'est suicidé.

Cette phrase, Romain s'est forcé à la répéter, à haute voix, dans sa chambre, face au miroir de la salle de bains, dans sa voiture. Elle accroche. Elle fait mal. Elle ne veut jamais sortir entièrement.

— Je suis trop con. Je n'aurais pas dû m'étaler de la sorte, à ne parler que de moi et de mes conneries.

— Tu sais, il y a encore une heure, j'aurais été incapable de prononcer ces mots. T'entendre, ça m'aide.

— J'ai croisé Julien une fois. Dans le train pour Toulouse, un dimanche après-midi. Je repartais dans mon institut de zinzins et il m'a reconnu. Il s'est assis en face de moi et nous avons bavardé. Habituellement, j'étais totalement mutique. Mais là, va comprendre pourquoi, j'ai pu parler. Du rugby. De Marican. De Toulouse... C'était un bon moment.

— J'ai de bonnes raisons de penser que vous...

Romain hésite. Mimouche l'aide.

— Que nous étions habités par le même mal ?

Ses doigts ne se crispent pas sur le pommeau de sa canne et sur le velours de son pantalon. Pas le moindre geste de nervosité. Aucune profonde inspiration ne lui est nécessaire.

— Il savait qui était Lagarde. Il avait eu affaire à lui. Il est intervenu pour l'empêcher de s'en prendre à moi.

— Je sais. Il a également tenté de nous prévenir. Je ne l'ai appris qu'après : il a téléphoné chez plusieurs parents. Dont les miens. On ne l'a pas écouté. C'était un adolescent qui semblait avoir une dent contre l'école, alors on s'est méfié de lui. Et puis, s'en prendre à l'institution, c'était inenvisageable. Quand mes parents ont voulu porter plainte, tu ne peux pas imaginer combien de forces se sont liguées pour les en dissuader. On leur a fait des promesses. On leur a fait peur. Et, à la fin, on leur a signé un chèque. Sais-tu quel était le cours du silence en 1982 ? Le prix d'une 504. Avec peinture métallisée tout de même.

— Je n'ai rien vu.

— Il était malin. Il savait s'y prendre avec nous. Qu'il nous mette la main aux fesses en classe ne m'a jamais semblé incongru. Ça nous paraissait normal, non ? Quand il m'a gardé avec lui pendant les récréations ou le soir après l'étude, je n'ai pas davantage pensé que ses gestes étaient déplacés. Ou que ce qu'il me demandait de lui faire était dégueulasse. J'étais son chouchou. J'avais le rôle principal dans tous les petits films qu'il nous faisait tourner. Tu veux que je te dise ? Qu'il s'isole avec un autre m'aurait rendu jaloux à crever.

— Est-ce qu'il y en a eu d'autres ?

— Si c'est le cas, aucun ne l'a jamais admis. J'ai eu un doute sur, euh... comment tu as dit qu'il s'appelait ? Bertaud... Et puis aussi Peyron.

Bruno Bertaud, armoire à glace, élève médiocre, camarade exemplaire, celui qui vient vous voir quand vous pleurez dans votre coin pour vous dire : « S'il t'embête encore, tu me le dis et je m'en occuperai. » Gardien de but historique de Wrexham.

Philippe Peyron, calme en toutes circonstances, gentil, qui se sacrifie pour les autres quand personne ne veut se dénoncer après une bêtise et qu'on est menacé par une punition collective. Libero de Wrexham, imbattable de la tête, patron de la défense qu'il dirige sans élever la voix, qui ne s'affole jamais balle au pied.

Avec eux deux, les historiques de l'équipe. Les survivants de Saint-Joseph. Les plus anciens joueurs. Les gardiens du temple.

— Ils devaient suivre des cours particuliers avec ce vieux salaud. Au dernier devoir de maths de l'année, Bertaud a eu la meilleure note de la classe. Tu t'en souviens ? Ses parents lui ont offert un ballon de foot pour le récompenser.

Cet épisode-là, tout comme celui des cours particuliers, Romain les a zappés.

— Personne n'a voulu témoigner.

— Et Lagarde ?

— Il est mort. Cancer du poumon. Un mois à peine après que je me sois jeté dans le ravin. Je me suis imaginé le tuer de mes propres mains. J'avais même commencé à échafauder des plans pour le meurtre parfait. Mais le plus important à mes yeux était qu'il puisse me voir debout. Qu'il puisse voir qu'il ne m'avait pas détruit. Et ce porc, avec son tabac, m'a privé de ce plaisir. Je me suis souvent demandé pourquoi c'est sur moi que c'était tombé. J'ai finalement trouvé la réponse : j'étais vulnérable. Il était facile de me piéger. Toi, c'était une autre paire de manches. Même sans l'intervention de Julien, je suis certain que Lagarde ne s'y serait pas risqué.

Il se tait quelques instants. Les sons de la nature reprennent leur droit, les enveloppant de partout à la fois.

— C'est pour cela que j'adore cet endroit. Il ne se laisse pas faire. On peut y évoquer le pire sans jamais le gâcher. Il a toujours le dessus. Il me fait penser à une falaise du haut de laquelle tu peux balancer tout ce qui pèse trop. Il faut que tu vises ça, Romain. Te délester et reprendre le dessus. Je ne vais pas te faire la leçon et t'expliquer comment faire ton deuil. Autorise-moi cependant à te donner ce conseil. Personne n'aurait pu empêcher ton frère de passer à l'acte. Je suis bien placé pour le savoir. Ne te charge pas d'un poids qui n'a pas à être le tien. Sinon, qu'il t'ait protégé n'aura servi à rien.

Une heure passe avant qu'ils remontent le chemin creux, cette fois en silence. Romain dit qu'il doit repartir. C'est l'heure de la fin des cours. Il ne veut pas voler à Mimouche son moment préféré. Celui-ci le raccompagne à sa voiture.

— Je parlerai à Vincent. Il ne te cherchera plus d'ennuis. Et puis, de toute façon, la petite va finir par se souvenir de ce qui s'est passé...

— Ne lui dis pas que nous nous sommes parlé. Je te le demande comme un service.

— J'ai fait le malin tout à l'heure, mais Lagarde a habité pendant de nombreuses années en ville et je n'ai jamais eu le cran d'aller le voir. Qu'il tombe malade ne m'a pas soulagé. Qu'il meure, non plus. En revanche, savoir que je suis débarrassé de l'idée de me venger a adouci mon existence. Ça doit être à cela que ressemble la fin d'une guerre.

Mimouche lui fait promettre de revenir. Il a encore beaucoup de coins secrets à lui faire découvrir.

Lundi 27 avril

Dans quinze jours, j'emmène l'équipe de Lighthouse à Batz, sur le voilier de Mina. La fenêtre sera idéale selon elle. Et, désormais, je me débrouille assez bien pour jouer les capitaines. Le rendez-vous est pris en croisant les doigts pour que le temps soit avec nous. L'Ours-Rodolphe ne va pas être facile à convaincre mais, à nous toutes, on a de quoi le faire flancher.

Je n'ai rien dit de mon escapade vers les îlots. Même à Mina. Hier, quand nous les frôlions pour sortir puis revenir au port, j'ai détourné le regard.

Je détourne également le regard ce soir, pendant les deux tiers du film. À cause du pédophile qui revient vivre chez sa mère, ce qui révolte le voisinage. À cause des scènes dans la piscine. À cause de tout.

Après la séance, je fais mine de papillonner pour ne pas avoir à discuter. J'évite Heckel. Jeudi dernier, à l'atelier, elle n'avait toujours pas décoléré à cause d'*Happiness*. Là, elle va pouvoir en ajouter une couche. J'entends seulement qu'elle a trouvé le film plus humain que celui de la semaine dernière, bien que toujours dérangeant par les sujets abordés.

Lizzie distribue le programme du mois de mai. Mon dernier mois. La soirée est décidément maudite.

*
* *

Jeudi 30 avril

Je prévois cinq exercices, un pour chaque étape d'une histoire d'amour. L'attirance, l'aveu des sentiments, la vie amoureuse, l'éloignement, la rupture.

Reagan maugrée que le sujet ne l'inspire pas. Que, s'il avait su, il ne serait pas venu. J'ai pourtant pensé à lui en mettant la séance au point. Il râle, mais il est le premier à se pencher sur sa feuille. Je pense qu'il va enfin se risquer en dessous de la surface, comme il l'a fait furtivement le matin où il m'a invitée chez lui. Hélas, il n'y va pas. Il brode autour de couples célèbres, d'anecdotes battues et rebattues. Ça sent le réchauffé. Le pire, c'est qu'il a l'air content de lui, pressé de nous lire sa prose.

Mon jugement ne devrait pas être aussi sévère vu ce que j'ai commis. En imaginant les consignes, j'y ai accolé des réponses préparées à l'avance, toutes tirées de mes chers films. Cette semaine, j'ai déjà trop creusé.

Pour la première fois depuis longtemps, Heckel s'amuse. Elle dresse des inventaires : ce qui l'a attirée ; ce vers quoi elle est allée ; ce qu'elle a continué d'apprécier longtemps ; ce dont elle s'est lassée ; ce avec quoi elle a rompu. Ses textes sont drôles, enlevés, provoquants quand il est question de ses anciens élèves. Reagan s'offusque de certaines audaces, lui qui n'en commet jamais aucune.

La Discrète fait pire que d'habitude. Lors du premier exercice, elle n'écrit qu'une phrase : « Je ne sais pas. » Au deuxième, elle n'écrit plus rien. Elle pose son stylo et attend, les mains croisées. Elle nous écoute quand nous lisons. Elle hausse les épaules quand nous l'encourageons en chœur, baisse les yeux, s'aplatit à sa place. Au cours de la troisième consigne, d'un geste de colère, elle repousse les feuilles de brouillon qu'elle apporte tous les jeudis. Son stylo roule en travers de la grande table. Elle se lève brusquement, au risque de renverser sa chaise. Sans un mot, elle attrape son manteau et nous quitte, claquant la porte. Nous nous regardons tous les trois, abasourdis. Reagan soupire. Heckel fulmine. Je suis soulagée qu'elle s'en aille. Nous nous replongeons dans nos écrits.

Je récupère les affaires que la Discrète a abandonnées. Il n'y a rien de précieux. Son stylo Bic est des plus ordinaires et elle comptait écrire au verso de photocopies ratées, récupérées au collège. Néanmoins, je ne veux pas qu'elle croie que je la méprise. Je compte lui rendre tout cela jeudi prochain, si elle vient. Et je demande à Lizzie à ce que la séance lui soit remboursée.

Je pose ses affaires avec la chemise cartonnée que je consacre aux ateliers. La seule phrase de sa soirée est sur le dessus. « Je ne sais pas. »

Elle me saute aux yeux avant que je ne ferme le tiroir du bureau. Elle sauve ma semaine morose. Elle me montre la voie. Je la regarde quand je rédige mon SMS pour Luttie. Il me faut plusieurs essais pour trouver le texte qui convient. Je veux lui dire que je ne crois pas au pardon – Reagan a raison – et que je n'attends rien en retour. Finalement, je retire cette partie. Il ne reste que trois mots, lapidaires, incontestables : « Maintenant, je sais. » Il me faut une bonne dizaine de minutes avant de l'envoyer. Dix minutes durant lesquelles, debout dans ma chambre, aussi figée qu'il est possible de l'être, j'hésite. Je livre un combat intérieur. Difficile d'affirmer qui l'emporte à la fin, mais j'appuie sur la touche « Envoyer ».

J'éteins mon téléphone pour ne pas être tentée de guetter une éventuelle réponse. Je me remets en mouvement. Ce n'est sans doute qu'une illusion, mais il me semble que je respire mieux.

*
* *

Vendredi 1er mai

Je dois une fière chandelle à Élise-la-Discrète. À défaut de le lui avouer, je décide de monter jusque chez elle pour lui rendre ses affaires en main propre. Et aussi pour m'assurer qu'elle reviendra aux ateliers. Il n'en reste plus beaucoup. Ça me ferait mal que nous perdions un autre membre si près de la fin.

Dans le hall de son petit immeuble, son nom ne figure sur aucune des huit sonnettes. Mais comme il est inscrit sur sa boîte aux lettres, la déduction est facile. J'appuie sur le seul bouton resté anonyme. Il est 11 heures. J'ai pris sur moi pour me présenter à une heure décente pour un jour férié, alors que je suis levée depuis longtemps. Dans le quartier, l'ambiance est à la dilettante. Les voitures dorment sur leurs places réservées. Les fenêtres entrouvertes résonnent des émissions enfantines. Deux adolescents se sont lancés dans le démontage intégral d'un moteur de scooter. Je croise tout un tas de gens qui courent. La Discrète, elle, ne répond pas. J'insiste, mais l'interphone reste muet.

Je fais le tour du bâtiment. Du linge est étendu sur son balcon. Le volet roulant est baissé au deux tiers malgré le ciel gris. Derrière ses deux barreaux verticaux, la minuscule fenêtre de la salle de bains est entrouverte. L'odeur d'un shampoing très récent s'en échappe. Je m'approche un peu plus. Je ne distingue aucun mouvement à l'intérieur, aucun bruit.

Avant de déposer les feuilles et le stylo dans la boîte aux lettres, je sonne une dernière fois, toujours avec un résultat identique. Je prends appui sur le muret extérieur pour écrire un mot, expliquant à Élise que je lui rapporte ses affaires, que je ne lui en veux pas pour la veille, que personne ne lui en veut. Nous l'attendons pour les prochains ateliers. Nous avons commencé ensemble, nous finirons ensemble... Bref, des idioties dans le genre. Un jeune papa, accompagné d'une adorable fillette, est de corvée de boulangerie. Ils sortent de l'immeuble alors que je me débats avec mon message. Le sas mettant un temps fou à se refermer, j'en profite pour m'y faufiler. Au bout du couloir, je colle mon oreille à la porte de l'appartement. Je suis certaine que la Discrète est chez elle. Je frappe. Je me tiens bien droite face à l'œilleton. Je patiente. Je compte jusqu'à trente. J'entends un mince frottement derrière la porte. Je frappe à nouveau et je m'annonce.

Cette fois, une clé est tournée. Élise entrouvre à peine, me jauge de la tête aux pieds, l'air plus qu'inquiet. Elle bloque la porte de son pied, de peur que je pénètre en force chez elle.

Je lui dis ce que j'ai commencé à lui écrire. Je lui tends ses feuilles et son Bic. Elle s'en saisit d'un geste brusque, obligée d'entrouvrir davantage. Elle ne prononce pas le moindre mot, ni pour me remercier, ni pour s'excuser de son attitude. Elle continue de me dévisager, attendant la suite avec inquiétude. Il n'y a pas de suite.

Je parviens à lui arracher quelques paroles quand je lui donne rendez-vous jeudi prochain. Je lui découvre un timbre acéré jusque-là inconnu.

— On verra... Je ne pense pas avoir ma place dans votre cercle.

Dénégation un brin forcée de ma part. Trop artificielle. Trop polie. Élise soupire. Je l'ai vexée. Je tente de rattraper le coup. Je lui parle de sa phrase d'hier soir. De l'impact qu'elle a eu sur moi. Comment elle m'a décidée à faire ce que je me refusais de faire.

— Tant mieux pour vous.

Toujours aussi sèche. Plus assurée qu'à Lighthouse.

— Pardonnez-moi si, sans le vouloir, je vous ai fait comprendre que vous n'étiez pas la bienvenue à nos ateliers.

Cette fois, je suis sincère. Je la remercie de son soutien et de sa fidélité à mes animations malhabiles. Pour toute réponse, elle se contente d'abord de hocher la tête. Puis, alors que je m'éloigne, elle m'avoue, la tête collée dans l'entrebâillement, d'une voix qui se fragilise, que mes deux romans sont importants pour elle. Surtout *Sang-Chaud*. Je m'arrête. La minuterie se coupe et plonge le couloir dans l'obscurité. Je me retourne. Élise continue, encouragée par l'intérêt que je lui porte ou le fait qu'elle ne puisse voir mon visage. Elle ne lit pas beaucoup. Elle ne connaissait pas mes livres avant l'été dernier, quand mon nom est apparu pour la résidence et que la maison de la presse les a remis en rayon. Elle a d'abord acheté *Décembre* parce qu'il est moins épais. Dès les premières pages, ça lui a plu. Du coup, elle s'est procuré le second sans attendre d'avoir fini. Ils ont été ses compagnons de l'été, des amis qu'elle était heureuse de retrouver chaque après-midi. *Sang-Chaud* est davantage qu'un ami. L'histoire la touche personnellement. Tout comme ma façon d'écrire.

— J'ai eu le sentiment que vous ne parliez qu'à moi.

Élise-la-Discrète est la première personne qui me fait me sentir écrivaine. La première qui ne me parle pas de mes bouquins uniquement pour me dire qu'ils sont bons ou pas, mais qui se les est appropriés. J'en reste interdite. L'émotion d'avoir tant parlé lui fait perdre toute contenance. Elle se liquéfie, rapetisse, retire son pied et lâche la poignée. La porte s'ouvre en grand. Elle dévoile un vestibule banal, à la tapisserie crème simplement rehaussée d'un grand miroir rectangulaire au cadre en laiton. Celui-ci invente un second couloir sombre. Élise est de dos. On devine ma silhouette face à elle. Un pas en avant ou en arrière, j'apparais ou je disparais entièrement. Comme dans l'histoire que j'ai imaginée il y a longtemps. Comme la silhouette qui me hante.

Je bégaye un « Merci » ridicule de niaiserie. Elle hésite à m'inviter à entrer. Elle promène son regard dans l'appartement. Ce qu'elle constate la dissuade. Elle se redresse, retrouve la dureté perdue.

— Bonne journée, Charlotte.

Elle se dépêche de refermer. La porte claque. Le verrou est remis.

Je reste un bon moment dans le couloir. Quand je sors enfin, je suis *groggy*. Plus loin, les deux jeunes ont aligné les pièces du moteur par terre, sur un large carton. Ils les contemplent. Le jeune papa et sa fille ne sont pas allés très loin. Ils sont déjà de retour, avec le pain pour le déjeuner et un carton de pâtisseries.

Je retrouve mes esprits. Je regarde le nom d'Élise écrit sur la boîte aux lettres, en majuscules noires. Le I plus court, un point qui fait penser à une apostrophe ; le U, et sa patte droite doublée. Deux tics qu'on retrouve sur les galets qui m'ont été adressés.

Mes certitudes s'effondrent. Je ne suis pas la bonne piste depuis le début. Je perds WXM.

Les victoires invisibles

Lighthouse – Le Cinéma
Les séances du lundi soir

Charlotte Kuryani, écrivaine en résidence, vous propose dans le cadre du thème *Les victoires invisibles* :

Lundi 4 mai – 20 h 00
Riens du tout – Cédric Klapisch (1992)

Les riens du tout, à force de s'accumuler, aboutissent toujours à quelque chose. Ici, ce sont des scènes (à noter : ne jamais fréquenter le même camp naturiste que ses collègues de travail ; ne jamais révéler des détails intimes lors des stages de management ; ne jamais appuyer sur la touche Reset), des répliques, des situations, des hommes et des femmes. Au bout du compte, malgré toutes les discordances, une belle harmonie.

Lundi 11 mai – 20 h 00
Le Stratège (*Moneyball*) – Bennett Miller (2011)

Le manager d'une équipe de base-ball recrute des joueurs méconnus, méprisés, oubliés. Leur talent n'est pas en cause : ils ont tous en commun de ne pas répondre à la norme. Si un jour, par miracle, j'ai le pouvoir de bâtir une équipe, je prendrai des décisions à l'identique. Adieu les forts en gueule, les prétentieux, les courtisans, les aigris, les marchands de tapis, les obsédés du compte en banque et du marketing. Bonjour les timides, les sauvages, les égarés, les pas persuadés de leur talent. Mieux vaut perdre avec des vilains petits canards que de vaincre avec des scorpions.

Lundi 18 mai – 20 h 00
Dans ses yeux (*El secreto de sus ojos*) – Juan José Campanella (2009)

Un film policier autant qu'un film sur les passions qui durent. Ils sont quatre à agir par amour contre un meurtrier et la junte militaire qui le protège. Chacun y sacrifie sa vie dans un combat perdu d'avance. Le panache dans toute sa splendeur. Et, en prime, une nouvelle scène d'interrogatoire magistrale.

Lundi 25 mai – 20 h 00
Zodiac – David Fincher (2007)

Il y a des absences dans ce film. Une claudication inconfortable. Ce qui ne l'empêche pas de faire son chemin. On ne l'oublie pas. On le revoit pour y découvrir ce qui n'y était pas la fois d'avant. Les manques ont alors changé de place. C'est un organisme vivant, qui mute avec le temps. Un bon film, quoi.

17

Accepter de perdre

Durant son bref retour, la mère de Romain refuse de s'approcher de leur ancien quartier, encore moins de leur ancienne maison. Avec son nouveau mari, ils sont descendus à l'hôtel. Et les quelques fois où elle retrouve son fils, avant et après les funérailles de Julien, c'est dans un restaurant. Le soir de l'enterrement, elle lui annonce son intention de repartir sans tarder. Tout en l'encourageant à vendre et à quitter Marican à son tour.

Hélène en est arrivée à une conclusion identique. Sauf que, avec elle, Romain accepte de reconnaître quand elle a raison. Depuis quelques jours, la maison lui est insupportable, trop vide, incapable de le soutenir. Il y erre comme une âme en peine, sans plus rien à écrire, plus rien à chercher et aucun endroit d'où revenir à la tombée du jour.

Il ne relève pas les conseils de sa mère. Pas davantage quand elle lui propose de venir passer un peu de temps chez eux, en Bretagne. La place n'y manque pas. Patrick approuve. Il ajoute que l'air de la mer permet de soigner de nombreuses blessures. Avant d'être embarrassé par sa remarque et de ne plus savoir où se mettre.

Ils ne reparlent plus de Julien et de ses démons, de l'école Saint-Joseph ou du camp de vacances dans les

Pyrénées. À la fin de ce dîner, ils se disent au revoir sur le trottoir. Le couple rejoint son hôtel. Romain part dans l'autre direction, où est garée sa voiture. Il les regarde s'éloigner, soudés l'un à l'autre. Sa mère, menue, fatiguée, plus calme, acceptant une certaine lenteur dans ses gestes et sa démarche. Son beau-père grand, épais, qui fait penser à un rocher debout.

Dans cette ville, ils ne s'étaient jamais affichés ensemble. La rumeur de leur liaison a pourtant été largement répandue. Romain n'a pas eu besoin de la perfidie de Vincent pour en entendre parler. Mais l'autre homme était invisible, une sorte de personnage fictif dont il ne connaissait que le nom. Il avait ses mondes parallèles, celui de Wrexham puis des frères A'Land. Sa mère avait droit au sien. Alors, tout ce qui se racontait n'avait rien de concret à ses yeux.

Ses parents étaient désunis. Le spectacle empoisonné de leur famille disloquée était déjà difficile à encaisser. Jamais il n'a demandé à sa mère si ces rumeurs étaient fondées, si elle avait un amant comme on le laissait entendre, si ses occupations dans l'association paroissiale ne cachaient pas autre chose. Si elle savait que, pour la plupart des âmes charitables de la ville, elle passait pour une pute. Jamais il ne lui a demandé qui était cet homme, ni si son père était au courant. Jamais il ne lui a demandé si elle était heureuse ou malheureuse.

Le jour des résultats du bac, au début du mois de juillet 1984, comme pour chaque moment charnière de son existence, il n'a pas pris la mesure de l'événement, le temps de bien observer, de savourer. Les souvenirs sont flous. Il a lu son nom sur une des feuilles scotchées sous le porche du lycée. Quelques heures plus tard, en discothèque, il s'est retrouvé par le plus grand des hasards face à Sarah. Il l'a félicitée et elle en a fait de même. Puis elle a rejoint ses amis dont il ne faisait plus partie.

À la maison, les compliments de sa mère puis ceux de son père n'ont rien eu d'exaltant. Exactement comme quelques semaines plus tôt, quand il a réussi le concours d'entrée de l'école de Versailles. Puis, le lendemain soir, ses parents lui ont annoncé sans véritable préambule qu'ils avaient entamé une procédure de divorce.

Sa mère a dit qu'elle s'apprêtait à quitter Marican. Calmement, sans toutefois pouvoir regarder son fils en face, elle a avoué avoir un autre homme dans sa vie. Un homme qu'elle aimait et avec qui elle souhaitait redémarrer autre chose, ailleurs.

Son père s'est tu. Il a écouté, serein et posé. Il semblait soulagé. Du divorce. Que son fils soit au courant de tout. De se retrouver seul. Quand sa femme a terminé, il a pris la parole, avec des mots choisis depuis longtemps. Il a dit son souhait de conserver la maison. Quoi qu'il arrive, celle-ci resterait la leur.

Romain est retourné dans sa chambre. Il n'a rien ressenti. Jusqu'à ce qu'une odeur de fumée s'infiltre sous sa fenêtre. Il est sorti dans le couloir. Depuis la porte-fenêtre, il a découvert son père, au fond du jardin, devant le vieux tonneau en ferraille qui servait d'incinérateur. Le feu l'enveloppait d'une auréole rouge vif, qui se détachait de l'obscurité avec une certaine violence. Il y laissait tomber des papiers qu'il extirpait de plusieurs classeurs et de plusieurs boîtes en carton. Il y avait même des photos.

Romain aurait dû aller le voir. Il savait que c'était ce qu'il fallait faire. Au lieu de cela, sourd, il a fait demi-tour. Il a verrouillé sa porte à double tour.

Au retour de sa visite chez Mimouche, la maison du Clos-Margot cesse définitivement d'être la sienne. Elle lui apparaît encore plus indifférente que les jours précédents. Elle s'estompe pour ne plus ressembler qu'à une esquisse aux traits de plus en plus altérés. Un dessin d'autrefois qui n'est plus ce qu'il a été, faute d'avoir été protégé.

Il se résout à la mettre en vente. Il regroupe déjà ses affaires, faisant le tri entre ce qu'il souhaite abandonner et ce qu'il souhaite conserver. Ce second empilement se révèle bien plus maigre que le premier, déjà épaissi par les sacs-poubelle contenant tous les dossiers du sous-sol.

Vider le garage est impossible. Il le laisse en l'état, parfaitement ordonné. La berline de son père est pour Hélène, qui conduit une vieille guimbarde grinçante ne roulant encore que par miracle. Elle protestera, jurera ses grands dieux que jamais elle n'acceptera pareil cadeau, mais il saura la faire fléchir en jouant sur sa corde sentimentale.

Il a besoin de tuer le temps, sinon il va devenir fou. Il s'installe à son bureau, ou du moins à ce qu'il en reste. Il n'a plus de cahier vierge, alors il utilise des feuilles volantes. Il se force à écrire bien que l'envie ne soit plus présente. Néanmoins, il y a des choses qui remontent et il entrevoit quelques lueurs intéressantes. Il repart de l'idée de la course de l'impossible dans la montagne. Deux coureurs, deux faux amis qui se retrouvent rivaux dans le dernier tour de circuit. Celui auquel il s'identifie et qu'il appelle Coureur 2, le temps de lui trouver un vrai nom, ne gagnera pas. Il perdra volontairement. Pour avoir le droit de continuer à courir. Comme l'a fait son père. Il couche sur les papiers les souvenirs qui le hantent, les sensations, les images. D'abord dans le désordre, puis en leur donnant un semblant de logique dans son histoire. Il crée la structure. Huit épisodes, parce qu'il ne se sent pas le courage de se lancer dans un roman. Ici, ce sont les dernières gouttes qui couleront de son esprit qu'il va récupérer. Tout ce qui sortira, il le prendra. Il imagine une série. Pour pouvoir y greffer des images, des musiques, des constructions, des textes et du mouvement. Elle sera sa synthèse, la jonction entre l'architecte et l'écrivain. Avide et rassasié. Vivant et mort.

Il retrouve un peu d'élan. Il se met à croire à nouveau aux lendemains.

Il accepte enfin l'invitation à dîner de Mme Tessier, quatre mois après qu'elle la lui a adressée. Elle l'accueille avec une joie qui n'a rien de déplacé. Ils mangent dans le jardin d'hiver, avec vue sur ce jardin que la vieille femme arpente tous les jours. Tout est parfait : les plats, la vaisselle, le vin qu'elle a ouvert pour l'occasion et même leur conversation, jusque dans ses moments de silence.

Romain lui annonce son départ imminent. Celui-ci sera définitif. Elle s'en doute, demeurer sur les terres de ses souffrances revient tôt ou tard à vivre un supplice.

— Je n'ai pas su partir. Mon mari est mort ici. Dans la salle à manger. Il était assis au bout de la table. C'était un repas de famille ordinaire du dimanche midi. Et à la fin, il s'est effondré. Sans le moindre bruit... Nos amis, nos proches, m'ont conseillé de vendre et de m'installer ailleurs. J'ai refusé de les écouter. Cette maison, il l'a voulue. Il en a même conçu une partie des plans. Perdre cet endroit, c'était tout perdre. Dans le sens d'une défaite.

— Vous le regrettez ?

— Qu'est-ce qu'on répond dans ce cas ? Je n'ai plus l'âge de regretter quoi que ce soit, c'est ça ? Des âneries de gâteux ! Quand je fais le tour du jardin, quand je regarde ces murs, cet intérieur, je me réjouis. Tout est en place, en bon état. Je me dis que si mon mari le voit, où qu'il soit, ça doit le rendre heureux. Et j'ai beau me raisonner, je ne peux m'empêcher de l'imaginer revenir un jour. Malheureusement, les maux qui me rongent sont également ici. Enfermés avec moi. Le prix à payer a été démesuré. J'aurais dû accepter de perdre.

Elle ne s'apitoie pas sur son sort. Elle parle simplement. De sa douce voix harmonieuse.

— Ne perds pas ton temps à attendre, mon garçon. Laisse cela aux vieilles femmes.

Il lui avoue à quel point il a toujours admiré son courage, sa force face aux épreuves.

— Le courage n'a rien à voir là-dedans. L'entêtement, l'orgueil, appelle cela comme tu voudras. Sûrement pas du courage. Le courage aurait été de reconstruire ma vie. Ça aurait été de décrocher mon téléphone et d'appeler ma fille pour lui dire à quel point elle me manquait. Le courage, ça aurait été de lui pardonner les paroles qu'elle m'a lancées avant de partir. Ça aurait surtout été de reconnaître mes torts à son égard, qui étaient bien plus impardonnables.

— Il n'est peut-être pas trop tard.

Romain n'a aucun souvenir de la fille. Seulement les rumeurs scandaleuses qui couraient à son sujet. Mme Tessier prend une profonde inspiration. Elle boit une gorgée de son excellent vin, s'accorde un instant pour en contempler la robe.

— Il est trop tard, pour mon plus grand malheur. Elle est morte. Cela a fait un an, quelques jours avant Noël.

Romain est médusé. Il ne sait pas comment réagir. Il se confond en excuses. Il s'en veut. De ne pas avoir su. De ne pas avoir permis à sa voisine de lui en parler plus tôt. De l'avoir laissée seule dans ces circonstances, en refusant son invitation pour le réveillon.

— Personne n'est au courant, surtout pas dans le quartier. Tu n'as pas à t'en vouloir. J'ai au moins eu la possibilité de la revoir une dernière fois et de pouvoir lui parler. Elle vivait à Londres. Avec sa compagne, elles ont eu un fils qui refuse de me considérer comme sa grand-mère, ce qui n'est que justice. La pauvre était malade depuis des années et elle a sans doute attendu un geste de ma part, un geste qui n'est jamais venu.

La vieille femme est trahie par ses yeux un peu plus humides. Le ton de sa voix ne s'affaisse pas. Ses gestes gardent toute leur douceur.

— Ton père était un homme courageux, ça c'est certain. Il n'empêche que, selon moi, ta mère l'est bien davantage. Il lui a fallu du cran, beaucoup de cran. Tu tiens d'elle, Romain. Tu peux t'en défendre, mais tu ne peux pas l'empêcher. Tu tiens d'elle...

La fraîcheur de la nuit les repousse bientôt vers la cheminée du salon. Ils y boivent un dernier verre et échangent leurs dernières paroles. Ils évitent désormais de parler des absents.

Au moment de prendre congé, un tableau attire l'attention de Romain. Il est suspendu au-dessus d'une console près de l'entrée. Il se plante devant. Il est fasciné par ce qu'il voit. Il consacre une éternité à le contempler. Des collines écrasées de neige y sont peintes. Des arbres dénudés qui ploient tandis que la tempête fait rage. Le froid est terrible, s'abattant de l'ouest. Des chevaux sauvages l'affrontent en horde, pris au piège. Leurs robes sont blanchies par le givre. Ils peinent. Certains, en retard, semblent sur le point de s'effondrer. À moins qu'ils ne soient déjà morts, gelés debout, les pattes figées. Les plus solides ont pris la tête de ce qui reste du troupeau. Ils ressemblent déjà à des fantômes, leurs têtes hérissées de pointes glacées clouées par le vent polaire. Ils dressent un barrage de leurs corps pour protéger les vivants qui se recroquevillent dans leurs dos. Ils se battent. Ils refusent de céder. Ils refusent de perdre.

Mme Tessier le laisse le détailler. Elle ne s'approche qu'au moment où il reprend ses esprits.

— Je l'ai déniché dans une brocante, il y a une dizaine d'années. J'adore la neige. Pourtant, ce n'est pas pour cela qu'il m'a tant plu. Je ne peux pas l'expliquer, mais il me parle.

Romain approuve. Le tableau lui parle également. Il le happe et ne le libère qu'à contrecœur. Il a le sentiment qu'il n'a été peint que pour lui. Cette peinture lui raconte tant de choses, maintenant qu'il a appris à écouter.

Samedi 2 mai

Luttie se tait.

Cet après-midi, quatrième visite dans la galerie de celui qu'Heckel surnomme le Gribouilleur de novembre. Son accueil est loin d'être chaleureux. Je le prends de court en me ruant sur ses aquarelles dès que je franchis la porte. S'il a envie de me mettre dehors, et je vois qu'il en a envie, il renonce en me voyant égrainer ses œuvres. Elles sont entreposées aux quatre coins de sa boutique, debout dans des casiers. Je m'arrête un moment sur chacune. Le temps qu'il faut. Certaines me rejettent assez vite. Certaines m'acceptent. Il y en a pour qui ce n'est ni du rejet, ni de l'acceptation.

J'en retiens deux. La première ne manquerait pas de faire bisquer mon amie. Elle représente une route, en fin de journée. Juste une route déserte, détrempée par la pluie. Les nuages sont encore menaçants dans le fond. Deux pylônes soutiennent des fils électriques et des câbles téléphoniques qui se croisent en enjambant la chaussée. On les devine ballottés par le vent. Un vieux lampadaire est déjà allumé. Sa lueur se reflète sur le bitume. J'y ajoute mentalement une maison où revenir, à gauche, avec un discret éclairage, celui d'une lampe extérieure. Ainsi, le tableau serait complet pour y installer Romain Bancilhon.

La seconde est beaucoup plus lumineuse. On est sur un promontoire rocheux qui s'avance sur la mer. À en juger par les ombres, c'est le matin, un matin ensoleillé et doux. La végétation porte encore les stigmates bruns de l'hiver, mais le printemps est avancé. Un large chemin s'entortille autour du cap. Il fait un tour complet, frôle l'à-pic et revient à son point de départ, marqué par la présence de deux vélos posés contre un panneau indicateur. Je pense à Lizzie et à sa compagne. À leur rencontre matinale sur la côte irlandaise. Au brouillard que celle-ci a écarté.

Je ne suis venue ni pour l'un, ni pour l'autre. Mon choix se porte sur une troisième peinture qui est une évidence dès que je la découvre. Encore le soir, entre deux saisons, suffisamment tard pour que le ciel soit bleu nuit. Le froid. Un parking à l'écart, la mer en contrebas, derrière un chapelet de buttes couvertes d'une végétation qu'on devine sauvage et griffue. Un camping-car est garé, seul. Ses vitres sont occultées mais on perçoit un rai de lumière qui filtre de l'intérieur. À quelques mètres, un réverbère orphelin dessine un halo malingre qui ne sauve de la nuit qu'un banc au bois écaillé.

Le peintre n'en croit pas ses yeux quand je lui achète sa toile. Deux cent cinquante euros. À mon tour d'offrir.

*
* *

Dimanche 3 mai

Je reçois mon dernier cours de navigation. Je souhaite en effet que l'expédition de Batz marque la conclusion de mon apprentissage, même si celui-ci est plus qu'incomplet.

Le vent est capricieux, la mer revêche et, pour couronner le tout, il se met à pleuvoir à peine avons-nous quitté le port. Un vrai temps de marin selon Mina. L'idéal pour la grande répétition. Nous sommes seules sur l'eau et j'ai le cœur gros. Les journées passent comme des flèches. Le temps s'est accéléré et me vole une part de ce qu'il me doit.

Pour une fois, Mina se pose. Je suis à la manœuvre et elle s'assoit. Elle tend son joooli visage et laisse la pluie le caresser. Les yeux fermés, elle en sourit aux anges. Les examens qui approchent ne l'affolent pas. Vendre le bateau de pêche de son grand-père est une décision évidente sur laquelle elle ne revient pas.

Elle aime bien se positionner à la proue du voilier. Elle y fait preuve d'un équilibre qui défie les lois physiques. Elle y est à l'aise parce qu'elles sont pareilles. Elles affrontent les éléments en premier. Elles se soulèvent parfois, elles sont éclaboussées, mais elles écartent les difficultés. Et, tant qu'on les garde en ligne, pointée vers le cap, on reste droit.

Je voudrais être comme elle. Or, même ici, malgré le continent qui s'efface derrière nous, je ne me sens pas libre.

*
* *

Mardi 5 mai

Luttie ne répond rien.

Je suis de retour aux limites hautes de la ville. Je passe par des petites rues et des chemins détournés. Le quotidien s'ébat depuis un bon moment quand j'arrive au pied de l'immeuble de la Discrète. Il ne reste qu'une voiture sur le parking et tout est silencieux. Par acquit de conscience, je sonne chez elle. Rien. J'observe les alentours. Personne pour me voir faire. La fenêtre de sa salle de bains est fermée. Sur le fil à linge qui traverse son balcon, il n'y a plus qu'une serpillière suspendue. Le volet roulant est encore baissé à moitié. Nouveau coup d'œil attentif avant d'aller plus loin. J'enjambe la balustrade sans trop de difficultés. Je m'accroupis. L'intérieur est sage. Vieillot. Propre. Triste. La baie coulissante est solidement verrouillée.

J'hésite à déposer mon gros paquet contre la fenêtre. On ne sait jamais. Il y a le tableau au camping-car, emballé dans du papier kraft. J'y ai ajouté un galet ramassé à Goas Lagorn sur lequel j'ai écrit au feutre : SANS VOUS. ET VIVANTE. Puis une lettre dans laquelle j'explique que je sais. Quand elle me suit à distance, qu'elle me voit en difficulté dans l'eau mais préfère me laisser me débrouiller plutôt que d'être démasquée. Qu'elle m'offre une aquarelle hors de prix. Qu'elle couvre la carrosserie de Madeleine de crottes de chien après que cette dernière m'a insultée. Qu'elle pénètre chez moi en mon absence. Qu'elle se fâche après des ateliers où, à ses dépens, je me suis trop rapprochée des autres, et qu'elle balance des galets sur ma terrasse ou une grosse pierre au bout de l'île Milliau. Qu'elle voit en moi une complice, une sœur ou une amie. Les trois à la fois si ça se trouve.

Je lui écris que je ne lui en veux pas parce que, à défaut de m'effrayer, elle m'a tenue en éveil. C'est pour cela que je conserve ses deux messages à double sens. Ils me suivront longtemps. Ils seront posés sur mes futures tables d'écriture, où qu'elles soient. J'espère qu'il en sera de même pour celui que je lui adresse. Je lui redis mon souhait de la voir participer aux derniers ateliers. Je lui raconte comment j'ai choisi le tableau que je lui offre. Le camping-car de la pointe peu de temps après mon arrivée ; Robert et Josiane qui ont failli me faire renoncer à mon projet... Mais surtout la manière dont cette peinture me parle. Elle a beaucoup à dire, pour qui sait écouter.

Enfin, je lui demande un petit service. Elle n'est pas obligée. Je trouverais d'ailleurs normal qu'elle refuse. Si c'est le cas, la chemise cartonnée et les quelques documents qu'elle contient peuvent finir à la poubelle car ils n'auront aucune valeur. Mais, si elle accepte, je lui serais reconnaissante qu'elle les confie à Madeleine. Sans se dévoiler. Sans explication.

Je coince finalement le paquet entre la vitre et le volet, à l'abri des regards indiscrets.

Je redescends les mains vides.

*
* *

Vendredi 8 mai

Luttie ne répondra plus.

Élise n'est pas venue à l'atelier. Heckel et Reagan mettent ça sur le compte de son coup de sang de la semaine dernière. Je ne cherche pas à les contredire. J'ai prévu des exercices en musique à partir de pièces instrumentales suffisamment longues pour écrire par-dessus. Si Reagan n'avait pas fulminé contre ma « nouvelle invention », j'aurais été déçue. N'empêche qu'il réussit à me surprendre avec un texte sur ses parents confrontés à la vieillesse, accompagnant un morceau qui s'intitule *Unseen Harbor*, « Port inconnu », et qui est justement dédié à des parents en bout de route, ce que Reagan ignore. Heckel y entend l'appel du prochain jour et de ceux qui suivent. Dans sa composition, on se relève. On avance. On n'a pas de temps à perdre à être vieux.

Ce matin, je remonte dans le quartier de la Discrète. Je ne cherche pas à lui parler. Seulement à regarder. Je me tiens à distance respectable de son balcon et de ses fenêtres entrouvertes qui révèlent un peu de vie à l'intérieur. Le volet est entièrement remonté. Peu importe si elle me voit, si elle sort et me demande de la laisser tranquille. Je sais quoi lui répondre. Loin d'elle, il m'arrive de la remodeler en femme exécrable et dangereuse. Je ne veux plus être comme ça. Je l'ai trop fait avec ma sœur. Je ne veux pas de cet héritage de ma mère qui, à force de les remâcher dans son coin, réinvente des situations en les envenimant. Voir et gommer.

Le reste de la journée est consacré à la préparation de l'expédition de dimanche. Je prévois tant à boire et à manger qu'il me faut trois allers-retours entre le parking et le voilier pour tout charger à bord. Personne ne me lâche. L'Ours-Rodolphe en sera. Il a cédé aux supplices de Mina. Elle en fait ce qu'elle veut.

Je préviens Lizzie que le moment est venu. Je suis sur le point de mettre au propre la fin de mon manuscrit. J'ai fait mon choix. J'épargne à Romain les affres de la culpabilité. Il sera un héros sauveur de petite fille. Elle tiendra sa promesse. Lundi, avant la séance du soir, elle me fera lire la lettre dont elle m'a parlé.

Je ne nage qu'au crépuscule. À l'heure où, habituellement, je fais un dernier tour dehors. La mer est d'un calme surnaturel. Quelques rares promeneurs arpentent la plage, participant à l'équilibre. Nous sommes tous complices. Le cercle de ceux qui apprécient les heures marginales. Dans ma tête, j'entends la musique d'hier, celle du « Port inconnu ». Je n'ai pas osé écrire qu'elle dit tout de moi.

On n'y voit plus grand-chose quand je sors et que je m'enroule dans ma serviette. Ça ne m'empêche pas de contempler le large.

*

* *

Dimanche 10 mai

Départ à l'aube. L'Ours-Rodolphe est le premier
arrivé. Il a apporté son appareil photo, ce qui, de
l'aveu de Lizzie, est un signe de confiance exceptionnel. Il promet de m'épargner ses commentaires. Je le
surprends néanmoins à m'observer d'un œil moqueur.
Jacasse est plus inquiète. Elle ne pipe mot tandis que
je sors du port. Mina se tient à la proue. Elle fait penser au capitaine de poche d'un bateau pirate. Quand
elle se retourne, elle resplendit. Je fais tout pour ne
pas la décevoir, à commencer par m'efforcer d'ignorer
la boussole et faire confiance à mes oreilles.

Les langues se délient à mesure que le soleil se lève
et que la température se réchauffe. Les thermos de café
et de thé circulent. L'Ours peste contre l'exploitation
des bancs de sable. Lizzie ne renonce pas à l'immense
écharpe qui lui cache la moitié du visage et couvre ses
épaules. Elle évoque Roscoff vers qui nous voguons.
Elle sait que Mina y a grandi. C'est la seule chose qui
trouve grâce à ses yeux parce que, sinon, cette ville
ne lui plaît pas. Elle en part et elle y débarque quand
elle traverse la Manche. Partir est douloureux. Revenir
l'est aussi, parce qu'elle charrie dans ses bagages des
souvenirs qui ont été remués. Jacasse reste plaquée
contre l'assise et ne bouge pas d'un poil. Quand l'Ours
se moque d'elle, elle lui adresse de gros yeux furibards
et justifie son malaise par un cauchemar récurrent
qui la voit basculer par-dessus le bastingage. Mais
son teint verdâtre ne trompe personne.

Je me fais chambrer au sujet de mes choix de films.
Mina rigole en évoquant *Happiness* et la tête des spectateurs à la sortie, qui ne savaient pas s'il fallait s'en

amuser ou en être horrifiés. L'Ours-Rodolphe n'a pas digéré *Le Père de la mariée* ainsi que *Jack et Sarah*. Selon lui, le matériel de projection a failli ne pas y survivre. On aboutit au film de lundi dernier et à la chorale qui le clôt. « Osmose » est le mot employé par le chef de chœur, satisfait du résultat après des semaines de répétition. Nous chantons à notre tour : « T'es pas le seul ! Moi non plus, moi non plus... » L'Ours a honte et grogne. On multiplie les accrocs et les fausses notes. On recommence. On fait du boucan. Lizzie prend les choses en main et, sous sa direction, on aboutit à un résultat probant. Osmose ne nous définit pas assez bien. Harmonie convient mieux.

Le trajet nous prend moins de temps que prévu. On aborde la petite île avant 13 heures. Mina me serre d'un peu plus près car l'approche est délicate. Le silence revient. Il persiste jusqu'à ce que nous pénétrions dans une crique où nous allons mouiller. Jacasse l'emporte haut la main dans le débat « Déjeune-t-on à bord ou à terre ? » Elle revit quand nous transférons le monceau de victuailles sur une charmante plage masquée du reste du rivage par des rochers dressés. En se forçant, on parvient à se croire sur un îlot désert que nous sommes les seuls à avoir découvert.

Malgré les efforts de l'Ours qui, sitôt le déjeuner terminé, se met à l'écart pour faire sa sieste, il y a un monceau de restes. Jacasse se couche dans le sable en soupirant d'aise. Mina est intarissable. Du bout de son index, elle nous promène dans la ville qui nous fait face. Elle est écolière, apprend à nager dans le bassin d'eau de mer creusé dans les rochers ; elle pêche les palourdes et les coques sur la plage qui le borde ; elle s'aventure à vélo dans l'arrière-pays ; elle navigue avec son grand-père ; elle vient souvent sur Batz, il lui arrive d'y passer toute la journée, seule ; elle adore la danse classique et, selon sa prof, elle est dotée de réelles dispositions ; elle s'inscrit à des cours d'arts martiaux dans un dojo qui a ouvert au bout de sa rue pour apprendre à flanquer des roustes aux élèves du collège qui se fichent d'elle parce qu'elle ressemble à un garçon ; elle prie pour avoir des seins ; ses prières sont exaucées, mais un peu trop ; sa silhouette ne suit pas le mouvement pour la pratique de la danse, trop petite, trop de poitrine ; elle commet l'erreur de quitter Roscoff ; quand elle revient, elle ne retrouve plus ses marques. Fin de la visite à distance. Mina se tait et va faire un tour.

J'encourage Lizzie à mettre les pieds dans l'eau. Elle retire ses chaussures, remonte son jean et manque de défaillir quand ses orteils rencontrent le premier clapot. Elle fait un bond en arrière. Ensuite, elle se tient à distance, une main sur la hanche, l'autre en visière malgré ses lunettes de soleil. Elle me regarde. Je suis immergée jusqu'aux genoux. J'affirme qu'il n'en faudrait pas beaucoup pour que je me baigne. Elle me dit que je suis cinglée. Elle me regarde toujours.

Nous restons deux bonnes heures avant de remonter à bord, les marées n'attendant pas après nous. Le vent nous pousse dans le dos. Calme parfait. Soleil parfait. Au bout d'un moment, tout le monde sommeille. Y compris Jacasse qui a trouvé une position qui lui épargne le mal de mer : allongée de tout son long sur le pont, les yeux fixés sur le ciel.

Notre rentrée au port se fait dans les couleurs du couchant. Mina me murmure à l'oreille qu'elle est fière de son élève. Je ne pouvais rêver mieux que cette journée. J'ai tout aimé. L'Ours-Rodolphe admet que cette escapade était une bonne idée.

Que chacun rentre chez soi me fait bizarre. Je suis jalouse qu'ils retrouvent des vies où je ne suis pas. Le déchirement le plus profond est pour Lizzie que je suis des yeux alors qu'elle repart à pied. Je ne suis pas capable de décrire ce que je ressens. Si j'essaye malgré tout, je dirai que je suis un mécanisme qu'on a entièrement démonté pour le nettoyer, comme ont fait les deux garçons du quartier de la Discrète avec leur moteur. Je ne suis pas encore remontée, mais je suis convaincue que ça sera en mieux.

*
* *

Lundi 11 mai

Dans l'équipe de Lighthouse, chacun a repris sa place. Jacasse remet de l'ordre dans ses étagères avant la fermeture de la bibliothèque. L'Ours-Rodolphe s'active dans sa cabine et gronde qu'il n'a pas le temps quand je viens le saluer. Mina met la dernière main à ses gâteaux. Lizzie bute sur l'expression « du fil à retordre » alors qu'elle évoque les producteurs américains.

Elle me précède dans les escaliers du manoir. Elle ferme la porte de son bureau à clé. Elle pose sur la table une enveloppe brune.

— Tu peux lire cette lettre ou bien t'en abstenir. À toi de décider. L'originale a été déposée chez un notaire. Romain s'est engagé à ne la rendre publique que s'il y était obligé.

Je décachette l'enveloppe. Il y a trois pages, datées du mois de mars 2003. L'écriture est fine et soignée. Les deux premières phrases sont un double uppercut. Je lève les yeux. Lizzie hoche la tête. Je lis tout une première fois. Puis je relis, lentement, m'arrêtant à chaque phrase. Quand j'ai fini, je replie ces aveux avec soin et je les glisse dans l'enveloppe. Lizzie la scelle au ruban adhésif et la fait disparaître dans son sac à main.

— Si tu souhaites l'utiliser dans ton livre, tu es couverte. Voilà ce que Madeleine n'aura jamais. Sauf pour la décrédibiliser.

— Madeleine n'est plus un problème.

— Elle ne l'a jamais vraiment été.

Nous nous dévisageons. Je n'hésite pas. Je vais tout raconter. Je lui repose la question qui me taraude à nouveau. Pourquoi moi, Lizzie ? Pourquoi m'avoir choisie ?

Elle sourit.

— Parce que tu te poses ce genre de question.

Dans le film du soir, il y a une scène qui m'emporte chaque fois. Un joueur de base-ball se morfond sur son canapé. Il n'a plus de club. Une sale blessure au coude l'empêche de lancer des balles. Sa carrière est terminée avant l'heure. Le téléphone sonne. Le manager d'Oakland souhaite lui parler. Il est même devant sa maison. Le joueur lui ouvre. On lui propose un engagement. Il baisse les yeux. Il avoue qu'il n'est plus apte. Le manager le sait. Il veut de lui à un autre poste auquel il promet de le former. Un poste difficile, mais qui est fait pour lui, il en est persuadé. Le joueur accepte. Après le départ de son nouveau patron, il serre sa femme dans ses bras. Il retrouve une vraie respiration. Sa vie reprend. Comme il s'agit d'une histoire vraie, un coup d'œil sur Internet permet de voir que ce joueur est devenu l'un des meilleurs du circuit les saisons suivantes. Peut-être même le meilleur.

18

Vertigo-Girl

Au pied des monts d'Aurelle, la fin de l'hiver est souvent marquée par une période où un épais brouillard s'installe et ne se dissipe qu'au bout de plusieurs jours. C'est le cas ce matin-là. Romain traverse la Tourbière en ayant l'impression d'être le seul survivant d'un cataclysme, marchant en bordure d'un cimetière de bateaux fantômes dont il ne distingue que les silhouettes dans la brume. Il enjambe la barrière blanche du Pré-du-Gué puis trace un sillon dans les herbes couchées par l'humidité, jusqu'à la grange. Les animaux sont tous regroupés à l'abri. Seul le petit cochon noir désapprouve son intrusion, quittant son refuge en grognant. Les chevaux, les moutons et les chèvres le regardent avec lassitude avant de préférer ignorer sa présence. Plusieurs jeunes chats passent la tête entre les bottes de paille empilées sur l'avancée. Le découvrant, ils disparaissent en vitesse. Quand il emprunte l'échelle en bois pour les rejoindre, ils se terrent davantage dans les interstices de cet assemblage désordonné. On n'aperçoit plus que l'éclat de leurs yeux affolés.

Le coin où Daniel passe une grande partie de ses après-midi se situe dans l'angle de ce demi-étage. L'empreinte de son corps massif est encore imprimée dans la couche de paille où il s'assoit, le dos collé au mur, abrité derrière quatre ballots qui ne lui masquent pas pour autant l'entrée du bâtiment. Il est probable que les chats, habitués à sa présence, se couchent sur son ventre ou contre ses jambes.

Il n'y a aucun garde-fou au bord de l'avancée. Romain estime le surplomb à quatre mètres. En bas, le sol est dur comme la pierre à force d'être tassé. Anna est tombée de là. Il en est certain. Même s'il ne reste aucune trace de sa chute.

L'histoire des animaux si inégaux face au froid, notamment les plus fragiles, a bouleversé la fillette. Des images atroces lui sont venues à l'esprit pendant que l'institutrice a évoqué le sujet, dans leur salle de classe à moitié vide. Des images aussi terribles que celles des chevaux sauvages ne se résignant pas à mourir gelés sans réagir et essayant d'affronter le vent de face, comme si celui-ci pouvait refluer ou cacher une frontière à dépasser. Leurs museaux glacés, leurs os qui affleurent sous la peau tant celle-ci est fine, leurs yeux déjà morts, tout cela hante Romain depuis la veille au soir.

Anna a su que des chatons étaient nés dans la grange. Parce que, régulièrement, elle a pénétré dans le Pré-du-Gué, en cachette de ses parents. Elle était inquiète pour eux. Après l'école, elle s'est dépêchée de leur porter secours, prête à les emmener avec elle si elle le jugeait nécessaire. Elle a abrégé la discussion avec ses deux copines, couru dans les Venelles puis dans la Tourbière. Elle a rejoint la grange. Les autres fois, elle restait en bas. Mais là, elle a décidé de monter. Son sac d'école l'a embarrassée. Elle s'en est défaite. Elle a grimpé à l'échelle. Elle s'est accroupie sur le plancher et a appelé les petits chats. Il n'y a rien eu. Pas le moindre miaulement, ni le moindre mouvement. Elle a cru au pire, à un véritable cauchemar où les petits cadavres gelés se trouvaient tout près d'elle, sous ces balles. Où elle arrivait trop tard. Cependant, prenant son courage à deux mains, elle a voulu déplacer les lourds obstacles pour s'en assurer.

Soudain, une créature monstrueuse s'est dressée dans l'ombre. Une créature gigantesque qui paraissait naître du tas de paille dans un bruit de tonnerre, un bruit menaçant. Parce que cette créature savait depuis de nombreuses années que les enfants font du mal aux petits des animaux. Ils leur brisent le cou. Ils menacent de leur faire bien pire. Depuis, elle veille à ce qu'ils ne puissent plus les approcher. Elle se comporte en sentinelle.

Anna a eu peur. Une peur telle qu'elle n'en a jamais connue. Elle s'est relevée subitement. Elle a reculé. Trop vite. Trop loin. Elle est tombée en arrière. Quatre mètres.

Daniel l'a crue morte. Il ne l'a pas touchée. Il est descendu, s'est penché sur elle et a compris que c'était grave. Il s'est précipité chez lui. Il a prévenu sa sœur. Ils sont revenus ensemble. La petite fille ne bougeait pas. Son corps était mou, ses yeux clos, son visage gris. Les battements de son cœur et sa respiration étaient si faibles qu'ils en devenaient quasiment imperceptibles.

Mlle Greffier a rapidement pris sa décision. Elle savait qu'il ne fallait laisser aucune trace. Elle a enroulé le corps dans quelque chose permettant d'éviter tout contact avec lui, un drap ou une couverture. Elle a expliqué à son frère que les enfants morts ne peuvent aller au paradis qu'à la condition qu'on les cache. Elle lui a ordonné de porter Anna à travers la montagne, jusque dans ce hameau isolé où personne ne va plus jamais, même pas les chasseurs. Les accès aux entrailles de la terre n'y manquaient pas. Il devait faire le plus vite possible, avant la nuit. Et, surtout, faire en sorte que personne ne le voie ni ne sache jamais rien. Sinon, la petite fille serait perdue.

Daniel a obéi, pendant que sa sœur se débarrassait du sac d'école et des traces du passage d'Anna dans la grange. Il connaissait le chemin le plus court, loin des regards. Il pouvait monter là-haut sans que personne ne le voie. Surtout pas Romain, quand il le suivait et l'y épiait, dissimulant les sons de sa présence derrière ceux de la forêt. La montagne n'en était plus une quand il y grimpait. Il s'y déplaçait plus vite que n'importe qui.

Si le puits avait été accessible, il y aurait jeté le corps. Mais il n'a pas trouvé mieux que la trappe dans l'ancienne maison en ruine. Il a récupéré le linceul. Il est redescendu aussi vite qu'il était monté. Il s'est glissé dans le crépuscule glacial jusque chez lui, ignorant tout du vent de panique qui soufflait depuis la maison des Marcarié. Sa sœur l'a félicité. Elle lui a dit qu'il était un bon garçon. Grâce à lui, les anges allaient pouvoir accomplir leur mission et faire de la fillette une des leurs.

Plus tard, quand la Tourbière était déchirée par les éclairages blancs de la gendarmerie, Mlle Greffier s'est assurée que Daniel soit couché et qu'il n'entende rien. Elle est sortie en même temps que les autres habitants du Clos-Margot. Elle a sursauté quand son amie a laissé entendre que quelqu'un du quartier avait peut-être quelque chose à se reprocher. Elle a attendu que les gendarmes trouvent des indices qu'elle aurait oubliés. Elle avait forcément omis un élément qui allait compromettre son frère.

Le lendemain, en fin d'après-midi, les gendarmes sont venus chez eux. Elle a été à deux doigts de tourner de l'œil. Mais ils ne sont pas venus mettre un point final à leur enquête. Ils ne suspectaient rien. Daniel était impressionné de les voir débarquer. Les uniformes lui faisaient peur, même ceux des pompiers. Il s'est rapetissé dans un angle du salon, disposé à y disparaître. Il ne s'est pas trahi quand on lui a posé deux ou trois questions. Pour la bonne raison que ce qui s'était passé était déjà effacé. Sa mémoire était une formidable machine à trier. Elle n'imprimait que ce qui n'était pas achevé. Le reste a toujours disparu. L'accident d'Anna n'avait jamais eu lieu. Il voulait aller dans la grange comme les autres jours. Il y avait une mission. Sa sœur l'a laissé faire. Ne rien changer à ses habitudes était sa meilleure défense.

Quand elle a appris qu'Anna avait été retrouvée et qu'elle était bel et bien vivante, elle a été écartelée entre le soulagement et la terreur. L'attente est alors devenue un calvaire. Une question d'heures avant qu'on enfonce sa porte et qu'on les emmène, son frère et elle, qu'on les sépare définitivement. Un calvaire qui ne cesserait jamais. Or, personne n'est venu. Jusqu'à ce matin du mois de mars.

Elle sort dans l'allée. Dans le brouillard, avec sa silhouette si sèche, elle ressemble à un spectre. Elle s'approche, refusant de le laisser entrer. Il sent son regard d'acide lui brûler la peau quand il lui dit qu'il vient d'inspecter la grange. Qu'il a compris.

— Vous avez perdu la tête.

Il est assez près pour discerner la brûlure qui déforme ses traits. Elle ne lui répond pas, le fixant sans cligner des paupières, de crainte qu'il ne se sauve durant une fraction de seconde d'inattention.

— Vous auriez pu la tuer.

Elle renonce à nier. Il la tient. Elle secoue la tête, avec la lenteur visqueuse d'un serpent prêt à attaquer.

— Elle était déjà morte.

— C'est faux. Vous savez bien que c'est faux.

— Si elle avait été en vie, j'aurais prévenu les pompiers. Sans la moindre hésitation. Mais elle était morte. Je jure qu'elle était morte.

Elle affirme cela sans montrer d'autre émotion que la dureté et la colère sourde.

— Ils n'auraient jamais cru à un accident. Ils s'en seraient tous pris à Daniel. Ils me l'auraient enlevé. Pour l'enfermer dans un abominable mouroir et le traiter comme un monstre.

— Vous n'avez fait qu'aggraver la situation.

— J'ai fait ce que j'ai cru juste. J'ai protégé mon frère. Et je le protégerai encore s'il le faut. Quel que soit le prix à payer. Il n'a jamais fait de mal à qui que ce soit. Il est l'être le meilleur qu'il soit. Meilleur que la plupart d'entre nous. Je ne sais pas si quelqu'un comme toi peut comprendre ça.

Quelqu'un comme lui ? Elle amplifie le moment où elle le jauge, de la tête aux pieds.

— Je sais que tu t'en es pris à Daniel, que tu l'as fait souffrir. Quel genre d'homme peut s'abaisser à de pareils agissements ?

— Je regrette ce que j'ai pu faire dans le passé.

— Regretter est facile. Tout le monde regrette toujours tout... Pardonner l'est beaucoup moins.

— Cela ne vous pose aucun problème que d'autres personnes soient suspectées ?

— Pas le moins du monde. Surtout si c'est toi l'accusé. Tu mérites ce qui t'arrive.

— Anna saura. Tôt ou tard, elle se souviendra être venue dans cette grange. Elle se souviendra de sa chute et de celui qui l'a provoquée.

Mlle Greffier, toujours aussi glaciale et aussi verticale qu'elle peut l'être, soupire. Un petit nuage de vapeur s'échappe de sa bouche et de son nez avant de rester un instant suspendu autour d'elle.

— Je n'ai que lui. Je n'ai que cette raison de vivre. Alors que nous restions encore ensemble, deux heures, deux jours, deux mois ou deux ans, c'est du temps. Du temps dont nous savons quoi faire.

Ils se font face, la vieille femme et lui. Il la comprend. En son temps, lui aussi aurait voulu savoir protéger son frère aîné.

Elle accepte un marché. Elle écrit une lettre où elle raconte tout. Il lui donne jusqu'au soir. On la déposera dès demain chez un notaire. Chacun d'eux conservera une copie. Romain se réserve le droit de l'utiliser si la situation s'envenime. Il veut bien passer pour le suspect numéro un. Mais il ne veut pas devenir coupable. Il se taira. Aussi longtemps que cela sera possible. Il leur offre du temps ensemble.

Mlle Greffier s'exécute. En début d'après-midi, elle a terminé la lettre. Elle commence par ces phrases : « *Je m'appelle Éliane Greffier et je suis celle qui a condamné la petite Anna Marcarié à une mort certaine. Je l'ai fait et, si cela était nécessaire, je le ferais encore.* » Trois pages de confessions. L'accident dans la grange. La panique qui s'est emparée d'elle. Son frère dans la montagne, portant le petit corps inerte qu'elle a cru mort. Le cartable jeté dans la rivière. Les mensonges au gendarme.

Romain a pris rendez-vous à l'étude qui a géré la succession de son père. D'ici vingt-quatre heures, ce sera réglé.

Ensuite, il partira.

Samedi 16 mai

Madeleine sort du bois. Jeudi, elle se pointe à Lighthouse tandis que je suis en train de préparer ma séance. Elle fait un esclandre quand Jacasse tente en vain de lui barrer le passage. Elle fracasse à moitié la lourde porte du petit salon. Elle se dresse face à moi et me pointe du doigt. Ses yeux roulent. Sa respiration est si exagérée qu'elle l'empêche de sortir un mot.

Je joue les naïves. Je lui dis gentiment que ce n'est pas encore l'heure et que, de plus, elle a oublié de s'inscrire.

— Pauvre garce !

Elle ne parvient à éructer qu'avec peine. Son doigt ne retombe pas. Il veut me transpercer, me clouer au mur.

— Pauvre petite garce !

Je pourrais me laisser tenter de la provoquer davantage. Mais elle est déjà assez ridicule comme ça. Assez pour que je m'en délecte, confortablement assise dans cette pièce magnifique et si inspirante.

Lizzie a été alertée. Elle descend et intervient.

— Que se passe-t-il, Marianne ?

Le doigt s'abaisse, vaincu. Les yeux furibonds m'abandonnent. Madeleine fond. Elle fait un pas de côté. Elle retrouve une certaine contenance, en même temps que la parole.

— Vous vous êtes bien moquées de moi toutes les deux. Vous ai-je bien diverties au moins ?

Lizzie nie toute manigance. Je la rejoins en hochant la tête. Je suis une menteuse.

Madeleine nous dévisage, l'une après l'autre. Elle grimace de dégoût.

— J'ai compris à mes frais qu'il ne fallait rien attendre de bon de la part de Mme Kuryani. Je ne suis donc pas déçue ou surprise. Mais de votre part, *miss* Blakeney… J'admire votre coriacité. Je ne vous savais pas sournoise.

— Je ne vous ai jamais caché mon intention de ne pas vous faciliter la tâche. Dès le début. Dès que vous êtes venue me voir pour me parler de votre livre.

— Effectivement, vous ne me l'avez pas caché. Et je me suis laissée prendre. J'ai vu cela comme un défi à relever. Plus encore quand vous avez mis Mme Kuryani sur ma route. J'ai foncé sur le chiffon rouge. Comme une idiote.

Elle baisse la tête, signe qu'elle accepte sa défaite. Elle nous laisse le croire, une dizaine de secondes. Avant de la relever et d'afficher un sourire certes forcé, mais barbare.

— Mon éditeur ne se contente pas de bloquer mon projet. Il refuse de me libérer de mon contrat pour m'empêcher d'aller voir ailleurs. Se pourrait-il qu'il ait obtenu l'exclusivité des prochains écrits de WXM en échange ?

— Nous n'en sommes pas encore au stade des négociations. S'il s'est servi de vous pour aboutir à ses fins, reconnaissez néanmoins qu'il a bien joué son coup.

— Je le reconnais. Un peu tard, hélas ! Je crois l'avoir également bien joué, si vous me permettez cette prétention. J'ai bénéficié d'un coup de pouce du destin. Je vous réserve une belle surprise. À toutes les deux. Belle n'est d'ailleurs pas le terme adéquat. Peut-être réviserez-vous votre jugement à mon encontre, qui sait ?

Plus loin, on entend la grosse voix d'Heckel. Elle salue Jacasse puis s'éteint immédiatement quand cette dernière lui indique que quelque chose est en train de se passer.

— Nous pourrions parler de cela à un autre moment.

La gêne et les craintes de Lizzie grandissent Madeleine. Elles élargissent son sourire.

— Ne tardons pas trop dans ce cas. Je suis arrivée au bout de ma patience.

— Demain matin. Dans mon bureau.

Madeleine approuve. Puis, me pointant à nouveau du doigt :

— Je veux qu'elle soit présente.

— Elle le sera.

L'arrivée glaciale de Reagan met un terme à l'échange. Madeleine s'en va. Sa démarche est beaucoup plus assurée. Son port de tête lui fait tutoyer les lumières. Le vieil homme commence par son baise-main rituel à Lizzie.

— Avez-vous des ennuis, ma chère ?

— Pas le moins du monde.

Si un voile est passé sur ses traits quelques secondes auparavant, il s'est vite effacé. Il n'en reste aucune trace quand elle nous souhaite à tous les trois une bonne soirée.

Madeleine est accompagnée de Monsieur. Dans un duel, on emmène toujours un témoin. Lizzie sera le mien. Il est 10 heures. Je sacrifie une matinée d'écriture pour me plier aux exigences de ma rivale. Elle croit avoir le choix des armes. Elle écarte les élastiques d'une chemise cartonnée, chausse ses lunettes et s'éclaircit la voix en buvant une gorgée de l'excellent café.

— M. Laurent Tardon, architecte, né le 19 septembre 1969, décédé il y aura bientôt deux ans...

Lizzie s'interpose avec force.

— Marianne ! Je vous en prie !

Je lui fais signe que tout va bien pour moi. Que Madeleine peut continuer. Celle-ci me jauge par-dessus ses montures avant de se replonger dans la lecture de ses fiches.

— Décédé à Limoges, d'un cancer du pancréas. Pacsé à Charlotte Kuryani, agrégée de lettres modernes, enseignante. Sans enfants.

Elle prend la mesure de son préambule. Je ne moufte pas. Lizzie non plus. Elle avait sans doute prévu d'attendre un peu avant le coup de grâce. Mais là, elle le précipite.

— M. Tardon a un secret. Un sous-sol. Un sous-sol où il cache son secret. M. Tardon fait croire à tout le monde qu'il fabrique des maquettes. Au lieu de cela, il écrit. Il écrit beaucoup. Des centaines et des centaines de pages.

Elle exhibe une gerbe de feuilles volantes couvertes de phrases, de ratures, d'annotations au feutre rouge dans la marge. Elle en prend soin. Il s'agit d'un trésor inestimable.

— M. Tardon a du talent. Beaucoup de talent. Pourquoi se cache-t-il ?

Madeleine me regarde. Monsieur me regarde. Synchronisation parfaite entre les deux.

— Parce que sa compagne est écrivaine. Ou du moins tente désespérément de le devenir. Parce qu'il ne veut pas lui faire de l'ombre. Il veut lui laisser croire qu'il n'y a qu'une artiste sous leur toit. Malgré tout, il ne peut résister à la tentation de soumettre son roman à expertise. Une voisine a parlé d'une éditrice anglaise qu'elle connaît. Vous, ma chère Lizzie. Il vous l'envoie. Coup d'essai, coup de maître ! L'œuvre de M. Tardon est une merveille. Les éditeurs vont faire la queue pour en obtenir les droits. Il est piégé. La gloire qui l'attend va briser sa femme. Il accepte donc d'éditer à condition que la dissimulation soit plus solide. Le roman sortira d'abord en Angleterre. Comme pseudonyme, il choisit Wrexham. Je n'en ai pas encore trouvé la raison.

— Après un voyage scolaire au pays de Galles, son frère lui a offert le maillot de cette équipe de foot. Il en avait fait une relique sacrée.

Lizzie n'a pas eu le temps de m'empêcher de parler. Elle sursaute, me dévisage et, des yeux, m'exprime son désaccord. Madeleine déguste sa revanche.

— Ce nom est finalement ramené à trois lettres, WXM. William-Xavier Mizen. Pourquoi Mizen ?

Cette fois, Lizzie répond.

— À cause des falaises de Mizen Head... C'est une longue histoire.

Madeleine s'en contente.

— Le roman, intitulé *A'Land*, se transforme en déferlante mondiale. Bien au-delà de toutes les espérances. Un phénomène. WXM est un écrivain mystère dont personne ne connaît l'identité. Nombreux sont ceux qui se mettent sur sa piste. En attendant, Laurent Tardon, modeste architecte à Limoges, faux passionné de maquettes et de trains électriques, est riche à millions. Cet argent ne doit apparaître nulle part. Il le cache à sa compagne, comme il a caché tout le reste. Il ne le dépense pas, sauf pour investir dans ce lieu. Encore une fois, il y a un vide sur la raison de Trébeurden.

— Il y passait ses vacances quand il était enfant.

— Merci, madame Kuryani. Souvenirs de vacances donc. M. Tardon fabrique des fausses pistes pour les fans trop curieux. Il est adroit pour tracer des plans qui tiennent debout. L'un d'eux, le plus abouti, celui qu'il faudra sortir en cas d'urgence, mène à un certain Romain Bancilhon. Hélas, il tombe malade. Il se meurt. Plusieurs fois, il tente de tout avouer à sa femme. Il n'y parvient pas. Il la laisse découvrir ce secret seule. Ce qu'elle fait après son décès. WXM, Lighthouse, les millions d'euros placés... Elle découvre également votre existence, Lizzie. À vous deux, vous choisissez de faire vivre le mystère de WXM. C'est un argument commercial imparable. Et cela vous permet de trouver un moyen de donner un destin aux projets qu'il n'a pas pu achever. Vous amorcez en jetant des poignées de détails sur Romain Bancilhon. Jusqu'à ce qu'un poisson morde. Ce poisson, c'était moi.

Madeleine soupire. Très bien interprété. Très juste. Monsieur pose sa main sur son épaule. Bien aussi, pour un figurant. Crédible. Sobre.

— Vous m'avez manipulée. En multipliant les obstacles sur ma route, vous saviez que vous ne feriez qu'attiser ma détermination. Et qu'en m'empêchant de publier, vous alimenteriez d'autres rumeurs. De plus en plus éloignées de Limoges et de M. Tardon.

Lizzie écoute, les coudes posés sur son bureau. Elle ne quitte plus le couple des yeux. Elle évite de me regarder.

— Il y a, dans votre entourage, quelqu'un qui ne l'entendait pas de cette oreille.

Madeleine referme son dossier, remet en place les deux élastiques. Elle tapote de l'index la couverture rouge.

— Vous n'avez pas su effacer toutes les traces, mesdames.

Elle a fait feu. La balle est censée ricocher pour nous emporter toutes les deux, Lizzie et moi.

— J'imagine que nous sommes arrivés au moment où vous nous dites ce que vous exigez.

— C'est ce que j'apprécie tant chez vous, *miss* Blakeney : l'art de vite comprendre les choses... J'écris un livre dans lequel je révèle tout sur WXM. J'ai l'exclusivité des archives et des documents. Vous n'entravez pas mes recherches. Et, quand tout est prêt, vous ne l'empêchez pas d'être édité.

— Sinon ?

— Sinon ? Internet. Les réseaux sociaux... Je vous garantis sur facture une autre déferlante.

— Quel délai pour notre réponse ?

Madeleine secoue la tête. Aucun délai. Monsieur en sourit d'aise.

— N'oubliez pas de préciser que c'était un homme bien.

Le couple ne s'attendait pas à ma repartie.

— Sur Internet... Sur le site que vous allez créer ou je ne sais quoi dans le genre... soyez honnête et dites à quel point Laurent était quelqu'un d'exceptionnel.

Silence. Madeleine est glacée. Monsieur perd le fil et s'agite. Lizzie les achève.

— Bien. Dans ce cas, le débat est clos. Marianne, je ne peux vous garantir que nous ne réagirons pas. Je vous le dis en face. Cela me contrarie que vous me croyiez sournoise.

Madeleine se lève. Elle ne veut pas perdre la face. Elle arbore son masque « je suis décidée à aller jusqu'au bout ; vous allez le regretter ». Il n'est pas très bien ajusté. Monsieur ne sait pas s'il doit la précéder dans l'escalier ou attendre qu'elle passe. Dans son hésitation, il fait un pas de trop au mauvais moment et la coince contre le chambranle de la porte, ce qui lui vaut une volée de bois vert.

Je repense à la scène du duel final dans *Barry Lyndon*. Un jour, alors que je dînais avec quelques collègues, notre conversation alcoolisée nous a emmenés jusqu'à ce film. J'ai émis une théorie qui a convaincu tout le monde, une première pour moi qui n'émet jamais rien, me contentant de reprendre ce que j'ai lu ou entendu ailleurs. En refusant de tirer sur son beau-fils désarmé, Redmond Barry acquiert la noblesse après laquelle il a couru toute sa vie. La noblesse du geste à défaut de celle du rang. Succès unanime. Hochements de tête séduits. Mon unique sortie en tête de cordée.

Ce n'est qu'après avoir entendu la porte du bas se refermer que Lizzie me regarde enfin. Au championnat du monde du sourire béat, je suis imbattable. Même par elle.

L'idée que Laurent, fils unique, doté de deux mains gauches pour le bricolage, haïssant le foot et n'ayant jamais mis les pieds en Bretagne, puisse devenir célèbre, ne serait-ce que durant quelques jours, le temps que les faux et les mensonges que j'ai fabriqués soient révélés, m'a séduite. L'idée que, malgré les démentis et les preuves de ceux-ci, certains persistent à voir en lui l'auteur du roman qui a été l'une des passions de sa vie m'a plu. Quant à rouler les prétentieux et les messieurs ou mesdames Je-sais-tout dans la farine, réduire à néant toute la crédibilité présente et à venir de Madeleine, c'est le nirvana.

Moi aussi, je sais bâtir des plans qui tiennent debout.

*
* *

Dimanche 17 mai

Nous avons encore deux dimanches soir avec Mina. Celui-ci se déroule chez moi. Mon intérieur est ce qu'il est et mes dons de cuisinière sont proches du néant. Cela n'empêche pas un bon moment.

Comme d'habitude, notre discussion multiplie les sauts de puce, entre les livres, les maisons hantées, notre méconnaissance de Paris et les maisons blanches aux toits pointus dans le Maine. Mina adore apprendre. Elle est heureuse quand elle étudie. Je ne dis pas qu'elle est dans son élément, car elle est dans son élément tout le temps. Si elle le pouvait, elle étudierait toute sa vie, changeant de discipline tous les deux ou trois ans. Consacrer une partie de ses journées à éplucher les bouquins avec de la bonne musique en fond sonore est un bonheur.

Nous fouillons dans les livres du lit alcôve à la recherche du pire. Nous lisons à haute voix les extraits les plus ridicules. Mina l'emporte de justesse grâce à une scène où une jeune femme, coéquipière du flic héros, drague le méchant de service au cours d'une baignade en mer du côté d'Ibiza. Ils flirtent. Elle joue tellement bien le jeu que son excitation devient irrépressible. L'homme la saute dans les vagues, en écartant l'entrejambe de son bikini. Elle en défaille de jouissance. Deux fois, la goulue ! Depuis les dunes, le flic les observe. Il a un doute : ils ne sont tout de même pas en train de baiser ? Pas dans des conditions aussi peu propices. Pas en gardant leurs maillots de bain. Compte tenu de la perspicacité du bonhomme, il n'est pas arrivé au bout de son enquête.

Mina, toute à sa victoire finale, s'interroge. Quand les auteurs écrivent des scènes de cul, est-ce que ça leur fait de l'effet ?

J'ai écrit une seule description sexuelle poussée. Dans *Décembre*. Elle est glauque, révoltante, mais détaillée. La jeune Sveg est violée par trois garçons alors qu'elle se baigne nue dans une rivière. J'y ai tout mis : les érections, les pénétrations forcées, les seins malaxés, les éjaculations… J'ai eu honte. J'ai failli tout supprimer avant de me raviser car la scène tient tout le reste de l'histoire.

Une scène qui pourrait m'émoustiller en l'écrivant ? Celle de la plage de Goas Lagorn, après mon marathon dans l'eau, quand je me suis entièrement déshabillée, à la vue de tous. J'évite de parler de Lizzie qui s'approche de moi et me couvre.

Mina s'est mise nue en public, une fois. Pas longtemps. C'était un défi qu'elle s'était lancé. Certes, la plage était naturiste mais ça l'a chamboulée. Elle a du mal à définir ce qu'elle a ressenti. À part que l'embarras l'a emporté sur tout le reste. Elle n'est pas prête à recommencer de sitôt.

*
* *

Mardi 19 mai

J'ai des acheteurs pour Limoges. Un couple qui est d'accord avec le prix initial à condition que les démarches aillent vite. J'accepte. J'ai rendez-vous la première semaine de juillet pour signer la promesse de vente.

Mon père est persuadé que je me suis fait avoir, que je pouvais en tirer au moins vingt mille euros de plus, au bas mot. Il est surtout vexé que je ne lui aie pas demandé son avis avant de boucler l'affaire. Il me conseille de me rétracter. Je ne réponds rien. Ce qui l'agace encore plus.

— Tu vas donc te laisser faire ?

Je ne supporte ni la réplique ni le ton narquois qu'il emploie. Je me contiens. Je laisse passer. La colère était plus absente ces dernières semaines. Je croyais en avoir fini. Hélas, la trêve aura été de courte durée. Je suis en rogne pour le reste de la journée. Je maudis tous ceux qui m'expliquent ce que je dois faire et ne pas faire. À commencer par mes parents. Mes batailles. Encore et toujours mes batailles...

Rien ne me calme. Je prends ma voiture. Je roule un peu comme ça vient, en m'écartant du littoral et des grands axes. Je ne sais pas trop où j'aboutis mais, à la sortie d'un bourg, je tombe sur une maison qui attire mon attention. Elle n'est pas très grande, plantée dans l'angle d'une parcelle aux grands arbres trop nombreux. Ils emprisonnent l'humidité. Ils ont encrassé son toit d'épines mortes et de mousse. Ils lui font trop d'ombre. Une vieille caravane est rangée au pied du plus imposant. Elle est dans un triste état. Les pneus sont à plat. Le plexiglas des ouvertures est opaque. La porte ferme mal. Il ne reste plus grand-chose de sa couleur d'origine tant les coulées verdâtres maculent sa robe.

Je passe devant. Je fais demi-tour et je me gare à quelques mètres. Je contemple le tableau. Il est triste. Il est hors d'âge. Il est désordonné.

Une voiture arrive. Elle se range au bord de la route. Une femme en sort. Elle porte un sac de courses. Sa démarche est précipitée. Elle entre dans la maison sans sonner ni frapper. Elle n'en ressort qu'au bout d'une vingtaine de minutes. Un vieux couple lui dit au revoir depuis le palier. Elle se dépêche de rejoindre sa voiture. Elle leur adresse un signe de la main avant de démarrer en faisant déraper ses pneus. Là-bas, l'homme et la femme tardent à refermer la porte. Ils finissent par le faire. Leurs gestes sont perclus de lassitude.

Ils pourraient être Robert et Josiane. Qui refusent de se débarrasser de la caravane, tout juste bonne à abriter des souris, parce qu'elle leur rappelle le temps où ils partaient en vacances avec leurs enfants. Le temps où leur monde était plus vaste.

Ils pourraient être mes propres parents. Trop seuls. Trop vieux. Trop las. Qui se savent inutiles alors que nous vivons sans eux.

Ma colère s'est envolée. Je retourne à Trébeurden en musardant, vitre ouverte et bras posé sur la portière. Je trouve le courage de préparer mon départ. Je retire tout ce que j'ai accroché au mur de ma chambre. J'emballe le tableau de novembre avec soin. Je fais du vide sur mon bureau. Il ne reste plus que mon ordinateur.

19

Des lettres de feu

Lors de son avant-dernière nuit au Clos-Margot, Romain fait un cauchemar terrible. Julien est malade. Une saloperie lui bouffe le genou et s'attaque déjà à ses autres membres. On ne le prévient de l'opération qu'il doit subir que le matin même. Avant de le mener à son chevet, ses parents l'informent de l'état désespéré de son frère. Ce dernier est d'accord pour subir une injection létale. Leur mère l'imitera. Elle aussi est malade. Son fameux cancer factice s'est réveillé dans son ventre. Ils mourront en même temps, chacun dans une chambre différente. Leur père veut rester avec elle. Il revient donc à Romain d'assister Julien dans ses derniers instants.

Désormais, il est plus âgé que lui, il a le double de ses vingt ans. Il lui demande si tout ceci est bien réel. S'il a vraiment décidé de mourir de cette manière, sans chercher à se battre. Julien réplique que cette bataille, il la livre depuis longtemps déjà. Qu'il préfère en finir avant qu'elle ne l'abîme trop. Il ne veut pas que son cadet demeure près du lit au moment de l'injection. Ils se disent au revoir. Ou plutôt, Romain lui dit au revoir et lui, il répond : « À la prochaine. »

Il quitte l'hôpital pour se précipiter auprès de ses parents. Ils sont à la maison, dévastés. Les deux, d'une même voix, clament que la mort de Julien laissera un vide que rien ne comblera jamais. Il est étonné de découvrir sa mère debout. Elle promet qu'à aucun moment il n'a été question qu'on l'euthanasie. Il a encore mal compris. Il se réveille avec l'impression d'avoir pleuré toute la nuit.

Avec Hélène, ils se sont mis d'accord pour l'entretien de la maison et les relations avec l'agence immobilière mandatée pour la vente. Bien entendu, elle râle quand il lui donne les clés et les papiers de la Mercedes. Il utilise sa botte secrète : l'allusion appuyée à l'attachement de son père pour ses autos. Elle cède. Elle se saisit des clés et les contemple, dans la paume de sa main. Elle jure ses grands dieux qu'elle prendra soin de cette voiture, presque autant que le vieil homme l'aurait fait. Puis elle prend Romain dans ses bras. Elle ne veut pas être présente pour son départ. Alors, peu avant midi, quand elle repart, ils font comme s'ils allaient se revoir le lendemain.

Il retrouve Mlle Greffier chez le notaire juste après le déjeuner. Les consignes sont clairement établies. Il paie l'acte. Il a la main sur l'ensemble. Elle n'a plus d'autre choix que de lui faire confiance. L'avenir de Daniel et le sien sont entre les mains de ce vaurien de fils Bancilhon.

Il ne prévoit que les deux premières étapes de son voyage. Trois, s'il trouve le courage de faire une halte chez sa mère avant de prendre le ferry à Roscoff.

Il compte bien découvrir à quoi ressemble la ville de Wrexham. Non pas qu'il s'attende à des merveilles, mais c'est symbolique. Ça ne peut commencer que là-bas. Si c'est possible, il aimerait bien visiter le stade et, peut-être, assister à un match. Surtout, acheter un maillot à la boutique du club, bien que celui-ci ne ressemble plus vraiment au sien. Il a envie de le faire floquer du numéro 8 et de son nom de famille. Non pour le revêtir, mais pour pouvoir l'avoir avec lui.

Quelques jours au pays de Galles donc. Puis, les îles Åland. Certes, l'hiver y sera finissant et la glace agrafant l'archipel au continent y aura fondu. Mais il se contentera des beaux jours et des bras de mer libérés. C'est là-bas qu'il envisage de développer la série à laquelle il a déjà donné un titre : *Distancés*. Même si ça doit durer des mois. C'est aussi là-bas qu'il prendra la décision d'envoyer son manuscrit à des éditeurs ou de le garder pour lui. Le garder, c'est bien aussi.

Romain est pressé de partir. Il hésite à prendre la route en fin d'après-midi. Les dossiers de la cave, les centaines de papiers accumulés par son père durant toutes ces années, sont toujours ici, dans leur sac-poubelle. Il ne peut pas les laisser ainsi. Son départ attendra. Le lendemain, à l'aube. Il traîne ces archives au fond du jardin. Elles finiront en cendres.

Il gare sa voiture dans la rue, à la vue de tout le monde. L'avant tourné vers le bas de la rue, elle annonce son départ imminent. Elle ne sera pas si pleine que cela. Beaucoup moins en tout cas que le jour de son retour. Le carton avec ses cahiers, celui avec les mille six cents pages de son manuscrit, le classeur contenant toutes les idées à ordonner dans *Distancés*, son ordinateur et ses deux valises. L'ensemble tiendra dans le coffre.

C'est idiot mais, pendant qu'il charge ses affaires, il imagine que Sarah va apparaître au moment de son départ. Elle aura renoncé à son manteau trop étroit. Il lui ouvrira la portière du côté passager. Elle se contentera sans doute d'hésiter. Avant de repartir chez elle. Cette seule hésitation lui suffira.

Ce n'est pas elle qui s'avance sur le trottoir d'en face.

— Tu t'enfuis ?

Romain sursaute. Il se redresse. Vincent est pâle. La peau de son visage est marbrée de taches mauves. Il a maigri. Néanmoins, il fait l'effort de se tenir bien droit, les mains dans les poches de son blouson.

— Je ne m'enfuis pas. Je déménage.

— Vu les circonstances, je pense que c'est la même chose. Les gendarmes sont au courant ?

Ils n'ont pas à l'être. Aucune restriction de circulation n'a été annoncée à Romain. Il ne doute pas que son voisin va se dépêcher d'alerter Capitaine-Moustache.

Vincent garde une distance respectable entre eux deux, la largeur de la chaussée comme champ de bataille, le brouillard tout autour.

— Ils sont tous à tenter de me faire changer d'avis sur toi. Tous… Les flics. Ma femme. Jean-Baptiste. Il paraît que tu es quelqu'un de bien, Bancilhon. Qu'au lieu de souhaiter te voir crever, je devrais t'être redevable pour l'éternité.

Il ricane. Ça sonne faux. Un grincement tout au plus.

— Ils ne te connaissent pas comme je te connais.

Romain referme son coffre. Tout ce qui compte à ses yeux est là-dedans. Il le protège des projectiles qui ne vont pas tarder à pleuvoir. La tactique est connue : on pilonne l'adversaire puis on fonce dans le tas avant qu'il ait eu le temps de se relever.

— Je ne supporte pas l'idée de te devoir quelque chose. Pas à toi. Jamais.

— Jamais, ça me convient.

— Ils auront beau dire et faire, je te croirai toujours coupable.

— Tu te trompes.

Vincent plisse le nez. Il tourne les yeux vers la montagne invisible.

— Non, je ne me trompe pas. D'une manière ou d'une autre, tout ça est de ta faute. Tu pourras courir aussi vite, aussi longtemps et aussi loin que tu le pourras, je serai toujours sur tes talons, Bancilhon. Je te rattraperai. Et, le moment venu, je serai aux premières loges pour assister à ta chute.

— Peut-être que tu arrives trop tard. Peut-être que ma chute a déjà eu lieu. On me prend pour un tueur de petites filles. J'ai tout perdu. Je suis seul. Ma vie tient dans un coffre de bagnole...

Vincent le jauge.

— Te fous pas de ma gueule ! Ce n'est pas une chute ça.

— C'est quoi alors ?

Il secoue la tête.

— Ce n'est pas assez.

Il se mord les lèvres. Il répète.

— Pas assez.

Vincent quitte son poste avancé. Il fait quelques pas vers son portail, des pas lents, calculés. Il s'arrête. Il regarde à nouveau Romain, droit dans les yeux.

— Aucun pardon.

Romain acquiesce.

— Pareil pour moi. Le pardon n'existe pas, de toute manière.

Vincent se remet en marche. La brume est dérangée. Elle s'écarte de mauvaise grâce, gesticulant dans toutes les directions, puis elle se referme.

Le soir, Romain a son dernier rendez-vous avec Mme Tessier, à travers la haie. Il lui parle du voyage qu'il compte entreprendre. Elle lui arrache la promesse de ne pas négliger sa mère.

— Pense à tout ce que je t'ai raconté, mon garçon. Pense aux regrets.

Elle est la première à qui il parle du livre qu'il a écrit. Elle aimerait beaucoup le lire. Il lui répond qu'il lui fera parvenir son manuscrit sans faute. Le temps d'en faire une copie. Il ne ment pas. Il a réellement l'intention de le faire.

— Comme ça, tu seras encore un peu avec moi. J'aurai l'impression de t'entendre jouer dans le jardin.

Quand ils se disent au revoir, elle prononce cette phrase qui, elle, est un mensonge.

— À la prochaine, Romain.

Il est tard quand il se décide enfin à accomplir l'ultime geste. La nuit lui garantit la discrétion. Il allume un feu dans l'éternel vieux bidon transformé en incinérateur de fortune. Afin de ne pas l'étouffer, il y jette les papiers par petites poignées. Les flammes ne dépassent pas le rebord. Néanmoins, elles suffisent à faire rougeoyer l'obscurité. Il se tient au ras, la chaleur compensant le froid humide qui s'agrippe à son dos. Il contemple ce brasier. Il n'a pas eu le courage d'y jeter ses cahiers. Il ne peut encore s'y résoudre. Ça viendra sans doute, plus tard.

Une voix surgit soudain d'un des coins les plus sombres du jardin.

— C'est étonnant de voir à quel point la vermine est attirée par le feu.

Il n'y a pas de visage. Seulement des yeux. Et ces yeux-là sont terribles.

— T'es surpris, fils de pute ?

Romain n'a pas peur. Il est juste fatigué. Le manque de sommeil lui fait parcourir la frontière entre le réel et l'irréel. Il ne sait pas s'il y a effectivement quelqu'un. Il réplique qu'on est sur sa propriété. Qu'il n'y a invité personne.

— Qu'est-ce que tu vas faire ? Me mettre dehors à coups de pied au cul ?

Cette option le tente bien. C'est ce qu'il rétorque avec beaucoup de calme. Il est étonné de sa propre bravoure.

— Il n'y a qu'une façon de traiter les monstres dans ton genre. Sinon, ils recommencent.

Il proteste de son innocence. La voix lui répond que, de tous les suspects, il est le moins convaincant.

— Il ne reste plus que toi.

Cette phrase, Romain se la répète en boucle depuis qu'il a allumé le feu. L'entendre prononcée par un autre que lui, pile à ce moment-là, est bouleversant. Toujours pas le moindre signe de peur. Même pas une piqûre dans la nuque ou au creux du ventre. Il ne bat pas en retraite. Il ne supplie pas. Il sait désormais ce qu'est la force, il vient de la découvrir.

L'ombre s'énerve. Elle envoie un coup de pied dans le tonneau. Son contenu se répand par terre. De minces flammes continuent leur œuvre. Une feuille se tord sous leurs assauts. Romain y lit l'écriture de son père, avant qu'elle ne soit entièrement dévorée : « Qu'est-ce que je ne vois pas ? »

Romain relève la tête. Les canons juxtaposés d'un fusil de chasse sont apparus, pointés sur lui. Il ne réagit pas. Il y a peu de chances que l'autre tire. Des deux, c'est lui que la peur a choisi. Et même s'il le fait, Romain est doté d'une cuirasse : il a prévu un après. Les plombs l'atteindront peut-être. Ils le renverseront sans doute. Ils ne l'abattront pas. En finir avec une guerre, comme Mimouche a su le faire, représente une perspective trop alléchante.

Samedi 23 mai

Plus l'échéance approche, plus je me décompose, écartelée entre le chagrin et la peur. Je supplie Lizzie de ne rien prévoir de particulier pour mon départ. Elle me le promet. Mais, lundi soir, elle ne pourra faire autrement que de prendre la parole à la fin du film pour me remercier. Tandis que Reagan tient absolument à marquer le coup jeudi prochain.

J'ai terminé mon roman hier matin. Je n'ai pas relu mes dernières pages. Au lieu de cela, j'ai passé le reste de la journée sur l'île Milliau. Je marche un peu. Je me pose beaucoup. Je m'y suis même laissée enfermer par la marée. Seule au monde. Ne sachant trop comment faire pour trouver un après. J'avais oublié ce qu'était la fin de l'écriture d'un livre.

Il faisait nuit quand le froid m'a poussée à quitter l'île. J'ai été obligée de me mettre en culotte pour retraverser. L'eau était glacée. Et les rochers n'ont pas épargné mes pieds nus.

Ce matin, je patiente jusqu'à une heure décente pour sonner chez Lizzie et lui remettre en main propre le manuscrit. Elle le manipule comme un objet rare et précieux. Elle le pose avec délicatesse sur la table de la salle à manger. Elle écarte la couverture, jette un œil sur la première page. Quelques phrases. Quelques secondes. Avant de refermer.

— Ça fait si longtemps que je n'ai pas fait cela. Être celle qui découvre un livre qui n'existe pas encore... La dernière fois, c'était avec *A'Land*. Mille six cents feuilles, rédigées en petite police, sans interligne. J'ai tenu cinq pages avant qu'elles ne me tombent des mains. J'ai trouvé ça horrible. Et puis, au bout de plusieurs jours, j'y suis revenue.

— Il est mort, n'est-ce pas ? Romain n'a jamais quitté Marican. Il n'a jamais vu son œuvre publiée.

Elle ne répond pas. Elle continue de contempler mon manuscrit en souriant. Elle en lisse la couverture alors que celle-ci est impeccable. Puis, sans se hâter, elle se saisit de son téléphone.

— Bonjour... Charlotte est avec moi. Son livre est terminé... Pouvez-vous nous rejoindre ?

Elle raccroche.

La détonation a réveillé le Clos-Margot. Des gens sont sortis dans la rue. Ils ont cherché d'où ça pouvait bien venir. L'odeur du feu dans le jardin des Bancilhon les a mis sur la piste. Depuis la haie, Mme Tessier a distingué un corps allongé dans l'herbe. Elle a hurlé. Vincent Marcarié a escaladé la clôture en premier. Il a trouvé Romain gisant dans son sang. Les blessures à la gorge étaient les plus impressionnantes. Il a tenté de contenir l'hémorragie en faisant pression avec sa veste de pyjama qu'il avait retirée, le temps que les secours arrivent. Il a crié : « Tiens bon, mon vieux ! Accroche-toi, putain de merde ! »

Un hélicoptère a emporté le blessé inconscient dans une unité de soins intensifs à Toulouse. Son pronostic vital était engagé.

On a trouvé le fusil de chasse à quelques pas. Un seul coup, tiré à bout portant. Le fusil était un vieux modèle, vendu dans les années 1950. Il a appartenu au grand-père paternel de Romain. Il était rangé dans le garage, avec les munitions. Hélène l'a confirmé. On a d'ailleurs récupéré la housse vide sur une des nombreuses étagères. Il n'y avait aucune empreinte sur la crosse, les gâchettes ou l'étui des cartouches si ce n'est celles de Romain. On a passé le jardin au peigne fin. Aucune trace dans la terre meuble. Un fantôme qui s'était envolé. Un suicide réussi.

La mère de Romain est revenue en urgence. À Toulouse, on lui a expliqué qu'il n'y avait guère d'espoir. Elle a maudit Marican et ses habitants. Elle a refusé de croire que son second fils ait pu, lui aussi, mettre fin à ses jours. Même après que les gendarmes lui ont présenté toutes les preuves de son acte. Elle les a accusés, eux et tous les autres. En jetant Romain en pâture, en le faisant passer pour un monstre tueur de petite fille, ils ont planifié son exécution.

Elle a insisté pour qu'on transfère son fils en Bretagne. Dès que cela a été possible, on s'est exécuté. Il a été pris en charge à Brest. Il y est mort après trois semaines d'agonie, sans avoir recouvré ses esprits.

Lizzie a le temps de me raconter cela avant qu'on ne sonne. Je ne me retourne pas quand elle ouvre. J'attends qu'on vienne à moi. Reagan s'assoit après m'avoir saluée. C'est lui qui continue le récit.

Romain Bancilhon, son beau-fils, a été incinéré à Brest en avril 2003. Son épouse ne lui a pas survécu longtemps. Elle a puisé dans ses dernières forces pour bâtir les fondations de deux chantiers. D'abord s'occuper des textes trouvés dans le coffre de la voiture. Mme Tessier lui a affirmé qu'elle connaissait quelqu'un de confiance, une éditrice anglaise, Lizzie Blakeney, la mère de son petit-fils. S'il y avait quelque chose à faire naître d'eux, elle saurait le faire. Puis faire bon usage de l'argent légué par son ex-mari. Les livres, les films et les maisons avaient passionné Romain. Elle voulait un lieu qui en soit le syncrétisme. Elle a acquis le manoir et engagé les travaux pour en faire une bibliothèque et un cinéma.

Quand *A'Land* a été acheté par une maison d'édition britannique, elle s'est enthousiasmée pour la proposition de Lizzie : garder le nom de l'auteur secret, le garder en vie le plus longtemps possible. Et, lorsque ce ne serait plus possible, on dirait à tout le monde qui était Romain Bancilhon. Elle lui a demandé de gérer la mémoire de son fils. De tout gérer. Y compris Lighthouse. Parce que son second mari ne se sentait pas légitime pour le faire. Il serait juste là pour s'assurer que tout aille bien. Une sorte de sentinelle. Car, avant de le rencontrer, elle ne connaissait personne d'aussi bon et d'aussi courageux.

Quand tout a été placé sur de bons rails, elle a cessé de se battre contre la maladie, cette vieille adversaire. Elle s'est laissée aller dans la chambre du premier étage de la villa de la lande. Ses cendres, mêlées à celles de son fils, ont été jetées à la mer depuis la falaise de l'île Milliau.

La suite, je la connais déjà.

*
* *

Dimanche 24 mai

Avec Mina, nous nous sommes promis de faire comme si ce n'était pas notre dernière soirée. Elle me réserve néanmoins une surprise. Nous sortons du port à bord de son voilier et nous jetons l'ancre quelques minutes plus tard.

Nous nous goinfrons d'un millier de délicieuses petites choses qu'elle a réparties dans des ramequins. Nous sirotons nos verres. Nous bavardons moins que d'habitude. Nous contemplons la nuit qui est imminente. La côte se couvre de lucioles. Les nuages traînent, s'amoncellent puis s'écartent. Leurs formes et leurs teintes dépassent tout ce que le crépuscule m'a déjà offert. Voilà ce que sera mon ultime souvenir du bateau de Mina : assister à un coucher de soleil en lui tournant le dos. Pour la première fois, ne pas regarder l'horizon mais la terre.

*
* *

Lundi 25 mai

La diffusion de *Zodiac* met fin à ma programmation. Je ne vois rien du film, tourmentée par le discours à venir de Lizzie. Quand la salle se rallume, je me ratatine dans mon fauteuil. Je n'ai jamais eu autant d'appréhension depuis le jour où on m'a retiré les dents de sagesse. Lizzie s'avance. Elle a la gentillesse de ne pas faire trop long afin d'abréger mon supplice. Quelques mots de remerciements avant de m'inviter à me lever. Les spectateurs m'applaudissent. Je ne sais plus si je dois sourire, faire des courbettes, croiser les bras, les décroiser... Me retenir de pleurer me demande un effort gigantesque. Heckel joint le geste à la parole en hurlant des « Bravo ! » qui prolongent l'ovation. Au fond, Mina siffle, deux doigts entre ses lèvres. L'Ours-Rodolphe descend de sa cabine. Il s'approche de moi. Il m'offre une ancienne boîte à bobines, du temps où celles-ci existaient encore. À l'intérieur, il y a un bout de pellicule. Une minute découpée dans *Le Père de la mariée*. Il clame que ça ne manquera à personne, contrairement à moi qui vais manquer à beaucoup de monde. Je ne le suspectais pas d'être capable de prendre aussi facilement la parole en public. Je ne peux plus me retenir. Je fonds en larmes. Il me protège de son épaule de géant. C'est contre elle que je m'épanche sous les ovations qui redoublent.

Mina a vu les choses en grand. Ses vitrines et son comptoir débordent de pâtisseries. À minuit passé, il y a encore beaucoup de monde. On vient tant me parler que je n'ai pas encore eu le temps de manger un morceau. Mais, de loin, elle me montre la grosse part de tarte aux cerises qu'elle m'a mise de côté.

*
* *

Mercredi 27 mai

Je ne parviens plus à nager depuis lundi. Je ne peux plus pénétrer dans l'eau. Ça me fait trop mal. Je me force. J'enfile ma combinaison. Mais je ne dépasse pas la plage. J'ai prévu d'abandonner cette combinaison sur le fil à linge de la courette. C'est le message que je laisse à celui ou à celle qui va me succéder.

Le rythme est cassé. Il est d'ailleurs cassé pour tout. Je traîne dans tout ce que j'entreprends. Je ne parviens même plus à me réveiller à l'aube.

Heckel me téléphone. Elle m'invite pour le thé. Avec elle, je me permets d'étaler mes inquiétudes et mon désœuvrement. Elle ne me cajole pas. Au contraire, elle me houspille pour que je ne baisse pas les bras.

— Vous avez évoqué l'image de l'élan d'un sauteur au sujet d'un des films que vous avez programmés. Utilisez cet élan. Si vous ne sautez pas, il n'aura servi à rien.

Elle se lève, ouvre un des tiroirs du buffet et revient avec un stylo argenté. Elle le tient du bout des doigts de ses deux mains quand elle me le présente. Il s'agit du stylo de Jeckel, celui qu'elle utilisait lors des ateliers d'écriture. Elle tient à me l'offrir. Je bégaye que je ne peux accepter. Je pleure encore. Je pleure toujours. Ça n'arrête pas de couler depuis le laïus de l'Ours-Rodolphe. Heckel ne me laisse pas la possibilité de refuser.

— Il vous rappellera ma sœur. Il vous rappellera combien nos rendez-vous du jeudi ont été importants. Il vous rappellera enfin que moi, je suis ici. Il y a une chambre à l'étage qui n'attend que vous. Dès que vous le voudrez et aussi longtemps que vous le voudrez.

Je me noie dans mes propres grandes eaux.

*
* *

Jeudi 28 mai

Je fais une ultime tentative avec Élise. En fait, j'ai peur qu'elle fasse une bêtise. Comme elle ne répond toujours pas quand je sonne, je fais le tour et je me plante sous ses fenêtres pour l'appeler. Elle n'a d'autre choix que de sortir à ma rencontre. Elle ne me laisse pas le temps de l'inviter à l'atelier. Elle me fusille du regard et, d'une voix aussi assurée qu'acariâtre, elle me jette à la face :

— Pourriez-vous me laisser tranquille, à la fin ?

Je bats en retraite, déconfite. J'ai eu le temps de voir qu'elle a accroché le tableau que je lui ai offert dans son salon.

Reagan débarque avec une glacière et un grand panier en osier. La glacière pour le champagne.

Le panier pour les flûtes et les petits-fours. Lizzie est invitée à se joindre à notre cercle si réduit. Elle ne m'a toujours rien dit de mon manuscrit. J'espérais qu'elle puisse le lire avant mon départ. *A priori*, ce ne sera pas le cas.

J'ai droit à un petit discours, bien reaganien. Pompeux, bien entendu. Sec, pour ne pas changer. Il conclut en fouillant dans le panier. Je redoute un cadeau de plus. Ce n'en est pas un, mais deux. Ils ne me font pas pleurer mais rire. D'abord, il me tend une grosse madeleine bien blonde, bien dodue, jooo-liment posée dans une coupelle en porcelaine. Puis une photo encadrée, un portrait officiel du président Ronald Reagan. Il ne me laisse pas le temps de rougir. Il lève son verre. Nous trinquons. Il m'adresse un clin d'œil. Plus tard, j'entre officiellement dans le club de celles qui ont droit au baisemain. Au passage, il me glisse à l'oreille.

— Merci, Charlotte. Merci pour tout.

*
* *

Vendredi 29 mai

Je ne suis censée partir que dimanche matin. Je sais depuis plusieurs jours que je ne vais pas attendre jusque-là. Tout est prêt pour mon départ en catimini. Il se fera dans la nuit. Celle de vendredi à samedi au plus tard. Celle juste après l'atelier sans doute.

Je ne reviendrai pas à Lighthouse pour dire au revoir à tout le monde. Je laisserai les clés sur la table de la cuisine, avec une lettre pour les quatre autres membres de l'équipe et un cadeau pour chacun : une guirlande de Noël pour Jacasse ; un ours en peluche pour l'Ours-Rodolphe ; un shaker pour Mina ;

l'écharpe la plus longue que j'aie pu dégotter pour Lizzie. Je claquerai la porte derrière moi. Je monterai dans ma voiture. Je ferai un détour par la pointe de Bihit. S'il y a un camping-car garé pour la nuit, j'y verrai un signe. Ensuite, je disparaîtrai.

Je suis revenue de l'atelier depuis une heure. Je cherche le courage de partir. Il se cache bien. Mon téléphone me fait sursauter. Lizzie.

— Tu n'aurais pas dans l'idée de partir en douce, Charlotte ?

Je nie mollement. Je n'en reviens pas d'être aussi prévisible.

— Parce que moi, à ta place, c'est ce que je ferais.

— Où es-tu ?

— Devant. Tu m'ouvres ?

Elle s'avance dans la cour. Elle regarde la combinaison pendue. Elle lève les yeux vers la verrière constellée de crottes de mouette.

— Il faut vraiment qu'on améliore cet endroit.

— On s'y fait.

— Ton évasion est prévue pour quand ? Demain matin ?

— Maintenant.

Sourire asymétrique. Mon préféré de toute la panoplie.

— J'ai lu ton manuscrit. Je l'avais déjà lu quand nous nous sommes vues lundi soir.

— Tu n'as pas aimé ?

— Si. Beaucoup. Plus que cela.

— Il ne faut pas sortir ce livre, Lizzie. Laisse WXM exister.

Elle ne dit rien, continue à tourner dans la cour en faisant la grimace. Puis, elle s'arrête dans la cuisine vide. Elle s'appuie sur la table en formica. Elle ne se met pas en scène. Ses jambes tremblent. Elle a du mal à me regarder.

— Tu écriras les huit épisodes de *Distancés*. Liberté absolue. Tu ne seras créditée nulle part mais, après avoir été la plume de WXM, tu seras sa voix pour la production, sa représentante exclusive. Les directives artistiques, le choix des lieux et des acteurs, c'est toi qui les transmettras. Il va falloir te bouger les fesses parce que le tournage est censé commencer en mars. Je crois que le plus urgent est de construire une équipe.

Je suis le joueur de base-ball mis au rebut. Le blessé dont personne ne veut. Sauf le manager qui débarque le soir chez lui et lui offre une suite. Je n'ai pas d'épouse à embrasser. Je serre Lizzie dans mes bras. Elle ne me rend pas mon étreinte. Tremblant de plus belle.

— Renoncer à être écrivaine sous ton nom est un sacrifice immense que je te demande.

Pas tant que cela. Appelle-moi William-Xavier.

— Mais je te supplie de ne jamais renoncer à être Charlotte Kuryani. Pour moi.

Je défaille. Je promets. Sur tout ce qui m'est cher, je promets. Sur ma vie. Je promets. À quelques minutes près, nous nous rations.

— Ça ne se joue pas à grand-chose, n'est-ce pas ?

Dimanche 20 septembre

Je reprends ce cahier pour notre premier anniversaire. Je pousse le sentimentalisme jusqu'à m'asseoir dans le même café, à la même table, à la même heure, après la même balade. C'est exceptionnel parce que mes journées sont remplies à ras bord.

Je me lève de bonne heure. Je nage dans la mer de Goas Lagorn. Le Nageur-de-l'Aurore, qui se prénomme Éric, est mon complice de baignade.

J'aime arriver à Lighthouse avant tout le monde. Avant que mon bureau à l'étage ne se transforme en ruche. J'y ai accroché la peinture de novembre. J'ai acheté un maillot de l'équipe de Wrexham qui l'a rejointe sur le même pan de mur. Au grand dam de l'Ours-Rodolphe qui lance à qui veut l'entendre que la seule chose que je connais au foot, c'est que le ballon est rond. Je l'ai recruté comme bras droit. On gère une équipe de six personnes, que des vilains petits canards, trop jeunes, trop vieux, trop timides, trop tordus. Trois Français et trois Anglais. Trois binômes chargés de la traduction des dialogues, de l'architecture des décors et de la direction artistique. Ils n'en reviennent pas de travailler pour WXM. Même s'ils ne sont pas fans. Ils osent parfois me demander si je l'ai déjà rencontré, si je sais où il vit, s'il viendra nous voir... On bosse dur. On rejoindra l'équipe de production au printemps prochain. La plupart des scènes extérieures seront tournées à Marican.

J'écris plus tard, en fin d'après-midi ou le soir. J'ai déjà terminé cinq des huit épisodes. Je reprends mon manuscrit, qui reste notre plan B. Madeleine n'a rien publié, ni sur Internet, ni ailleurs. Peut-être a-t-elle décidé de renoncer à la guerre. Je commence à tracer les contours du prochain roman de WXM, celui qui se passe de l'autre côté du Col du Tonnerre. En même temps, je développe une autre idée, un roman policier avec un tueur en camping-car que je signerai de mon nom.

Il y a quelques entorses à cette discipline bien rodée. Pour faire du voilier avec Mina. Pour aller au cinéma et manger de la tarte aux cerises après la séance. Pour retrouver Reagan et Heckel à l'atelier d'écriture du jeudi soir, animé par une jeune femme très inspirante, qui vient exprès de Perros. La résidence d'auteur est restée vacante. Mais Lizzie a promis que ce serait la dernière année.

Au crépuscule, je sors faire un tour dans le jardin. Je descends jusqu'aux deux pins et je me retourne pour contempler notre jooolie maison. Lizzie tente de me convaincre de chercher autre chose. Elle craint que je ne me sente pas assez chez moi dans cet endroit qu'elle a commencé à habiter seule. C'est justement pour cela que je m'y sens aussi bien.

Je n'ai rien dit à mes parents pour nous deux. Ils sont contents que j'aie trouvé un travail. Je ne vais pas leur gâcher le plaisir tout de suite.

Je rêve encore parfois de Luttie et de moi, perdues dans une ville tentaculaire. Aucune de nous deux n'abandonne l'autre.

En vrai, elle reste muette. Je le suis tout autant. On en reste à nos souvenirs. Le silence, c'est bien aussi.

Notes

La chanson *Vide Cor Meum* qui accompagne la scène de la montagne embrumée dans *Distancés – épisode 5* a été composée par Patrick Cassidy.

La forêt sombre, la rivière et le sang est un titre emprunté à un des couplets (« *I'm the dark wood, the river and the blood* ») de la chanson *Ribbons,* du groupe The Good, The Bad & The Queen.

Le titre *Unseen Harbor* est signé du groupe japonais Mono.

Table des matières

J'AI LU

13706

Composition
FACOMPO

Achevé d'imprimer en Slovaquie
par NOVOPRINT SLK
le 2 janvier 2023

Dépôt légal : février 2023
EAN 9782290383933
L21EPNN000563-551353

ÉDITIONS J'AI LU
82, rue Saint-Lazare, 75009 Paris

Diffusion France et étranger : Flammarion